동학대서사시

모두가 하늘이었다

동학대서사시

모두가 하늘이었다

이윤영 지음

풀어모시는사람들

〈일러두기〉

○ 1편에서는 각 절 말미에 필자의 소감과 각 절의 요지를 자유시 형태로 서술하였다.
○ 2편과 3편에서 역사 자료의 문헌을 인용할 때는『 』를 사용하였다. 또 저자가 각 장 앞과 뒤에 덧붙인 대괄호 [ ] 그리고 낫표「 」에 담긴 글은, 각 장의 내용에 대한 사전 설명이나 요약으로 이해를 돕기 위한 글임을 밝힌다.

서문

모두가 스승입니다

2024년은 수운 최제우 선생 탄신 2백 주년, 동학농민혁명 130주년이었습니다. 이런 뜻깊은 해를 맞이하여 지난해 1월부터 동학대서사시東學大敍事詩『모두가 하늘이었다』를 쓰기 시작하였습니다.

필자도 어느새 동학 관련 일들을 시작한 지 37년의 세월이 흘렀습니다. 그동안『이야기 동학비사 - 만고풍상 겪은 손』(신인간사, 2015), 동학농민혁명 장편소설『혁명』(도서출판 모시는사람들, 2018), 전주역사문화의 자부심『동학농민혁명 이야기』(기획출판 거름, 2019) 등 동학 관련 책들을 출간하였습니다. 공저인『전라도 전주 동학농민혁명』(동학총서12, 모시는사람들, 2019)」을 포함하면 모두 네 권의 책을 출간하였습니다.

이번에 출간하는『모두가 하늘이었다』는 그동안 출간했던 책자들의 내용을 참고하여 대서사시로 재편하였습니다.『만고풍상 겪은 손』과『혁명』두 책자의 내용을 보충한 증보판이라고 할 수 있으며, 동학의 사상적인 측면과 역사적인 측면, 그리고 문학적 측면을 아울러 읽기에 쉬우면서도 광범위한 서사를 통해 동학을 한 권의 책자로 재구성하여 독자 앞에 내놓게 되었습니다.

동학대서사시『모두가 하늘이었다』는 수운 최제우 선생, 녹두장군 전봉준 선생 등 수십 만의 동학 선열들… 그 사상과 역사의 근원을 찾아 한 글자 두 글자 새겨봅니다. 그 정신의 뿌리를 찾아 한 발 두 발 깊숙이 들어가 봅니다. 글을 쓰다가 힘들면 쉬었다 다시 쓰고, 글쓰기가 어려우면 성지와 유적지 순례를 다녀오면서 바람도 쐬어보고, 글이 맘에 들지 않으면 수십 번 고쳐 쓰고 하여, 누구나 읽기에 쉽고 역사를 틈틈이 알아가는 책이 되도록 노력하였습니다.

그렇습니다. 누에가 실을 뽑아 집을 짓듯 동학 서사의 집을 한 채 마련해 보았습니다. 그 집은 크지도 않고 화려하지도 않겠지만 누구나 쉬었다 가고 함께 기거할 수 있는 아담한 한 채의 오두막집이 될 것이라 생각합니다.

필자는 동학·천도교를 공부하면서 세 분을 스승으로 모셨습니다. 천도교 수련법을 체계적으로 가르치신 해운 박기중 종법사님, 동학의 사상과 역사를 체계적으로 가르치신 삼암 표영삼 선생님, 그동안 제 책자에 서평과 감수를 맡아주신 현암 윤석산 교수님입니다.

삼암 표영삼 선생께서는 동학의 역사와 사상은 물론 사람으로서 기본적으로 갖춰야 할 품행 즉 인격에 대한 엄한 가르침을 받았습니다. 삼암 선생의 인격과 도덕은 누구나 쉽게 말하고 글로 표현하는 그런 것이 아닙니다. 시천주侍天主에서 우러나오는 사인여천事人如天의 구체적인 가르침이었습니다.

그리고 이 책『모두가 하늘이었다』를 펴내 주신 박길수 도서출판 모시는사람들 대표와 책에 삽화를 제공해 주신 박홍규 화백, 축하의 글을 보내 주신 김성환 천도교 연원회 의장님, 서문을 써 주신 임형진 전 동학학회 회장, 감수를 해 주신 성주현 교수님께 진심으로 감사드립니다.

이 책을 엮는 동안 자문과 도움을 주신 분들이 많습니다. 자문과 도움을 주신 분들께 지극한 마음으로 큰절 올리면서 존경과 공경함을 표합니다. 모두가 하늘이듯이, 모두가 스승이십니다.

2025년 10월 28일
수운 최제우 선생 탄신일에
전주한옥마을 동학혁명기념관에서
송암 이윤영 심고

축하의 글

김성환
수운 최제우 대신사 출세 200년 기념사업 추진위원장, 천도교연원회 의장

모시고 안녕하십니까. 포덕 165년(2024)은 수운 최제우 대신사 탄신 200주년입니다. 그리고 동학혁명 130주년의 해입니다. 여러모로 부족한 저로서 수운 대신사 탄신 200주년 추진위원장이란 중책을 맡아 힘겨운 한해를 보냈지만, 또한 작은 힘이지만 수운 대신사 태묘를 정비하였고 나름대로 바쁜 일정을 소화했습니다.

200년 만에 돌아온 수운 대신사 탄신 기념사업이 부족한 점도 일부 있었고 훌륭한 행사도 많이 있었습니다. 그중에서 우리가 기억하고 축하해야 될 일을 하나 소개하고자 합니다. 송암 이윤영 천도교연원회 부안포 직접도훈이자 동학혁명기념관장이 대중매체 오마이뉴스에 《수운 최제우 선생 탄신 200주년, 동학농민혁명 130주년 「동학대서사시, 모두가 하늘이었다」》라는 제목으로 1화~74화를 연재하였습니다.

솔직히 저로선 무척 기쁜 일이었고, 수운 대신사님과 동학혁명 참여자들의 명예회복은 물론 길이 빛날 업적으로 기억될 것이라 생각합니다. 제가 이러한 심정으로 이윤영 관장 기고 글이 책으로 출판되도록 협력을 아끼지 않기로 하였습니다.

제가 책 출간에 하고 싶은 말도 많지만 여기에 이윤영 저자의 글을 하나 소개하고 축하의 글을 마무리하도록 하겠습니다.

"우리나라 사람들이 역사의 인물 중에 꼭 기억해야 될 위인과 선열을 생각해 보자. 사람마다 차이는 있겠지만 일반적으로 역사 속에 등장하는 위인, 나라를 지키다 희생된 선열, 그 수많은 위인과 선열 중에 세종대왕과 이순신 장군이 먼저 생각날 것이다.

또 문화적인 측면에서 세종대왕 이도李祹를 떠올릴 수도 있다. 우리의 문자가 없을 때 한글인 훈민정음을 창제한 세종대왕은 얼마나 위대한가! 우리의 문화창달에 지대한 공을 세운 분임은 분명하다. 그런데 우리나라에 우리의 종교가 없을 때, 그 사상적 종교적 토대를 마련하고 길을 낸 인물에 대해서는 왜 무심할까? 사람이 어떤 생각을 가지고 어떻게 살아야 하는가는 중요하지 않은 것인가? 그러한 고민을 하고, 수련하고, 이치를 깨닫게 한 위대한 인물이 있으니, 그가 곧 동학東學 천도교天道敎를 창도한 수운水雲 최제우崔濟愚 선생이시다."

감사합니다.

포덕 165년(2024) 12월

추천의 글

임형진
동학학회 회장, 경희대 후마니타스칼리지 교수

    2024년은 동학의 창도자인 수운 최제우의 탄신 200주년의 해이다. 관련하여 동학을 이은 천도교단과 동학 관련 단체들에서는 다양한 형태의 기념행사를 하며 이를 축하하고 있는데 역시 남는 것은 기념하는 책자라고 했을 때 정말 의미 있는 책이다. 수운 최제우의 일대기와 함께 동학사상에 가장 크게 영향받아 발생한 동학농민혁명의 이야기가 그것이다. 이윤영 저 『동학대서사시, 모두가 하늘이었다』는 두 가지 사실을 치열한 고증과 상상력의 결합으로 완성된 최고의 기념작이라고 할 수 있다. 특히 이 책은 2024년 10월~12월까지 《오마이뉴스》에 74화로 연재된 작품이다.

    저자인 이윤영 동학혁명기념관 관장님은 타이틀이 여러 개이다. 필자가 알고 있는 것만으로도 (사)동학민족통일회 공동의장, 2차 동학농민혁명 참여자 서훈국민연대 공동대표, 천도교 선도사, 천도교 직접도훈 그리고 여러 신문에 기고를 하는 컬럼니스트이자 전주 지방 시민단체의 대표직도 맡고 있는 등 헤아릴 수 없이 많다. 일 개인이 하기에 벅차 보일 정도로 많지만 최근 들어 그가 가장 듣고 싶은 호칭은 아마도 작가가 아닌가 싶다. 작가도 소설이나 시를 쓰는 문학 작가도 있고 드라마의 대본을 쓰는 작가,

다큐멘터리 등을 다루는 르포 작가 등 다양하게 존재하지만, 그는 어느 영역에도 속하지 않는 작가이다. 아니 그의 작품은 소설과 현장 답사를 바탕으로 한 생생한 기록을 남기고 그를 작품 속에서 녹여내는 특이한 필체의 작가이다. 어쩌면 『로마인 이야기』를 쓴 일본의 시오노 나나미 같은 유형의 작가라고 보인다.

시오노 나나미가 『로마인 이야기』를 쓰기까지는 오랜 시간을 이탈리아에서 거주하면서 이탈리아인들의 생활과 문화를 체험하고 익히면서 이를 바탕으로 로마의 역사를 마치 옛날이야기처럼 풀어나가는 작품을 완성했다. 그의 글쓰기는 독자들에게 마치 그 시대를 살고있는 사람과 같은 생생함을 주어 이야기 속에 빠져들게 하는 특성이 있다. 책을 읽는 순간 나도 모르게 카이사르 부대의 하사관이 되어 그의 명령에 따르고 있는 자신을 발견하게 되는데 이는 전적으로 작가의 내공에서 오는 글쓰기의 힘일 것이다. 그래서 [로마인 이야기]는 소설인 듯 소설이 아니고 역사서인 듯 역사서가 아닌 이야기인 것이다. 오늘 이 책 [동학대서사시, 모두가 하늘이었다]가 바로 그런 작품이다.

이윤영 작가는 이 책을 완성하기 위해 평생에 걸친 종교적 수련과 체험을 바탕으로 배우고 또 익히며 그리고 틈날 때마다 현장을 다녀와 기록으로 남겼을 것이다. 종교적 체험과 배움 그리고 현장감과 기록이 없는 빈공간을 메우는 상상력 또한 저자만의 능력이고 그 결과가 바로 이 책으로 완결된 것이니 어찌 축하하지 않을 수 있겠는가. 책을 읽다 보면 내가 어느 순간 수운 최제우의 옆에 있고, 전봉준 장군의 옆에서 그를 지켜보는 측근이 되기도 한다.

1편인 "천년의 적막을 깨다"에서는 수운 최제우의 탄생과 함께 신분적 한계를 느끼고 득도까지 가는 오랜 고행의 시간을 함께하다 보면 우리는 수운 최제우의 관찰자에서 어느 순간엔가 자신이 수운의 제자가 되어 버린다. 전적으로 이윤영 작가의 힘 때문이다. 적절히 사용되는 동경대전과 용담유사의 활용은 책의 가치를 더욱 높여 주었으며 무엇보다도 기록되지 못한 부분에서는 작가적 상상력이 발휘된다. 이는 어느 학자도 감히 엄두 낼 수 없는 영역이지만 이윤영 작가는 작가이기에 가능하다. 상상력으로 쓰여진 부분이 공감을 얻는 것 또한 칭찬하지 않을 수 없다. 이는 작가의 오랜 종교적 수행의 결과라고 느낀다면 지나칠까.

어느새 수운 최제우의 죽음 앞에서는 함께 안타까운 마음을 가지게 되고 언젠가는 신원되어 그가 창도한 동학이 만천하에 퍼져나갈 것이라는 확신까지 가지게 한다. 2편 "사람이 하늘인 세상을 열다" 편에서는 동학농민혁명의 과정을 다룬다. 당연히 주인공은 전봉준 장군이다. 여기서는 저자는 다양한 문헌을 섭렵해 이를 인용하면서 고증하고 있다. 물론 역사적 기준으로 보자면 생각이 다를 수 있지만, 오히려 동학농민혁명을 대중에게 홍보하는 데에는 충분한 역할을 하고 있음을 인정해야 한다. 특히 동학농민혁명의 1차 기포가 전주화약을 맺고 종결되면서 시작한 집강소 정치의 의의를 매우 강조하고 있다. 이는 지난 2023년 5월 18일 유네스코 세계기록유산으로 등재된 동학농민혁명의 기록물들 중에서도 특별히 높이 평가받은 집강소 정치 부분과 관련이 있다. 즉 유네스코는 동학농민혁명의 기록물을 세계기록 유산으로 지정하면서 특별히 집강소 정치를 19세기 동아시아에서의 민주주의의 실험장이었다고 평가했는데 우리로서도 집강소는 최초의 지방자치에 입각한 민주주의의 실현이었기 때문이다.

한편 그동안 1차 기포에 비해서 상대적으로 덜 알려진 동학농민혁명의 2차 기포에 주목하는 부분은 '제3편 나라 위한 붉은 마음'편에 집중되고 있다. 특히 이 부분은 저자의 최근 활발한 활동과 연관된다. 누가 무어라 해도 동학농민혁명의 2차 기포는 비로소 동학농민혁명이 전국화되는 순간이었다. 1차 기포와 달리 동학 교단 전체가 갑오년 9월 18일 교주인 해월 최시형의 명령으로 전국의 동학 교문이 총기포한 순간이 2차 기포였다. 그동안 호남지역에 국한되었던 동학농민혁명이 전국에서 동시다발적으로 반외세를 기치로 일어난 것이었다. 이들이 이렇게 함께 기포할 수 있었던 까닭은 전적으로 일본의 조선 진출과 지배층의 무능함 때문이었다.

경복궁이 포위되고 임금과 가족들이 인질이 되어 있는 그야말로 나라의 운명이 한순간에 나락으로 떨어질 절체절명의 순간에도 몸보신에 여념이 없던 사대부층과 달리 전국의 동학도들은 총궐기한 것이다, 적은 일본이었다. 근대 들어서 최초의 항일전쟁이 전개된 것이다. 이러한 과정을 이윤영 저자는 한순간도 놓치지 않고 기록하고 있다. 고증이 필요한 부분은 반드시 근거 있는 고증을 하였고 빠진 부분은 작가적 상상력으로 메꾸었지만, 신기하게도 공감이 가는 내용들이었다.

비록 우리가 알고 있는 것처럼 동학농민혁명은 화력과 전술로 인한 동학군의 패퇴로 종결되었지만, 아직도 많은 사람들은 동학농민혁명은 끝나지 않았다고 한다. 동학군들이 가지고 있었던 모두가 하늘이라는 위대한 사상은 이후 한민족의 정신사에 가장 중요한 위치를 차지하게 된다. 일본의 부당한 침략에 항거한 정신은 그대로 3.1혁명과 독립운동으로 이어졌으며 해방 이후에는 자주적 독립 국가 수립 운동으로 그리고 분단이 고착화되자 통일운동의 밑거름이 되었다. 그리고 독재정권의 폭압적 통치에는 저항 의식의 촛불이 되어 4.19와 부마항쟁, 광주민주화운동, 6월 항쟁 그리고 촛불혁명으로까지 이어져 오고 있다.

안타까운 일은 동학농민혁명의 전사들이 아직도 국가 기록에는 난을 일으킨 역적들로 기록되고 있다는 점이다. 역적이라니. 오로지 한목숨을 바쳐 조국의 안전과 백성의 안위만을 위했거늘 아직도 역적이란다. 전봉준 장군의 유시 마지막 구절에도 나오듯이 나라 위하는 오직 붉은 한마음 그 누가 알리오.'이지만 …. 아무리 역사가 승리자들의 기록이라고 해도 그렇지 해월 최시형도 전봉준 장군도 김개남, 손화중, 김덕명 등등이 모두 역적이란다. 이에 분개한 저자는 동학농민혁명 참여자 전체가 부담스럽다면 확실하게 항일전쟁에 나선 2차 기포 참여자들만이라도 독립유공자로 만들자는 운동을 전개 중이다.

이윤영 저자 등의 노력으로 해결될 것을 믿어 의심치 않지만, 이를 계기로 그 시절 사람이 하늘이라는 위대한 동학 정신으로 시대적 자각을 이루어 세상에 주인이 바로 자신이라는 정신개벽을 이룬 사실이 새로이 부각되기를 바란다. 과연 동학이라는 우리나라 최초의 근대적 자각을 이룬 인물 수운 최제우가 어떤 고민과 고행 끝에 우리 고유의 독창적 학문이자 사상이요 민족 종교를 만들게 되었는지를 먼저 이해하는 것이 동학농민혁명을 접하는 첫걸음이 될 것이라고 확신한다. 그런 의미에서 이 책은 읽을 가치가 있다. 과연 동학 정신으로 무장된 그들 동학농민혁명의 참여자들이 독립유공자로 서훈받는 것이 정당한가 여부는 이 책을 읽은 뒤에 평가해야 할 것이다.

바라기만 한다면 앞으로 이윤영 작가는 동학 이야기의 남은 부분들, 일테면 수운 최제우의 뒤를 이어 또 다른 차원의 고난의 길을 마다하지 않고 우리 역사에 큰 획을 그은 위대한 지도자 해월 최시형의 이야기와 3대 교주인 의암 손병희가 어떤 과정 속에서 3.1혁명이라는 제2의 동학농민혁명을 구상하고 또 실천하게 되었는지를 그의 풍부한 스토리텔링으로 기대해 보고 싶다. 또 여력이 닿는다면 일제하 천도교의 항일운동과 민족운동까지도 기록되지 못한 부분들의 많은 이야기들에 상상력을 더해 달라고 부탁한다면 지나친 욕심이려나.

'모두가 하늘이었다'는 동학사상과 동학혁명을 완벽하게 엮어낸 방대한 내용으로 이 책을 완성하기 위하여 이윤영 작가가 그동안 미루어 둔 일이 한둘이 아닐 것이다. 수년에 걸친 노고는 결코 주변의 도움 없이는 불가능했을 것이다. 저자는 스승님들에 감사함으로 표했지만, 저자를 잘 아는 필자로서는 그의 가족에게 감사하고 싶다. 집필 중에 필시 집안일에 게을렀을 테고 무심했을 것이다. 그래도 묵묵히 이를 받아주신 형수님과 가족들에게 나라도 감사의 인사를 전한다.

2024년 12월

차례 *모두가 하늘이었다*

서문 — 5
축하의 글 _김성환 — 8
추천의 글 _임형진 — 10

제1편 천년의 적막을 깨다

1. 동학의 근원을 찾아서 —————————————— 23
   다시 헤어서 밝히고 기록하여 밝히리라・23   근암공, 한씨 부인을 맞이하다・31
   태양이 품속으로・35   수운의 어머니, 기록된 내용이 없다・37
   큰 성인聖人이 태어나다・42   삶이 무엇인가를 생각하다・48
   평생 동반자 박씨 부인을 맞이하다・50   방황은 깨달음의 계기가 되다・53
   여시바윗골에서 신비한 체험을 하다・58   도탄에 빠진 세상을 구하고・61
   오갈 곳 없는 가련한 신세・64   야심찬 사업도 실패로 끝나고・65
   용담정 가는 길・68

2. 만고 없는 무극대도 이 세상에 창건하니 ———————— 76
   불출산외不出山外 맹세하고・76   만고 없는 무극대도 이 세상에 창건하니・78
   내 마음이 곧 네 마음이라・84   수운의 득도는 모든 사람의 득도이다・88
   만세일지 장부로다・89   사람 섬기기를 하늘같이・90
   십이제국 괴질운수 다시개벽 아닐런가・92   천년의 적막을 깨다・94
   수운의 이적, 하늘의 조화・95   도법과 수행의 방법을 정하고・97
   주문의 힘과 영부의 효능・99   주문 수행 방법・100   주문呪文의 종류・102
   한울님 절 받으세요・104   모두가 꽃이었다・107   경주 최부잣집 이야기・108
   역사적인 포덕을 시작하다・113   결코 포기할 수 없는 천명・116
   이 세상의 큰 병을 고치는 도道・118

3. 동학이라 이름하고 ——————————— 120
생혼生魂을 일으켜야·120   동학과 남원의 인연·123   은적암에 머무르다·125
은적암 가는 길·126   동학을 반포하다·129   영원의 빛나는 하늘·131
지금까지 없었던 새로운 진리·134   남쪽별이 둥글게 차면·135
용천검 드는 칼을 아니 쓰고 무엇 하리·137

4. 삼절의 수를 잃지 말라 ——————————— 147
전체를 사랑할 수밖에 없지요·147   종자를 두고 심지 않는 것과 같다·151
관의 탄압이 시작되다·154   동학 접주를 정하다·156
삼절의 수를 잃지 말라·158   죽을 각오로 접을 열다·160
성공자는 떠나는 법이다·163   해월에게 도통을 전수하다·165
세상 운수가 다 이 도로 돌아온다·170   최후의 생일잔치와 천황씨 반포·173
유생들의 동학배척운동·176

5. 들불처럼 타오르는 동학 ——————————— 181
내 스스로 당하리라·183   의연하고 당당하게 살아라·184
동학론(논학문)이 으뜸이다·186

6. 동학, 동방의 가르침이다 ——————————— 189
조선 왕조에 피체되다·189   내가 비록 억울한 누명의 죄인이나·198
접주, 경상감영으로 모이다·202   동학, 동방의 가르침이다·204
주문과 영부는 세상을 건지는 것·207
고비원주高飛遠走, 높이 날아 멀리 나아가라·210
도탄에 빠진 세상 건지려 했건만·223

7. 거룩한 이의 죽음 ——————————— 227
참형에 처하라·227   쌍무지개가 하늘로 이어지고·231
순도는 새로운 시작·232   수운 선생에 대한 생생한 증언·233
수운 선생의 일대기를 마치면서·237

제2편 사람이 하늘인 세상을 열다

동학농민혁명과 동학의병전쟁 ──────────── 241

1. 거부할 수 없는 운명 ──────────── 243
녹두 전봉준, 그는 누구인가•243 방황과 도전의 사나이 전봉준•245
무당들이 설치는 어두운 시국•247 동학사상이 동학혁명에 미친 영향•252
해월 선생의 동학사상 실천 운동•253 해월 선생의 법설, 대인접물待人接物•255
해월, 호남순회에서 마당포덕을 행하다•257
해월 선생과 호남의 대두령들•259 긴장하는 세도가와 양반들•263
한날한시에 죽기로 맹세하다•265 선운사 도솔암의 비기를 꺼내다•269

2. 교조신원운동, 백성은 나라의 주인 ──────────── 272
공주취회, 대선생을 신원하라•272 삼례취회, 탐관오리를 처단하라•278
한양으로 간 동학도, 광화문에서 임금에게 상소하다•285
보은·원평취회, 척왜양창의를 선포하다•298

3. 혁명의 불꽃이 치솟다 ──────────── 319
사발통문, 탐관오리를 제거하라•319 고부기포, 혁명의 불길이 타오르다•330
무장기포, 혁명의 포고문을 반포하다•339
백산기포, 호남창의대장소를 설치하다•348
원평 결집, 금구현을 점령하다•355 황토현 대회전, 첫 대승을 거두다•357
황룡촌 대회전, 경군을 격파하다•362 원평 결단, 혁명을 선포하다•374
전주성 점령, 사람이 하늘인 세상을 열다•378
완산대회전, 전주성과 완산의 치열한 전투•386
소년 장수 이복용과 결사대•395 임금에게 올린 27개조 폐정개혁안•398

4. 외세 개입, 청군과 일본군의 상륙 ──────────── 403
전봉준과 김학진의 집강소 통치 담판•411

제3편 나라 위한 붉은 마음

1. 갑오왜란, 동학의병전쟁 ——————————— 421
일본의 치밀한 정한론과 무능한 정부•421
때늦은 정부의 개혁정책과 일본의 야심•424
조선의 심장부 경복궁이 점령당하다•429

2. 청일전쟁, 동아시아 패권을 일본이 차지하다 ——————— 435
일본의 내정간섭과 갑오개혁•438   남원대회, 일본의 침략에 기포하다•441
원평에서 척왜창의를 결의하다•450   삼례에서 동학의병군 본격 재기포•453
북접, 동학의병군이 기포하다•456

3. 동학의병군 총기포령, 남북접 연합전선 ——————— 461
손병희 통령의 인물됨을 알아본다•468
논산 대결집, 때가 오니 천지가 모두 힘을 같이 했건만•469
양호도순무영 설치와 관군 토벌대 결성•478
동학의병군 진압 일본군 부대 편성•482
동학 일본 전쟁, 공주·우금티 대회전•488
우금티 대회전, 시산혈해로 패하다•498
패전과 후퇴, 운이 다하니 영웅도 어찌할 수가 없다•505
최후 항쟁, 백성을 사랑하는 정의로움에 부끄러움이 없건만•512
북접의병의 북실전투와 되자니 항쟁•515

4. 최후, 나라 위하는 오직 붉은 한마음 그 누가 알리오 ——— 519
천하영걸 의병대장 전봉준, 일본 신문을 살펴본다.•525
전봉준 판결문全琫準 判決文•533

5. 동학의병전쟁을 주도한 의병장의 최후 ——————— 541
천하무적 의병장 김개남의 최후•541
천하덕인 의병장 손화중과 천하용장 최경선의 최후•544
총참모장 김덕명과 의병장 성두한의 최후•546   전국의 동학의병장들의 최후•549

6. 동학의병항쟁, 전국적인 기포 ──────── 552
남원 최후 항쟁, 솥뚜껑과 부엌 문짝을 방패로 삼아•552
태안 백화산 최후 항쟁, 도살장을 방불할 정도로 처참했다•553
충청 북부의 최후 항쟁, 일본 도적들을 격파하려 했지만…•558
장흥·강진 최후 항쟁, 빗발치는 총탄을 뚫고 퇴로를 열었건만•563
대둔산 최후 항쟁, 거센 칼바람과 내리퍼붓는 눈발•568
경상도 지역의 기포와 항쟁•570   강원도 지역의 기포와 항쟁•575
경기도 지역의 기포와 항쟁•577   황해도 지역 기포와 항쟁•579
일본군의 동학의병군 섬멸 작전•583
일본군의 행위는 학살이나 다름없다•584
거룩한 성자 해월 최시형 선생의 최후•585   동학, 그 불멸의 정신•593

부록: 전봉준 공초록 全琫準 供招錄 ──────── 595

후기 ── 648
참고문헌 ── 652

제 1 편
천년의 적막을 깨다

깊은 사색에 잠긴 수운 최제우 선생
수운 최제우 선생은 한 번 생각에 잠기면 바위처럼, 소나무처럼, 허공에 떠있는 구름처럼, 쉼 없이 흐르는 계곡의 물처럼 그야말로 자연이 되고 하늘이 된다.

1. 동학의 근원을 찾아서

다시 헤어서 밝히고 기록하여 밝히리라

수운 최제우水雲 崔濟愚(1824~1864), 그때는 산골 아이들과 동네 사람들 몇 명만 모여도 동학에 관한 이야기가 거의 멈추는 날이 없었다.

수운 최제우, 지금은 아이들도 학생들도 여인들도 동네 사람들도 동학이나 천도교에 대해 말하는 이들이 거의 사라진 지 오래되었다.

수운 최제우, 그때는 왜 그랬으며 지금은 왜 이렇게 되었는지 불연기연不然其然의 논리처럼 다시 헤어서 밝히고 기록하여 밝히는 동학 대서사시東學大敍事詩의 여정을 시작한다.

수운 최제우, 언덕 없이 마냥 평평한 땅이 없고, 가서 돌아오지 않는 것은 없다는 무평불피无平不陂 무왕불복无往不復의 말처럼 다시개벽의 시운을 말하리라. '보국안민輔國安民,[1] 포덕천하布德天下, 광제창생廣濟蒼生,[2] 지상천국地上天國'.

---

[1] 보국안민(輔國安民). 나라를 도와 국정을 보살피고 백성을 편안하게 한다는 뜻, 동학에서는 나라를 바로 세우고 국정을 개혁하고 백성을 하늘처럼 받들어 편안하게 모신다는 뜻으로 내세운 이념이자 구호이다.
[2] 광제창생(廣濟蒼生). 널리 백성을 구제한다는 말, 동학에서 내세운 이념이자 구호이다.

우리나라 사람들이 역사의 인물 중에 꼭 기억해야 할 위인偉人과 선열先烈을 생각해 보자. 사람마다 차이는 있겠지만 일반적으로 역사 속에 위대한 업적을 이룩한 위인, 나라를 지키다 희생된 선열, 그 수많은 위인과 선열 중에 세종대왕과 이순신 장군이 먼저 생각날 것이다.

특히 문화적인 측면에서 세종대왕 이도李祹를 떠올릴 수도 있다. 우리의 문자가 없을 때 훈민정음訓民正音을 창제한 세종대왕은 우리 문화의 창달과 민족혼 수호에 지대한 공을 세운 분임은 분명하다.

그런데 사상적·종교적 토대를 마련하고 길을 낸 인물에 대해서는 왜 무심할까? 사람이 어떤 생각을 가지고 어떻게 살아야 하는가는 중요하지 않은 것인가? 그러한 고민을 하고, 수련하고, 이치를 깨닫게 한 위대한 인물이 있으니, 그가 곧 동학東學 천도교天道教를 창도한 수운水雲 최제우崔濟愚 선생이시다.

> 최제우 선생은 사람이 사람답게 사는 진리를 가르친 훌륭한 분이다.
> 최제우 선생은 백성들을 위하여 거룩한 순교를 하시었다.
> 최제우 선생은 사람이 하늘, 자연도 하늘이라는 모심과 섬김의 사상,
> 인류가 한 차원 더 높은 삶을 살아갈 새 길을 열어주신
> 우리 모두의 스승이시다.
> 그러나 수운 최제우 선생을 아는 사람들은 흔하지 않다.

동학이 창도唱道되고 천도교로 되어 가는 과정에서 또 하나의 위대한 역사가 시작된다. 그 역사의 의미를 거론한다면 다음과 같다.

녹두장군 전봉준을 떠올리는 동학농민혁명, 의암 손병희 선생을 상징하는 3·1독립운동, 방정환 선생이 주도한 어린이 인권운동이다. 이 외에도

역사적으로 숱한 일들이 있지만 여기에서는 수운 최제우 선생 일대기와 동학농민혁명의 전반적인 역사 이야기를 중심으로 서술하기로 한다. 그리고 단락마다 수운 선생의 글과 시를 붙이고, 저자의 졸시도 첨가한다.

먼저 수운 최제우 선생의 역사가 시작된 원인과 과정, 그 정신의 뿌리를 찾아, 다시 말해 동학의 시원을 찾아 한 글자 두 글자 새겨 본다. 수운 선생은 「불연기연不然基然」[3]에서 밝혔다.

> … 만물의 불연이여, 헤아려서 밝히고 기록하여 밝히리라. 사시의 차례가 있음이여, 어찌하여 그리되었으며 어찌하여 그리되었는고. 산 위에 물이 있음이여, 그것이 그럴 수 있으며 그것이 그럴 수 있는가. 갓난아기의 어리고 어림이여, 말은 못해도 부모를 아는데 어찌하여 앎이 없는고. 이 세상 사람이여, 어찌하여 앎이 없는고….

그렇다. 그것이 그렇게 되는 이유를 모르는 불연을 화두로 삼아 그것이 그렇게 된 까닭을 알 수 있는 기연에 이를 때까지 생각하고 기록하고 헤아려 보자.

수운 선생은 「불연기연」에서 이 세상의 불연, 즉 알 수 없는 것들의 답은 한울님에게서 찾을 수 있다. 결국 사람이 사람 되고 만물이 만물 된 기원은 조물자 즉 '한울님이다'라고 결론을 맺는다.

수운 최제우 선생은 또 「흥비가」에서 무궁을 노래하였다.

---

[3] 불연기연(不然基然). 수운 최제우의 『동경대전』에 나오는 동학과 천도교의 역설적 논리를 이르는 말.

그 말 저 말 다하자니 말도 많고 글도 많아

약간 약간 기록하니 여차여차 우여차라.

이 글 보고 저 글 보고 무궁한 그 이치를

불연기연 살펴내어 부야 흥야 비해 보면

글도 역시 무궁하고 말도 역시 무궁이라.

무궁히 살펴내어 무궁히 알았으면

무궁한 이 울 속에 무궁한 내아닌가.

그렇다. 동학과 동학농민혁명의 역사를 알려면, 동학과 천도교의 역사에 지대한 영향을 끼친 동학사상을 알아야 한다. 그중에서도 먼저 동학사상을 창명한 동학의 창시자에 대해 알아야 한다.

동학 1세 교조 수운 최제우 선생의 집안 내력, 탄생과 성장 과정을 정사正史는 물론 구전과 설화를 가리지 말고 섭렵해 보자.

동학 시대를 이끈 2세 교주 해월 최시형海月 崔時亨(1827~1898) 선생은 동학 1세 교조 수운 선생의 존칭을 대선생주大先生主[4] 즉 '수운 대선생님'이라 존칭했다. 3세 교주 의암 손병희義菴 孫秉熙(1861~1922) 선생 이후 천도교[5]에서는 수운 선생을 공경하여 이르는 말로 수운 대신사大神師[6]라고 존칭한다.

수운 선생에 관한 평가는 크게 둘로 나눌 수 있다. 하나는 우리나라 고유

---

4 대선생주(大先生主). 큰 스승님, 위대한 스승을 말한다.
5 천도교(天道敎). 의암 손병희 선생이 1905년 12월 1일, '동학'을 '천도교'로 선포.
6 대신사(大神師). 하늘과 같은 큰 스승, 동학·천도교에서 대성인으로 추앙받는 최제우를 뜻한다. 이 밖에 천도교에서는 해월 최시형은 신사(神師), 의암 손병희는 성사(聖師), 춘암 박인호는 상사(上師)로 존칭한다.

종교를 최초로 창교唱敎한 교조로서 성인聖人[7]으로 바라보는 관점이다. 또 하나는 세계 정신문명을 개벽開闢[8]할/한 인류의 대성인大聖人으로 바라보는 관점이다.

일찍이 민족시인 신동엽은 서사시 『금강』에서 수운 선생을 석가·예수와 더불어 세계적인 성인으로 조명한 바 있다. 윤석산 시인은 수운 평전 『동학 교조 수운 최제우』에서 수운 선생을 사람은 누구나 한울님과 같은 존재라는 인간의 존엄성과 평등사상을 설파한 성인으로 평가하였다.

신동엽은 '수운이 말하기를 그대들의 눈동자여, 높고 높은 하눌님이어라'라고 노래하면서 수운이 인즉천人卽天의 사상으로 인류해방과 구원의 길을 열어주었다고 찬탄하였다. 윤석산은 '수운 선생은 시천주侍天主를 통하여 인간은 누구나 본질적으로 평등하다는, 즉 당시 사회적으로 신분이 천한 사람이나 존귀한 사람이나, 양반이나 천민이나를 막론하고, 무궁한 한울님을 모신 존엄하고 평등한 존재임을 강조하였다.'라고 하였다.

국내외에 두루 유명한 시인 김지하와 철학자 김용옥도 강연과 저술을 통해 수운 선생을 공자와 예수에 버금가는 위대한 성자라고 하였다. 우리나라의 영성 지도자는 대개 수운 선생을 높이 기리고 있다.

김지하 시인은 『이 가문 날에 비구름을』이란 독특한 판소리 가락의 담시에서 "…수운 목구멍에서 왼갖 중생 갖은 바닥 쌍것들이 수도 없이 꾸역

---

7 성인(聖人). 도와 덕은 물론 지혜가 뛰어나고 사리에 정통하여 모든 사람이 길이 우러러 받들고 모든 사람의 스승이 될 만한 사람.
8 후천개벽(後天開闢). 미래에 신천지가 도래한다는 참위론적(讖緯論的) 운세 사상의 용어. 동학에서는 그 의미가 사람이 하늘처럼 존중받는 새로운 세상이 열린다는 종교적이며 민중지향적인 혁명사상으로 변환되어 수용된다. 수운은 이를 '다시개벽'이라는 말로 표현하였다. 동학을 창도한 1860년 4월 5일을 그 기점으로 보기도 한다.

꾸역 기어 나오는데 / 팔도 농투산(성)이란 농투산(성)은 다 기어 나와 '사람이 한울이다! 이 도적놈들아 한울님 맛 좀 보아라!' / …백정이며 사당이며 딴따라, 기생, 화심이, 영자, 춘자, 때밀이, 안마쟁이, 니나노, 공순이, 공돌이, 뽀돌이, 식순이, 호순이, 화적떼, 비렁뱅이, 머슴, 시라이, 양아치, 작두날림, 종년 종놈들 와크르르 쏟아져나와/ '사람 섬기기를 한울같이 하렸다! 네 이놈들 우리가 네놈들 섬기는 것 좀 보아라!…'" 하며, 민중이 하늘, 백성이 하늘이라 선언하고, '사람을 한울님 섬기듯 하라'는 수운 선생과 해월 선생을 형상화하였다.

도올 김용옥은 『동경대전 II-우리가 하느님이다』[9]의 「용담가」 해의에서, 수운은 동학·무극대도를 닦아낸 자기 자신에 대한 무한한 자부감, 선택받은 자로서의 자신감이 "만년에 한 명이나 있을까 말까 한 장부 즉 만세일지장부萬世一之丈夫"라는 말로 노래하였다고 하였다.

소설 『단丹』의 주인공이자 '우학도인'이라 알려진 봉우 권태훈은 수운 선생을 가리켜 "인내천 사상으로 유명한 19세기 말 한국이 낳은 세계적인 사상가이자 도인이며 선지자인 수운 최제우 선생은 전 인류의 위대한 성인聖人이시다. 수운 선생이 창도한 오만년 무극대도는 장차 인류에게 다가올 평화세계를 상징하는 것은 물론이고, 선생은 오천년 정신세계를 이끌어갈 만세대장부이시다."라고 설파하였다. 아래에서 수운 선생 탄신 전후의 시대적 배경을 살펴보면서 이야기보따리를 풀어본다.

조선의 역사는 물론이고 세계의 역사에서 계급 사회는 예외 없이 존속해 왔다. 기득권 세력은 신분이 곧 하늘로부터 부여된 자격인양 온갖 논리를 동원하여 합리화하며 자신들의 권리와 권한을 자손대대로 누리고 평민

---

9   김용옥, 『동경대전 II-우리가 하느님이다』, 통나무, 2021.

이나 노비는 영원히 그 신분으로 사는 것이 천리天理인 것처럼 세뇌하고 착취했다.

한번 노비로 태어나면 그 후손들도 당연히 노비이며, 그 신분은 대대로 세습되었다. 이러한 신분 차별의 오랜 역사를 일시에 타파한 것이 동학이고 그것을 이 세상에 창건한 이가 수운 최제우 선생이다.

오랫동안 피지배 계급에 속한 자신의 신분을 당연시하며 살아온 이 땅의 민초들은 수운 선생의 동학사상을 접하게 되면서 '범인凡人이 성인聖人이 되고, 소인小人이 대인大人이 될 수 있다.'는 천지개벽과 같은 커다란 깨우침에 도달한다.

동학 연구가 삼암 표영삼 선생은 평소 수운 선생의 동학사상에 대해 다음과 같이 간추려서 말씀하였다.

"수운 선생의 동학사상을 한마디로 요약하면 시천주侍天主입니다. 사람은 자신 안에 모신 한울님과 둘 아닌 하나이므로, '사람이 곧 하늘이며 사람 섬기기를 한울님같이 하라.'는 거지요. 사람 자체가 한울님이 아니라 사람에게 한울님이 모셔져 있기 때문에 사람이 바로 한울님인 겁니다. 그리고 주문呪文 삼칠자三七字의 수행은 사람이 성인聖人 되는 지름길이며, 누구나 한울님으로 승화되는 가르침입니다."

삼암 표영삼 선생은 『동학1, 2』(통나무)와 『표영삼의 동학이야기』(모시는사람들)라는 동학의 교과서와 같은 중요한 저서를 남겼다.

해월 최시형 선생은 법설 「독공篤工」 편에서 성인聖人이 어떤 사람인가를 말씀하였다.

내가 젊었을 때에 스스로 생각하기를 옛날 성현聖賢(聖人과 賢人)은 뜻이 특별히 남다른 표준이 있으리라 하였다. 그런데 한번 수운 대선생님을 뵈옵고 마음공부를 한 뒤부터는, 비로소 별다른 사람이 아니요, 다만 마음을 정定하고 정하지 못하는 데 있는 줄 알았다. 요순堯舜(요임금과 순임금)의 일을 행하고 공맹孔孟(공자와 맹자)의 마음을 쓰면 누가 요순이 아니며 누가 공맹이 아니겠는가. 여러분은 내 이 말을 터득하여 스스로 굳세게 하여 쉬지 않는 것이 옳겠다.

해월 선생은 부지런히 힘써 공부하고 수련하면 '누구나 성인'이라는 진리를 깨달아, 성인의 경지에 이를 수 있다고 말씀하였다.

수운 선생은 평범한 사람으로서 평범하지 않은 진인眞人(참된 도를 깨달은 사람)이자 성인聖人이다. 세계 4대 성인인 석가와 공자, 예수와 마호메트를 세계 4대 성인이라고 한다면, 수운 선생을 더하여 5대 성인으로 추앙함에 부족함이 없다.

수운 선생은 누구나 대인大人[10]이자 성인聖人이 될 수 있다는 진리를 가르치신 분이다. 동학·천도교 3세 교주 의암義菴 손병희孫秉熙 선생은 「성범설聖凡說」에서 성인聖人과 범인凡人은 본래 구별이 없다고 말씀하였다.

한 나무에 꽃이 피니 꽃도 같은 색깔이요, 한 꼭지에 열매가 맺혔으니 열매 또한 같은 맛이라. 성품은 본래 한 근원이요, 마음은 본래 한 하늘이요, 법은 본래 한 체이니 어찌 성인과 범인(의 구별-필자 주)이 있으리오.

동학은 기존의 인식체계와 문명文明을 완전 탈바꿈시켜 새로운 세상을

---

10 대인(大人). 범인(凡人)으로서의 소인(小人)에 대하여 성인(聖人)을 이르는 말. 말과 행실이 바르고 점잖아 덕을 베풂이 하늘과 같은 사람(與天地合其德).

여는 다시개벽, 즉 후천개벽後天開闢의 오만년지五萬年之 무극대도無極大道[11]
이다. 수운 선생은 「용담가」에서 노래하였다.

> 어화세상 사람들아 무극지운 닥친 줄을 너희 어찌 알까보냐. 기장하다 기장하다 이내운수 기장하다. 구미 산수 좋은 승지 무극대도 닦아내어 오만년지 운수로다.

이제, 오만 년 운수가 열린 그 길을 따라가 보자.

근암공, 한씨 부인을 맞이하다

때는 갑신년甲申年(1824) 시월 이십팔일 늦가을이었다. 농민들의 주름진 얼굴에 모처럼 웃음꽃이 피는 추수秋收도 끝났다. 산천은 비단에 수를 놓은 듯 매우 아름다웠다. 그러나 조금만 고개를 돌려보면, 텅 빈 들녘은 쓸쓸한 백성들의 가슴이었다. 그해 가을걷이가 끝난 백성들은 몇 명만 모여도 수군거렸다.

> 말세야 말세, 이놈의 세상 얼른 망해버려야지. 구세진인救世眞人이 출현하여 세상을 건져야 할 것이야.

---

11 무극대도(無極大道). 동학·천도교의 진리가 유불선(儒佛仙)의 근원이기 때문에, 궁극적인 최고의 가르침이라는 의미에서 수운 최제우 선생이 칭한 말. 또는 동양사상의 근본인 무극·태극·음양·오행에서 처음의 무극을 이르는 말.

사람들은 탐관오리들의 횡포와 시시각각 조선 땅으로 다가오는 서양 세력의 압도적인 무력에 대한 걱정으로 근심 걱정이 떠날 날이 없었다. 더 나아가 '조선이 망하고 새로운 나라가 세워질 것'이라는 『정감록』 등 참서의 예언이 실현될 날을 간절한 희망을 품고 기다리고 있었다. 그 바람(願望)에 대한 응답처럼 수운 선생이 탄신誕辰하신[12] 것이다.

수운 선생의 아버지 근암공近庵公, 최옥崔鋈은 벼슬을 하지 않은 산림처사山林處士[13]로, 퇴계 이황李滉[14]의 성리학性理學[15] 학통을 이은 선비로서 경상도 일대에 그의 학문과 덕망이 높았다.

근암공은 이미 오천 정씨와 달성 서씨[16]를 아내로 맞이한 적이 있으나, 모두 가슴 아픈 상처喪妻를 했던 내력이 있어서 혼인할 생각을 아예 접고 있었다. 그리고 둘째 동생 규의 큰아들 제환(世祚)을 양자로 들여 모든 살림을 맡기고, 부친(宗夏, 수운 선생의 조부)이 학사學舍로 마련해 준 용담 계곡의 용담서사龍潭書舍(현재의 용담정 자리; 표영삼)에서 벗들과 도담道談을 즐기면서 학문을 정리하고 제자들을 가르치는 것을 낙으로 삼고 있었다.

제자들은 스승이 홀로 지내는 것이 안타까워 재혼을 여러 번 권하였으

---

12 수운 선생의 출생은 동학·천도교를 창도한 성인(聖人)의 탄생이므로 성인(聖人)과 같이 훌륭한 사람이 태어남을 의미하는 '탄신(誕辰)'이라는 말을 쓰기로 한다.
13 산림처사(山林處士). 벼슬을 하지 않고 세속을 떠나 산골에 파묻혀 글이나 읽고 지내는 선비.
14 퇴계 이황(退溪 李滉, 1501~1570). 성리학을 심화, 발전시킨 조선의 대유(大儒), 즉 큰 유학자.
15 성리학(性理學). 중국 남송의 주희가 집대성한 유학의 한 파. 이기설(理氣說)과 심성론(心性論)에 입각하여 격물치지(格物致知)를 중시하는 실천 도덕과 인격과 학문의 성취를 역설하였다. 우리나라에는 고려 말기에 들어와 조선의 통치 이념이 되었고, 길재, 정도전, 권근, 김종직에 이어 이이, 이황에 이르러 조선적인 성리학으로 체계화되었다.
16 근암공의 부인. 오천 정씨(1758~1797), 달성 서씨(1773~1811).

수운 최제우 대신사가 태어날 때 구미산이 기이한 소리로 사흘 동안 진동하며 울었다고 전해진다.

나 그때마다 근암공은 단호히 거절했다. 그러면서도 근암공은 가끔 뒤를 이을 혈육血肉이 없다는 것을 아쉬워하는 모습을 보이기도 하였다.

그러던 어느 날 제자들은 스승을 재혼시키려 본격적으로 의논하기 시작했다. 경주 금척리에 사는 한모韓某라는 제자가 적극적으로 나서며 말했다.

"우리 스승님께서 후손을 잇지 못하는 것에 안타까워하는 모습을 종종 보이시지 않습니까? 스승님은 나이에 걸맞지 않게 젊고 건강하시므로 재혼을 해서 대를 잇게 해야 하고, 스승님 뒷바라지와 살림살이도 하게 해야 합니다."

한모의 말을 듣고 다른 제자들이 "어디 좋은 배필감이 있습니까?" 하고 물었다. 한모는 조심스레 그간의 사정을 털어 놓았다.

"저의 고모님이 현재 건천면 금척리에 계시는데, 일찍이 혼인을 하였으나 소년과부少年寡婦[17]가 되었습니다. 지금 친가親家에 돌아와서 산 지 10년이 넘었는데, 나이는 30세입니다. 몸가짐이 단정하고 성품이 단아하여 스승님을 모시기에는 부족함이 없는 분입니다."

제자들이 한모에게 고모님의 의중을 확인했는지 물었다. 한모는 확신에 차서 말했다.

"그렇잖아도 제가 일전에 고모님께 넌지시 여쭤보았습니다. 고모님은 스승님에 관해 이야기를 들으시고 겉으로는 말도 못 꺼내게 하시지만, 스승님의 허락이 있으면 생각이 달라질 것입니다."

한모의 진지한 모습에 여러 제자들은 의견을 모았다.

"스승님이 재혼을 포기하고 양자까지 들이셨으니 쉽게 응하지 않겠지만,

---

17 소년과부(少年寡婦). 어린 나이에 과부가 된 여인을 이르는 말. 청상과부(靑孀寡婦).

우리가 적극적으로 나서서 혼인을 성사시킵시다."

이날부터 한모를 중심으로 여러 제자가 한씨 부인과의 재혼을 권하였으나 근암공은 매번 거절하였다. 근암공이 제자들의 간곡한 요청을 번번이 물리친 이유는, 정절을 지키는 과부를 맞이하는 것은 지조를 깨트리는 것으로 온당치 않으며, 최씨 집안은 물론이고 한씨 집안의 체면도 생각해야 한다는 것이었다. 그러나 이 무렵의 근암공의 속마음을 훗날 수운 최제우 선생은 이렇게 노래한 바 있다; "명명한 천지운수 남과 같이 타고나서 기궁한 이내팔자 일점혈육 없단 말가(「몽중노소문답가」)."

당시의 풍속은 물론이고, 혈육으로 하여금 대를 이어가게 하는 것이 천리와 천륜을 지키는 것으로 여기던 당시의 인심으로 보아 이는 인지상정이었다. 그러한 마음의 결을 따라, 일은 자연으로 흘러가고 있었다.

태양이 품속으로

근암공이 제자들의 계속된 요청을 변함없이 사양하므로 양자인 제환[18]까지 나서서 설득하였고, 결국 제환과 제자들은 무리를 해서라도 스승의 혼인을 주선하기로 하였다. 2월 초 어느 날 길일을 잡아 혼례를 준비하였다. 한씨 부인을 금척리에서 모셔 온 제자들과 가족들은 근암공에게 그 사실을 알리고 내일 간소하게 혼례를 치르자고 하였다.

근암공은 가족과 제자들의 뜻을 더 이상 거부하지 못하고 받아들이기로 하였다. 근암공과 한씨 부인의 혼인은 당시 일반적인 혼례 풍속에 따르지 않은 것으로, 유수한 제자들을 둔 명망 높은 선비로서는 상상하기도 힘든

---

18 최제환(1789~1851). 근암공 최옥의 둘째 동생 최규(1770~1832)의 큰아들로 근암공의 양자.

일이었다. 그럼에도 그러한 간소한 절차로 혼례가 진행된 까닭은 한씨 부인이 청상과부 즉 재가녀再嫁女[19]라는 사실에 밖으로 드러나지 않도록 하기 위한 조치였다.

근암공은 "아무리 간소한 혼인이라 하지만 사람으로서 지켜야 할 도리가 있다." 하시며 양자인 제환을 불러 내일 새벽에 정화수 한 그릇을 떠 오도록 했다. 그리고 그 다음날 새벽, 제자들에게 방 안에 있던 한씨 부인을 모시고 나오도록 하여 정화수를 사이에 두고 혼례의 예를 갖추었다.

근암공은 지난밤에 와룡臥龍[20]이 잠에서 깨어나는 예사롭지 않았던 꿈을 생각하며 혼례에 임하였다. 한씨 부인도 전날 해가 품 안으로 들어오는 꿈을 꾼 터라, 이 혼례가 자기 한 사람의 호불호에 따른 것이 아니라, 더 큰 운명의 일부라 생각하고 엄숙하게 혼례를 행하였다.

이 혼인은 서로 홀로된 근암공과 한씨 부인의 정식 혼인이다. 다만 한씨 부인이 한 번 혼인했다가 다시 혼인하게 되었으므로 재가녀일 수밖에 없었다. 조선은 성종 때에 왕조의 근본을 이루는 법전인 『경국대전』「예전」에, 재가녀자금고再家女子禁錮, 즉 '재가한 여자가 낳은 자녀에 대하여 벼슬길을 제한'하고 있었다.

근암공은 한씨 부인을 첩으로 들인 것이 아니라 정식으로 혼례를 치렀기 때문에, 자손이 서자가 될 처지는 아니었지만, 재가녀의 자손으로서 차별을 받아야 하는 사실에 걱정하지 않을 수 없었다.

당시 양반 사대부들은 재가녀와는 혼인하지 않는 게 불문율이어서, 가

---

19 재가녀(再嫁女). 조선 시대 혼인을 두 번 한 여인을 뜻한다.
20 와룡(臥龍). 누워 있는 용이란 뜻으로, 지금은 초야에 묻혀 있으나 때를 만나면 큰일을 할 사람을 비유적으로 이르는 말이다.

문의 입장도 생각해야 하는 고민도 있었다. 이런저런 걱정으로 근암공은 한씨 부인을 맞이하면서 밝은 표정이 아니었다.

그러나 모두가 하늘의 뜻이요 운명이라 생각하며 혼례를 마쳤다. 이 운명적인 만남이 조선의 역사를 뒤흔들며 개벽 세상을 여는 동학을 포태함은 물론 그 동학이 세상을 일깨우는 위대한 역사 창조를 이끌어가게 될 줄, 그때는 아무도 알지 못했다.

예부터 세상이 혼탁하고 어지러워지면 사람들은 진인이나 성인의 탄생을 기대하게 된다. 성인이 탄생하는 이야기는 여러 가지 신비담, 영웅담이 전해진다. 남다른 부부 인연, 탄생의 기이함, 신비한 자연현상 같은 이야기가 전해지기 마련이다.

고대 국가를 건국한 왕은 알에서 태어난다는 신화의 주인공인 경우가 많다거나 어떤 성현은 하늘이 점지하여 출생하였다거나 또 어떤 영웅은 온갖 고난과 죽을 고비를 넘기며 만백성을 살리는 영웅으로 성장한다는 설화들이 전해오지 않던가.

> 와룡이 잠에서 깨어나고 태양이 품속으로 들어오고
> 그러한 꿈같은 이야기가 꿈이 아닌 현실이 된다.
> 위대한 성자가 되기 전 평범한 가정에서 태어난 아기였던 한 사람이.

수운의 어머니, 기록된 내용이 없다

수운 선생의 어머니 한씨 부인은 동학의 역사는 물론 최씨 문중과 한씨 문중에서조차 철저히 감추어진 인물이 되었다.

공자의 역사를 보더라도 그 어머니 안씨 부인에 대한 일화가 많이 나온다. 공자의 어머니 안징재는 첩실妾室²¹로 공자를 만났으나 계성왕부인啓聖王夫人이라는 시호까지 추존하고 있다. 예수의 역사에서도 그 어머니 마리아는 성모聖母로 추존되면서, 거룩하신 동정녀로 세계 곳곳의 성당 앞 기도처에 동상들이 세워져 신격화되었다.

그런데, '시천주侍天主 인내천人乃天'의, 세계 종교 역사에서 전무후무하게 인존人尊을 천존天尊으로 승화하고, 남녀, 빈부, 신분 고하의 차별을 두지 않는다는 동학·천도교가, 이렇듯 수운 선생 어머니의 존재에 대해 무심한 것은, 기이한 일이 아닐 수 없다. 그래서 필자는 숨겨진 역사의 뒷면을 더듬어, 최소한이라도 한씨 부인에 대한 조명을 시도해 보려 한다.

수운 선생의 어머니 한씨 부인은 근암공의 세 번째 부인으로, 당시 재가녀 신분이라는 결점 때문인지 역사의 흔적을 찾기란 쉽지 않다. 경주 최씨 사성공파는 물론 수운 대선생의 7대조인 최진립의 정무공파 문중의 족보에서도 찾아보기 힘들었다.

근암공의 글을 모은 『근암문집』에도 한씨 부인에 앞서 돌아가신 정씨, 서씨 두 부인의 제문祭文은 있으나, 한씨 부인 제문은 없다. 아마도 후일 근암공 행장을 정리하던 편저자가 재가녀의 신분 문제로 가문의 체면상 고의로 빼버린 것은 아닌지 추정해 볼 뿐이다.

동학과 천도교의 여러 주요 문헌에도 "근암공의 제자 한모가 자신의 고모인 청주 한씨²²를 중매하였다."는 간단한 기록이 있다. 문헌에 의하면, 한씨 부인이 근암공의 집에 와서, "저는 나이 서른에 금척리 친가에서 과부로 지냈는데, 갑자기 정신이 혼미해져 비몽사몽非夢似夢 간에 태양이 품속

---

21 첩실(妾室). 정실부인이 아닌 첩으로 둔 여인이 사는 집 또는 방을 이른다.
22 곡산 한씨가 청주 한씨로 잘못 알려짐.

으로 들어오며, 이상한 기운에 몸이 이끌리어 나도 모르게 이곳에 왔습니다."라는 몇 줄의 글이 교중 기록의 전부다.

  한씨 부인을 재조명하는 차원에서 숨겨진 이야기의 문헌을 찾아내고 구전, 설화 등을 정리하면서 뜻밖에 한씨 부인의 집안 되는 한영수 씨와 연락이 닿았다. 한영수 씨로부터 한씨 부인에 대한 이야기를 자세히 들으니 수운 선생의 성격이 아버지 근암공보다는 어머니를 더 닮은 것으로 짐작되었다. 필자가 수운 선생에 대해 알아본 이야기와 한영수 씨에게 들은 이야기를 간추려보면 다음과 같다.

  곡산 한씨 집안에서는 한씨 사모님을 대대代代고모님이라 불렀다. 한영수 씨는 "근암 최옥 선생 부인인 대대고모님은 청주 한씨가 아니라, 곡산 한씨谷山韓氏입니다."라고 분명하게 말했다.

  곡산 한씨의 시조는 한예韓銳이고, 송나라 8학사의 한 사람으로 1206년(고려 희종 2년) 고려에 들어와 문화시랑평장사를 역임한 후 곡산부원군에 봉해진 사람이다. 그 뒤 후손들이 황해도 곡산에 살면서 본관을 곡산으로 하였다. 곡산 한씨의 조상들은 원래 고구려에 살았는데, 삼국통일 당시 살았던 곳이 중국 땅에 편입되는 관계로 송나라에서 살다가 시조님께서 고려로 다시 돌아왔다. 곡산 한씨를 가리켜 중국 성씨라고 하는 분들도 있으나 한영수 씨는 "대만국립도서관에 가서 한예韓銳 시조의 자료를 찾아보았으나 없더군요. 분명한 것은 우리나라 성씨라는 점이고, 저는 물론이고 곡산 한씨들도 그렇게 알고 있습니다."라고 말했다.

  곡산 한씨 집안에도 대대고모님, 즉 수운 선생의 어머니 한씨 부인 이야기가 자세히 전해지는 것은 아닌데, 근암공에게 재취再娶로 시집갔다는 점 때문에 최씨 집안에서와 마찬가지로, 족보는 물론 집안 내력에도 자세히 언급되지 않은 것으로 짐작한다. 그러나 한영수 씨가 아는 이야기들은 비교적 풍부한 편이었다.

한영수 씨는 수운 선생의 어머니인 대대고모님에 대해, 어머님이 돌아가시기 전 집안 비밀이야기라 하며 자세히 알려주었다고 한다. 경주 금척리에 살았던 수운 선생 외가 집안이 동학에 들어가 큰 피해를 보았고, 일제강점기에 천도교와도 깊은 관계를 유지했다. 한영수 씨 아버지께서도 독립운동을 하다가 구사일생으로 살아났다.

수운 선생이 남원 은적암에 가게 된 것도 당시 곡산 한씨들이 오래전부터 남원에 살았다는 것이 한 이유가 됐다. 곡산 한씨는 임진왜란(1592~1598년) 전에는 서울에서 집성촌을 이루었다. 그 후 조선 조정의 권고와 한씨 집안의 결의에 따라 임진왜란 당시 반으로 나눠 경상도와 전라도에 정착하면서 왜군에 저항하는 데 큰 힘을 보탰다.

그와 같은 인연으로 경주와 남원에도 곡산 한씨가 집성촌을 이뤄 대대로 살게 되었다. 현재 곡산 한씨 집안은 과거 집성촌의 영향으로, 주로 경주 금척과 광명에 근거지를 두고 있으며, 남원에는 일부가 거주하고 있다.

곡산 한씨 가문의 중요한 가풍은 남녀평등을 철저히 실천한다는 점이다. 한씨 집안의 여성들이 말을 타고 시장 보러 다니는 것이 보수성이 강한 경주 일대에서 눈총을 많이 받았다는 이야기도 있다. 이는 고구려 기마민족의 후예로서 강한 여성상을 계승했다는 이야기와 더불어 전해 온다.

한영수 씨는 "동학·천도교의 기록에는 저의 대대고모님 한씨 부인의 이야기가 제대로 전해오지 않고 있다지만 재가녀라고 해서 죄인처럼 살지는 않았습니다."라고 말했다.

그리고 교중(敎中, 천도교단) 기록에 한씨 부인에 대해 거의 있는 듯 없는 듯 살아온 것처럼 전해지는 것을 강하게 부인했다. 그는 강한 어조로 "당시 보수성이 강한 경주에서 수운 선생의 혁명적인 기상은 아마 어머니 한씨 영향을 받은 것이 아닌가 생각합니다."라고 하였다.

수운 선생이 득도 이후 경주에서 포덕을 시작하고 세상 사람들이 용담으로 몰려들자 관에서는 수운 선생을 지목하여 핍박하였다. 이에 수운 선생이 경상도 땅 경주를 떠나 잠시 은거한 곳이 전북 남원 은적암이다. 어떤 계기로 수운 선생께서 남원으로 가게 된 것일까?

한영수 씨를 통해 교중 기록에도 없는 수운 선생 어머니 이야기를 들을 수 있었다. 한영수 씨의 이야기는 곡산 한씨 집안에 대대로 전해 내려오는 구전이라는 한계가 있지만, 수운 선생 어머니의 집안 이야기는 남원 은적암과 동학의 관계를 밝히는 중요한 단서임에 틀림없다.

금척리는 지금도 곡산 한씨 집성촌이며 현재 수십여 호의 곡산 한씨가 살고 있다. 동학 연구가 삼암 표영삼 선생은 1984년 금척리 한씨 문중의 족보를 자세히 살펴보았으나, 한씨 부인에 대한 기록은 없었다고 한다. 아마 재가녀 신분으로 재혼을 했으니 최씨와 한씨 양쪽 가문에서 모두 기록을 제대로 남기지 않은 것으로 추정할 수 있다. 인구조사에 의하면 곡산 한씨는 2000년에 1,562가구 4,917명으로 조사되었다.

수운 선생 어머니는 감추어진 인물이라지만
숨겨진 역사를 들춰보면 여장부라 할 만하더라.
근암공의 성인적인 면모가 수운에게 이어졌다면
한씨 부인의 올곧은 기상이 탯줄을 타고 수운에게 이어졌구나.

큰 성인聖人이 태어나다

동학의 창시자 수운 최제우 선생은 신라 말기의 석학 고운 최치원孤雲 崔致遠[23]의 25세손이며 정무공 잠와 최진립貞武公 潛窩 崔震立[24] 장군은 7대조가 된다. 수운 선생은 아버지 근암공과 어머니 한씨韓氏 사이에 만득자晩得子[25]로 태어난다.

수운 선생은 1824년 갑신년甲申年 10월 28일(陰) 경주시 현곡면 가정리 (315번지)에서 태어났다. 본향은 경주, 아명兒名은 복술福述(또는 卜述)이며, 본래 이름은 제선濟宣, 자字는 도언道彦이었다. 후일 구도 과정에서 이름은 제우濟愚로, 자는 성묵性黙으로 바꾸었고, 호는 수운水雲으로 정했다.

어렸을 때 집에서 불렀던 이름 '복술福述'은 어머니 한씨 부인이 아들의 무병장수를 기원하는 의미에서 지었다. 당시 경주 지역에서는 건강하게 오래 살라는 뜻에서 복술이라 이름 짓는 경우가 흔히 있었다고 한다. 아버지 근암 최옥 선생近庵 崔鋈 先生[26]이 낳은 귀한 자식이라 귀동자를 부를 때 '복술'이라 한 것처럼 자연스럽게 별명처럼 따라다녔다. 훗날 호號[27]를 수운水雲이라 지은 것은 경주 최씨 시조始祖인 최치원 선생의 자字가 고운孤雲 또는 해운海雲이어서 운雲 자를 넣은 것이라는 말이 전해온다.

시인 김지하는 수운 선생 일대기 담시에서 제목을 '이 가문 날에 비구름'

---

23 고운 최치원(孤雲 崔致遠, 857~920?). 경주최씨 시조, 신라 말기의 석학.
24 정무공 잠와 최진립(貞武公 潛窩 崔震立, 1568~1636). 임진왜란 때의 의병장 출신이며 병자호란 때 순국하였다.
25 만득자(晩得子). 늙어서 낳은 자식.
26 근암 최옥 선생(近庵 崔鋈 先生, 1762~1840). 수운 최제우 선생의 아버지, 퇴계학(退溪學)의 계승자로 영남에서 대유(大儒)로 알려졌다.
27 호(號). 사람이 본 이름이나 자(字) 외에 허물없이 부를 수 있도록 지은 이름을 가리킨다.

이라 하였다. 다시 말해 목말라 하는 대지, 만민과 만물의 생명의 근원인 물과 구름은, 수운水雲의 호가 뜻하는 상서로운 이치가 있다 하겠다.

수운 선생의 탄생 이야기는 조상으로부터 전해 내려오는 전설적 이야기로 시작된다. 고운 최치원 선생은 신라 말기 대학자이자 도인道人으로 알려졌다. 고운 선생 설화에 의하면, 선생은 신라 말기 정치의 혼란을 보고 가족을 이끌고 전국을 떠돌다가 말년에 가야산에 들어가 끝내 나오지 않았다. 그리고 후세 사람들에 의해 고운 선생은 가야산에서 신선이 되었다는 전설적인 이야기가 전해지고 있다. 또한, 집안 식구와 함께 가야산 해인사 이웃에 살았는데, 고운 선생은 주로 해인사에서 수양하다가 여생을 마쳤다는 이야기도 전한다.

천도교단의 기록이나 설화에 의하면, 고운 선생이 남긴 시에 이르기를, "우리 동방에 신령한 기운이 어려 있어 나의 후손 중에 반드시 세상을 개조할 큰 성인聖人이 나타날 것이다."라고 하였다. 고운 선생이 말한 그가 우리나라 문헌文獻의 종장宗匠[28]이 된다고 하였다. 이는 수운 선생을 가리키는 말로, 세상을 빛낼 경서를 남기고 새로운 종교의 창시자가 될 성인聖人이 최씨 문중에서 나온다는 이야기로 전해지고 있다는 말이다.

고운 선생의 「난랑비서鸞郎碑序('난'이라는 화랑의 비석에 쓴 서문)」에는 "나라에 본래부터 전해오는 도道가 있어 유불선儒佛仙(유도·불도·선도)을 포함하니 이를 일러 현묘지도玄妙之道라 한다."는 구절이 있다. 이는 우리나라의 먼 옛날부터 유·불·선儒·佛·仙의 삼교三敎 사상을 내포한 풍류도風流道가 있었는데 인간과 만물을 살리는 근원적인 진리가 있었다는 것으로 설명된다.

---

28 문헌(文獻)의 종장(宗匠). 공자와 같이 경학에 밝거나 글을 잘 짓는 사람으로 후대에 빛나는 경서를 남기고 성인(聖人)이 될 인물.

1. 동학의 근원을 찾아서 | 43

고운 선생은 아마 오랜 세월을 거치면서, 유교·불교·선교 및 여러 종파로 갈라진 원래의 도道가 자신의 후손을 통해 더욱 큰 무극대도無極大道로 세상에 나타날 것이라는 예측을 「난랑비서」에 기록한 것으로 보인다.

이렇듯 수운 선생의 탄생은 고운 선생의 예언적 이야기로 시작한다. 당시 조선말의 혼란하고 어지러운 세상에 유행하던 『정감록』 같은 예언서에도 구세성인救世聖人이 나온다는 이야기가 파다하게 전해지면서 진인 출세를 손꼽아 기다리고 있는 형국이었다.

그날이 왔다. 인류 역사의 선천 오만 년의 묵은 세상을 후천 오만 년의 새 세상으로 개벽시키는 그 첫 시작, 수운 선생이 탄생하는 순간이다. 수운 선생이 태어날 때 새벽하늘이 깨끗하게 맑았고, 상서로운 기운이 집을 휘감으며 둘렀다. 어디선가 불어오는 바람과 함께 꽃향기가 방안에 가득하였고, 구미산 봉우리는 기이한 소리로 사흘 동안 진동하며 울었다고 한다.

이내 동녘 하늘이 환하게 밝아오면서 온 누리를 비추기 시작하자, 동네 안에 아기 울음소리가 우렁차게 울려 퍼진다. 63세의 근암공은 아들이라는 소식에 기쁨을 감추지 않았다.

근암공이 어린 아기를 지긋이 바라보는데 공자지도만물화생孔子之道萬物化生이란 글귀가 떠올랐다. 즉 '공자의 도道로 만물을 교화한다.'라는 말씀이다. 아마도 근암공은 이 아이가 '공자의 가르침을 크게 이어 만물을 교화'하는 위대한 학자가 되기를 기대하고 있었을 것이다.

> 산아, 산아 구미산아 수운 탯줄 품은 산아.
> 만고풍상 세월 속에 너의 모습 변함없네.
> 아기 수운 탄생한 날 산기슭 작은집은
> 상서로운 기운이 감돌고 방안에는 꽃향기 가득.

이 세상길을 밝힐 수운 아기 울음소리,
산과 들이 화답하는 우렁찬 진동 소리.
하늘의 오색구름 내려와 감싸니
수운 아기 얼굴에도 웃음꽃이 피어나네.
산아, 산아 구미산아 수운 탯줄 품은 산아.
만고풍상 세월 속에 그날을 새겨 다오.
그렇게 한 성인이 오시었네.
그렇게 우리 곁에 오시었네.
새 세상 새날을 열어줄 아기, 이 세상에 오시었네.

근암공과 한씨 부인의 사이에서 태어난 사내아이 복술福述이는, 잘생기고 영리했다. 얼굴은 구슬 같이 맑았고, 온몸에서 풍기는 기운은 영롱하였다.

이때 설화가 한 토막 전해진다. 수운 선생이 태어난 날, 삿갓을 깊숙이 내려쓰고 걷던 노승 한 분이 집 앞을 지나다가 그 자리에 멈춰 섰다. 노승은 하늘과 땅을 번갈아 응시하고는 산천이 울리는 우렁찬 아기의 울음소리를 듣고, 크게 한 번 웃고 또 한숨을 깊게 두 번 내쉬었다. 앞의 큰 웃음은 인류 역사에 다시없는 큰 성인聖人의 출세를 뜻함이요, 다음의 깊은 한숨은 성인의 거룩한 순도와 그로 인해 수만의 민중들이 처참한 죽음을 당할 것을 예견하는 것이었으리라.

어린 복술이는 아버지 근암공의 사랑과 엄격한 교육을 받으며 자란다. 또한 어머니의 정성 어린 보살핌과 아들에 대한 사랑도 이만저만이 아니었다. 자라면서 기골이 반듯하고 용모도 수려했다. 동네 아이들과 어울리며 놀이를 할 때는 언제나 대장 노릇을 했다.

수운 선생은 「몽중노소문답가」에서 자신을 이렇게 표현하였다.

> 얼굴은 관옥冠玉[29]이요 풍채는 두목지杜牧之[30]라.

특히 눈동자에 광채가 번뜩여서 사람들이 똑바로 쳐다보지 못하였다. 동네 아이들이 어른들의 말을 흉내내어 최제우에게, "너는 역적이 될 눈이야."라고 하자, 매서운 눈으로 노려보며, "나는 역적이 될 것이니, 너희는 착한 백성이 되어라."고 하였다 한다.

훗날 수운 선생의 수양녀 주씨朱氏는 "눈이 무서워 바로 보지 못했다."고 했다. 우리의 상고사가 "수운 최제우 선생에 의해 동학으로 드러났다."고 말한 김정설[31]도 비범한 수운 선생의 모습에 대한 자기 할아버지의 말이라며 "호랑이 눈의 광채를 뿜었다."는 증언을 남겼다.

수운 선생은 어려서부터 총명하고 비범하였다. 아버지 근암공의 학문을 모조리 전수받았다. 근암공은 퇴계 학맥을 이은 뛰어난 학자였다. 수운 선생은 「수덕문」에서 아버지 근암공에 대해 이렇게 말했다.

> 우리 아버지가 이 세상에 태어나서 그 이름이 경상도 일대를 뒤덮었다. 이곳 사람치고 우리 아버지를 모르는 사람은 없다.

---

29 관옥(冠玉). 관(冠) 앞을 꾸미는 옥(玉)으로, 남자의 얼굴이 아름다움을 형용하는 말.
30 두목지(杜牧之). 중국 당나라의 시인 두목杜牧(803~853). 이름은 목(牧) 자는 목지(牧之). 풍채가 당당하고 아름다워 보는 사람들로 하여금 감탄을 자아내게 하였다고 한다.
31 김성설(金鼎卨,1897~1966). 2대 국회의원(민의원)을 지냈다. 경주가 낳은 천재로 불렸으며, 소설가 김동리의 형으로 호는 범부(凡父)였다. 범부는 우리의 상고사가 수운 최제우 선생에 의해 동학으로 드러났다고 보았다.

영남의 큰 학자였던 근암공은 "여덟 살부터 열다섯 살까지 공부시켜 보면 재간이 있는지 없는지 성공할지 못할지를 알게 된다."며, 열다섯 전에는 마소를 먹이거나 물 대기조차 못하게 하면서 만득자인 수운 선생을 가르쳤다.

복술 소년은 부친의 기대를 저버리지 않았다. 하도 영특해서 동네 사람들은 신동이라 불렀다. 그런데 어느 날 어린 수운은 어머니에게, "아버지께서는 의관을 벗으시고 안방과 사랑방을 마음껏 다니시는데 어머니는 왜 문밖을 자주 다니시지 못하고 안방에 주로 계십니까?"라고 따져 물었다.

어린 시절부터 수운 선생은 '남자는 높고 귀하며, 여자는 낮고 천하다'는 남존여비男尊女卑의 모순에 강한 의문을 가졌던 것이다. 또 언젠가는 아버지 근암공에게, "다른 사람들은 아버지를 보면 먼저 절을 하는데, 아버지는 어째서 먼저 절을 하지 않습니까?" 하고 물었다.

그러던 어느 날 대문 밖에서 "이리 오너라!"하고 하인 부르는 소리가 들리더니 어느 대감이 찾아왔다. 이때 아버지가 급한 발걸음으로 나가 그를 방안으로 정중하게 절을 하며 영접하였다. 이를 지켜보던 수운 선생은, '우리 아버지도 어떤 사람에게는 절을 하는구나.'하고 생각하면서 평등하지 못한 인간 세상을 어린 나이임에도 예리하게 관찰했다. 이해가 되지 않으면 반드시 여쭈어 바른 대답을 원하는 모습을 보이곤 하였다.

어린 나이의 수운, 신동이라 불릴 만큼 영특하였고,
세상을 바라보는 눈은
남녀차별과 불평등한 세상을 예리하게 관찰했다.
이치와 관계에 대해 생각하기 시작했다.

삶이 무엇인가를 생각하다

수운 선생이 10세 되던 해 어머니 한씨가 환원還元(돌아가심)하였다. 당시 마흔으로 아들 제우와 7세의 딸을 남기고 세상을 떠난 것이다. 근암공은 세 번째 부인마저 잃어야 하는 불운을 맞는다. 나이 열 살에 어머님을 잃어야 했던 최제우의 참담한 심정은 어땠을지, 짐작이 간다. 어린 나이의 최제우와 여동생은 어머니를 잃고 몹시 슬퍼하였다.

어머니의 묘는 현재 수운 선생의 태묘가 있는 구미산 산줄기 남쪽 양지바른 곳에 있다. 어린 나이에도 불구하고 생사生死를 비롯한 인생에 대한 근본적인 사색이 이때부터 시작되었다.

수운 선생은 어머니를 잃은 슬픔 속에서도 아버지의 따뜻한 사랑과 가르침을 받으며 성장한다. 아버지 근암공은 성리학을 심화·발전시킨 이황 선생의 영남학파를 계승한 인물이다. 수운 선생은 「수덕문修德文」에 "…아버님이 세상에 나타나심에, 이름이 한 도(一道)[32]에 덮였으니 선비들이 모르는 이가 없었고 덕德이 육대六代를 이었으니 어찌 자손의 남은 경사가 아니겠는가."라고 하여, 아버지 근암공의 학문과 선조들의 덕을 높게 우러러보았다.

수운 선생은 16세 즈음 울산의 박씨 부인을 맞이할 준비를 하였다. 그런데 아버지 근암공께서 노환으로 자리에 눕게 되었고, 1840년 2월 20일 79세의 나이로 돌아가시니, 부친상으로 혼인을 연기할 수밖에 없었다.

근암공은 혈육으로 정씨 부인 소생 딸 1명과 서씨 부인 소생 딸 2명, 그

---

[32] 한 도. 일도(一道). 행정구역상 경상도 즉 여기서는 영남을 말한다.

리고 한씨 부인 소생으로 수운 선생과 딸 1명을 남겼다. 아버지를 잃은 수운 선생의 충격은 컸다. 어머니를 잃고 7년 만에 아버지마저 돌아가셨으니 감당하기 힘든 큰 슬픔이었다.

근암공은 제우가 재가녀의 아들이라는 신분적 한계 때문에 과거시험을 볼 수 없으나, 오직 학문을 단련시켜 도와 덕을 갖춘 큰 선비로 살아가기를 원했다. 또한 최씨 문중에서 따돌림을 받을 때나 마음에 상처를 입으면 그에게 늘 든든한 버팀목이 되어주었으며 어려울 때마다 아들 편에서 용기를 잃지 않고 살아갈 수 있도록 힘이 되어 주었다. 이러한 아버지 근암공마저 세상을 떴으니 수운 선생은 모든 것을 잃은 천하의 고아가 된 심정이었다.

어린 나이에 어머니와 아버지를 잃은 수운,
그 슬픔과 괴로움은 영원히 지워지지 않는 상처로 남았다.
그러나 일찍이 맹자가 노래하기를
"하늘이 장차 어떤 사람에게 큰일을 맡기려 한다면,
반드시 먼저 그 마음과 뜻을 괴롭게 하고,
그 근육과 뼈를 힘들게 하고, 먹을 것을 굶주리게 하고,
입을 것을 아쉽게 하고, 그 몸을 궁핍하게 하여,
그 하는 일마다 어렵고 어긋나게 하나니
이로써 마음을 움직이고 성질을 참게 하여
그 할 수 없던 능력을 기르게 하고,
더욱 잘할 수 있도록 성장시키기 위함이다."라고 한 것처럼
수운의 고난은 예견돼 있었다.

평생 동반자 박씨 부인을 맞이하다

수운 선생은 17세의 나이에, 양친을 모두 잃은 신세가 되었다. 아버지의 삼년상을 마친 수운 선생은 19세 되던 가을 울산의 월성 박씨(또는 밀양 박씨라는 설도 있다)를 부인으로 맞아들인다. 혼인 후 제환 형님 가족과 1년쯤 살았는데, 집에 큰불이 나서 전소되어 큰 곤경에 처한다. 그래서 부인과 양형인 제환의 내외 등 모두 7명의 식구와 같이 지동芝洞에 있는 낡은 집을 고쳐서, 한 달가량 비좁게 살았다.

그 후 수운은 선친이 남긴 용담龍潭의 낡은 집인 와룡암臥龍庵 터 집을 수리하여 이사하면서, 제환 형님과 분가하였다. 수운 선생은 형님 제환과 돈독히 지냈다. 어려운 가정형편에도 형제의 의를 지켰으나 비좁은 집에서 계속 같이 살기가 힘들었기 때문에 독립하지 않을 수 없었다. 분가를 하고 보니, 살 길이 막막해졌다.

이 무렵의 심정을 수운 선생은 「수덕문」에서, "아버지의 평생 사업은 불 속에서 자취마저 없어지고 자손의 불초한 여한은 세상에서 낙심하게 되었노라. 어찌 슬프지 아니하며 어찌 애석치 아니하랴. 마음으로는 가정지업(농사)을 지키려 했으나 심고 거둘 줄을 몰랐고, 글공부도 독실치 못했으니 벼슬할 뜻을 잃은 지 오래였다. 가산은 점점 기울어져 말로가 어찌 될지도 알 수 없었다."라고 하였다.

혼인 후 아버지가 물려준 집과 재산마저 모두 불타 버리고 잠자리마저 걱정해야 하는, 오갈 곳 없는 고아와 같은 자신의 처지와 신세를 한탄한 것이다.

수운 선생은 자신의 인생에 큰 변화의 파도가 밀려오고 있음을 알아차린다. 아버지와 어머니의 남녀 차이, 아버지와 다른 사람들 사이의 신분 차이에서 출발하여, 자신의 신분에 대한 근본적 질문이 사회현실과 부딪치면서 세상과의 갈등이 시작된 것이다. 영남에서도 알아주는 가문임에도 불구하고, 재가녀라는 어머니의 신분 문제가 바로 자신에게 직결된다는 것을 자각한 것이다.

> 꿈일런가 잠일런가 허허 세상 허허 세상 다 같이 세상사람 우리 복이 이러할까. ᄒᆞ늘님도 ᄒᆞ늘님[33]도 이리 될 우리 신명 어찌 앞날 지낸 고생 그다지 시키신고. 오늘사 참말이지 여광여취 저 양반을 간곳마다 따라가서 지질한 그 고생을 눌로 대해 그 말이며, 그중에 집에 들면 장담같이 하는 말이 그 사람도 그 사람도 고생이 무엇인고. 이내 팔자 좋을진댄 희락은 벗을 삼고 고생은 희락이라. 잔말 말고 따라가세 공로할 내 아니라. (「교훈가」)

수운 선생의 후일 동학 창도 배경에는 아버지의 학문과 인격 그리고 불평등한 사회구조, 기성종교인 유불선儒佛仙의 오랜 전통과 최근의 쇠퇴('유도불도 누천년에 운이 역시 다했던가'), 서학西學의 유입과 외세의 동점東漸에 대한 경계심 등이 있음을 알게 된다. 또한 재가녀 한씨 부인의 자식이라는 신분 문제도 중요하게 작용하였다. 그리고 이대로는 안 되겠다는 자신과 사회의 모순에 대한 새로운 대안, 즉 해답을 얻기 위한 본격적인 구도의 고민과 방황이 시작된다.

마침내 수운 선생은 구미산 골짜기의 집을 떠나 장사를 방편 삼아 전국

---

33 ᄒᆞ늘님. 수운 선생은 당시 우리나라에서 사용했던 신에 대한 명칭을 'ᄒᆞ늘님'으로 교훈가 등 한글 경전에 표기하였다. 'ᄒᆞ늘님'은 조물자(造物者·조물주造物主) 즉 우리말 한자 표기로 천주(天主) 또는 상제(上帝)라고 할 수 있다. 'ᄒᆞ늘님'은 하날님·하나님, 하늘님·하느님 등 여러 명칭으로 표현되었으나, 오늘날 천도교에서는 '한울님'이라 호칭한다.

을 주유하면서 세상을 구할 도를 찾겠다는 굳은 결심을 하게 된다.

그러나 부인을 설득하는 일이 우선이었다. 평생 공부만 한 사람이 장사를 한다는 것도 그러하고, 근암공의 지위나 명망 그리고 어엿한 양반가의 자손이라는 신분에 어긋나는 장사를, 부인으로서 도무지 용납할 수 없었던 것이다. 수운 선생은 가족을 버리고 출가하듯이 집을 아주 떠나는 무책임한 사람은 아니었다. 그래서 수운 선생은 가정생활에 도움이 되는 장삿길의 계획을 말하고, 가끔 집에 돌아와 살림비용도 주겠다며 박씨 부인을 설득하는 데 모든 정성을 들인다. 그리고 장사할 수 있는 자금을 마련하기 위해 제환 형님과 주위의 가까운 이들에게 부탁하여 약간의 종자돈도 마련하였다.

수운 선생의 끈질긴 설득에 박씨 부인은 "알겠습니다. 사실 우리가 살아갈 특별한 대책이나 방법도 없지요. 당신을 믿기로 했어요." 하며 마침내 장사길 나서는 것을 허락하였다.

수운 선생은 부인에게 염치없는 표정을 지으며, 간곡히 말하였다.

"내가 이렇게 집을 떠나 장삿길을 선택하는 이유는 누구보다도 당신이 잘 아실 겁니다. 남아로서 무슨 궁색한 변명을 하리오. 이곳 우리가 사는 집이 산속과 같아서 아마 무서운 생각도 들 것입니다. 혹시 뜻이 있으면 울산 처가에 가 계셨으면 합니다."

수운은 길을 나선다. 팔도를 유람하는 장삿길에 들어선다.
방방곡곡 현인을 찾아 구도의 길을 떠난다.
부인과 가족을 두고 발걸음이 떨어지지 않는다.
괴나리봇짐 둘러매고 험한 여정에 오른다.
그 길은 길 없는 길이고, 그 길은 길을 만드는 길이었다.

방황은 깨달음의 계기가 되다

박씨 부인은 입을 꼭 다물고 서러움을 애써 참았다. 흐르는 눈물을 연신 훔쳐냈다. 수운 선생은 옷감과 생활용품 등짐 꾸러미를 묶어 등에 지고 세상만사 다 잊고 출가한다는 비장한 심정으로 집을 나섰다. 한편으로는 가족을 먹여 살려야 하는 책임감도 컸지만, 구도의 뜻을 단념할 수 없었다.

수운 선생은 금강산을 비롯하여 이름난 산과 큰 절을 찾아 도가 높은 스님들과 이야기도 나누고, 때로는 역학易學[34]에 이름난 선생도 찾아가 배우고, 예언서들도 읽으면서 주유팔로周遊八路,[35] 즉 나라 안 방방곡곡을 두루 답파踏破하였다. 또한 마음이 답답하고 세상 돌아가는 모습에 실망이라도 하면 말타기와 활쏘기 그리고 칼춤을 추며 울분을 달랬다. 그러다 약간의 돈이 모아지면 집에 들러 부인에게 생활비를 주기도 하였다.

박씨 부인은 수운 선생의 그간 장삿길을 수년간 지켜보면서, '저 양반이 장사꾼이 된 게 아니라, 무슨 큰 포부를 갖고 떠돌이 생활을 한다.'는 생각을 하였다. 이에 박씨 부인도 아이들을 친정에 맡기고 고집스럽게 수운 선생이 가는 곳을 따라다니려고 함께 집을 나서기도 하였다.

수운 선생은 「교훈가」에서 "…오늘사 참말이지 여광여취 저 양반을 간 곳마다 따라가서 지질한 그 고생을 눌로 대해 그 말이며…"라고, 부인이 하신 말씀을 기록하였다. 이는 이리저리 이사 다녔다는 말도 되며, 장삿길에 따라 나섰다는 말도 되는 것이라고 본다.

---

34 역학(易學). 〈주역〉이나 역점의 괘를 풀어서 인생사나 만물의 변화를 설명하는 학문을 이른다.
35 주유팔로(周遊八路). 조선 팔도 전역을 두루 돌아다니며 유람한다는 뜻. 그 뜻을 확장해서 주유천하(周遊天下)라 하기도 한다.

박씨 부인이 수운 선생을 따라 나섰다가 지아비의 끈질긴 설득으로 다시 집에 돌아가곤 하는 일이 반복되었으나 아이들 양육 문제로 같이 방랑하며 장사하는 일을 포기한다.

당시 조선 후기 상황은 부정부패가 속속들이 만연한 상태에서 조선을 지탱해 온 유교적 지배 체제가 무너지면서 혼란이 확산되는 시기였다. 백성들의 생활은 몹시 어렵고 비참하여 나라에 대한 원성이 커져 가고 새로운 세상을 찾는 목소리가 높았다.

조선 순조 11년(1811) 홍경래洪景來(1771~1812)가 난리를 일으켰다가 좌절된 뒤로 나라 곳곳에는 민중들의 집단 소요, 민란이 그치지 않았다. 또한 임금의 외척 세력이 정권을 마음대로 휘두르면서 나라의 질서가 흔들리며 국가 위기는 점점 심화하고 있었다.

『정감록』과 같은 참위서讖緯書와 도참설圖讖說이 널리 퍼지고, 생존과 현실도피를 위해 전국 각지의 승지勝地(난을 피할 수 있는 땅, 지역)를 찾아 이리저리 방황하는 백성들의 수는 헤아리기 어려웠다. 국가 통치이념인 유교의 성리학이 제 역할을 하지 못하고, 정부에서 배척하여 산중으로 숨어 들어간 불교 역시 큰 힘을 발휘하지 못하였다.

수운 선생은 당시 유교의 영향력이 약화된 상황을 유교 윤리의 근본인 오륜五倫이 유명무실해진 것을 예로 들어 한탄하면서 "부자유친父子有親·군신유의君臣有義·부부유별夫婦有別·장유유서長幼有序·붕우유신朋友有信 있지마는 인심풍속 괴이하다."고 노래하였다.

또한, 서학西學이 조선에 들어와 전통문화와 부딪치면서 사회 혼란은 더욱 가중되고 있었다. 그리고 이웃의 큰 나라 중국이 곧 서양의 나라에 힘없이 무너질 것이라는 소문들은 조선 민중들에게 심한 불안감을 안겨주었다.

수운 최제우 선생과 박씨 사모님의 고생길

수운 선생이 주유팔로를 통해 본 조선 사회는 곳곳에서 유교적 질서가 무너지고 혼돈 속에서 각자위심各自爲心[36]하는 세상이었다. 이에 수운 선생은 '군불군君不君·신불신臣不臣·부불부父不父·자부자子不子' 즉 임금이 임금 구실을 못하고 신하가 신하답지 못하고 아비가 아비 구실을 못하고 자식이 자식 역할을 못 하는 세상을 향해 이렇게 선언한다.

> 아서라 이 세상은 요순지치堯舜之治[37]라도 부족시오 공맹지덕孔孟之德이라도 부족언不足言[38]이라.

수운 선생은 당시 시대의 위기는 요임금과 순임금은 물론 공자나 맹자와 같은 성현이 온다 해도 해결하지 못할 정도로 심각하다고 판단하였고, 500년 동안 조선 통치이념의 근간을 이루던 유학만으로는 부족하다는 사실을 절실히 깨달았다. 또한 병서兵書도 공부하고 음양 술서術書나 서학西學에도 깊은 관심을 가졌지만, 해답을 찾지는 못한다.

1854년, 수운 선생의 나이 31세, 장삿길과 함께 조선 팔도 곳곳을 돌아다니며 혼탁한 세상을 정화하고, 도탄에 빠진 사람들을 구원할 그 해법을 찾지 못하고 10년간의 주유천하를 마감한다. 뚜렷한 성과는 없었지만, 수운은 왠지 모를 기대감에 휩싸였다. 그 기대감이 어디로부터 비롯하는지, 수

---

36 각자위심(各自爲心). 사람마다 제 마음대로 함. 자신만 위하고 남이나 천심(天心)은 전혀 생각지 않는 이기적인 마음. 수운 선생은 각자위심과 상대적인 말로 동귀일체(同歸一體)라는 표현을 사용하였다.
37 요순지치(堯舜之治). 요순은 고대 중국의 요임금과 순임금을 이르며, 요임금과 순임금 같은 성인이 다스리는 이상적인 세상을 이르는 말.
38 공맹지덕(孔孟之德) 부족언(不足言). 공자와 맹자의 덕행으로도 오히려 말하기에 부족하다, 어찌할 수 없다는 뜻

운은 차분히 그 길을 거슬러 올라가 보기로 하였다.

> 수운, 십여 년의 장삿길 팔도 유람의 세월,
> 요순과 공맹 석가 예수가 다시 와도 어쩔 수 없는
> 혼탁하고 답답한 세상 그래도 진리를 찾아
> 온갖 고생을 감수하며 구도의 열정을 품었지만
> 남은 것은 빈 허공 같은 쓸쓸하기 그지없는 마음뿐.
> 그러나 그 큰 방황은 결국 깨달음의 길을 열어주는 것이 세상의 이치
> 아무것도 이루지 못한 지금이야말로 대도의 출발이다.

수운 선생은 용담에 다시 돌아와 사색에 전념코자 하였으나 마을로부터 떨어진 곳에 있어도, 용담은 너무 분주한 곳이었다. 하루도 빠짐없이 수운의 일거수일투족을 두고 말이 많았다. 가정리는 물론이고 경주 일대에, 최옥 선생의 아들 수운(최제선)이 탕패 산업한 것은 물론이고 아버지(최옥)의 명성에 먹칠을 한다는 풍문도 떠돌았다. 수운은 좀 더 사색 명상에 집중할 곳을 찾아 용담을 떠나 박씨 부인의 고향인 울산으로 이사하기로 결심한다.

가족들은 처가에서 머물러 살게 하고, 수운은 그곳에서 멀지 않은 유곡동 여시바윗골에 세 칸 초옥을 마련하였다. 또 그동안 장사를 하면서 간간이 살림비용으로 준 돈을 부인이 절약하여 모아둔 것으로 집 앞 6두락(여섯 마지기)의 논을 사서 농사를 지으며, 사색 명상도 같이해 나갈 요량이었다.

> 얻기도 어렵고 구하기도 어려우나 실은 이것이 어려운 것이 아니니,
> 마음이 화하고 기운이 화하여 봄같이 화하기를 기다리라.

得難求難 實是非難 心和氣和 以待春和 (「제서」)

여시바윗골에서 신비한 체험을 하다

울산 태화강 상류에 있는 유곡동 호암곡狐岩谷 일명 여시바윗골은 야산에 둘러싸여 조용하고 아늑한 곳이다. 또 상서로운 기운이 감돌아 마치 어머니 품안처럼 포근하고 편안하게 느껴지는 곳이다. 현재 복원된 초당 앞에서 잠시 앉아만 있어도 마음이 안정되며 정신적 고향 같은 분위기를 느끼게 하는 명당이다.

수운 선생이 여시바윗골 초당에서 시작한 사색과 기도는 반년이 지나도록 아무런 증험도 나타나지 않았다. 마음이 답답하여 십 년간 주유천하 때 얻은 책을 곱씹어 읽거나 자신이 한계에 이른 것을 자책하고 있었다. 그러다가 다음 해인 1855년(32세, 을묘년) 3월 3일 처음으로 영적 체험을 하게 된다.

따스한 햇살이 내리쬐던 3월의 어느 봄날 정자에 기대어 낮잠을 즐기고 있었다. 비몽사몽간에 문밖에서 주인을 찾는 소리가 들렸다. 문을 열고 바라보니, 어디서 왔는지 예사롭지 않은 모습의 스님 한 분이 정중하게 인사를 하였다.

"소승은 금강산 유점사에서 왔습니다. 기껏 부처님 경전이나 읽는 처지이지만, 아무런 영험이 없었기에 백일기도를 드리면 효험이 있을까 하여 간절히 원하며 기도하였습니다. 기도를 마치는 날 탑 아래서 잠깐 잠들었다가 깨어 보니 탑 위에 책이 한 권 있었습니다. 읽어 보니 그동안에 보지 못한 책이었습니다. 도무지 그 내용을 해득할 수 없어 그날부터 소승은 팔도를 두루 다니며 사람들을 찾아뵈었으나 책의 내용을 제대로 아는 사람을 만나지 못하였습니다. 그러던 중 선생의 소문을 듣고 찾아온 것입니다. 혹시 선생께서 이 책을 알 수 있겠는지요?"

수운 선생은 책상에 책을 올려놓게 하고, 책을 펼쳐 보며 "며칠간 살펴보겠습니다."라고 하였다.

스님은 "그러면 3일 후에 다시 오겠으니, 그동안 자세히 살펴보심이 어떻습니까?" 하고 물러갔다.

약속한 날이 되어 스님이 다시 와서 묻기를, "혹시 깨달은 바가 있습니까?" 하므로, 수운 선생이 "제가 이미 다 알았습니다."라고 했다.

선사는 기뻐하며 말하기를, "이 책은 진정 하늘이 선생께 내려주신 책입니다. 소승은 다만 이 책을 전할 뿐입니다. 바라건대, 이 책의 뜻과 같이 행하시길 바랍니다." 하고 두 손 모아 합장하고 마당으로 내려서는 듯하더니, 홀연히 사라졌다.

수운 선생은 이상하게 생각하였으나, 곧 선사가 신인神人임을 알게 되었다. 수운 선생이 서책에서 읽어 낸 것은 하늘에 기도(祈天)하라는 것이었다. 수운은 노승이 전해준 서책의 내용이 곧 하늘의 계시를 적은 천서天書임을 알고, 지금까지의 명상으로 행하던 구도 방법을 버리고 하늘에 기도하는 수행의 방법으로 전환하는 중대 결심을 하게 된다.

을묘천서乙卯天書 이야기를 전하는 또 다른 기록이 있다. 수운 선생을 좌도난정의 죄목으로 체포했던 선전관 정운구가 임금에게 올린 「장계」에 따르면, 서울을 떠나 경주로 가면서 최제우와 동학에 관해 탐문수사를 하였다고 한다. 당시 수운 선생의 고향인 가정리 근처 마을 사람들에게서 들은 내용은 다음과 같다.

수운 선생은 5~6년 전에 경주에서 울산으로 이사 간 다음 무명옷을 팔아 살다가 가까운 해에 이르러 다시 고향으로 돌아와 사람들에게, '나는 하늘에 제사를 지내며 소원이 이루어지기를 정성을 다해 기도하던 중 돌연 공중에서 책 한 권이 떨어지는 것을 얻어 공부하였다. 사람들은 어떤 글자인지 알지 못하였으나, 나는 홀로 선도라고 말하였다.'라고 하였다.

이렇듯 왕에게 보고한 관변 기록에까지 있는 것을 보면, 을묘천서라고 불리는 영적 체험이 당대의 많은 사람에게 이야기 형태로 전해진 것을 알 수 있다. 수운 선생의 을묘천서 이야기는 밖으로 떠돌며 타인에게서 도를 구하는 데서, 나 자신을 닦으며 궁극적 존재로서의 한울님 계시를 받는 영적 체험으로 도를 구하는 내면적 구도 방법으로 전환하는 장면을 보여주고 있다.

을묘천서乙卯天書[39] 이야기는 선생께서 직접 거론한 적은 없지만, 선생의 제자 강시원(강수)이 지은 『최선생문집도원기서』 등 동학 초기 역사서에 전해지고 있다. 다만 수운 선생이 지으신, 늙은이와 젊은이가 꿈속에서 주고받은 이야기인 「몽중노소문답가夢中老少問答歌」에 "…잠을 놀라 살펴보니 불견기처不見其處 되었더라."즉 '깜짝 놀라 잠에서 깨어 살펴보니, 그곳에 아무도 보이지 않더라.' 등 을묘천서와 닮은꼴의 이야기가 나오는 것으로 보아, 그러한 설화를 낳은 체험이 어떠한 형태로든 있었음을 짐작케 한다. 을묘천서가 사실이냐 아니냐는 독자들의 상상에 맡기기로 한다.

　…금강산 상상봉에 잠간앉아 쉬오다가 홀연히 잠이 드니 몽夢에 우의편천

39　을묘천서(乙卯天書). 수운 선생이 동학을 창도하기 전 1855년 울산 호암곡(狐岩谷) 일명 여시바윗골에서 경험하였다고 전해지는 신비체험. 또는 그 때 받은 책.

羽衣翩躚 일도사一道師가 효유해서 하는 말이 "만학천봉 첩첩하고 인적이 적적한데 잠자기는 무삼 일고. 수신제가 아니 하고 편답강산 하단 말가. 나는 또한 신선이라 이제 보고 언제 볼꼬. 너는 또한 선분 있어 아니 잊고 찾아올까." 잠을 놀라 살펴보니 불견기처不見其處 되었더라. (「몽중노소문답가」)

호암곡 을묘천서 체험 이후 수운 선생은 천성산 내원암[40]과 적멸굴의 칠칠(49일) 기도를 하였다. 결국 을묘천서는 용담 득도의 단초가 되는 신비한 하늘의 계시였다고 할 수 있다. 수운 선생은 을묘천서 체험을 통해 한울님께 기도한다는 새로운 구도의 방법을 터득하고 기약 없는 구도자가 아니라 하늘이 어떤 특별한 사명을 점지하였음을 어렴풋이 느끼게 된다.

도탄에 빠진 세상을 구하고

이야기를 좀 더 구체적으로 따라가 보자. 을묘년 체험 이후 수운 선생은 이듬해 병진년(1856, 34세) 따스한 봄철이 돌아오자 조용한 처소에서 기도에 전념하고 싶었다. 때마침 스님 한 분이 찾아와 양산 천성산千聖山에 있는 내원암內院庵이 기도하기에 좋은 곳이라 소개하였다.

수운 선생은 양식을 준비하고 스님의 안내로 천성산 내원암을 찾아간다. 천성산은 깊은 계곡과 폭포가 많아 경치가 빼어나게 아름다운 산으로, 소금강산이라고도 불리던 곳이다. 천성산에 있는 내원암 계곡은 맑은 물

---

[40] 천성산 내원암. 내원암은 경남 양산 천성산에 있는 암자로 동학과의 인연이 깊다. 현재는 내원사. 수운 선생이 득도 전 이곳에서 수행하였고, 의암 손병희 선생도 1990년 이곳에서 49일간의 독공 수련을 하였다.

이 흐르고 기암괴석과 울창한 숲으로 비경을 품고 있었다.

내원암은 하늘이 감춘 천혜의 사찰로, 수운 선생이 49일 기도를 결행하는 장소로 선택된다. 오직 한마음으로 활연관통하는 깨달음, 하늘로부터 계시가 있기를 바라는 기도 수행이다.

그런데 첫 번째 기도를 마치는 날에서 이틀을 남겨둔 47일째 되는 날, 정성을 드리던 중 문득 숙부가 돌아가시어 상복 입은 모습이 눈앞에 어른거렸다. 그러니 하늘에 정성을 드리는 마음이 편치 않았다. 수운은 결국 기도를 중단하고 산에서 내려왔더니, 과연 숙부(80세)가 돌아가셔서 부고가 당도해 있었다. 자신의 예감이 적중하자 이러한 능력은 바로 수도의 과정에서 오는 것이라 생각되어, 기도에 대한 열정은 더욱 강해졌다. 이후 마음을 가다듬고 1857년 7월에 두 번째 49일 입산 기도를 결행한다.

이번의 기도 장소는, 천성산 내원암 부근의 적멸굴寂滅窟이었다. 적멸굴은 자연동굴로 현재의 내원사 주차장 아래 건너편 계곡을 따라 정상으로 30여 분 올라가면 나타난다. 동굴의 입구 높이가 4미터, 안쪽 높이는 1미터, 길이는 6미터 정도이다. 적멸寂滅이라는 굴의 이름처럼, '번뇌의 세상을 완전히 벗어난 높은 경지'라는 뜻과 같이 세상으로부터 멀리 떨어진 느낌을 주는 곳이다.

적멸굴 입구의 모습은 마치 큰 호랑이가 입을 벌리고 있는 형상으로 안으로 들어가면 세상의 안락함과 단절되어, 인간 욕망의 불이 완전히 꺼지지 않을 수 없게 해 준다. 이곳에서 수운 선생은 삼층단을 짓고 지극정성으로 49일 기도에 들어간다.

수운 선생은 일편단심으로 한울님께 기도하며 간절하게, "저에게 세상을 구할 대도를 내려주시어 도탄塗炭[41]에 빠진 세상을 구하고, 모든 세상 사람이 사람답게 살 수 있는 새로운 세상을 열게 하여 주시옵소서."라고 기도하고 또 기도하였다.

두 번째 입산에서는 자신이 원하는 바를 이루려 혼신의 노력을 다한 끝에 49일 기도를 제대로 마친다. 그러나 기도 결과는 만족스럽지 못했다. 이적의 신통력은 약간 있었으나 새로운 세상을 열 수 있는 하늘의 큰 진리를 받지 못하였으므로, 실망한 채 집으로 돌아갈 수밖에 없었다.

수운 선생의 적멸굴 기도 이야기는 널리 알려져, "경주 최선생이 49일 기도 끝에 도통하여 수리(독수리)가 되어 동쪽으로 날아갔다."는 설화로 변형되어 전해진다. 이 이야기는 60년대까지도 내원암 스님들에게 전해져 왔다고 한다.

> 수운, 하늘의 진리를 깨닫고자
> 적멸, 번뇌의 세상을 완전히 벗어난 대도의 경지를 돌파하고자
> 홀로 굴속에 틀어박혀 마흔아홉 날 하늘에 기원하였다.
> 이도 역시 허공의 메아리가 되어 자신의 목소리만 되돌려 돌아오고,
> 신의 말씀은 귀에 들리지도 않고 마음에 홀연히 깨달음도 없었다.
> 그러나 그도 모르는 사이에, 하늘의 무극한 도는 그 문을 열고
> 수운에게 다가오고 있었다.

---

41 도탄(塗炭). 진흙 구렁이나 숯불 구덩이. 생활이 몹시 어렵고 비참한 상태에 처해 있다는 상황을 이르는 말.

오갈 곳 없는 가련한 신세

수운 선생은 을묘천서의 영적 체험 이후 두 차례에 걸친 입산 기도를 하였지만, 세상을 건질 만한 결정적인 깨달음을 얻지는 못했다.

그러나 자신이 바라는 큰 진리는 깨닫지 못했지만, 입산 기도 전과 후의 마음의 상태는 확연히 달랐다. 정신이 더없이 맑아져 잡념 같은 것은 사라졌고, 눈을 감고 묵상에 잠기면 우주가 품 안에 들어오는 것 같았다. 눈을 뜨고 길을 걸으면 온 세상의 생명이 자신과 일체를 이루는 느낌이었다.

또한, 삶과 죽음이 사계절에 변화하는 초목과 같은 이치라는 것도 자연스럽게 알게 되었다. 그러나 이러한 현상은 후천後天 세상을 열 수 있는 대도大道의 깨달음에는 미치지 못하는 것이었고, 그 이상의 진전은 없으니 답답하고 절박한 심정은 오히려 전보다 더한 듯했다.

게다가, 산 아래에는 식구의 생계를 해결해야 하는 현실적인 과제가 하루하루 마음을 갈라 내서 어지럽히고 있었다. 당시 수운에게는 6두락의 논이 있었으나 농사에 자신이 없었다. 그렇다고 다시 장삿길로 나선다는 것도 여의치 않았다. 어떻게 하면 경제적인 안정을 이루어 집안 살림을 걱정하지 않고 자신의 구도에 전념하여 큰 꿈을 이룰 수 있을까 하는 생각에 잠겼다.

수운 선생은 이때의 심정을 「수덕문修德文」에 기록하였다.

> … 살림이 점점 어려워지니 나중에 어떻게 될 것인지 알 수 없고, 나이 차차 많아가니 신세가 장차 궁졸窮拙해질 것을 걱정하였노라. 팔자를 헤아려 보니 춥고 굶주릴 염려가 있고, 나이 사십이 된 것을 생각하니 어찌 아무런 일도 해놓은 것이 없음을 탄식하지 않으랴. 몸담을 곳을 정하지 못하였으

니 누가 천지天地가 넓고 크다고 하겠으며, 하는 일마다 서로 어긋나니 스스로 한 몸 간직하기가 어려움을 가엾게 여겼노라. 이로부터 세간世間에 분요紛擾한 것을 파탈擺脫하고 가슴속에 맺혔던 것을 풀어 버리었노라….

야심찬 사업도 실패로 끝나고

수운 선생은 고민 끝에 지인의 자문을 받아, 6두락의 논을 저당 잡혀서 빌린 돈으로 철제품을 생산하는 철점鐵店 즉 제철鎔鑛업을 경영하기로 한다. 당시 자본과 배경이 든든한 이들과 경쟁해야 하는 것이 부담이었으나, 소자본으로 가능한 용광업을 하기로 결정하고 기술자, 보조원 등 십여 명을 채용하여 울산 언양 중리 천성산 밑에서 야심차게 사업을 시작한다.

그러나 투기성이 강하고 실패의 위험성이 다분한 당시 철점 공장 사업은 2년 만인 1858년 가을쯤 문을 닫게 된다. 철점 경영 실패는 경험 부족과 자본의 약점까지 더하여 어찌 보면 예정된 수순이었다. 또 구도에 대한 미련을 버리지 못하고 사업에 전념하지 못한 원인도 있었다. 밖으로는 철점 경영을 하며 안으로는 기도 수행을 하는 처절한 몸부림이었으나 두 가지 다 놓치는 결과가 오고 말았다.

수운 선생은 철점 실패 후 빚쟁이들에게 날마다 시달렸으며, 가산은 탕진되고 빚은 쌓여 결국 저당 잡힌 논 6두락을 담보로 빚을 내준 7인에게 소장을 써주어 관에 소송하라 하며 좋게 설득하여 돌려보냈다.

수운 선생은 관아에 출두하여, "잘못은 나에게 달렸지만, 처결은 관에서 하는 것이니 영감의 처분에 맡긴다."고 하였다. 관의 판결은 먼저 구매한 사람이 땅을 갖도록 하였으며, 6두락의 값어치를 나누어 가지도록 하였다. 재판은 마무리되었지만, 돈을 다 돌려받지 못한 사람들은 수운 선생을 원망하며 시비는 계속되었다.

 이들 중에는 매일 집으로 찾아와 심한 행패를 부리는 노파 한 사람이 있었다. 하루는 수운 선생의 옷을 잡아 끌어당기다 빠져나오려는 선생의 팔 젖힘에 그만 뒤로 넘어져 기절하고 말았다. 할머니의 아들과 사위 두 사람은 욕설을 퍼부으며 수운 선생을 죽일 듯이 잡아 끌어당기며 말하기를, "우리 어머니가 죽었다. 살인자의 처벌은 법에 있으나, 복수하는 것은 아들에게 있다. 만일 죽은 어머니가 살아나지 않는다면 당장 관청에 고발할 것이다."라고 하였다.

 수운 선생은 그 소란 중에도 문득 살려낼 방법이 떠올라 소리쳐 말하길, "만일 내가 너희 어머니를 살려내면 너희는 어떤 말을 하겠는가?" 하였다. 그 아들은 수운 선생의 당당한 태도를 보며 기대를 걸고, "죽음에서 살려내면 다시는 아무 말 하지 않겠습니다."며 공손한 자세로 간절히 청하였다.

 수운 선생은 주위를 물리고 직접 시신이 있는 방에 들어가 맥을 짚어 보니 이미 숨을 멈춘 상태였다. 수운 선생은 한 자 길이의 닭 꼬리를 할머니 목구멍에 넣어 간질거렸다. 잠시 사이에 목에서 숨이 터지며 한 덩어리의 피를 토해냈다. 이내 어깨를 움직이며 몸을 돌이키므로, 아들을 불러 입에 물을 조금 흘려 넣자 할머니는 서서히 의식을 회복하고, 마침내 몸을 일으켜 앉았다. 죽었다고 믿었던 어머니가 멀쩡하게 살아나자 식구들은 감사의 인사를 올리며, 보통 사람이 아니라는 자세로 예의를 갖추어 고마움을 표시했다.

 수운 선생은 박씨 부인과 함께 온갖 방법과 노력을 기울여 겨우 빚쟁이들의 소동은 일단락되었으나, 집도 잃고 양식도 떨어져 오갈 곳 없는 가련한 신세가 되고 말았다.

 구도를 위해 초인적인 노력을 하였으나 이루어지는 일은 하나도 없었다. 결국, 정신적·경제적 좌절만이 남게 되어 더 이상 추락할 곳이 없는 군색한 처지가 되고 말았다. 이제 남은 것은 아무것도 없었다. 오직 고생하며 지아비를 따라다닌 박씨 부인과 철모르는 자식만이 자신을 바라볼 뿐이었다. 결국, 처절한 심정으로 고향인 경주 용담龍潭으로 돌아가기로 결정하였다.

용담 외에는 어느 곳도 갈 곳이 없었다. 1859년(기미년) 10월 초순, 춥고 배고픈 어느 날 짐을 꾸려 가족들과 함께 6년이나 정들었던 울산 여시바윗골을 뒤로하고 경주 구미산 계곡 용담으로 향하였다. 박씨 부인은 보따리를 머리에 이고 어린아이를 둘러업은 채 말없이 눈물을 훔치며 수운 선생을 따라 70리 길을 걸었다. 그때의 심정을 수운 선생은 「용담가」에 남겼다.

> 구미용담 찾아오니 흐르나니 물소리요 높으나니 산이로세. 좌우산천 둘러보니 산수는 의구하고 초목은 함정含情하니 불효한 이내 마음 그 아니 슬플소냐. 오작烏鵲은 날아들어 조롱을 하는 듯고 송백松柏은 울울하여 청절을 지켜내니 불효한 이내마음 비감회심 절로난다.

이때 용담으로 돌아온 수운 선생이 현재 용담정龍潭亭 자리에서 기도 즉 수도하시다가 득도하였는지, 아니면 득도 장소가 부근 다른 장소였는지 오래전부터 논란이 되어 왔다. 현재는 득도 장소에 대한 논란은 거의 없고 용담정(현 위치)으로 인식되고 있다. 그러나 역사는 역사이기에 여기에 그 논란의 내용을 간략하게 남기고자 한다.

동학·천도교 제1 성지인 용담은 수운 최제우 선생 득도지로 널리 알려져 있다. 천도교중앙총부에서 세운 용담정 안내 표지석 내용은 다음과 같다.

용담정은 수운대신사(崔濟愚, 1824~1864)께서 포덕 원년(1860) 4월 5일 한울님으로부터 무극대도를 받아 동학을 창명하신 곳이다. 포덕 2년(1861) 6월 세상을 향해 포덕을 시작하셨으며, 관의 지목을 받아 포덕 4년(1863) 12월 10일 체포되실 때까지 가르침을 펴신 천도교 제일의 성지이다.

용담정 가는 길

용담정은 경상북도 경주시 현곡면 용담정길 135(가정리 산63-1) 구미산 용담 계곡에 자리하고 있다. 용담정 입구 주차장 아래쪽으로 '동학교육수련원'과 '수운기념관'이 자리하고 있다. 수운기념관 입구를 지나면 용담정 주차장 앞에 용담정 첫 관문인 〈포덕문布德門〉이 보인다. 포덕문은 고풍과 현대풍이 조화를 이루는 특이한 담장 식 문이다.

포덕문에 들어서면 왼쪽으로 수운 최제우 대신사 동상 「大神師水雲崔濟愚像(대신사 수운 최제우상)」이 보인다. 수운 선생 동상에서 약간 오르막길 200여 걸음(1백 미터)을 올라가면 오른쪽에 〈포덕관布德館〉과 〈진성관眞誠館〉이 보인다. 포덕관에서 30미터를 올라가면 오른쪽으로 〈용담수도원龍潭修道院〉과 사택이 보이고, 정면으로 용담정으로 향하는 중문인 〈성화문聖化門〉이 보인다.

성화문에서 90여 미터를 올라가면 오른쪽에 50여 평의 평지가 있다. 이곳이 수운 선생의 또 다른 득도 장소라 알려진 원적암圓寂庵 터 즉 와룡암臥龍庵 터다. 와룡암 터에서 다시 몇 걸음 올라가면 용담정 앞 〈용담교龍潭橋〉가 나오고 용담교 건너로 〈용담정龍潭亭〉이 한눈에 들어온다. 그리고 용담정의 오른편 위쪽으로 사각 정자가 하나 보이는 데〈용추각龍湫閣〉[42]이다. 용담정과 용추각 앞으로는 작은 계곡이 형성되어 있고, 사시사철 끊이지 않고 물이 흘러내린다. 용추각이 자리 잡은 너럭바위에서 폭포를 이루며 쏟아지는 물줄기가 용추골 즉 용추계곡으로 이어지면서, 물 흐르는 소리와 계곡을 훑어 내리는 바람 소리가 신비롭게 들려온다. 어쩌면 깊숙한 계곡 밑에서 때를 기다리며 누워 있는 와룡臥龍이 기다리다 못해 웅얼거리는 소리인지도 모른다는 생각이 드는 곳이다. 다만, 용담정을 비롯한 건물들은 수운 선생 사후에 모두 폐허로 변했다가 일제강점기 때부터 부분적으로 복원되어 이용되다가, 1970년대 중반 대대적인 성역화 사업을 시행하면서, 오늘날과 같은 모습을 갖추게 된 것이다.

구미산 용담정 가는 길의 풍경은 사계절에 따라 펼쳐지는 풍경이 완연히 다르다. 그 길은 세속의 탁한 기운을 씻어주고, 신선神仙 즉 신성神聖의 불멸의 존재가 되어 여유롭게 노닐 만한 그야말로 금수강산錦繡江山이라 할 만하다.

용담정 마루에 앉아 왼쪽을 바라보면 조그마한 석교石橋 건너로 암벽에서 흘러나오는 용담약수가 있다. 수운 선생께서 득도 전후 청수清水를 봉전하고 기도 및 수도 하실 때에 이곳 물을 사용하신 것으로 추정할 수 있다.

용담정 위쪽에 용추각에는 수운 최제우 선생의 부친인 근암 최옥 선생의 문집 목판본 일부가 보관되어 있다. 약수터 아래쪽에서 용추각을 바라보면 쏟아지는 물줄기 너머로 보이는 용추각의 모습이 그야말로 절경이다.

수운 선생 부친『근암문집』에 의하면, 구미산은 경주의 서산西山으로 남

---

42 오랫동안 이곳을 '용담서사' 또는 '사각정'이라고 불렀다.

산인 금오산과 짝을 이루고, 큰 바위가 솟아 있는 것이 마치 거북이와 용이 서려 있는 모습처럼 보인다고 하였다. 근암공은 '구미산은 경치가 매우 좋아 내가 일찍이 26경을 읊은 바 있는데, 구미산 밑에 있는 와룡담臥龍潭은 그중에서도 빼어난 모습 가운데 하나이다.'라고 하였다.

용담정은 동학·천도교 제1 성지라 일컫는 곳이다. 용담정과 와룡암, 용담서사의 유래와 연혁을 살펴보겠다.

1. 1778년, 복령福齡이라는 스님이 와룡담 북쪽 언덕에 암자를 짓고 원적암圓寂庵이라 하였다. 약 2년 후 불공드리는 사람들이 적어 스님들은 흩어졌고 암자는 버려졌다.

2. 1780년, 봄에 처사공(최종하, 수운 선생 조부)은 암자와 그에 달린 몇 묘의 산과 밭을 사들였다. 처사공은 당신의 아들 근암공(최옥, 수운 선생 부친)에게 젊은 사람들이 책 읽고 재주를 익히는 곳으로 삼으라고 당부하였다. 어느 날 근암공의 스승인 이상원을 초청하였다. 산세를 둘러본 그는 와룡암臥龍庵이라 이름 지었다. 그 후 경주부사 김상집金尙集에게 기문記文을 부탁하자 "와룡암 석 자는 천년을 내리 사람들의 눈을 깨우치게 하리라."고 하였다.

3. 1815년, 근암공은 가을에 와룡암(못 위쪽에 5칸짜리 집)을 중건하고, 몇 명의 납자衲子(스님)를 머물게 하면서 관리하게 하였다. 또한 뒤쪽 골짜기 안에 터를 새로 닦아 4칸짜리 서당을 지었다. 4칸짜리(용담서사) 집에는 근암공이 거처하였다. 「용담이십육영 병서幷序」에는 "처음에는 '와룡암' 현판을 달고자 했으나 최익지崔翊之가 천룡산 밑에 암자를 짓고 와룡암이라 하였으므로 겹치는 것을 피하기 위해 '용담서사龍潭書社'라 이름을 바꿨다."고 하였다.

4. 1840년, 근암공이 25년간 거처하던 용담서사는 그가 79세에 세상을

뜨시자 돌보는 이가 없어 얼마 안 가서 무너졌다.

5. 1843~44년경, 수운 선생 20세에 기거하던 가정리 생가에 불이 나 전소하였으므로, 수운은 용담의 와룡암을 수리하여 31세(1854) 되던 가을에 울산 여시바윗골로 이사 가기 전까지 11년 동안 그곳에서 살았다.

6. 1859년, 수운 선생 36세 되던 10월 초에 울산에서 다시 와룡암 터 집으로 들어왔다. 철점 경영에 실패하게 되어 땅과 집은 채권자들에게 넘어가 빈손이 되었다. 갈 곳이 없었던 수운 선생은 용담으로 돌아왔다. 10월 중순에 다시 구도의 결의를 다졌다. 자字와 이름(名)과 호號까지 고쳤다. '도언道彦'이란 자를 '성묵性默'으로, '제선濟宣'이란 이름을 '제우濟愚'로, 호를 '수운水雲'이라 하였다.

7. 1860년(포덕 원년), 경신년 4월 5일(음) 와룡암 터 집에서 수운 선생은 한울님으로부터 무극대도를 받아 득도得道하였다.

8. 1911년, 천도교에서 분파한 시천교에서 현재의 용담정이 있는, 본래 '용담서사'가 있던 뒤편 바위에 '용담정龍潭亭'이라는 글자를 새겼다. 『시천교조유적도지』에 "신해년(1911)에 '용담정'이라 바위에 새겼다"는 기록이 남아 있다.

9. 1914년, 용담서사 복원을 처음 시도했던 분은 황해도 해주 오응선吳膺善, 이계하李啓夏 등이다. 그들은 1914년 10월에 기도 끝에 명을 받고, 용담으로 와서 3칸짜리 집(瓦家)을 지었다. 김기전은 1928년에 "오랫동안 빈터로 있었는데 … 해주 오응선 씨가 … 3칸 정자를 세워 스승님의 옛일을 사모하는 지정至情을 표했다. 그러나 돌보는 이 없으매 거의 쓰러지게 된 것을, 몇 해 전에 김구암龜菴(金演局)께서 이 집을 약간 바로잡고 그 북쪽에 다시 두 칸의 함석집을 지었다"는 기록을 전한다.

10. 1922년 7월경, 용담서사 자리에 시천교에서 마루 두 칸, 온돌 한 칸

모두 세 칸의 기와집을 지었으나 기울어지기 시작했다.

11. 1927년, 해월 선생의 따님 되는, 당시 64세(1879년생)의 수도부인 최윤 씨 한 분이 외로이 이 쓰러져 가는 집(용담서사 자리)을 지키고 있었는데, 그 후 폐허가 되었다.

12. 1960년 포덕 100주년을 맞아, 용담서사 자리에 월남한 권태화, 양이제 두 분 사모님과 천도교여성회에서 3칸짜리 집을 짓고 '수도원'이라 하였다.

13. 1974년 용담성지 일대가 국립공원으로 편입되었고, 1975년 10월에 천도교인 성금으로 현재의 용담정 건물을 신축하였다. 당시 용담정 건물에는 대통령의 휘호를 받아 '용담수도원'이라는 편호를 달았다.

14. 1978년, 1975년 용담정 건물에 있었던 '용담수도원' 편호를 떼어내고 사각정에 있었던 '용담정' 편액으로 교체했다.

15. 수운 선생께서 득도 이전에 이사 왔을 당시 와룡암 터 집은 허물어져 방치되었던 것을 가족과 생활하는 집으로 수리하여 기거하였다. 옛 용담서사 터에 있는 현재의 용담정龍潭亭이란 건물 이름은 수운 선생께서 지은 「교훈가」 "…구미용담龜尾龍潭 일정각—亭閣에…"라고 노래한 것이 탄생 배경이 된다.

수운 선생은 포덕원년(1860, 경신) 4월 5일 11시경 득도하였는데, 그 득도 초기 장소가 와룡암 집터이다. 다만 득도 이후 용담서사 집터에서도 수이련지修而煉之 과정이 이어졌다고도 할 수 있다.

수운 선생의 득도 장소로 알려진 현재의 용담정은 용담서사龍潭書社 터라고 볼 수 있으며, 득도 초기 장소는 와룡암臥龍庵 집터(현재의 용담정에서 용담교를 건너 마주보이는 곳)라 할 수 있다. 이에 대해, 동학·천도교 연구에 평생을 바치신 표영삼 상주선도사와 윤석산 교수의 의견을 종합해 보면 다음과 같다.

 표영삼은 수운 선생의 득도 장소가 현재의 용담정 자리 즉 용담서사 자리가 아니고, 와룡암 자리라는 견해를 처음으로 제기하였다. 그 근거로는 『근암집』「용담이십육영 병서」 등을 제시한다. 또한 수운 선생께서 가족과 함께 생활했던 집은, 와룡암 터에 근암공이 새로 집을 지었던 곳이며, 수운 선생은 20세 전후(생가 소실 후)와 득도 전후에 그곳에서 살았다는 것이다.
 윤석산 교수의 의견은 와룡암과 용담서사 두 곳 모두를 인정하고 있다. 수운 선생의 득도 과정이 한순간 이뤄진 것이 아니고, 수일을 경과하면서 지속되었던 것을 고려하면 가족과 생활했던 와룡암 터 집과, 학문을 연구하고 경전을 쓰셨던 용담서사, 두 곳 모두를 득도 장소로 말할 수 있다는 것이다. 그래서 윤석산은 가까운 거리에 있었던 와룡암 터와 용담서사 터를 모두 득도 장소로 인정하고 있다.

 이처럼 수운 선생의 득도 장소인 역사적인 건물, 즉 살림집 다섯 칸인 와룡암 터의 집과 용담서사 터 네 칸의 집은 수운 선생 순도 후에 폐허로 변하였다. 1863 12월 10일 선생께서 관군에게 피체되어 이듬해 1864년 3월 10일 좌도난정률左道亂正律, 즉 '그릇된 도(左道)로 정도正道, 즉 유학을 어지럽힌 데 적용하는 법률'에 적용되어 대구 장대에서 순도殉道한 뒤, 돌보는 이가 없어 모두 무너지고 몰락되어 그곳은 황폐한 곳이 되어 버린 것이다.
 현재 용담정은 용담서사 터로서 알려졌고, 과거 와룡암 터와 함께 두 곳은 후천 오만 년 길이 전해질 다시개벽의 성지이다. 수운 선생께서 한울님으로부터 주문呪文과 영부靈符를 받았고, 시천주侍天主·인시천人是天·사인여천事人如天으로 압축되는 동학의 진리를 대각한 곳이다. 그만큼 용담서사 터인 현재 용담정과 과거 최초 득도지인 와룡암 터는 민족과 세계 인류문화에 길이 빛날 역사적인 장소이다.

수운 선생은 득도지인 와룡암과 용담서사 건물이 훗날 '용담정'이라 명명될 것이라는 예언적 말씀을 「수덕문」에 남겼다.

> 정자 이름을 용담이라 함은 제갈량을 사모하는 마음이 아니겠는가.
> 亭號龍潭 豈非慕葛之心

'정자 이름을 용담龍潭이라 함'은 이 정자의 이름이 곧 '용담정龍潭亭'이라는 말이다. 또 '제갈량을 사모하는 마음'이란 뜻은 제갈량이 남양에 은거하면서 스스로 와룡臥龍, 즉 때를 기다리며 누워 있는 용으로 비유한 것을, 지금은 자신(수운)이 궁벽진 계곡 속의 초라한 집에 살지만 때를 만나면 세상에 나가 큰 도를 펼치게 된다는 생각, 의지, 바람이 서로 마음이 통한다는 의미이다. 그래서 현재 용담서사 터에 있는 용담정은 물론 과거 원적암 터즉 와룡암 터 옛집 또한 수운 선생의 초기 득도지로 동학·천도교의 제1 성지로 조명하고 길이 보존해야 할 것이다.[43]

---

43 위 기록은 다음 자료를 참조하였음. 『근암집』(최옥 지음, 최동희 옮김, 창커뮤니케이션) 「용담 이십육영 병서(幷序)」 『최선생문집도원기서』, 『시천교조유적도지』(시천교, 국립중앙도서관) 『소춘 김기전 선생 문집』(국학자료원) 『동학농민운동편』(한국정신문화연구원), 『천도교백년약사(상)』, 『천도교약사』(천도교총부, 교서편찬위원회), 『동학』(표영삼, 통나무), 「와룡암과 용담서사 이야기」(표영삼, 『신인간』 포덕144년 11월호) 『동학교조 수운 최제우』(윤석산, 모시는사람들) 「용담에 관한 몇 생각」(윤석산, 『신인간』 153년 8-9월호), 『표영삼의 동학이야기』(모시는사람들)

수운께서 처음 득도했던 곳, 원적암, 와룡암 터
그곳, 역사 속에 지워지고 있다.
동학·천도교가 창건된 곳, 동학혁명과 3·1대혁명, 어린이운동 등
근대 1백여 년간 다시개벽 운동의 정신적 근원이자 모태였던 곳
유적 표지판 하나 없는 그곳, 하늘이 감추었는가, 땅이 숨겼는가.
지금도 수운 선생의 숨결이 들려오는 듯하고
천지가 진동할 듯 다시개벽의 외침 소리가
구미산을 뒤흔들 것만 같아라.

2. 만고 없는 무극대도 이 세상에 창건하니

불출산외不出山外 맹세하고

구미용담 찾아들어 중한맹세 다시 하고 자호 이름 다시지어 불출산외不出山外[1] 맹세하니 기의심장其意深長[2] 아닐런가. (「교훈가」)

수운 선생은 6년 만에 다시 옛집으로 돌아와 마을 분들과 친척들을 찾아 인사를 마치고, 10월 중순경 구도 여정을 재개할 결심을 한다. 자字와 이름과 호號[3]까지 고친다. 도언道彦이라는 자를 성묵性默으로, 제선濟宣이라는 이름을 제우濟愚로, 호號는 수운水雲이라 스스로 지었다. 제우濟愚란 이름은 자신의 어리석음을 건지고, 어리석은 세상을 구제한다는 것이며, 수운水雲은 물과 구름으로 천지 생명을 뜻한다.

이렇듯 아버지가 지어준 이름까지 고치며, 세상을 구제할 도를 구하기로 하고 그 뜻을 이룰 때까지 구미산 밖으로 나가지 않겠다(不出山外)는 중한 맹세를 하였다. 수운은 당장 가족의 먹고 사는 끼니는 부인에게 부탁하

---

[1] 불출산외(不出山外). 산 밖으로 나가지 않음
[2] 기의심장(其意深長). 그 뜻이 깊고 깊음
[3] 호(號). 본명이나 자(字) 외에 허물없이 부르기 위해 그 대신 쓰는 이름을 통틀어 이르는 말이다.

면서 겨우내 수행에 몰두하였다. 그리고 입춘일(음 1859.12.24., 양 1860.2.4.)을 맞으며 다시금 맹세를 다지는 뜻을 담아 입춘시立春時를 지어 붙였다.

> 도道의 기운을 길이 보존하여 사특한 것이 들어오지 못하게 하고,
> 세상의 뭇사람들과 함께 돌아가지 않으리라.
> 道氣長存邪不入 世間衆人不同歸

용담으로 돌아온 수운 선생은 도道를 얻지 못하면 세상과의 인연을 끊겠다는 불출산외不出山外의 맹세를 하고 구도求道에 정진하게 된다. 이는 '사사로운 일로 자신의 흔들림을 경계하고, 도를 얻을 때까지 세상 사람들과 함께 어울리지 않으리라'는 중대 결심을 재차 천명한 것이다.

당시 수운 선생은 하루에 세 번(자시-23시~1시, 인시-3시~5시, 오시-11시~13시) 청수를 모셔놓고 간절한 기도수행과 학문정진에 초인적인 자세를 잃지 않았다. 수양딸 주씨는 훗날 소춘 김기전을 만나 이때의 수운 선생의 구도생활을 이렇게 증언하였다.

> 언제 보아도 책을 펴고 계셨다. 내가 자다가 일어나 이제는 주무시는가 보면 책을 보고 계셨고, 아침에 일어나 아직 주무시겠지 하며 그 앞을 지나면 벌써 책을 보고 계셨다. (중략) 밤에는 밖으로 나가 한울님께 절을 하시되 수없이 많이 하시더라. 새로 지은 보선(버선)이 하룻밤을 지내고 나면 보선 앞 코가 다 이지러져 상하게 되었다.[4]

---

4 소춘(김기전), 「대신사 수양녀 80 노인과의 문답」, 『신인간』 통권 16호, 1927.

수운 선생 수양딸 주씨의 증언 등 교중 기록들을 보면 구도에 대한 각오가 얼마나 대단했는지 짐작할 수 있다. 천도교인 원로들의 구전에는 목숨을 건 단식기도에 대한 이야기도 전하고 있다. 그런데 수운 선생의 득도는 뜻밖의 상황에서 다가온다.

> *수운, 득도에 대한 열정*
> *천지간에 비밀로 오직 수운만이 고이 간직하고*
> *그 결정적 시간을 기다리고 있었다.*
> *다시개벽, 후천개벽, 천지우주가 다시 창조되듯*
> *한울님의 역사가 다가오고 있었다.*

만고 없는 무극대도 이 세상에 창건하니

경신년(庚申年, 1860) 4월 5일(양 5.25)은 큰조카 세조의 생일이었다. 수운 선생은 아침 일찍 조카가 의관을 보내어 오시기를 청하자 수운은 시간을 내어 생일잔치에 참석하기로 하였다. 동학 천도교의 역사서에는 수운이 조카의 생일잔치에 참석하였다가 몸에 이상을 느끼고 용담으로 돌아와 결정적인 종교체험을 시작한 것으로 기록되어 있다. 극력 수도 중이 아니라 일상의 생활 중에 무극대도를 창도하는 깨달음의 사건이 시작된다는 이야기는 따지고 보면 이상한 일이다. 여기에는 우리가 빠트린 무언가가 있는 것이 분명하다.

동학 출판을 20여 년째 해오고 있는 박길수 대표(모시는사람들)는 이 문제를 다음과 같이 설명한다. 박길수 대표는 자신의 설명을 '종교적 상상력'이라고 덧붙였다. 필자도 평소 생각해 오던 의문에 대한 하나의 좋은 접근이라고 생각하여 그 말을 그대로 옮겨 본다.

큰조카 세조는 수운이 태어나기 전 부친 근암공이 양자로 들인 양형 제환의 장자이다. 그가 수운을 초대한 것은 일생을 되는 일 없이 고생하고 있는 숙부(수운)를 위로하고자 하는 뜻이 컸을 것이다. 수운으로서는 어쩌면 그날의 나들이가 용담으로 돌아온 후 처음으로 친척들을 두루 만나는 자리였을 수도 있다. 그동안 불출산외를 맹세했기 때문이기도 하지만 친척이나 마을 사람들의 눈길이 부담스러워 그들과 어울리기를 꺼렸음직하다. 그런데 예복까지 보내 자신을 초대한 조카의 그 마음이 갸륵하기도 하지만, 다른 사람의 눈길을 피하지 않을 만큼 심력이 굳건해진 덕분에 수운은 초대에 응할 수 있었다.
아니, 심력이 굳건해졌다기보다 수운은 어느덧 마음의 집착을 내려놓는 경지에 도달해 있었던 것으로 보인다. 그렇게 해서 조카 세조의 잔치에 참석하고 보니, 수운은 부친이 혈육이 없어 양자를 들일 때의 심정이 생각되어 한편에서 비감회심이 일어났을 것이다. 그리고 뜻밖에도 얻게 된 혈육血肉인 수운 자신이 어렸을 때 귀애貴愛하시던 모습과 20세 무렵 부친이 물려주신 집과 전적이 모두 불 타 버린 일, 그것을 계기로 신발 끈을 고쳐 매고 구도의 주유팔로를 다닌 일, 그 길마다 부인과 자식들이 온갖 고생을 하던 일들이 주마등처럼 스쳐 지나갔을 것이다. 수운은 학문에 정진하던 시절 부친이 당부한 '이학제시以學濟世', 학문의 높은 경지에 이르러 세상을 구제하는 가르침을 생각하며, 다시금 간절히 그렇게 하기를 다짐하고, 그렇게 할 수 있도록 지혜와 힘을 달라고 마음으로 고하였을 것이다. 문득 수운은 그 상태 그대로 얼어붙은 듯, 잠이 든 듯한 상태에 빠져들어 갔다.
그렇게 무시무종無始無終의 묵념 상태에 빠진 지 얼마나 되었을까. 초여름

날씨에도 몸에 한기가 들린 듯 떨리고, 마음이 안정되지 않아 편안히 앉아 있을 수 없었다. 수운은 조카와 친척 친지들의 양해를 구한 다음 잔칫상을 물리고 겨우 집으로 돌아왔을 것이다. 집에 당도하기까지, 안으로부터 터져 나오는 기운을 애써 억누르며, 수운은 이미 아득한 비몽사몽 한 가운데 현실세계와 별유천지別有天地에 걸친 존재로 화하고 있었던 것이다.

이렇게 당시의 정경을 그려 보면, 수운이 결정적인 종교체험 즉 오심즉여심이라는 한울님 말씀을 듣게 되는 것은 '질병인지 아닌지 모르는' 상태에서가 아니라고 할 수 있다. 한편으로 범사에 초연해진 마음과 다른 한편으로 자신이 태어나기도 전의 부친(先天)의 마음에서부터 어린 시절을 거쳐 구도의 주유팔로, 그리고 귀향과 불출산외 맹세에 이르는 전 과정을 주마등처럼 떠올리는 여몽여각如夢如覺의 상태에서 접신영천接神迎天의 일대 파문이 일어나게 된 것이다.

그렇게 비몽사몽의 경지에서 점점 한울님의 기운을 강하게 느끼면서 세조 집으로부터 용담 집으로 돌아온 수운은 몸과 마음을 진정시키려 애쓰며 마루에 올라 좌정하고자 애썼다. 그러나 그럴수록 정신은 더욱 혼미해지고 기氣의 발동으로 몸이 저절로 들썩거리며 바로 앉아 있기조차 어려울 지경이 되었다. 수운은 그동안 닦은 공령을 총동원하여 정신을 가다듬고, 또 호흡을 정돈하여 단전에 힘을 모으며 그 혼돈 상태를 정면으로 헤쳐 나갔다. 그렇게 하기를 또 얼마나 지났을까, 공중에서 우레와 같은 누군가의 말이 귓가에 들려왔다. 수운 선생은 공중에서 들리는 말씀에 화들짝 정신을 차리며 자기도 모르는 사이에 자리에서 일어섰다. 다시개벽 역사의 출발점인 천사문답天師問答 즉 한울님과 스승님의 대화가 이렇게 시작되고 있었다. 수운은 문답을 시작한 지 얼마 지나지 않아, 자신에게 천명天命이 도래하였으며, 자신으로부터 천도天道가 새롭게 열리기 시작한다는 것을 직감하였다.

  수운 선생은 세상 건질 도를 구하고자 방방곡곡 두루 답파踏破하였고 부인과 아이들을 고생시켜가며 울산 여시바윗골에서, 양산 천성산에서, 고향 용담에서 길을 찾아 헤매었지만 끝내 보이지 않았었다. 그러던 중 진리의 길을 비로소 찾은 기쁨에 수운 선생은 감격의 눈물을 흘리지 않을 수 없었다. 그때의 심정을 수운 선생은 이렇게 노래하였다.

> 천은이 망극하여 경신사월 초오일에 글로 어찌 기록하며 말로어찌 성언할까 만고 없는 무극대도 여몽여각 득도로다. (「용담가」)

  그런데, 수운 선생이 득도하는 그 최초의 순간, 그 깨달음의 순간, 한울님이 강림하는 그 순간은 고요하고 장엄하지도 않았고 엄숙한 것과는 정반대였다.

  수운 선생에게는 혼미한 가운데 공중에서 외치는 소리로 천지가 진동하지만, 집안사람들에게는 아무런 소리조차 들리지 않았으니, 부인과 자식들은 한울님과 문답하는 수운 선생이 마치 광증狂症 들린 것으로만 보일 뿐이었다. 특히 박씨 부인은 지아비의 혼미한 모습에 천만낙담하여 "애고애고 내 팔자야" 하며 통곡하였고, 어린 자식들도 아버지의 괴상한 행동에 놀라 울음을 터트렸다.

  수운 선생의 득도得道 과정은 천지가 개벽하는 놀라운 사건으로 고요한 새벽 아침의 태양이 떠오르는 것과 같은 장엄한 광경이라기보다는 비바람이 몰아치고 번개가 번뜩이며 포효하는 폭풍우의 밤 같은 것이었다. 그러나 그 요란은 수운 선생의 내면에서 일어나는 격동에 비하면 아무것도 아니었다. 수운 선생으로서는 한편으로 감격하면서도, 한편으로 놀라고 어리둥절함을 쉽게 가라앉힐 수 없었다. 37년 인생은 물론이고, 선천 오만 년의 묵은 체증이 수운 선생의 몸 안에서 씻겨 나가며 벌어지는 그 난장은 이를테면, 또 하나의 빅뱅-개벽이었다.

한바탕 광풍 속에서 마침내 수운 선생은 1860년(37세) 경신년庚申年 4월 5일 오전 11시경 한울님을 인식하는 결정적인 영적靈的 상봉을 한다. 이 세상에 무극대도가 창명되는 순간이다.

> 만고없는 무극대도無極大道 이 세상에 창건創建하니 이도 역시 시운時運이라.(「권학가」)

수운 선생은 득도 초기의 심한신전心寒身戰 즉 마음이 선뜩해지고 몸이 떨리는 동적動的인 상태에서, 점점 수심정기修心正氣 즉 마음을 고요하게 하고 기운을 바르게 하는 정적靜的인 상태로 접어든다. 훗날 해월 선생에게 물려준 심법心法, 즉 심학心學인 수심정기守心正氣의 요체가 바로 이 시기에 수운 선생의 체험을 정형화한 것임을 알 수 있다. 수심정기는 말하자면, 빅뱅 이후 30만 년 만에 처음 나타난 '최초의 빛'과 같은 것이다.

> 인의예지仁義禮智는 옛 성인聖人의 가르친 바요, 수심정기修心正氣는 내가 다시 정定한 것이다.(「수덕문」)

수운 선생의 득도 장면을 『동경대전』 「포덕문布德文」에서 살펴본다.

> 뜻밖에도 사월四月에 마음이 선뜩해지고 몸이 떨려서 무슨 병인지 집증執症

할 수도 없고 말로 형상하기도 어려울 즈음에 어떤 신선神仙의 말씀이 있어 문득 귀에 들리므로 놀라 캐어물은 즉 대답하시기를 "두려워하지 말고 두려워하지 말라. 세상 사람이 나를 상제라 이르거늘 너는 상제(한울님)를 알지 못하느냐."

그 까닭을 물으니 대답하시기를 "내 또한 공이 없으므로 너를 세상에 내어 사람에게 이 법을 가르치게 하니 의심하지 말고 의심하지 말라."

묻기를 "그러면 서도西道로써 사람을 가르치오리까." 대답하시기를 "그렇지 아니하다. 나에게 영부靈符 있으니 그 이름은 선약仙藥이요, 그 형상은 태극太極이요, 또 형상은 궁궁弓弓이니, 나의 영부를 받아 사람을 질병에서 건지고 나의 주문呪文을 받아 사람을 가르쳐서 나를 위하게 하면 너도 또한 장생長生하여 포덕천하布德天下, 즉 덕을 천하에 펴리라…." (「포덕문」)

수운 선생은 한울님으로부터 받은 천명天命은 '영부靈符를 받아 사람과 세상을 질병에서 건지고, 주문呪文을 받아 사람을 가르치라'는 것이었고, 그렇게 하면 포덕천하가 되리라는 약속이었다.

또한 영부, 즉 신령한 부적을 받는 장면을 수운 선생은 「안심가」에서도 극적으로 묘사하였다.

> 창황실색 할 길 없어 백지 펴고 붓을 드니 생전 못 본 물형부物形符가 종이 위에 완연터라. 내 역시 정신없어 처자 불러 묻는 말이 "이 웬일고 이 웬일고 저런 부符 더러 본가(봤는가)." 자식의 하는 말이 "아버님 이 웬일고 정신 수습하옵소서. 백지 펴고 붓을 드니 물형부 있단 말씀 그도 또한 혼미로다. 애고애고 어머님아 우리 신명身命 이 웬일고. 아버님 거동 보소 저런 말씀 어디 있노." 모자가 마주앉아 수파통곡 한창 할 때 ᄒᆞ늘님 하신 말씀 "지

각없는 인생(사람)들아. 삼신산 불사약不死藥을 사람마다 볼까보냐. 미련한 이 인생(사람)아 네가 다시 그려내서 그릇 안에 살라 두고 냉수 일 배 떠다 가서 일장탄복 하였으라. (「안심가」)

수운 선생은 「포덕문」에서 분명히 '영부와 주문을 한울님으로부터 받았다'(한울님이 수운에게 주었다)고 하였는데, 이 「안심가」에서는 '한울님의 분부를 받아 영부를 백지에 붓으로 그렸다'고 하였다. 또한 「논학문論學文」에서는 "…내 또한 거의 한 해를 닦고 헤아려 본즉, 또한 자연의 이치가 없지 아니하므로 한편으로는 주문呪文을 짓고 한편으로는 강령降靈의 법을 짓고 한편으로는 잊지 않는 글을 지으니, 절차와 도법이 오직 이십일 자로 될 따름이라.…"하여, 주문 이십일자二十一字를 수운 선생 스스로가 지었다고 하였다.

그렇다면 주문과 영부는 한울님으로부터 받았는지, 아니면 수운 선생 스스로 주문을 짓고 영부를 그렸는지가 분명하지 않다는 것이다. 이 사실이 그렇게 중요한 것인가에 의문을 가질 수 있으나, 동학사상을 정립하는 데 아주 중요한 사항이라는 것을 밝힌다.

그런데 이 문제를 해결해 줄 한울님 말씀이 「논학문」에, 오심즉여심吾心卽汝心 즉 "내 마음이 곧 네 마음이라"는 결정적인 가르침이 나온다.

내 마음이 곧 네 마음이라

『동경대전』 「논학문」에서는 이 최초의 문답 장면에 대하여 "… 밖으로 접령接靈하는 기운이 있고 안으로 강화降話의 가르침이 있되, 보였는데 보이지 아니하고 들렸는데 들리지 아니하므로 마음이 오히려 이상해져서 수심정기修心正氣[5]하고 묻기를 '어찌하여 이렇습니까.' 대답하시기를 '오심즉여심吾心卽汝心, 즉 내 마음이 곧 네 마음이라…너는 무궁無窮무궁한 도道에 이르렀으니 닦고 단련하여 그 글을 지어 사람을 가르치고 그 법을 바르게 하여 덕德을 펴면 너로 하여금 장생長生하여 천하天下에 빛나게 하리라….'"라고 하였다.

「논학문」에, 한울님이 수운 선생께 하신 '오심즉여심吾心卽汝心, 즉 내 마음이 곧 네 마음이니라.'는 말씀은 바로 '吾卽汝 汝卽吾(오즉여 여즉오)' 또는 '吾與汝爲一(오여여위일)'의 의미로서 한마디로 "내가 곧 너다"라는 말이다. 다시 말해 마음은 육체가 있음으로 존재하는 것으로, 심신心身은 따로 떨어져 있는 두 개의 개체가 아니라 완전히 하나가 된 혼연일체渾然一體이다. 그래서 '오심즉여심吾心卽汝心'의 말씀에 근거하면, 한울님께 받은 영부와 주문은 바로 수운 선생이 영부를 그리고 주문을 지었다는 것과 같은 말씀이다. 동학사상에서 핵심을 이루는 영부와 주문의 진실은 오심즉여심과 오즉여 여즉아의 진리로 파악하면 아무런 모순이 없게 된다.

> 내 마음이 네 마음이라. 내가 바로 너이고, 네가 바로 나이다!
> 그렇다! 한울님과 사람은 둘이면서 하나이고 하나이면서 둘이다!
> 아니다! 사람과 한울님은 둘이 아니라 오직 하나이다!

---

5 수심정기(守心正氣, 修心正氣). 수심(守心)은 한울님의 마음을 올바르게 지키는 것이며 정기(正氣)는 올바른 마음을 올바른 행동으로 실천하는 것을 뜻한다. 마음을 가다듬고 기운을 바르게 하여 행동한다(守其心正其氣)는 뜻. 수운 선생은 지킬 수(守) 자도 사용했지만, 닦을 수(修) 자로 수심정기(修心正氣)라고도 하였다. 修心正氣(수심정기)는 마음을 닦아 지키고, 기운을 바르게 한다는 뜻으로 영적 체험으로 혼돈스러워진 마음 상태를 다시 정비하고 마음을 바르게 한다는 뜻이다.

하나로 합칠 수도 없고, 둘로 나눌 수도 없다!
그렇다! 사람과 한울님이라 하지 말고 모두 다 한울님이라고 하라!

수운 선생은 득도 과정, 즉 창도 과정에서 많은 글을 남겼다. 이 과정을 크게 세 시기로 나누어 초기(수련기), 중기(성숙기), 말기(완성기)로 보면 무리가 없다. 여기에서 보듯 수운 선생의 득도 즉 창도 과정을 초기, 중기에 이어 말기를 구분하여 보지 않고 초기와 중기까지만 평가한다면 큰 오류를 범한다.

수운 선생이 득도 초기에 말씀하신 '상제님'은 우리나라를 비롯하여 중국 등 상고사에 나오는 상제를 말함이다. 그러다가 득도 초기를 벗어나면서 다음과 같이 상제신관을 바로잡는다.

수운 선생은 「도덕가」에서, "천상에 상제님이 옥경대에 계신다고 보는 듯이 말을 하니 음양이치 고사하고 허무지설 아닐런가."라고 말했다. 또한 「교훈가」에서, "해음(생각) 없는 이것들아 날로 믿고 그러하냐. 나는 도시 믿지 말고 하늘님을 믿었어라 네 몸에 모셨으니 사근취원捨近取遠 하단 말가."라고 하여, 상제님이라고 부르는 한울님은 멀고 높은 곳에 계시는 것이 아니라, 자신의 몸에 모셔져 있다는 시천주 신앙관을 정립하였다.

또 수운 선생은 일부 제자들이 도법을 개인의 이익으로 자행자지할 것을 미리 내다보시고, 「도수사」에서, "우습다 저 사람은 자포자기 모르고서 모몰염치 장난하니 이는 역시 난도자亂道者요 사장師長(스승님이나 어른) 못한 차제도법次第道法 제 혼자 알았으니 이는 역시 난법자亂法者라 난법난도 하는 사람 날 볼 낯이 무엇인고. 이같이 아니 말면 제 신수 가련하고 이내 도 더럽히니 주소晝宵(밤낮)간 하는 걱정 이밖에 다시 없다."라고 훗날 난법난도 하는 사람을 경계하였다.

수운 선생의 득도 과정을 참고하면서 아래 「안심가」를 살펴보자.

> 어화 세상 사람들아 선풍도골仙風道骨 내 아닌가. 좋을시고 좋을시고 이내 신명身命 좋을시고. 불로불사不老不死 하단말가. … 진시황秦始皇 한무제漢武帝가 무엇 없어 죽었는고. 내가 그때 났더면 불사약不死藥을 손에 들고 조롱만상嘲弄萬狀 하올 것을 늦게 나니 한이로다. 좋을시고 좋을시고 이내 신명 좋을시고. (「안심가」)

무궁한 하늘, 즉 한울님은 '늙지도 죽지도 않으며, 아프지도 병에 걸리지도 않는' 존재이다. 수운 선생은 「안심가」 등 여러 곳에서 영부의 효능에 대해, 불로불사不老不死와 무병장생無病長生을 강조하였다. 여기서 불로불사 특히 불사不死, 즉 죽지 않는다는 말은 육신을 말하는 것이 아니라, 본래 마음 즉 성령의 본체를 말씀한 것이다.

의암 손병희 선생은 훗날 이 이치를 "이신환성以身換性 즉 몸을 성령性靈으로 바꾸라는 것은 수운 대신사의 본뜻이니라."라고 말씀하였다.

> 몸을 성령으로 바꾸라는 것은 대신사의 본뜻이니라. 육신은 백년사는 한 물체요, 성령은 천지가 시판하기 전에도 본래부터 있는 것이니라. 성령의 본체는 원원충충圓圓充充하여 나지도 아니하며, 멸滅하지도 아니하며, 더하지도 않고, 덜하지도 않는 것이니라. 성령은 곧 사람의 영원한 주체요, 육신은 곧 사람의 한 때 객체이니라. 만약 주체로서 주장을 삼으면 영원히 복록을 받을 것이요, 객체로써 주장을 삼으면 모든 일에 재화災禍가 가까우니라…. (「이신환성설」)

수운의 득도는 모든 사람의 득도이다

수운 선생과 한울님과의 대화, 즉 천사문답天師問答은 거의 1년간이나 지속된다. 이러한 비일상적인 영적 체험을 통해 선생은 일대 변화를 겪게 된다.

우선 수운 선생은 사십 평생을 살며 느꼈던 좌절과 고뇌들 - 조실부모한 사연, 재가녀 아들로 태어난 신분적인 한계로 좌절된 청운의 꿈, 철점 사업의 실패에 따른 경제적 파산과 생활고 등 '흉중에 품은 회포'를 일시에 타파할 수 있었다.

> 세간에 분요한 것을 파탈하고 가슴속에 맺혔던 것을 풀어 버리었노라.
> 擺脫世間之紛撓 責去胸海之弸結 (「수덕문」)

수운 선생이 겪은 '불우한 처지'는 결코 개인적인 것만이 아닌 당시 창생 모두의 고난이었고 좌절이었던 만큼, 선생의 득도는 온 세상 사람의 득도와 다름이 아니다. 경신년 4월 5일, 한울님을 만나는 결정적인 체험을 통해 수운 선생은 '내(사람)가 바로 하늘'이라는 진리를 대각大覺한다. 이후 1년여 갈고 닦아 비로소 주문呪文과 도법道法의 절차를 정하고 세상 사람들에게 가르침을 펴게 된다.

오심즉여심, 즉 '내 마음이 곧 네 마음'이라는 한울님의 말씀을 통해 수운 선생은 한울님이 내 몸에 모셔져 있다는 것은 곧 오즉여 여즉오吾卽汝 汝卽吾, 즉 '내가 바로 너'라는 한울님 말씀으로 이해하며 최상의 깨달음에 도달한다.

나아가 수운 선생은 한울님과 둘 아닌 하나라는 진리는 나(수운) 한 몸에

국한되는 것이 아니라 '세상 만인 만물이 모두 시천주侍天主 즉 한울님을 모신 존재'라는 만인물천주萬人物天主와 만민물평등萬民物平等의 진리를 세상에 반포한다. 이것이 다시개벽 선언의 요체라 할 수 있다.

수운 선생은 경신년 11월경 절구絶句라는 시 한 구를 지어 노래하였다.

> 황하수 맑아지고 봉황새 우는 것을 누가 능히 알 것인가.
> 운수가 어느 곳으로부터 오는지를 내 알지 못하노라.
> 평생에 받은 천명은 천 년 운수요,
> 성덕의 우리 집은 백세의 업을 계승하였네.
> 용담의 물이 흘러 네 바다의 근원이요,
> 구미산에 봄이 오니 온 세상이 꽃이로다.
> 河淸鳳鳴孰能知 運自何方吾不知
> 平生受命千年運 聖德家承百世業
> 龍潭水流四海源 龜岳春回一世花

만세일지 장부로다

오심즉여심吾心卽汝心은 한울님이 수운 선생에게 하신 말씀이다. 그러나 수이련지修而煉之를 거듭하는 동안 수운 선생은 이 말씀이 처음과는 다르게 밖이 아니라 자신의 안에서 들려왔다는 것을 알게 된다. 즉 한울님 말씀이 공중에서 들리는 줄 알았는데, 외부가 아니라 내부 즉 자신의 몸에 모셔져 있는 시천주侍天主, 한울님과 수운 선생의 마음이 둘이 아닌 하나의 마음으로부터 들려왔다. 이것은 하늘과 하늘이 질문하고 대답하였다는 것으로,

인류 역사 이래의 파천황破天荒[6]적 사건이라 아니할 수 없다.

바야흐로 한울님과 수운 선생이 성령으로 하나라는, 곧 오즉여 여즉오吾即汝 汝即吾의 진실이 밝혀짐과 동시에 다시개벽의 세상이 시작된 것이다. 수운 선생은 '한울님을 네 몸에 모셨으니 멀고 높은 곳에서 찾지 말고 너 자신에게서 찾으라'고 하며 시천주侍天主에 의한 천인일체天人一體의 수행을 강조하였다.

> 천은이 망극하여 경신 사월 초오일初五日에 글로 어찌 기록하며 말로 어찌 성언成言할까. 만고 없는 무극대도 여몽여각 득도로다. 기장奇壯하다 기장하다 이내운수 기장하다. ᄒᆞ늘님 하신 말씀 개벽 후 오만년에 네가 또한 첨이로다. 나도 또한 개벽 이후 노이무공勞而無功 하다가서 너를 만나 성공하니 나도 성공 너도 득의得意 너희집안 운수로다. 어화 세상 사람들아 무극지운 닥친 줄을 너희 어찌 알까보냐. 기장하다 기장하다 이내운수 기장하다. 구미산수 좋은 승지勝地 무극대도 닦아내니 오만년지 운수로다. 만세일지 장부로서 좋을시고 좋을시고 이내 신명 좋을시고. (「용담가」)

사람 섬기기를 하늘같이

수운 선생에 의한, 초월적 내재超越的 內在 신관의 시천주侍天主 진리는 하늘과 사람이 별개가 아니라 기화氣化 작용으로 합일된 근본적 천인일체의 관계임을 구체적으로 천명하는 경천동지할 다시개벽의 대고천하大告天下였다.

---

6 파천황(破天荒). 이제까지 아무도 하지 않은 것을 행함.

사람의 수족 동정 이는 역시 귀신이요, 선악 간 마음 용사 이는 역시 기운이요, 말하고 웃는 것은 이는 역시 조화로세. (「도덕가」)

해월 선생은 수운 선생의 명교命教[7]라 전제하며 설파한, 자신의 대표적인 「대인접물待人接物」[8]에서, "인시천人是天이니 사인여천事人如天하라(사람이 바로 하늘이니 사람을 하늘같이 대하라)." 하며, 이것이 수운 선생의 가르침이라는 사실을 강조하였다. 또 역시 수운 선생의 말씀이라고 하면서 한울님과 내가 하나임을 강조하였다.

나의 한 기운은 천지 우주의 원기와 한줄기로 서로 통했으며, 나의 한마음은 조화 귀신의 소사所使와 한 집의 활용(一家活用)이니, 그러므로 천즉아天卽我이며 아즉천我卽天이라(하늘이 곧 나며 내가 곧 하늘이라). 그러므로 기운을 사납게 함은 하늘을 사납게 함이요, 마음을 어지럽게 함은 하늘을 어지럽게 함이니라. 우리 스승님(수운 선생)께서 천지 우주의 절대원기絕對元氣와 절대성령絕對性靈을 체응體應하여 모든 일과 모든 이치의 근본을 처음으로 밝히시니, 이것이 곧 천도天道이며 천도는 유불선儒佛仙의 본원이라. 내가 잠자고 꿈꾸는 사이인들 어찌 스승님이 남기신 가르침을 잊으리오. 선생께서 인내천人乃天의 참뜻을 말씀하시되 사인여천事人如天하라(사람 섬기기를 하늘같이 하라) 하셨느니라.

수운 선생의 가르침을 직접 받은 해월 선생이 전하는 수운 선생의 법설

---

7 명교(命教). 명하여 가르침.
8 대인접물(待人接物). 해월 선생 법설로, 사람을 대하고 만물을 상대하는 법.

강론에서, 수운 선생이 직접 시천주侍天主에 의한 인내천人乃天[9]과 사인여천 事人如天의 이치를 말씀하고 강조하며 실천하였음을 알 수 있다.

십이제국 괴질운수 다시개벽 아닐런가

수운 선생의 창도 이후 1년여에 걸쳐 체험 내용과 이치를 연마하고 정돈해 가면서 서양의 종교관은 물론 동양에서 말하는 도학道學의 개념에서도 일대 변화를 반영한 새로운 신념 체계를 세우기 시작한다. 바로 당시에 국교나 다름없었던 유교와 동양 침략에 앞세웠던 서학西敎을 중심으로, 모든 종교와 사상에 대하여 종교 혁명을 선언한다. 득도 후 사람과 세상을 보는 눈이 달라졌고, 역사를 인식하는 가치관이 바뀌었다. 또한 '내가 세상에 태어나 온갖 고생을 하며, 무엇 때문에 한울님의 망극한 은혜로 세상에 다시 없을 무극대도를 받았는가?' 하는 사명감을 깊이 헤아릴 수 있게 되었다.

수운은 한울님께 도를 받은 경지에서 멈춘 것이 아니라, 한울님의 뜻을 크게 펼치기 위한 일념의 자세로 한 해 동안 초인적인 수련을 중단 없이 행하였다. 그리하여 마침내 무극대도, 즉 천도를 크고 넓게 깨닫는 경지에 다다른다. 오심즉여심의 심법으로 한울님과 일심동체一心同體를 이루어 자신이 생각하고 말하고 웃고 움직이는 모든 것이 한울님과 하나로 연결됨을 밝혔다.

그래서 「흥비가」[10]에서 "무궁한 이 울 속에 무궁한 내 아닌가."라고 노래

---

9 인내천(人乃天). 사람이 곧 하늘이라는 말. 수운 선생의 수제자 해월 최시형은 1885년 상주 전성촌에서 "인내천과 사인여천(事人如天)은 수운 선생이 한 말씀"이라 하였다.

10 「흥비가(興比歌)」. 한글 가사로 된 수운의 경편 모음집인 『용담유사』에 실려 있는 8편의 가사 중의 하나. 흥(興)은 다른 물건을 읊어서 그 목적하는 바를 이끌어내는 것이며, 비

하여 한울님과 하나인 것을 나타내었다. 또한 『동경대전』 「전팔절」에서, "도가 있는 바를 알지 못하거든 내 믿음이 한결같은가 헤아리라. 도가 있는 바를 알지 못하거든 내가 나를 위하는 것이요 다른 것이 아니니라."고 하였다.

후에 3세 교주 의암 선생은 「법문」에서, "너는 반드시 하늘(天)이 하늘 된 것이니, 어찌 영성靈性이 없겠느냐. 영靈은 반드시 영이 영된 것이니, 하늘은 어디 있으며 너는 어디 있는가. 구하면 이것이요 생각하면 이것이니, 항상 있어 둘이 아니니라." 하였다. 모두 사람과 한울님이 둘이 아니라 하나임을 말하는 것이다.

수운 선생은 상제 즉 한울님과의 질문과 대답을 통해 득도하였고, 1년여에 걸쳐 지극정성을 다하여 무극대도, 즉 천도를 크게 깨닫는 대각을 함으로써 후천 오만 년의 새로운 개벽세상을 열 수 있었다. 수운 선생은 "십이제국 괴질운수 다시개벽 아닐런가."라 하였다. 또한 '하원갑下元甲, 상원갑上元甲',[11] '전만고前萬古, 후만고後萬古', '전천추前千秋, 후천추後千秋', '지난 시절, 오는 시절' 등 선천과 후천의 용어들을 자주 사용하였으며, 이 둘 사이의 관계를 쇠운이 지극하면 성운이 온다는 미래 희망적인 내용으로 설정하여 동학의 개벽사상을 정립하였다.

　(比)는 그것과 비슷한 사물을 끌어대어 비슷한 다른 사물을 가리킨다는 뜻으로 시를 짓는 방법이다.
11　원갑(元甲). 상(上)원갑, 중(中)원갑, 하(下)원갑의 180년을 주기로 역사의 흐름을 판단하는 방법이다. 수운 선생은 '하원갑 경신에 전해 오는 세상 말이 요망한 서양 적이 중국을 침범해서'라고 하여 1860년 경신년을 하원갑의 시작으로 보았다. 이는 수운 선생의 득도를 중심으로 세상 운수가 전개된다는 뜻이기도 하다. 중원갑은 1920년부터, 상원갑은 1980년부터로 보기도 한다. 이럴 경우 1980년부터 60년간을 상원갑의 이상세계가 건설되는 시기로 보며, 상원갑의 전반기 30년은 이미 지났고 2010년부터 상원갑의 마지막 30년이 시작되어 동학에서 소망하는 이상세계가 펼쳐지고 있다고 보기도 한다.

그러나 수운 선생은 천지 운수의 쇠운과 성운이 인간 세계에서 그대로 실현되기 위해서는 동귀일체同歸一體하기를 비롯한 인간의 정성과 노력이 반드시 요구된다고 하였다. "쇠운이 지극하면 성운이 오지마는 현숙한 모든 군자 동귀일체 하였던가(「권학가」)."라고 한 것이 그것이다. 다시 말하면, 천지 운수의 변화에 의한 개벽은 자연적으로 오는 것이지만, 인간 문명의 대전환, 즉 인문 개벽은 인간의 노력으로 이루어진다는 것으로 본다.

이처럼 동학의 '다시개벽' 사상은 동학 창도 이전의 세상과 이후의 세상은 전혀 다른 세상으로 전개된다는 뜻이지만, 이는 천운과 더불어 인사人事가 조화를 이루어야 한다는 것이다. 새로운 세상의 역사, 즉 인간 세상의 역사란 그 어떤 초월적인 존재에 의해 좌우되는 것이 아니다. 역사의식을 가진 인간이 주체가 되어 천시天時(運數)와 지리地利(文明)를 살펴서 새로운 역사를 만들어가는 것이 동학사상의 역사관이다.

천년의 적막을 깨다

1960년, 동학 창도 100년을 기념하여 범부 김정설은 「최제우론」에서 수운 선생의 득도를 다음과 같이 평가하였다.

> 금년으로써 백 년 전, 경신 4월 5일에 정말 어마어마한 역사적 대사건이 경주 일원인 수운 선생이 거주하던 현곡면 가정리 일대에서 발생했다. 37세 되던 경신년 4월 5일에 수운 선생 최제우는 천계天啓(하늘의 계시)를 받았다. 그런데 역사도 왕왕 기적적 약동躍動이 있는 모양인지라 혼수昏睡(깊은 잠)에 취몽醉夢으로 지리한 천년의 적막을 깨트리고 하늘에서 외우는 소리는 웬 셈인지 마룡동馬龍洞(용담의 별칭) 최제우를 놀래 깨운 것이다.

이것이 과연 역사적 대강령이며 동시에 신도성시神道聖時 정신의 기적적 부활이라 할 것이다. 국풍의 재생이라 할 것이며, 사태의 경이라 할 것이다. 정말 어마어마한 역사적 대사건이었다.

수운의 이적, 하늘의 조화

경신년(1860) 수운이 한울님의 가르침을 듣기 시작한 지 얼마 지나지 않은 어느 날 한울님의 말씀이 수운 선생의 마음에 들려오기를, "너는 내일 꼭 친산親山(부모의 묘소)에 성묘를 가라." 하였다.

다음날 마침 큰비가 내려 성묘를 갈 수 없는 형편이었다. 망설이고 있을 즈음에 다시 천어天語가 들려오기를, "어찌하여 늦는가? 즉시 성묘를 가라." 하므로, 길을 나서지 않을 수 없었다. 비옷도 없고 하여 조카 세조의 집에 이르러 인마人馬를 빌리는데, 조카가 말하기를, "이같이 큰비에 갑자기 왜 성묘를 하시려 합니까?" 하고 만류하였으나, 수운은 기어이 성묘 길에 올랐다.

그런데 큰비가 오는 중에 50리 길을 왕복하였으나, 수운이 이르는 곳에는 태양이 비치었고, 같이 간 사람과 말까지 조금도 젖지 않은 채로 돌아왔다.

세조가 말하기를, "종일 큰비가 내렸는데 어찌 젖지 않고 돌아올 수가 있습니까? 참으로 기이하고 이상한 일입니다."라고 하였다.

수운 선생은 "이것은 한울님의 조화다."라고 말씀하셨다.

천어天語, 곧 한울님 말씀은 사사邪私가 없는 인어人語이니
사람의 마음이 하늘의 마음이면 그 사람의 말은 천어로세.

수운 선생이 득도한 그해 10월경, 용담에서 수운 선생과 가족들이 하늘에서 내려온 선녀를 보았다는 전설 같은 이야기도 전해진다. 『도원기서』에서는 캄캄한 밤중에 용담 일대가 대낮같이 환하게 밝아지므로 집안 사람들이 내다보았더니, 선녀가 나무 위에 강림해 있더라는 이야기가 있다.

> 수운 선생이 밤이 깊도록 독서를 하는 동안, 그 부인은 곁에서 바느질을 하고 있었다. 그때 홀연히 휘황한 기운이 문에 비치는 것이 보름 달빛 같아 사립을 열고 내다보니, 캄캄한 밤하늘 가운데 채색된 구름이 영롱하고, 상서로운 기운이 맑고 밝아서, 용담의 마을 입구가 대낮같이 환하였다.
> 집안사람들이 크게 놀라 선생에게 물어 말하기를, "동네 입구 나무 위에 한 미녀가 있는데, 녹의홍상綠衣紅裳[12]을 하고 선연嬋娟[13]히 앉아 있습니다." 하였다. 선생이 '소란스럽게 하지 말라' 이르고, 선생 혼자만이 선녀仙女[14]인 줄 알더라.

이러한 이적, 즉 한울님의 조화들에 대해 수운 선생은 크게 관심을 두지 않았다. 주변 사람들은 놀라워하고 오히려 호기심을 보였지만, 그것은 도의 본령이 아니었기 때문이다. 다만 이와 같이 선녀 이야기와 옷이 비에 젖지 않았다는 것과 같은 설화說話들은 당대 민중들이 수운 선생을 신비화하고 흠모하는 데 중요한 역할을 하고 있다.

---

12 녹의홍상(綠衣紅裳). 연두저고리와 다홍치마.
13 선연(嬋娟). 자태가 곱고 아름다움.
14 선녀(仙女). 선경(仙境)에 사는 여자 신선.

도법과 수행의 방법을 정하고

수운 선생은 득도한 지 1년여가 지나 신유년(1861) 4월경에 이르도록, 세상 사람들에게 가르칠 수 있도록 도법과 수행법을 정하고 도의 체계를 세운다. 천도天道 즉 무극대도無極大道를[15] 펼치기 위한 대중적 포덕布德[16]의 기반을 마련하는 데 1년 넘게 공을 들인 것이다.

> 일일시시日日時時 먹는 음식 성경誠敬 이자二字 지켜내어 ᄒᆞ늘님을 공경하면 자아시自兒時 있던 신병身病 물약자효勿藥自效 아닐런가. 가중차제家中次第 우환 없이 일년삼백 육십일을 일조一朝같이 지내가니 천우신조 아닐런가.
> (「권학가」)

무슨 일들을 하기 전과 후에 한울님께 고하는 것을 동학에서는 심고心告라고 한다. 심고는 마음속으로 부모님께 아침저녁 문안을 여쭙고, 집을 나가고 들어올 때 그 사실을 아뢰듯이 한울님께 고하는 것(告天)을 말한다. 심고는 식고食告와 출입고出入告가 대표적이다.

식고는 밥을 먹을 때 부모님께 하듯이, "한울님 은덕으로 마련된 이 밥을 고맙게 먹겠습니다."라고 마음으로 아뢰는 것을 말한다. 수운 선생은 「권

---

15 수운은 자신이 한울님으로부터 받은 천도를 무극대도라고도 표현하였다. "칠팔 삭(개월) 지내나니 꿈일런가 잠일런가 무극대도 받아내어…「교훈가」."라고 한 것이 대표적이다.
16 포덕(布德). 한울님의 덕을 세상에 편다는 뜻으로, 천도교에서 포교하는 것을 이르는 말이다. 또한 포교의 차원을 뛰어넘어 한울님의 덕을 실천하는 새로운 세상에 동참시키는 넓은 의미의 해석도 있다. 천도교의 연호(年號)도 1860년 수운이 도를 깨다른 해를 원년(1년)으로 하여 '포덕○년'으로 표기한다.

멀고 가까운 곳에서 모여드네

수운 최제우 선생이 동학을 창명했다는 소식을 듣고 멀고 가까운 곳에서 수많은 사람들이 모여들기 시작했다. 아기를 업은 아낙네, 지게를 진 아저씨, 갓을 쓴 선비, 빨래하던 어머니들, 세상을 곧 등져야 할 노인들, 이러한 상황을 가리켜 수운 선생은 "원처 근처 어진선비 풍운같이 모아드니 낙중우락 아닐런가" 하면서 크게 기뻐했다고 한다. 그러나 이러한 상황에 관의 탄압은 갈수록 심해져 동학을 뿌리채 없애려고 하였다. 수운 선생은 고심 끝에 새로운 각오를 다지게 위해 경주에서 남원으로 향하게 된다.

학가」에서 매일 때마다 음식을 먹기 전과 후에 한울님께 고(食告)하면 자신에게 있었던 병이 약을 쓰지 않아도 저절로 낫는다고 하였다.

출입고도 부모님께 고하듯이 어디에 가고 옴에 반드시 고하기를, "(어디)다녀오겠습니다. (어디에)다녀왔습니다."라고 한울님께 아뢰는 것을 말한다. 바로 식고와 출입고는 살아 계시는 부모님께 하듯 한울님께 고하는 고천告天의 예절이다.

수운은 이 무렵 동학에 입문할 때 하는 포덕식布德式과 정식으로 수도하고 동학의 이치를 공부하기 시작할 때 치르는 입도식入道式, 한울님을 길이 모셔 잊지 않겠다는 것과 선생님께 배운 도를 배반하지 않겠다고 맹세하는 제사(致祭式), 제사에 올릴 음식차림 방식의 절차인 제수식祭需式을 정하고, 제사 때 한울님에게 고하는 글인「축문祝文」도 지었다.

주문의 힘과 영부의 효능

수운 선생은 '주문呪文은 지극히 한울님을 위하는 글'이라고 하였다. 또한 선생이 한울님을 만나던 첫날 주문과 함께 받은 영부靈符의 효능은 마음에서 비롯된다'고 하였다. 우리 역사에서 동학이 끼친 공적은 모두 '주문과 영부의 힘'에서 비롯되었다고 말할 수 있다. 주문과 영부에 대해 2세 교주 해월 선생이 말씀하신 법설「영부와 주문」의 말씀을 살펴본다.

> 경經(「포덕문」)에 말씀하시기를 "나에게 영부靈符 있으니 그 이름은 선약仙藥이요 그 형상은 태극太極이요 또 형상은 궁궁弓弓이니 나의 이 영부를 받아 사람들을 질병에서 건지라." 하셨으니, 궁을弓乙의 그 모양은 곧 마음 심心자 이니라. …주문 삼칠三七 자는 대우주·대정신·대생명을 그려낸 천서天

書이니 '시천주 조화정'은 만물 화생의 근본이요, '영세불망 만사지'는 사람이 먹고사는 녹의 원천이니라.

주문 수행의 방법

주문 수행에는 소리 내어 주문을 외는 구송口誦(顯誦)의 방법이 있고, 소리 없이 마음으로 외는 심송心誦(默誦)의 방법이 있다. 또한, 주문 수행이 결정적인 단계로 접어들면, 자신의 마음과 한울님이 일체되어 스스로 주문이 외워지는 영송靈誦 즉 천송天誦의 방법이 저절로 행해진다. 영송의 지극한 상태로 들어가면 자신의 주송呪誦과 한울님의 기운氣運이 하나로 천지에 가득 차고 우주에 뻗쳐져, 일에 간섭하지 아니함이 없고 일에 명령하지 아니함이 없는 지기至氣 자체로 화하여 무위이화無爲而化[17]의 경지에 이르는 것을 느낄 수 있다. 즉 상제上帝·천주天主와 일체가 되는 경지에 도달하는 것이다.

주문 수행에 있어 영송의 설명은 해운 박기중(1899~2000) 종법사宗法師에게 필자가 직접 가르침을 받은 이야기이다. 해운 종법사는 당시 1백 세의 연세임에도 아주 건강한 수도생활을 하고 계셨다. 필자에게 구송에서 심송으로, 심송에서 영송으로 연결되는 주문 수도법에 대해 자세하게 알려주었다. 또한 주문 수련을 할 때 구송 단계에서 너무 큰 소리로 외우는 것과 몸을 심하게 떠는 것을 절대 금하라고 하였다. 동학·천도교 주문 수행의 방법은 동학 1세 교조 수운 최제우 선생이 정립하여 2세 교주 해월 최시형 선생이 전수 받았으며, 해월 최시형 선생 당시 3세 교주 의암 손병희 선

---

17 무위이화(無爲而化). 억지로 함이 없이 이루어짐.

생과 부안포 대접주 용암 김낙철 대접주에게도 전수되었다. 용암 김낙철 대접주로부터 학산 정갑수 종법사(1863-1952, 부안호암수도원 창립자)에게 전수되었다. 그리고 학산 종법사에게 가르침을 받은 해운 박기중 종법사 교도로 호남 지역의 후학들은 이 수도법에 따라 수도해 왔다. 물론 호암수도원 수도법이 동학·천도교의 유일한 정통수련법이라고는 말할 수는 없다. 다만 학산 종법사에 의해 호남 지역에 광범위하게 전파되었다는 것은 틀림없는 사실이다.

 동학·천도교는 지역 연원과 계보에 따라 수련법이 다소 다르게 전수되었다. 오늘에 와서 어느 지역, 어느 연원, 어느 수도원의 수련법이 정통 수련법이라 단정할 수 없고, 다양하게 전수되어 온 장점을 살려 앞으로 수도법 통일에 노력해야 된다고 생각한다.

 필자는 동학·천도교에 입문하고 거의 37년간 수도 생활을 하고 있다. 그런데 수련에 대한 최종 결론은 '도통은 이루는 것이 아니라 원래 이루어져 있다. 깨달음도 깨달아야 되는 것이 아니라 원래 깨달아져 있다.'는 것이다. 다만 현실의 우리는 오래도록 마음에 잊고 잃음이 많아져서(心多忘失) 이러한 진리를 모르기 때문에 주문과 명상 등 수련을 통해 도통과 깨달음을 얻으려 하는 것이라고 생각한다. 사람들은 모두가 원래 도통이 이루어져 있고, 깨달음도 이루어져 있다. 이러한 진리를 알아가는 과정이 바로 수도요, 수련이다. 이를 동학의 진리로 명쾌하게 표현하면 시천주侍天主·인즉천人卽天·사인여천事人如天이다. 더 나아가 물물천사사천物物天事事天이다. 그래서 결론은 '사람과 자연 모두가 하늘이다. 모두를 한울님처럼, 부모님과 같이 섬기고 공경해야 한다.'는 것이다.

 사람과 만물이 하늘, 즉 한울이요 한울님이면 이 세상에 두려울 것도 없고, 공경의 대상, 즉 한울님만이 존재하는 것이다. 동학의 수도는 주문 수

런이다. 주문 수련을 통하여 원래 하늘(한울)이었다는, 원래 도통과 깨달음이 이루어져 있다는, '모두가 하늘이다.'라는 진리를 깨닫고, 새 세상을 열어나가야 할 것이다. 아래에서 동학·천도교의 처음이자 끝인 주문에 대해 좀 더 자세히 알아보기로 한다.

주문呪文의 종류

〈선생주문先生呪文〉
강령주문降靈呪文 - 지기금지사월래至氣今至四月來
본주문本呪文 - 시 천주영아장생무궁무궁만사지侍 天主令我長生無窮無窮萬事知

〈제자주문弟子呪文〉
초학주문初學呪文 - 위 천주고아정영세불망만사의爲 天主顧我情永世不忘萬事宜
강령주문降靈呪文 - 지기금지원위대 강至氣今至願爲大 降
본주문本呪文 - 시 천주조화정영세불망만사지侍 天主造化定永世不忘萬事知

　동학에서 수행, 즉 수도는 한울님을 잊지 않는 주문 수행법으로, 내가 곧 한울님이라는 근본을 늘 생각하여 잊지 않는(念念不忘其本) 것으로 주를 삼으며, 주문 수행 방법으로는 마음으로 외는 것과 입으로 외는 두 가지로 주를 삼는다.
　선생주문은 수운 선생이 수행했던 주문이다. 제자주문은 수운 선생의 제자들이 수행할 때 외는 주문이다. 제자주문에서 초학주문은 초보자나 나이 어린 아동들이 수행하는 주문이다. 성인들이 초학주문을 수행할 때는 대략 3개월에서 6개월 정도 수련하는 것이 관례처럼 전해온다. 그러나 초심을 유지하기 위한 초학주문 수행은 기간과 상관없이 수행한다.

제자주문에서, 지기금지원위대 강(至氣今至願爲大 降)은 강령주문이라 하며, 시 천주조화정영세불망만사지(侍 天主造化定永世不忘萬事知)은 본주문이라 하는데, 이 둘을 합하여 21자 주문 혹은 삼칠자 주문이라고 한다. 이 21자 주문은 또 '평생주문'이라고도 하는데, 일생 동안 수행하는 주문이라는 뜻이다.

수운 선생은 「논학문」 즉 「동학론東學論」에서 21자 주문의 뜻을 설명하였다.

> 묻기를 "주문呪文의 뜻은 무엇입니까?"
> 대답하시기를 "지극히 ᄒᆞ늘님天主을 위하는 글이므로 주문이라 이르는 것이니, 지금 글에도 있고 옛글에도 있느니라."
> 曰呪文之意何也 曰 至爲天主之字故 以呪言之 今文有古文有
>
> 묻기를 "강령의 글은 어찌하여 그렇게 됩니까?"
> 대답하기를 "'지'라는 것은 지극한 것이요, '기'라는 것은 허령이 창창하여 일에 간섭하지 아니함이 없고 일에 명령하지 아니함이 없으나, 그러나 모양이 있는 것 같으나 형상하기 어렵고 들리는 듯하나 보기는 어려우니, 이것은 또한 혼원한 한 기운이요, '금지'라는 것은 도에 들어 처음으로 지기에 접함을 안다는 것이요, '원위'라는 것은 청하여 비는 뜻이요, '대강'이라는 것은 기화를 원하는 것이니라."
> 曰降靈之文 何爲其然也 曰至者 極焉之爲至 氣者虛靈蒼蒼 無事不涉 無事不命 然而如形而難狀 如聞而難見 是亦渾元之一氣也 今至者 於斯入道 知其氣接者也 願爲者 請祝之意也 大降者 氣化之願也

'시'라는 것은 안에 신령이 있고 밖에 기화가 있어 온 세상 사람이 각각 알아서 옮기지 않는 것이요, '주'라는 것은 존칭해서 부모와 더불어 같이 섬긴다는 것이요, '조화'라는 것은 무위이화요, '정'이라는 것은 그 덕에 합하고 그 마음을 정한다는 것이요, '영세'라는 것은 사람의 평생이요, '불망'이라는 것은 생각을 보존한다는 뜻이요, '만사'라는 것은 수가 많은 것이요, '지'라는 것은 그 도를 알아서 그 지혜를 받는 것이니라. 그러므로 그 덕을 밝고 밝게 하여 늘 생각하며 잊지 아니하면 지극히 지기에 화하여 지극한 성인에 이른다.

侍者 內有神靈 外有氣化 一世之人 各知不移者也 主者 稱其尊而與父母同事者也 造化者 無爲而化也 定者 合其德定其心也 永世者 人之平生也 不忘者 存想之意也 萬事者 數之多也 知者 知其道而受其知也故 明明其德 念念不忘則 至化至氣 至於至聖

수운 선생은 주문 해의解義(풀이)에서, 주문 수도를 지극정성으로 하면 모든 사람이 누구나 지극한 성인聖人에 이른다는, 그야말로 천지 개벽과 같은 엄청난 주장을 펼쳤다. 이를 한층 깊게 들여다보면 모든 사람이 지극한 성인에 이른다는 것은 바로 모든 사람이 하늘이라는 사실이 분명해진다. 다시 말해 원래 모든 사람이 성인이자 하늘이지만, 그 진리를 잊고 또한 모르면서 살아가고 있다는 말이다. 수운 선생의 주문 해의의 결론도 결국 '모두가 하늘'이라는 선언으로 귀결된다.

한울님 절 받으세요

신유포덕(1861) 이전의 포덕 이야기로서 대표적으로 두 가지 일화가 전해지고 있다. 그 첫 번째가 수운 선생의 부인 박씨 사모님 이야기이다. 수운 선생이 처음 포덕한 사람은 부인 박씨이다. 수운 선생에게 가르침을 받는 첫 번째 동학도인이 바로 박씨 사모님인 것이다. 박씨 부인은 수운 선생의 득도 초기 과정을 지켜보면서 처음에는 강한 거부감과 절망감을 느낀 것으로 보인다. 허공에서 들려오는 한울님의 목소리를 듣는다는 남편 수운, 그리고 그 한울님에게 묻는다며 혼잣말을 중얼거리는 수운, 그리고 백지를 펴고 붓을 들어 휘젓고는 종이 위에 완연히 영부가 보인다는 수운, 그렇게 혼자 중얼거리거나 냉수를 떠다가 종이를 불에 태워 마시기를 반복하고, 또 한울님께 하는 것이라며 수도 없이 절하는 수운의 모습을 도저히 이해할 수 없었다. 또 때로는 한울님께 감사하다며 무릎을 꿇고, 때로는 자리에 일어나 덩실덩실 춤을 추며 희희낙락하고, 자신은 늙지 않고 죽지도 않는다고 장담하는 지아비 수운의 모습을 지켜보는 박씨 부인의 심정은 참담을 넘어 절망으로 치달았다.

수운 선생 자녀들도 이러한 모습을 보며, "아버님 이 웬일입니까. 정신수습 하옵소서. 백지 펴고 붓을 들더니 이내 물형부物形符가 보인다는 말씀도 또한 혼미할 뿐입니다. 아이고 어머님, 우리 신명 이 웬일입니까. 아버님 거동 보십시오. 저런 말씀을 하시다니 어찌 된 일입니까." 하며, 한때 수운 선생이 실성했다고 착각하고 어머니와 아들은 마주앉아 손으로 바닥을 치며 통곡하였다. 박씨 부인은 특히나 마을 사람들이나 친척들이 수운의 이러한 해괴망측한 행동에 대한 소문을 듣고 속닥거리며 온갖 소문을 퍼트리는 것이 더욱 견디기 어려워 한때 죽음을 생각했다는 말이 전해온다.

이렇듯 부인과 자식들에게까지 정신이 혼미한 사람으로 보였으니, 수운으로서도 난감하기는 마찬가지였다. 수운은 가족을 포덕하지 못하면 어떻게 다른 사람들에게 도를 권할 수 있겠는가 생각하며, 포덕광제의 첫걸음을 가족으로부터 시작한다.

수운 선생은 부인과 자식들을 불러 앉히고 "나는 천명을 받았으니, 하늘의 도와 덕을 천하에 펴서 억조창생을 구제해야 한다."고 차분히 설명하였다. 그뿐만 아니라, 몸소 행동으로 "부인 절 받으세요, 부인은 한울님을 모신 한울님과 같은 존귀한 분입니다." 하며, 절하고 또 절하였다.

부인을 공경함에 남의 눈치를 보거나 체면 따위를 생각하지 않고, 오직 사람을 한울님처럼 섬기는 자세를 잃지 않았다. 그렇듯 수운 선생의 변함없는 말과 행동은 가족은 물론 그 누가 보더라도 어떤 도학자道學者보다 의연하였고 또한, 자연스럽게 성인의 용모와 기상이 느껴졌다. 수운 선생은 득도 초기를 지나며 자신과 모든 사람, 나아가 비잠동식飛潛動植, 금수와 산천초목까지 한울님을 모신 존엄한 존재라는 진리에 따라 일상생활, 언어동작을 행하였다.

선생의 진정은 마침내 박씨 부인을 납득케 하고 감화시킨다. 사람은 모두 한울님이고, 더욱이 여인네도 한울님이라는, 듣도 보도 못한 경천동지할 사상과 그것을 몸소 실천으로 보여주는 남편, 수운에 감동한 박씨 부인은 결국 동학에 입도하는 첫 번째 사람이 된다.

> 수운의 눈은 하늘의 눈이요, 수운의 말은 하늘의 말이다.
> 숨 쉬는 것도, 걷는 것도, 먹는 것도, 일하는 것도, 웃는 것도, 잠자는 것도,
> 모든 생각과 일거수일투족이 한 치의 어긋남 없이
> 하늘이요, 한울님이었다.
> 세상 사람들은 수운 스승님을, 수운 대선생님水雲大先生主이라 하였다.

모두가 꽃이었다

수운 선생은 종교가요, 사상가이며, 또한 시인이다. 시인으로서 그 대표적인 시「시문詩文」을 보면 수운 선생의 삶이 녹아 있고, 철학과 사상이 함축적으로 표현되고 있다. 또한 제자들에게 어떻게 수행해야 하는지 가르침을 담고 있다.

겨우 한 가닥 길을 얻어 걸음걸음 험한 길 걸어가네.
산 밖에 다시 산이 보이고 물 밖에 또 물을 만나도다.
다행히 물 밖에 물을 건너고 간신히 산 밖에 산을 넘어왔네.
바야흐로 들 넓은 곳에 이르니 비로소 대도가 있음을 깨달았네.
안타까이 봄소식을 기다려도 봄빛은 마침내 오지를 않네.
봄빛을 좋아하지 않음이 아니나 오지 아니하면 때가 아닌 탓이지.
비로소 올 만한 절기가 이르고 보면 기다리지 아니해도 자연히 오네.
봄바람 불어간 밤에 일만 나무 일시에 알아차리네.
하루에 한 송이 꽃이 피고 이틀에 두 송이 꽃이 피네.
삼백예순 날이 되면 삼백예순 송이가 피네.
한 몸이 다 바로 꽃이면 온 집이 모두 바로 봄일세.
병 속에 신선 술이 있으니 백만 사람을 살릴 만하네.
빚어내긴 천 년 전인데 쓸 곳이 있어 간직하네.
부질없이 한 번 봉한 것 열면 냄새도 흩어지고 맛도 엷어지네.
지금 우리 도를 하는 사람은 입 지키기를 이 병같이 하라.
纔得一條路 步步涉險難 山外更見山 水外又逢水
幸渡水外水 僅越山外山 且到野廣處 始覺有大道

苦待春消息 春光終不來 非無春光好 不來卽非時
玆到當來節 不待自然來 春風吹去夜 萬木一時知
一日一花開 二日二花開 三百六十日 三百六十開
一身皆是花 一家都是春 甁中有仙酒 可活百萬人
釀出千年前 藏之備用處 無然一開封 臭散味亦薄
今我爲道者 守口如此甁

너도 꽃, 나도 꽃, 모두가 꽃이었다.
산에 핀 꽃이나 들에 핀 꽃이나 논밭에 핀 꽃이나
모두가 꽃이었다.
나도 꽃, 너도 꽃, 모두가 꽃이었다.
사람은 우주의 꽃이요, 만물은 하늘의 꽃이니
모두가 모두가 꽃이었다.

경주 최부잣집 이야기

득도 직후 수운 선생이 하신 일 중에 경주 일대를 발칵 뒤집어 놓은 사건이 또 하나 있다. 오래전부터 자신의 집에 딸린 여종을 친자식처럼 대해 온 수운 선생은 득도 후 도법을 정리하여 가던 어느 날 박씨 부인과 의논하여 여종 중 한 사람은 수양딸로, 또 한 사람은 며느리로 삼겠다고 선언하였다.
이는 시천주의 진리를 깨친 수운으로서는 당연한 일이었지만 그 시기 양반 사대부는 물론 훗날 조선 정부로부터 지목받고 탄압받는 결정적인 빌미를 제공하게 된다. 당시 유교 이념에 사로잡힌 양반들이 목숨줄처럼 중시한 것이 강상綱常의 도였고, 신분 위계의 엄격함은 그중에서도 핵심이었다. 그런데 이를 가볍게 혁파하는 수운의 처신은 그들에게 자신들의 기득권을 위협하는 비수처럼 다가갔던 것이다. 수운 선생은 이처럼 자신의 마음이 가리키는 길을 조금도 주저하지 않고 걸어갔다. '사람이 한울님'이라는 인간에 대한 새로운 이해에서 비롯된 수운 선생의 노비 해방은 장차 봉건적 신분제도를 무너뜨리는 만민, 만물 평등의 새 세상을 향한 역사 대행진의 출발점이었다.

수운 선생의 노비해방은 동학사상의 인간관, 윤리의식에서 비롯되지만, 경주 최씨 가계, 특히 경주 최부잣집의 전통적 기풍에도 밀접한 관련이 있다. 최진립崔震立(1568-1636) 장군과 경주 최부잣집의 내력을 잠시 살펴본다. 최진립 장군은 수운 선생의 7대조이다.

1592년 임진왜란이 발발하자 최진립은 경주로 들어가기 위해 이조리에 쳐들어온 왜구를 밤에 급습하여 물리친 후 의병장으로 활약하며 큰 공을 세운다.

임진왜란으로부터 38년 후, 정묘호란으로부터 10년 후인 1636년 청나라의 침입으로 병자호란이 일어났다. 당시 69세로 공주 영장이었던 최진립은 주위의 만류에도 불구하고 출정을 서두른다. 경기도 용인 험천 전투에서, 조선 군대는 청나라 철기병에게 패퇴하고 모든 장수가 퇴각했지만, 최진립은 끝까지 항전하다 장렬히 순국했다. 두 전쟁에서 잇달아 큰 공을 세운 최진립을 나라에서는 제문을 지어 추모했다.

수운 선생은 선대 조상인 최진립 장군을 일컬어 "선조의 충의는 용산에 남아 있다(先祖之忠義 節有餘於龍山)."라고 노래하였다. 수운 선생이 언급한 '용산'은 경주 내남면 이조리에 있는 용산서원이다. 용산서원은 숙종 37년 임금이 친히 '숭렬사우崇烈祠宇'라는 이름을 지어 현판을 내렸는데, 당시 무신으로 사액사당을 받은 이는 이순신과 김시민 장군 외에 최진립 장군뿐일 정도로 드문 일이었다.

수운 선생은 『용담유사』「안심가」에서도 7대조 최진립을 언급하였다.

우리 선조 험천 땅에 공덕비를 높이 세워 만고유전 하여 보세.

비장하면서도 극적인 최후와 북벌론北伐論의 대두로 최진립은 국가적 영웅으로 떠오른다. 1740년에 세워진 '최진립 신도비'는 그에 대한 추모 사업이 얼마나 거국적이었는지 알려주는 귀중한 유물이다. 높이 3미터에, 비를 받들고 있는 거북조각의 크기는 웬만한 무덤 크기다. 이후 경주 최씨 정무공貞武公[18]파는 명문가의 기틀을 다지게 된다.

여기서 눈여겨볼 사실이 있다. 경주 최씨 집안에서는 매년 음력 12월 27일, 최진립 장군의 기제사를 지내며 정무공과 함께 숨진 두 노비의 제사도 함께 지낸다. 최진립의 제사가 끝나면 다시 그 제사상을 그대로 들고 나가 마루에서 두 명의 종, '옥동'과 '기별'을 위한 제사를 다시 지낸다. 옥동은 최진립을 왜구의 칼날에서 구해내었고, 기별은 예순아홉에 전쟁에 나간 최진립을 끝까지 따르며 함께 순절했다. 신분제도가 엄격했던 조선 시대에 노비에게 제사를 지내는 것은 전무후무한 전통이다.

주인을 위해 목숨을 던진 종을 위해 세상의 비난과 손가락질에도 굴하지 않고 종에게도 절할 줄 아는 양반집, 이것이 경주 최씨 집안이 어진 사람을 대하는 기본자세였다. 경주 최씨 집안의 이러한 전통은 수운 선생에게도 이어졌다고 할 수 있겠다. 그리고 수운 선생 이후에도 경주 최씨 집안과 동학과의 인연은 계속된다.

---

18 정무공(貞武公). 나라에서 최진립에게 내린 시호

1647년에 청백리로 뽑힐 만큼 청렴한 관리이기도 했던 최진립, 그는 경주 최부잣집의 선조였다. 최진립 자신은 청백리였던 만큼 그리 큰 부자는 아니었다. 그의 후손들은 어떻게 '최부잣집'으로 불리며 조선에서도 이름난 부자가 되었을까? 큰 부자가 된 것은 최진립의 손자 최국선(1631~1681) 때로, 토지의 매입, 이앙법 그리고 자율적 농업경영 때문이었다.

최부잣집이 터를 잡은 형산강 상류 지역은 전쟁 이후 버려진 농토와 습지들이 널려 있었다. 임진왜란과 병자호란 양난 이후 피폐해진 경제를 복구하기 위해 조정에서는 농토 개간을 독려했으며, 최부잣집은 이런 정책에 힘입어 이조리 들판을 경작지로 확보했고, 또한 소작농에게 후한 최부잣집의 소작 조건 때문에 경주 일대에 논 매물이 나오면 그 땅 소작농들은 득달같이 달려와 최부잣집에 알렸다. 자신의 땅 주인이 최 부자에게 땅을 팔면 소작하는 자신들이 소출의 절반을 가져갈 수 있었기 때문이었다. 전국의 소작농들이 너도나도 '소작료를 5할로 낮춰 달라'는 요구를 한 것이 1920년대였으니 최부잣집에서 소출의 절반을 소작료로 한 것은 자그마치 300년을 앞선 '진보적인' 조처였다.

최부잣집에서는 비교적 앞서서 볍씨를 논에 직접 뿌리는 직파법 대신 모판에 모를 심어 이앙하는 '이앙법(모내기법)'을 도입했다. 이앙법에는 수리시설이 필수적이었다. 조선 정부는 수리시설이 확보되지 않으면 이앙법을 금지했다. 이조리 들에는 수백 년 전 인공적으로 형성된 수리시설이 있었다. 최부잣집은 형산강 하류의 수리시설에 이어 중상류에도 농업용수를 확보한다. 이앙법의 보급으로 노동력은 10분의 1로 줄었고 모판에서 모를 키우는 동안, 논에서 보리를 키우는 이모작이 가능해지면서 생산력은 크게 늘었다.

그리고 자율적 농업경영법도 최부잣집이 등장하는 주요 요인이었다. 즉 노비들과 이윤을 나눠 가지는 방식은 노동의욕과 생산성을 높였다. 최부 잣집은 마름을 두지 않았다. 당시 마름은 소작인 관리권을 쥔 사람으로, 소작인들에게 부리는 횡포, 요즘말로 하면 갑질이 막심하여 소작인들에게 저주와 원망의 대상이었다. 최부잣집은 중간 관리자인 마름을 배제하고 그 이윤을 소작인에게 돌려주었다. 이러한 성공 요인 외에 언제나 검소했던 최부잣집의 가풍은 '조선 최고의 부자'라는 명성을 얻는 초석이 되었다. 훌륭한 부자, 덕망 있는 부자, 한국에서는 찾아보기 힘든 '노블레스 오블리주'의 대명사로 이제 최부잣집 육훈六訓은 널리 알려졌다.

1. 벼슬은 하되 진사 이상은 하지 마라
2. 만석 이상의 재산은 쌓지 마라
3. 흉년기에는 땅을 사지 마라
4. 과객을 후하게 대접하라
5. 사방 백 리 안에 굶어 죽는 사람이 없게 하라
6. 시집온 며느리는 3년간 무명옷을 입어라

마지막 최부자로 불리는 최준(1884~1970)은 독립운동가 안희제와 함께 백산무역을 운영하며 임시정부 재정부장을 맡아 독립운동 자금줄 역할을 했다. 경북 경주시 교동의 최부잣집은 구한말 의병과 일본 강점기에 독립운동가의 은신처가 되었다. 동학과도 인연이 많다.

해월 최시형 선생이 최준의 집에 한동안 숨어 살기도 했고, 손병희 선생도 일본의 눈을 피해 자주 다녀갔다고 한다. 최준이 해방 후 대구대학을 설립하게 되는 것도, 의암 손병희 선생과의 인연에서 비롯된 것이었다.

손병희 선생이 교주로 있는 천도교가 보성전문(고려대의 전신)을 운영하고 있었을 때였습니다. 3·1혁명에 나서기 전 손 선생이 할아버지를 찾아와 보성전문을 맡아달라고 했습니다. 마침 할아버지는 안희제와 백산무역을 준비하고 있었고, 전 재산을 담보로 내놓고 은행에서 돈을 빌려야 했습니다. 할아버지는 보성전문을 인수할 여력이 없다며 인촌 김성수를 추천했지요. 이 일은 할아버지에게 두고두고 아쉬움으로 남았는데, 해방 이후 대구대 설립에 전 재산을 쏟아 부은 것도 이때문입니다. (최준의 손자 최염의 증언, 《한겨레》 2013.2.1)

해방 이후 최준은 전 재산을 기부해 대구대를 세운다. 1961년 5·16 군사정변 이후 '대학설치령'이 강화되면서 대구대학은 심각한 운영난에 봉착하고 삼성의 이병철에게 무상 양도된다.

"최고 대학 만들겠다."던 이병철은 약속을 저버렸고, 1967년 대구대는 청구대와 합병하여 영남대로 바뀌면서 대학 운영권은 박정희 일가로 넘어간다. 최씨 집안의 고택, 논, 선산도 영남대 소유로 넘어갔다. 그렇게 해서 최준은 '마지막 최부자'로 불리게 된다.

역사적인 포덕을 시작하다

한울님께 정성 들일 일만 생각하며 포덕을 미루어 오다가 다시 신유년辛酉年을 만나니, 때는 유월이요 절기는 여름이었다. 좋은 벗들이 자리에 가득함에 먼저 도 닦는 법을 정하고, 어진 선비들이 나에게 물음에 또한 포덕布德을 권하였다.

가슴에 불사약不死藥을 지녔으니 그 형상은 궁을弓乙이요, 입으로 장생하는 주문呪文을 외우니 그 글자는 스물한 자라. 문을 열고 손님을 맞으니 그 수효가 그럴듯하며 자리를 펴고 법을 베푸니 그 재미가 그럴듯하도다.

어른들이 나아가고 물러가는 것은 마치 삼천 제자의 반열 같고 어린이들이 읍하고 절하는 것은 육칠의 읊음이 있는 것 같도다. 나이가 나보다 많으니 이 또한 자공子貢의 예와 같고 노래 부르고 춤을 추니 어찌 공자孔子의 행함과 다르랴. (「수덕문」)

수운 선생은 박씨 부인과 큰 조카 세조를 입도시키고 경전을 집필하면서 동학 수행 체계를 구체화하여 동학의 확산을 꾀하여, 신유년辛酉年(1861) 6월부터 본격적으로 포덕을 시작하는데, 동학에서는 이를 신유포덕辛酉布德이라 한다. 신유년에 포덕, 즉 가르침을 펴기 시작했다는 뜻이다.

수운 선생이 포덕을 시작하자, 밤낮을 가리지 않고 수많은 사람이 경주 구미산 기슭 용담으로 몰려들었다. '발 없는 말이 천 리를 간다'는 속담대로, 그동안 수운 선생에 관한 입소문이 사방팔방으로 퍼져나가 있었기에, 찾아오는 사람들이 그 수를 헤아릴 수 없었던 것이다.

나도 또한 이 세상에 천은天恩이 망극하여 만고萬古 없는 무극대도 여몽여각如夢如覺 받아내어 구미용담 좋은 풍경 안빈낙도 하다가서 불과 일년 지낸 후에 원처근처遠處近處 어진 선비 풍운風雲같이 모아드니 낙중우락樂中又樂 아닐런가. (「도수사」)

용담으로 사람들이 몰려들던 상황을 수운 선생의 수양녀 주씨는 아래와 같이 증언하였다.

마룡동(가정리) 일대가 아버님(수운 선생)을 찾아오는 사람들로 문전성시를 이루었다. 아침에도 오고 낮에도 오고 밤에도 오고 또 오는데 … 어머니와 나는 밥하고 쌀 씻는데 손목이 떨어져 나갈 것 같았다. 아버님께 드릴 예물로 곶감을 가지고 왔는데, 찾아오는 사람들이 어찌나 많은지 용담 부근에 버려진 곶감 꽂이만을 짊어지고 가도 인근 마을의 땔나무가 될 수 있었다. 특히 날이 저물어 이렇게 많은 사람이 어디에서 다 잠을 자나 하고 걱정했다.[19]

수운과 함께하는 사람들은 모두가 하늘이었다.
사람 위에 사람 없고, 사람 밑에 사람이 없었다.
어찌 하늘 위에 하늘이 있고, 하늘 밑에 하늘이 있겠는가.
모두가 하늘이었고 하늘처럼 공경하고 섬겼다.
수운과 함께하는 이들은 모두가 천국을 살았다.
천국이 하늘 위 있는 게 아니라,
우리가 사는 땅 위가 천국이었다.
어찌 천국과 지옥이 저 세상에 있겠는가.
하늘 사람들이 사는 곳이 바로 천국이었다.
수운과 함께하는 생명들은 모두가 낙원이었다.
사람의 목숨만이 소중한 게 아니라,
자연만물도 하늘 생명이었다.
어찌 만물의 생명을 함부로 대할 수 있겠는가.
자연의 생명은 사람의 목숨과 하나이다.

---

19 소춘(김기전), 「대신사 수양녀 80 노인과의 문답」, 『신인간』 통권 16호, 1927.

수운과 함께하는 평화는 모두가 행복이었다.
서로가 죽이고 빼앗고 군림하는 것은
하늘에게 저지르는 죄악들이다.
어찌 평화를 멋대로 짓밟을 수 있단 말인가.
평화는 행복이요, 전쟁은 모두의 파멸이다.

결코 포기할 수 없는 천명

향중鄕中 풍속 다 던지고 이내 문운門運 가련하다. 알도 못한 흉언괴설凶言怪說 남보다가 배나 하며, 육친肉親이 무삼 일고 원수같이 대접하며, 살부지수殺父之讐 있었던가 어찌 그리 원수런고…. (「교훈가」)

포덕을 시작한 지 3개월쯤 되던 신유년(1861) 9월경에 이르자 유생들의 비난과 모함이 시작된다. 그들은 과거도 못 보는 재가녀의 후손 최제우가 수많은 제자들을 모아들이고, 게다가 유생은 물론이고 환과고독鰥寡孤獨(홀아비, 과부, 고아, 독거노인) 같은 일반 백성들이 구름떼같이 모여들어 가르침을 청한다는 것이 위협으로 다가왔던 것이다. 경주를 비롯한 동학이 퍼진 인근 고을에서도 음해는 기승을 부렸다. 무엇보다 경주 최씨 문중에서 남보다 몇 배 심한 비방의 말이 나돌았다.

10월에 이르자 비난의 목소리는 점점 커지고, '우리가 사문斯文의 정통을 담지한다'는 의식에 사로잡힌 유림儒林은 수운이 표방한 동학이 사람을 속여 정신을 홀리고 세상을 어지럽히는 혹세무민惑世誣民의 무리라고 몰아붙이니 경주부에서는 동학을 금지할 명분을 찾기에 이르렀다.

수운 선생은 관의 지목도 무마하고, 지난 5, 6개월 사이에 용담 계곡이 넘치도록 몰려온 사람들이 궁금해 하던 내용을 중심으로 도의 체계를 설명하는 방안도 구상할 필요가 있다고 생각하게 되었다. 결국 11월(양 12월 초) 초순에 한 집안 사람으로 제자가 된 최중희崔仲羲(훗날 접주)를 배행케 하고 경주를 떠난다.

> 지난해 동짓달에 떠난 것은 본래 강상의 청풍이나, 산간의 명월과 더불어 노닐자는 것이 아니었다. 어긋난 세상의 도리를 살피고, 관의 지목하는 혐의로 말미암은 것이며 무극한 대도를 가다듬어 포덕할 마음을 소중히 여겨서이다. (「통유」)

처음 도착한 곳은 울산이었다. 지난 날 6년간 살았던 울산에는 서군효徐群孝(훗날 접주)와 여러 제자와 친구들이 있었다. 울산에서 여러 날을 머물며 지내다가, 누이동생(남편은 金振九)이 있는 부산포로 향했다.

누이동생 최씨는 진양(지금의 진주시)에서 살다가 수운 선생이 득도할 무렵 부산포로 이사와 1860년 초여름에 산제당을 축조하여 지키며 살았다. 여동생 최씨와 관련한 역사는 부산 서구에 있는 '시약산 산제당' 약사에 기록되어 있다.

수운 선생은 누이동생에게 말했다.

"나의 처지가 매우 위태롭지만 이 학學(東學)은 결코 포기할 수 없는 천명이다."

전래담에 의하면, 여동생 최씨는 평소 오라버니 수운 선생의 웅대한 포부와 고매한 품성에 감화를 받고 자랐다. 진양에 거주하던 여동생 최씨는 목욕재계하며 9일간 식음을 전폐하고 기도한 끝에 시약산 산신령의 현몽으로 제당이 들어설 곳을 점지 받고 제당을 축조하게 된다.

훗날 오라버니 수운 선생의 순도 후, 못다 한 포덕 사업의 결실을 기원하면서 평생 은둔하며 기도하는 생활을 했다. 세월이 흘러감에 홀로 된 최 여인을 친가의 조카뻘 되는 최씨와 그의 부인(진양 하씨) 내외가 보살펴 주다가 그 정성에 감동하여 유지를 계승코자 부산 영도 봉래산 기슭에 별도로 신당을 지어 기도했는데, 후에 '하씨 신당'이라 일컫게 되었다.

그리고 여동생 최 여인이 죽자 서대신동 사람들이 제당을 개축 건립하여 '시약산 산제당'으로 이름 짓고, 세 분의 영정(수운 선생, 여동생 최씨, 진양 하씨)을 봉안하여 가신 분들의 넋을 위로하고 동네의 평안함과 태평을 위한 산신제와 시향제時享祭를 해마다 음력 10월 15일에 지내고 있다. 현재도 수운 선생의 누이동생이 지은 산제당은 남아 있다.

> 수운 선생은 누이동생을 지극히 존중했다.
> 피붙이어서 마땅히 그랬겠지만 한울님으로 보았으며
> 결코 포기할 수 없는 천명의 동반자로 여겼기 때문이다.

이 세상의 큰 병을 고치는 도道

수운 선생은 누이동생과 작별을 고하고 다시 길을 떠났다. 어디를 갈지 정하지 않고 가는 길이었지만 동학을 지켜내야 한다는 의지로 충만해 있었다.

제자 최중희와 함께 이곳저곳을 전전하다가 결국 전라도 남원으로 향한다. 부산에서 며칠을 지낸 후 배를 타고 낙동강 서쪽의 웅천 마을(현재 진해시)로 갔다. 웅천에는 수운 선생의 둘째 큰어머니 서씨의 오빠(외삼촌)가 살고 있었다. 이때 배편으로 낙동강을 건넜다는 설과 함께 웅천에서 하루를 지내다 다시 말을 타고 낙동강을 건너갔다는 이야기가 있다. 이곳에서 수운 선생은 깊은 생각과 함께 말을 타고 강 위를 평지 가듯 건넜다는 설화가 전해오고 있다.

> 수운이 말을 타고 주문을 생각하며
> 낙동강을 평지 가듯 건넜다는 이야기가 있다.
> 사실 여부를 따지지 말라.
> 그에 대한 신뢰가 낳은 이야기란다.
> 사람들에게 그는 하늘같은 존재였으니….

수운 선생은 웅천에서 의령에 이르러 김공서金公瑞의 집에서 하룻밤을 묵게 되었다. 그런데 그의 외아들이 중병에 걸려 목숨이 위태로웠다. 김공서는 수운 선생이 평범한 사람이 아니라는 것을 알고 아들을 살려달라고 애원을 하였다. 수운 선생은 환자를 손으로 두어 번 어루만지며 찬란한 눈빛으로 기원하듯 바라보았다. 신기하게도 환자의 몸에서 냉기가 없어지고 혈맥이 통하면서 병이 깨끗이 나았다. 이에 김공서가 놀란 표정으로 이렇게 되는 까닭을 묻자, "세상의 큰 병을 고치면 작은 병은 자연히 없어지는 것이니 그대는 이 세상의 큰 병을 고치는 도道를 하라."고 말씀하시며 주문呪文을 전하였다고 한다.

수운 선생은 고성으로 옮겨 성한서成漢瑞(훗날 접주)의 집에서 지내다 배를 타고 숭주(역사 기록에는 '성주'로 되어 있으나, 이순신 사당이 있는 곳은 숭주)로 가서 이순신 사당을 참배하였다. 이어 구례를 거쳐 남원에 도착하여 임술년(1862) 새해를 맞이한다.

3. 동학이라 이름하고

생혼生魂을 일으켜야

 수운 선생이 전라도 남원으로 가던 중 어느 마을에 이르러 하룻밤 유숙하기 위해 서당을 찾았다. 이날 밤 여러 사람이 모여 이런저런 문답을 하던 중 '세상에서 제일 무서운 것'이 무엇인지 저마다 한마디씩 하게 되었다. 누구는 '흉년'이 무섭다, 누구는 '질병'이 무섭다, 그리고 '전쟁' '호랑이' '귀신'… 그렇게 각자 무서운 대상에 관해 이야기하고 있었다.
 수운 선생이 아무 말씀도 아니 하고 계시니, 처음부터 예사롭지 않게 보고 있던 훈장이 넌지시 여쭤보았다.
 "선생께서는 무엇이 제일 무섭다고 생각하십니까?"
 "나는 죄 없는 땅(無罪之地)이 제일 무섭다고 생각하오."
 여러 사람은 그 뜻을 알지 못하여 다시 여쭤보았다.
 "죄 없는 땅이라니, 어떤 곳을 말하는 것입니까?"
 수운 선생이 다시 답하였다.
 "사람의 마음이 죄 없는 땅이지요. 생각해 보시오. 마음으로는 아무리 나쁜 생각을 하여도 아무도 그것을 알지 못하니까 죄 줄 사람이 없지 않소? 그러므로 세상 사람들은 몸으로 죄짓는 것은 삼가면서도 마음으로 죄짓는 것은 삼가지 않고 아무렇게나 마음을 쓰지 않습니까? 그러니 마음이 죄 없는 땅이지요. 그런데 마음이 짓는 그 모든 죄는 마음먹기에 따라서 생기는 것이니, 마음이 제일 무섭다는 것입니다."

사람들은 어느 새 수운 선생 곁으로 모여들어 질문을 이어갔다.

"그러면 마음으로 죄를 짓지 않는 방법이 무엇입니까?"

"거듭나야 하지요. 다시 말하면 죽은 혼魂을 버리고 산 혼을 일으켜야 하지요. 여러분은 지금 무엇이 무섭고, 무엇이 무섭다 하지 않았소? 그와 같은 말씀들도 그다지 틀린 말은 아니오. 이 세상에는 정말 무서운 것이 많지요. 강조하자면 이 세상이 제일 무섭지요. 무서운 데서 나서 무서운 데서 죽는다 하여도 과언이 아니지요. 그러나 이 세상이 이렇게 무섭게 된 것은 누구 탓이겠소? 사람들이 자기의 나쁜 마음으로 지어놓은 것 아닙니까? 곧 사람들이 자기 마음과 행동으로 만들어 놓은 것입니다. 그러므로 사람이 이 세상에서 모든 무서운 것을 없애고 즐겁게 살려면 먼저 자기의 마음에서부터 생혼生魂을 일으켜야 합니다. 무서운 것은 죽은 혼에서 만들어진 것이요. 즐거운 것은 생혼으로 나오는 것이니 생혼을 일으켜 사혼死魂을 물리치면, 마음에서 무서운 것이 없어지고 따라서 세상의 무서운 것이 없어지게 될 것입니다."

사람들은 수운 선생의 말씀에 감동되어 생혼을 일으키는 방법을 물었다. 이에 선생은 이 세상이 도탄에 들게 된 이유와 쇠운이 가고 성운이 오는 필연의 수數와 무왕불복無往不復하는 천도의 밝은 이치를 설명하니, 여러 사람이 도에 들기를 간청하였다.

수운 선생은 그 자리에서 삼칠자 주문을 전하고 곧 일곱 명을 입도入道시켰다. 이것이 전라도 땅에서 처음 포덕을 낸 사연으로, 남원 땅에 도착하기 전 지금의 무주 인근에서 있었던 일이라고 전해진다.

사람은 누구나 마음이 있다.
그 마음은 보이지도 않고 잡을 수도 없다.
그러나 세상일이라는 것은 마음먹기에 달렸다고 한다.
그 마음을 어떻게 쓰느냐에 따라
세상에서 제일 무서운 것이 되기도 하고
세상에서 가장 평온한 것이 되기도 한다.
그래서 마음이 곧 하늘이요
마음이 곧 부처요
마음이 천국이고 지옥이라는 것이다.
그 마음의 죽은 혼을 다시 살아있는 혼으로 일으키는 것이
무서운 세상을 물리치고 아름다운 세상을 열어나가는 길이다.

 수운 선생께서 경주 용담을 떠나 남원에 당도하기까지 경로를 살펴보면 단순히 모함과 탄압을 피해 피신에 급급한 것이 아님을 알 수 있다. 여정 중에 머문 곳은 친척이나 지인이 있거나 충무공과 같은 위국충신들의 유적지가 있는 곳이었다. 그러니까 남원으로 가는 여정은 도를 전파하여 나라의 위기를 극복하려는 방안을 찾는 과정이라 할 수도 있다.

 남원은 충절의 역사와 전통이 깃든 고장이다. 남원은 임진왜란 때 의병의 집결지였고, 1597년 정유재란 때 남원성 전투가 벌어진 곳이다. 당시 조선과 명나라 연합군과 수많은 민초들이 일본군 5만 6천여 명에 맞서 나흘간 싸웠다. 일본의 종군승從軍僧 경념의 기록에는 '남원성은 풀 한 포기 남아나지 않았다.'고 하였는데, 1만여 명이 모두 순절殉節한 처절한 항쟁의 현장이 남원이었다.

 또한, 용에 관한 이야기가 깃든 곳이 남원이다. 남원의 원래 이름은 용성龍城이었다. 남원의「용성지」에 "용성은 본래 백제의 옛 이름이었고, 용성이라 이르는 것은 교룡산蛟龍山이 있기 때문이다. 또한, 용성이란 이름은 백제의 고룡古龍에서 비롯되었다." 하여 남원은 용의 지명과 관련이 깊은 곳임을 밝히고 있다.

교룡은 상상의 동물로서 때를 못 만나 뜻을 이루지 못한 영웅호걸을 비유적으로 이르는 말이다. 한편,「선가귀감」에서 서산대사는 남원산성을 봉성鳳城이라 했다. 동학의 주요 경전을 집필했던 교룡산은 때를 만나지 못한 군왕이나 성인이 은거할 만한 곳이었다.

아울러 수운 선생의 가족 관계를 고려해 볼 수 있다. 모친이 곡산 한씨로 앞서 언급했듯이 남원은 한때 곡산 한씨가 집성촌을 이루었던 곳이다. 남원에 곡산 한씨 일가가 살고 있었다면 남원을 찾게 된 이유를 쉽게 이해할 수 있다.

동학과 남원의 인연

수운 선생은 광한루 오작교 부근에 사는 서형칠徐亨七의 집에서 묵게 된다.『최선생문집도원기서』등 교중 기록에는 '수운 선생이 남원에 와서 처음 서공서徐公瑞의 집에 10여 일간 머물렀다'고 하였다. 그러나『남원군동학사』에 의하면 '한약방을 하는 서형칠'을 먼저 만났다고 하였다. 수운 선생이 경주를 떠날 때 약종상을 경영하는 수제자 최자원崔子元으로부터 노자로 귀한 약재를 받아, 그것을 돈으로 바꾸려고 서형칠을 찾은 것이다.

서형칠은 수운 선생과 이야기를 나누다 범상한 사람이 아님을 알게 되어 사제지간의 의를 맺는다. 서형칠은 수운 선생의 눈빛이 마치 호랑이 눈에서 광채가 뿜어 나오는 것처럼 보여 감히 고개를 들고 마주 볼 수가 없었다.'고 회상했다. 서형칠은 자신의 약방에 오가는 사람이 많고 어수선하여 누이의 아들인 공윤창孔允昌의 집에 열흘 가까이 머무를 수 있도록 주선하였다. 그 후 공윤창이 동학에 입도하였고, 뒤이어 양형숙, 양국삼, 서공서, 이경구, 양득삼 등이 차례로 입도하여 전라도에 동학의 뿌리를 내리게 되었다.

> 광대한 이천지에 정처 없이 발정하니 울울한 이내회포 부칠 곳 바이없어 청려를 벗을 삼아 여창에 몸을 비겨 전전반측 하다가서 홀연히 생각하니 나도 또한 이 세상에 천은이 망극하여 만고 없는 무극대도 여몽여각 받아내어 구미용담 좋은 풍경 안빈낙도 하다가서 불과 일 년 지낸 후에 원처근처 어진선비 풍운같이 모아드니 낙중우락 아닐런가. 이내 좁은 소견으로 교법교도 하다가서 불과 일 년 지낸 후에 망창한 이내 걸음 불일발정 하자하니 각처의 모든 벗은 편언척자 바이없고 세쇄사정 못 미치니 양협한 이내소견 수천 리 밖에 앉아 이제야 깨닫고서 말을 하며 글을 지어 천리 고향 전해주니 … 십년을 공부해서 도성입덕 되게 되면 속성이라 하지만은 무극한 이내 도는 삼년불성 되게 되면 그 아니 헛말인가. 급급한 제군들은 인사는 아니 닦고 천명을 바라오니 졸부귀불상이라 만고유전 아닐런가. 수인사 대천명은 자세히도 알지마는 어찌 그리 급급한고 … 귀귀자자 살펴내어 정심수도 하여두면 춘삼월 호시절에 또다시 만나볼까. (「도수사」)

12월경 남원에서 수운은 「도수사道修詞」를 지었다. 고향 떠난 나그네의 심정이 담겨있고, 경주 용담에서 득도하여 수많은 사람이 찾아오는 꿈같은 시절을 회상한다.

아울러 「도수사」에서 제자들의 조급증을 경계하며 부지런히 수도하여

도를 이루고 덕을 세워야 한다고 강조하면서 수련에 힘쓸 것을 당부한다. 봄같이 좋은 날, 스승과 제자가 함께하는 더없이 좋은 시절이 올 것이라는 희망의 말씀도 놓치지 않았다.

은적암에 머무르다

> 노류한담 무사객이 팔도강산 다 밟아서 전라도 은적암에 환세차로 소일하니 무정한 이 세월에 놀고 보고 먹고 보세 호호망망 넓은 천지 청려를 벗을 삼아 일신으로 비껴서서 적세만물 하여 보니 무사한 이내 회포 부칠 곳 바이없어 말로 하며 글을 지어 송구영신 하여보세. (「권학가」)

수운 선생은 1861년 12월 그믐께 서형칠 등 제자들의 안내로 교룡산 선국사善國寺의 덕밀암德密庵으로 거처를 옮겼다. 덕밀암은 선국사에서 산속으로 약간 올라간 곳에 자리한 암자이다.

수운은 이곳에서 약 5개월 머물면서 '스스로 자취를 감춘다'는 뜻으로 암자의 이름을 은적암隱跡庵이라 지어 불렀다. 선생은 은적암에서 「동학론(논학문)」을 집필하여 동학의 진의를 설파하였다.

은적암은 현재 남원시의 북쪽 산곡동 교룡산에 위치한다. 교룡산성은 본래 백제 시대에 쌓았던 것으로 알려졌으나, 현재의 성은 조선 시대에 축성한 것이다. 성안에는 우물이 99개나 있었다고 하는데, 현재에도 내부에 부속시설로 군창과 우물이 있다. 산중턱에는 성벽의 흔적이 여러 군데 남아 있으며 동쪽에는 수구水口가 있다. 『최선생문집도원기서』에서는 선생의 행적을 이렇게 기록하고 있다.

남원의 마을 형세와 산수의 아름다움, 이곳에서 살아가는 사람들의 순박하고 인정이 두터운 것을 두루 구경한 후 경치가 뛰어난 땅임을 알았고, 시를 짓는 사람과 정의롭고 의로운 사람이 많음을 알았다.

나그네 차림으로 마을과 마을에 찾아들고 고을과 고을을 두루 보고 다니다 은적암에 이르니, 때는 섣달그믐이라. 해는 저물고 절의 종소리는 때맞추어 들려오고, 스님들이 모여 법경을 외우며 소원을 축원하고 새벽 불공을 드린다. 묵은해를 보내고 새해를 맞으니 고향 생각에 외로운 등잔불 아래서 한밤을 지냈다. (「도원기서」)

은적암은 동학혁명 당시 김개남 휘하 동학군의 주둔지 범위에 들어갔고, 특히 접주 심노환沈魯煥의 도소였기에 훗날 그 누군가에 의해 불에 타 사라지고 빈터만 남았다.

은적암 가는 길

남원 은적암 터에 가려면 우선 선국사 주차장을 찾아가면 된다. 주차장에 도착하기 전 도로 왼쪽에 「동학과 동학농민군의 유적지 교룡산」 기념비가 보인다. 이 기념비는 2006년 11월 26일, 남원시와 남원동학농민혁명기념사업회에서 세웠다. 기념비에는 수운 선생이 은적암에 머물며 「동학론(논학문)」 등 동학경전을 집필하고, 칼노래(劍歌)를 부르며 칼춤(劍舞)을 추었다고 기록되어 있다. 그리고 1894년 동학혁명 당시 김개남 장군의 활약상이 새겨져 있다.

이 「동학과 동학농민군의 유적지 교룡산」 기념비를 비롯하여, 호롱등불 모양의 '동학의 성지 남원' 기념비와 수운 선생이 지은 '검결劍訣' 즉 검가 가사가 새겨져 있는 기념비, 복효근 시인의 '다시 밝혀 드는 동학의 횃불'이라는 글 등의 유적표석 기념비가 건립되었다. 이곳은 현재 2020년대 들어 '동학의 성지 남원'이라는 주제로 성역화 사업이 진행 중이다.

남원 동학 성역화 사업 현장을 지나 오르다 보면 선국사 주차장이 나온다. 주차장 바로 앞 교룡산성, 돌로 된 성곽의 성벽 앞에 '김개남동학농민군주둔지' 패목牌木이 보인다. 이 성벽城壁의 아치형 정문을 지나 선국사에 들어서, 절 오른쪽 산기슭을 따라가면 '군기터' 표지석이 있다. 군기터 위쪽으로 '은적암 가는 길' 안내 표지판을 따라 가파른 오르막길을 약 20~30분쯤 가다 보면 은적암 터에 다다른다.

현재 은적암 터는 약 50평 정도로 옛 집터의 흔적들, 토방의 흔적과 많은 기와 조각들이 흩어져 있다. 이곳 은적암 터에는 포덕 130년(1989) 10월 29일에 천도교서울교구에서 세운 '은적암 터' 성지 표지판이 있다. 또한 불교 선국사에서, 2012년경에 독립선언서 민족대표 33인 중 한 분인 '백용성 대종사 첫 출가 성지 터'라는 팻말을 세웠다. 그리고 용담검무보존회에서 2019년에 세운 '수운 대신사께서 검가, 검무를 처음으로 시연했다'는 '용담검무 성지' 나무 팻말이 있다.

현재 은적암 터를 정면에서 바라보면 왼쪽 부근에 돌탑이 있다. 돌탑 옆 큰 바위는 산신제를 올리는 장소로 '산신지위山神之位' 글자가 새겨져 있다. 산신지위 옆에 1998년 12월 남원문화원에서 세운 교룡산 산신단 유래비가 있다. 산신단 유래비에도 동학과 관련된 내용이 나온다. '역사적으로 정유재란 남원성 싸움 때는 무운武運을 빌었고, 구한말 교룡산성에 주둔한 동학군의 대제단大祭壇이 있었다.' '동학군의 대제단大祭壇'이란 말은, 동학군 희생자들을 위한 제사를 지낸 큰 제단이 있던 곳이라는 설명이다. '산신지위' 글자가 새겨져 있는 암벽 바로 앞에 커다랗고 평평한 너럭바위가 있다. 동학군 희생자들을 위한 큰 제사를 지낸 곳으로, 수운 선생이 머물던 은적암의 역사의 의미를 더욱 뜻깊게 해 주고 있다.

  은적암을 품에 안은 듯이 감싸고 있는 교룡산성 뒤쪽에는 황룡산, 즉 봉룡산이 솟아 있다. 산의 정상에 오르다 보면 기이한 바위와 돌들이 즐비하고, 능선과 골짜기가 조화를 이루는데, 마치 용이 꿈틀거리는 형상이다. 정상에 서면, 맑은 날에는 남원시가 한눈에 들어오고, 멀리 보이는 지리산은 하늘에 매달려 있는 것처럼 장엄하여 탄성이 절로 나오게 한다.

  황룡산 중턱에 있는 은적암은, 본사인 선국사와 좀 떨어져 있어 외지고 적막한 분위기이지만, 신령한 기운이 감돌며 공부하기에는 적절한 곳이다. 이곳 덕밀암, 즉 은적암은 방 두 칸에 부엌이 달린 아담한 기와집이었고 샘물도 있었다고 한다. 수운 선생은 이곳에서 제자 최중희와 함께 5개월여 동안 머물렀다.

> 일 년에 한두 차례 은적암 터를 오를 때마다
> 떠오르는 생각이 있다.
> 수운 스승님도 이렇게 한적한 곳에서
> 집필과 수도에 전념하실 때도 있었구나.
> 일생 중에 제일 한가하고 편안하게 보내셨겠구나.
> 동학 최고의 경전 논학문(동학론)을 쓰시고
> 칼노래와 칼춤을 추실 때는, 득도 과정을 넘어서
> 수도나 이론에 있어 상제上帝 자체가 되시어
> 붓이 칼이 되고 칼이 붓이 되어
> 천지와 더불어 지기至氣의 조화를 부리니
> 지상신선이요 형상 있는 한울님이요 지극한 성인聖人이어라.

동학을 반포하다

영국과 프랑스 연합군이 1860년 8월경에 북경을 침략하자 중국의 황제는 열하로 피난하였다. 이후 동아시아 여러 나라에서는 서양 세력의 침략에 위기의식이 높아져 갔다.

조선 역시 서양에 대한 두려움이 극에 달해 백성들은 살 길을 찾아 동분서주하고 있었다. 지배층과 양반 가족들은 자신들만의 살 길을 찾아 안전한 곳으로 피난을 가고, 불안에 떨던 일부 사람들은 성경 책을 사고 십자가를 가슴에 달고 거리를 활보하였다.

당시 상황을 수운 선생은 「권학가」에서 묘사하였는데, 서학을 앞세우고 중국을 침범하는 서양 세력을 '요망한 서양적'이라고 강하게 비판하였다.

> 요망한 서양적이 중국을 침범해서 천주당 높이 세워 거 소위 하는 도를 천하에 편만하니 가소절창 아닐런가. (「권학가」)

또한 「동학론(논학문)」에, 경신년 사월에 천하가 분란하고 민심이 효박하여 어찌할 바를 알지 못할 즈음에 또한 괴상하고 어긋나는 말이 있어 세간에 떠들썩하되, "서양 사람은 도성입덕하여 그 조화에 미치어 일을 이루지 못함이 없고 무기로 침공함에 당할 사람이 없다 하고 (중략) 이 사람들은 도를 서도西道라 하고 학學을 천주학天主學이라 하고 교敎는 성교聖敎라 하니, 이것이 천시를 알고 천명을 받은 것이 아니겠는가."라고 한탄하였다.

이처럼 수운 선생은 진리와 평화를 추구해야 할 성스러운 종교가 침략의 앞잡이가 된 현실을 개탄하며 당시 서학을 믿는 사람들의 잘못된 행태와 이치에 어긋난 교리도 가차 없이 비판하였다.

수운 선생은 은적암에서 겨울을 지내며 「동학론東學論(論學文)」을 썼다. 경주 용담에서 가르침을 펴다가, 경상도 일대 유생들과 관아로부터 서학이라는 모함과 지목을 받았고, 일부 백성들도 잘못 알려진 소문을 근거로 동학을 서학과 닮은 것으로 오해하고 있었다. 더욱이 최씨 문중에서조차 비난의 목소리가 높아지는 곤혹스러운 형편이었다.
　수운 선생은 이러한 오해와 모함을 불식시키고자 「논학문」에서 제자들과 문답을 주고받은 형식으로 다음과 같이 동학과 서학의 다름을 설명하고 있다.

> 신유년에 이르러 사방에서 어진 선비들이 나에게 와서 묻기를, "지금 천령이 선생님께 강림하였다 하니 어찌 된 일입니까?" 대답하기를, "가고 돌아오지 아니함이 없는(無往不復) 이치를 받은 것이니라."
> 묻기를, "그러면 무슨 도道라고 이름합니까." 대답하기를, "천도天道이니라."
> 묻기를, "양도(洋道, 西學)와 다른 것이 없습니까?" 대답하기를, "양학은 우리 도와 같은 듯 하나 다름이 있고 비는 것 같으나 실지가 없느니라. 그러나 운인즉 하나요 도인즉 같으나 이치인즉 아니니라."
> 묻기를, "도가 같다고 말하면 서학이라고 이름합니까?" 대답하기를, "그렇지 아니하다. 내가 또한 동東에서 나서 동東에서 받았으니 도는 비록 천도이나 학인즉 동학東學이라. 하물며 땅이 동서로 나뉘었으니 서를 어찌 동이라 이르며 동을 어찌 서라고 이르겠는가."

　수운,
　서학을 앞세우고 약소국을 침략하는 서양세력과

호시탐탐 조선을 노리는 일본 세력에게 적개심을 드러낸다.
척양척왜斥洋斥倭
특히 안심가에서 "개 같은 왜적놈, 침략자 일본놈"이라고
과한 언어로 배척한다.
어찌 성인으로서 그런 상스런 말씀을 하느냐고 하겠지만
수운 선생은 분명 침략자들에게는 칼끝을 겨누었다.
하늘이 하늘을 지키기 위해서는 하늘로서 그들을 쳐 물리치는
보국안민의 하늘이 되어야 한다는 말씀으로 들려온다.

영원의 빛나는 하늘

위에서 인용한 「논학문(동학론)」 구절은 수운 선생과 제자들의 문답으로, 묻고 답하는 가운데 수운 선생은 자신의 가르침·깨달음을 '동학東學'으로 자리매김한다. 세간의 오해에서 비롯된 서학西學과의 차별성을 분명히 한 것이다.

여기서 수운 선생이 언급한 무왕불복無往不復의 이치理致에 대해 살펴본다. 수운 선생은 자신에게 강림한 천령이 무왕불복지리無往不復之理, 즉 '가고 돌아오지 아니함이 없는 이치'에 따른 것이라고 밝혔다. 무왕불복! 결국 '가면 반드시 돌아온다.'는 말이다. 주역에 나온다. 이와 쌍을 이루는 대구는 무평불파無平不陂, '언덕진 곳이 없는 평지는 없다'는 말, 결국 '평지가 있으면 언덕이 있다.'는 말이다. 우리 삶의 순환 원리를 잘 표현하고 있다.

'무왕불복'이란 말을 수운 선생은 「교훈가」에서도 인용한다.

부하고 귀한 사람 이전 시절 빈천이요 빈하고 천한 사람 오는 시절 부귀로

세. 천운이 순환하사 무왕불복 하시나니….

  부귀빈천富貴貧賤을 돌고 도는 운수로 설명하는 것은 쉽게 납득된다. 동학을 처음 접한 많은 사람들, 대개는 사회의 하층 계급이거나 청운의 뜻을 펴지 못한 유생들은 수운 선생의 이 말씀에 희망을 가졌고 감동한다. '천령天靈이 선생께 강림하였다고 하는데 어찌 된 것이냐?'는 제자들의 질문에 수운은 바로 '무왕불복의 이치'로 답한다.

  한울님의 영靈이 강림하는 것도 무왕불복의 원리, 즉 가면 오고 오면 가는 원리로 설명할 수 있는 것인가? 여름이 가고 가을이 오는 것은 매우 자연스러운 일이지만, 그냥 되는 것은 아니다. 하늘의 정성스러움, 일분 일각도 쉬지 않는 하늘의 정성으로 겨울 가면 봄이 오고, 여름 오고 또 가을이 온다. 귀천貴賤과 고락苦樂이 갈아드는 것 역시 정성의 유무有無에 따른다고 수운 선생은 말한다.

  기운이 바르고 마음이 정해져야 성운盛運을 받을 수 있고, 기운이 바르지 못하고 마음이 옮기면 하는 일이 다 어긋나니 쇠운衰運으로 직결된다고 하였다. 그러므로 세상에 성운이 지극할 때에 쇠운에 절절매는 사람이 있고, 쇠운이 만연할 때도 승승장구 하는 사람이 있는 법이다. 영부를 태워 물에 타 먹었을 때, 가는 몸이 굵어지고 검던 낯이 희어지고 몸에 병이 사라지는 것 역시, 영부의 효능만이 아니라 영부를 받는 사람의 정성에 달려 있다고 수운 선생은 단언하였다.

  하물며 천령이 수운 선생께 강림, 즉 기화氣化된 것이 어찌 사연 없이, 정성 없이 가능하겠는가. 극념치성極念致誠 덕분이었다. 가고 돌아오지 아니함이 없는 이치를 받은 것이라고 대답할 수 있었던 것은 지극한 정성을 쏟았고 지극히 치성致誠할 일만 생각하였기 때문이었다.

수운 선생은 득도 후에 '좋을시고 좋을시고 이내신명 좋을시고'라고 그 기쁨을 노래하였다. 그러나 기쁨만 계속되지 않을 것이란 것을 '무왕불복'이란 수운 선생의 말씀에서 알 수 있다. 세상에 기쁨만 있고 굴곡과 고난은 없는 그런 경우는 없다. 가면 오는 것이고 오면 가게 되어 있다. 자신과 가족이 겪어야 할 고난을 예감하고 있었다. 도를 받았다는 것은 고난을 회피하지 않겠다는 굳센 다짐이기도 했다.

수운 선생이 참형 당한 후 박씨 부인은 강원도 산골짝을 헤매다 굶어 죽었고, 큰아들은 관에 잡혀 매 맞아 죽었다. 막내아들은 굶주려 병에 걸려 죽었다. 처자식의 유무有無도 불분명한 예수 같은 분이야 홀몸이나 마찬가지였지만 수운 선생은 딸린 식솔이 많았다.

수운 선생은 득도한 자신을 비정상적인 사람으로 취급하는 식구부터 우선 달래야 했다. 자신과 아내와 자식의 운명을 예감하며 「안심가」를 짓는다. 혹자는 「안심가」를 '아내에게 바치는 노래'라고 한다. 「안심가」를 지어 집안의 부인을 위로하고 자식의 운명을 내다보며 「교훈가」를 지어 자식이 진리의 길에 들도록 간곡한 심정으로 타이른다.

수운 선생은 스스로의 운명을 잘 알고 있었다. 천명을 받은 예수가 십자가에 매달려 죽었다는 사실을 몰랐을 리 없다.

> 짚신 신고 수운은, 3천리 걸었다. / 1824년 경상도 땅에서 나 / 열여섯 때 부모 여의고 떠난 고향. / 수도 길. / 터지는 입술 갈라지는 발바닥 해어진 무릎 / 20년을 걸으면서, 수운은 보았다. / 팔도강산 딩굴 굶주림 / 학대. 질병. 양반에게 소처럼 끌려다니는 농노. 학정 / 뼈만 앙상한 이왕가李王家의 석양. / 2천 년 전 불비 쏟아지는 이스라엘 땅에선 / 선지자 하나이 나타나 / 여문 과일 한가운델 / 왜 못 박혔을까. (신동엽, 〈금강〉 중에서)

수명受命에 따른 예정된 고난의 길이었다. 무왕불복하는 이치로 천령이 강림, 즉 기화氣化되셨는데, 득도의 달콤함만을 누릴 것이라 생각지 않았다. 「논학문」에서 언급한 무왕불복의 이치는 세상사 순환의 이치를 잘 설명하고 있을 뿐만 아니라, 수운 자신의 운명을 구체적으로 예언하고 있다.

서사시 『금강』의 시인 신동엽은 수운 선생이 득도를 통해 깨달은 무왕불복의 이치를 '영원의 빛나는 하늘'이라고 하였다. '영원의 빛나는 하늘'은 수운 선생의 존재 의의, 깨달음의 형상이었고, 그 자신의 운명이었다. 그런 만큼 수운 선생은 자신의 운명에서 한 치도 비켜설 수 없다는 것을 잘 알고 있었고, 자신에게 닥쳐오는 고난을 회피하지 않고 맞이하였다. 신동엽의 노래는 이렇게 이어진다.

> 3천 년 전 / 히말라야 기슭 / 보리수나무 투명한 잎사귀 그늘 아래에선 / 너무 일찍 핀 인류화人類花 한 송이가 / 서러워하고 있었다. / 1860년 4월 5일 / 기름 흐르는 신록의 감나무 그늘 아래서 / 수운은, 하늘을 봤다. / 바위 찍은 감격, 영원의 빛나는 하늘 (신동엽 〈금강〉 중에서)

지금까지 없었던 새로운 진리

수운 선생은 동학, 즉 자신이 터득한 도道의 이름을 무극대도無極大道라 하였다. 「용담가」에서, "만고 없는 무극대도 여몽여각如夢如覺 득도로다"라고 하는 등 동학 경전 곳곳에 '무극대도'라는 표현이 등장한다. 무극대도는 지금까지 없었던 새로운 진리로, 우주와 천지생명의 근원이며, 모든 도道와 학學, 종교의 근본이라는 뜻이다. 무극無極은 '다함이 없다.' '끝이 없다.' '무궁無窮하다.'와 같은 의미로서, 천도天道와 같은 뜻이되 천도 이전의 개념이라 할 수 있다.

  언어와 문자를 초월한 우주적 차원을 무극대도無極大道라고 하면, 천도天道는 하늘의 길이요 진리라는, 크고 넓은 하나 된 통일성, 즉 시대와 역사의 한계를 인정하면서 그것을 뛰어넘는 심원굉대深遠宏大한 차원을 가리킨다.

  그러나 도의 이름을 천도라 호칭하고 13자 주문에 포함된 천주天主 두 글자를 지목하여 관에서는 여전히 동학을 서학으로 몰아 비방하고 탄압하였다. 그렇게 수난受難의 시간은 예비되고 있었다.

> 무극대도無極大道, 천도天道, 동학東學.
> 그 도道의 이름을, 그 학學의 이름을, 그 교敎의 이름을
> 무엇이라고 하든, 결국 사람이 지은 이름이요
> 사람이 행하는 진리이다.
> 사람이 어떻게 살아가느냐에 따라
> 그 이름들이, 빛나기도 하고 어둡기도 하다.
> 지금 내가, 우리가, 정성과 공경과 믿음으로 살아가는 길 위에
> 동학이 살아나고, 천도가 빛나고, 무극대도가 펼쳐질 것이다.
> 수운 선생의, 포덕천하布德天下, 광제창생廣濟蒼生
> 보국안민輔國安民의 이념理念과 이상理想 역시
> 나에게, 우리들에게 운명이 달렸다.

남쪽별이 둥글게 차면

  수운 선생은 남원 인근의 민심과 풍속을 살피면서, 전주에 이르기까지 동학을 전파했다. 『천도교전주종리원 연혁』에는 "1861년(포덕 2년, 신유-당시

의 시기와 상황을 살펴보면 1862년 1월 초쯤으로 추정됨) 제자 최중희를 거느리고 남원에서 전주에 오시어 포덕하였다."고 하였다. 당시는 혹한의 겨울로, 남원에서 전주까지 가서 많은 사람에게 동학을 전했다는 사실에서 포덕에 관한 강한 의욕을 짐작할 수 있다.

그리고 황현(1855~1910, 조선 말엽의 유림의 거두로, 애국 순절하였다)은 자신이 보고 들은 것을 기록한 『오하기문』에 "최제우가 유언비어를 퍼뜨리며 주문과 부적을 전하였다. 그 학은 천주天主(한울님)를 받들고 있는데 서학과 구별하기 위해 동학이라 이름하여 불렀다. 그는 지례知禮와 금산金山, 호남의 진산珍山과 금산錦山의 산골짜기로 다니면서 선량한 백성을 속여 하늘에 제사를 지내고 계를 받게 했다."고 하였다. 수운 선생은 이처럼 남원 은적암에서 은둔하고만 있었던 것이 아니라, 경전 집필과 더불어 전주 이외에도 호남의 여러 지역에서 적극적인 포덕 활동을 전개하였다.

수운 선생이 전주에 포덕한 지 30여 년 후인 1894년에 동학농민군이 전주성을 점령하는 천지개벽과 같은 사건이 벌어진다. 동학농민혁명의 최대 성과라 평가받는 전주성 점령으로 동학농민군은 관군과 전주화약을 성사시켰고, 전라도 일대에 민주자치기구인 집강소를 설치하는 성과를 올렸다. 또한 갑오년(1894) 9월 초 전주 삼례에서 재집결한 동학의병은 일본군과 맞서는 항일전쟁을 시작한다.

수운 선생은 남원 은적암에서 「우음偶吟」을 지었다.

> 남쪽별이 둥글게 차고 북쪽 하수가 돌아오면
> 대도가 하늘같이 겁회를 벗으리라.
> 거울을 만리에 투영하니 눈동자 먼저 깨닫고,
> 달이 삼경에 솟으니 뜻이 홀연히 열리도다.

어떤 사람이 비를 얻어 능히 사람을 살릴 것인가.

온 세상이 바람을 좇아 임의로 오고가네.

겹겹이 쌓인 티끌 내가 씻어버리고자

표연히 학을 타고 선대로 향하리라.

南辰圓滿北河回　大道如天脫劫灰

鏡投萬里眸先覺　月上三更意忽開

何人得雨能人活　一世從風任去來

百疊塵埃吾欲滌　飄然騎鶴向仙臺

'남쪽별이 둥글게 차고 북쪽 하수가 돌아오면

대도가 하늘같이 겁회를 벗으리라.'

이 말씀은 여러 이치로 해석할 수 있지만

여기서는 남북관계로 설파한다.

일제강점기를 딛고 해방을 맞이했지만

조국은 남북으로 분단되었고

동족상잔의 전쟁까지 치렀다.

남쪽 국민이 둥글게 북쪽을 포용해야만

북쪽의 인민이 돌아와 하늘과 같은 큰 은혜로 전쟁을 벗어나고

평화통일의 길이 열리리라.

용천검 드는 칼을 아니 쓰고 무엇 하리

「검결劍訣」에 관해서는 사료에 근거하여 자세히 설명을 시도해 본다. 먼저 '검결'은 '검가'와 같은 노래라고 전해지고 있다. 다시 말해 검결·검가는

우리말로 통칭 '칼노래'이다. 「검결」은 『최선생문집도원기서』를 중심으로 동학 초기 기록에 1861년 4월경에 지었다고 전하고 있으며, 또한 수운 선생이 1862년 2월경 남원 은적암에서 검무劍舞를 추며 불렀다는 '검가'가 이 '검결'과 같은 것인지 아니면 다른 것인지 정확히 구분하는 내용의 기록이 없다.

 1883년에 해월 선생이 『용담유사』를 간행할 때 「검결(검가)」을 경전에 넣지 않았다. 당시 경전(용담유사)에서 「검결(검가)」을 뺀 이유는 무엇일까? 수운 선생이 관으로부터 체포되어 대구장대에서 1864년 3월 10일(음) 순도 殉道했을 때 적용된 죄목은 좌도난정左道亂正이었다. 쉽게 말하면 혹세무민 惑世誣民하였다는 것이다. 그러나 그 속내를 들여다보면 그 중심에 '모반謀 叛 획책했다.'는 내용이 있고, 그 결정적인 증거로 「검결」, 즉 칼노래를 지목했던 사실을 거론하지 않을 수 없다. 즉 수운이 무리를 모아 검결과 검무로 무력을 키워 국가를 전복하려 했다는 것이 핵심이었다. 그런 만큼 「검결(검가)」을 포함시키는 것은 다시금 큰 화를 자초하는 것에 다름 아니라고 판단했을 것이다.

 또한 해월 선생은 수운 선생의 7주기 순도(순교)일인 1871년 3월 10일에 일어났던 영해교조신원운동, '이필제의 난'에서 교단 차원의 엄청난 희생과 피해를 몸소 겪은 장본인으로서, 당시 검가가 얼마나 위력적이며 도전적인 '칼노래'인지 알았던 것이다. 동학교단 최고 책임자로서 칼노래와 칼춤을 명시적으로 내세우기에는 정말 부담스러웠을 것이다.

 검결과 검가에 대해 여러 사료들을 비교 분석해 보면, 여러 종류의 판본이 전해지고 있으나, 결국 대동소이大同小異하다 할 수 있다. 경상감사 서헌순이 조정에 올린 장계에 의하면, "수운 선생의 아들 세정世貞(童蒙 최인득)이 미친 듯이 홀로 나무칼을 쥐고 춤을 추며 노래하는데, 그 노래인 즉 '시호시

칼노래와 칼춤
수운 최제우 대신사가 달이 뜬 은적암에서 칼노래를 부르면서 칼춤을 추시는 모습을 그림으로 재현했다.

호'의 곡이었다."고 하였다.

수운 선생과 함께 대구 감영에서 심문을 받았던 이내겸의 진술에 '검가'에 관한 내용이 들어 있다. 현재『천도교경전』에 실린 '검결'이라는 제목의 가사는『천도교창건사』의 내용과 같고, 또 다른 검가의 내용은 필사하여 전해온 것을 옮긴 것이며, 원본과 같은 것인지도 알 수 없다. 지금까지 여러 사료에 나타난 검가, 즉 검결의 내용은 세 가지가 중심을 이루고, 필자가 찾아낸 두 가지를 합하여 대략 다섯 가지로 전해오고 있음을 알 수 있다.

첫째,『천도교경전』의「검결」은 다음과 같다.

> 시호시호 이내시호 부재래지 시호로다/ 만세일지 장부로서 오만년지 시호로다/ 용천검 드는 칼을 아니 쓰고 무엇 하리/ 무수장삼 떨쳐입고 이 칼 저 칼 넌즛 들어/ 호호망망 넓은 천지 일신으로 비껴 서서/ 칼노래 한 곡조를 시호시호 불러내니/ 용천검 날랜 칼은 일월을 희롱하고/ 게으른 무수장삼 우주에 덮여 있네/ 만고명장 어데 있나 장부당전 무장사라/ 좋을시고 좋을시고 이내 신명 좋을시고

둘째,「일성록」에 전해지는 내용은 다음과 같다.

> 시호시호 이내시호 / 용천검 드는 칼을 아니 쓰고 무엇 하리 / 만세일지 장부로서 오만년지 시호로다 / 용천검 드는 칼을 아니 쓰고 무엇 하리 / 무수장삼 떨쳐입고 이 칼 저 칼 비켜 잡고 / 호호망망 넓은 천지 일신으로 비껴 서서 / 칼노래 한 곡조를 시호시호 불러내니 / 용천검 드는 칼은 일월을 희

롱하고 / 게으른 장삼소매 우주에 덮여 있네 / 자고명장 어디 있나 장부당전 무장사라 / 시호시호 좋을시고 이내신명 좋을시고

셋째, 「동학서」 검가의 내용은 다음과 같다.

청의장삼 용호장이 여차여차 우여차라 / 시호시호 이내시호 부재래지 시호로다 / 만세일지 장부로서 오만년지 시호로다 / 용천검 드는 칼 아니 쓰고 어찌 하랴 / 무수장삼 떨쳐입고 이 칼 저 칼 넌즛 들어 / 호호막막 널은 천지 일신으로 비껴 서서 / 칼노래 한 곡조로 시호시호 불러내니 / 용천검 날랜 칼은 일월을 희롱한다 / 계운은 무수장삼 우주를 더폐서라 / 자고명장 어디 있나 장부당전 무장사라 / 좋을시고 좋을시고 이내 시호 좋을시고 / 태평가를 불러내어 시호시호 득의로다 / 왈이동방 제자들아 너도 득의 나도 득의 우리 집도 득의로다

넷째, 「수도요람」의 검가 내용은 다음과 같다.

의장삼靑衣長衫 용호장龍虎將이/ 여차여차如此如此 우여차又如此라/ 왈이동방曰爾東方 자제子弟들아/ 너도 득도得道 나도 득의得意 / 시호시호時乎時乎 이내시호時乎/ 부재래지不再來之 시호時乎로다/ 만세일지萬世一之 장부丈夫로서/ 오만년지五萬年之 시호時乎로다/ 용천검龍泉劍 드는 칼을/ 아니 쓰고 무엇 하리/ 무수장삼舞袖長衫 떨처 입고/ 이 칼 저 칼 넌즛 들어/ 호호망망浩浩茫茫 넓은 천지天地 일신一身으로 비껴 서서/ 칼노래 한 곡조曲調를 시호시호時乎時乎 불러내니/ 용천검 날랜 칼은 일월日月을 희롱戱弄하고/ 게으른 무수장삼舞袖長衫 우주宇宙에 덮여 있네/ 만고명장萬古名將 어데 있나 장부

당전丈夫當前 무장사無壯士라/ 조흘시구矢口 조흘시구矢口 이내신명身命 조흘시구

다섯째, 「한국신흥종교총감」의 「검결(검가)」 내용은 다음과 같다.

청의장삼 용호장이/ 여차여차 우여차라/ 시호시호 이내시호/ 부재래시 시호로다/ 만세일지 장부로서/ 오만년지 시호로다/ 무수장삼 결퍼 입고/ 이 칼 저 칼 넌즛 들어/ 호호망망 넓은 천지/ 칼노래 한 곡조를/ 시호시호 불러내니/ 용천검 날랜 칼은/ 일월을 희롱하고/ 게으른 무수장삼/ 우주에 덥혀 있네/ 자고명장 어데 있나/ 장부당전 무장사라/ 좋을시고 좋을시고/ 이내 신명 좋을시고

첫 번째 검결은 1933년 천도교 중앙종리원에서 발행하였고, 이돈화(1884~?)가 편술한 『천도교창건사』에 숙록된 것이며, 현재 『천도교경전』에 수록된 것과 같다. 『천도교경전』에는 '검결'이라는 제목으로 되어 있으며, 국한문으로 되어 있다.

두 번째 검가는 『일성록』에 기록되어 전하는 것이다. 『일성록』은 현재 국가문화유산 국보(구: 153호)로, 1752년(영조 28)부터 1910년(융희 4)까지 국왕의 동정과 국정을 중심으로 기록한 일기체 연대기로 필사본이다. 여기에 수운 선생에 대한 탐문조사와 심문한 내용들이 있는데 그중 이내겸李乃兼이 검가를 구술하여 기록한 내용이 있다.

세 번째 「동학서」의 검가는 평안도 용강에서 관이 몰수한 문건 중에 포함된 것이다. 현재 규장각에 소장된 '동학문서'(일명 '관몰문서')는 동학 지도부와 동학도인들이 소장하던 것을 관이 몰수한 것으로, 작성된 시기는

1863~1907년(몰수연도)으로 추정되며, 동학 역사를 연구하는 데 참고할 수 있는 중요한 문헌들이 포함되어 있다.

네 번째 검가는 전라도 부안면 상서면 감교리에 있는 호암수도원에서 포덕 106년(1965) 인쇄한 「천도교수도요람」 끝부분에 '대신사 검가大神師 劍歌'라는 제목으로 되어 있다. 동학농민혁명의 본고장인 호남에서 전승된 검가 가사로 추정할 수 있다. 필자가 전해진 역사를 추적하여 보았는데, 해월 선생의 제자인 부안대접주 용암 김낙철의 제자이자 사위인 학산 정갑수에 의해 전해졌다는 이야기를 들었다. 학산 선생은 당시 심신 수련을 위해 목검을 들고 가끔 칼노래를 부르며 칼춤을 추었다고 한다.

다섯 번째 「검결」 즉 검가는 이강오 교수가 저술한 『한국신흥종교총감』에 있는 내용이다. 겸결에 대해 "교조 최제우가 교인들의 원기를 진작시키기 위한 방법으로 제시한 것이다. 교조 최제우는 동학을 창도한 뒤 교인들로 하여금 목검을 들고 「검결劍訣(검가)」을 부르게 하였다. 검결이란 일종의 군가와 같은 것이다. 이 검결은 갑오동학농민혁명 당시까지 부르고 있었지만 뒤에는 일반적으로 사용하지 않았던 것으로 보인다."라고 하였다. 이 교수가 수십 년간 전국을 돌며 민족종교, 신흥종교 연구를 위한 구전 및 자료를 수집하던 중 채집한 것이며, 구전으로 전해오는 내용이다.

지금까지 전해오는 검가를 살펴보면, 수운 선생이 득도의 기쁨과 도력의 경지를 표현했으며, 또한 한울님의 지극한 기운인 영기靈氣와 자신의 기운을 일치시키는 수행 방법으로 행해졌다. 그리고 천제天祭 의식 때도 검가를 부르며 검무를 추었다는 이야기도 전해진다.

검가 중에 수운 선생이 가장 강조한 내용으로서는 바로 '때가 왔다.'는 것이다. '시호時乎', 즉 '때로다!'를 반복하는 것이 그것을 말해준다. 그것도 오만 년이라는 인간 역사와 우주 역사의 상징 언어까지 동원하여, "때로다,

때가 왔도다. 다시는 오지 않을 나(우리)의 좋은 때로다. 만 년에 한 번 태어날 장부로서 오만 년 만에 만난 절호의 때로다. 바로 이때 용천검 잘 드는 칼을 아니 쓰고 무엇을 하겠는가."라고 노래하고 있는 것이다. 수운 선생은 이 좋은 때를 맞이하게 된 것을 즐거워하며, 또 자신이 이때를 가장 앞서서 맞이하고, 또 자신으로 말미암아 그때가 시작된다는 것에 대한 자부심마저 표현한다.

"만고의 명장 어디에 있나, 이 대장부 앞에 당해낼 장사가 없도다. 좋을시고, 좋을시고 이내신명 좋을시고."

검가에 담긴 의미는 크게 두 가지로 나누어 살펴볼 수 있다. 하나는 하늘의 운수에 의해 새로운 세상이 열린다는 개벽적인 것이고, 또 하나는 그러한 운수도 결국 사람의 노력에 의해 이루어진다는 주체성의 의미가 포함되어 있다고 본다.

수운 선생의 검가와 검무(의 원형은 전해지지 않지만)는 동학의 역사에서 아주 중요하다. 수운 선생의 득도와 순도, 그리고 그 이후 해월의 도통 승계와 동학 재건, 그리고 동학농민혁명이 일어날 때까지 칼노래와 칼춤은 은밀히 전승되어 왔다. 수운 선생은 원래 '천제를 지내며 질병을 물리치고 개벽된 새 세상을 염원하는 뜻에서 칼노래를 부르며 칼춤을 추었다.' 한다. 『일성록』 등 관변 자료에 의하면, "구석지고 으슥한 산속에 들어가 제단을 차려놓고 하늘에 제사를 지내면서 글을 외워 신령이 강림하게 한다."고 하였다.

또 여러 명이 모여서 도를 설명하고 제자들을 가르치는 자리에서, "최가(수운)가 글(주문)을 외워 신령을 내리게 하고 나서 손에 나무칼을 쥔 채로 처음에는 무릎을 꿇고 있다가 일어나서 나중에는 칼춤을 추면서 공중으로 한 길도 넘게 뛰어올랐다가 한참만에야 내려오는 것을 제 눈으로 본 사람도 있다."고 하였다.

또한, 동몽童蒙 최인득崔仁得(수운의 아들)은 공술供述하기를 "제가 사실 칼춤을 추었지만 본심에서 한 짓이 아니라 … 나무칼을 들고 춤을 추기도 하고 노래를 부르기도 하였는데 그 노래는 '시호시호'라고 하는 곡입니다. 이것을 익히기 위하여 먼저 하늘에 제사를 지냅니다."라고 하였다. 또한, 수운 선생이 진술하기를, "…요즘 바다 위에 배로 오고 가고 하는 것들은 모두 양인洋人(서양사람)인데 칼춤이 아니고는 제어할 수 없을 것이다."라고 하였다. 또 이정화李正華가 "최가(수운)는 말하기를 나무의 날카로움이 쇠보다도 더하면 양인들의 눈이 현란하여져서 보검寶劍으로 인정하게 되어 제아무리 든든한 갑옷과 날카로운 무기를 가졌더라도 우리에게 감히 접어들지 못할 것이다.'라고 말하였다."고, 심문 과정에서 진술한 내용이 기록되어 있다.

이와 같이 검가와 검무는 수운 선생 당시부터 하늘에 제사 지내는 의식과 질병을 물리치는 의식으로 활용되었다. 또 심신 수련 중에서도 육신의 단련에 이용되는 것은 물론, 보국안민 광제창생을 위한 기운을 기르는 데 큰 목적이 있었음을 알 수 있다.

아래에는 「검가」를 현재의 우리말로 풀어 보았다.

> 때로다, 때가 왔도다! 다시는 오지 못할 그 좋은 때가 왔도다.
> 만 년에 한 번 태어날 대장부로서 오만 년 만에 만나는 좋은 때로다.
> 용천검 잘 드는 칼을 아니 쓰고 이때가 지나면 무엇을 하겠는가.
> 긴소매가 달린 춤옷을 멋지게 걸쳐 입고 이 칼 저 칼 넌짓 들어,
> 넓고 커다란 이 우주에 한 몸으로 비켜서서는 칼노래 한 곡조를,
> '때가 왔네, 때가 왔네.' 하고 부르니 용천검 날랜 칼은 해와 달을

희롱하고, 느리게 펄럭이는 긴 소매의 춤옷은 우주를 덮은 듯하네.

예부터 이름난 장수 어디에 있나, 이 대장부 앞에 당해낼 장사가 없도다.

좋을시고, 좋을시고. 이러한 때에 이러한 장부의 기쁨이 참으로 좋을시고.

4. 삼절의 수를 잃지 말라

전체를 사랑할 수밖에 없지요

　수운 선생이 남원 교룡산성 내의 은적암에 머물던 어느 날, 선국사의 송월당松月堂이라는 노스님과 차담茶啖을 나누게 되었다. 송월당은 그동안 수운 선생을 지켜보면서 보통사람이 아니라는 것을 알아차렸다. 어떤 인물인가를 시험도 하고 싶었고 또한 무엇을 하는 사람인지도 궁금했다. 노승이 묻고 수운 선생이 답한다.

　"선생은 불도佛道를 하십니까?"
　"나는 불도를 좋아하지요"
　"그러면 왜 중이 되지 않으셨습니까?"
　"중이 아니면서 불도를 깨닫는 것이 더욱 좋지 않습니까?"
　"그러면 유도儒道를 하십니까?"
　"유도는 좋아하나 유생은 아닙니다."
　"그럼 선도仙道를 하십니까?"
　"선도는 하지는 않지만 좋아합니다."
　"아무것도 하는 것 없이, 다 좋아한다니 그러면 무엇이오?"
　이 말을 듣고 수운 선생은 두 팔을 내밀면서,

"대사는 어느 팔을 배척하고 어느 팔을 사랑하오?"

하니, 그때야 노승은 웃음을 지으며,

"예, 알았습니다. 선생은 몸 전체를 사랑한다는 말씀이군요!"

하니, 수운 선생이 말하기를,

"나는 유도 아니요, 불도 아니요, 선도 아니요, 그 전체의 진리인 천도天道를 사랑할 뿐입니다. 천도는 없는 곳이 없으니 그 전체를 사랑할 수밖에 없지요"

"그러면 유교와 불교, 선교 중에 어느 가르침이 그 이치가 높습니까?"

"높고 낮고 크고 작은 것은 없습니다. 죽은 사자와 죽은 개가 어느 것이 더 무섭습니까? 한번 죽고 나면 사자나 개나 마찬가지입니다. 진리 역시 그러합니다. 무슨 진리든지 그 시대 사람에게 생혼生魂을 불어넣지 못하고 그 시대에 맞는 정신을 살릴 수 없다면 그것은 죽은 송장입니다. 지금 이 시대는 예전의 묵은 것으로는 도저히 세상을 바로 잡을 수 없습니다. 죽은 송장 속에서 새 혼을 불러일으킬 수 있는 무극한 운(無極之運)을 꽉 붙들고 새사람으로 거듭나야지요."

이에 노승은 수운 선생의 말에 감동하여 합장할 뿐이었다.

함께 있었던 제자 최중희는 훗날 '송월당에게 왜 도를 권하지 않았느냐?'고 수운 선생께 묻는다. 수운 선생의 대답은 이러했다.

"이미 물든 종이에 새 그림을 그리지는 못하나니 노승은 물든 종이라. 새 그림을 그리려면 도리어 찢어질 뿐이니 그대로 두는 것이 오히려 옳으니라."

해월 선생은 〈천도와 유불선天道와 儒佛仙〉 법설에서 다음과 같이 말씀하셨다.

우리 도는 무극에 근원하여 태극에 나타났으니 뿌리는 천상지하에 뻗었고, 이치는 혼원일기에 잠기었고, 현묘한 조화는 천지일월과 더불어 한 몸으로 무궁하니라. 우리 도의 진리는 얕은 것 같으나 깊고, 속된 것 같으나 고상하고, 가까운 것 같으나 멀고, 어두운 것 같으나 밝은 것이니라. 우리 도는 '유'와도 같고 '불'과도 같고 '선'과도 같으나, 실인즉 '유'도 아니요 '불'도 아니요 '선'도 아니니라. 그러므로 '만고 없는 무극대도'라 이르나니, 옛 성인은 다만 지엽만 말하고 근본은 말하지 못했으나, 우리 수운 대선생님께서는 천지·음양·일월·귀신·기운·조화의 근본을 처음으로 밝히셨나니라. 진실로 총명달덕한 이가 아니면 누가 능히 알리오. 아는 이가 적으니 가히 탄식할 일이로다.

무극대도는 천도를 중심으로, 유불선의 근원으로,
모든 종교사상을 통일적으로 내포하고 있으니,
그 하나만 제대로 알면 자연스럽게 모든 진리를 터득할 것이라.
그것이 바로 동학이다.

송월당과의 대화를 통해 수운 선생은 시대의 요구에 부응하지 못하는 낡은 권력과 권위의 실체를 똑바로 응시할 수 있었다. 그리고 서둘러 경주로 돌아갈 결심을 굳힌다. 단순히 날이 따뜻해지고 여행하기 좋은 절기가 돌아왔기 때문만은 아니었다.

1862년 5월경, 수운 선생은 남원 은적암을 떠나 경주로 돌아온다. 우선 경주 건천 백사길의 집에 들렀다가 용담과 멀지 않은 서면 박대여 집에 은거한다. 용담으로 바로 돌아가지 않고 경주 외곽에 머물면서 경주부의 움직임을 예의주시하며 은적암에서 썼던 「수덕문」과 「몽중노소문답가」를 필사筆寫하고 주문 공부를 하며 적당한 때를 기다렸다.

수운 선생이 남원에서 경주로 돌아오자마자 「수덕문」을 필사하여 지나온 길을 되돌아보며 포덕에의 의지를 다지고, 또 「몽중노소문답가」를 필사하여 하원갑의 시대가 가고 상원갑의 시대가 도래함을 설파하였다.

> 공자의 도를 깨달으면 한 이치로 된 것이요, 오직 우리 도로 말하면 대체는 같으나 약간 다른 것(大同小異)이니라.

「수덕문」의 한 구절로, 유학과 동학은 대동소이하다고 수운 선생은 말씀한다. 즉 조선, 동아시아 전체의 정신문화의 고갱이로 자리매김한 유학과 동학이 크게 다르지 않다는 것이다. 동학을 지목하며 서학의 아류라고 의심하는 조선 정부와 유생들을 의식한 표현이다. 유교를 인정하면서 그 한계를 극복한 것이 동학이며, 동학이야말로 새로운 문명의 대안이라는 것을 스스로 자부한 대목이다.

또 「수덕문」에서 눈여겨보아야 할 대목은 믿을 신信 자를 풀이한 것으로 수운 선생의 깨달음의 경지와 포덕에의 굳센 결심을 엿볼 수 있다. 수운 선생은 "대저 이 도는 마음으로 믿는 것이 정성이 되느니라. 믿을 신信 자를 풀어 보면 사람(亻)의 말(言)이라는 뜻이다. 사람의 말 가운데는 옳은 것과 그른 것이 있으니, 그중에서 옳은 말은 취하고 그른 말은 버리어 거듭 생각하여 마음을 정하라. 한번 작정한 뒤에는 다른 말을 믿지 않는 것이 믿음이니 이처럼 닦아야 마침내 그 정성을 이루느니라."고 하였다. 즉 사람의 말 가운데 옳고 그름을 심사숙고하여, '거듭 생각하여 마음을 정하고 한번 마음을 작정한 후에는 다른 말을 믿지 말라.'고 하면서 조건 없는 추종과 신앙을 배척하고 자율적이며 합리적인 믿음을 강조한다.

또한, 「몽중노소문답가」에서 혹세무민하는 도참설에 빠져, 있지도 않는 '궁궁촌'을 찾아 헤매거나 사실인 것처럼 떠드는 어리석은 세상 사람들에게 경계하는 말씀을 하고 있으며, 진정한 궁궁촌인 다시개벽의 새 세상이 도래할 것을 노래한다.

> 매관매작 세도자勢道者도 일심一心은 궁궁弓弓이요, 전곡錢穀 쌓인 부첨지富僉知도 일심은 궁궁이요, 유리걸식流離乞食 패가자敗家者도 일심은 궁궁이라. 풍편風便에 뜨인 자도 혹은 궁궁촌 찾아가고, 혹은 만첩산중萬疊山中 들어가고, 혹은 서학西學에 입도해서 각자위심各自爲心 하는 말이 내 옳고 네 그르지 시비분분是非紛紛 하는 말이 일일시시 그뿐일네 … 십이제국十二諸國 괴질운수怪疾運數 다시개벽 아닐런가. 태평성세太平盛世 다시 정해 국태민안國泰民安 할 것이니 개탄지심慨歎之心 두지 말고 차차차차 지냈어라 하원갑下元甲 지내거든 상원갑上元甲 호시절好時節에 만고萬古 없는 무극대도無極大道 이 세상에 날 것이니 너는 또한 연천年淺해서 억조창생億兆蒼生 많은 백성 태평곡太平曲 격양가擊壤歌를 불구不久에 볼 것이니 이 세상 무극대도 전지무궁傳之無窮 아닐런가. (「몽중노소문답가」)

종자를 두고 심지 않는 것과 같다

수운 선생이 경주 서면 박대여의 집에 잠깐 머물고 있을 때 뜻밖에 최경상崔慶翔(해월 최시형의 처음 이름)이 찾아온다. 수운 선생이 묻고 경상이 답한다.

"그대는 혹시 내가 여기에 있다는 말을 듣고서 찾아왔는가?"

"제가 어찌 알았겠습니까? 스스로 오고자 하는 마음이 있어서 오게 되었습니다."

"그대는 진실로 그러해서 왔는가?"

"예, 그렇습니다."

경상이 묻고 수운 선생이 답한다.

"제가 그동안 공부가 독실하지 못했습니다. 수도하는 동안 이상한 일이 몇 번 있었습니다. 반 종지 기름으로 스무하루 밤을 밝혔습니다. 무슨 까닭입니까?"

"그것은 영적靈蹟이다. 그대의 수련과 마음공부가 지극함을 알 수 있도다. 그대는 이제부터 포덕布德에 종사하라. 덕德이 있고도 덕을 펴지 아니하면 이것은 종자를 두고 심지 않는 것과 같다. 그대의 운수는 앞으로 크게 뻗어 갈 것이니 명심하여 사람을 건져라."

해월 선생은 수운 선생으로부터 포덕의 명을 받고 평소 친분이 있는 홍해에 사는 김이서金伊瑞를 만나, 포덕하라는 명교를 받았다는 사실을 말하고 벼 100석을 빌려 주기를 청하였다. 김이서는 벼 100석을 선뜻 내주었다. 이때부터 해월은 경북 일대의 동해안을 중심으로 많은 포덕을 한다. 해월 선생이 포덕한 대표적인 인물로 '영덕의 오영철, 유성훈, 박춘서, 상주 김문여, 홍해 박춘언, 예천의 황성백, 청도 김경화, 울진 김욱생' 등이 있다.

잠시 해월 최시형 선생의 이력을 살펴보자. 해월 선생의 부친은 종수 어른이며, 모친은 월성 배씨로, 1827년 3월 21일 경주 황오리에서 태어나(모친의 친가로 알려짐) 포항 신광면 터일 마을(부친과 모친이 사는 곳)에서 자랐다. 처음 이름은 경상慶翔이고 자는 경오敬悟, 호는 해월海月이며 훗날 스스로 고친 이름은 시형時亨이다. 여섯 살 되던 해 어머니가 돌아가셨고, 이후 새어머니 영일 정씨의 슬하에서 자랐다.

열다섯 되던 해 아버지마저 돌아가시자 세 살 아래인 누이동생과 헤어져 먼 일가의 머슴으로 갔다. 17세 되던 해에 고향인 포항시 신광면 인근의 제지소에서 노동자로 일하였다. 19세에 흥해에서 손씨 부인과 결혼하고 10년 고생 끝에 마북동 산골에 땅을 장만하여 농사를 지었으나, 생활은 여전히 가난하였다. 33세 되던 1859년 마북동을 떠나 더 깊은 산중인 검곡으로 이주하여 화전을 일구며 살아간다.

35세 되던 신유년(포덕 2년, 1861) 초여름 깊은 산중 검곡에도 새로운 소식, 즉 '경주 용담에 성인이 나서 세상을 건질 도를 펴고 있다.'는 소식이 전해지자 해월 선생은 곧장 용담정으로 향하여 수운 선생을 만나 뵙고 동학에 입도한다.

해월 선생은 35세에 동학에 입도하여 밤낮 가리지 않고 수행하며 한 달에 두 번씩 용담을 찾아 수운 선생께 직접 지도를 받았다. 지극한 정성으로 수도에 전념하여 해월 선생은 매일 새벽마다 냉수로 목욕재계하고 수운 선생의 수심정기 수도법을 조금도 어김없이 실천하였다. 낮이면 밝은 빛을 피하려고 방문에 멍석을 치고 수도하였다.

해월 선생의 지극한 수도로 많은 영적과 기적이 있었다. 반드시 천어天語를 들으리라 작심하고 추운 겨울임에도 얼음을 깨고 목욕하였는데, 처음에는 살을 에는 듯하였으나 석 달이 지나서는 차차 물이 더운 감이 있었다. 하루는 찬물로 목욕하는데 문득 공중에서 "양신소해陽身所害 우한천지급좌又寒泉之急坐, 몸에 해로운 것은 찬물에 급히 앉는 것"이라 함에 매우 놀라고 괴이하여 얼음물에 목욕하는 것을 그쳤다. 해월 선생이 들었다는 '찬물에 갑자기 앉지 말라.'는 천어 이야기는 바로 수운 선생이 남원 은적암에서 「수덕문」을 쓰고 한번 읽어 보는데 그 음성의 기운이 한울님의 말씀으로 들렸다는 것을 짐작할 수 있다.

해월 선생은 천어天語, 즉 한울님 말씀을 체험한 후 자신의 큰 변화를 겪게 되지만 훗날 제자들에게 천어에 대해 아래와 같이 담담하게 말하였다.

> 내 항상 말할 때 한울님 말씀을 이야기하였으나 한울님 말씀이 어찌 따로 있으리오. 사람의 말이 곧 한울님 말씀이며 새소리도 역시 한울님을 모신 시천주侍天主의 소리이니라. 그러면 한울님 말씀과 사람의 말의 구별은 어디서 분별되느냐 하면, 한울님 말씀은 대개 강화降話로 나오는 말을 말하는 것인데, 강화는 사람의 사사로운 욕심과 감정으로 생기는 것이 아니요 공변된 진리와 한울님 마음에서 나오는 것을 가리키는 것이니, 말이 이치에 합하고 도에 통한다고 하면 어느 것이 한울님 말씀 아닌 것이 있겠느냐. (해월신사법설, 천어)

관의 탄압이 시작되다

1862년 7월경부터 수운 선생이 머무는 박대여 집에 동학도인들이 모여들기 시작하였다. 수운 선생이 박대여의 집에 머물고 있다는 소식이 바람결에 전해진 듯 알려지면서 찾아오는 기존의 도인도 있었고, 해월의 눈부신 포덕 활동으로 새로 입도한 이들도 간혹 찾아왔다. 당시 충청도, 전라도, 경상도의 삼남 일대는 민란으로 어수선하였다. 1862년 2월의 진주를 시작으로 민란은 전국으로 퍼졌다. 관군의 무차별 진압으로 8월경이 되어서야 민란은 진정세를 보였으나, 관에서는 백성들의 움직임에 촉각을 세우고 있었다. 이러한 때에 많은 사람이 수운 선생 곁으로 모여들었으니, 관의 지목이 재연될 것은 불을 보듯 뻔한 일이었다.

경주 감영에서는 민란을 우려한다는 명목으로 수운 선생을 체포한다. 그러나 이는 핑계이고, 실은 억지로 구금한 후 석방의 대가로 제자들이나 가족들로부터 금전을 갈취하려는 오래된 수법이기도 했다. 영장營將이 수운 선생에게 묻는다.

"너는 일개 가난한 선비로서 무슨 도덕이 있어 많은 제자를 거느리고 세상을 조롱하며 이름을 얻어 술가術家의 말을 하는가? 너는 의술의 의원도 아니요, 점치는 점쟁이도 아니요, 굿을 하는 무당도 아니다. 생계는 무엇인가?"

수운 선생은 날카로운 눈빛으로 영장을 쏘아보며 대답하기를, "사람을 가르치는 훈학訓學을 직업으로 삼는데 이치에 맞지 않는 일이라도 있는가?"하며 조금도 굽힘 없이 영장을 꾸짖듯이 말했다. 영장은 수운 선생의 당당한 모습과 의연한 답변에 그만 파랗게 질리고 말았다.

9월 29일, 수운 선생이 체포된 소식을 전해들은 수백 명의 제자들이 경주 감영으로 몰려갔다. 동학 역사에서 최초의 집단 시위가 일어난 것이다. 관에서는 이러다가는 실제로 민란이 일어날 것을 우려하여 수운 선생을 석방하고 말았다. 수운 선생은 6일 만에 풀러나 10월 5일 박대여 집으로 가서 짐을 정리하고 곧바로 용담을 향한다.

수운 선생은 10월 14일 '서학으로 몰리는 참지 못할 수모와 심한 고통을 당했다'는 사실을 언급하고 '도를 버려라' 하는 내용의 통문通文을 작성하여 제자들에게 보냈다. 아마 관아에서 석방할 때 동학을 하지 말라는 경고가 있었음을 짐작할 수 있다.

그러나 수운 선생이 체포되었다 풀러난 사건은 사람들에게 동학의 정당성을 관이 입증한 것으로 받아들여져 도인들이 더욱 증가하였다. 다만 수운 선생은 포덕을 보다 신중하게 하도록 하였고 마음공부에 힘쓰지 않고 이적異蹟이나 바라는 도인들을 경계하면서, '말조심 하라'는 뜻의 시 한 수를 지어 제자들에게 건넨다.

> 병 속에 신선주가 들어있으니 가히 백만 인을 살리리라.
> 쓸 곳이 있어 천 년 전에 빚어 잘 간직하여 오던 술이다.
> 부질없이 한 번 마개를 열면 냄새도 흩어지고 맛도 엷어지리라
> 지금 도 닦는 우리는 입조심하기를 이 술병을 간수하듯 하라.

동학 접주를 정하다

11월 초쯤 해월 선생이 수운 선생을 찾아와 자신이 사는 검등골(검곡) 집에 오시기를 청하였다. 수운 선생은 검등골이 깊은 산중으로 몸을 숨기기는 좋으나 왕래하기가 불편하여 여러 사람이 드나들기에는 부족하다고 판단하고 다른 곳을 찾아보도록 한다.

해월은 다시 수운 선생이 거처할 장소로 흥해 매곡동 손봉조孫鳳祚 집을 추천하였고, 수운 선생이 이를 수락하였다. 매곡동은 교통이 편리하였고, 큰어머니 오천 정씨(근암 최옥의 첫째 부인)의 친정이 있는 곳이었다. 수운 선생이 매곡동에 머문다는 소식이 전해지자, 각처의 도인들이 찾아온다. 충청도 보은, 전라도 남원, 경상도 남쪽 끝 고성 등 먼 곳에서도 매곡동으로 몰려왔다.

수운 선생은 12월 그믐에 각처의 지도급 도인들을 모이게 하고 그중에서 접주를 친히 정하였다. 그 후 매년 말 신神에게 제사 지내는 날인 납일臘

日에 접주를 공표하였다. 동학 최초의 접주接主 명단은 다음과 같다.

> 경주부서府西 백사길 강원보, 영해 박하선, 대구·청도·기내 김주서, 청하 이민순, 영일 김이서, 안동 이무중, 단양 민사엽, 영양 황재민, 영천 김선달, 신령 하치욱, 고성 성한서, 울산 서군효, 경주부내府內 이내겸, 장기 최중희

 이 접주 명단으로 알 수 있는 것은 동학이 창도된 지 3년밖에 되지 않았지만, 경상도, 충청도, 경기도 일부와 전라도까지 그 교세가 퍼졌고, 특히 경주 이북 권역이 동학의 중요 분포 지역임을 알 수 있다. 이 접주 명단은 『최선생문집도원기서』에 나오는 것으로 남원, 전주, 금산 등 전라도 지역에 포덕이 이루어지기는 했지만, 이 지역의 접주가 없는 것은 아직 접을 구성할 만큼 교세가 형성되지 않았기 때문인 것으로 추정된다.

 접주를 임명한 수운 선생은 제자들과 함께 계해년(1863)을 기다리면서 1862년 12월 말엽에 「결訣」이란 시 한 수를 지었다. 「결訣」은 '비결秘訣'이란 뜻으로, 수운 선생의 생각이 담겨 있으며 제자들에게 때를 기다리라는 천운天運을 암시하는 시이다.

> 도를 묻는 오늘에 무엇을 알 것인가, 뜻이 신원 계해년에 있더라
> 공 이룬 얼마 만에 또 때를 만드나니, 늦다고 한하지 말라 그렇게 되는 것을
> 때는 그 때가 있으니 한한들 무엇 하리, 새 아침에 운을 불러 좋은 바람 기다리라
> 지난해 서북에서 영우가 찾더니, 뒤에야 알았노라 우리 집 이날 기약을
> 봄 오는 소식을 응당히 알 수 있나니, 지상신선의 소식이 가까워 오네
> 이날 이때 영우들이 모였으니, 대도 그 가운데 마음은 알지 못하더라

問道今日何所知 意在新元癸亥年　成功幾時又作時 莫爲恨晚其爲然
時有其時恨奈何 新朝唱韻待好風　去歲西北靈友尋 後知吾家此日期
春來消息應有知 地上神仙聞爲近　此日此時靈友會 大道其中不知心

　수운 선생은 계해년 새해를 맞아 마룡동 용담집에 잠시 가서 가족들을 만나고, 다시 매곡동으로 돌아왔다. 그러나 손봉조의 집에 오래 머무르기가 부담스러워 2월 초에 영천 이필선李弼善의 집으로 옮겼다. 영천에서도 서당을 열어 아이들을 가르쳤고, 찾아오는 많은 제자에게 동학을 설법하였다.

　3월 초에는 다시 신영新寧의 하처일河處一의 집으로 가서 잠시 머물렀다. 관의 지목을 받는 처지로, 제자들에게 신세를 지며 이리저리 떠도는 생활이었다. 수운 선생은 신영에서 여러 생각 끝에 용담의 집으로 돌아가기로 결심을 굳힌다. 이제 수운 선생은 관의 어떤 탄압에도 굴하지 않겠다고 결심하고 3월 9일(양 4.26) 용담의 본가로 돌아간다.

삼절의 수를 잃지 말라

　다시 용담으로 돌아온 수운 선생은 둘째 아들 세청世淸과 아들 친구인 김춘발, 성일규, 하한룡, 강규 등에 글과 글씨를 가르쳤다. 당시 상황을 『도원기서』에서는 "3월 하순쯤 둘째 아들 세청과 더불어 그의 친구들과 함께 소일하다가, 비로소 필법에 조화가 이루어져 액자額字[1]를 쓰기도 하고 진체眞

1　액자(額字). 현판에 쓰는 정도의 큰 글씨.

體[2]를 쓰기도 하였다. 불과 며칠 사이에 필적이 왕희지王羲之[3]와 같아졌다. 사방의 도인들이 필법의 신기함을 듣고 날마다 문에 가득 몰려들었다."고 하였다.

수운 선생은 제자들과 아이들을 가르칠 때 글쓰기의 기준으로 삼으라는 비결의 방법을 알려주면서 「필법筆法」이란 시를 남겼다. 「필법」은 단순히 글씨 쓰는 방법만을 노래한 것은 아니다. 동학의 근본 이치와 수양에 관한 방법도 들어 있다. 「필법」에서 수운 선생이 특히 강조하는 것은 '삼절三絶의 운수'이다.

여기서 관건은 '삼절'을 어떻게 해석하느냐다. 수운 선생은 「필법」에서 삼절을 우리나라의 운수와 연결한다.

"우리나라는 목국木局을 상징하니(象吾國之木局) 삼절의 수를 잃지 말아라(數不失於三絶)."

해월 선생도 우리나라의 운수를 삼절과 연관하여 이런 말을 남겼다.

"우리 도는 삼절운三絶運에 창립하였으므로 나라와 백성이 다 이 삼절운을 면치 못하리라. 우리 도는 우리나라에서 나서 장차 우리나라 운수를 좋게 할 것이라."

'세 번 끊어진다', '삼절운을 면치 못한다'는 표현에서 고단한 우리나라의 운세를 읽을 수 있다. 당연히 지금의 남북 분단도 세 번의 끊김 중 하나이다. 130년 전 동학농민혁명으로 수만 명이 희생된 것도 세 번 끊김 중 하나이리라.

---

2 진체(眞體). 동국진체(東國眞體)를 말하는 듯. 동국진체는 우리나라 고유의 서체.
3 왕희지(王羲之). 서성(書聖)으로 추앙되는 동진의 서예가. 초서, 행서, 해서의 실용적 서체를 예술적인 경지로 완성시켰다고 평가된다. 예부터 글씨체가 뛰어난 사람을 가리켜 '왕희지 같은 사람'이라고 하였다.

그러면 동학농민혁명과 한국전쟁-분단에 이은 세 번째 끊김이 또 있다는 말인가? 아니면 우리가 모르는 세 번째 끊김이 있었다는 것인가? 고단한 정도가 아니라 고난에 찬 이 땅의 운세임이 분명하다. 수운 선생이 남긴 「필법」 전문은 다음과 같다.

> 닦아서 필법을 이루니 그 이치가 한 마음에 있도다.
> 우리나라는 목국을 상징하니 삼절의 수를 잃지 말아라.
> 여기서 나서 여기서 얻은 고로 동방부터 먼저 하느니라.
> 사람의 마음이 같지 않음을 어여삐 여겨 글을 쓰는데 안팎이 없게 하라.
> 마음을 편안히 하고 기운을 바르게 하여 획을 시작하니
> 먼저 붓 끝을 부드럽게 할 것이요, 먹은 여러 말을 가는 것이 좋으니라.
> 종이는 두터운 것을 택해서 글자를 쓰니, 법은 크고 작음에 다름이 있도다.
> 먼저 위엄으로 시작하여 바르기를 주로 하니 형상이 태산의 층암과 같으리라.
>
> 修而成於筆法 其理在於一心 象吾國之木局 數不失於三絶
> 生於斯得於斯 故以爲先東方 愛人心之不同 無裏表於作制
> 安心正氣始畫 萬法在於一點 前期柔於筆毫 磨墨數斗可也
> 擇紙厚而成字 法有違於大小 先始威而主正 形如泰山層巖

죽을 각오로 접을 열다

수운 선생이 용담으로 돌아오신 지 한 달여가 지나고 4월이 되자, 각처의 동학도인들도 소문을 듣고 다시 찾아오기 시작했다. 이 무렵에 신미년(1871) 영해교조신원운동(이필제의 난)을 주도한 이필제가 입도한 것으로 알

려졌다. 이때 영덕에 사는 강수姜洙가 수운 선생에게 도 닦는 절차를 물으니, "다만, 신경성信敬誠 석 자에 있다."고 하면서 특별히 「좌잠座箴」을 써 주었다.

> 우리 도는 넓고도 간략하니 많은 말을 할 것이 아니라,
> 별로 다른 도리가 없고 성·경·신 석 자이니라.
> 이 속에서 공부하여 터득한 뒤에라야 마침내 알 것이니,
> 잡념이 일어나는 것을 두려워하지 말고 오직 깨우쳐 '지'에 이르도록 염려하라.
> 吾道博而約 不用多言義 別無他道理 誠敬信三字
> 這裏做工夫 透後方可知 不怕塵念起 惟恐覺來知

이 시기에 관에서는 수운 선생이 아닌, 일반 동학도인들을 탄압하기 시작했다. 당시 여러 곳에서 동학도인들이 모여 산중에 움막을 치고 집단수련을 하였다. 그들을 주목하는 시선이 늘어나고, 공부를 훼방하거나 심지어 관에 고변하여 잡아가게 하였다. 관에서도 그들이 도적 떼가 되거나, 반역을 꾀하는 무리와 다르지 않다고 보아 기미가 보이는 족족 잡아 들였다. 그들은 곧 풀려나기는 했지만, 그 과정에서 들어가는 속전贖錢이 만만치 않았다. 실은 이것을 노리고 탄압이 이루어지는 것이기도 했다. 이런 일은 10년 후에도, 20년 후에도 되풀이되었다. 그러고 보면, 세상은 참 쉽게 변하지 않는 법이다.

수운 선생은 새로운 방법을 모색하지 않을 수 없었다. 죽고 사는 것에 관여하지 아니하고 사생결단에 더 이상 물러서지 않기로 하였다. 수운 선생은 더 적극적인 포덕으로 동학의 탄압에 대처해야 한다고 판단하였다. 5월

하순, 개접開接한다는 통문을 각지에 보냈다. '개접'이란 접 모임을 열어 집단으로 강습하고 수행하는 것을 말한다. 접별로 40~50여 명씩 모아 7일 정도의 기간에 집중적으로 강론하고 수행을 하는 것이다.

개접을 통해 접 소속 도인들이 평소 품었던 의문점에 대해 질의 응답하고, 의견을 청취하여 교문敎門의 발전을 도모하고, 관의 탄압에 공동대응하기도 했을 것이다. 6월에는 더욱 적극적으로 개접을 하였다. 목숨을 건 개접이다.

수운 선생은 평소 액자額字를 써 두었다가 찾아오는 도인들에게 나눠 주었다. 또 강론에 참여하는 도인들이 요청하는 글을 써서 나눠주면서 독려하였다. 도인들은 수운 선생의 액자가 영부와 마찬가지의 효험이 있을 것으로 믿고 소중히 간직하였다. 이런 소문을 들은 사람들이 알음알음으로 늘어나 수운 선생을 찾는 발길이 점점 더 늘어나기만 했다.

이러한 분위기를 예의주시하던 관에서 1863년 계해년 7월 초부터는 동학에 대한 탄압을 본격화한다. 특히 나날이 세력이 커져 가는 동학을 못마땅해 하는 서원의 집단적인 움직임은 경상도 일대를 넘어 조정에까지 동학 금압禁壓의 여론을 전달하고 있었다.

동학을 탄압하는 명분은 이단異端으로서 훈장 노릇을 하는 것이 사문斯文, 즉 유학을 어지럽힌다고 지목하는 것이고, 또 하나는 서학으로 모함하는 것이었다. 어느 쪽으로든 수운 선생은 빠져나갈 길이 없는 맹지盲地로 내몰리고 있었다.

사태가 이에 이르러 도인들의 큰 피해가 예상됨에 따라 수운 선생은 강론을 일단 멈추기로 하고, 7월 23일에 파접罷接하기로 했다. 파접은 열었던 접을 파하여 닫는다는 뜻으로, 동학의 공부 모임을 중단한다는 것을 의미한다.

> 수운과 제자들, 무엇이 두려우랴
> 목숨을 걸고 접을 열어 경전을 공부하고
> 수련을 통해 사람으로서의 최고 경지를 돌파한다.
> '사람은 원래 시천주이다'
> '사람은 원래 하늘이었다'
> '사람은 원래 깨달아져 있다'

성공자는 떠나는 법이다

수운 선생은 일련의 동학에 대한 탄압을 심각하게 판단했다. 자신은 물론 동학의 앞날에 큰 어려움이 닥칠 것을 예상하면서, 7월 23일 파접하는 날 제자들이 모인 자리에서 최경상에게 해월海月이라는 도호를 내리고 북도중주인北道中主人으로 임명한다. 아래는 당시 수운 선생과 해월 선생의 대화다.

> "진실로 성공자成功者는 떠나는 것이다. 이 운수를 생각하니 필시 그대 때문에 생겨났다. 이제부터 도중道中의 일을 신중하게 처리하여 나의 가르침을 어김없이 하라."
> "어찌하여 이런 훈계 말씀을 하십니까?"
> "이는 곧 운이니라. 난들 운이니 어찌하랴. 그대는 마땅히 명심하고 잊지 말아야 한다."
> "저에게 과분합니다. 거두어 주셨으면 합니다."
> "일은 즉 그렇게 되었다. 걱정하지 말고 의심하지 마라."

수운 선생은 '공을 이룬 자는 떠나는 것'이라며 자신이 할 일은 다했으니 곧 떠날 것이라고 해월 선생에게 말한다. 곧 자신에게 닥칠 죽음의 운명을 예측하면서 하신 말씀으로 짐작된다. 그리고 후계자를 정하는 것은 자기 뜻도 있지만, 하늘의 운수로 그렇게 되었다는 것을 강조한다.

'북도중주인'이라는 직책은 경주 북쪽 지역의 도중道中을 뜻한다. 해월 선생이 관장하는 곳은 '검곡 일대의 경주 북산중, 영일, 청하, 영덕, 영해, 평해, 울진, 진보, 안동, 영양, 단양, 신녕, 예천, 상주, 보은' 등이다. 수운 선생은 이날 이후 "최경상을 북도중주인으로 정하였으니, 용담에 내왕하는 도인들은 먼저 검곡을 들러서 오라."는 규칙을 정하였다. 또한 이 무렵 해월 선생에게 "우리 도의 운수는 북방에 있다."는 말씀을 하신 것으로 보아, 그런 대도의 중책을 해월 선생에게 암시한 역사적인 의미가 있다. 이때부터 해월 선생에게 '북접대도주'란 별칭이 평생을 따라 다닌다.

수운 선생은 파접 이후 「도덕가」를 지어 반포하였다. 「도덕가」에서 "우습다 저 사람은 지벌이 무엇이게 군자를 비유하며, 문필이 무엇이게 도덕을 의논하노."라고 하여, 당시 가문과 신분으로 군자연하는 사람, 글을 많이 아는 것으로 도덕자연 하는 사람들에 대해 경계하였다. 세상 사람은 물론이고 동학에 입도한 사람 중에도 그런 구태의연함을 떨치지 못한 사람이 적지 않았다. 위의 말씀은 이들을 아울러 하신 말씀이라 할 수 있다. 또한 동학을 중상모략하는 사람들의 말에 귀 기울이지 말고, 올바르게 수도하라는 교훈의 말씀을 하였다.

이때 칠언절구七言絕句 시 한 수도 지었다.

용담의 물이 흘러 네 바다의 근원이요
구미산에 봄이 오니 온 세상이 꽃이로다

龍潭水流四海源　龜岳春回一世花

'용담의 물이 흘러 네 바다의 근원'이라고 한 것은 다시개벽, 즉 후천개벽이 시작된 곳이 바로 용담이므로, 무극대도인 천도, 동학이 물처럼 흘러온 세상에 퍼져 언젠가는 포덕천하가 될 것이라는 예언적 말씀이다. 또 '구미산에 봄이 오니 온 세상이 꽃'이라고 한 것은, 모진 탄압을 이겨내고 진리의 꽃을 피워 온 세상이 동학으로 물들어 새로워질 것이라는 예언적 의미이다. 즉 수운 선생은 무극대도를 자연에 비유하여 좋은 세상이 곧 도래할 것이라는 꿈과 희망의 메시지를 전달하고 있다.

> 그때 동학은 지벌과 문필을 중시하지 않았다.
> 사람이 바로 하늘인데 지벌과 문필이 무슨 대수란 말인가.
> 요즘 세상이야 돈이면 못할 것이 없으며
> 학벌이 하늘 위에 앉아 있다.
> 그래서 다시 동학이다.
> "용담의 물이 흘러 네 바다의 근원이요.
> 구미산에 봄이 오니 온 세상이 꽃이로다."

해월에게 도통을 전수하다

해월 선생은 스승인 수운 선생을 뵙고 가르침을 받고자 1863년 8월 13일(음) 추석을 이틀 앞두고 용담으로 찾아간다. 이날 가을 하늘은 유난히 맑았고, 들녘은 오곡이 익어 황금빛으로 변해 가며 물결치고 있었다. 해월 선생은 스승을 뵈러 가는 때면 늘 가슴이 설레었다. 그런데 오늘따라 스승에 대한 그리움이 북받쳐 말로 표현할 수 없는 이상한 기분에 휩싸여 비몽사몽간에 걸음을 재촉하고 있었다.

추석 명절을 스승님과 함께 지내겠다는 간절한 심정으로 등에 짊어진 보따리마저 가벼워, 발걸음은 나는 듯 가벼웠다. 아침 일찍 검등골을 출발한 해월 선생은 70리가 넘는 길을 단숨에 달려와서, 정오가 조금 지나 마룡동 용담 어구에 도착하였다.

해월이 태어나서 처음으로 사람의 대접을 받은 것은
수운 스승님으로부터였다. 자신을 온전히 인정해 주는 스승님은
암흑의 바다위에 뜬 보름달처럼 환한 기쁨이었다.
해월은 가난한 노동자로서 배움도 변변치 못하였고
가진 것은 더욱더 없었다. 다만 성실하고 착하게 살면서,
스승님을 뵙고 그 가르침대로 따르는 것이 전부이다.
'너도 하늘이다!' 이 말씀을 듣고 해월은 하늘 꽃으로 피어났다.
수운 스승님과 함께 하면 그 자체로 지상신선이었다.
아! 무엇을 더 바라고 원할까! 그렇다, 수운 스승의 가르침은
우주를 품은 하늘같은 가슴이요 한결같이 늘 푸른 소나무였다.

수운 선생은 올 줄 알고 기다렸다는 듯 반가운 표정을 애써 감추며, "명절 때문에 바쁠 텐데 이렇게 왔는가?" 하였다. 해월은, "스승님께서 외로이 추석 명절을 보내실 것 같아 제가 모시고 같이 지내고 싶어 왔습니다."라고 화답하였다. 수운 선생과 해월은 도중道中의 여러 일을 의논하며 밤이 깊어가는 줄도 모르고 이야기를 나눈다. 간간이 스승과 함께 경전의 내용이며 도의 이치 등을 문답하면서 시간을 보냈다.

도통전수

1863년 8월 14일 달밤 삼경에 수운 최제우 대신사로부터 해월 최시형 선생은 동학의 2세 교주 자리를 정식으로 물려받았다. 이후 해월 선생은 오직 수운 선생의 명교를 실천하고 새로운 개벽 세상을 열기 위해 온갖 고난을 견뎌낸다. 해월 선생이 수운 선생으로부터 도통을 전수받는 모습이다.

밤이 깊어 자정을 지나 14일 새벽이 되었다. 이미 주위 사람들은 집으로 돌아가고, 용담정에는 수운 선생과 해월 둘만이 남게 되었다. 수운 선생은 문득 오랫동안 심고를 하더니, 해월을 불렀다. 그리고 해월 선생에게, "무릎을 단정히 하고 내 앞에 앉으라."고 하였다.

해월은 스승님이 지시한 대로 무릎을 꿇고 단정하게 앉았다. 잠시 후 수운 선생은 해월 선생에게, "손과 발을 굽혔다 펴 보라."고 하였다.

그런데, 그순간 해월 선생은 갑자기 정신이 아찔해지며 대답은커녕 몸조차 움직일 수가 없었다. 수운 선생은 이를 바라보고 웃으시며 해월 선생을 쳐다보다가 이르시기를, "그대는 어찌하여 이러한가?" 하였다.

이 말을 듣자 곧 몸이 움직이며 굴신이 되었다. 수운 선생은 이르기를, "그대의 몸과 팔다리를 좀 전엔 펴지 못하더니 지금은 왜 움직이는가?" 해월 선생은 "그 까닭을 모르겠습니다."고 대답하였다.

수운 선생은 이르기를, "이것이 바로 조화의 힘이로다. 후세에 난을 당한들 무엇을 걱정하랴, 신중하고 신중하라."고 말씀하였다.

이날 있었던 수운 선생과 해월 선생 사이의 일화逸話의 의미를 교중敎中에서는 두 가지로 해석한다. 하나는 '수운 선생이 수제자 해월 선생에게 도통을 전수하려 단전밀부單傳密府의 조화를 부려 기운을 불어넣어 주었다.'는 설명이다. 또 하나는 '수운 선생이 해월 선생에게 오심즉여심吾心則如心의 하나 된 마음과 몸, 즉 일심동체를 확인하는 과정을 거친 것'이라는 설명이다. 즉 도통전수를 위한 수운 선생의 조화를 말함이다. 분명한 것은 도통전수 과정에서 수운 선생과 해월 선생의 일심一心을 확인하였다는 것에는 의심의 여지가 없다고 하겠다.

그날 8월 14일을 맞이한 새벽녘에 수운 선생의 마음과 해월 선생의 마음이 하나가 되는 경지에 이르러 단전單傳⁴의 도통 전수를 행하였다. 이로써 해월 선생은 동학의 2대 교주의 도통道統을 이어받는다. 수운 선생은 새벽이 밝아오자, '수심정기守心正氣', '수명受命' 등의 글씨와 법문을 해월 선생에 전한다.

> 용담의 물이 흘러 네 바다의 근원이 되고,
> 검악에 사람이 있어 하나의 곧은 마음이다.
> 龍潭水流四海原 劍岳人在一片心

이 시에서 '용담의 물'은 용담에 사는 수운 선생과 그 도道를 상징하고, '검악의 사람'은 검등골에 사는 해월 선생을 상징하는 것으로, 용담연원의 도통 전수가 사사로움이 아니라, 한울님이 결정하는 것, 즉 천명天命에 의한 것이라는 뜻을 담고 있다.

해월 선생은 8월 14일 정식으로 도주道主, 즉 동학의 제2세 교주로 임명되어 도통을 물려받았다. 그때 해월 선생의 나이 37세였다. 수운 선생도 한울님으로부터 무극대도를 받은 나이가 37세였다. 이후 의암 선생도 해월 선생으로부터 제3세 교주가 된 나이가 역시 37세였다. 세 분 다 '37'의 수에 동학의 교주가 된 이치는 무엇일까? '천도·동학'의 핵심이라 할 수 있는 주문呪文은 삼칠三七자, 즉 21자이다. 삼칠의 수는 천지무궁의 이치가 담겨 있는 것이 아닐까?

해월 선생이 수운 선생으로부터

---

4 단전(單傳). 단지 그 사람에게만 전함

*동학 2세 교주의 직을 물려받은 것을 한마디로 표현하면
한울님의 뜻과 천지운수에 의한 것이라고 할 수 있지만,
그것보다는 사람 하나 됨됨이를 보고, 참사람이었기에
그렇게 되었으리라.*

세상 운수가 다 이 도로 돌아온다

수운 선생이 해월 선생에게 도통을 전수한 무렵, 청하의 도인 이경여李敬汝가 산에 움막을 치고 사람들을 모아 동학의 주문 수련을 시켰다. 그런데 이를 못마땅하게 여긴 이웃의 고발로 경상감영에 체포되어 고문을 받고 영덕 땅으로 정배定配[5]되는 사건이 터졌다. 영덕에 사는 도인들은 그를 구해내기 위해 2만 냥을 모아 속전贖錢[6]을 내고 사건을 해결하였다.

최초의 교조신원운동(동학농민봉기)으로 평가되기도 하는 1871년의 '이필제난'의 전말을 기록한 「신미아변시일기辛未衙變時日記」에 따르면 "우리 고을에 6~7년 전(1863)에 동학의 무리가 있었다. 여러 고을의 동류同類들과 오가며 궁촌窮村에 소굴을 만들고 무리를 모아 거리낌 없이 교를 세워 멋대로 행하였다. 이후 고을 선비들은 그들과 관계를 끊는 글을 돌렸고, 죄상을 들어 함께하지 못하게 하였다."고 하였다. 당시 유생들이 동학을 바라보는 시각, 동학교도를 탄압하였던 사실을 알 수 있다.

또 영양과 진보의 도인들이 일월산에 들어가 산막山幕을 치고 집단으로

---

5   정배(定配). 예전에, 죄인을 궁벽한 지방이나 섬으로 보내 일정한 기간 동안 그 지역 내에서 감시를 받으며 생활하게 하는 형벌로 귀양을 이르는 말이다.
6   속전(贖錢). 죄를 면하려고 바치는 돈.

수도를 한 사실이 관에 고발되어 소동이 벌어졌다. 서헌순의 장계 중 이내 겸 문초 부분에 "일월산 풍설風說은 영양과 진보 사람이 산 밑에 막을 치고 모여 학습한 일이 있었으나 최복술(최제우)이 입산했다는 말은 듣지 못했다."는 기록이 있다.

당시 동학도들의 움직임이 활발해지자 관의 탄압이 늘어나고 있었다. 수운 선생은 8월 20일경 '산하의 큰 운이 우리 도로 돌아온다.'로 시작하는 「탄도유심급歎道儒心急」을 지어 반포하였다. 제자들이 수도修道에 대한 조급한 마음가짐을 경계하고 이에 대한 올바른 수련 자세를 강조하기 위해서이다. 바로 동학도인들의 급한 마음을 탄식하면서, '산하의 큰 운이 우리 도로 돌아올 때까지 기다리라.'는 뜻이 담긴 글이다.

당시 민중들은 굶주리고 병들고 학대받는 고통에서 벗어날 새로운 희망이 오직 동학뿐이라는 생각을 하였을 것이다. 그래서 동학에서 말하는 다시개벽'의 새로운 세상이 빨리 왔으면 하는 바람으로, 그 세상을 이루기 위해 적극적으로 나섰다.

이때 수운 선생은 여러 편의 시를 지었는데, 주로 때를 기다려야 한다는 말씀과 고난의 시기를 극복하여 대도 세상을 열어가야 한다는 내용이다.

다음은 「탄도유심급」 전문이다.

> 산하의 큰 운수가 다 이 도에 돌아오니, 그 근원이 가장 깊고 그 이치가 심히 멀도다. 나의 심주를 굳건히 해야 이에 도의 맛을 알고, 한 생각이 이에 있어야 만사가 뜻과 같이 되리라.
> 흐린 기운을 쓸어버리고 맑은 기운을 어린 아기 기르듯 하라.
> 한갓 마음이 지극할 뿐 아니라, 오직 마음을 바르게 하는 데 있느니라. 은은한 총명은 자연히 신선스럽게 나오고, 앞으로 오는 모든 일은 한 이치에

돌아가리라.

남의 적은 허물을 내 마음에 논란하지 말고, 나의 적은 지혜를 사람에게 베풀라.

이와 같이 큰 도를 적은 일에 정성 드리지 말라. 큰일을 당하여 헤아림을 다하면 자연히 도움이 있으리라.

풍운대수는 그 기국에 따르느니라.

현묘한 기틀은 나타나지 않나니 마음을 조급히 하지 말라. 공을 이루는 다른 날에 좋이 신선의 연분을 지으리라. 마음은 본래 비어서 물건에 응하여도 자취가 없는 것이니라. 마음을 닦아야 덕을 알고, 덕을 오직 밝히는 것이 도니라.

덕에 있고 사람에게 있는 것이 아니요, 믿음에 있고 공부에 있는 것이 아니요, 가까운 데 있고 멀리 있는 것이 아니요, 정성에 있고 구하는 데 있는 것이 아니니 그렇지 않은 듯하나 그러하고 먼 듯하나 멀지 아니하니라.

山河大運 盡歸此道 其源極深 其理甚遠

固我心柱 乃知道味 一念在玆 萬事如意

消除濁氣 兒養淑氣

非徒心至 惟在正心 隱隱聰明 仙出自然 來頭百事 同歸一理

他人細過 勿論我心 我心小慧 以施於人

如斯大道 勿誠小事 臨勳盡料 自然有助

風雲大手 隨其器局

玄機不露 勿爲心急 功成他日 好作仙緣

心兮本虛 應物無迹 心修來而知德 德惟明而是道

在德不在於人 在信不在於工 在近不在於遠 在誠不在於求 不然而其然 似遠而非遠

최후의 생일잔치와 천황씨 반포

1863년 10월 28일(음)은 수운 선생의 39회 생일이었다. 우리 나이로 마흔 살이 되는 날이다. 이날 많은 제자와 도인들이 모여 생일잔치를 벌였다. 수운 선생은 사실 제자들에게 생일잔치를 열지 않았으면 한다고 뜻을 전했다. 그러나 해월 선생이 통문을 돌리고, 영덕 접의 도인들에게 각기 준비케 하여 잔치를 크게 열었다. 이때 찾아온 사람들의 수는 헤아릴 수 없이 많았다.

이날 생일잔치에서 제자들과 푸짐하게 잘 차려진 음식을 드신 후 좌우를 돌아보며, "세상에서 나를 천황씨天皇氏[7]라 하리라."고 엄숙히 말씀하였다. 다시개벽의 새 세상을 여는 천도天道를 폈으니, 천지天地를 새로 연 천황씨와 같다는 말씀이다.

수운 선생은 다시개벽의 시조로 최후의 생일잔치가 된 자리에서 무극대도無極大道인 '천도·동학'을 창도한 주인으로서 '천황씨'라 선언하여 반포한 것이다. 이후 동학에서는 1세 교조 수운 최제우는 천황씨天皇氏, 2세 교주 해월 최시형은 지황씨地皇氏, 3세 교주 의암 손병희는 인황씨人皇氏라 존칭하는 것이 정착되었다.[8]

그리고 원불교 경전에도 삼황三皇 이야기가 나온다. 한 제자가 소태산(박중빈) 대종사에게 묻기를, "수운 선생이 천황天皇이요, 증산 선생이 지황地皇

---

7 천황씨(天皇氏). 천황씨를 포함한 삼황오제는 중국 고대의 전설적 제왕. 천황씨는 천황, 지황, 인황중 하나로, 중국 태고 시대의 전설적인 인물로 삼황의 으뜸이다. 수운 선생은 「불연기연不然其然」에서 "태고에 천황씨는 어떻게 사람이 되었으며 어떻게 임금이 되었는가"라고 하여 천황씨를 언급하였다.
8 후에 4세 대도주 춘암 박인호는 법황씨法皇氏라고 존칭하기도 한다.

이요, 대종사님이 인황人皇이라 말해도 좋습니까?"라고 묻자 소태산 대종사는 "그러하니라."고 대답하였다. 또 제자가 묻기를 "증산 선생이 광인狂人(미친사람)이라는 소문이 있는데, 사실입니까?" 하자 "수운 선생과 증산 선생은 보기 드문 대도인大道人이므로 불법연구회(원불교)가 잘되어 성공하면 두 분을 나와 같이 공경하여 섬겨야 한다."라는 말씀을 하였다고 한다.

수운 선생은 '최후의 생일잔치와 천황씨 반포' 직후, 제자들에게 하루 전날 지은 우음 시 한 구절을 보여주었다.

내 마음이 지극히 묘연한 사이를 생각하니,
의심컨대 태양이 흘러 비치는 그림자를 따르네.
吾心極思杳然間 疑隨太陽流照影

그리고 주위의 제자들에게 "이 시의 뜻을 그대들은 혹 풀이할 수 있는가?" 하였으나, 같이 있던 모두가 난해하여 입을 열지 못했다.

수운 선생은 제자들을 공부시키다가 잠시 심각한 표정을 지으며 말씀하시길, '내가 전에 꿈을 꾸었는데 태양의 살기殺氣가 왼쪽 넓적다리에 닿자, 불로 변하여 밤새도록 타며 사람 인人 자를 그렸다. 깨어나서 넓적다리를 보니 한 점 붉은 흔적이 생겨 사흘을 남아 있었다. 이로써 항시 근심되었고 마음속으로 장차 화禍가 이를 것으로 알고 있었다.'라고 하였다. 이후로 수운 선생은 한울님께 의지하는 마음을 끊고, 장차 닥쳐올 화에 대하여 초연한 자세로 임한다는 결심을 하게 된다.

수운 선생은 최후의 생일잔치가 마무리되는 시점에서 '재불수在不數'의 말씀, 즉 "在一不在二 在三不在四 在五不在六 재일부재이 재삼부재사 재오부재육"이라는 난해한 법설을 하였다. 말씀인즉 "일후日後 도의 일에 있어 법을 위하는 사람은 하나에 있고 둘에 있지 않으며, 셋에 있고 넷에 있지 않으며, 다섯에 있고 여섯에 있지 않다."는 말씀이다. 『본교역사』를 집필한 오상준은, "삼가 살피건대 종교에는 두 계통이 없으니, 이것은 양의 홀수로 임금으로 삼고 음의 짝수로 따르는 신하의 뜻이다. 만약 종교에 종사하는 자가 계통이 있는 것을 알지 못하고 망령되이 문호를 세우며 별도로 유파를 짓는다면 장차 제도와 규칙이 번잡해서 순서가 없고 찢겨서 빛남이 없음을 보게 되어 제도의 큰 환란을 불러올 것이니 어찌 경계하지 않으랴."라는 해설로 수운 선생의 '재불수在不數'를 설명하였다.

동학 연구가 삼암 표영삼 천도교 종법사의 해설은 다음과 같다.

> 재일在一(하나에 있다)이란 무엇인가? 동학을 학學하는 데 있어서 우선해야 할 한 가지란 것인데, 이 한 가지는 다름 아닌 수심정기修心正氣라고 본다. 수행에 중요한 두 번째인 재삼在三(셋에 있다)은 무엇일까? 수행의 요체인 신경성信敬誠이라고 본다. 재오在五(다섯에 있다)는 인의예지신仁義禮智信[9] 다섯 가지의 실천을 말한 것으로 본다.
>
> 그러면 부재이不在二(둘에 있지 않다), 부재사不在四(넷에 있지 않다), 부재육不在六(여섯에 있지 않다)은 무엇을 뜻하는가? 부재이不在二는 수심정기의 반대인 마음의 평정을 잃는 상태로서 오관의 욕구인 기쁨과 노여움에 빠진 상태, 이이희로二謂喜怒를 말하고, 부재사不在四는 신경성信敬誠의 반대인 역리자逆理者, 비루자鄙陋者, 혹세자惑世者, 기천자欺天者[10]를 말하는 것 같다. 끝으로 부

---

9 인의예지신(仁義禮智信). 사람이 갖추어야 할 다섯 가지 도리. 어질고, 옳고, 예절 바르고, 슬기롭고, 믿음직스럽다.
10 역리자(逆理者). 하늘의 질서를 거스르는 사람 ; 비루자(鄙陋者). 마음과 언행이 바르지 못한 사람 ; 혹세자(惑世者). 사회를 현혹하는 사람 ; 기천자(欺天者). 하늘 즉 한울님을 속이

재육不在六은 인의예지신과 반대되는 육욕六欲[11]과 같은 것을 말한 것은 아닐까 한다.

유생들의 동학배척운동

1863년 7월부터 본격화된 동학배척운동은 9월에 이르러 조직적으로 전개되기 시작하였다. 상주의 우산서원愚山書院은 9월 13일, 동학 배척통문排斥通文을 이웃에 있는 도남서원道南書院으로 보냈다.

유생들은 동학을 "지금 이 요망한 마귀와 같은 흉측한 무리가 하는 짓은 분명 서학을 동학으로 이름만 바꾼 것"이라 단정하여 동학도를 서학의 무리로 몰아갔다. 또 이들은 "옛날에는 감히 경상도 지역에 서학이 들어오지 못했으나, 동학은 선악의 질서를 어지럽히는 쭉정이 풀과 같은 것으로 들어와 자라고 있다. 우리에게 시급한 일은 햇빛을 못 보게 넝쿨을 뽑아버리는 것이다."라고 하였다. 유생들과 지방관아에서는 동학을 유학의 이단인 사학邪學[12]으로 규정하고 서학西學으로 몰아가고 있었다.

통문을 받은 도남서원은 12월 1일(음) 통문을 다시 작성하여 상주지역 옥성서원玉城書院 등 여러 서원에 보냈다. 통문에는 "주문을 외우는 것은 서학에 따랐고 부적과 물로 병을 치료한다는 것은 황건적을 따르는 것"이라 하여, 동학을 서학으로 또 황건적과 같은 이단異端·사도邪道로 몰았으며, 도

는 사람
11 육욕(六欲). 육근을 통하여 일어나는 여섯 가지 욕정. 색(色), 미모(美貌), 애교(愛嬌), 말소리, 이성의 부드러운 살결, 사랑스러운 인상(人相)에 대한 욕정이다.
12 사학(邪學). 요사스럽고 못된 학문이나 학설. 조선시대 성리학을 제외한 학문을 이르던 말장

인들을 잡아다가 엄벌해야 한다고 주장하였다.

또 "동학은 귀하고 천함을 구별치 않으며, 백정과 술파는 자들이 왕래하며, 휘장으로 규방을 만들어 남녀가 뒤섞여서 홀어미와 홀아비가 가까이한다. 또한, 유무상자有無相資라 하여 있는 사람과 없는 사람이 서로 도우니, 가난하여 없이 사는 사람들이 기뻐한다."고 하였다. 귀하고 아름다운 동학의 수행 공동체의 대동大同의 어우러짐을 난잡한 것으로 치부한 것이다.

> 기득권의 유생들은 동학을 몹쓸 것으로 매도하였다.
> 쭉정이 풀과 같은 것, 마귀와 같은 흉측한 무리,
> 황건적과 같은 역도들, 귀하고 천함을 구별치 않음,
> 홀어미와 홀아비가 가까이함, 나눔, 가난한 사람들이 기뻐하며 들어옴…
> 양반님들, 인즉천人卽天을 아시는가?
> 사람이 곧 하늘임을 알고 사람 섬기기를 하늘같이 하라는
> 동학인의 삶과 실천을 어찌 모르는가!

특이한 점은 몰락 양반과 지식인층의 동학 가담 사례가 늘어나고 있었다는 것이다. 당시 동학도는 농민이 주류를 이루었고 종이장사, 약종상, 퇴직한 관리들도 많았다. 동학에 들어가면 양반과 상민의 차별이 없고, 먹을 것을 나누어 먹으며, 세상 돌아가는 형편도 남보다 먼저 알 수 있었다. 당연히 잔반殘班들이나 청년 지식인들은 동학에 들어감으로써 상민들과도 상호 공경하는 예법을 지켜야 했다. 말하자면 그들로서는 신분 하향을 감내하는 일이었다. 동학의 참뜻과 참맛을 알게 된 이들은 동학도인이 되는 일이 그러한 '손해'를 감수할 만하다고 여겼던 것이다.

유생과 관리들은 동학이 민중 속으로 파고들자, 자신들의 영향력과 권

위가 훼손되는 것으로 여겨 몹시 못마땅하게 여겼다. 특히 귀천貴賤 타파와 남녀평등을 가르치며 실천하는 동학은, 조선 왕조의 유학적 강상綱常(三綱五倫) 윤리의 근본을 뒤흔드는 일로 받아들여 배척 운동에 적극적으로 나선 것이다.

동학의 배척과 탄압 운동이 한참 진행되고 있을 때, 수운 선생은 1863년 11월(음) 「불연기연不然其然」, 「팔절八節」, 「제서題書」 등의 글을 잇달아 지어 동학의 교리와 사상의 최종적 귀결을 마련한다.

「팔절」에 얽힌 비사秘史를 해운 박기중 종법사(1899~2000)에게 직접 들은 이야기가 있다. 1919년 3.1운동에서 민족대표 33인에 선정될 것으로 여겨졌던 호남의 천도교 지도자 학산鶴山(도호 乙菴) 정갑수丁甲秀(1884~1952) 종법사가 의암 손병희 선생을 찾아가 민족대표 33인에 선정되지 못한 것에 서운해 하자 의암 선생은 빙그레 웃으며 답하였다. "이번 독립선언서에 서명한 민족대표는 민족을 위해 죽으려는 사람들이다. 학산은 많이 서운하겠지만, 천도교의 수련 지도자가 되어야 한다. 사람은 각자 타고난 운명이 있다. 학산의 운명은 민족대표에 서명하고 죽는 운명이 아니다. 위로는 수운 선생님, 해월 선생님과 나의 수련법을 계승하여야 할 운명이다."라고 말하면서 「팔절」에 대한 자세한 풀이와 수행 방법을 친히 전수하였다고 한다.

당시 학산은 호남 지역에서 가장 영향력 있는 천도교 지도자의 한 분으로 독립 자금을 자주 모금하여 의암 선생에게 보내곤 했고, 3년 동안 의암 선생에게 수행법을 직접 지도받기도 하였다. 이후 학산은 호남 지역의 천도교인들에게 「팔절」에 의한 수련법이 동학의 수행 비결임을 강조하였다. 「팔절」은 '명明, 덕德, 명命, 도道와 성誠, 경敬, 외畏, 심心' 여덟 자를 해설한 시로 「전팔절」과 「후팔절」로 이루어져 있다.

전팔절前八節

밝음이 있는 바를 알지 못하거든 멀리 구하지 말고 나를 닦으라.

덕이 있는 바를 알지 못하거든 내 몸의 화해난 것을 헤아리라.

명이 있는 바를 알지 못하거든 내 마음의 밝고 밝음을 돌아보라.

도가 있는 바를 알지 못하거든 내 믿음이 한결같은가 헤아리라.

정성이 이루어지는 바를 알지 못하거든 내 마음을 잃지 않았나 헤아리라.

공경이 되는 바를 알지 못하거든 잠깐이라도 모앙함을 늦추지 말라.

두려움이 되는 바를 알지 못하거든 지극히 공변되게 하여 사사로움이 없는가 생각하라.

마음의 얻고 잃음을 알지 못하거든 마음 쓰는 곳의 공과 사를 살피라.

不知明之所在 遠不求而修我　不知德之所在 料吾身之化生

不知命之所在 顧吾心之明明　不知道之所在 度吾信之一如

不知誠之所致 數吾心之不失　不知敬之所爲 暫不弛於慕仰

不知畏之所爲 念至公之無私　不知心之得失 察用處之公私

후팔절後八節

밝음이 있는 바를 알지 못하거든 내 마음을 그 땅에 보내라.

덕이 있는 바를 알지 못하거든 말하고자 하나 넓어서 말하기 어려우니라.

명이 있는 바를 알지 못하거든 이치가 주고받는 데 묘연하니라.

도가 있는 바를 알지 못하거든 내가 나를 위하는 것이요 다른 것이 아니니라.

정성이 이루어지는 바를 알지 못하거든 이에 스스로 자기 게으름을 알라.

공경이 되는 바를 알지 못하거든 내 마음의 거슬리고 어두움을 두려워 하라.

두려움이 되는 바를 알지 못하거든 죄 없는 곳에서 죄 있는 것같이 하라.

마음의 얻고 잃음을 알지 못하거든 오늘에 있어 어제의 그름을 생각하라.

不知明之所在 送余心於其地　　不知德之所在 欲言浩而難言

不知命之所在 理杳然於授受　　不知道之所在 我爲我而非他

不知誠之所致 是自知而自怠　　不知敬之所爲 恐吾心之昧

不知畏之所爲 無罪地而如罪　　不知心之得失 在今思而昨非

5. 들불처럼 타오르는 동학

1863년 11월 25일경의 문헌에 동학이 급속도로 퍼지고 있음을 알려주는 기록이 있다. 선전관 정운구의 「장계」 즉 『조선왕조실록』을 중심으로 구성하여 본다.

당시 문경새재에서 400리가 넘는 경주까지 수십 개 고을에서 민중들이 동학을 어떻게 실행하고 있었는가에 관한 이야기다. 마을과 마을, 절간과 저잣거리 등 사람이 있는 곳에서는 늘 동학에 대한 이야기가 끊이지 않았다. 특히 경주를 둘러싼 인근 고을에서 더욱 극성스러웠다. 이들은 동학을 이야기할 때 조금도 계면쩍게 여기지 않았으며, 늘 위천주爲天主(초학주문), 시천주侍天主(평생주문)의 글을 읽고 있었다. 주막집 아낙네도 외웠고 산간 초동樵童(나무하는 아이), 급부汲婦(물긷는 아낙네)까지 외우고 있었다.

이들에게 '스승이 누구냐?'고 물어 보면 '많은 사람이 한 사람처럼 대답하는 것과 같이' '경주에 사는 최 선생'이라 하였다. 경주에서는 저잣거리와 절간, 나무꾼과 장사치까지 동학에 관한 이야기가 끊이지 않았다. 어떤 이는 묻지도 않았는데 말을 먼저 꺼내는 이도 있었고 어떤 이는 자진해서 상세히 전해주기도 하였다.

동학의 시천주 주문을 수행하면
너도 나도 누구나 한울님이라네.

주막집 아낙네와 산촌의 아이들
길거리 가게와 나무꾼 장사까지
시천주조화정영세불망만사지

이처럼 11월 하순경에 경주를 중심으로 전국으로 동학이 퍼지고 있음을 알 수 있다. 그러나 이는 정부에서 동학을 본격적으로 탄압하는 빌미가 되기도 하였다. 이런 사실을 간파한 수운 선생은 대책을 서두르지 않을 수 없었다.

그래서 접주를 친히 임명하였고 해월 선생을 후계자로 키워 갔으며, 경전 인쇄를 준비해 갔다. 그리고 자신의 운명을 직감하며, 순도殉道(순교)를 당할 것을 대비하여 교단이 무너지지 않도록 자신이 해야 할 일을 하나둘 정리해 가고 있었다. 수운 선생의 예감대로 큰 액운이 닥쳐오고 있었다. 이를 염려하면서 11월 하순경 해월 선생에게 그동안 써온 경서經書들을 모아 건네며 경전을 출판하라고 명교를 내렸다.

당시 수운 선생은 경서를 제자들에게 주면 필사하여 나눠 가지곤 했는데, 필사 과정에서 글자가 틀리거나 빠지는 경우가 흔했다. 이러한 사실을 염려하여 목판 인쇄본을 만들어 널리 보급하라고 당부하였다. 해월 선생은 수운 선생을 직접 보좌하던 제자들과 의논하고 출판 비용을 만들기 위해 여러 접소를 돌아다니며 경전 간행을 위해 밤낮없이 노력하던 중 12월 10일(음) 조선 정부가 파견한 선전관에 의해 수운 선생이 체포되면서 경전 간행의 업무도 중단되고 말았다. 이후 장장 18년이 지난 1880년에 이르러 『동경대전』을, 다음 해인 1881년에 『용담유사』를 간행하게 된다.

내 스스로 당하리라

수운 선생은 조선 정부로부터 체포당하기 전에 제자들과 문답에서, "내 스스로 당하리라"라고 하신 말씀의 내용이 교중 기록 등에 나온다. 앞에서 밝혔듯이 수운 선생은 자신에게 큰 화가 닥치리라는 것을 예감하고 있었다.

특히 태양의 살기殺氣가 왼쪽 허벅다리에 닿아 불로 변하여 밤새 타들어가 인人 자를 그렸다는, 그래서 깨어나 보니 붉은 흔적이 며칠간 남아 있었다는 꿈 이야기 등 장차 화禍가 이를 것을 예감할 수 있는 징조가 빈번하였다. 그래서 수운 선생은 서둘러 경전을 집필하고 설법을 강화하다가 급기야 해월 선생에게 경전을 간행하라는 명교를 내린 것이다.

수운 선생이 체포되기 전 이와 관련된 이야기를 소개한다. 수운 선생은 재앙이 곧 미치리라는 예감을 하면서, 때로는 태연한 모습을 보이다가 때로는 비장한 모습을 보이기도 하였다. 이를 지켜보던 제자들이 마음을 놓을 수 없었는데, 이때 문하 제자 한 명이 급히 와서 아뢰기를, "듣자온즉 지금 조정에서 선생님을 지목하여 이단異端과 서학西學으로 몰아 체포코자 한다는 소문이 있습니다. 급히 몸을 피하여 화를 면하심이 옳을 듯합니다."라고 하였다.

내 스스로 당하리라.
내게 아무 잘못이 없거늘 어찌 몸을 숨기겠는가.
도는 나로부터 나왔으니 내가 모든 책임을 지리라.
한울님은 단 한 순간도 비굴한 적이 없으시다.

제자들의 말을 들으면서 수운 선생께서는 엄숙하게 말씀하기를, "도道(天道·東學)는 나로부터 나왔으니, 내 스스로 당할 것이니라. 어찌 몸을 피하여 제군들에게 누를 미치게 하겠느냐." 하였다. 또한 제자들의 계속된 설득에도 끝내 따르지 아니하였다. 이때 관변 기록인 「장계」에 따르면 수운 선생이 체포되기 전에 수제자 몇 사람이 미리 눈치를 채고 몸을 피했다는 이야기가 전해진다.

의연하고 당당하게 살아라

계해년(1863) 12월 초에 이르러 수운 선생은 뭔가 자꾸 불길한 생각이 떠오르곤 하였다. 그래서 청수단 앞에서 한울님께 심고心告하는 시간이 늘어나고 있었다. 이미 동학의 주인 자리를 넘겨준 해월 선생에게 멀리 심부름을 보내며 당분간 용담을 찾지 말라고 부탁까지 하였다. 그리고 더욱 '내 스스로 당하리라'는 각오를 다지고 있었다.

운명의 전야 12월 9일이 다가왔다. 수제자 중 해월 선생과 몇 명이 빠지고 이내겸 등 30~40명이 모여 도에 대한 이야기를 나누고 간간이 주문 수련을 하기도 하였다. 제자들은 좁다란 방 두 칸에 가득 차서 비좁을 정도였다. 오래전에 입도한 제자는 물론 이제 갓 입도하여 배우기 시작한 이들도 있었다. 어떤 제자는 소매에서 곶감을 꺼내고 어떤 제자는 허리에 찬 요대를 풀어 약 3~4냥의 돈 등 예물과 성금을 바치기도 했다.

이때 수운 선생의 제자 중 한 사람이 질문하기를, "학學(工夫·修行)을 할 때 주문呪文을 소리 내어 읽지 않고 속으로 읽으면 어떨는지요?" 하였다. 수운 선생은, "만약 마음으로만 읽고 입으로 읽지 않으려면 학學을 하지 않는 것만 못하다."고 단호하게 말했다. 이에 제자는, "남이 알까 꺼려서 소리 내어 읽을 수 없습니다."라고 하자, 수운 선생은 "그렇다면 차라리 학學을 하지 않는 것이 좋겠다."라고 훈계하셨다.

지기금지원위대강 시천주조화정영세불망만사지

이는 동학을 하는 제자들에게 용기와 자부심을 심어주는 것은 물론 주문 수련을 할 때 심송心誦(마음으로 읽음)만 하고, 구송口誦(입으로 읽음)을 하지 않는 것에 대한 잘못된 방법을 지적하는 확고한 가르침이었다. 당시 유생들과 관리들의 지목은 물론 감시가 극도로 강화될 때여서 도인들은 이웃의 눈치 등 신경을 아니 쓸 수 없는 입장이었다. 다시 말해 아주 위험한 상황임에도 본인의 입장은 물론 제자들에게 의연하고 당당하게 도에 임하라고 가르치는 수운 선생의 당시 결연한 태도를 확연히 알 수 있다.

또 제자가 묻기를, "선약, 즉 영부를 어떻게 써야 좋겠습니까?" 하니, 수운 선생은 "정성스러운 마음을 갖지 않고 선약仙藥을 먹으면 죽음을 면치 못할 수도 있다."라고 했다. 제자는 더 이상 한마디도 못 하였다.

이때 수운 선생은 주문 수행은 물론 부적, 즉 영부에 대해 높은 차원의 생각과 가르침을 행하고 있었다. 바로 한울님은 도인 각자 마음과 몸에 모셔져 있으므로, 모신 한울님과 합일하라는 가르침에서 차원을 더욱 높여갔다. 이는 '한울님과 사람은 근원에 있어 원래 하나다.'라는 수운 심법으로 발전하고 있었다. 또한, 제자들에게 그런 심법을 가르치고 있었다. 바로 수운 선생의 주문呪文과 영부靈符에 대한 최종적인 생각은, '도인들 각자 마음에 있다.'는 결론의 가르침이었다.

만병통치약이란 영부, 무궁조화를 부리는 주문

> 이 모든 신비의 현상은 오직 마음에 있다.
> 마음에 한울님이 계시고 영부의 효과도 마음에 있고
> 마음을 떠난 그 어떤 이치와 진리도 없다.
> 영부는 하늘의 형상이요, 마음의 모습이요,
> 신령하여 모든 병을 물리치며
> 원래 생명으로 귀화시키는 무궁무진한 조화 자체이다.
> 주문은 한울님 모심을, 주문은 한울님 키움을,
> 주문은 한울님 몸으로, 한울님을 되찾는 법문이다.
> 영부가 곧 주문이요, 주문이 곧 영부이다.
> 영부·주문·사람은 하나이다.

동학론(논학문)이 으뜸이다

이날 9일 용담집 방안에는 수운 선생 자리 앞에 쌓아 놓은 육언구문六言句文[1]이 쌓였다. 마치 과거 때의 부賦[2]와 같은 것으로 수십 장이요, 한 종이에 십여 구가 되었다. 수운 선생은 붓을 들어 꼼꼼히 살피면서 이르기를, "무릇 나의 학(동학)은 이루어졌으니 한울님 외에는 두려울 것이 없다. 여러 서책은 다만 동학을 높이 숭상할 줄 알게 하는 것이다. 어찌 동학 이외에 다른 학이 없겠는가? 그렇지만 다른 학들은 깊이 탐구해 보면 본뜻을 잃은 것이니 동학에 더하고 합친 것이 하나도 없다."라고 하시면서 동학의 독창

---

1 육언구문(六言句文). 한시에서, 여섯 자가 한 구를 이루는 형식과 두 마디가 한 덩이씩 짝이 되게 지은 글을 이른다.
2 부(賦). 작자의 생각이나 눈앞의 경치 같은 것을 있는 그대로 드러내 보이는 한문 문체이다.

성과 순수성을 강조하였다.

　수운 선생은 서책 중 「논학문論學文(東學論)」이라는 한 권을 집어내어 "이 책은 우리 학의 본지에서 매우 타당하여 일등에 뽑아 놓는다."라고 하였다. 그 책 한 권을 왼쪽에 앉아 있는 제자에게 내보이며, "이것은 내가 지은 것으로 이렇게 지은 연후에야 가히 본뜻에 타당하리라."고 하였다.

　또한 벽상에도 써 붙인 필적이 많았는데 어떤 것은 범서梵書와 같은 자획이 있었다. 서책과 걸어 놓은 필적들은 동학을 말하고 상징하는 것으로, 보통 사람들로서는 가히 알아보지 못할 경지 그 자체였다.

　이때 처음 수운 선생을 찾아오는 사람들이 부적이나 글씨를 원해도 대부분 써 주지 않았다. 다만 손님을 극진히 대접하는 예절에 있어 남달랐고, 동학에 입도코자 하는 사람들에게는 해월 선생으로 하여금 동학의 주문을 써 주게 하였다. 그때 동학에서 공식적으로 통용되는 주문은 세 종류였다. 모두 제자주문으로 첫째는 초학주문 13자요, 둘째는 강령주문 8자요, 셋째는 본주문 13자인 평생주문이었다.

　이러한 이야기의 주요 내용은 당시 수운 선생을 체포하는 책임을 맡은 선전관 정운구의 「장계」에 나오는 내용이다. 그때(12월 9일) 양유풍과 고영준을 동학에 위장 입도시켜, 수운과 제자들의 동태를 파악하기 위해 파견한 밀정의 보고 내용을 정운구가 조선 정부에 올리는 「장계」에 세밀하게 기록한 것이다.

　이처럼 수운 선생은 자신의 순절의 시간이 시시각각 다가오는 줄 알면서도 슬기로운 지혜와 대담한 용기를 발휘하면서 그야말로 순도(순교)를 각오한 거룩한 성자의 모습에 변함이 없었다.

　당시 수운 선생은 크나큰 재앙이 코앞에 왔다는 사실을 직감하고 있었다. 그날 용담 집에는 낮에 있었던 30~40여 명의 제자 중 23명이 남아 강론과 수행을 끝내고 잠을 자고 있었다. 수운 선생은 제자들의 잠자리를 살피고 나서, 늘 그래왔던 것처럼 촛불을 켜고 책을 보면서 침묵의 시간을 맞이한다. 그리고 12월 10일 자시(새벽 1시)가 다가오자, 수운 선생은 갑자기 마음이 얼어붙으며 몸을 움직이지도 말할 수도 없었다. 마치 바위처럼 굳어 버리는 느낌이었다.

    수운 선생은 순간 '올 것이 오고야 마는구나.' 하고 곧 큰일이 벌어질 것을 직감하였다.

    수운, 죽음을 초탈한 성인의 모습이어라.
    수운, 그 무엇이 이토록 당당하게 하였을까.
    수운, 스스로 하늘이 되어 아무것도 두려움이 없었다.

6. 동학, 동방의 가르침이다

조선 왕조에 피체되다

조선 왕조는 성리학에 반하는 어떤 종류의 도道와 학學도 모두 이단으로 몰아 조금도 용납하지 않았다. 처음부터 수운 선생과 동학을 지목하여 탄압해 오던 중, 아예 뿌리를 뽑아버리기 위해 1863년 10월부터 체포할 계책을 논의하여 왔다.

급기야 11월 20일 임금(고종)으로부터 선전관宣傳官[1]에 임명된 정운구鄭雲龜가 이끄는 관군에게 계해년(1863) 12월 10일에 경주 용담에서 수운 선생은 여러 제자들과 함께 피체被逮[2]된다. 정운구는 수운 선생을 체포한 전후 경위를 임금에게 보고하는 문서인 장계/서계書啓[3]에서 자세히 밝히고 서울(한양)까지 압상押上[4]한다.

---

1 선전관(宣傳官). 조선시대 형명(形名)·계라(啓螺)·시위(侍衛)·전명(傳命) 및 부신(符信)의 출납을 맡았던 관직. 1457년(세조3) 어가(御駕) 앞에서 훈도(訓導)하는 임무를 맡은 무관을 선전관이라고 일컫게 됨으로써 비로소 그 관직이 처음 생겼다. 선전관은 장차 무반의 중추적 존재로 성장할 인재들이라는 점에서 무술에 재주가 있고 굳세고 용맹한 사람을 뽑아 임명하고, 끊임없이 무예와 병법을 연마시키기로 되어 있었다.
2 피체(被逮). 남에게 붙잡힘. 수운 선생이 선전관 정운구와 관군에게 체포되었음을 이르는 말
3 서계(書啓). 조선시대, 임금의 명령을 받은 관리가 처리한 그 일의 전말을 보고한 문서
4 압상(押上). 체포하여 상급관청에 넘겨 보냄

먼저 선전관 정운구가 올린 장계/서계(고종실록 1권, 고종 작위년 12월 20일 임진 여섯 번째 기사 청 동치東治 2년 〈선전관 정운구가 최제우와 동학에 대해 보고하다〉)를 국역본으로 살펴보겠다.

> 신이 11월 20일에 공손히 전교傳敎[5]를 받들어 무예별감武藝別監 양유풍梁有豊, 장한익張漢翼, 좌변포도청군관左邊捕盜廳軍官 이은식李殷植 등을 거느리고 경상도 경주 등지에서 동학의 괴수를 자세히 탐문하여 잡아 올릴 목적으로 바삐 성 밖으로 나가 신분을 감추고서 밤낮을 가리지 않고 달려갔습니다.
>
> 조령鳥嶺에서 경주까지는 400여 리가 되고 주군州郡이 모두 10여 개나 되는데 거의 어느 하루도 동학에 대한 이야기가 귀에 들어오지 않는 날이 없었으며 주막집 여인과 산골 아이들까지 그 글을 외우지 못하는 자가 없었습니다. 그리고 '위천주爲天主'라고 명명하고 또 '시천주侍天主'라고 명명하면서 조금도 부끄러워하지 않고 또한 숨기려고도 하지 않았습니다. 그러니 얼마나 오염되고 번성한지를 이를 통해서 알 만합니다.
>
> 그것을 전파시킨 자를 염탐해 보니 모두 말하기를 '최 선생崔先生이 혼자서 깨달은 것이며 그의 집은 경주에 있다.'고 하였는데, 만 사람이 떠드는 것이 한 입으로 지껄이는 것과 같았습니다. 그래서 신은 경주에 도착하는 날부터 장시場市와 사찰寺刹 사이에 출몰하면서 나무꾼과 장사치들과 왕래하니 혹은 묻지도 않는 말을 먼저 꺼내기도 하고 혹은 대답도 하기 전에 상세하게 전해주었습니다.
>
> 그들이 최 선생이라고 부르는 최제우는 아명兒名이 복술福述이고 관명冠名이 제우濟愚로서 집은 경주慶州의 현곡면見谷面 용담리龍潭里에 있었습니다.

---

5 전교(傳敎). 임금이 명령을 내리는 일이나 그 명령을 이르던 말

그런데 5~6년 전에 울산으로 이사 가서는 무명을 사고팔아 생계를 유지하다가 근년에 다시 본토本土로 돌아와 살고 있습니다. 그는 간혹 사람들을 향하여 말하기를 '나는 정성을 다해 하늘에 제사를 지내고 돌아오는 길에 공중에서 책 한 권이 떨어지는 것을 얻어서 공부를 하였다.'라고 한답니다. 사람들은 본래 그것이 어떤 내용인지 알지 못하는데 그가 홀로 '선도'라고 한답니다. 대체로 그 도를 배우기 시작할 때에는 반드시 먼저 몸과 입을 깨끗이 하고서야 열세 글자, 시천주조화정영세불망만사지侍天主 造化定 永世不忘 萬事知를 전수해 주고 또 그다음에 여덟 글자, 지기금지 원위대강至氣今至 願爲大降을 전수해 준다고 합니다.

그것을 배우기를 원하는 사람은 반드시 화를 면하고 병이 제거되며 신명을 접하게 된다는 등의 말로 속이고 홀리면서 권유하는 바람에 그 말에 빠져들어 가기 쉽습니다. 그렇기 때문에 비록 글자를 모르는 아녀자와 아이들도 미쳐 현혹되어 밤낮을 가리지 않는다고 합니다.

또 약을 먹는 법이 있는데 한번 그 약을 먹으면 이 학설에 전심하여 다시 깨달으려는 생각이 없으며, 혹 약을 먹는 중에 금기하는 일을 조심하지 않다가는 크게 광증狂症이 나서 남의 눈을 빼먹고 그 자신도 스스로 죽고 만다고 합니다.[6]

매달 초하루와 보름 삭망에 돼지를 잡고 과일을 사서 궁벽한 산 속으로 들어가 제단을 차려놓고 하늘에 제사를 지내면서 글을 외워 귀신이 내려오게 하는데 지금 이 괴수 최제우의 집에서 금년만 해도 여러 차례 모여서 강설講說하였다고 합니다. 대개 처음 배울 때에도 예물이란 명목으로 전부 선생에게 바치고, 전도를 받아 깨닫게 되면 재산을 털어 선생한테 주되 조금

---

6 정운구가 정부에 올린 서계 내용 중, 가장 저열한 비속어와 사실에 없었던 중상모략이다.

도 후회하거나 아까워하지 않는다고 합니다.

여러 명이 모여서 도를 강론하는 자리에서는 최가가 글을 외워 귀신이 내려오게 하고 나서 손에 나무칼을 쥔 채로 처음에는 무릎을 꿇고 있다가 일어나고 끝에는 칼춤을 추면서 공중으로 한 길 남짓 뛰어올랐다가 한참만에야 내려오는 것을 눈으로 본 사람까지 있다고 합니다.

작년에 최가가 잡혀 진영鎭營에 갇히게 되자 제자 수백 명이 와서 호소하기를 '저희들의 공부가 본래 백성을 해치고 풍속을 파괴시키는 것이 아니니 저희 선생님을 속히 풀어주소서.'라고 하였답니다. 진영에서 즉시로 놓아주니 몰려다니면서 의심할 만한 자취를 보이지 않았고 또한 비상非常한 일을 꾸민다는 말도 들리지 않았습니다.

그러나 원근을 막론하고 공부하러 오는 자는 날마다 늘어난다고 합니다. 이상과 같이 전해들은 여러 가지 이야기 중에는 황당한 내용이 있어 그대로 믿기가 어렵기 때문에 이달 9일에는 따로 양유풍 등을 곧바로 최복술이 살고 있는 곳으로 보내서 자세히 염탐해 오게 하였습니다.

그들은 돌아와서 보고하기를 '최제우인 최복술에게 가서 만나 공부하고 싶다고 간절히 청하니 최복술은 조금도 비밀로 하거나 숨기는 것이 없이 흔쾌히 허락하였습니다. 또 한 사람이 와서 공부하겠다고 청하되 배우는 글을 소리 내어 읽지 않고 마음속으로 외워서 읽으면 어떻겠느냐고 하니 최복술이 말하기를 만약 단지 마음속으로 읽고 소리 내어 읽지 않는다면 배우지 않는 것이 낫다고 하였습니다. 그 사람이 꺼리는 것이 있기 때문에 소리 내어 읽을 수는 없다고 하자 최복술이 말하기를 "그렇다면 배우지 않는 것이 좋겠다. 내 공부가 이루어지면 오직 하늘 이외에 다른 것은 두려워할 것이 없다."고 하였습니다.

벽에도 써 붙여 놓은 글이 많았는데 자획이 범서梵書와 같아서 그 글의 뜻이 무슨 일을 가리키는지 전혀 알 수 없었으나 필시 그자가 공부하는 내용인 것 같았습니다. 이에 글씨를 하나 써 달라고 하니 끝내 들어주지 않았기 때문에 다시 이튿날 또 오겠다고 약속하면서 비록 하루 이틀 사이라도 익힐 수 있는 글을 얻었으면 매우 좋겠다고 하였습니다. 그러자 최복술이 말하기를 "이런 것은 최자원崔子元이나 이내겸李乃兼에게 가서 물으면 저절로 배울 수 있을 것"이라고 하였습니다. 최자원과 이내겸은 바로 경주 남문南門 밖에 사는 자들로서 최복술의 수제자首弟子라고 합니다.

지금 이렇게 따로 사람을 보내어 만나보고 문답한 조목條目을 앞서 전해들은 이러저러한 이야기와 비교해 보면 비록 목격하지 못한 한두 가지 일이 없지 않지만 대체로 은밀히 서로 부합하여 정녕 의심할 것이 없는 것이 또한 많습니다.

최복술이 동학의 괴수라는 철안鐵案[7]이 이미 정해졌기 때문에 신은 그날 밤에 비밀리에 본진本鎭의 장교將校와 나졸羅卒 30명을 동원하여 양유풍 등으로 하여금 한밤중에 그 소굴을 곧바로 들이쳐 최복술을 결박하여 끌어내고 또 제자들 23인도 결박하였습니다.

신은 즉시 본부本府에 신분을 밝히고 먼저 최복술의 용모 파기把記[8]를 봉초捧招[9]한 뒤에 형구刑具[10]를 채워 단단히 가두고, 제자 등도 본부(경주진영)의 옥에 엄하게 가두어 놓고서 공손히 처분을 기다리고 있습니다.

이른바 최자원과 이내겸 두 놈에 대해서는 본부에 비밀 관문關文[11]을 띄워

---

7 철안(鐵案). 쉽게 변하지 않는 결정이나 의견.
8 파기(把記). 대상에 대해 기억하거나 기록하였다는 말
9 봉초(捧招). 예전에, 죄인을 문초하여 구두로 진술을 받는 일을 이르던 말.
10 형구(刑具). 형벌을 가하거나 고문을 하는 데에 쓰는 기구를 말한다.
11 관문(關文). 조선시대 동등한 관서 상호간이나 상급관서에서 하급관서로 보내는 공문서

잡아가두게 했으나 최자원은 먼저 눈치 채고 도망을 쳤기 때문에 본부에 엄히 신칙하여 기어이 체포하게 하였습니다. 이내겸은 얼마 안 되어 체포되었기 때문에 또한 용모파기를 봉초한 다음 형구를 채워 단단히 가두었다가 최복술과 함께 일체 압송해 올려 보내겠습니다.

압수한 문서와 편지 등은 하나하나 단단히 봉하고 성첩成貼[12]하여 이은식李 殷植에게 인계하였는데, 그 문서 중에 논학論學이라는 한 책에는 최복술이 동학의 거괴巨魁[13]가 되는 근거가 그중에 상세히 기록되어 있습니다. 신은 이제 올라가서 복명復命[14]할 생각입니다."

전교하기를 "묘당廟堂[15]에서 품처稟處[16]하게 하라.[17]

수운 선생의 체포와 순도과정을 『최선생문집도원기서』 등 교중 기록과 『승정원일기』 등 관변 기록, 표영삼의 『동학』과 조선 왕조실록 『동이서전』 등 국역본을 중심으로 다시 구성하여 본다.

마침내 운명의 그날, 12월 10일(음) 새벽 1시에 이르자 갑자기, "암행어사 출두야!!" 하는 청천벽력과 같은 함성이 울리면서, 용담 집을 포위한 병사들이 기습적으로 덮쳐 왔다. 무예별감 양유풍과 장한익, 좌변포도군관 이은식, 종자 고영준 등이 앞장서 들어오며 칼과 창으로 위협하였고, 교졸들

이다.
12 성첩(成貼). 조선시대, 문서에 관인(직인)을 찍던 일이다.
13 거괴(巨魁). 도둑 무리의 두목, 여기서는 동학의 최고 지도자 즉 수운 최제우를 가리킨다.
14 복명(復命). 어떤 일의 결과를 그 일을 마치고 돌아온 사람이 보고하는 일.
15 묘당(廟堂). 조선시대, 1400년에 설치한 행정부의 최고 기관을 이른다.
16 품처(稟處). 윗사람에게 아뢰고 명령을 받아 일을 처리함을 말한다.
17 『고종실록』 5책 1권 9장 B면[국편영인본] 1책 124면 [분류] 사법-치안(治安) / 사상-동학(東學)

은 육모방망이를 사정없이 휘두르며 쳐들어왔다. 제자들이 곤히 잠들어 있던 방안은 순식간에 아수라장으로 변해, 여기저기서 비명을 지르는 소리가 터져 나왔다. 곧이어 제자들이 피를 흘리거나 절뚝거리며 마당으로 끌려나왔다.

그때 수운 선생이 마루로 나서며, "내 기다린 지 오래다. 모든 책임은 나에게 있으니, 나를 잡아가라!!"며 천지가 진동하듯 소리를 외쳤다. 순간 갑자기 주위가 조용해지더니, 모두가 얼어붙은 듯 잠잠해졌는데, 별감 양유풍은, "어명이오!"라고 소리치고 한 번 예를 갖춘 다음 수운 선생을 결박하라고 지시한다.

교졸들이 멈칫하며 두려움에 떨자 별감 장한익은, "어명이다! 최복술(최제우)을 결박하라!"라며 다시 명을 내렸다. 수운 선생이 전혀 반항할 기미가 보이지 않자 교졸들은 조심조심 선생을 결박하기 시작했다. 이에 수운 선생은 결박된 상태로 '하늘을 우러러 큰 한숨을 짓고' 그 자리에 우뚝 서 있었다.

양유풍은 어제 수운 선생의 인격을 직접 목격한 사람이라 함부로 대하지 않았으나, 장한익은 공을 세우려고 수운 선생에게, "대역죄인은 당장 무릎을 꿇어라!"하며 고함을 질렀다. 이에 응하지 않자 별감 장한익과 포도군관 이은식은 힘센 교졸 몇 명에게 다그치며 죄인을 무릎 꿇리라고 큰소리로 명하였다. 그래도 꿈쩍하지 않자 장한익, 이은식과 덩치가 큰 교졸들은 방망이로 사정없이 수운 선생을 구타하였다.

이렇듯 강제로 무릎을 꿇리는 과정에서 수운 선생의 옷이 찢어지고 온몸에 피멍이 들었다. 더 심한 것은 머리 부위를 가격당해 피가 흘러내려 누구인지조차 알아볼 수 없을 정도가 되었다.

> *수운 선생이 피체될 때*
> *이를 직접 목격한 제자들과 가족들의 구전이 전해지는데,*
> *옷이 다 찢겨졌고 산발한 머리부터 온몸에 피가 낭자하여,*
> *누군지도 알아볼 수가 없었다.*
> *그런데도 선생은 전혀 굽힘의 자세가 없었고*
> *하늘을 우러러 한 점 부끄럼 없는 모습이었다.*

수운 선생과 제자 23명을 차례로 오라에 묶어 무릎을 꿇렸다. 박씨 부인과 맏아들 세정世貞도 함께 체포되었다. 마침 용담에 없었던 '최자원崔子元과 이내겸李乃兼은 어사 출두 전에 경주부慶州府에 긴밀히 급보를 띄워 잡아 가두라 했으며, 관군에게 속아 동구에서 길을 안내해 준 장가도 같이 잡아들이라 하였다.

체포된 인원은 모두 합쳐 30명이나 되었으며 수운 선생을 제외한 나머지는 일단 경주 감옥에 수감되었다. 이때 체포되어 끌려간 수운 선생과 제자들은 형언할 수 없는 처참한 광경이었다. 다행히 해월 선생은 수운 선생의 지시로 미리 용담을 떠나 화를 면했다.

11일(양 1.19) 아침 선전관 정운구는 서둘러 수운 선생과 이내겸의 손발에 쇠사슬로 된 자물쇠를 채우고 말에 태워 서울로 향하였다. 이때는 소한과 대한 사이의 매우 추운 계절이었다. 첫 번째 도착지는 영천이었다. 이때 다음과 같은 설화가 전해진다.

> 수운 선생께서 영천에 이를 즈음 하졸들의 언행이 불경스럽고 멸시함이 말할 수 없었다. 그러자 선생을 태운 말이 발굽을 땅에 붙인 채 전혀 움직이질 않았다. 수십 명 하졸들은 크게 놀라고 당황하면서, "소인들이 과연

선생을 몰라 뵈었습니다. 오직 선생께서 편안히 행차하기를 바랄 뿐입니다"고 아뢰었다. 그러자 다시 말이 홀연히 발을 떼서 앞으로 나아가기 시작했다.

하졸들이 행패 부린 것은 당시에는 '죄인의 친척으로부터 뇌물을 바치게 하려는 수단'으로 행한 일들이 많았다고 한다. 이런 관행을 미리 아는 죄인의 인척들은 뇌물을 가지고 따라가다가 행패를 부리면 곧 뇌물을 바쳤다고 한다.

여기서부터 수운 선생의 행적을 수차례 답사하면서 꼼꼼하게 정리하여 놓은 표영삼의 기록을 중심으로 교중, 관변 등 여러 문헌을 참고하여, 서울로의 압상 과정과 대구의 경상감영으로 돌아와 다시 갇히기까지의 과정을 정리하여 소개한다.

수운 선생은 12일에는 대구에 이르러 일박하고 금호琴湖를 거쳐 하루 60~70리씩 서울로 이동하였는데, 11일에 경주를 출발하여 영천(11일) → 대구(12일) → 선산 상림(13일) → 상주 낙동(14일) → 상주 화령(15일) → 보은(16일) → 청안(17일) → 직산(18일) → 오산(19일) → 과천(29일) 순서로 이동하였다. 당초 정운구는 낙동역에서 영남로를 따라 새재를 넘어갈 작정이었으나 노선을 바꾸어 화령 쪽으로 갔다.

이때의 상황을 『도원기서』에, "정구룡(정운구의 오기)는 당초 새재를 넘어가려 했으나 동학도인 수천 인이 모였다는 말을 듣고 겁이 나서 화령 길로 바꾸어 보은에 이르렀다."고 하였다. 16일 저녁에 보은 역참에 도착하니 뜻밖에도 도인을 만나 도움을 받았다. 『수운선생사적』에 '고을의 이방은 양계희梁啓熙라는 도인으로, 성심껏 조석을 받들었고 먼 길에 쓰라고 돈 다섯 묶음까지 주었다.'고 한다.

내가 비록 억울한 누명의 죄인이나

조선 왕조는 12월 8일(양 1864.1.16) 철종이 사망하고 겨우 12세인 고종이 등극하게 되자 고종의 아버지인 흥선 대원군(이하응)이 정치를 총괄하는 섭정을 실시하게 되어 국정의 큰 변화를 맞이한다. 그래서 수운 선생을 심문하여 다룰 여유가 없었다.

결국 조정에서는 그때 과천에 당도해 있던 수운 선생 등 두 죄수에 대해 다시 경상감영으로 돌려보내라고 조치하고, 그곳에서 심문하여 결과를 보고하라고 지시하였다. 또한, 경주에 수감된 죄인들도 아울러 그 시작과 끝을 일일이 조사하여 죄의 내용과 혐의의 가벼움과 무거움을 가려서 묘당에서 제의하여 처리하라고 지시하였다.

이때 과천 관아에 갇혀 있던 수운 선생은 국상國喪 소식을 듣고, "내가 비록 억울하게 잡힌 죄인이지만, 나라에 슬픈 일을 당하였으니, 이는 불행한 일이다." 하며 애통함을 그치지 않았다.

여기서 1863년 12월 21일 비변사에서 정운구가 보고한 동학의 정형을 다시 조사할 것을 아뢴 내용을 살펴본다.[18]

> 비변사備邊司에서 아뢰기를, "선전관宣傳官 정운구鄭雲龜가 서계書啓한 경주의 동학 죄인 최복술崔福述(최제우) 등의 일에 대하여 묘당廟堂에서 품처稟處하게 하라는 명이 있었습니다. 최가가 비록 두목이라고 하더라도 도당徒黨이 이미 번성하였으니 응당 철저히 캐내야 할 것이나, 거의 천 리나 되는

---

18 『고종실록』 1권, 고종 즉위년 12월 21일 계사 두 번째 기사, 1863년 청 동치同治 2년, 〈비변사에서 정운귀가 보고한 경주의 동학의 정형을 다시 조사할 것을 아뢰다〉

땅에서 기찰과 체포가 계속 이어지면 연로沿路[19]에 소란을 끼치게 될 것이니 매우 민망합니다. 최복술 등 두 놈은 포청捕廳[20]으로 하여금 본도本道의 감영監營으로 압송하게 하고 경주부에 가두어 둔 죄인들과 아울러 일일이 그 내력과 소행을 조사한 다음 경중輕重을 나누어서 이치를 따져 등문登聞[21] 하라고 행회行會[22]하도록 하는 것이 어떻겠습니까?" 하니, 대왕대비가 윤허하였다.[23]

『비변사등록』 계해 12월 21일 자에는 비변사備邊司[24]에서 제의하기를,

"'최가가 비록 두목이라 하나 도당徒黨(동학의 무리)이 이미 번성하였으므로 응당 속속들이 밝혀내야 할 것이다. 그러나 거의 천 리나 되는 지역에서 염탐하고 체포하는 일을 계속한다면 연도가 소란스럽게 될 것이니 딱하다. 최복술 등 두 놈은 포청에서 본도(경상도)의 감영으로 내려 보내 경주 죄인들과 함께 일일이 내력과 소행을 따져 경중을 가려 품하도록 함이 어떠하겠는가?'라고 여쭙자, 대왕대비는 이를 승인하였다."고 하였다.

'경상도 경주 동학 선생'이라는 '죄인 최제우를 해당 감영에 보내어 문초

---

19 연로(沿路). 큰 길의 좌우 근처를 말한다.
20 포청(捕廳). 조선 시대, 한성부와 경기도의 치안과 방법을 관장한 관청을 이른다.
21 등문(登聞). 임금에게 중요한 사실이나 사건을 알리는 것을 말함.
22 행회(行會). 예전에, 조정의 지시를 관청의 장이 부하들에게 알리고, 그 실행 방법을 의논하기 위하여 모이는 일이나 그런 모임을 이르던 말이다.
23 【원본】 5책 1권 11장 A면【국편영인본】 1책 124면【분류】 사법-치안(治安) / 사상-동학(東學)
24 비변사(備邊司). 조선 시대, 군국의 사무를 맡아보던 관아.

하라'는 전교가 내려졌다는 소문은 금세 경향 각지에 퍼져나갔다.

12월 26일경에 수운 선생과 이내겸은 포청 관졸들에 의해 과천을 떠나 대구로 향했다. 용인 양지역陽智驛에서 일박하고 27일에는 충주 달천역達川驛에, 28일에는 문경 요성역堯城驛에, 음력 그믐날인 29일에는 유곡역幽谷驛에 이르렀다.

수운 선생이 되돌아온다는 소식을 들은 동학도 수백 명이 28일에 새재 첫 관문인 주흘관主屹關 상초곡上草谷 마을에 모였다. 충주 달천達川에서 일찍 떠났으나 눈길 때문에 저녁 7시경에야 상초곡에 당도하였다. 동학도인들은 관솔불을 켜들고 수운 선생의 뒤를 따르며 눈물을 흘렸다. 이때 수운 선생은 "나의 이 길은 천명에서 나온 것이니, 여러분은 안심하고 돌아가라." 하자 도인들은 좌우로 나뉘어 선 채 일제히 절을 하고 눈물로써 배웅하였다는 기록이 당시 안타까운 상황을 떠올리게 한다.

> 동학도인들은 어렵지 않게 수운 선생을 구출할 수 있었다.
> 그러나 수운 선생은 자기 한 몸을 바쳐 도를 살리고
> 세상을 구제하는 데 희생하기로 작심하여
> 그 어떤 구제책도 단호히 거절하였다.
> 이는 하늘의 뜻이요 선생의 사명이었다.

『도원기서』에는 "과천에서 떠나 새재를 넘어 문경 초곡에 이르렀다. 수백 명의 동학도인들이 여러 주막에서 엿보는가 하면 혹은 관솔불을 켜 들고 따르기도 하고 혹은 눈물을 흘리며 바라보기도 했다. 이렇게 애절한 정경이 벌어지니 어린아이 마음을 보는 것 같다."고 기록하였다.

문경읍에서 동쪽으로 2킬로미터 떨어진 요성역에 도착한 것은 캄캄한

밤 8시경이었다. 이튿날은 한 해의 마지막 날(음 12. 29)이므로 일찍 서둘러 점촌店村 쪽에 있는 유곡역으로 향하였다. 점촌에서 북쪽으로 있는 유곡역에 당도한 것은 점심때쯤이다. 이 역은 영남로嶺南路[25]의 18개 역참을 관할하는 찰방역察訪驛이다.

일행은 새해 설맞이로 사흘을 체류했다가 1864년 1월 4일(음)에 다시 대구로 향하였다. 상주 낙동역에 이르러 일박하고 5일에는 선산군 상림上林을 거쳐 1월 6일(1864. 2. 13) 마침내 대구의 경상감영에 도착하였다.

수운 선생은 12월 10일에 체포되어 1월 6일까지 거의 한 달간 매서운 한겨울 바람을 맞으며 노상路上에서 참혹한 고생을 당했다. 그리고 경주 옥에 있던 동학도인 20여 명도 이곳 대구 경상감영으로 옮겨와 수운 선생과 함께 수감된다.

수운,
홑옷의 칼바람 참혹한 겨울,
노상에서 끌려 다닌 한 달간의 생지옥
도인들의 피눈물, 절하고 울고 부르짖는 애통한 절규
아, 성자의 모습은 이리도 참혹한 것일까?
미어지는 가슴, 쏟아지는 눈물
수운은 왜, 그 길을 자초했을까.

---

25 영남로(嶺南路). 영남대로(嶺南大路)는 한양에서 영남 방향으로 향하는 큰길을 말하며 조선시대 9대 간선도로 중 가장 대표되는 도로였다. 여리에 달하는 길에 29개의 주요 지선이 이어져 있었고, 총연장 380km로 한양에서 부산을 잇는 최단코스라고 할 수 있다. 영남대로가 통과한 지역은 조선시대에 가장 인구가 조밀하고 산물이 풍부하여 경제적으로 중시되던 곳이다.

접주, 경상감영으로 모이다

갑자년(1864) 1월 6일(음)에 수운 선생과 이내겸 등을 인계받은 경상감사 서헌순徐憲淳은 이들을 곧바로 감영에 수감한 다음 1월 15일경에 심문을 위한 심문관 셋을 선임하였다. 죄인 심리에 참여하는 관리들은 서헌순을 중심으로, 상주목사尙州牧使 조영화趙永和, 지례현감知禮縣監 정기화鄭夔和, 산청현감山淸縣監 이기재李沂在 등이다. 상주목사 조영화는 동학배척운동에 관여했던 인물이다. 지례현감 정기화는 동학도인들이 많았던 지역의 관장이다. 산청현감 이기재는 동학에 대해 어느 정도 파악하고 있었으며, 또한 직간접 관련이 있었던 것으로 알려진 인물이다.

경상감영은 1월 15일 정월대보름 명절이 지나고 심문을 시작할 예정이었으나, 비가 계속 내리고 있었다. 이때 비가 그치지 않아 감영은 모든 절차를 멈추고 물러나 있으면서 만일의 사태를 대비하는 조치로 장졸들을 많이 배치하였다. 이는 혹시 있을지 모르는 동학도인들의 행동에 대비한 경계로, 이들은 잡인의 감영 출입을 철저히 통제하였다. 감영 인근에서 이를 지켜보던 도인들은 옥에 갇힌 스승과 도인들의 걱정에 어쩔 줄을 몰라 했다.

그리고 이러한 상황은 동학 접 조직을 통하여 빠르게 해월 선생에게 보고되고 있었다. 한편으로 해월 선생은 수운 선생의 옥바라지를 위해 여러 접을 순회하며 비용을 모으고 있었다. 이때 영덕 유상호는 백여 금을 내놓았으며, 각 접에서도 모금 운동이 진행되었다. 영덕, 영해 두 접에서 6백여 금, 홍해, 연일 접에서 3백여 금, 평해, 울진 접에서 3백50여 금, 안동, 영양 접에서 5백여 금을 선뜻 내놓았다.

각 접의 접주들과 지도급 도인들은 대구를 중심으로 은밀하게 모임을 가졌다. 각 접의 적극적 움직임에 상주 접주 황문규도 많은 비용을 내었으며, 여러 도인들도 각자 비용을 마련하여 본인은 물론 각 접과 도인들의 활동에 많은 돈을 사용했다고 전한다.

해월 선생은 스승의 옥바라지를 누가 담당할 것인가 고민 끝에 자원한 현풍玄風 곽덕원郭德元을 선임하였다. 곽덕원 도인은 지식을 갖추었을 뿐만 아니라 수운 선생을 지극히 존경하는 인물이었다. 그 당시 옥바라지를 하는 사람은 거지같이 꾸며야 했다. 곽덕원은 산발한 머리 숯검정을 칠한 얼굴 누더기 옷에다, 굵은 새끼줄을 허리에 두르고 영락없는 거지꼴로 변장하였다.

그리고 매일 세 끼를 정성껏 준비하여 옥바라지를 했다. 스승 섬기는 일을 마치더라도 혹여 부족함이 없는가를 둘러보고서야 집으로 돌아가곤 하였다. 이를 지켜본 어느 도인은, "정성과 효심은 천하에 따를 자가 없고, 가히 하늘을 감동시키고도 남는다."고 하였다.

스승의 옥바라지를 위해 대구 근처에 숨어든 도인은 해월 선생을 중심으로 수운 선생의 조카 최맹륜, 신녕 접주 하치욱, 영해 접주 박하선, 청하 도인 이경여, 최규언, 고성 접주 성한서, 신녕인 하처일, 대구 청도 기내접주 김주서, 울산 접주 서군효, 박여인, 강선달, 해월 선생의 매부 임익서, 영덕인 임근조, 상주인 전덕원, 영덕인 정석문, 영덕 접주 오명철, 현풍인 곽덕원 등이었다.

경상감영의 철통같은 방비,
주먹을 불끈 쥐고 몰려드는 접주들,
거지꼴을 하고 스승의 옥바라지기를 한 곽덕원,
그의 정성과 효심은 천하에 따를 자가 없다고 하였으니,

하늘을 감동시키고 역사에 길이 남으리라

동학, 동방의 가르침이다

1월 20일 연일 계속 내리던 비가 그치자, 심문이 시작되었다. 수운 선생은 네 차례, 이내겸은 세 차례, 이정화는 세 차례, 강원보는 두 차례, 나머지는 한 차례씩 가혹하리만큼 혹독한 심문을 받았다.

이때 수제자로 알려진 최자원은 심문 기록에 보이지 않는다. 후에 판결문에는 먼 곳으로 유배하여 종신 정배된 것으로 되었는데, 심문 기록에서 빠진 것을 보면 어떤 사연이 있는 것으로 보인다. 하나의 가설은 뇌물을 바치고 풀려나 어디론가 사라졌다는 것이고, 또 다른 가설은 혹독한 고문을 받다가 곧 죽게 되자 풀어주고 심문 기록에 넣지 않았다는 이야기다. 무엇이 진실인지는 몰라도 고문으로 죽게 되자 슬그머니 풀어주었다는 추측을 할 수 있고, 또한 그때나 지금이나 돈에 통하지 않는 것이 없었다는 것을 추측도 해 본다.

심문 첫날에 가장 먼저 끌려나와 대구감영 선화당宣化堂 뜰에 꿇려진 사람은 수운 선생이었다. 심문 직전 이미 경상감사 서헌순의 주도로, 상주목사 조영화, 지례현감 정기화, 산청현감 이기재가 입회하여 "철저히 밝혀내라!"는 엄명으로 신문訊問이 본격 시작되었다.

수운 선생은 큰 칼을 목에 차고 힘거운 모습으로 비틀거리며 좌우를 한번 둘러보곤 쓰러지듯 꿇어앉았다. 이날따라 비는 그쳐 맑고 청정한 하늘이 대성인의 억울한 누명을 밝혀주려는 듯 거울처럼 투명하게 지상을 내려다보고 있었다.

심문에 나선 감사, 목사, 현감 등 관리들은 날카로운 눈빛과 쩌렁쩌렁한 소리로 교졸들에게, "죄인 최복술을 형틀에 묶으라!" 명을 내린다. 군아의 장교와 나졸들은 익숙한 손길로 큰 칼을 씌운 채 형틀에 묶는다. 처참한 몰골로 형틀에 묶인 수운 선생은 반듯한 자세를 유지하려 몸을 꼿꼿이 세운다. 그리고 관리들과 교졸들을 똑바로 쳐다본다. 이에 입회한 관리들은 한목소리로, "저놈의 눈빛이 역적이로다! 여봐라! 저놈이 고개를 숙일 때까지 매우 쳐라!" 하며 소리를 지른다. 경위를 따지고 실상을 묻기도 전에 일단 기를 죽여 놓고 보자는 심사였다.

교졸들은 득달같이 달려들어 매질을 시작한다. 수운 선생은 어렸을 때부터 눈빛이 강해 역적의 눈빛이라 놀림을 당했고, 득도 후에는 마치 호랑이 눈빛처럼 강렬하여 똑바로 바라보지 못했다는 기록이 전한다.

수운 선생은 신음소리를 내지 않으려고 입술을 꽉 깨물고 있었다. 고개를 숙이기는커녕 호랑이 눈의 광채 같은 눈빛으로 그들을 쏘아보았다. 관리들은 두려움을 느끼는 표정을 감추면서 계속 매질을 하도록 교졸들을 다그쳤다.

수운 선생은 거의 초죽음이 될 때까지 혹독한 매질을 당하여 온몸이 피로 얼룩진다. 이런 과정을 거친 뒤에야 본격 심문이 시작된다. 신문관은 수운 선생에게, "죄인 최복술은 묻는 말에 거짓 없이 답하라. 너는 어디 사는 누구냐?" 하고 묻는다.

수운 선생이 답하기를, "나의 아명兒名은 복술福述이고, 관명冠名은 제우濟愚이며, 살고 있는 집은 경주의 현곡면 가정리 용담에 있다." 묻기를, "울산에 산다는 소문도 있는데 사실이냐?" 답하기를, 5~6년 전 울산으로 이사가서는 옷감을 사고팔아 생계를 유지하다가 근년에 다시 경주로 돌아와 살고 있다."

이에 경상감사 등은 "어찌 죄인이 경어를 쓰지 않고 꼬박꼬박 반말을 하느냐?"고 호통을 친다. 이에 수운 선생은, "우리 동학은 남녀노소 가리지 않고 존칭어를 사용한다. 그렇지만 그대들이 함부로 대하고 말하니, 나도 그렇게 말하고 있다."고 응답했다.

이에 격분한 관리들은 "너는 어찌 당을 모아 풍속을 어지럽히는가. 이미 조사한 바에 의하면, '귀신을 부르고 칼춤으로 공중을 나르고 또한, 토색질까지 했다는데' 사실이냐?"

답하기를, "먼 데서나 가까운 데서 찾아오는 사람들을 부득이 만나 주었기 때문에 도당徒黨이라는 이름이 붙은 것이지, 붓을 잡고 귀신을 내리게 했거나, 칼춤을 추면서 공중으로 솟아올랐거나, 돈과 쌀을 토색질한 일은 애초에 없었다. 선생이니 제자니 하는 소리도 내가 자칭한 것이 아니다."

묻기를, "그럼 소문과 다르다는 것인가?" 답하기를, "우리 도(동학)는 간악한 종교와는 달라서 애초에 숨기거나 속이지 않았다."라고 하였다. 묻기를, "그럼 무엇으로 생활을 하였는가?" 답하기를, "나는 경주 백성으로서 아이들에게 공부 가르치는 것을 직업으로 삼아 왔다. 또한 옷감장사와 철점 사업으로 생활을 유지해 왔다. 단 한 번도 누구에게 돈을 요구한 사실이 없다."하였다.

묻기를, "말이 동학이지 서학과 같은 것이 아닌가?" 답하기를, "내가 의관을 갖추고 행세하는 사람으로서, 양학(서학)이 갑자기 퍼지는 것을 차마 보고 앉아 있을 수 없었다. 그래서 하늘을 공경하고 하늘에 순종하는 마음으로 13자(주문)로 된 말을 지어서, 동학이라고 불렀는데, 동쪽 나라의 학문이라는 뜻에서 취한 것이다. 서학은 음陰이고, 동학은 양陽이기 때문에 양을 가지고 음을 억제할 수 있다. 이미 다 내가 지은 경서에 밝혀놓았다."하였다.

이에 관리들은 수운 선생의 답변을 막으며, "죄인은 묻는 말에만 답하라,

어찌 여기서 경서(경전) 운운하는가." 하며, 사학과 반란에 관련 있는 것 이외 다른 논리나 경전 이야기를 차단하였다. 그리고 수운 선생의 논리에 밀리는 듯하자 일단 심문을 쉬고 관리들은 대책회의에 들어갔다.

수운, 자신을 죽이려고 잡아간 자들도 하늘이어라.
수운, 온갖 고문과 매질에도 끄떡하지 않고
자신의 의견을 정정당당하게 밝힌다.
수운에게는 삶과 죽음도 오직 하늘과 같아
추호도 두렵거나 염려의 기색은 찾아볼 수 없다.
육신은 찢어져 죽을 것만 같아도
정신은 영원의 하늘이었다.

주문과 영부는 세상을 건지는 것

이들은 대구 경상감영 선화당, 경상감사 서헌순의 집무실에서 곧바로 대책회의에 들어갔다. 숙의 끝에 합의한 내용은 첫째, 수운 선생이 지었다는 '칼노래'를 반역의 증거로 하였다. 둘째, 수운 선생의 후계자 해월 선생의 피신처를 대라는 것으로 심한 고문을 가하기로 했다. 셋째, 동학을 유학의 이단과 서학의 모방인 사학으로 규정하여 일벌백계로 다스리기로 했다. 그리고 조정에 올리는 장계의 내용에 온갖 풍문의 내용을 사실인양 기록하여 동학의 명분을 없애 버리자는 것으로 대책회의를 마쳤다.

수운 선생에 이어 두 번째 문초를 받은 이는 이내겸이다. 이내겸은 스승의 혹독한 문초를 지켜보면서, 과연 살아나갈 수 있을 것인가 두려움에 떨고 있었다. 또한 수운 선생의 제자답게 죽기를 각오하고 당당하게 맞설 것인가 하는 생각도 들었다. 그러나 문초에 들어가기도 전에 집단구타, 즉 심한 몽둥이 타작을 당하는 동안 거의 정신줄을 놓고 말았다. 가혹한 매질로 아예 얼을 빼버리고 의도하는 쪽으로 진술을 받아내려는 상투적인 심문 관행이었다. 이러한 방법은 잡혀온 모든 도인들에게 해당되었다.

경상감사 서헌순의 장계보고서를 보면, 이내겸과 제자들의 진술 내용이 조작되었는지 아니면 무서워서 거짓 진술하였는지 모르지만, 공초록 내용에는 전혀 수운 선생의 제자다운 언행을 볼 수가 없다. 예나 지금이나 가혹한 고문에 의해 거짓 자백을 받아내는 것은 비슷하다고 본다. 또한, 진술 내용이 조작되어 억울한 누명을 쓰고 평생을 살아야 하는 비인권적이며 비도덕적인 일들이 수없이 많았음을 우리는 잘 알고 있다. 오죽하면 수운 선생의 아들까지 고문하고 조작하여 아버지와 동학의 명예를 실추시키려 했는지 본 기록들을 통하여 잘 알 수 있다.

이렇듯 공갈과 협박, 즉 심한 매질과 고문에 의한 자백 강요로 거짓 진술이 이루어지고 있었다. 동학의 경전 내용과 수행의 방법 등 동학의 이치나 영향에 대해서는 일체 말할 기회를 주지 않고, 죄를 뒤집어씌워 이단 사학이자 반란의 집단으로 몰아가기에 급급하였다. 동학을 뿌리 뽑고 수운 선생을 극형에 처해 불온한 싹을 말끔히 소멸시켜 버리겠다는 계획은 그렇게 착착 실행되고 있었다.

그러나 수운 선생은 쉽게 굴복하지 않았다. 이미 죽음을 각오하고 희생으로써 천도 즉 동학을 지키려는 자세는 변함이 없었다.

수운 선생의 2차 심문이 기다리고 있었다. 수운 선생은 한울님께 지극히 심고를 드리고, 13자 주문을 때로는 입으로, 때로는 마음으로 읽고 있었다. 주문 수행을 하면 어디서 그런 용기가 솟아나고 당당해지는지 수운 선생 자신도 헤아리기 어려웠다. 수운 선생은 '삼칠자 그려내니 세상 악마 다 항복하네'의 강시가 떠올랐다. 그리고 마음으로 다짐했다. '내 선으로써 악을 다 물리치리라. 죽음이 와도 나의 충심은 굽힘이 없으리라.'는 각오를 다졌다. 재차 심문도 역시 혹독했다. 형틀에 묶어 주리(양다리 사이에 긴 나무를 끼워 양쪽으로 잡아당기며 비트는)를 트는 악형이었다. 살이 찢겨지고 뼈가 으스러질 것 같았다. 이를 악물고 아무리 참아보려 하지만 자신도 모르게 신음 소리가 새어 나왔다. 그렇지만 수운 선생은 전혀 굽힘이 없었다. 이런 방법으로 사전에 기선을 제압하고 의도대로 진술하게 하려는 수작이었다.

  심문관은 "최복술, 너는 사술의 주문으로 세상을 속이고, 부적으로 백성을 속였다. 이런 것들은 모두 사술에 불과하니, 네 죄를 실토하라."고 다그쳤다. 수운 선생이 답하기를, '나의 주문과 영부는 사사로움에서 나온 것이 아니라, 세상을 건지고 백성을 살리는 천명에서 나온 것이다."라고 정론을 펼치면 곧 매질과 고문으로 차단하였다.

  심문관은 수운 선생을 초죽음이 되도록 매질하여 의도한 자백을 하도록 강요하고, 후계자 해월 선생을 잡아들이기 위해 악형을 가하였다. 그러나 수운 선생은 단 한 번도 자신의 신념에 굽힘이 없었다. 그럼에도, 공술供述 내용을 기록한 공초供招 기록은 자신들의 이로운 내용으로 어떤 것은 사실대로 어떤 것은 위작되어 기록된다. 이때 동학의 후계자 해월 선생을 체포하지 못하였기에 아예 신문 기록에서 뺐다.

수운, 혹독한 악형, 죽음을 앞두고
어디에서 그런 담담함과 굽히지 않는
용기가 솟아날까.
수운의 심신은 신령스런 영부와
하늘 자체인 주문으로 바늘구멍만 한

빈틈도 보이지 않았다.

"시천주조화정영세불망만사지"

고비원주高飛遠走, 높이 날아 멀리 나아가라

수운 선생은 자신의 동학에 대한 정론은 완전 무시되고, 사사로운 요술이나 부려 백성을 현혹하는 사람으로 몰고 가는 것에 대한 불만을 더 이상 참지 못할 지경에 이른다. 그래서 2월 29일 진행된 진술에서 강한 반격을 각오하였다. 그리고 처절한 고문이 기다리고 있었다. 아래에 1864년 2월 29일 경상감사 서헌순이 동학의 정형을 보고한 내용을 소개하겠다.[26]

경상감사 서헌순徐憲淳이, '경주의 동학 죄인 최복술崔福述(수운 선생) 등에 대해서 그 전말을 밝혀 경중을 나눠 등문登聞하라.'는 명을 받았습니다. 이에 참사관參査官 상주목사尙州牧使 조영화趙永和, 지례현감知禮縣監 정기화鄭夔和, 산청현감山淸縣監 이기李沂가 심문해야 할 사람들을 함께 세밀히 심문하니, "최복술은 경주 백성으로서 아이들에게 공부를 가르치는 것을 직업으로 삼아 왔습니다. 그런데 양학洋學이 나왔다는 말을 듣자 의관을 갖추고 행세하는 사람으로서 양학이 갑자기 퍼지는 것을 차마 보고 앉아 있을 수 없어서, 하늘을 공경하고 하늘에 순종하는 마음으로 '위천주고아정 영세불망만사의爲天主顧我情永世不忘萬事宜'라는 13자로 된 말을 지어서 동학東學이라고 불렀는데, 동쪽 나라의 학문이라는 뜻에서 취한 것입니다. 양학은 음陰이

---

[26] 『고종실록』 1권, 고종 1년 2월 29일 경자 4번째 기사 1864년 청 동치(同治) 3년 경상감사 서헌순이 경주의 동학의 정형을 보고한 것이다.

고, 동학은 양陽이기 때문에 양을 가지고 음을 억제할 목적에서 늘 외우고 읽고 하였습니다.

그의 아들이 간질병에 걸렸다가 이것을 외워서 저절로 완쾌되었고, 병이 있던 자는 그것이 풍병風病이든 간질병이든 관계없이 이것을 외우기만 하면 차도가 있었다고 합니다. 글씨를 좀 쓸 줄 알아 누가 혹시 써 달라고 할 때면 언제나 거북 귀龜 자와 용 용龍 자를 대수롭지 않게 생각하고 써 주었습니다. 병을 치료하려는 사람이 있는 경우에는 산속에 들어가서 제사를 지냈지만 소를 잡은 적은 없습니다. 잡병雜病을 앓는 사람들에게는 궁弓 자를 쓴 종이를 불에 태워 마시게 하면 이내 병이 나았습니다.

먼 데서나 가까운 데서 찾아오는 사람들을 부득이 만나 주었기 때문에 도당徒黨이라는 이름이 붙은 것이지, 붓을 잡고 귀신이 내리게 했거나 칼춤을 추면서 공중으로 솟아올랐거나 돈과 쌀을 토색질한 일은 애초에 없었습니다. 선생이니 제자니 하는 소리도 그가 자칭한 것이 아닙니다. 이것은 간악한 종교와는 달라서 애초에 숨기거나 속이지 않았습니다."라고 하였습니다.

은퇴한 아전인 이내겸은, "제 아버지의 병에는 약도 효력이 없기 때문에 최가를 찾아가 보았더니, 13자를 써 주면서 읽으라고 권하여 밤낮으로 외웠으나 병이 차도가 없기 때문에 그만 걷어치우고 그 자와의 관계를 끊어버리는 편지까지 썼습니다. 이른바 그 문서라는 것은 포덕문布德文과 수덕문修德文입니다.

그 주문呪文에 이르기를, '지극한 기운이 이제 이르렀으니, 원컨대 크게 내리소서(至氣今至願爲大降)'라고 하고, 또 이르기를, '천주天主께서 내 정성을 돌아보니 만사를 알게 한 은혜를 영원히 잊을 수 없다(爲天主顧我情永世不忘萬事知)'라고 하고, 검가劍歌에는 이르기를, '날이 시퍼런 용천검을 쓰지 않고 무엇하리(龍泉利劍不用何爲)?'라고 하는 것이 있습니다.

돼지고기, 국수, 떡, 과일을 가지고 산에 들어가서 하늘에 제사를 지낸 것은 병을 치료하자는 뜻에서 나온 것입니다. 최복술이 본래 글씨를 잘 쓴다는 소문이 있어서 거북 귀龜 자, 용 용龍 자, 구름 운雲 자, 상서로울 상祥 자, 의로울 의義 자 등의 글자를 써서 사람들에게 주었는데, 그러면 그 부형들이 약간의 돈이나 곡식으로 수고를 갚았을 뿐, 실제 토색질을 한 적은 없습니다."라고 하였습니다.

지상紙商 강원보姜元甫는, "저는 풍담風痰으로 집에서 앓고 있다가 그것을 외우기만 하면 다 빠졌던 머리털도 다시 나온다는 소문을 듣고 찾아갔습니다. 병이 나은 후로는 더 외울 맛이 없어서 그만두었습니다. 더 이상 말할 것이 없습니다."라고 하였습니다.

박응환朴應煥은, "제가 병 때문에 최가를 찾아갔더니 그가 말하기를, '정성스러운 마음으로 하늘을 공경하고 삼강오륜을 숭상하면 병도 나을 수 있다. 아침이 되면 수학受學하는 것이 좋겠다.'고 하였습니다. 각기 잠자리로 돌아가서 자던 중에 붙들려 왔으므로 다른 것은 더 말할 것이 없습니다."라고 하였습니다.

동몽童蒙 김의갑金義甲은, "저는 최복술과 같은 동리에 살고 있는데 어떻게 감히 실정을 속이겠습니까? 최복술의 아들 최인득崔仁得은 늘 나무칼을 가지고 뛰거나 춤을 추면서 '용천이검龍泉利劍'이라는 노래를 불렀기 때문에 미치광이로 알고 절대로 상종하지 않았습니다. 각종의 사람들이 모여드는 것이 적어도 30명 아래로 내려가지 않았는데, 뒷산에 올라가 하늘에 제사를 지내면서 병이 낫게 해주기를 빌었으나 끝내 효력이 없었기 때문에 대다수 등지고 가버렸습니다. 그리고 최가의 행동이 황당해서 밤에 어디를 가노라고 횃불을 찾으면 온 동리가 비웃고 꾸짖었습니다."라고 하였습니다.

이정화李正華는, "제가 고질병이 있어서 최가에게 가 보았더니 '위천주爲天主' 등의 13자를 가르쳐 주면서 그 운자韻字에 맞추어 부賦를 지으라고 하였습니다. 그래서 제가 지었더니 최복술이 썼습니다. 그날 밤에 함께 붙들렸습니다."라고 하였습니다.

동몽 최인득은, "제가 사실 칼춤을 추었지만 본심에서 한 짓이 아니라 미친병이 갑자기 발작해서였습니다. 나무칼을 들고 춤을 추기도 하고 노래를 부르기도 하였는데, 그 노래는 '때로구나 때로구나!'라고 하는 곡입니다. 이것을 익히기 위하여 먼저 하늘에 제사를 지냅니다."라고 하였습니다.

수운 선생의 두 번째 공초供招에, "제가 경신년(1860) 경에 듣건대, 양인이 먼저 중국을 점령하고 다음에 우리나라로 오면 그 변變을 장차 헤아릴 수 없다고 하기 때문에 13자로 된 주문을 지어 사람들을 가르쳐서 양인을 제어하기 위함입니다.

하늘에 제사를 지낸 것은 정성을 다하면 이롭지 않은 일이 없기 때문이었습니다. 양인의 책은 반드시 규를로 이름을 달았는데 그 글자는 '궁' 자의 밑에 두 점을 찍은 것입니다. 그것을 불태워 마셔서 액운을 없애자는 것이었습니다. 처음 그 공부를 시작할 때에 몸이 떨리면서 귀신을 접했습니다.

그런데 하루는 천신天神이 내려와 가르치기를, '요사이 바다 위에 배로 오고 가고 하는 것들은 모두 양인인데 칼춤이 아니고는 제어할 수 없을 것이다.'라고 하면서 검가劍歌 한 편을 주었습니다. 문文을 짓고 부賦를 지어 불렀는데 과연 그런 사실이 있었습니다. 그 외에는 더 말할 것이 없습니다."라고 하였습니다.

이내겸李乃兼의 두 번째 공초에, "최복술이 이른바 검가劍歌라고 하는 것은 '때로구나, 때로구나, 이야말로 내 때로구나. 날이 퍼런 용천이검龍天利劍을 쓰지 않고 무엇 하리! 만대에 한 번 태어난 장부요, 5만 년에 한 번 만난 때로구나. 날이 퍼런 용천검을 쓰지 않고 무엇 하리! 춤추는 소매에 긴 장삼을 떨쳐입고 이 칼, 저 칼 바로 잡고 호호 망망 넓은 천지에 한 몸을 기대고 서서 검가 한 곡조를 부르노라. 때로구나 때로구나 노래를 부르니 날이 퍼런 용천검이 해와 달에 번쩍이는구나. 늘어진 소매가 달린 장삼으로 우주를 덮으리. 예로부터 이름난 장수들 어디로 갔단 말인가? 장부가 앞에 나서니 장사도 소용없구나. 때로구나 때로구나, 좋구나, 이야말로 내 때로구나. 좋구나.'라는 것입니다.

이른바 약이라고 하는 것은 '궁弓' 자에서 그 글자 반쪽의 뜻을 취한 것으로서 종이 위에 둥그런 원을 그려놓고 종이의 가장자리에 '궁弓' 자 두 자를 써 넣은 것인데 해석하기를, '그 이름은 태극太極이라고도 하고, 또 궁궁弓弓이라고도 한다.'고 하였습니다. 이른바 크게 내린다는 내용을 담은 8자는 이것만 외우면 몸이 떨린다고 합니다. 들은 것을 다 고하였습니다."라고 하였습니다.

조상빈趙相彬은, "제가 최복술을 만나보니, '천신天神이 내려와서 분명히 나에게 가르치기를 금년 2월과 5월 사이에 양인이 의주義州로부터 들어올 것이라고 하였는데 내 통문通文을 가지고 일제히 따라가라. 이 춤을 익힌 자가 앞으로 나라를 보전하고 백성을 편안하게 하여 공을 세울 것이니, 내가 고관高官이 되면 너희들은 각기 다음 자리의 벼슬들을 하게 될 것이다.'라고 하였습니다."라고 하였습니다.

이정화李正華의 두 번째 공초에, "최복술이 제사를 지낼 때, 저는 귀신을 내리게 하는 글을 외우고 최복술은 칼을 휘둘렀습니다. 글씨를 잘 써서 병을 빨리 낫게 하였는데 '염병 귀신은 달아나고 학질 귀신은 사라져라.'는 주문이었습니다.

이른바 약이라고 하는 두 개의 궁弓 자를 혹 불태워 마시기도 하고, 혹 씹어서 삼키기도 하는데, 최복술이 그 뜻을 해석하기를, '옛날 임진년(1592)에는 이로움(利)이 송송松松에 있다고 하고 가가家家에 있다고 하였지만, 갑자년(1864)에는 이가 궁궁弓弓에 있기 때문에 궁 자를 불태워서 마시면 제어하기에 충분하다.'고 하였습니다."라고 하였습니다.

최복술의 세 번째 공초에, "양인이 나온다고 하는 것는 간사한 마귀에 속은 것이고, 갑자년(1864)에는 이로움(利)이 궁궁弓弓에 있다는 소리는 전해 내려오는 말입니다. 마귀라는 것이 분명히 와서 이르기를, '계해년(1863) 12월 19일에는 양인이 나올 것이고, 갑자년 1월에는 응당 들려오는 이야기가 있을 것이다. 계해년 10월에는 네가 하양 현감河陽縣監이 되고, 12월에는 이조 판서吏曹判書가 될 것이다.'라는 것이었습니다. 검무劍舞도 마귀가 시킨 노릇입니다. 글씨를 쓰는 것도 귀신을 접한 이후 더욱 기묘해져서 써 달라는 자가 많았기 때문에 종종 써 주었습니다. 하루에 몇백 리를 걷는다는 설에 대해서는 본래부터 걸음이 느려서 몇십 리만 걸어도 발이 부르틀 지경입니다. 가마를 타고 다닌다는 설은 과연 지난해에 신녕新寧과 영천永川 땅에 갔다 온 일이 있습니다. 일월산日月山에서 소동을 일으켰다는 설은 어떤 사람이 그 산에 들어가서 제사를 지냈다고들 하는데, 제가 들어갔던 것은 아닙니다. 더 아뢸 말이 없습니다."라고 하였습니다.

이내겸李乃兼의 세 번째 공초에, "일월산에 대한 설은 영양英陽과 진보眞寶에 사는 사람들이 산 밑에 임시 거처를 만들어 놓고 모여서 공부한 것이라고들 합니다. 최복술이 산에 들어갔다는 이야기는 듣지 못했습니다."라고 하였습니다.

동몽 성일규成一奎는, "제가 시험 삼아 검무劍舞를 배울 초기에는 몸이 떨리는 듯했으나 끝끝내 공중으로 솟아오르게 된 일은 없었습니다."라고 하였습니다.

수운 선생의 네 번째 공초에, "『옥편玉篇』과 같은 책에서 '규弓' 자를 도교道敎의 경서經書라고 해석하였으니, 서학西學도 도교의 경서와 같은 종류인 것 같습니다. 억측으로 생각건대, 이로움(利)이 궁궁에 있다고 한 것은 '규弓' 자 밑의 두 개의 점이 바로 궁궁이 되는 것을 취한 것 같습니다.

계해년(1863) 12월 19일이라는 기한이 되었는데도 아무런 소식이 없기 때문에 학도들이 사실이 아닌 것으로 여길까 봐 다시 갑자년(1864) 10월 11일 운운하였습니다. 만약에 이 달도 그냥 지나면 다시는 공부를 하지 말자는 뜻으로 서로 약속을 하였습니다. 돈이요, 양곡이요, 갑옷이요, 병기요 하는 등의 문제에 대해서는 서양 도적이 나오더라도 주문과 칼춤으로 도적을 막을 것이고, 하늘 귀신의 도움을 받을 것이니 무슨 준비가 필요하겠습니까?"라고 하였습니다.

강원보姜元甫의 두 번째 공초에, "최복술이, '이 도적들은 불로 하는 공격을 잘하므로 무력으로 막을 바가 아니다. 오직 동학이라야 그 무리를 모두 섬멸할 수 있다.'라고 하였으며, 또 '양인이 일본에 들어가서 천주당天主堂을 세웠고, 우리 동방에 와서 또 그런 것을 세우려고 하지만 내가 응당 소멸할 것이다.'라는 것이었습니다."라고 하였습니다.

이정화李正華의 두 번째 공초에, "최가가 말하기를, '나무의 날카로움이 쇠보다도 더하면 양인들의 눈이 현혹하여 보검寶劍인 줄 알게 되므로 제아무리 든든한 갑옷과 날카로운 무기를 가졌더라도 감히 우리에게 접근하지 못할 것이다.'라고 하였습니다. 그리고 최가와 가장 친밀한 사람들로서 수제자首弟子라는 자들은, 곧 최자원崔自元, 강원보姜元甫, 백원수白源洙, 최신오崔愼五, 최경오崔景五 등입니다."라고 하였습니다.

백원수白源洙는, "저의 집의 고노雇奴인 김인찬金仁贊이 동학 주문을 외우던 끝에 갑자기 광기狂氣가 발작하여 아들 김용성金龍成과 함께 귀신이 내렸다고 합니다. 그러면서 붓을 들어 큰 글씨로 '김인찬은 대장大將이 되고, 김용성은 중군中軍이 되고, 강원보姜元甫는 훈도訓導가 될 것이다.'라고 썼습니다. 그래서 그 고노를 곧 내쫓았습니다."라고 하였습니다.

모두 대질하고 공초를 받아 이번에 요사스러운 공부를 하고 있는 무리들을 철저히 구핵究覈하였습니다. 최복술은 본래 요사한 부류로서 감히 황당한 술책을 품고 주문이란 것을 꾸며내어 요망스러운 말로 선동하였습니다. 위천주爲天主라는 설에서는 서학西學을 배척한다고 하였지만, 도리어 사학邪學의 포덕문布德文을 답습하였고, 고의적으로 거짓말을 꾸며 은밀히 나쁜 마음을 실현해 보고자 하였습니다.

'궁弓' 자 약은 비방에서 나왔다고 하였고, 검무劍舞를 추면서 흉악한 노래를 퍼뜨렸으며 평온한 세상에 난亂을 생각하고, 은밀히 도당徒黨을 모았으며 걸핏하면 귀신이 가르친 것이라고 하였습니다. 그 술법은 바로 한漢 나라 때 누런 두건을 쓴 도적들과 같은 것이고, 누구에게나 돈과 곡식을 가져다 바치게 하였으니 그 무리는 바로 한 나라 때 미적米賊과 같은 것입니다. 법이 더없이 엄한 이상 조금도 용서할 수 없습니다.

강원보姜元甫 등은 용서받지 못할 죄를 범하였고, 정석교丁錫敎 등도 엄하게 감처勘處해야 할 것입니다. 전석문田錫文 등은 모두 범죄의 실제 증거가 없으니 응당 참작해 주어야 할 것입니다. 다행히도 괴수가 체포되는 바람에 진상이 속속들이 다 드러났으므로 열거하여 등문登聞하고 공손히 처결을 기다립니다. 장경서張敬瑞 등도 엄히 신칙하여 감시하고 염탐하도록 하였습니다."

이렇게 상세한 보고에 전교가 내려졌다. 대왕대비의 전교는 다음과 같다.

이단異端의 사설邪說이 사람들의 마음을 잘못된 길로 빠져들게 하고 있으니 실로 교화가 밝지 못함을 탄식하게 된다. 이번 경상도 옥에 갇힌 여러 죄수로 말한다면, 지극히 어리석고 지극히 우둔하여 더 말할 여지조차 없고, 이단이란 죄목도 과분하다. '죄를 다스리는 데만 치우치지 말고 불쌍히 여기라.'는 훈계는 바로 이런 무리를 염두에 둔 것이지만, 미쳐서 몰려다닌 행적에 대해서는 뭇사람을 각성시키기 위한 조치가 없어서는 안 될 것이다. 영백嶺伯이 사계查啓한 내용을 묘당廟堂에서 품처稟處하게 하라.[27]

수운,
온갖 고문과 악형, 조작된 심문 내용,
사술의 주문, 반역의 검무, 서학으로 모함,
제자들이 고문에 견디지 못해 허위자백,
사람이 하늘이거늘 어찌 하늘을 고문하는가.
하늘은 거짓말을 하지 않는다.
"나는 죽음으로서 영원히 살 것이다."

심문관이 묻기를, "최복술의 사술과 역모 죄는 백일하에 드러났다. 반란을 일으키기 위해 양곡과 무기는 어디에 숨겼느냐? 이제 모든 사실을 고하고 죄를 인정하라." 하였다. 이에 수운 선생은, '나는 잘못한 것도 죄도 없

---

27 『고종실록』 5책 1권 37장 B면[국편영인본] 1책 139면 [분류] 사상-동학(東學) / 사법-치안(治安)

소이다. 내가 주창하는 것은 백성들을 지키기 위한 '보국안민, 척양척왜'와 지상천국을 위한 '포덕천하, 광제창생'의 도의를 펼치는 것이외다."하였다. 이에 "저놈의 입을 막아라!" 하며 고함을 지르자, 교졸이 인정사정없이 달려들어 매질을 가하였다.

　순간 천둥 벼락 소리, 즉 우렛소리가 났다. 당상의 경상감사를 비롯한 목사, 현감 등의 입회한 관리는 물론 당하의 모든 사람들이 깜짝 놀라 바닥에 엎드렸다. 경상감사 서헌순이 겨우 정신을 수습하여, "어디서 나는 소리이기에 어찌 그리 큰가?" 하니, 교졸이 고해 말하기를, "죄인의 넓적다리가 부러졌습니다." 하므로 즉시 심문을 멈추고 형리에게 하옥하도록 했다. 그리고 수운 선생의 제자들이 다시 심문을 받기 시작했다.

　이때도 기록된 공술서는 수운 선생의 정론이 하나도 반영되지 않았다. 사술과 무속은 물론 광신도 집단으로 왜곡하여 공술을 기록하였다.

　그리고 반역의 혐의를 씌우기 위해 식량과 병장기, 군대 편성 등에 대해서도 캐물은 것을 볼 수 있다. 또한, 사설邪說을 퍼트렸다는 혐의를 더하기 위하여 천신, 즉 귀신이 강림하여 '서양인이 침범해 온다.'느니, '공을 세워 고관이 된다.'느니 하는 내용이 많다. 그러나 동학의 중요 가르침인 동경대전과 용담유사 등 경전에 대해서는 일절 묻지 않고 간간이 제자들의 진술 내용을 악용하여 기록하였다.

　특히 동학의 핵심이라는 주문呪文에 대해서도 수운 선생이 지은 『동경대전』 「논학문(동학론)」에 자세히 설명한 것은 하나도 거론하지 않고 도술, 즉 사술을 부리는 주문처럼 묘사한 것을 볼 수 있다. 이날 마지막 심문이 끝나고 해가 저물자 곽덕원 도인이 밥상을 들고 찾아가 수운 선생의 모습을 뵙고 눈물을 하염없이 흘렸다. 수운 선생은 곽덕원에게 두 가지 심부름을 부탁한다. 하나는 해월이 붙잡히지 않도록 멀리 도망가라고 당부하는 것이요, 하나는 시 한 수를 전하라는 것이었다.

수운 선생이 곽 도인에게, "최경상(최시형, 해월 선생)은 지금 대구 성 안에 있는가? 곧 병사들이 잡으러 갈 것이니 '높이 날고, 멀리 뛰어라(高飛遠走)'고 전하라. 만약 잡히면 동학의 미래가 위태롭게 된다. 나의 이 말을 꼭 전해야 한다."라고 당부하였다.

곽덕원은 "해월 선생은 이미 떠났습니다. 차후 뵙게 되면 반드시 전하겠습니다."라고 하였다. 이에 수운 선생은 시 한 수를 읊으며, 이 시를 반드시 해월에게 전하라고 하였다.

수운 선생이 후계자 해월 선생에게 남긴 마지막 명교는 멀리 도망가라는 뜻도 있지만, '천도 동학의 뜻을 더욱 고양하고, 멀리까지 전파하라.'는 의미로 해석할 수 있다.

"고비원주高飛遠走"

또 수운 선생의 최후 유시遺詩는 자신의 무죄를 강조하며, 순도로써 정신적인 힘이 되어 천도 동학을 마른 기둥처럼 영원히 떠받치겠다는 뜻이 담겨 있다.

    등불이 물 위에 빛나니 전혀 틈새가 없고
    기둥이 마른 것 같으나 힘은 남아 있도다.
    燈明水上無嫌隙 柱似枯形力有餘

1864년 3월 2일 의정부에서 최제우 사형을 결정한 내용을 살펴보자.

『고종실록』 1권, 고종 1년 3월 2일 임인 1번째 기사 1864년 청 동치同治[28] 3년 동학 두목 최복술을 참형에 처하다.

의정부議政府에서 아뢰기를, "이번에 동학東學이라고 일컫는 것은 서양의 사술邪術을 전부 답습하고 특별히 명목만 바꿔서 어리석은 사람들을 현혹하게 하는 것뿐입니다. 만약 조기에 천토天討[29]를 행하여 나라의 법으로 처결하지 않는다면 결국에 중국의 황건적黃巾賊이나 백련교白蓮敎라는 도적들처럼 되지 않을는지 어떻게 알겠습니까?

대왕대비大王大妃의 자세한 전교는 간악한 것을 밝혀내고 요사스러운 것을 들추어내어, 그 죄상을 낱낱이 밝히면서도 죄지은 자를 가엾게 여겨 보살펴주는 뜻을 베푼 것이므로 참으로 엄숙하게 여기고 우러르는 마음을 금치 못하겠습니다.

그러나 조사한 문건에서 단정한 내용을 가지고 미루어 보건대, 최복술崔福述이 그들의 두목이라는 것은 자기 자백과 사실 조사를 통한 단안斷案[30]이 있으니 해당 도신道臣[31]에게 군사와 백성들을 많이 모아놓은 가운데 효수梟首[32]하여 뭇사람들을 경각시킬 것입니다. 그리고 강원보姜元甫 등 12명은 분등分等하여 형배刑配하고, 그 나머지의 여러 죄수들은 도신에게 등급을 분등하고 참작하여 처리하게 할 것입니다.

---

28 동치(同治). 중국 청나라 목종이 임금의 자리에 있을 때 붙인 연호이다.
29 천토(天討). 하늘이 악인을 친다는 뜻으로, 덕이 있는 사람이 하늘을 대신하여 악한 자들을 쳐서 없앰을 이르는 말이다. 여기서는 도둑이 도리어 매를 든다는 뜻인 적반하장(賊反荷杖)이라고 아니 말할 수 없다.
30 단안(斷案). 어떤 일에 대한 생각을 분명히 결정함을 이른다.
31 도신(道臣). 조선 시대, 각 도의 으뜸 벼슬이었던 관찰사 즉 감사·도백을 달리 이르던 말이다.
32 효수(梟首). 죄인의 목을 베어 높은 곳에 매달아 놓는 형벌인 극형을 이르던 말이다.

이 자들은 서로 물들여 도당徒黨을 이룬 죄로 조율照律하면 처음부터 피차彼此[33]와 천심淺深[34]의 구별이 없으니, 전부 처분을 내린다고 해도 아까울 것이 없지만 생명을 소중히 여기는 대왕대비의 덕을 받들어 억지로 차등을 두었습니다. 정학正學[35]이 밝아지지 못하고 사설邪說[36]이 횡행하므로 혼란을 좋아하고 재화災禍[37]를 즐기는 무리들이 거짓말과 헛소문을 퍼뜨려 점점 젖어들고 익숙하게 하여 결국 이 지경에까지 이르렀습니다.

경상도慶尙道는 우리나라에서 노魯[38] 나라나 추鄒[39] 나라와 같이 음악 소리와 글 읽는 소리가 그치지 않던 고장이었으나, 이런 일종의 요사스러운 무리들이 나타나서 많은 도당을 집결하기에 이르렀습니다. 이야말로 음陰과 양陽[40]이 사라지고 자라나는 기회와 같은 것입니다. 삼가 등대登對[41]한 자리에서 따로 진달하려고 합니다만, 먼저 이런 내용으로 행회行會[42]하는 것이 어떻겠습니까?" 하니, 윤허하였다.[43]

---

33 피차(彼此). 상호 또는 쌍방.
34 천심(淺深). 얕음과 깊음.
35 정학(正學). 바르고 정당한 학문을 말한다. 여기서는 유학(성리학)을 말한다.
36 사설(邪說). 그릇되고 바르지 않은 말이다. 여기서는 동학을 비꼬아서 하는 말한다.
37 재화(災禍). 재앙과 화난을 아울러 이르는 말이다. 여기서는 동학이 재앙과 화난을 일으키는 무리들이란 말이다.
38 노(魯). 나라 이름. 주공(周公) 단(旦)을 봉한 곳. 산동성(山東省)에 있었으며, 공자(孔子)의 출생지로 알려졌다.
39 추(鄒). 나라 이름. 주(周)대의 나라 또는 고을 이름. 지금의 산동성(山東省) 추현(鄒縣) 동남쪽의 주성(邾城)에 있었다.
40 음·양(陰陽). 우주 만물을 만들어 내는 상반된 성질의 두 가지 기운을 말한다.
41 등대(登對). 어전에 나가 임금을 직접 대하는 것을 말한다.
42 행회(行會). 조정의 지시를 관청의 장이 부하들에게 알리고, 그 시행 방법을 의논하기 위하여 모이는 일이나 그런 모임을 이르던 말이다.
43 【원본】 5책 1권 41장 A면【국편영인본】 1책 141면【분류】 사상-동학(東學) / 사법-행형(行刑) / 왕실-비빈(妃嬪)

수운 선생을 죽음으로 몰고 간다.

수단과 방법을 가리지 않는 조작과 날조에 맞서

성인의 초연함에 삼가 머리가 숙여진다.

그래서 선생을 가리켜 대선생, 대신사, 대성인

수운천사天師라 새기는 것이다.

도탄에 빠진 세상 건지려 했건만

경상감사 서헌순은 수운 선생 등에 대하여 그 전말을 엄격히 심문하여 밝혔다는 것을 조선 정부에 보고하였다. 공술 보고서의 주요 내용은 역시 동학의 경전은 물론 주요 사상 그리고 수운 선생과 도인들의 활동까지 완전 날조하여 조작한 내용으로 결론지었다. 심문 과정은 이미 밝혔으므로, 심문의 결론에 대한 의견서와 대왕대비의 지시를 소개한다. 내용은 다음과 같다.

> 이번에 요사스러운 공부를 하고 있는 무리들을 철저히 심문하니 최복술(제우)은 본래 되지 못한 인간으로서 감히 황당한 술책을 품고 주문이란 것을 꾸며내어 요망스러운 소리를 선동하였습니다. 위천주爲天主라는 설에서는 서학을 배척한다고 하였지만 도리어 간사한 서학을 포덕문에 답습하였고 고의적으로 거짓말을 꾸며 은밀히 나쁜 마음을 실현해보고자 하였습니다. '궁' 자 약은 비방에서 나왔다고 하였고 검무를 추면서 흉악한 노래를 퍼뜨렸으며 평온한 세상을 어지럽힐 것을 생각하고 은밀히 도당을 모았으며 걸핏하면 귀신이 가르친 것이라고 하였습니다. 그 술법은 바로 한나라 때 누른 두건을 쓴 도적들인 황건적과 같은 것입니다.

수운 최제우 대신사의 마지막 모습

수운 최제우 선생은 갑자(1864)년 3월 10일(양 4.15) 하오 2시 무렵, 대구 관덕당(아미산 동쪽) 뜰에서 참형으로 순도하였다. 수운 선생이 참형이 집행되기 전 목에 큰 칼을 차고 청수를 봉전하고, 지극한 마음으로 심고를 하고 계신다. 그림에 글은 마지막 유시로 '등불이 물위에 밝게 비추이니 그 아무런 한 틈은 찾을 수 없고 기둥은 비록 마른 나무의 모양을 띄고 있으나 그 힘은 남음이 있도다'로 새겨져 있다.

또한, 누구에게나 돈과 곡식을 가져다 바치게 하였으니 그 무리는 바로 한 나라 때 미적米賊과 같은 것입니다. 법이 더없이 엄한 이상 조금도 용서할 수 없습니다.

강원보姜元甫 등은 용서받지 못할 죄를 범하였고 정석교丁錫敎 등도 엄중하게 처결해야 할 것입니다. 전석문田錫文 등은 모두 범죄의 실제적인 증거가 없으니 응당 참작해 주어야할 것입니다. 다행히도 괴수가 체포되는 바람에 진상이 속속들이 다 드러났으므로 열거하여 보고하면서 공손히 처결을 기다립니다.

장경서張敬瑞 등에게 엄격하게 감시도 하고 염탐도 하라고 신칙하였습니다.

조선 왕조는 2월 29일에 서헌순의 장계에 대해 다음과 같은 처결의 방향을 하달하였다.

대왕대비가 지시하기를, "이단의 요사스러운 소리가 사람들의 마음을 물들이고 있으니 실로 교화가 밝지 못했음을 탄식하게 된다. 이번 경상도 옥에 갇힌 여러 죄수로 말한다면 지극히 어리석고 지극히 우둔하여 더 말할 여지조차 없고 이단이란 지목도 과분하다. '죄를 다스리는 데만 치우치지 말고 불쌍히 여기라.'는 훈계는 바로 이런 무리를 염두에 둔 것이지만 미쳐서 몰려다닌 점은 뭇사람을 각성시키기 위한 조치가 없어서는 안 될 것이다. 경상감사의 심문 보고에 대해서는 묘당廟堂에서 제의하여 처결하게 할 것이다."라고 하였다.

수운,
얼마나 억울하셨을까!

수운 선생을 심문조사 보고한 이들이나
대왕대비의 지시나, 백성들이 바라보는 시선은
정반대로 보면 된다.
참으로 어리석은 사람들이었다.
옛말에 성인을 죽이면 나라가 망할 징조라고 하였다.

7. 거룩한 이의 죽음

참형에 처하라

3월 2일(음) 조선 왕조는 결국 수운 선생을 참수斬首[1]하고, 그 밖의 동학도인들을 정배와 유배를 보내라는 엄명을 내렸다. 수운 선생은 황당한 술책을 품고 주문이란 것을 꾸며내어 요망스러운 소리를 선동한 것으로, 동학은 서학을 답습하여 거짓말과 나쁜 마음을 실현하려는 집단으로 조작하였다. 또한, 한나라 때 황건적에 비유하였고 쌀이나 훔치는 좀도둑의 미적米賊으로 왜곡하여 결론지었다. 유학의 이단이라는 미명 아래 자신들의 기득권을 지키려는 거대한 음모는 동학의 상징인 수운 선생을 처형하기로 한다.

조선 정부는 결심 공판과 최종 판결을 통하여 다음과 같이 결정하였다.

> 의정부議政府에서 제의하였다. "지금 이 동학이란 명색은 서양에서 하는 놀음을 그대로 본따서 그저 명칭만 달리하고 어리석은 사람들을 현혹하게 하는 것뿐입니다. 만약 진작 천벌이 떨어지게 하여 나라의 법으로 처결해 버리지 않는다면 결국 중국의 황건적이나 백련교白蓮敎라는 도적들처럼 되지 않을는지 어떻게 알겠습니까?"

---

1 참수(斬首). 목을 베는 형벌을 말한다.

대왕대비의 지시는 간악한 것을 밝혀내고 요사스러운 것을 들추어내어 그 죄상을 낱낱이 밝히면서도 죄 지은 자를 가엾게 여겨 보살펴주는 뜻을 베푼 것이므로 참으로 엄숙하게 여기고 우러러 받들기를 마지않았습니다. 그러나 심문 문건에서 단정한 내용을 가지고 미루어 보건대 최복술(제우)이 그들의 두목이라는 것은 자기 자백과 사실을 조사한 것을 통해서 명백해졌으니 그에 해당되는 형벌을 내려야 할 것입니다.

그러니 해당 도의 감사에게 군사와 백성들을 많이 모아놓은 가운데서 효수梟首하여 뭇사람들을 각성시키게 할 것입니다.

그리고 강원보姜元甫 등 12명은 등급을 나누어 형벌을 가한 다음에 귀양을 보내게 할 것입니다. 그 나머지 여러 죄수는 감사에게 등급을 나누어 참작한 다음 처결하게 할 것입니다. 이 자들은 서로 모두가 물들었기 때문에 도당을 이룬 죄로 따진다면 원래 이 사람 저 사람 구별을 두지 않고 전부 처분을 내린다고 해도 아까울 것이 없지만 생명을 소중히 여기는 대왕대비의 덕을 받들어 억지로 차등을 두었습니다.

정당한 학문이 밝아지지 못하고 요사스러운 설이 마구 유포된 결과 화란을 즐기는 무리들이 거짓말과 헛소문을 퍼뜨려 그만 귀에 젖고 눈에 익어서 마침내는 이런 지경에까지 이르렀습니다.

경상도는 우리나라에서 노魯나라나 추鄒나라와 같이 음악 소리와 글 읽는 소리가 그치지 않던 고장이더니 이런 요사스러운 무리들이 나타나서 많은 도당을 집결하기에 이르렀습니다. 삼가 접견을 받는 자리에서 따로 진술하려고 합니다만 먼저 이런 내용으로 공문을 띄우는 것이 어떻겠습니까?

3월 2일, 조선 왕조는 결국 수운 선생에게 참수형斬首刑의 판결을 내리고 동학도인들을 정배와 유배 보내라는 엄명을 내렸다. '최복술崔福述'은 황당한 술책을 품고 주문이란 것을 꾸며내어 요망스러운 소리를 선동하였으며, 동학은 서학을 답습하여 거짓말과 나쁜 마음을 실현하려는 집단으로 조작하였다. 또한, 한漢나라 때 황건적에 비유하였고, 쌀이나 훔치는 좀도둑인 미적米賊으로 왜곡한다. 백사길, 강원보, 이내겸, 최병철, 이경화, 성일구, 조상빈 형제, 박명중 숙질, 신령인 정생 등은 유배되었고, 그 밖에 이민순, 박춘화는 방면되었으며 혹독한 고문으로 박생, 박명여는 감옥에서 죽었다. 다행히 박씨 부인과 큰아들 세정은 무죄 방면되었다.

수운 선생은 갑자년(1864) 3월 10일(양 4.15) 하오 2시 무렵, 대구 관덕당(아미산 동쪽) 뜰에서 참형으로 순도하였다. 이단의 동학으로 백성을 속이고 세상을 어지럽혔다는 좌도난정左道亂正의 죄목과 서양의 요사한 가르침을 그대로 옮겨 이름만 바꾼 사술이며 서학과 다를 것이 없다는 죄목을 뒤집어 씌워 참형으로 처형한 것이다. 수운 선생의 시신은 관덕당에 방치되었고 머리 부분만 남문 밖 길가에 3일간이나 걸어두었다.

수운 선생의 참형을 집행한 사흘 후 순찰사는 수운 선생의 처자, 즉 박씨 부인과 큰아들 세정을 불러 시신을 거두도록 한다. 이때 염습을 한 사람은 김경숙, 김경필, 정용서, 곽덕원, 임익서, 김덕원 등이다. 수운 선생이 참형을 당한 대구 장대는 지금의 대구시 중구 덕산동 일대로, 백화점 건물이 들어서 있는 번화한 곳이다.

조선 정부는 수운 선생을 참형하였으나 후계자 해월 선생을 체포하지 못한 것이 큰 걱정거리였다. 그래서 감시망을 확대하고 추적하는 데 심혈을 기울였다. 해월 선생은 1월 20일 관이 자신을 체포하려 한다는 말을 전해 듣고 젊은 도인 김춘발과 같이 대구성을 빠져나와 안동 쪽으로 숨어들어 동학의 재건을 준비한다.

아아, 용담정이여, 과연 평지가 되었구나. 오호 수운 선생의 부인이여, 자식이여, 하늘조차 상심의 빛을 띠었구나. 아아, 용추의 맑은 못과 보계(용처골)는 눈물 흐르는 것 같이 소리 내어 흐르는구나. 선생의 부인과 자녀는 어느 곳에서 살아야 하는가. 아침저녁으로 탄식하고 울며, 몸을 의탁할 곳이 없어, 애처로운 저 어미와 아들은 서로 손을 잡고 돌아갈 뿐이다. 쑥같이 헝클어진 머리로 혹은 앞에 서고 혹은 뒤에 서서, 섬약한 아이와 여자가 울며, 슬퍼하며 함씨의 집에 머물렀다.(『도원기서』)

수운,
그 천명, 그 운명 앞에 거룩한 죽음을 맞이했다.
백색 피가 치솟은 이차돈, 씀바귀 꽃대가 바람에 꺾였다.
검붉은 십자가에 못 박힌 예수, 사이프러스 나뭇잎이 떨어졌다.
하늘이 흰색으로 돌변하고 천둥에 황토가 타오른다.
수운의 순도, 초록빛 회화나무가
울음을 토해내며 서럽게 떨고 있었다.
저들은 수운을 죽이면 동학은 뿌리째 뽑혀
소생이 불가능한 세상에서 사라질 것이라 믿었을 것이다.
그런데 다시 동학의 깃발은 세상을 뒤덮고
주문 소리는 천지를 진동케 하였다.
동학, 대개벽, 대혁명, 대전쟁의 태풍이 되어
수운의 이름으로 우주의 떨림으로
모두가 하늘이라는 이름으로
역사의 고비마다 다시 또다시 등장한다.

쌍무지개가 하늘로 이어지고

수운 선생의 큰아들 세정이 3월 13일 김경필, 김경숙, 김덕원과 함께 관을 옮기려 하는데, "슬프구나 슬프구나, 이 지경을 어찌 말로 하겠는가?" 하며 모두 울면서 곡을 하였다. 관덕당을 출발하여 자인현 서쪽 뒤 연못가 주점에 이르니, 날이 뉘엿뉘엿 저물어 가고 있었다.

주막집 주인에게 하루를 묵어가기를 청하였다. 세정으로부터 사정을 들은 주인은 수운 선생의 순도 사실을 알고 몹시 비통해하면서 기꺼이 방을 내주었다. 방 가운데에 시신을 들게 하고, 다른 행객은 한 명도 받지 않았다.

그런데 그날 밤, 문득 시체에 따뜻한 기운이 있어, 혹시 요행히도 회생하실까 싶어, 사흘 동안 영험이 있기를 기다리면서, 시신을 지키며 머물렀다고 한다. 쌍무지개가 연못에서 일어나 하늘로 이어졌다. 하늘에 구름과 안개가 일어 연못을 둘러싸고 또 집을 둘러싸, 오색영롱함이 사흘이나 가리고 있었다. 그때 사흘간 비가 왔다가 그치고 또 비가 오는 것을 반복하며 영롱한 무지개가 나타나곤 하였다. 결국 사흘째 되는 날 수운 선생께서 상천上天, 즉 신선으로 화하니 구름과 무지개가 걷히고, 그 후 시신에서 냄새가 나기 시작하여 다시 염습을 하였다.

다음 날 길을 떠나 약 90리 길을 걸어 16일 늦은 밤 용담에 이르러 17일 새벽, 수운 선생의 양사위 정울산, 조카 세조, 해월의 매부 임익서 등이 인계받아 구미산 줄기 끝자락에 있는 대릿골 밭머리에(용담 서쪽 언덕)에 안장하였다. 표영삼 선생의 기록에 의하면(천도교회월보, 시천교종역사), 이 대릿골은 현재 수운 선생의 태묘로 올라가는 중간 지점 오른쪽 아래에 있다고 한다. 수운 선생의 유해는 44년간 이곳에 모셨다가 1907년 10월 17일에, 가정리 산 75번지로 이장되었다.

> 수운, 거룩한 이의 죽음
> 그의 죽음은 또 다른 탄생이다.
> 수많은 민초로 태어나고
> 억눌리고 버림받은 힘없는 사람들의
> 스승으로 태어나 길을 내어주고
> 희망을 제시할 것이다.

순도는 새로운 시작

수운 선생이 순도한 지 정확히 7년 후 그날, 1871년 3월 10일 이필제의 난으로 알려진 최초의 영해교조신원운동이 거세게 일어난다. 이후 동학은 다시 풍비박산風飛雹散이 나지만, 다시 그로부터 20여 년에 걸쳐 세를 회복하여 전국에 그 세를 확장한다.

수운 선생이 순도한 지 28년 후 1892년 10월 공주집회에서 충청감사에게, 11월 삼례집회에서 전라감사에게 수운 선생의 억울한 죽음을 풀어달라는 교조신원운동을 전개하면서 신앙의 자유인 동학 공인 운동을 벌였다. 또한 29년 후 1893년 수운 선생이 순도한 3월의 때에 맞춰 서울 광화문 복합상소를 통해 임금에게 직접 신원과 동학의 공인을 요구하였다. 복합상소에 이어 같은 3월에 보은 장내리에 무려 3만여 명의 동학도인들이 모여 수운 선생의 신원(伸寃; 원통함을 해소함)과 동학의 공인을 요구하는 것을 넘어 사회개혁과 정치개혁을 요구하였다.

특히 같은 시기 3월에 금구 원평의 교조신원을 위한 집회에서는 사회,

정치개혁은 물론 '척왜양창의'라는 깃발을 올리고 반봉건 반외세 운동으로서 갑오년 동학농민혁명으로 연결되는 중요한 계기가 되었다는 것은 이미 알려진 사실이다.

순도 30년 후, 1894년 동학농민혁명은 30년 전 수운 선생이 대구의 경상감영에서 악형의 고문을 받다가 넓적다리가 부러지며, 벼락을 치는 소리에 모든 관리가 놀래자빠졌다는 그 1월에, 고부봉기를 시작으로 혁명의 서막을 열게 된다.

특히 수운 선생이 조선 왕조의 칼날에 목이 떨어진 그 참형의 30년 후 혁명의 본격 출발을 선언한 대규모 봉기인 무장기포와 혁명군의 명분과 조직을 완비하여 전봉준 접주를 대장으로 추대하였던 백산대회가 모두 3월에 기포한 것은 수운 선생의 순도인 3월과의 관계에서 결코 우연이 아니라는 것을 짐작할 수 있다. 이렇듯 순도는 동학의 끝이 아니라, 동학농민혁명으로 연결되는 새로운 시작이었다.

> *수운의 순도는 새로움의 시작,*
> *개벽군으로, 동학농민군으로, 항일의병으로,*
> *통일선봉대로, 끝없이 다시 태어나*
> *한 명의 죽음이 아니라 의로운 깃발을 드는*
> *수많은 이들의 마음과 몸속에서*
> *영원의 부활을 거듭할 것이다.*

수운 선생에 대한 생생한 증언

수운 선생의 평소 모습을 생생하게 증언한 기록이 있다. 동학 연구가요,

천도교 이론가인 소춘 김기전이 남긴 것이다. 김기전은 1927년 7월 17일, 수운 선생을 친히 모셨던 수양녀인 주씨를 찾아가 일문일답 형식으로 스승의 모습은 물론 생활태도나 평소 언행 등에 대해 자세히 기록하여, 1927년 8월 『신인간』 통권 15호에 발표하였다.

당시 주씨 할머니는 81세로 귀와 눈이 어두운 상태였으나, 김기전의 적극적인 노력으로 수운의 평소 모습과 언행에 관한 생생한 기록을 남길 수 있었다. 이에 상당한 분량의 전체 내용보다는 김기전이 한 시간 이상 기록한 것 중 직접 간추려 요약한 여섯 개의 내용에 현대 용어를 첨가하고 약간의 설명을 붙여 여기에 싣는다.

1. 수운 선생의 모습은 우리가 평소 듣던 바와 같이 중간 키에 눈이 무섭게 빛나고 코끝이 높고 분명하며, 쳐다보기에 누구나 전율을 느꼈다는 것(수운 선생의 체구와 눈빛에 대한 확실한 증언이라 생각함).

2. 평상시에 잔소리는 물론 항상 말이 없는 편이고, 사람과 물건을 대할 때 정중하여 집안의 어린아이라 할지라도 매로 때리거나 꾸지람을 하는 일은 거의 없었다는 것(수운 선생의 과묵한 언행과 해월 선생의 그 유명한 대인접물(待人接物)의 법설이 수운 선생의 가르침에 의한 것임을 알 수 있다).

3. 평소 대부분 어디에 나가 계시고 집에 있지를 않았으며, 집에 계실 때에는 무슨 책을 그렇게 보시는지 낮이고 밤이고 늘 책을 보고 계셨다는 것(수운 선생께서 관의 지목과 탄압으로 거의 집에 안 계셨다는 것과 득도 전후에 무수히 한울님께 절을 하며 기원하였다는 증언도 전해오나, 득도 초기를 벗어나면서 기도는 심고로 전환되었다는 것을 알 수 있다).

4. 경신(1860) 4월 득도 후, 부인의 반대가 심했다고 한다. 부인께서는 마지막이라며 자주 용담의 물에 빠져 죽으려고 달려가곤 했는데, 수운 선생께서

누가 하늘을 보았다 하는가
'누가 하늘을 보았다 하는가. 누가 구름 한 송이 없이 맑은 하늘을 보았다 하는가' 갑오년 일본군 침략에 맞선 동학의병들의 처절한 항쟁을 대변해 주는 판화이다.

친히 붙들어 말리며 설득했다. 그러나 약 한 달 후에는 그렇게 싫어하며 몸부림치던 부인이 그만 풀솜이 되어 수운 선생에게 절대 귀복되었다. 그 후 사방에서 손님이 밤낮으로 용담에 오시어 부인과 주씨는 손님 밥 짓기에 손목이 빠지는 듯하였으나, 부인은 불평하지 않고 따랐다는 것(수운 선생이 자신의 부인을 설득하여 제일 먼저 입도시키고, 본격 포덕에 나섰다는 점이 사실로 증명됨).

5. 수운 선생께서 양녀인 주씨에게 늘 '글을 배워라.' 하신 것을 글이 어려워 피했더니 지금은 후회가 된다는 것(수운 선생께서는 신분과 남녀를 가리지 않고 글공부를 시키려 하였다는 것으로 이해됨).

6. 그 어른(아버님)께서 한 번 가신 후 다시는 그 어른 비슷한 사람을 대할 수가 없다는 것(수운 선생처럼 잘생긴 사람을 볼 수 없었다는 말이며, 또한 인격으로도 그 누구와 비교할 수 없었던 존경과 그리움의 표현임).

수운 선생의 수양녀 주씨는 수운 선생의 순도 후 역시 쫓기는 몸이 되어 온갖 고생을 하다가 말년에 수운 선생의 고향인 마룡동 근처에서 조용히 살았다고 전해지고 있다.

    수운 님의 눈빛에서 공자님의 인격과 학문을,
    수운 님의 언행에서 예수님의 사랑과 희생을,
    수운 님의 진리에서 부처님의 자비와 대각을,
    수운 님의 개벽에서 마호멧 님 계시와 평화를…
    아, 위대하고 거룩하여라!
    보통 사람들의 지극한 평범함을,
    사람이 하늘이라는, 사람 섬기기를 하늘과 같이 하라는,
    만물이 하늘이라는, 만물 대하기를 하늘과 같이 하라는,

모두가 하늘이었다는, 수운과 함께하는 사람들은
수운과 같이 사는 자연만물은 모두가 하늘이었다.
다 같이 하늘이었다.

수운 선생의 일대기를 마치면서

끝으로 성공자거成功者去의 길을 가신 수운 선생의 심정을 조금이나마 헤아려 볼 수 있는 수운 선생 자신의 글 두 구절을 소개한다.

우음2
바람 지나고 비 지난 가지에 바람 비 서리 눈이 오는구나.
바람 비 서리 눈 지나간 뒤 한 나무에 꽃이 피면 온 세상이 봄이로다.
風過雨過枝 風雨霜雪來 風雨霜雪過去後 一樹花發萬世春

용담가
(전략) 나도또한 신선이라 비상천 한다해도
이내선경 구미용담 다시보기 어렵도다
천만년 지내온들 아니잊자 맹세해도
무심한 구미용담 평지되기 애달하다

제2편
사람이 하늘인 세상을 열다

전봉준 의송단자 전라감사에게 전달
삼례취회부터 전봉준 동학 접주가 전면에 등장한다. 기록에 의하면 전봉준과 유태홍은 전라감사 이경직에게 동학 청원문 의송단자를 전달했다고 한다. 그림 중앙 왼쪽이 전봉준 접주, 오른쪽이 유태홍 접주이다. '대선생을 신원하라!' '동학 접소를 허가하라!' '탐관오리들을 처단하라!' 당시 삼례 취회, 교조신원운동은 수천 명이 운집하여 조선을 뒤흔든 엄청난 시위와 집회를 진행하였다.

동학농민혁명과 동학의병전쟁

 동학농민혁명은 보국안민, 척왜양창의의 기치를 내건 반봉건 민주화운동의 1차 기포와 반외세 항일무장투쟁의 2차 기포로 구분한다. 물론 1차 기포에도 반외세가 있었으나, 반봉건이 더욱 강했으므로 동학농민혁명이라 칭해야 맞다. 그리고 2차 기포는 반봉건이 아니라 순전히 반외세의 기치로 일본군을 물리치기 위한 동학의병전쟁이었다.

 1892년부터 1893년까지 전개한, 수운 최제우의 억울한 죽음을 풀어달라는 교조신원운동을 바탕으로 시작된 동학농민혁명은 고부기포에서 서막을 열고, 무장기포와 백산대회를 거치면서 연합군 성격의 동학농민혁명군으로 출발한다. 이후 황토현 승전과 장성 황룡전투 승리에 이르고 마침내 호남의 수부首府 전주성 점령이라는 일대 쾌거를 이룬다.

 조선 조정이 서투르게 불러들인 외세가 한반도에서의 주도권을 두고 벌인 청일전쟁이 시작되자 동학농민군과 조선 관군은 전주화약을 체결하고 최초의 민주주의라 할 수 있는 집강소 설치에 의한 폐정개혁을 단행한다. 그러나 일본의 경복궁 침탈과 친일정권 수립 등 일본군의 조선 침략이 노골화되자 호남의 동학의병들은 척왜창의의 기치를 들고 남원대회와 원평논의를 거쳐 재기포를 결정하고, 태인을 출발 삼례에 이른다. 삼례에서 제2차 기포를 결행하였고, 논산에서 동학의병연합군을 결성한다.

 해월 최시형의 전국 기포령을 받은 동학창의군 대통령 손병희는 의병대장 전봉준과 함께 한양으로 진격하였다. 그러나 공주성을 앞두고 후퇴와 응전을 거듭하다가 한많은 고개 우금티전투에서 크게 패한다.

한편 영동·영산, 서산·태안, 여산, 청주, 진천, 율곡, 산현, 하동, 진주, 남해, 사천, 하동 고승당산, 충주, 홍천, 평산, 석현, 구월산, 장수산 전투 등 전라도, 충청도, 경상도, 경기도, 황해도, 평안도 등의 우리나라 고을은 물론 강과 산의 계곡마다 봉우리마다 동학의병창의군은 최후까지 싸웠으나, 일본군의 최신식 무기 앞에 무참히 쓰러졌다.

결국 전봉준 등 호남의 동학의병(東學義兵)[1]의 주요 지도자가 체포되고, 최시형 선생과 손병희 통령의 보은 북실 전투, 이방언 장군의 장흥 석대벌 전투, 김석순 접주의 완주 대둔산 전투 등을 끝으로 2차 동학농민혁명, 즉 동학의병전쟁은 최소 30만여 명, 최대 1백여만 명이 참여하였고, 최소 3만여 명에서 5만여 명의 희생을 내고 좌절한다.(일부 학자들은 희생 즉 순국의 인원을 30만여 명으로까지 본다.)[2]

---

1 동학의병(東學義兵). 의병은 나라가 위급할 때 스스로 조직한 군대를 말함으로, 동학의병은 동학의 조직과 자발적으로 참여한 민중으로 이루어진 군사 조직을 뜻한다.
2 동학농민혁명 1차, 2차 기포 전체에 있어서 30만여 명이 희생되었다는 것은 과장된 숫자라고 판단된다. 희생 즉 순국한 인원은 최소 3만에서 최대 5만여 명이 적절한 숫자로 파악된다.

1. 거부할 수 없는 운명

녹두 전봉준, 그는 누구인가

[녹두 전봉준. 한 시대를 이끌고 백성과 나라를 위해 목숨을 바친 영웅에 대해 짤막한 소개는, 봉준이 살다 간 일생이 태양과 같다면 반딧불과 같은 내용으로 간소하다. 동학농민혁명의 전후에 있어서는 뒤의 글에서 자연스럽게 드러나겠지만 여기서는 혁명 이전의 전 녹두에 대해 가벼운 소개로 갈음한다.]

전봉준全琫準(1855~1895)의 처음 이름은 철로鐵爐(쇠, 화로)[1]이다. 호號는 해몽海夢이며, 본관은 천안天安이다. 봉준은 백제 개국공신開國功臣 환성군歡城君 천안전씨 시조 전섭全聶의 후손이며, 성인이 되었을 때 또 다른 이름은 명숙明淑이다.

전봉준은 1855년 전북 고창읍 죽림리 당촌(高敞邑 竹林里 堂村)에서 아버지 전창혁全彰赫과 어머니 언양 김씨(彥陽 金氏)의 아들로 태어났다. 봉준의 어린 시절 별명은 철로鐵爐라는 이름에서 따온 '쇠화로'로 불렸다. 그래서 그의 고향인 당촌마을 인근에서는 '골목대장 쇠화로'라는 꽤나 유명한 별명

---

1 철로(鐵爐). 전봉준의 초명(初名)으로서 쇠(鐵 : 철, 爐 : 화로 로)를 의미하여 '쇠화로' 즉 '쇠화로'라는 어린 시절 별명이 있었다.

이 따라다녔다. 또 전봉준은 13세(1867)에 백구시白駒詩를 지어 시문에도 능통한 기질을 발휘하였다.

전봉준은 청소년 시절부터 또 하나의 별명이 생겼다. 봉준의 특출한 외모에서 생겨난 '녹두'라는 별칭으로 '전녹두全綠豆'라 불렸다. 봉준은 키와 체구가 작았으며, 얼굴이 둥글고 이마가 튀어나온 짱구로 영락없는 녹두였다.

녹두 전봉준의 눈빛은 좀체 흔들리지 않을 것처럼 곧고 빛이 났으며, 얼굴색은 깨끗하고 맑았다. 특히 눈썹이 누에나방 모양처럼 아름다웠다. 그의 표정을 보면, 매우 엄격하고 올곧으면서도 따뜻한 성정인 줄 대번에 느낄 수 있었다. 한마디로 말해서 봉준은 영웅호걸의 기상을 갖춘 작은 거인이었다. 또한 봉준은 한 시대를 이끌어가고, 세상을 크게 놀라게 할 만한 위인偉人으로서 모자람이 없었다.

전봉준은 1890년 36세에 동학東學에 입도入道하였으며, 1892년 해월 선생에 의하여 고부접주로 임명되었다. 동학 접주로 활동하면서 1893년 서울로 올라가 흥선대원군을 방문하여 시국을 논하는 자리에서 "나의 뜻은 나라와 인민을 위하여 한 번 죽고자 하는 바"라고 하여 대원군을 놀라게 하였다는 말도 전해진다.

전봉준은 갑오년(1894) 동학농민혁명 기포 전후에 태인泰仁 산외면山外面 동곡東谷에 거주지를 정하였으며, 고부군古阜郡 조소리鳥巢里에서도 살았다. 먹고 사는 일로는 약간의 농사일과 주로 선비로서 글을 가르치는 훈장訓長 일을 하였다.

전봉준의 가족은 모두 6명이었다. 사별한 첫째 부인 여산 송씨가 낳은 딸 옥례와 성녀, 재혼한 부인 남평 이씨(이순영)가 낳은 아들 용규와 용현이다.

녹두는 어쩌면 떠돌이 인생을 산 것 같지만 한편으로는 가정적이었으며, 자상한 아버지였다. 전봉준의 동학농민혁명 전후에 있었던 내용들은 앞으로 이야기를 전개하면서 설명하도록 하겠다.

「우리는 어렸을 적부터 전봉준, 김개남, 손화중과 같은 인물에 대한 이야기를 귀가 아프게 해대며 살았다. 친구들과 막대기를 하나 들고 호령하기 시작하면 세상을 압도하는 영웅이 되었다. 동학 격전지 김제 원평 부근 마을에서 태어난 탓도 있지만 세종대왕과 같은 문인보다는 우리가 이순신 장군 같은 분들을 더욱 흠모하면서 자란 전후戰後 세대이기 때문이다. 동학군의 무기 죽창, 어렸을 때나 지금이나 대나무만 보면 나는 대숲을 서성였을 그 사람들의 눈빛을 떠올린다.」

방황과 도전의 사나이 전봉준

[전녹두. 대체로 한 인물이 역사의 전면에 나설 때는 그럴 만한 계기가 있기 마련이다. 누구는 전봉준의 아버지 전창혁이 고을 농민들의 억울함에 앞장서다 곤장을 맞아 비참하게 죽었다 하여 관료들에 대한 반감으로 시작되었다는 이야기도 있지만, 그건 거대한 나무의 나뭇잎 하나를 말하는 것에 불과하다. 앞으로 전개되는 역사 이야기 속에 그 답이 있으니 민족사와 인류사에 큰 획을 그은 동학농민혁명의 총대장에 대한 그 출발점을 꼼꼼히 살펴보자.]

조선, 나라가 절체절명의 위기에 처하여 백성들이 아우성칠 때, 방황과 도전의 기로에 서게 된 사나이가 있었다. 체구는 작았지만 차돌처럼 강했으며, 유난히 눈빛이 강렬한 작은 거인 녹두 전봉준이다.

그는 가족을 지극히 사랑하는 인간적인 사람이었다. 일찍이 사별한 송씨 부인의 묘소에 자식들의 손을 잡고 찾아가 눈물을 삼키곤 하였다. 깊은 밤 홀로 사색에 잠기면 호롱불 앞에서 날을 새며 한숨을 몰아쉬는 날도 많았다. 그런 그에게 피할 수 없는 운명과도 같은 거대한 역사의 해일이 다가오고 있었다.

녹두는 선비로서 아버지에게 물려받은 훈장을 본업으로 삼아 생활을 꾸려가고 있었다. 여러 방면의 서책을 두루 읽은 덕분으로 풍수에 밝아 묫자리를 잡아 주기도 하고, 잔병치레를 하는 사람에게 침도 놓아주거나 처방을 해 주기도 하였다. 때로는 지인들을 집으로 불러들여 시국을 논하다가, 어느 날 갑자기 길을 떠나면 몇 달 만에 돌아오곤 하였다.

녹두는 인적이 끊긴 밤이면 슬그머니 집을 나섰다가 새벽닭이 울기 직전에 집으로 돌아오기도 했다. 한번 마음을 통한 사람이면 흉허물을 터놓고 의기투합하며, 서로의 관계를 그물처럼 엮어 하나가 되게 했다. 야망을 품고 새로운 세상을 꿈꾸며 고독한 밤길을 걷던 녹두 전봉준, 그가 이제 서서히 자신을 세상에 드러내면서 거부할 수 없는 운명을 맞이하고 있었다.

「전녹두. 그는 어쩌면 서당 훈장이나 하면서 살았을 한 집안의 평범한 가장이었다. 그가 대혁명, 대전쟁의 총대장이 된 사연은 간단하다. 동학 접주로서 백성을 하늘처럼 섬기는 만민평등의 세상을 이뤄달라는 인민들의 울부짖음을 외면하지 않았기 때문이다. 특히 척왜양창의로 자주독립국가를 건설하는 떳떳하고 자랑스러운 민족의 부름에 조금도 주저하지 않고 정의의 칼을 뽑았던 것이다.」

무당들이 설치는 어두운 시국

[조선 왕조의 국운이 기울고 망하기 시작한 사연을 한마디로 설명하기는 쉽지 않다. 물론 왕조 스스로의 책임도 외면할 수 없지만 근본적으로 외세침략, 즉 일본의 침략에서 비롯되었다는 것을 전제로 국내적인 문제는 무엇이었는지를 살펴보자.]

조선 왕조 말, 국운國運은 바닥을 치고 있었다. 사람 개개인에게 생로병사生老病死가 있듯이, 왕조에도 흥망성쇠興亡盛衰²가 있는 법이다. 사계절이 춘하추동春夏秋冬으로 돌고 돌듯이, 우주 안의 모든 것은 성주괴공成住壞空³을 피할 수 없다.

어느덧 고려를 멸망시키고 조선을 창업한 지 5백여 년이 지났다. 당시 조선 왕조의 운명은 마치 해가 서산에 기울어 검붉은 노을을 토해 내고 있는 것 같았으며, 또한 나날이 어두운 그림자가 드리워져 갔다. 조선 왕가 드라마의 마지막 장면은 틈만 나면 권력을 차지하려는 외척들의 다툼과 기회만을 엿보고 있던 외세의 침입으로 시작되었다.

권세가들과 관료들이 백성들을 착취하며 무리한 세금을 거두는 늑징勒徵과 재물을 빼앗는 가렴주구苛斂誅求가 판을 치고 있었다. 또한 권력과 재부財富의 양극화兩極化⁴는 더욱 나라를 혼란에 빠트렸다. 그러나 양반과 상

---

2 흥망성쇠(興亡盛衰). 흥하고 망함과 성하고 쇠함을 말한다.
3 성주괴공(成住壞空). 우주만물은 '이루어져서 머물다가 허물어져서 없어지게 된다.'는 뜻이다.
4 양극화(兩極化). 두 대상이 서로 반대되는 쪽으로 점점 더 달라지고 멀어지게 된다는 뜻으로, 여기서는 양반과 상민, 부자와 가난함의 차이를 말한다.

놈으로 대립되는 불평등한 계급사회는 새로운 세상을 염원하는 백성들에 의해 서서히 무너지고 있었다.

　조선 왕가의 복합적인 문제들이 분출되었다. 흥선대원군 이하응은 신정왕후 조대비와 결탁하여 어린 둘째 아들 이희를 왕(고종)으로 내세웠다. 왕의 아버지가 된 흥선대원군은 아들을 뒤에서 조종하는 것은 물론 서양세력을 배척하는 쇄국정책을 고수하면서 막강한 권력을 휘둘렀다.

　아들 고종이 성장함에 따라 대원군은 민자영을 며느리로 맞이하였다. 똑똑하고 정치력이 남다른 민왕후閔王后는 민씨 집안을 중심으로 단합하여, 호시탐탐 대원군이 차지한 권력을 노리고 있었다. 민왕후는 대원군의 완고한 쇄국정책보다는 개화정책을 선호하였다. 결국 민왕후와 민씨 세력이 단합하여 대원군을 밀어내고 지아비 고종을 전면에 내세우면서 권력을 장악하였지만, 그 와중에 조선 왕조는 깊은 수렁에 빠지고 만다.

　민왕후는 절대 권력을 차지한 적도 있었지만, 목숨이 위태로울 정도의 위급한 상황을 겪은 적도 있었다. 한때 민왕후에게 닥친 위기를 관상과 점술로 모면하게 해줬다는 이야기가 있다. 민왕후가 의지하였던 진령군眞靈君이라는 무녀巫女 이야기는 당시 정치권에서 흔히 볼 수 있는 일이었지만 백성들에게는 국정농단과 매관매직이라는 망국적인 현상으로 보였던 것이다. 더구나 진령군은 고종과 민왕후에게 '금강산 1만 2천 봉에 쌀 한 섬과 돈 열 냥씩 바치면 나라가 편안하다.'는 말로 홀렸다.

　당시 양심 있는 선비들의 상소문에 '요사스러운 계집 진령군이 세상 사람들의 살점을 씹어 먹으려고 한다.'는 내용과 함께 10여 년간 세도를 부리며 '세상을 뒤흔든 진령군의 목을 베라.'고 통렬히 규탄하였다. 또 강직한 선비들이 앞다투어 진령군을 탄핵하는 상소문을 올렸으나, 도승지는 감히 고종에게 올리지 못하고 방치하여 먼지만 쌓여 갔다. 오히려 임금에게 상소를 올린 사람들은 어처구니없게 귀양살이가 기다리고 있었다.

그 사이를 틈타 자행된 부패한 관리들의 횡포는 백성들을 죽음의 구덩이로 몰아갔다. 나라 형편을 더욱 혼란스럽게 하고 민심을 어지럽게 한 것은 빠르게 번져 가는 악성 유행병인 역병疫病이었다. 사방에 죽은 사람들의 시신이 널렸으며, 살아남은 사람들은 굶주린 배를 움켜쥐고 정처 없이 떠돌며 초근목피草根木皮[5]로 연명하거나 밥을 빌어먹는 처지가 되었다. 백성들의 처참한 광경은 그야말로 생지옥과 같았다.

당시 조선의 권력 집단은 관직을 사고파는 매관매직賣官賣職에 거리낌이 없었다. 또한 세도가들에게는 '누가 외세를 등에 업고 권력을 잡느냐.'가 유일한 관심거리였다.

권력 기반이 취약했던 민씨 정권은 1875년 운요호사건雲揚號事件[6]을 계기로, 일본의 강압에 굴복하여 이듬해 1876년 불평등한 강화도조약江華島條約[7]을 체결하고 개항을 했다. 강화도조약은 일명 병자망국조약丙子亡國條約으로도 불렸다. 일본 제국주의의 조선 침략은 갑오년(1894) 이전, 병자년(1876)부터 시작되고 있었던 것이다.

조선은 청나라로부터는 자신들의 간섭을 받는 속국으로 치부되고, 일본으로부터는 언젠가 집어삼켜야 할 먹잇감이 된 셈이었다. 모든 백성들은 한결같은 말로 '임진왜란과 같이 나라가 큰 전쟁 위기에 휘말릴 것'이라고

---

5 초근목피(草根木皮). 풀뿌리와 나무껍질이라는 뜻. 양식 즉 먹거리가 부족할 때 먹는 험한 음식을 비유적으로 이르는 말이다.
6 운요호사건(雲揚號事件). 1875년 9월 20일 일본 군함 운요호(雲揚號)가 강화해협을 불법 침입하여 발생한 한일 간의 포격사건을 말한다.
7 강화도조약(江華島條約). 1876년 운요호(1875) 사건을 계기로 조선과 일본 제국 사이에 체결된 불평등한 조약으로서 조일수호조규(朝日修好條規) 또는 병자수호조약(丙子修護條約)이라고도 부른다.

모두 불안에 떨고 있었다.

이때 전국 곳곳에서 민란이 일어났으며, 『정감록』[8] 같은 예언서들이 유행병처럼 퍼졌다. 곧 조선이 망하고 새로운 나라가 들어설 것이라는 소문도 날이 갈수록 커지고 있었다. 백성들을 더욱 두렵게 했던 것은, 중국이 서양 세력에게 힘없이 무릎을 꿇은 사건이었다. 1840년 제1차 아편전쟁과, 1856년 제2차 아편전쟁[9]에서 영국과 프랑스에 맥없이 무너지면서, 중국은 서양 세력에 무참하게 굴복한 종이호랑이에 불과하다는 상실감과 공포감이 조선을 공황 상태로 몰아갔다.

수운 최제우 선생은 일찍이 중국이 무너지면 조선도 지탱하기 힘들다는 것을 '입술이 없으면 이가 시리다'는 순망치한脣亡齒寒이라는 말로 표현해왔다. 이제는 그 말이 현실이 된 것이다. 원래 이 말은 중국을 이(齒)를 본체로 중국을 둘러싼 나라들(四夷)을 입술로 보고 쓰는 말이었지만, 수운은 조선을 중심에 두고 중국을 입술로 치부함으로써 패러다임의 일대 역전을 이룬 말이기도 하다. 서양 세력이 서학西學을 앞세워 동양을 굴복시키는 서세동점西勢東漸[10]의 물결로 거대 중국마저 무너뜨렸으니, 바람 앞의 등불 같은 풍전등화風前燈火의 위기 속에서, 조선의 민중들에게는 오로지 동학東學만이 희망이라는 믿음이 커져만 갔다.

이때를 전후해 중국은 큰 변화와 위기에 직면했다. 1850~1864년 태평천

---

8   정감록(鄭鑑錄). 조선시대 민간에 널리 유포되었던 도참서이다. 조선이 망하고 새로운 세상이 열린다는 예언이 문제가 되어 금서로 정해졌다.
9   아편전쟁(阿片戰爭). 1840년과 1856년 2차례에 걸쳐 대영제국과 청나라의 무역수지 문제로 일어난 전쟁이다. 청나라로 계속 유출되는 은화(銀貨)를 영국이 다시 회수하기 위해 청에 아편을 살포한 것이 원인이 되어 일어난 청·영 전쟁이다.
10 서세동점(西勢東漸). 서양이 동양을 지배한다는 뜻으로, 밀려드는 외국의 세력과 국제적으로 영향력을 발휘하는 힘이 있는 나라를 이르는 말이다.

국운동太平天國運動[11]이 전국을 휩쓴 것이다. 태평천국운동은 청나라가 아편전쟁阿片戰爭에서 패한 후, 신흥종교인 배상제회의 홍수전 교주를 중심으로 일어난 민중혁명으로, 청나라 정부의 권위는 추락하고 사회는 혼란스러웠다. 전국에서 민란이 일어나는 시기에, 태평천국운동은 민심을 얻어 큰 성과를 거두며 한때 중국 강역의 반 이상을 장악했다.

홍수전은 태평천국이라는 새 왕조를 세우고, 자신을 천왕이라 칭했다. 그러나 결국 태평천국은 내부적으로 타락하고 분열하면서, 서양 세력의 지원을 받은 청나라 정부군과 친정부 민병대에 패하고 만다. 중국의 태평천국운동 소식은 조선 정부와 백성들에게도 전해졌는데, 정부는 불안에 떨었고 백성들은 은근히 민중봉기를 부추기는 경향이 있었다.

수운 최제우 선생이 1860년 동학을 창명하였으니, 중국의 태평천국운동이 1864년까지 지속된 것으로 보아 수운 선생도 그 소식을 접하였다는 것으로 짐작할 수 있다. 태평천국운동은 1894년 동학농민혁명에도 영향을 끼친 것으로 볼 수 있다.

「조선, 그 어두운 국운은 자체에서 시작되었지만 외세에 의해 본격적으로 무너지기 시작한다. 수운 선생이 그토록 경계했던 서양 세력과 특히 일본의 침탈은 조선을 뿌리째 흔들고 있었다.」

---

11 태평천국운동(太平天國運動). 중국 청나라 말기인 1850~1864년 홍수전이 창시한 배상제회(拜上帝會)라는 그리스도교 계통 신종교의 비밀결사를 토대로 청조 타도와 새 왕조 건설을 목적으로 일어난 대규모 민중혁명운동을 말한다.

동학사상이 동학혁명에 미친 영향

[수운 최제우 선생의 동학사상을 간단하게 설명할 수는 없다. 동학사상을 요약하여 동학농민혁명에 미친 영향을 살펴본다. 수운 선생은 어머니가 한 번 결혼했다가 청상과부가 되어 아버지와 재혼한 재가녀에게서 태어났다. 어머니가 재가녀이기 때문에 과거시험에 제한을 받는, 태생적 한계의 불우한 운명에서부터 그의 고행과 방황은 시작된다. 그러한 연유가 자신의 문제뿐만 아니라 모든 사람을 인권과 평등이라는 기본적 의식을 품고 바라보았기에 사람이 하늘이라는 인간존엄과 만민평등이라는 개벽적이고 혁명적인 사상이 싹트기 시작한다.]

수운 선생 집 안에 여자 노비 둘이 있었는데, 수운 선생은 이들을 해방하고, 한 명은 큰아들 세정世貞과 결혼시켰으며, 한 명은 자신의 양녀養女로 입적시켰다. 이는 신분차별이 엄격했던 당시 시대 상황을 보면 그야말로 개벽이요, 혁명이었다. 이후로 동학에서는 양반과 상민은 물론 그 어떤 차별도 용납하지 않았다.

수운 선생의 동학사상을 조금 넓혀 보면, 우주와 인간의 기나긴 역사에서 전환점이라 할 수 있는 다시개벽, 즉 후천개벽後天開闢의 새로운 세상을 선포한 것임을 알 수 있다. 또 동학도인東學道人의 개인적인 바람은 자아완성自我完成과 도성입덕道成立德이며, 사회적으로는 포덕천하布德天下, 광제창생廣濟蒼生, 보국안민輔國安民이라는 3대 목적이 있었다.

수운 선생은 말세末世를 구제할 새로운 대성자로 등장하여 민중에게 희망을 주고, 권력자들을 불안에 떨게 하였다. 해체기에 접어든 조선 왕조는 위기감을 느끼며 결국 수운 최제우 선생을 대구 장대에서 처형하였다.

동학東學이라는 교단의 명칭은 수운 선생은 무극대도無極大道라고 칭하였고, 도는 천도天道와 학은 동학東學이라 칭하였으나 일반인들에게는 '동학東學'이라는 명칭으로 더 널리 알려졌다.

수운 선생은 한문과 한글로 된 여러 필사본 경편經篇을 남겼으며, 제자 해월 선생이 이를 모아 『동경대전東經大全』과 『용담유사龍潭遺詞』로 목판본, 목활자본으로 펴냈다.

『동경대전』은 布德文(포덕문), 論學文(논학문, 일명 '東學論'), 修德文(수덕문), 不然其然(불연기연)의 경전을 중심으로, 祝文(축문), 懺悔文(참회문), 呪文(주문), 立春詩(입춘시), 絶句(절구), 降詩(강시), 座箴(좌잠), 和訣詩(화결시), 歎道儒心急(탄도유심급), 詩文(시문), 訣(결), 偶吟(우음), 前八節(전팔절), 後八節(후팔절), 題書(제서), 詠宵(영소), 筆法(필법), 流高吟(유고음), 偶吟(우음) 등이 있다.

『용담유사』는 교훈가(教訓歌), 안심가(安心歌), 용담가(龍潭歌), 몽중노소문답가(夢中老少問答歌), 도수사(道修詞), 권학가(勸學歌), 도덕가(道德歌), 흥비가(興比歌), 검결(劍訣, 검가) 등이 있다.

해월 선생의 동학사상 실천 운동

[수운 최제우 선생의 동학사상을 농사일로 비유하면, 수운 선생이 봄에 씨앗을 뿌리고 새싹이 돋아나게 했으며 해월 최시형 선생은 여름에 그 싹들을 키워내고 널리 분포시켜 무럭무럭 자라게 했다고 볼 수 있다. 또 의암 손병희 선생은 곡식들을 거둬들이는 가을 추수를 하였고, 춘암 박인호 선생은 혹한기의 겨울을 견뎌내고 다시 봄 맞을 준비를 하는 역할을 했다고 구분할 수 있다.]

수운 선생은 자신의 운명을 예감하고 천도天道·동학東學, 즉 무극대도無

極大道의 도통道統을 해월海月 최시형崔時亨 선생에게 물려주었다. 옛말에 성인을 죽이면 그 나라가 망한다고 하였다. 조선 왕조는 신인神人이자 성인聖人인 대성자大聖者[12] 수운 최제우 선생을 사형시켰으며, 동학도인들과 백성들을 짓밟고 가혹하게 탄압하였다.

조선 왕조와 세도가들은 수운 선생을 죽이고, 동학을 뿌리째 뽑아 없애려고 하였다. 그러나 해월 선생은 동학을 조직화하고 제도화에 심혈을 기울였을 뿐만 아니라, 솔선수범하는 언행과 지도력에 의한 포덕布德[13]으로 동학의 신앙과 사상은 갈수록 민중 속에 깊이 파고들고 넓게 확산되었다.

수운 선생께서 창명한 동학은 해월 선생이 더욱 구체화 하고 생활 속에 자리 잡는 과정이 있었다. 다시 말해 동학은 철학과 사상으로 머무는 것이 아니라 생활 속에 실천하는 사상이자 종교로 자리매김하게 된다. 해월 선생은 수운 선생의 수제자로 동학에 입도한 후 36년간 관으로부터 추격당하며, 조선 팔도 방방곡곡에 동학을 포덕하고 성장시킨 결과로 동학도인의 숫자는 엄청나게 불어나고 있었다.

해월 선생은 동학 재건과 포덕 활동을 하는 중에 많은 법설을 남겼다. 해월 선생 법설 속에 수운 선생의 말씀을 전하는 내용 즉 명교命敎가 다수 포함되어 있다. 다시 말해 해월 선생의 말씀, 즉 법설을 통해 전해지는 수운 선생 말씀이 해월 선생의 법설에서 더욱 구체화되고 실천적으로 생활화된다는 것이다.

---

12 대성자(大聖者). 큰 덕과 지혜가 뛰어나고 사리에 정통하여 모든 사람이 길이 우러러 받들고 모든 사람의 큰 스승이 될 만한 사람을 이르는 말이다.
13 포덕(布德). 한울님의 덕을 세상에 편다는 뜻으로, 포교를 이르는 말이다.

「해월 선생 법설의 전해지는 말씀들은 대부분 수운 선생의 말씀을 전해주는 것으로, 더욱 생활 속에 실천하는 내용들로 기록되었다. 수운 선생이 집필한 동학 경전이 『동경대전』과 『용담유사』로만 보면 잘못하다간 오류를 범한다. 부처님의 불경도 그렇고 예수님의 성경도 그렇고 공자님의 논어도 그렇다. 모두가 제자들과 후세 사람들이 전하는 말씀으로 이뤄졌다.」

해월 선생의 법설, 대인접물待人接物

사람이 바로 하늘이니 사람 섬기기를 하늘같이 하십시오. 내 제군들을 보니 스스로 잘난 체하는 자가 많으니 한심한 일이요, 도道에서 떠나는 사람도 이래서 생기니 한탄스러울 뿐입니다. 나 또한 이런 마음이 생길 수 있으나, 이런 마음을 감히 내지 않는 것은 한울님을 내 마음에 봉양奉養하지 못할까 두려워함입니다. (중략) 내가 청주를 지나다가 서택순의 집에서 그 며느리의 베 짜는 소리를 듣고 서군에게 묻기를 '저 누가 베를 짜는 소리인가?' 하니, 서군이 대답하기를 '제 며느리가 베를 짭니다.' 하는지라, 내가 또 묻기를 '그대의 며느리가 베 짜는 것이 참으로 그대의 며느리가 베 짜는 것인가?' 하니, 서군이 나의 말을 분간치 못하더이다. 어찌 서군뿐이겠습니까? 도인의 집에 사람이 오거든 사람이 왔다 이르지 말고 한울님(天主)이 강림降臨하셨다 말하십시오.

도가의 부인은 경솔히 아이를 때리지 마십시오. 아이를 때리는 것은 곧 한울님을 때리는 것이니 한울(天)이 싫어하고 기운이 상합니다. 도인 집 부인이 한울님이 싫어하고 기운이 상함을 두려워하지 아니하고 경솔히 아이를 때리면, 그 아이가 반드시 죽을 수도 있으니 일체 아이를 때리지 마십시오. (중략) 이는 다 수운 대선생님의 명교(大先生主之命敎)를 잊지 아니하는 것입니다. 맑고 밝음이 있으면 그 아는 것이 신神과 같으리니, 맑고 밝음이 몸에 있는 근본마음은 곧 도道를 지극히 함에 다하는 것입니다. 일용행사日用行事가 도道 아님이 없습니다. … 누가 나에게 어른이 아니며 누가 나에게 스승이 아니리오. 나는 비록 부인과 어린아이의 말이라도 배울만한 것은 배우고 스승으로 모실만한 것은 스승으로 모십니다. (중략) 만물이 시천주侍天主 아님이 없으니 능히 이 이치를 알면 살생은 금치 아니해도 자연히 금해집니다. 제비의 알을 깨치지 아니한 뒤에라야 봉황이 와서 거동하고, 초목의 싹을 꺾지 아니한 뒤에라야 산림이 무성합니다. 손수 꽃가지를 꺾으면 그 열매를 따지 못할 것이오, 폐물을 버리면 부자가 될 수 없습니다. 날짐승 삼천도 각각 그 종류가 있고 털벌레 삼천도 각각 그 목숨이 있으니, 물건을 공경하면(敬物) 덕이 만방에 미칩니다.

해월 선생 법설法說은 천지이기天地理氣, 천지부모天地父母, 도결道訣, 천지인天地人·귀신鬼神·음양陰陽, 허와 실(虛와 實), 심령지령心靈之靈, 대인접물待人接物, 영부주문靈符呪文, 수심정기守心正氣, 성·경·신誠·敬·信, 독공독공篤工, 성인지덕화聖人之德化, 천도天道와 유불선儒彿仙, 오도지삼황吾道之三皇, 개벽운수開闢運數, 수도법修道法, 부화부순夫和婦順, 부인수도婦人修道, 향아설위向我設位, 용시용활用時用活, 삼경三敬, 천어天語, 이심치심以心治心, 이천식천以天食天, 양천주養天主, 내수도문內修道文, 내칙內則, 십무천十毋天, 임사실천십개조臨事實踐十個條, 명심수덕明心修德, 수도修道, 삼재三災, 포덕布德, 오도지운吾道之運, 강서降書, 강시降詩, 기타其他 등이 있다.

해월, 호남순회에서 마당포덕을 행하다

[동학이 잘될 때는 '마당포덕' 장면을 여기저기서 목격할 수 있었다. 그때 어떻게 그런 마당포덕이 일어나 집단 입도식을 거행하고, 또 포덕을 위해 큰 마당에서 잔치를 벌였고, 대중연설을 하였는지 지금으로서는 상상을 넘나드는 꿈같은 이야기들이다.]

해월 최시형 선생은 1880년대에 동학의 포덕과 조직 구축을 위해 전국을 순회하고 있었다. 이때 그 유명한 마당포덕을 행하였다. 마당포덕은 동학에 입도入道할 사람들이 풍운風雲같이 모여들어 정식 입도식(입교식)을 거행할 수 없어서 마당에서 한꺼번에 청수淸水[14]를 봉전하고 입도식을 거행하는 의식이다.

해월 선생은 경상도를 출발하여 충청도를 거쳐 전라도에 도착했다. 선생은 일년 내내 지목指目을 받고 있는 몸이라 언제든지 도주할 준비로 보따리 하나 메고 다녔기 때문에 '최보따리'라는 별명이 함께 따라다녔다. 그 보따리 속에는 생활필수품은 물론이고 수운 선생이 직접 집필한 경편이 들어 있었다.

해월 선생은 동학의 최고 지도자를 상징하여 최법헌崔法軒이라는 호칭이자 존칭으로도 불렸다. 해월 선생과 동학 지도부의 핵심 인사들에게는 오래전부터 수배령이 내려져 있었고, 이들을 체포하는 관리들에게는 특진이, 신고한 사람에게는 포상금이 걸려 있었다.

---

14 청수. 맑고 깨끗한 물로서, 동학(천도교)에서는 청수라 하여 모든 의례에 봉전하는 의식으로 사용한다.

해월 선생은 1888년 1월에 전주의 박공일 집에 도착하여 기도식을 거행하였다. 선생은 기도식 뒤에 서영도, 고문선 접주 등과 지역 도인들에게 수운 선생의 가르침을 강론하였다. 해월 선생의 말씀을 듣고 있던 박공일 접주가 질문을 했다.

"법헌 님, 수운 선생께서 전주를 다녀가셨다고 들었는데, 그 무렵 행적이 궁금합니다."

해월 선생은 인자한 웃음으로 기다란 수염을 쓰다듬으며 말씀을 시작하였다.

"수운 선생께서는 신유년(1861) 말쯤 관의 탄압도 피하고, 동학의 포덕을 위해 전라도에 오셔서 남원 은적암에 5개월가량 계셨지요. 남원에 오신 다음 해(1862) 1월 초부터 제자 최중희를 대동하고 전주에도 몇 차례 오시어 포덕도 하시고 인심과 풍속도 살피셨지요."

해월 선생의 말씀을 듣던 서영도 접주가 질문을 하였다.

"고운 최치원 선생님과는 어떤 관계인지요?"

"선생님은 경주 최씨 시조인 고운 최치원 선생의 25세손입니다. 최씨 가문에 전해지는 이야기가 있습니다. 고운 선생이 남긴 말씀 중에 이르기를 '우리 동방에 신령한 기운이 어려 있어 나의 후손 중에 반드시 세상을 개조할 대성인이 나타날 것이다.'라고 하셨답니다. 그 후손이 바로 수운 대선생이십니다."

해월 선생은 전주에서 동학과 수운 선생에 대한 강론을 마치고 전주 근처 삼례로 향하였다. 삼례에는 이몽로 접주가 포덕에 큰 성과를 이루어 많은 동학도인들을 거느리고 있었다. 이때부터 전라도 지방에 동학이 많이 전파되고 마당포덕이 행해지기 시작하였다. 선생은 이몽로 접주 집에 머무르다가 다시 호남 순회에 나섰다. 선생은 삼례에 이어서 임실 이병춘, 익산 박치경의 집에도 머물렀다.

「마당포덕은 정식 입도식을 치를 수 없을 정도의 많은 도인들이 동학에 들어오면 마당에 모두 모여 한꺼번에 입도식을 치르는 것을 말한다. 마당뿐만 아니라 경우에 따라서 들녘에서 청수 대신 개천이나 웅덩이를 향하고 집단 입도식을 거행하기도 하였다. 또 다른 마당포덕은 큰 마당에 많은 사람들을 모아 잔치를 베풀고 경전 해석과 강론을 하면서 동학 포덕을 행하는 것을 말하기도 한다. 이때의 광경은 수운 선생의 말씀처럼 사람들이 풍운같이 모여들었다고 할 수 있다.」

해월 선생과 호남의 대두령들

[해월 선생과 호남의 대두령들은 각별한 사제지간으로 스승과 제자의 관계에 어긋남이 없었다. 다만 훗날 동학농민혁명 1차 기포에 대한 입장 차이, 즉 시국관에 있어서 서로 생각하는 차이는 있었다. 그러나 전봉준, 김덕명, 김개남, 손화중, 최경선, 강시원, 김연국, 손천민, 손병희, 서장옥 등 양호(호남·호서) 동학 지도자들은 끝까지 해월 선생을 스승으로 존중하였다.]

해월 선생은 몇 차례에 걸쳐 호남순회에 나섰는데, 1890년대 초 태인포 김개남金開男과 무장포 손화중孫花中, 부안포 김낙철金洛喆 등의 집에도 머물렀다.

그때의 이야기 몇 토막이 전해진다. 김개남, 김덕명 접주가 해월 선생에게 옷 몇 벌과 약간의 돈을 선사했다.

"법헌께서 전국을 순회하시며, 입으실 것과 잡수실 것이 모자랄 것 같아 작은 성의로 드리오니 받아 주십시오."

해월 선생은 정중하게 사양하였다.

"많은 도인들을 보살피고 씀씀이가 많을 터인데 이렇게 안 해도 되네. 각 접에서 유용하게 사용하시게."

김덕명 접주는 "선생님의 고생에 비하면 아무것도 아닙니다."라고 하자, 해월 선생은 성의를 거절할 수 없어 이를 받았다.

해월 선생이 원평에 계실 때, 증산 강일순이 김덕명의 집에 왔다. 김덕명은 선생께 "법헌 선생님, 제가 입도시킨 강일순 도인입니다. 꼭 선생님을 뵙고 싶다고 하여 오라고 했습니다."라고 하며 강일순을 인사시켰다. 강일순은 훗날 동학농민혁명에 동참했으며, 특히 제2차 기포 당시 우금티전투에 참여하여 부상당한 동학의병들을 정성껏 치료해 주었다.

그 무렵 금구 원평의 김덕명포는 거대 조직으로 성장하고 있었다. 원평 부근 모악산 자락에 있는 금산사 미륵부처 상의 전설과 동학사상이 결합되어 새로운 세상을 열망하는 사람들이 앞다투어 모여들었다.

또한 해월 선생이 김개남의 집에 머물 때 이야기다. 이씨 부인이 지극 정성으로 선생을 대접하는지라, 선생이 그 연유를 부인에게 물어보았다.

"예, 처음에는 김 접주가 동학을 하는 것이 너무 싫었어요. 있는 살림 없는 살림 다 퍼주는 것이 속상하고 아까웠지요. 그런데 김 접주가 늘 저에게 큰절을 하고 높임말을 하면서 마치 저를 한울님처럼 섬기니, 결국 제가 곳간 문을 활짝 열었습니다. 도인들은 물론 배고픈 사람들에게도 나눠주자고 했지요. 동학이 여는 세상은 사람이 한울님처럼 대접받는, 사람이 사람답게 사는 세상이 될 것이라 믿습니다."

이씨 부인의 말을 들은 선생은 흐뭇한 미소를 지으며 말했다.

"부인께서는 진정 한울님이십니다. 제가 어느 날 청주 서택순 도인 집에서 며느리가 옷감 짜는 소리를 듣고 한울님이 베 짜는 소리라고 했습니다. 집에 사람이 오거든 한울님이 강림하신 것으로 아세요. 부인께서 나눠 드린 곡식은 한울님의 생명이요, 사람이 밥을 먹는 것은 한울님이 먹는 것입니다."

이씨 부인은 감복하여 쏟아지는 눈물을 닦을 겨를도 없이 해월 선생에게 절하고 또 절하였다.

해월 선생은 1891년 호남순회 중에 김덕명 대접주大接主의 소개로 전봉준 접주接主를 만났다. 선생은 도통道通은 물론 영통靈通까지 한 분이라 앞날을 내다보는 신통력이 있었다. 선생은 전봉준을 근심의 눈빛으로 바라보면서 앞날을 걱정하는 말씀을 하였다.

"장차 천지를 뒤흔들 인물들이구나. 거대한 태풍이 일어날 조짐이로다. 부디 때를 기다리고 신중함을 잃지 말지어다."

해월 선생은 예정대로 손화중의 집으로 향했다. 전봉준, 김개남, 최경선 등과 그 어떤 일을 꾸미지 않나 하는 걱정이 앞섰지만, 그래도 말을 가장 잘 따르는 손화중의 집에서 머물기 위해서였다. 선생과 손화중포 접주들의 대화가 한창일 때, 손화중의 부인 유씨가 다과를 차려 방 안에 들어와 인사를 올렸다. 선생과 일행도 정중하게 맞절을 했다.

"바쁘신데 예고도 없이 찾아와서 죄송합니다."

"걱정 마시고 편하게들 계셔요."

인상이 부드럽고 착하게 생긴 유씨 부인은 선생에게 무언가 말하고 싶은 표정이었다. 선생이 유씨 부인에게 말했다.

"하시고 싶은 말씀이 있으면 하세요."

"예. 손 접주가 동학에 너무 깊이 빠진 것 같아요. 글쎄 지난해에는 주인장이 봄철 어느 날 밭에 나가 일하는데, 어느 접주가 찾아와 쏙닥쏙닥 귀에

다 몇 말씀 하자, 삽을 땅에 푹 꽂고 휙 나가더니만 가을 추수철이 되어서야 돌아왔어요."

유씨 부인의 말을 들은 해월 선생은 빙그레 웃으며 말했다.

"부인께서 힘드시겠지만, 새 세상을 위해서 그러는 것이니 도와드리세요."

해월 선생의 말씀을 들으면서 유씨 부인은 고개를 숙이며 다시 말했다.

"선생님, 동학에서는 여인네를 존중하는 데 신경을 많이 쓴다면서요?"

"물론이죠. 수운 선생께서 동학을 창명하시고 가장 먼저 부인을 집안의 주인으로 모시고 한울님처럼 존중하여 섬겼습니다. 또한 여자 노비 두 명 중 한 분은 며느리로 삼았고, 또 한 분은 양녀로 삼아 몸소 신분 차별 철폐를 실천하셨습니다."

"예, 손 접주도 동학을 하면서 저에게 가끔 큰절도 하고 예전에 안 하던 행동을 하곤 합니다. 제가 걱정하는 것은 무슨 큰일을 꾸미지 않나 하는 것입니다."

"저도 사실 그런 염려 때문에 여기에 왔습니다. 제가 잘 말씀드려 그런 일이 없도록 힘쓰겠습니다."

해월 선생은 손화중의 집을 거쳐 김낙철의 집에 며칠간 머물면서 호남의 육임 첩지(동학의 여섯 가지 직책의 임명장)를 발행했다. 선생은 김낙철이 호남에서 가장 자신을 따르는 인물이라 낙철, 낙봉 형제를 조용히 불러 당부의 말을 했다.

"전봉준, 김개남, 손화중 등의 움직임이 예사롭지 않으면 즉시 나에게 보고하게나. 그리고 그 어떤 일에도 함부로 가담하지 말고 내 뜻에 따르기를 부탁하네."

"예 스승님, 명심하겠습니다. 그런데 선생님, 무슨 변고라도 생기는 것입니까"

"큰 걱정거리가 닥칠지 모르겠네."

"큰 난리라도 납니까?"

"우리 도의 운수가 끊어질 정도의 대변고가 될 수도 있어…."

해월 선생은 부안 김낙철·김낙봉 형제 집을 떠나 옹정리(현재 부안읍 옹중리)의 김영조 집에 머물렀다. 다음 날 태인 동곡 김낙삼 집으로 떠나기 전에 "부안에서 꽃이 피고 부안에서 열매가 맺힐 것이다."라는 말씀을 하였다.

> 「호남의 대두령들, 김덕명·김개남·손화중·김낙철·전봉준·최경선 등은 해월 선생과 끈끈한 스승과 제자 관계를 유지하면서, 장차 천지를 뒤흔들 거대 인물로 성장하고 있었다.」

긴장하는 세도가와 양반들

> [그동안 원 없이 누려오고 지탱해 온 기득권, 세도가와 양반들은 동학의 출현으로 한순간에 무너질 위험을 느끼고 있었다. 그래서 그들도 결속하고 동학 탄압에 경쟁이라도 하는 듯 앞장섰다. 이러한 상황들은 역설적으로 동학의 성장에 밑거름이 되고 응원가가 되어 동학 세상을 앞당기는 역할을 하였다.]

이때 동학은 전라도, 충청도, 경상도 등 삼남 일대를 중심으로 전국에 큰 세력을 떨치고 있었다. 해월 선생의 지도력과 포덕으로 지역마다 핵심적인 제자들이 자리를 잡고 그 산하에 도인 수가 수천 명에 달했다.

동학의 세력이 몰라보게 성장하였지만 해월 선생은 늘 걱정이 앞섰다.

수운 선생의 가르침을 따르고 수도연성을 하기보다, 세상의 기운에 편승하여 변혁 운동에 관심을 기울이는 도인들이 적지 않았다. 자칫 세를 믿고 힘으로 뜻을 이루려 하다가 그것이 큰 난리로 확산이 되지 않을까 하는 근심이었다.

그 무렵 농민들은 흉년이 든 데다 온갖 수탈과 탄압을 당해 곳곳에서 민란을 넘어 반란을 일으킬 조짐을 보였다. 당시 서양 세력은 호시탐탐 조선을 노렸고, 특히 일본의 자본이 개항장은 물론 내륙 깊숙이 침투하여 조선의 농민들을 파탄 지경에 내몬 것은 물론이고 전통적인 상업 조직도 대부분 망해 가고 있었다.

동학은 세를 불려가면서 한편으로 도인들끼리 서로 돕는 기풍이 민심을 얻어 곳곳에서 마당포덕이 이루어졌다. 입도하지 않은 농민들도 오로지 동학만이 자신들을 대변해 줄 것이라고 기대하였다. 동학은 많은 농민들에게 희망을 주었고 그들의 참여를 이끌어내었다. 견고했던 계급사회가 무너지기 시작했으며 양반과 상민, 주인과 노비가 맞절을 하는 진풍경도 다반사로 펼쳐졌다.

또한 동학은 '누구나 하늘을 모시고 있다'는 실천사상을 내세워 국왕과 백성은 신분 차별이 없으며, 한발 더 나아가 모든 사람은 서로 하늘처럼 존중하고 받들어야 한다는 것을 강조하였다. 이는 당시 지배층으로서는 하늘이 무너지고 땅이 꺼지는 듯한 일이었다. 국왕과 위정자들, 세도가와 양반 사회는 최대 위기에 직면하였다. 동학에 의한 국정 체제의 대변혁과 나라의 주인은 백성이라는 신념으로 외세의 침략에 직접 맞서 나서려는 움직임이 여기저기에서 포착되었다.

「세도가와 일부 양반들은 동학이 커져갈수록 밤잠을 못 이루며 한숨 소리만 깊어졌다. 개벽이라는 것, 혁명이라는 것, 우리가 나라의 주인이라는 것, 우리가 나라를 지켜야 한다는 것, 동학은 이제 나라의 중심에 서 있었다.」

한날한시에 죽기로 맹세하다

[전봉준, 김덕명, 김개남, 최경선, 손화중 등은 남모르게 서로의 집에서 번갈아 모이고 흩어졌다. 이들은 이미 결의형제가 되어 세상의 변혁을 이끌어갈 준비를 하였다. 특히 녹두라는 자그마한 키에 야무지게 생긴 전봉준은 혁명을 일으킬 주도면밀한 인물이었다.]

1891년 3월 초 9일, 태인 산외면 동곡(泰仁 山外面 東谷)이라는 곳, 산을 살짝 벗어난 동쪽의 골짜기 마을에 낯선 그림자 몇 개가 바람처럼 움직이고 있었다.

그곳은 초가집들이 옹기종기 모여 있는 마을, 봄을 맞이하여 온종일 일터에 나가 고된 노동을 하던 농민들이 코를 골며 잠에 빠지는 시간이었다. 밤이 깊을수록 무수히 빛나는 밤하늘의 별들, 적막에 휩싸인 산기슭, 사연이 많은 듯 졸졸거리며 마을을 관통하는 냇물, 간간이 들려오는 개 짖는 소리, 텅 빈 가슴을 위로하듯 심금을 울려주는 소쩍새 노랫소리, 그날, 그곳, 전봉준의 집을 향해 어둑한 밤길을 쏜살같이 달려오는 사내들이 있었다.

단단한 체격과 재빠른 몸놀림, 형형한 눈빛의 주인공들은 누구인가? 김덕명金德明, 김개남金開男, 최경선崔慶善, 손화중孫化中이었다. 전봉준全琫準과 이들은 틈만 나면 회합하여 나라 걱정과 시국을 의논하는 형제 같은 사이였다.

전봉준은 씽긋 웃는 표정으로 인사를 대신하고, 중차대한 이야기를 꺼냈다.

"내일(10일)이 수운 대선생주大先生主¹⁵ 기일입니다. 대선생은 후천개벽의 천황씨로서 새로운 세상을 위해 기꺼이 목숨을 바쳤어요. 우리도 선생의 후학으로서, 태어난 날은 달라도 한날한시에 죽기로 맹세를 해야 합니다."

전봉준의 의기에 찬 제안으로, 김덕명, 김개남, 전봉준, 최경선, 손화중 5인은 생사고락을 같이 하기로 맹세하였다. 이른바 동학농민혁명 5대 장군이라 일컫는 이들의 비밀결사 모임은 역사를 통틀어 가장 위대한 민중혁명의 역사를 창출하게 된다. 이들 동학 5걸이 사는 마을은 서로 간 걸어서 반나절의 거리밖에 되지 않는다. 수시로 만날 수 있는 지리적인 여건을 갖추었고, 또한 혁명과 전쟁을 수행할 이념 즉 사상까지 공유하게 된다.

전봉준은 나이가 위인 김덕명과 김개남, 아래인 최경선과 손화중 등과 동학사상은 물론, 국내외의 역사와 시국과 관련된 이야기를 자주 주고받곤 하였다. 전봉준은 어느 날 중국의 홍수전과 태평천국운동¹⁶에 대해 이야기를 들려주었다. 또한 이필제의 영해교조신원운동¹⁷에 대해서도 카랑카랑한 쇳소리로 말을 이어나갔다.

"그때 이필제가 대단한 사람이었어요. 조선을 평정하고 중국으로 치고 올라가 황제가 된다고 큰소리쳤지…. 하기야 수운 대선생님께서 천황씨를 자처했으니, 이는 곧 상제上帝요 천하를 다스리는 천황天皇을 의미하는데,

---

15 수운 대선생주. 동학 창도주 수운 최제우 선생을 가리키는 말. 해월 최시형 선생은 수운 선생에 대하여, 수운(水雲) 대선생주(大先生主) 즉 '수운 대선생님'이라 극존칭 하도록 하였다.
16 태평천국운동. 중국의 청나라 말(1850~1864) 홍수전이 일으켰던 대규모 반란사건을 말함
17 이필제의 영해교조신원운동. 1871년 3월 10일, 수운 대선생주 순도 7주기에 최시형, 강수, 이필제 등이 영해에서 일으킨 최초의 교조신원운동이다. '이필제의 난'이라는 주장도 있다.

대선생님 제자들이 얼마나 당당했겠어요!"

전봉준의 말을 듣고 있던 손화중 대접주도 호탕하게 웃으며, 정여립 장군에 대해 몇 마디 말을 보탰다.

"오래전에 전라도에서 정여립 선생이 평등무차별을 앞세워 대동세상을 꿈꾸다가 결국 모반사건으로 지목되어 기축옥사己丑獄死[18]라고 불리는 횡액을 당하여 정여립 자신은 물론이고 선비들 천여 명이 비참한 죽음을 당했지요…."

전봉준과 손화중의 말을 듣고 있던 최경선 접주도 굵직한 목소리로 홍경래 장군에 대한 이야기를 풀어놓았다.

"평안도에서 일어난 홍경래의 난[19]은 조선을 위태롭게 할 정도의 대규모 거사였으나 수천 명의 희생자를 내고 결국 실패했지요! 우리도 회상의 거울로 삼아 신중하게 처신해야겠어요."

전봉준, 김덕명, 김개남, 최경선, 손화중 등은 시간 가는 줄 모르고 소곤거렸다. 새벽이 다가오자 오랫동안 침묵을 지키는 김개남이 입을 열었다.

"영조대왕이 단군왕검을 천황으로 받들고 천제를 올렸다는 말이 전해오지요. 수운 대선생께서 스스로를 천황씨라 하셨으니, 단군왕검이 수운 대선생으로 다시 태어났다는 소문도 일리가 있어요. 우리가 동학으로 일어나면 조선 팔도는 물론, 고조선과 고구려의 옛 땅인 중국의 요동과 만주 일

---

18 기축옥사. 1889년(선조 22) 정여립이 모반을 꾀한다는 고변서에서 촉발되어 1천여 명이 사망한 사건으로 지역적으로는 호남이, 당파적으로는 동인이 큰 피해를 입었다.
19 홍경래의 난. 1811년에 평안도에서 봉기한 대규모 민란. 조선 왕조의 말기적 모순과 폐단에 맞섰다. 이들의 민중항쟁은 서북인에 대한 차별 철폐와 안동 김씨 세도 정권의 타도로, 19세기 중엽 무렵 삼남 지방을 중심으로 한 전국적인 민중항쟁의 원동력으로 작용했다는 평가를 받는다.

대를 다시 찾아야 하지 않겠는가? 단군왕검과 광개토대왕은 물론 발해의 대조영 대왕의 후예인 우리가 언젠가는 조상들이 대대로 살았던 고토故土를 되찾아야 한다고 생각하네…."

김개남의 일장연설이 끝나자 모두들 한동안 침묵에 휩싸였다. 5인 중에 연장자인 김덕명이 무거운 입을 열고 한마디 하였다.

"다들 좋은 이야기들이여…. 나의 생각은 결국 우리가 한 번 일어나면 뜻을 이룰 때까지 목숨을 걸고 포기하지 말아야 한다는 거네."

이처럼 전봉준을 중심으로 김덕명, 김개남, 최경선, 손화중 등은 틈만 나면 접촉하여 허심탄회하게 속마음을 털어 놓는 사이였다.

수운 선생 기일인 10일 새벽, 봉준·덕명·개남·경선·화중은 결의형제처럼 태어난 날은 달라도 한날한시에 죽기로 굳게 약속하였다. 이들은 훗날 동학농민혁명東學農民革命(1차 기포)과 동학의병전쟁東學義兵戰爭(2차 기포)을 주도적으로 일으키는 인물이 된다. 특히 갑오왜란甲午倭亂[20]이라 일컫는 일본군의 경복궁 침탈과 조선을 식민지화하려는 일본침략군에 맞서, 2차 기포인 동학의병전쟁, 즉 척왜항전斥倭抗戰[21]에 대규모 의병을 진두지휘하는 대두령大頭領들로 활약하게 된다.

> 「동학의 대두령들, 이들 5대 장군은 결의형제가 되어, 태어난 것은 각자 달라도 한날한시에 같이 죽자는 약속을 하였다. 역사에 등장하는 이들 영웅들은 지금도 국민의 가슴에 살아나고 있다.」

---

20 갑오왜란. 갑오년(1894) 6월 21일(양 7.23) 일본군에 의한 조선 왕궁, 경복궁점령사건을 필두로 청일전쟁, 동학농민혁명 2차 기포 즉 동학의병전쟁 등을 포괄적으로 일명 갑오왜란(甲午倭亂)이라 부르기도 한다.
21 척왜항전. 일본군의 침략에 맞서 그들을 물리치기 위한 전쟁을 말한다.

선운사 도솔암의 비기를 꺼내다

[손화중이란 인물, 호남 최대의 동학 세력을 갖고 훗날 전봉준과 동학농민혁명을 주도한다. 동학대접주 손화중 장군이 유명세를 떨치고 거대 조직을 통솔하는 대두령이 된 결정적 계기가 바로 선운사 도솔암의 비기를 꺼낸 사건이다.]

1892년 8월 초순 무더위가 극성을 부리고, 울창한 숲이 더욱 짙어질 무렵, 초산楚山 손화중포孫花中包를 중심으로 세상이 깜짝 놀랄 일을 꾸미기 시작했다. 손화중의 집에서 고창 선운사 뒤 도솔암의 비기秘記[22]를 꺼내기로 모의했던 것이다.

손화중이 입가에 미소를 지으며 먼저 말을 꺼냈다.

"내가 전에 말씀드린 대로 선운사 도솔암 석불의 배꼽에서 비결록을 꺼내 볼까 하네."

도솔암 석불 배꼽에 검단선사가 비기를 비장秘藏한 설화는 이 일대에 오래전부터 전해져 오는 이야기이다. 예전에 전라감사 이서구가 꺼내려다 마른하늘에 벼락이 쳐서 얼른 뚜껑을 덮었다는 비결록 이야기는, 그 비기秘記가 세상에 나오는 날 한양이 망한다는 전설이 있었다.

손화중은 도인들을 동원하여 은밀하게 선운사 뒤를 돌아 깎아지른 바위의 석불石佛(마애불)에 청죽靑竹으로 엮어 만든 사다리를 걸쳤다. 그리고는 주위를 살피며 한 발 두 발 기어올라 준비한 도끼로 배꼽을 부수고 자그마

---

22 도솔암 석불의 비기. 선운사 도솔암 마애불(미륵불 모습의 고려시대에 조각한 것으로 보이는 돌부처) 석불의 명치에 해당하는 지점에 검단선사가 쓴 비결록을 넣었다는 감실이 있다. 비기가 들어 있다는 감실은 배꼽모양으로 쉽게 열지 못하도록 봉해져 있었다.

한 황석黃石 상자를 꺼냈다. 손화중은 황석을 보자기에 싸서 가슴에 품고 조심히 내려왔다. 이 모습을 본 동학도인들 중에는 황금 덩어리를 꺼낸 것으로 착각한 사람도 있었다.

손화중은 상자를 안전하게 열어보기 위해 무장현 양실(兩谷) 마을에 위치한 오두막집으로 돌아왔다. 손화중은 측근인 김규일金圭一(丙云) 접주와 단둘이 방에 들어가 조심스럽게 작은 황석 상자를 열었다. 그 속엔 무언가를 감싼 비단포가 들어 있었다. 천하에 강심장인 손화중과 김규일도 긴장하는 모습이 확연했다. 손화중의 집을 둘러싼 도인들도 무척 궁금한 표정으로 온통 방 안의 동정에 귀를 기울이고 있었다.

그때 방 안에서 손화중의 우레와 같은 고함소리가 양실마을을 진동시켰다.

"한양이 곧 망하고 새로운 세상이 열린다!"

손화중이 마루로 나와 도인들을 불러 모아 놓고 걸걸한 목소리로 말했다.

"비결을 꺼내 보니, 한양이 곧 망하고 새로운 세상이 열린다고 되어 있소. 이는 개벽 세상이 온다는 동학의 비결과도 일치합니다. 널리 알리고 사람들을 끌어모아 닥쳐올 일을 준비합시다!"

손화중과 함께 상자를 열어보았던 김규일 접주도 눈을 찔끔 깜빡이면서 거들었다.

"대접주님 말씀이 확실하당께!"

손화중포의 접주와 도인들이 그 비기를 한번 보자고 말하여도 화중은 '여러 사람들이 보면 부정 탄다.'며 일절 거부하였다. 아하, 손화중은 정감록 비결과 미륵불 신앙을 동학으로 연결하는 발상으로 민중들의 염원에 또 한 번 불길이 타오르게 하였다.

후일 전봉준, 김덕명, 김개남, 최경선 등도 이 소식을 들은 후 진실 여부를 떠나 엄청난 일이 벌어졌다고 감탄하였다. 그 후 도솔암 석불의 비기를 탈취한 이야기는 입소문을 타고 사방팔방, 방방곡곡으로 퍼져 손화중포는 전라도에서 가장 큰 조직으로 거듭나게 되었다.

「손화중과 도솔암의 비기, 정감록 비결과 미륵불 신앙을 동학으로 연결시키는 기발함으로 민중들의 가슴에 불을 질렀다. 전라감사가 꺼내려다 마른하늘에 벼락이 쳐 얼른 뚜껑을 덮었다는 검단선사의 비결록, '후천개벽後天開闢' 그 비기秘記가 세상에 나오는 날 한양이 망한다는 전설이 전해온다. 손화중 접주가 진짜 꺼냈는지 소문만 무성했지만 그 후, 한양은 정말 망했다.」

2. 교조신원운동, 백성은 나라의 주인

공주취회, 대선생을 신원하라

[동학 교조 수운 최제우. 동학도인들은 쫓기고, 탄압받고, 빼앗기고, 죽임을 당하는 근본 원인이 바로 동학 교조가 억울한 죄목으로 처형당한 데서 비롯된 것이라 깨달았다. 그래서 교조신원운동은 도인 한 사람 한 사람을 살리고, 동학을 살리는 일일 뿐 아니라, 나라를 살리고, 세상을 구하는 길이라는 확신이 커져갔다. 그들에게는 새로운 아침이 밝아오고 있었다.]

19세기 후반 서양 세력과 일본 제국주의 세력의 침투, 그리고 조선 사회의 내재적 위기 속에서 보국안민輔國安民, 광제창생廣濟蒼生, 척양척왜斥洋斥倭를 내세우면서 동학이 창명되었다.

당시 유교는 주자학(성리학)적 명분론에 깊이 빠져 변화하는 사회에 적극적으로 대처하지 못했고, 불교 역시 조선 5백 년간 숭유억불정책崇儒抑佛政策[1]으로 탄압을 받아 오는 동안 새로운 사회를 주도할 자체의 역량을 상실한 터였다. 당시 조선은 밖으로는 외세가 몰려오고 안으로는 민란이 빈번

---

1 숭유억불정책(崇儒抑佛政策). 조선 왕조(1392~1897)가 500년 내내 불교를 탄압한 정책으로 불교가 현실세계를 도피하고 산중불교로 정착하게 된 결정적인 원인이 된다.

하게 발생하여 백성들이 도탄에서 헤매는 가운데, 수운 선생에 의해 동학이 창명되었고, 이내 백성들의 구원처가 되었다. 동학은 현세구복적인 순수 종교적 측면과 더불어 반봉건 반외세 사상으로 거듭나면서 날로 교세를 넓혀 갔다.

특히 경상도, 충청도, 전라도 삼남 일대에서 더욱 번성해 갔다. 이에 조선 정부는 동학을 민심을 어지럽히는 삿된 종교, 즉 이단으로 몰아 가혹하게 탄압하였다. 교조 최제우를 체포하여 1864년 '세상 사람들을 속여 정신을 흘리고, 그릇된 도道(동학)로서 정도正道(유학)를 어지럽힌다.'는 혹세무민惑世誣民과 좌도난정左道亂正의 죄명으로 처형함으로써 수운 선생은 대도大道를 위해 순도殉道(殉敎)하였다. 그러나 동학은 최시형의 지도력 아래 다시 그 세력을 회복하고, 더욱 신장시켜 나갔다.

그러나 동학의 세력이 점점 확장되어 갈수록 동학에 대한 정부의 탄압 또한 더욱 심해져만 갔다. 그에 대한 근본적인 해결책으로 수운 선생의 억울한 죄를 풀고 동학을 믿고 수행하며 공부할 자유를 요구하는 교조신원운동이 등장하게 된다. 그 첫 번째 신원운동伸寃運動[2]은 이필제가 해월 선생에게 제안하여 1871년 3월 10일(음) 영해에서 일어났다. 해월 선생은 단양, 영해, 영덕, 연일, 경주, 영천, 영양, 안동 등 16개 고을 접주들에게 영해로 모이라는 통문을 보냈다.

이필제는 해월 선생에게 평화적인 시위를 하겠다고 약속한 것을 어기고 병란兵亂을 시도했다. 이필제는 동학도인들을 이끌고 영해부로 쳐들어가 부사 이정을 살해하였다. 그러나 하루 밤낮 동안 영해부성을 해방한 동학

---

2 신원운동(伸寃運動). 원통한 일이나 억울하게 뒤집어쓴 죄를 풀어야 한다는 동학교조신원운동을 말한다.

도인들은 금방 흩어지게 되었는데, 금세 관군이 추적해 왔다. 이필제 등은 일단 일월산으로 피신하여 향후 대책을 세워 갔다.

그러나 이필제는 결국 그해 8월 다시 문경에서 병란을 준비하려다가 관군에게 체포되어 무참히 처형되었다. 이 일로 동학은 그야말로 풍비박산風飛雹散[3]이 났고, 수많은 도인들이 잡혀 처형되고 유배되었다. 이후 영해교조신원운동의 여파로 동학에 대한 탄압은 경상도 일대를 벗어나 충청도, 전라도로 확대되었다.

영해교조신원운동 이후 해월 선생은 강원도 쪽으로 피신하여 그곳에서 다시 포덕을 하는 한편, 경상도를 우회하여 충청도, 전라도로 동학의 세력을 확장시켜 나갔다. 그렇게 해서 10년에 걸쳐 전라도와 충청도를 중심으로 동학의 마당포덕이 활성화되면서 동학도인들의 숫자가 엄청나게 불어나자, 동학에 대한 탄압도 또다시 광범위하게 자행되었다. 그중에서도 탄압이 심한 곳은 호서湖西(충청)의 영동, 옥천, 청산, 호남湖南(전라)의 무장, 고창, 정읍, 금구, 만경, 여산 등지였다.

전라도와 충청도 여러 곳에서 관료와 유생들이 동학도인을 가혹하게 탄압했다. 특히 권세가이며 세도가인 토호 세력의 횡포가 더 극성스러웠다. 도인들은 빼앗기고 쫓겨나고 떠돌다가 1892년 5월 말쯤, 보은 장안(장내리) 동학 본부인 대도소大都所로 몰려들었다.

극심한 탄압에 함부로 휘둘림을 당하던 동학도인들 사이에는 '수운 선생의 원통하고 억울하게 뒤집어쓴 죄를 풀어버린다.'는 교조신원운동教祖伸寃運動을 통해 동학을 정부로부터 공인받는 것이 근본적인 해결 방법이라

---

3   풍비박산(風飛雹散). 바람에 날려 우박이 흩어진다는 뜻이다. 여기서는 동학 세력이 산산이 부서져 사방으로 흩어짐을 비유적으로 이르는 말이다.

는 생각이 퍼져나갔다. 7월로 접어들자 교조신원운동의 열기는 충청도 공주에서부터 타오르기 시작했다.

해월 선생은 그 무렵 충청도 보은의 대도소에 머물다가 상주 공성면 왕실촌으로 거처를 옮겼다. 이 왕실촌으로 서장옥·서병학 등이 여러 번 찾아와 수운 선생 신원운동을 건의하였다. 전라도의 큰 동학 세력과 연결된 서장옥을 비롯하여 충청도에서 막강한 활동을 하던 서병학·황하일 등에게서 수운 선생 신원운동의 청원을 받은 해월 선생은 신원운동 추진을 전제로 접주들을 소집하였다. 그리고 지도부와 접주들에게 신원운동에 대해 당부하였다.

"우리가 하려는 일의 목적을 한시도 잊지 말아야 합니다. 대선생님을 죽음에 이르게 한 억울한 죄를 씻고, 동학의 공인을 요구하는 의로운 일이니만큼 털끝만치의 위력이라도 있어서는 아니 됩니다. 특히 21년 전 영해에서 일으켰던 수운 대선생님 신원운동의 무력 기포에 따른 막대한 피해를 절대 잊어서는 안 됩니다."

그렇게 해서 수운 선생 순도한 지 28년, 영해교조신원운동이 좌절된 지 21년 뒤, 1892년 10월 20일(음)에 공주감영의 충청감사 조병식趙秉式에게 소장을 보내 수운 선생의 신원을 요구하기로 하였다. 해월 선생의 허락이 떨어지자 청주 송산 손천민의 집에 도소를 설치하고, 도차주道次主[4] 강시원을 중심으로, 손병희·손천민·김연국·박인호·임규호·서장옥·서병학·조재벽·황화일 등 십여 명으로 지도부를 구성했다.

해월 선생은 10월 17일 '신원의 방법을 찾으라'는 내용의 입의통문立議通文(여럿이 돌려 보는 문서)을 각 포·접 지도부에게 보냈고, 이로써 신원운동의

---

4   도차주(道次主). 당시 해월 최시형 선생 다음 자리의 지도자를 도차주라 불렀다.

개시가 공포되었다. 10월 20일경, 공주에 모인 동학도 1천여 명은 지도부의 주도로 역사적인 교조신원운동을 전개했다.

공주취회公州聚會[5]라 불리는 이 운동에는 내부적으로 두 갈래의 흐름이 있었다. 하나는 강경파인 서장옥·서병학·황하일을 중심으로 병란의 불꽃을 지피는 흐름이었고, 또 하나는 온건파인 손병희·손천민·김연국을 중심으로 한 평화 시위의 흐름이었다.

거사의 그날은 늦가을 서리에 낙엽이 우수수 지고, 초겨울 찬바람에 앙상한 나뭇가지들이 윙윙거리는 10월 21일(음)이었다. 동학접주 서장옥·서병학·황하일을 비롯하여 대표단 일곱 명이 의관을 정제하고 앞장서서 관아에 나아가 충청감사 조병식에게 보내는 의송단자議送單子를 전했다.

동학 역사에서 의송단자를 공개적으로 올린 것은 처음 있는 일이었다. 관찰사 조병식과 관료들은 뜻밖의 사태에 어쩔 줄을 몰라 했다. 관문 앞에 운집한 1천여 명의 동학도인들은 동학의 주문인 '시천주 조화정 영세불망 만사지'를 합송하고, '포덕천하·광제창생·보국안민·척양척왜'의 구호를 외치면서 질서정연하게 취회를 진행했다. 밤에는 수많은 횃불과 관솔불, 등불이 물결을 이루며 집회의 분위기를 고조시켰다. 특히 지도부의 의연한 태도와 당당한 모습에 조병식과 관료들은 그만 기가 질리고 말았다.

동학 지도부에서 보낸 청원문의 핵심 내용은 수운 선생의 신원과 동학 활동의 자유 보장을 요구하는 것이었다. 이는 결국 수운 선생의 명예를 회복시킬 것과 동학에 대한 신앙의 자유를 요구하는 것이었다. 그리고 관원들이 동학도들의 재물을 약탈하거나 체포하는 것을 멈추고, 농민을 괴롭

---

5   공주취회(公州聚會). 취회(聚會)는 '모이다, 회합하다'라는 말, 여기서는 공주에서 집회를 열었다는 뜻이다.

히는 탐관오리들을 척결해 달라는 것이었다.

조병식은 처음에는 동학도인들의 소장을 무시하고 넘어가려고 하였으나, 요지부동으로 회신을 요구하는 동학도인들의 질서정연한 모습에, 간단하게라도 회답을 하지 않을 수 없었다. 조병식은 최제우의 신원과 동학 공인은 정부의 일로 자신의 권한 밖의 일이라고 하였다. 그렇지만 동학도인에 대한 탄압을 중지하는 것은 노력해 보겠다는 것이었다.

10월 23일, 충청감사 조병식은 관내 각 고을 수령들에게 '동학도의 탄압은 물론 무고한 백성들에게서 재물을 약탈하거나 그들을 무단히 잡아 가두는 일이 없도록 하라.'는 감결甘結(관청의 공문)을 내렸다. 동학으로서는 일단 몇 가지 소원 중에 하나를 이루어 낸 것이다. 이것은 그동안 탄압만 받아 왔던 동학으로서는 적지 않은 성과라고 할 수 있었다.

그러나 한편으로 충청감사 조병식은 취회, 즉 집회에 모인 군중(동학도인)을 해산하라고 동학 지도부에 통보하였다. 도소에 모인 지도부는 난상토론 끝에 공주에서 10월 24일 해산하고 곧 전라도 삼례에서 다시 만나자고 결의했다. 결국 강경파의 주장이 먹혔고, 온건파가 수용하는 형태로 재차 수운 선생 신원운동을 하기 위한 삼례취회가 결정되었다.

> 「1차 동학 취회, 공주 교조신원운동. 수운 선생의 억울한 누명을 씻고, 동학의 자유를 국왕과 조정에 요구, 만천하 백성들이 환호성을 질렀다. 역사 이래 최초의 평화집회, 포덕천하, 광제창생, 보국안민, 척양척왜, '시천주 조화정 영세불망 만사지'. 밤에는 엄청난 횃불, 관솔불, 등불이 물결치고 대낮처럼 밝아, 그야말로 혁명전야로 불타오른다.」

삼례취회, 탐관오리를 처단하라

[교조신원운동은 수운 선생의 억울한 죽음을 풀어달라는 것에서 한층 더 높게 요구 내용이 진화한다. 동학 접소 설치를 허가할 것과 탐관오리의 처단을 요구하였다. 부정부패한 탐관오리의 처단 요구는 종교적인 문제를 넘어 정치적인 문제에 적극 개입하겠다는 선언이다.]

충청감사를 상대로 신원운동을 전개하여 일정한 성과를 거둔 지도부는 두 번째 신원운동을 준비하기 위해 1892년 10월 25일경(음) 전라도 삼례에 동학 본부인 도회소를 설치했다. 전주와 가까운 삼례는 이명로 접주 등 많은 도인들이 사는 곳이었고, 교통·통신 기관인 역참驛站이 있어 사람들의 왕래가 빈번한 교통의 요충지였다.

삼례교조신원운동 준비가 순조롭게 진행되자 지도부는 10월 27일(음) 삼례도회소 명의로 각 포·접에게 통문通文(여럿이 돌려가며 보는 통지문)을 보냈다.

> 지금까지 30년이나 죄 지은 사람처럼 숨어 살아왔다. 충청감사와 전라감사에게 소원하려 함은 대선생의 신원을 위해서이다. 각 포 대접주와 접주들은 도인들을 인솔하여 10월 29일까지 삼례역참에 모이라.

추수가 끝난 초겨울 삼례의 텅 빈 들녘에 수많은 동학도들이 몰려들었는데, 공주집회 때보다 그 수가 많았다. 수천을 헤아릴 정도의 도인들이 모두 의관을 정제하여 들판은 온통 하얀 옷을 입은 동학도인으로 가득 찼다. 야간 집회에는 어김없이 횃불과 관솔불이 등장하여 참여 인원을 더욱 많아 보이게 하였다.

삼례취회에는 충청도 도인들은 물론 전라도 도인들까지 대거 동참했다. 원평의 김덕명, 태인의 김개남, 무장의 손화중, 주산의 최경선, 전주의 서영도, 남원의 유태홍, 임실의 이병춘, 부안의 김낙철, 장흥의 이방언 등의 대접주와 접주들은 각 접·포 조직에 총동원령을 내렸다.

특이한 점은 삼례취회부터 전봉준 접주가 전면에 등장하였다는 점이다. 동학도인들은 일제히 동학 주문 '시천주 조화정 영세불망 만사지'를 외웠으며, 간간이 '대선생을 신원하라!' '동학 접소를 허가하라!' '탐관오리들을 처단하라!' 등의 구호를 외치면서 분위기를 돋우었다. 그야말로 노도와 같이 밀려가는 하얀 옷의 파도였다.

전라감사 이경직은 관료들의 잘못된 정보와 부적절한 상황 판단으로 동학 지도부와 신경전만 벌이는 무능함을 보여주었다. 전라감영에는 말발굽 소리와 함께 밀정들의 보고가 이어졌다.

"아뢰오. 동학도 수천 명이 삼례에 구름처럼 모여들고 있습니다."

"보고합니다. 동비들 수천 명이 합창으로 주문을 외우며, 천지가 진동하는 듯 구호를 외치면서 삼례역참 쪽으로 모이고 있습니다."

삼례취회도 공주에서처럼 강경파인 서장옥과 서병학 등이 앞장서 주도하고 해월 선생이 총괄하는 모양새를 갖추었다. 그런데 해월 선생은 삼례로 오던 중 말에서 떨어져 부상을 당하고 말았다. 해월 선생은, "함께하려고 했는데 못 가게 된 것을 참으로 부끄럽게 여긴다."는 말을 삼례도회소에 전했다. 그리하여 해월 선생을 수행하던 수제자들과 측근들도 삼례취회에 동참하지 못했다.

동학 지도부에서 작성한 의송단자를 전라감사 이경직李耕稙에게 전달하는 책임자로 전봉준 접주와 유태홍 접주가 결정되었으며, 청원문의 내용

새벽길

전봉준은 늦은 밤 아무도 모르게 동지의 집에 들렀다가 새벽에야 길을 나서며 수년 동안 혁명을 준비했었다. 전봉준, 그는 때가 왔다고 판단했는지 삼례취회부터 조심스러웠던 발걸음을 힘차게 내딛으며 만인 앞에 등장한다.

은 다음과 같다.

하나, 경신년에 수운 대선생께서 동학東學을 창도한 것은 나라와 백성을 위한 것이다. 그런데 한울님인 천주天主를 공경한다는 이유로 수운 대선생을 서학으로 모함한 것은 잘못된 것이다. 30년이 되도록 숨어 살며 세상에 드러나지 못함은 신원을 하지 못했기 때문이다. 동학의 참된 가르침을 몰라 서학西學으로 지목하나, 이미 서학에 대한 지목은 해제되었는데 어찌 동학만을 배척한단 말인가?

이때 조선 정부는 서양 세력의 힘에 눌려, 서학, 즉 가톨릭도 인정하는 분위기가 전국에 확산되고 있었다. 동학도인들은 그 점을 지적한 것이다. 동학은 서학이 아닐뿐더러, 설령 서학이라 하더라도, 서학 그 자체는 허용하면서 동학도인들은 여전히 탄압하는 것은 모순이 아닐 수 없었다.

둘, 지방 수령들이 동학을 서학으로 모함하여 우리 도인들을 잡아가두고 매질로써 돈과 물건을 강제로 빼앗으니 우리는 죽어야만 하는 처지다. 재산이 넉넉한 백성들도 억눌리고 빼앗기니 가족과 고향을 버리고 떠돌이로 살 수밖에 없다. 우리가 나라의 백성으로서 동학을 하는 뜻은, 스스로 허물을 고쳐 새 사람이 되어 한울님을 공경하고, 임금님에게 충성하며, 스승님과 어른을 존경하여 받들고, 부모님께 효도하자는 데 있다.

당시 동학을 서학으로 모함하여 가혹한 탄압을 하였으므로, 동학하는 사람들의 바른 가르침과 실천사항을 강조하였다. 당시 지방의 관헌들이 그 직의 고하를 막론하고 동학도인을 탄압한 것은 국금國禁의 도道를 하는 무리라는 것이 표면적인 이유였으나, 실은 그것을 빌미 삼아 재산을 빼앗는 것이 실질적인 이유인 경우가 많았다. 동학도인들의 소장疏章은 이 점을 직설적으로 지적하고 있었다.

> 셋, 우리가 수도修道하여 한울님께 축원하는 것은 보국안민輔國安民과 광제창생廣濟蒼生뿐이다. 억울함을 견디다 못해 피눈물로 호소하니, 영감께서 덕을 베푸시어 상감께 글을 올려 동학이 참된 도리라는 것을 드러나게 해주시길 천만번 간절히 소원한다.

동학 지도부가 전라감사에게 보낸 의송단자의 내용은 당시 동학이 탄압받았던 것은 물론이고 백성들의 고충을 해결하려는 것으로, 민심을 그대로 전달한 솔직하고 담대한 청원의 글이었다.

한편 이 삼례집회에서 의송단자를 감사에게 전달한 전봉준으로서는 전국의 동학도인은 물론 백성들에게 새로운 지도자로 각인되는 계기가 되었다. 동학도인들의 요구조건은 명쾌하였지만, 우유부단한 이경직은 어떠한 해결책도 내놓지 못하고, 궁리만 거듭하면서, 속으로는 그들이 스스로 해산하기만을 기다리는 눈치였다. 동학 지도부는 6일을 기다려도 아무 소식이 없자, 7일 만에 답변을 독촉하는 전문을 감사에게 보냈다.

> 의송단자를 올린 지 6일이 지났다. 합하閤下의 처분을 기다리면서 계속 찬바람을 맞아 가며 길가에 노숙하고 있다. 이 시간에도 각 고을의 수령과 관료들이 동학도를 수탈하고 있다. 거의 죽어 가는 백성들을 불쌍히 여겨 임금님께 상소하여 대선생의 숙원을 풀게 하여 달라.

이경직은 동학도인들이 곧 해산할 것이라는 자신의 예측이 빗나가고 그들이 완강히 저항하자, 9일째 되는 날에 제사題辭(소장에 대한 회신)를 보냈다. 제사의 요지는 "이단의 무리들인 동학도인과 협상을 하는 것은 있을 수 없다."는 강경한 것으로, 사실상 빈손으로 해산하라는 것이었다. 그러나 이 날 이후 동학도인들은 일심 단결하여 더 적극적으로 위력을 과시했다. 이에 감사는 영장 김시풍에게 병사 3백여 명을 이끌고 가서 동학도인들을 해산시키라고 명령을 내렸다. 감영군이 몰려온다는 정보를 입수한 지도부는 전열을 가다듬고 만일의 사태에 대비하였다.

영장 김시풍은 완전무장을 한 병졸 수백 명을 이끌고 동학도인들이 운집한 들판에 다다랐다. 삼례 남천을 사이에 두고 김시풍은 동물적인 감각으로 살기를 느꼈다.

"예감이 좋지 않다. 잠입시킨 밀정을 불러라."

곧 밀정이 도착하여 보고하였다.

"처음에는 1~2천 명이 모였는데, 시방은 3~4천 명으로 늘어났습니다. 그리고 저번에 의송단자를 들고 온 꼭 밤톨같이 생긴 녹두, 전봉준이라는 자도 함께 있었습니다."

김시풍은 그만 동학도들의 기세에 눌려 한 발 뒤로 물러났다.

"동학이 난당이라 하기에 금했으나 소장의 내용을 검토해 보니 유학에 버금가는 진리였고, 오늘 이 자리에서 그대들을 대하며 내 생각이 바뀌었다. 사또께 잘 말씀드려 해결하도록 해보겠다."

영장 김시풍은 죽었다 살아난 사람처럼 허겁지겁 병졸들을 이끌고 퇴각하여 감사에게 정황을 보고했다.

"동학도들은 전혀 해산할 기미가 없습니다. 숫자가 무려 4천 명으로 늘어났는데 만약 무기라도 들면 진압할 수 없는 폭동으로 돌변할 수 있습니다."

이경직 전라감사는 고심 끝에 동학을 금한 것과 선생의 신원 문제는 정부의 일이라는 핑계로 빠져나가며, 11월 11일에 「감결甘結」을 내렸다.

> 이제 들으니 각읍 관리들이 동학을 엄중히 금하는 것을 이용하여 돈과 재물을 약탈한다 하는데, 나라의 법대로 하면 될 것을 어찌 재물과 돈을 탐하게 되었는가! 감결이 도착하는 즉시 경내에 명하여 한 푼이라도 탈취하는 폐단이 없도록 하라.

이렇게 해서 동학도인들은 공주취회에 이어 삼례취회도 나름의 성과를 이루어 낸 셈이 되었다. 그러나 수운 선생 신원 문제와 동학을 인정하는 공인 문제는 중앙 정부의 소관이라는 점을 다시 한번 확인하면서 숙제로 남기게 되었다.

결국 동학 지도부는 조정에 수운 선생 신원과 동학의 공인을 직접 상소하여 문제를 해결하기 위해, 한양으로 올라가 직접 상소하기로 했다.

> 「2차 동학 취회, 삼례교조신원운동. 밤길, 이슬길, 새벽길, 이웃의 눈을 피해 그 무엇인가 비밀리에 계획하고 추진했던 전봉준, 그가 이제 의로운 일에 앞장서며 전면에 등장한다. 의송단자인 청원문을 손에 쥐고 전라감사에게 요구한다. 수운 선생께서 동학을 창도한 것은 나라와 백성을 위한 것이고, 동학을 하는 뜻은 스스로 허물을 고쳐 새 사람이 되는 것이며, 우리는 한울님을 공경하고 나라에 충성하며, 스승님과 어른을 공경하고, 부모님께 효도하자는 것이다. 동학도인들이 수도하여 한울님께 축원하는 것은 오직 보국안민과 광제창생이다. 우리의 억울함을 견디다 못해 피눈물로 호소하니, 영감(전라감사)께서 덕을

베풀어 상감께 글을 올려 동학이 참된 도리라는 것을 드러나게 해 주길 천만 번 간절히 소원한다.」

한양으로 간 동학도, 광화문에서 임금에게 상소하다

[광화문전光化門前 복합상소伏閣上疏. 수운 대선생의 원통함을 신원하지 못하면 우리 도인들이 한 명도 살아남지 못할 것이다. 머리에는 갓을 쓰고 손에는 염주를 들고, 하얀 도포를 입고서 주문을 외우는 동학도인들의 모습은 숙연하기까지 했다. 사람을 한울님처럼 섬기라는 말씀이 어찌 바르지 않겠는가. 수운 대선생은 옛 성현들이 밝히지 못한 가르침을 다시 밝혀 어리석은 사람들로 하여금 천리와 근본을 알게 하고자 했다.]

동학 지도부는 전라감사 이경직에게 '동학도인을 침범하여 포악하게 굴지 않겠다.'는 약속을 받아 내고 일단 잠정적으로 해산하기로 결정했다. 그러나 호남 중심의 지도부는 언제든지 동원할 수 있는 체제를 갖추고 준비에 만전을 기하기로 하였다. 관료들이 과연 약속한 내용을 지켜 줄지도 의문이고 사실상 대선생 신원과 동학 공인 문제는 전혀 해결되지 않았기 때문에 언제 어디서 탄압이 다시 시작될지 모르는 상황이었다.

모두가 걱정한 대로 여기저기에서 동학에 대한 탄압 소식이 대도소에 속속 전해졌다. 충청도보다 전라도가 심했고, 도인들 일부는 집에 가지도 못하고 다시 삼례와 원평에 모여들었다. 감사의 거짓말에 격분한 동학도인들은 지도부에서 중앙의 조정을 상대로 신원운동을 해 줄 것을 강력하게 요청했다. 동학도 탄압 문제를 해결하기 위해서는 중앙정부가 동학금지령을 철회해야 한다는 데 의견을 모았다.

동학 지도부는 1892년 11월 12일(음), 향후 대책을 합의하여 결의하고, 해월 선생은 각 접과 포에 「경통敬通」을 보내 향후 계획과 행동 지침을 알렸다.

대선생 신원을 이루지 못했다. 탄압이 더욱 심해질 것 같다. 지목이 심해지면 접에서 소장을 작성해 관청에 제출하고, 큰일은 도소에 알려 의송단자를 올리도록 한다. 큰 뜻을 위해 나섰다가 가산을 탕진한 도인들이 많다. 정성을 모아 어려운 도인들을 도와주어야 한다.

동학 지도부는 해월 선생의 지시에 따라, 대선생 신원을 요구하는 상소를 올리기로 결의하고, 12월 19일 각 포와 접에 통문을 띄웠다.

동학은 창명彰明되었으나 신원은 이루지 못했다. 이는 제자들의 정성이 부족했기 때문이다. 대궐 앞에 직접 나아가 상소를 할 예정이니 다음 지시를 기다리라. 도인들은 서로 도와 떠돌지 않게 가까이 있거나 멀리 있는 사람들이 합심하여 어려움이 없도록 하라.

전라감사 이경직은 동학의 움직임에 대한 첩보를 입수하고 안절부절못하였다. 한양에 올라가 임금에게 직접 상소하면 그 여파가 지방관인 자신에게 미친다는 것을 걱정하지 않을 수 없었다. 이경직은 12월 21일 급하게 군현의 지방 수령들에게 "동학도들을 무단히 괴롭히지 말라"는 감결을 시달했다.

임금께 상소하는 것은 1892년 11월 하순부터 준비했다. 이는 공주와 삼례의 신원운동보다 진일보한 것으로 큰 파장이 예상되었다. 통문이 돌고 소문이 나자 많은 접주와 도인들은 보은 장내리 대도소로 찾아들었다. 대도소는 여섯 분야의 업무를 관장하는 행정기관의 지도자인 육임을 임명하고, 숙식 문제 등 중요한 일들을 체계적으로 관리하기 시작했다.

관청에서 도인으로 위장하여 잠입시킨 간자間者와 일하지 않고 빈둥거리며 놀고먹는 사람들을 가려내기 위해 각 접주가 지급한 신표가 없으면 출입을 제한하였다. 그 후 어지러이 왕래하는 사람들이 줄어들었고, 질서가 바로잡혀 업무 처리를 제대로 할 수 있게 되었다. 동학 지도부는 한양으로 올라가 상소하기 전인 12월 초 먼저 조정에 소장을 제출하여 호소하였다.

> 충청감사는 돈을 내는 사람들은 죄가 없다며 풀어 주고, 가난한 사람들은 죄를 씌워 귀양을 보냅니다. 영동, 옥천, 청산 수령들이 백성을 괴롭히며 재물을 빼앗아 가니 각 고을의 백성들은 집안의 재산이 거덜이 나 고향을 버리고 떠도는 처지입니다. 전라도 김제, 만경, 무장, 정읍, 여산 등에서는 재물을 탐하는 부패한 탐관오리들에게 집중적으로 화를 당해 죽어서 장례를 치르는 일들이 그치지 않고 있습니다. … 삼가 바라옵건대 조정에서 공평하게 살펴 주기를 소원합니다.

동학 지도부에서 올린 소장은 예상한 대로 반려되었다.

한편 광화문 복합상소에 앞선 1893년 1월 초쯤 전봉준은 창의문倡義文, 즉 의병기포의 격문을 발송하였다.

> 일본과 서양세력 그리고 청나라 등이 우리나라를 횡행橫行(제멋대로 행동함)하여도 이를 막지 못하고 있으니, 우리가 이를 초멸剿滅(도적의 무리를 무찔러 없

앰)하고자 한다. 각 고을에서는 지혜롭고 용기 있는 자를 추천해서 보내라.

전봉준의 창의문, 즉 '의병을 일으킨다'는 격문을 보면 이때부터 동학 조직에 있어 호남세력, 즉 남접을 중심으로 정치지향적인 독자노선을 준비하고 있었다는 것을 알 수 있다.

동학 지도부는 한양으로 올라가 직접 상소하여 신원운동을 하기로 하였다. 해월 선생은 1893년 1월 초쯤, 청원 산동 용곡에 있는 권병덕 접주 집에 머물고 있었다. 이때 서장옥과 서병학이 찾아와 말했다.

"대선생의 원통함을 신원하지 못하면 저희 도인들이 한 명도 살아남지 못할 겁니다. 저희가 한양에 올라가서 임금께 상소하겠습니다."

"상소하는 것을 허락합니다. 청원 송산의 손천민 집에 도소를 설치하고 준비에 만전을 기하도록 하시오."

해월 선생은 주저 없이 상소하는 것을 허락했다. 공주에서 시작된 신원운동은 삼례를 거쳐 광화문에서 임금을 상대로 수운 선생의 신원을 호소하게 되었다. 해월 선생은 손천민에게 상소문을 짓게 하였다. 그리고 1893년 1월 20일경, 선생은 전국의 접주들에게 경통을 보냈다.

> 임금께 상소를 할 것이니 각 포 접주들은 도인들을 인솔하여 2월 10일까지 한양에 모이라.

광화문光化門 복합상소伏閤上訴[6] 날짜를 2월 10일로 정한 것은, 2월 8일(양

---

6 복합상소(伏閤上訴). 왕조시대, 나라에 큰일이 있을 때나 나라에 건의할 일이 있을 때 대궐 문 앞에 엎드려 상소하는 일을 이르던 말이다.

3.29)이 왕세자가 태어난 날이라 정부에서 이를 경축하는 과거시험을 치르기로 했기 때문이었다. 전국의 선비들과 각 고을의 관원들이 앞다투어 상경할 것이고, 외국 사신들도 경축 대열에 참여할 것으로 예상하여 시기를 잡은 것이다.

해월 선생은 신원운동을 시작하면서 그때까지 주로 도인道人이라 부르던 명칭을 도유道儒로 고쳐 불렀다. 동학東學, 즉 천도天道를 닦는 선비라는 뜻으로 말씀한 것이다. 그리고 행사나 단체 집회를 할 때는 반드시 의관을 정제하라고 지시하였다. 머리에는 갓을 쓰고 손에는 염주를 들고 하얀 도포를 입고서 주문을 외우는 모습을 통해 동학 도유道儒의 품격 있는 모습과 태도를 세상에 드러내게 한 것이다. 그러나 해월 선생과 지도부에서는 도유道儒라는 명칭을 사용했으나, 일반 도인들은 예전에 불렀던 도인道人의 명칭을 그대로 상용하는 것이 대부분이었다.

동학도인들은 과거시험을 보러 가는 유생들의 차림을 하고 한양으로 모여들었다. 여기저기서 무리 지어 상경하는 모습만 보고서는 누가 선비인지 누가 동학도인인지 분간할 수 없었다. 2월 1일, 남산 자락의 최창한 접주 집에 임시 본부로 설치한 도소에 지도부가 모였다. 강시원, 손병희, 서장옥, 서병학, 박인호, 김연국, 박광호 등 지도부는 만일의 사태를 대비하고 집회를 효과적으로 진행하기 위해 전략을 논의하였다.

한양 도소 지도부에서는 대표자 아홉 명을 선출하고, 수천 명에 달하는 도인들을 세 곳으로 분산시키기로 하였다. 그동안 집회에서 얼굴이 알려지지 않은 호서의 박광호 접주를 상소를 제출하는 대표인 소두疏頭로 정하였다. 또한 박광호 접주를 필두로 손천민, 김낙철, 권병덕, 남홍원, 박석규, 박인호, 임규호, 손병희 등 아홉 명을 대표단으로 결정하기로 하였다.

광화문 복합상소운동은 세 번째 신원운동이면서 중앙정부(임금)를 직접

2. 교조신원운동, 백성은 나라의 주인 | **289**

상대하는 일이기에 교단 지도부를 보호해야 할 필요가 있었다. 그래서 충청도에서 큰 조직을 거느리고 있던 박인호 대접주의 사촌동생인 박광호 접주를 내세웠고, 실질적으로는 온건파 손병희와 강경파 서병학이 주도했다.

광화문 부근에는 본부 대표단을 비롯해서 지방 대표단 50여 명이 잠입했다. 일반 도인들은 동대문 밖 낙타산(낙산) 부근과 남대문 밖에 모이도록 하였다. 동학도인들은 긴장과 기대 속에 수백 명씩 무리 지어 도소의 명령만을 기다리고 있었다. 광화문 복합상소 당시 무리 지어 참여한 동학도인 수는 정확한 기록에는 남아 있지 않지만, 지난 삼례취회와 같은 수천 명을 넘어섰을 것으로 보인다.

2월 10일(음), 양지바른 곳에는 새싹들이 고개를 내밀고, 때 이르게 꽃들이 막 피어나려는 화창한 초봄이었다. 저녁 무렵, 대표단은 기도 의식과 함께 상소의 성공을 기원하는 봉고식을 거행했다.

11일 아침 일찍 대표단 9인과 지방 대표 40여 명은 의관을 정제하고 광화문으로 향했다. 광화문에 도착한 대표단은 광화문 앞 길가에 각자 돗자리를 깔고 붉은색 보자기에 싼 상소문을 소반 위에 올려놓았다. 이어 박광호 접주의 주도로 상소 예식이 엄숙하고 질서정연하게 거행되었다. 문필이 뛰어난 손천민이 작성하고 법헌 최시형이 감수한 상소문의 요지는 이러했다.

> 최근에 살펴보면 올바른 선비는 많지 않습니다. 이 어지러운 세상에 수운 대선생께서 하늘의 뜻으로 도를 깨달아 사람들을 바르게 가르쳤습니다. 그 후 3년 만에 못된 학문으로 몰려 대구감영에서 목숨을 잃었습니다. 터무니없는 모략으로 백옥처럼 작은 흠집도 없는 큰 진리가 뜻밖에 불행하

고 억울한 일을 당했습니다.

동학은 유학에 비교해도 크게 어긋나지 않는 바른 도리입니다. 부모님을 한울님처럼 섬기라는 말씀이 어찌 바르지 않겠습니까? 동학은 동학이고, 서학은 서학인바 어찌 동학을 서학으로 모함하여 빼앗아 가고 잡아 가두는 탄압을 합니까? 대선생은 옛 성현들이 미처 밝히지 못한 가르침을 다시 밝혀 어리석은 사람들로 하여금 천리와 근본을 알아서 따르게 하고자 했습니다. 조금이라도 부끄러움이 있다면 감히 임금을 속이는 것인데 어찌 죄를 면할 수 있겠습니까? 바라건대 천지부모 은덕으로 신들의 스승을 억울하고 분한 죄목에서 풀어 주소서. 끝으로 감영이나 고을에서 죄 아닌 죄로 벌을 받고 귀양 간 도인들의 생령을 살려 주실 것을 간절히 소원합니다.

광화문에서 벌어지고 있는, 쉽게 보기 드문 백성들의 집단적인 움직임에, 대궐 문을 출입하는 대관들과 외국인들은 호기심에 가득 찬 눈길로 그들의 일거수일투족을 주시하였다. 집회가 시작되자 광화문 앞에 자리한 지도부는 땅바닥에 엎드려 수운 대선생 신원과 동학 공인을 호소하였다. 동대문과 남대문 밖 등지의 수천의 도인들도 제각각 주문을 외우고 구호를 외치면서 분위기가 고조되었다.

"지기금지 원위대강."

"시천주 조화정 영세불망 만사지."

"전하, 대선생의 억울한 죄목을 풀어 주소서!"

"전하, 동학의 자유로운 포덕을 허락하소서!"

"전하, 백성을 구하시고 부패를 척결하소서!"

"전하, 서양 세력과 일본 세력을 몰아내소서!"

동학도인들의 목소리는 시간이 지날수록 적극성을 띠며 커져 갔다. 그러다가 날이 저물면 조용히 상소문을 싸서 어디론가 사라졌다. 조정은 무관심한 태도로 일관하다가 이틀이 지나도 도인들의 목소리가 잦아들지 않자 13일 오후쯤에 "모두 집으로 돌아가면 소원을 베풀어 주겠노라."는 성의 없는 한마디를 전했을 뿐이었다. 이에 격분한 도인들은 죽음을 각오하고 시위를 더욱 격렬하게 진행하였다.

이렇듯 어수선한 분위기를 틈타 정부를 더욱 긴장시키는 특이한 일이 있었다. 한양을 중심으로 호남 일대에 벽보 사건이 발생한 것이다. 벽보는 호소문과 경고문으로 나눠 시장 길목, 지방관청, 한양 중심 길, 서양 공관의 정문, 외국인 거리 등 주요 길목에 나붙었다.

이렇게 동시다발적으로 동학이 움직일 수 있었던 것은 동학만의 특수한 조직이 있었기에 가능했다. 단체 행동인 취회聚會, 즉 민회民會가 가능한 것도 동학 조직이 발 빠르게 움직일 수 있는 조직이 있었기 때문이다. 여기서 당시의 동학 조직에 대해 자세히 알아보도록 한다.

수운 선생은 1862년 12월 경상도 매곡마을 손봉조의 집에서 공식적으로 접接을 조직하고 책임자인 접주接主를 직접 임명했다. 그 후 동학도인들이 늘어나고 수많은 접주들이 생겨나자, 해월 선생께서 접주 위에는 수접주首接主, 접주 밑에는 접사接司라는 직책도 새로이 두어 임명했다.

그러다가 더욱 커져만 가는 동학 조직을 체계적으로 관리하기 위해서 1880년대 후반에 단위 조직인 접接 위에 포包라는 큰 단위의 조직을 만들었다. 포 조직의 책임자를 대접주大接主라고 불렀다. 접과 포 조직은 사람과 사람의 관계인 인맥의 연원 조직이었다.

그 후 도소都所, 대도소大都所 등 본부 성격의 행정조직을 만들면서 교장校長(알차고 덕망 있는 사람), 교수敎授(성심 수도하여 가르칠 사람), 도집都執(위풍을 갖추고 기강을 세워 다스릴 사람), 집강執綱(시비를 밝혀 기강을 잡을 사람), 대정大正(공평을 유지하며 근후한 사람), 중정中正(능히 직언할 수 있는 강직한 사람) 등 여섯 단계로 된 육임六任 조직이 생겼다(1884). 또한 각 도 단위를 책임지는 편의장 직책도 생겼다.

성인을 중심으로 육임 조직이 있었다면, 육임의 하부 기관으로 봉도奉道, 봉좌奉座, 봉헌奉軒, 봉규奉規, 봉령奉令, 봉교奉敎 등 동몽육임童蒙六任 조직이 만들어졌다(1889). 동학은 남녀노소를 구별하지 않고 그 능력에 따라 직책을 임명했다. 동몽육임은 오늘날로 보면 청소년, 즉 미성년자를 중심으로 여섯 단계의 임무를 수행하는 조직으로서, 주로 각 도소와 포에 문서를 전달하거나 연락을 취하는 등 심부름을 담당했다.

동학 조직의 접이나 포 그리고 육임이 있는 장소를 가리켜, 접은 접소라 하고 포는 도소라 부르며, 육임은 대접주가 관할하기 때문에 포와 같이 그 조직의 본부라는 의미의 도소라고 했다. 그리고 접도 조직이 커지면 육임을 설치하여 도소라 했다.

동학 조직들 중 가장 큰 총본부를 대도소라 하고, 대도소 안에 육임을 설치했다. 당시 동학의 총지도자는 해월 최시형 선생이고, 교주의 자격으로 대도주大道主라 칭하며, 교리를 가르치고 교법을 집행하는 선생이라는 의미로 법헌法軒이라 존칭했다.

이러한 특수한 동학 조직을 통하여 벽서 사건이 발생했는데, 가능한 많은 사람들이 볼 수 있게 호남 지역 관청 부근과 시장 등 여러 곳에 괘서掛書(벽서)를 붙였다. 그중에는 전봉준이 직접 지은 괘서도 있었다. 그 벽서의 핵심 내용은 일본과 서양 세력을 배척한다는 '척왜양창의斥倭洋倡義', 나라를 바로잡고 백성을 편안하게 한다는 '보국안민輔國安民', 포악한 정치를 물리치고 어려움에 처한 백성을 구한다는 '제폭구민除暴救民' 등이었다.

또한 한양을 중심으로 벽서사건이 터졌는데, 서양 공관과 외국인 거리,

일본 상려관商旅館에도 경고문을 내걸렸다. 한양에 있는 서양 공관과 일본 상려관에 붙은 괘서의 내용은 "서양인들과 서학의 우두머리는 당장 물러가라. 왜인(일본인)들은 빨리 짐을 꾸려 본국으로 돌아가라."는 것으로, 척양척왜의 강력한 경고였다. 이러한 벽서사건, 즉 괘서 사건들은 광화문 복합상소 집회가 끝난 후에도 한 달 이상 지속되었다.

광화문을 중심으로 한 수운 선생 신원운동은 2월 13일을 끝으로 3일 만에 접어야 하는 상황에 처했다. 괘서 사건들은 속속 정부에 보고되었다. 동학 지도부에서 올린 상소문은 거들떠보지도 않고 집회를 지켜보던 조정에는 유생들의 반反동학 상소가 빗발쳤다.

> 요즘 동학당들이 벌이는 최제우 신원운동은 반역을 꾀하고자 하는 짓입니다. 이대로 두었다간 한 명의 역적 최제우가 열 명이 되고 백 명이 되고 천 명이 될 것입니다. 앞으로 저들의 세력은 더욱 커져 수십만 명의 최제우로 둔갑하여 나라를 전복하려 할 것입니다. 속히 엄단하시어 그 싹을 뽑아 화근을 없애야 합니다.

유생들의 상소가 잇따르자 다급해진 조정에서는 대책을 서둘렀다. 급기야 형조와 각 지방관청에 난동을 부리는 동학도를 체포하라는 명령이 떨어졌다. 이러한 상황이 한양의 동학 도소에도 급박하게 보고되어 지도부 비상회의가 열렸다. 그런데 광화문전 복합상소 때부터 호남을 중심으로 한 강경파이자 정치 지향적인 세력과 충청지역을 중심으로 한 온건파이자 종교 지향적인 세력의 묘한 갈등이 있었다.

지난 공주·삼례 취회 때부터 불만을 품었던 호남 중심의 세력들은 한양 복합상소에서도 뚜렷한 성과 없이 해산하려는 지도부에 불만을 품은 것이다. 그리하여 자연발생적으로 동학에서는 남접과 북접이란 말이 생겨났다.

다시 말해 충청 이남, 즉 호남을 중심으로 하는 강경파이자 정치 지향적인 세력을 가리켜 남접南接이라 불렀다. 사실 그동안 충청 지역의 온건파이자 종교지향적인 세력을 북접北接이라 부르긴 했지만, 남접이란 말은 없었다. 처음 북접이란 말이 생긴 것은, 수운 최제우 선생이 해월 최시형 선생에게 동학의 도통道統(교주직)을 전수하기 직전에 해월 선생이 활동했던 검곡 일대가 자신이 있는 경주 용담 일대보다 북쪽에 있었기 때문이다. 수운 선생은 후계자 양성 차원에서 해월 선생을 북도중주인北道中主人으로 임명하여 교중의 크고 작은 일을 먼저 해월에게 가져갔다가 자신에게 오도록 했다.

수운 선생은 동학의 교조이기 때문에 남도중주인南道中主人이란 말은 사용하지 않았다. 이후 수운 선생은 해월 선생에게 교조 자리를 물려주고 피체되어 대구 장대에서 순도하였다. 해월 선생은 동학의 최고 지도자인 교주의 자격으로 전국적인 단일지도체제를 이끌게 되지만, 그때부터 북접대도주北接大道主란 직책으로 동학의 업무를 전체 이끌어갔다.

이후 교조신원운동이 진행되면서 충청 이남, 즉 호남을 중심으로 남접南接이라 하고, 창도 초기와 다르게 충청 즉 호서를 중심으로 자연스럽게 북접北接이라고 부르게 되었다. 또 남접과 북접, 즉 호남과 호서를 의미하는 양호兩湖라는 명칭도 사용하게 되었다.

한편, 한양성 내의 외국인들 사이에서는 동학도인의 복합상소와 괘서 사건 때문에 한바탕 소동이 벌어졌다. 조선 정부에 보호 대책을 강구해 줄 것을 촉구하는 한편 자국에 군대 파견까지 요청하였다. 일본은 한강과 인천을 왕래할 수 있는 선박을 준비하여 만일의 사태에 대비하였고, 3월 1일

군함 팔중산호八重山號를 인천항에 정박시켰다. 중국은 3월 8일 군함 정원호定遠號와 내원호來遠號 두 척을 인천에 몰고 와서 일본을 견제하는 한편 자국민 보호에 나섰다.

또한 서학을 반대하며 몰아내야 한다는 괘서의 내용에 미국과 영국도 비상이 걸렸다. 미국은 군함 피트렐루호를 출동시켰으며, 영국은 항해 중인 순양함 세방호를 인천항으로 향하게 했다. 각국은 동학의 본격적인 움직임을 주시하면서 자국민을 보호한다는 명분으로, 한편으로는 조선을 침략하려는 야욕을 품고 군함을 동원하고 있었다.

이러한 상황을 눈앞에서 지켜보면서 동학 지도부는 조선 정부가 외국의 침략에 전혀 대비하지 못한다는 것을 확인했다. 또한 동학이 내적인 신앙 운동에서 외적인 사회운동으로 활동 영역을 넓히자 그것이 국제적으로 큰 영향을 미친다는 사실도 확인했다. 이러한 경험들은 동학의 활동 영역을 반봉건 운동에서 반외세 운동으로 확대하는 계기가 되었다. 국가의 일은 정부가 알아서 한다는 이전의 생각이 바뀌게 된 것이다.

한양 복합상소를 통해 백성들은 스스로가 나라의 주인이며 역사 창조의 주역이라는 것을 새삼스럽게 깨닫게 되었다. 복합상소의 신원운동은 목적한 바를 이루지 못하고 해산했지만, 동학도인들의 사기는 나날이 높아졌고, 정부와 외세는 간담이 서늘해졌다. 또한 일본과 중국은 물론 영국과 미국 등 서양 세력들까지 크게 놀라게 하는 등 동학을 국제적으로 알리는 계기도 되었다.

한양에서 흩어진 동학도인들이 모두 고향으로 돌아가지는 않았다. 많은 도인들이 다시 도소나 대도소로 모여들었다. 동학도인들은 몇 번의 집회를 통해 뼈아픈 경험을 했다. 중앙정부나 지방의 관리들은 동학 지도부와 한 약속을 헌신짝 버리듯 한다는 것, 또한 동학도인들의 집회가 끝나면 가차 없는 탄압이 반복된다는 것 등이다.

예상한 대로 관군의 가혹한 탄압이 시작되었다. 해월 선생은 손병희에게 동학 탄압의 실상에 대한 자세한 보고를 들었다.

"광화문 복합상소 이후 접주 수십 명과 도인 수백 명이 마구잡이로 끌려 갔습니다. 그들의 고생을 생각하면 눈물이 앞을 가립니다."

해월 선생은 시급히 대책을 마련하라고 지시하였다.

"손 대접주는 상황을 정확히 파악해서, 재산이 넉넉한 도인들에게 돈을 거출하여 관료들에게 뇌물을 써서라도 접주와 도인들이 안전하게 석방되도록 하라."

동학은 수운 선생이 직접 포덕하던 때부터 경제적 여력이 있는 도인과 그렇지 못한 도인이 서로 나누며 돕는 유무상자有無相資의 공동체 문화 전통을 지켜 왔다. 동학이 양반과 부자들을 예외 없이 철저히 배척한다는 소문도 있었으나, 이는 사실과 달랐다. 양반과 부호들을 무조건 배척한 게 아니고, 동학의 사인여천事人如天 윤리에 동의하는 사람들은 동학도인처럼 예우했으며, 그들을 동학에 입도시켜 새로운 세상을 열어 가는 데 동참시켰다.

해월 선생은 동학 접주들과 도인들이 관아에 끌려가 모진 고생을 하면, 적극적으로 구명 운동에 나서는 건 물론이고 고생하는 제자들과 똑같이 힘든 생활을 자처하였다. 추운 겨울에도 방에 불을 지피지 못하게 하였으며, 이불도 덮지 않고 냉골에서 잠자기를 마다하지 않았다. 식사도 감옥에 갇힌 제자들을 생각하며, 하루 한 끼만 먹기도 했다. 반찬 역시 수감 생활을 하는 제자들의 음식보다 못하게 차려 겨우 허기만 면하는 정도로 하였다.

감옥에 갇힌 제자들, 도인들과 생사고락을 함께 하는 해월의 인간적인 모습에, 동학도인, 즉 제자들은 석방된 후에 해월 선생의 희생적이고 모범적인 실천을 알게 되면, 목숨까지 바칠 각오가 생겨나는 것이다.

「한양 광화문전 복합상소. 3차 교조신원운동. 광화문에서 임금에게 엎드려 상소한다. 광화문 복합상소는 탐관오리 척결의 대내적 과제에서, 외세 배격으로 자주적인 국권 수호 문제로까지 확대된다. 광화문에서 동학도인들의 정연한 태도를 지켜보던 대관들은 물론 외교관들까지 깜짝 놀라게 하는, 동학의 주창을 외국인들에게 확실히 보여주는 계기가 되었다. '서양인들과 서학의 우두머리는 당장 물러가라. 왜인(일본인)들은 빨리 짐을 꾸려 본국으로 돌아가라.'는 동학의 외침에 세계가 들썩거렸다. 한양 복합상소 취회를 통해 백성들은 스스로가 나라의 주인이며 역사 창조의 주역이라는 것을 다시금 깨닫게 되었다. 동학도인들의 사기는 나날이 높아졌고, 정부와 외세는 간담이 서늘해졌다. 또한 일본과 중국은 물론 영국과 미국 등 서양 세력들까지 크게 놀라게 하는 등 동학을 국제적으로 알리는 계기가 되었다.」

보은·원평취회, 척왜양창의를 선포하다

[교조신원운동에서 그 규모가 가장 크고 역사적 의미가 넓었던 취회는 보은 장내리 집회이다. 동학 지도부에서 발표한 통문과 방문의 내용에, 일본과 서양 세력을 배척하기 위한 '의병을 일으킨다.'는 '척왜양창의'의 깃발이 본격 등장했다. 공주취회와 삼례취회 그리고 한양의 복합상소에 이어 다시 대규모 취회인 보은취회로 계승되면서 역사가 진화하고 있었다. 특히 금구 원평취회에서는 동학농민혁명으로 연결되는 정치적인 급진적 집회로 거듭나고 있었다. 동학은 이제 동학 공인과 수운 선생 신원운동을 넘어 민중운동, 정치운동에서 척양척왜운동으로까지 확대되고 있었다.]

한양에서 물러난 후, 동학도인들이 다시 모이기 시작한 곳은 동학 대도소가 있는 충청도 보은이었다. 경상도 밀양에도 동학도인들이 모여들었는데, 결국 보은취회에 합류하게 되었다. 특히 눈여겨보아야 할 곳이 두 곳 더 있다. 원평과 삼례였는데 이른바 남접이라 칭하는 호남 세력의 근거지이다. 호남 중심의 남접 세력들은 한양에서의 복합상소를 해산하는 것으로 끝내지 않고 더 큰 취회를 나름대로 준비하고 있었다.

광화문 앞에서 전개한 복합상소는 해산하였으나 집이나 고향으로 돌아가지 않은 도인들이 많았다. 3월 초순부터 보은 장내리와 전주 삼례에 동학도인 수백 명이 모이기 시작했다. 해월 선생과 동학 지도부도 이러한 상황을 예사롭지 않게 받아들이고 있었다. 늘 신중하라는 말을 앞세우던 해월 선생도 좀 더 적극적인 자세로 전환하였다.

해월 선생은 옥천 거포리에 있는 김연국 집에서 1893년 3월 10일(양 4.25) 수운 선생 순도 제례를 올렸다. 이때 해월 선생을 비롯하여 손병희, 김연국, 권병덕, 권재조, 이관영, 이원팔, 임정준 등이 참여했다. 제례를 마치고 해월 선생은 동학이 심각하게 탄압받는 정황을 전해 들으면서 앞으로 어떻게 할 것인지를 논의하라고 지시했다.

손천민이 작성하고 해월 선생이 감수한 통문通文이 발송되었다.

> 최근에 정치하는 사람들이 미련하고 어리석어 밖으로는 침략 세력들에게 거침없는 위협을 당하고, 안으로는 관리들과 세도가들이 사납고 악독하게 백성들의 재물을 강제로 빼앗으며 각각 파벌을 달리하고 있다. 백성들은 꼼짝없이 당하기만 하고 어찌할 방도가 없으니 가슴을 치며 통탄할 일이로다. 나라를 바로잡고 백성들이 평안하도록 보국안민하자는 데 뜻이 있으니, 3월 11일까지 보은 장내리에 일제히 모이라.

동학도인들은 3월 10일(음) 제29주기 수운 선생 순도일을 맞이하여, 보은報恩 대취회大聚會 준비에 만전을 기했다. 보은 장내리 취회 장소에 돌로 된 성城을 쌓았으며, 척왜양창의의 큰 기(大旗)와 다섯 가지 색의 깃발을 오방(동서남북·중)에 세웠다. 또 각 지방의 포包와 접接마다 기를 세웠으며, 참여 숫자가 무려 2만에서 3만에 육박하였다. 보은 장내리는 영남의 상주와 호서의 청주를 연결하는 지리적으로 요충지였으며, 이암산梨巖山 아래 삼가천三街川의 천변에 자리하고 있었다. 동학 지도부는 3월 11일 이른 아침 보은 삼문 밖에 많은 사람들이 볼 수 있도록 방문榜文을 붙였다.

지금 왜인(일본인)과 양인(서양인) 도둑들이 조선의 중심부까지 들어와 장사를 맘대로 하고 난잡한 행동을 일삼고 있다. 그래서 오늘날 한양의 모습은 미개한 오랑캐들의 소굴이 되어 버렸다. 지난 일을 생각해 보면 임진왜란 때의 원수와 병인 때의 치욕을 어찌 참으며 잊으랴! 최근 조선의 삼천리 땅은 날짐승이나 길짐승 같은 저들에게 짓밟혀 몹시 위태롭게 되었다.
왜적들은 당장 독기를 뿜어내려 하니 나라의 위태로움이 급하게 되었다. 옛말에 '큰 집이 기울어질 때 나무 하나로 지탱하기 어렵고, 큰 물결이 밀려올 때 갈대 한 묶음으로 막을 수 없다'고 했다. 우리 동학도인 수만 명은 힘을 합쳐 일본인과 서양인들을 쓸어버리는 데 죽기로 맹세하고 나라와 백성들에게 보답하고자 한다. 합하(충청감사)도 뜻을 같이하여 충의로운 선비와 관리들을 모아 나라를 바로 돕고 백성들을 평안하게 하는 데 함께 나서 주기 바란다.

동학 지도부에서 발표한 통문과 방문의 내용을 보면, 보은취회 초기부터 일본과 서양 세력을 배척하기 위한 '의병을 일으킨다'는 '척왜양창의'의 외침이 본격적으로 등장했다. 공주취회와 삼례취회 그리고 한양의 복합상소에 이어 다시 대규모 취회인 보은취회로 이어지며 동학도인들은 교조신원 - 동학 신행의 자유 - 후천개벽 세상이라는 일련의 과제들이 서로 연결되어 있어서, 어느 것 하나 소홀해서는 나머지도 성취할 수 없다는 것을 뼈저리게 느끼고 있었다. 아직도 미흡하나마, 동학도인들의 사고가 전 지구적으로 확장되어 가는 한 계기가 되기도 했다.

교조신원운동은 이제 동학 공인과 수운 선생 신원운동을 넘어 민중운동, 정치운동에서 척양척왜운동으로까지 확대되었다. 보은군수 이종익은 3월 12일에 동학도인들이 내건 방문의 내용을 충청감영에 즉시 보고하였다. 이종익은 13일부터 관리와 간자들을 보내어 동학도인들의 움직임을 탐지하면서 충청감사에게 그 상황을 보고했다.

보은취회는 크게 세 갈래 방향으로 진행되었다. 첫째는 신앙 자유화 차원의 수운 선생 신원과 동학 공인 운동이다. 둘째는 민생 차원에서 백성들의 배고픔을 해결하는 것과 탐관오리의 가렴주구로부터 해방하는 것, 그리고 곡물 유통을 원활하게 하여 시장을 활성화시키는 것이다. 셋째는 보국안민을 위한 척왜양창의斥倭洋倡義(일본과 서양을 물리치기 위한 의병을 일으킨다)를 내세운 강력한 정치운동이었다. 보은취회에서 눈여겨봐야 할 것은 반봉건, 반외세의 동시다발적인 구국운동이라는 것이다.

보은군수 이종익은 충청감사에게 급히 보고서를 올렸다.

> 13일부터 각처의 동학도들이 모여들어 낮에는 장내리 위쪽 천변에 나갔다가 밤이 되면 본동 민가와 그 부근에 묵습니다. 오고 가는 교통이 편리하여 이곳에 모인다고 하는데, 그 수가 계속 늘어 이미 골짜기를 가득 채울 정도로 많은 인원이 운집했습니다. 16일에는 '어째서 여기에 계속 머무는가?'

물으니, '흉년에다가 봄철 배고픈 시기인데 곡식 값마저 뛰어오르고 장날에도 곡물을 돈 주고 사기가 어렵다. 많은 백성들이 굶주림에 시달리고 있다.'고 하였습니다. 이에 경내의 각 관아에 알려 안심하고 농사를 짓게 할 것이며, 미곡을 시장에 내다 팔게 하여 다시는 염려가 없도록 할 것이니 기다려 보라고 하였습니다.

이종익의 보고서에는 사태를 심각하게 지적하는 내용이 없었다. 이처럼 관리들은 적당히 거짓말로 속여 해산시키면 된다는 안일한 태도를 보였다. 그리고 후에 흩어진 동학도인들을 하나하나 색출하여 처단해 버리면 된다고 단순하게 생각한 것인데, 결국 그러한 태도가 대규모 의병운동, 즉 민중혁명을 불러일으키게 된다.

동학의 보은 대도소에서는 많은 도인들을 동원하여 정부에 동학의 세력과 실력을 보여주기 위해 각 포에 재차 통유문을 발송했다.

대저 우리나라는 중년부터 세상이 어지러워지고 기강이 무너져 법이 문란해졌다. 이에 오랑캐들이 중국을 능멸하고 조선에도 멋대로 침범하여 돌아다니고 있다. 이를 생각 없이 듣거나 평범하게 본다면, 그 결과가 나라에 어떤 화를 미치게 할지 알 수 없다. 하물며 왜적倭敵들과 어찌 일월日月을 함께하며 한 하늘 아래 같이할 수 있겠는가.

지금 우리나라의 형편은 쓰러질 듯 위급한 상태에 놓여 있다. 우리는 비록 초야의 백성들이지만, 어찌 뜻을 같이하여 죽음의 의리를 맹세하지 않으랴! 바라건대 여러 도인들은 한마음으로 뜻을 같이하여 요사스러움을 깨끗이 쓸어버리고 종묘사직을 되살려 다시금 나라를 일월처럼 밝히는 것이 선비와 군자가 행할 충효의 도리이다. 여러 도인 군자들은 힘써 본연의 의

기를 가다듬어 나라에 다시없는 충성과 공로를 세우면 고맙겠다.

동학 지도부는 통유문에서 분명 의병으로서 나라를 바로 세우고 백성들을 평안하게 하는 보국안민과 일본과 서양 세력을 오랑캐로 칭하며 척왜양창의의 명분을 확실하게 밝히고 있다. 동학의 움직임을 염탐하던 간자들이 보은군수와 충청감사에게 이러한 내용과 상황을 보고했다. 충청감사는 크게 놀라 중앙정부에 급보를 올렸다. 또한 전라감사도 삼례와 원평에 동학도들이 모이기 시작했다는 급박한 보고를 조정에 올렸다. 그 보고서에는 '새롭게 척왜양창의를 부르짖는다'는 내용이 들어 있었다. 정부는 당황하면서 혹여 반란으로 확대되지 않을까 하는 두려운 기색을 보이기 시작했다.

조정朝廷(정부)에서는 우선 1893년 3월 16일(음)까지 해산하라는 내용으로 동학도에게 내리는 명령서인 동학인령東學人令을 황급히 보냈다.

> 일본과 서양을 배척하여 의리로 충의를 다하려는 선비 백성들을 누가 감히 막으랴. 그러나 충의는 같지만 도인과 속인이 다르므로 난잡하게 뒤섞여 있는 것은 옳지 않다. 각기 잘 의논하여 앉을 자리를 가려야 한다. 원래 밭을 가는 사람은 우매하고 몰지각하여 농사에 부지런해야 한다. 멋대로 욕심을 부려 농사짓는 대업을 포기할 것인가! 이 명령으로 경계한 후에도 백성들이 계속 따르지 않으면 응당 군율로 다스릴 것이다. 이에 많은 동학 도인들이 볼 수 있도록 내다 붙일 것이니, 잘 살펴서 범하지 않도록 하라.

조정은 동학인령을 보낸 다음 날인 3월 17일에 서둘러 호조참판 어윤중을 왕명의 감찰 임무를 수행하는 양호도어사兩湖都御使로 임명하고 호남(전라)과 호서(충청) 지역을 평안케 하라는 임무를 주어 급파했다. 어윤중은 18일 남문을 나서면서 임금의 직유문勅諭文을 펴 보았다.

> 최근에 동학도들이 무리를 지어 선동으로 민심을 현혹하고 있다. 지난번에도 자리를 펴고 경거망동하며 대궐 앞에서 부르짖었다. 각 지방에 장관과 방백이 있으니 소원이 있으면 거쳐서 올려야 하는데 그리하지 않고 작당해서 세상을 시끄럽게 하고 있다. 경(어윤중)을 양호도어사로 보내니 동학도들이 모인 곳에 가 잘 효유하여 그들이 생업에 힘쓰도록 하라. 그들이 뉘우치지 않으면 경이 스스로 처리할 방도를 마련하라. 경에게 어사 마패 하나를 주노니 이는 사태를 마음대로 처리하라는 뜻이다.

양호도어사 어윤중은 무예가 뛰어난 종자 한 명을 데리고 한양을 떠났다. 충청도 보은으로 향하면서 이곳저곳의 민심도 살펴보았다. 3월 25일쯤 보은에 도착하여 짐보따리를 풀고 충청·전라의 관리들을 모아 대책회의를 개최하였다. 어윤중은 근엄한 표정으로 회의를 주재했다.

"나는 임금의 명령을 받고 온 양호도어사 어윤중이다. 그동안 입수한 첩보들과 현 상황을 보고하라."

충청도와 전라도의 관리들은 "우리도 총동원되어 동학도를 해산시키려고 3월 23일과 24일 직접 민회民會 장소에 들어가 조정의 명령대로 해산하라고 촉구하였다."는 보고를 하였다. 어윤중은 휴식을 취한 후 평민 옷으로 변장하고 호위무사 몇 명과 부관 한 명을 데리고 직접 시찰에 나섰다. 보은 장내리에 모인 동학도인들은 경상도 밀양에서 모여 합류한 인원까지 합쳐 2만 명이 웃도는 것을 직접 목격했다.

또한 어윤중은 호남 관리들에게 전주 삼례에 동학도인 수천 명이 민회를 시작했다는 보고를 받았다. 특히 금구 원평에 모인 동학도들은 1만여 명이 운집하여 민회를 시작했다고 보고를 받았다. 당시 금구 원평에는 대접주 김덕명포의 도소가 있었으며, 그 영향으로 호남의 사찰 금산사, 선운사, 백양사 등에서 승려 수십 명도 취회에 동참했다.

  금구 원평의 취회는 날이 갈수록 모여드는 수가 늘어 참여 인원이 2만 명에 육박했으며 동학도인들의 기세가 점점 드높아져 폭풍 전야처럼 긴장감이 감돌았다.

  충청과 전라의 상황을 파악한 어윤중은 심장이 터질 듯한 충격을 받았다. 동학의 조직 하에 엄청난 수의 농민들이 모여들어 막강한 민중 세력을 형성해 가고 있었다.

  그 무렵 치부에 혈안이 된 각급 관원들은 동학도인이 아닌 사람들도 동학쟁이로 뒤집어씌워 탄압하며 재산을 갈취하는 경우가 많았다. 그래서 백성들은 이래 죽으나 저래 죽으나 죽는 목숨이니 동학으로 들어가서 생사를 같이하려는 사람이 나날이 증대했다.

  이러한 상황을 파악한 어윤중은 1차로 특단의 조치를 내렸다. 그것은 동학도인이 아니라는 신분증을 만들어 나눠주는 것이었다. 그 신표는 미도인표未道人標였는데 동학에 가담하지 않았다는 증표로 관군의 탄압을 면해주기 위해 관이 발행한 증명서였다. 어윤중은 이렇게라도 해야 민중봉기를 막을 수 있다고 판단하여 왕을 대신하여 행정 조치를 내린 것이다.

  어윤중은 임금에게 모인 사람의 성분이 매우 다양하다는 내용의 장계를 올렸다.

    지략과 재기가 있으나 뜻을 이루지 못한 사람, 탐관貪官들의 횡포를 막아 보려는 사람, 미개한 종족인 오랑캐들이 빼앗는 것을 통절히 여긴 사람, 오리汚吏(부패한 관리)들에게 침탈당하고 학대받으나 호소할 데 없는 사람, 나라의 여러 곳에서 억누름을 피할 길이 없는 사람, 죄를 짓고 도망한 사람, 속리屬吏(하급관리)에게 쫓겨난 사람, 곡식이 떨어진 농민과 손해 본 장사꾼, 민회 운동에 들어가면 살 수 있다는 풍문을 들은 사람, 빚 독촉을 참지 못한 사람, 상민과 천민 신분에서 벗어나려는 사람….

전라감사 이경직은 재차 수운 선생 신원운동인 삼례취회 등에 제대로 대응하지 못한 책임을 물어 면직되고, 김문현이 새 감사로 임명되었다. 김문현은 3월 27일경 전라감사 부임 차 먼저 삼례에 도착하여, 동학도인 수천 명에게 해산을 강권하였고, 동학도인들은 삼례에서 철수하여 원평에 합류했다.

어윤중을 양호도어사로 내려보낸 후 조정에서는 지방 관장들에게 동학도들을 빨리 해산시키라고 독촉하는 전교를 잇따라 하달했다. 그러나 도인들은 꿈쩍도 하지 않고 정부의 경고를 거부하였다. 동학도인들은 '보국안민, 척양척왜'의 구호를 외치며 '21자 주문, 지기금지 원위대강 시천주 조화정 영세불망 만사지'을 합송하였다. 동학도인들의 이러한 취회의 모습은 누가 보아도 장엄하면서 위력적이었다.

한편 원평취회 초기에 적극 동참했던 전봉준은 식량 운반 책임자의 특별한 임무를 부여받고 보은으로 향했다. 보은취회에는 훗날 일제강점기 때 상해임시정부 주석을 지낸 황해도 팔봉접주 백범 김구(본명 창수)도 참여했다. 당시 김구는 18세의 소년 접주로 일명 애기 접주로 유명하였다. 애기 접주 김구의 유명한 일화 중에 다음과 같은 이야기가 전해진다.

애기 접주 김구는 '겨드랑이의 날개로 구름을 타고 하늘을 날아갈 수 있으며, 또한 축지법으로 순간 천 리를 간다.'는 전설 같은 이야기들이다. 이러한 헛소문도 한몫을 하여 김구의 휘하에 수천 명의 동학도인들이 몰려들었다는 것이다.

보은취회 지도부는 도인들에게 재차 참여를 독려하는 통유문을 발송하였다. 전국에서 밀려오는 도인들의 행렬은 끊일 줄을 몰랐다. 질서가 있음은 물론 위엄을 갖춘 모습이었다.

각 포의 지도부 앞에는 동학의 이념을 상징하는 깃발을 내걸었는데 깃발에는 '포덕천하', '광제창생', '보국안민', '제폭구민', '척양척왜'와 '시천주', '사인여천', '후천개벽', '대선생신원', '오만년지운수' 등이 적혀 있었다.

보은 장내리 주변의 산야에는 떠들썩한 세상과는 달리 개나리 진달래 등 온갖 꽃들이 만발하여 화려한 꽃대궐을 만들고 있었다. 논밭을 가로지르는 냇물에는 물고기들이 헤엄치며, 만물이 소생하는 완연한 봄기운에 세상천지가 생명의 빛으로 가득 차 있었다.

동학도인의 행렬 앞에는 각 포의 이름이 새겨진 크고 높은 오색 깃발들이 펄럭였다. 중간 곳곳에는 키 작은 수많은 깃발들이 각 접의 이름과 함께 바람에 휘날렸다. 도인들의 가슴이나 등, 어깨에는 동학의 영부인 궁을(弓乙) 부적이 붙어 있었다. 또 어떤 포에서는 꽹과리·징·장구·북 소리가 요란하게 울려 퍼지는 가운데 신나는 춤판을 벌이기도 하고, 발걸음 장단에 맞추어 힘차게 걷기도 하였다.

보은취회에 집결한 동학도인의 수는 보은에 3만 명, 원평에 2만 명을 웃돌았다. 보은과 원평에 모인 동학도인과 농민들 수가 5만 명을 넘어서자, 조정과 지방관청의 관리들은 큰 충격에 빠졌다. 전국의 관군 첩보 전령들은, 보은과 원평으로 향하는 동학도들의 행렬이 끊이지 않는다는 급보를 연이어 올렸다.

한편 조정에서 고종에게 실상을 보고하자, 고종은 3월 25일(음)에 긴급

대책회의를 열고, 두려움에 가득찬 표정으로 말했다.

"동학도인들이 한양으로 올라온다면 어떻게 할 것인가? 홍수전의 난 때 중국도 영국군의 힘을 빌리지 않았는가. 우리도 청나라의 군대를 불러 동비들을 진압해야 하지 않겠소."

고종은 청군차병론을 강하게 주장했다. 영의정 심순택이 제일 먼저 반대 의견을 말했다.

"만일 군대를 빌려 오면 우리가 그 수발을 모두 해야 합니다. 지금 나라의 사정이 그럴 수 없으니 전하의 뜻을 거두어 주십시오."

우의정 정범조도 영의정과 같이 차병론을 반대했다.

"이는 더 큰 화를 자초하는 것이니 차병하지 않는 것이 옳은 줄로 아뢰오."

고종은 영의정과 우의정을 비롯하여 대신들의 반대 의견이 많아 차병론의 뜻을 관철시키지 못했다. 그러나 고종은 차병할 뜻을 접지 못하고 이를 제일 먼저 제안한 민왕후와 다시 상의했다.

"중전의 생각을 듣고 싶소."

"동학당들과 대원군이 밀통하고 있다는 소식 못 들으셨어요? 전라도 동비 두령인 전봉준과 자주 내통한다는 보고를 저는 진즉 들었습니다. 아마 동학당 세력을 이용하여 권력을 장악하려는 대원군의 속셈이리라 생각합니다. 대원위 대감은 여차하면 이준용을 왕으로 옹립해 섭정을 할 것입니다. 상감께 다시 한번 청하오니, 호조참판 박제순을 통해 원세개에게 청원해 보세요."

고종은 박제순을 밀사로 보내 위안스카이袁世凱에게 차병을 청원하고 협의하게 하였다. 위안스카이는 차병 청원을 고민하면서, "조선의 경군과 강화병 1천 명을 충청도에 파견하여 진압하면 될 것인데, 굳이 청군의 차병을 요구하는가?" 하며 청군 출병을 거부하고 차선책을 내놓았다.

보은 장내리에 모인 동학도인들은 지도부의 지시에 따라 만일을 대비하고 있었다. 바람막이로 임시로 쌓았던 돌담을 더 높이고 확장하여 어엿한 석성을 구축해서 경계를 강화했다. 또한 집회장 주변 여러 곳에 많은 인원이 사용할 뒷간도 마련하였다. 제일 큰 문제는 먹고 자는 것이었다. 숙박은 인근 마을의 집들을 최대한 이용하고, 돌성 안팎에 임시 초옥을 천여 개 정도 세웠다. 식사는 주로 주먹밥으로 했고, 밥을 지을 때는 커다란 소가죽과 가마솥을 이용했다. 봄 햇살이 따사로워 다행히 단체 생활에 큰 고통은 없었다.

전국 팔도에서 계속 밀려오는 도인들을 바라보면서 동학 지도부와 관군 지도부에는 동시에 큰 걱정거리가 생겼다. 동학 지도부의 걱정거리는 숙식 문제였고, 관군 지도부의 걱정거리는 진압 문제였다. 이대로 가면 보은과 원평에 운집한 동학도인들이 혁명의 깃발을 올릴 수도 있었다. 또한 관군 지도부는 이들이 만약 무기라도 들면 어떻게 될 것인가를 염려하면서 두려움에 떨고 있었다.

보은 장내리의 취회 장소는 옥녀봉을 뒤에 두고 강을 앞에 둔 넓은 평야 지대다. 옥녀봉을 중심으로 남산과 북산 봉우리에서 깃발을 흔드는 방법으로 관군의 접근을 알려 취회의 움직임을 통제하였다.

원평 취회도 마찬가지였다. 뒤에는 귀미산이 있고, 앞에는 원평천이 흘렀다. 나름대로 병법의 방어 수단을 고려하여 지형을 이용해 진지를 구축한 것이다. 원평에 모인 동학도들은 관군의 급습에 대비하여 만반의 준비를 하였다.

보은취회에서는 동학의 13자 주문(시천주 조화정 영세불망 만사지) 소리가 끊이지 않았고, 접주들이 동학 경전을 읽는 소리가 이어졌다. 보은취회에서 그 위세를 실감할 수 있는 결정적인 광경은 야간 시위 현장이었다. 관솔불과 횃불 수천 개를 이용한 파도타기는 천지가 무너질 듯한 함성과 함께 군중들의 사기를 드높였다. 취회 동향을 탐지하려는 관군의 간자들이 몰래 산봉우리에 잠입하여 그 광경을 바라보며 말했다.

"어매! 횃불과 관솔불, 등불들이 마치 밤하늘에 빛나는 별들 같네!"

"그려, 꽃불들이 들녘을 덮어 버렸구먼!"

해월 선생은 옥녀봉 아래 바위 언덕에 올라 주위를 살펴보면서 설법과 당부의 말씀을 했다.

"도인 여러분, 수고가 많습니다. 이렇게 질서를 지켜 주시고 주문 수행과 경전 공부까지 하시는 모습에 저도 감탄하였습니다. 제가 늘 하는 말이지만, 하늘을 공경하는 것에 그치지 말고 사람을 하늘처럼 섬기며 공경해야 합니다. 또 사람을 공경하는 것에 그치지 말고 자연만물까지 공경해야 합니다. 천지만물이 한울님을 모시지 않은 게 없어요. 여러분이 지금 앉고 밟고 서 있는 땅을 함부로 하지 말고 어머니 살처럼 대하세요. 걸을 때도 조심하시고, 가신 물도 멀리 버리지 마시고, 가래침을 뱉으면 반드시 흙으로 덮으세요. 여러분들이 집회를 마쳤을 때 여러분들이 여기에 오랫동안 머물렀다는 걸 누가 모르게 깨끗이 마무리하세요. 절대로 민가에 피해를 끼쳐서는 아니 됩니다."

보은취회, 언제 피 터지는 싸움이 벌어질지 모르는 상황이지만 어느 곳이나 사람이 많이 모이면 으레 그렇듯 엿장수들이 가위 치는 소리를 내며 몰려들고 장꾼들도 대목을 찾아 모여들었다.

"엿 사시오, 엿이요! 둘이 먹다 하나 죽어도 모르는 호박엿이 왔어요. 말만 잘하면 공짜! 외상은 안 됩니다."

엿장수들의 가위 소리와 노랫소리를 듣다가 어느 도인이 말했다.

"그 엿판 통째로 주시오! 한 가닥씩 팔아서 언제 다 팔 거요!"

그 말이 끝나기가 무섭게 접주인가 도인인가 몇 명이 우르르 달려들어 집회 군중들 머리 위로 "엿판 받아라!" 하며 엿판을 통째로 던졌다. 엿장수들이 엿을 도둑맞았다고 아우성을 치고 있는데, 엿값이 그대로 계산되어 담긴 엿판이 한 바퀴 휙 돌아왔다.

"동학쟁이들은 소문대로 도인들이구먼!"

엿장수들은 그 후부터는 엿판을 가져와 통째로 넘겨주곤 했다.

한편 동학 대표단과 정부 대표단은 협상을 개시했다. 다급해진 어윤중은 대표단을 이끌고 동학 지도부에게 면담을 요청했다. 3월 26일(음) 왕명을 받은 양호도어사 어윤중 등은 보은군 속리면 장내리 앞 개천에 도착했다. 동학 대표단에는 해월 선생을 대신하여 강시원과 김연국, 손천민, 손병희 등이 나섰다.

어윤중은 약간 떨리는 말투로 입을 열었다.

"나는 왕명을 받은 양호도어사 어윤중이다. 빨리 해산하지 않으면 군사를 동원하여 강제 진압할 것이다."

강시원이 해월 선생의 말씀을 전했다.

"법헌께서 말씀을 전하라 하였다. 우리의 요구 조건을 들어준다는 임금님의 비답批答[7]이 있어야 해산을 결정하고, 취회를 마무리할 것이다."

어윤중은 못마땅한 듯 고개를 흔들었다.

"먼저 해산하면 윤음綸音(임금의 말씀)을 받아 전할 것이다. 요구 조건은 무엇인가"?

"수운 대선생을 신원하고 동학을 공인할 것이며, 도인들의 체포와 탄압

---

7   비답. 상소에 대하여 말미에 임금이 적는 가부의 하답을 이르는 말이다.

을 중지하시오."

 어윤중은 말없이 강시원을 쏘아보았다. 강시원은 계속 해월 선생의 말씀을 전했다.

 "일본과 서양 세력을 물리칠 것, 외세를 끌어들이는 민비를 쫓아낼 것, 집집마다 무리하게 거두는 세금을 없앨 것, 조정에서 임의로 찍어 낸 화폐를 없앨 것, 각 지방에서 세금을 쌀로 가져가는 것을 그만 둘 것, 무명 솜옷을 입고 외국과 물산을 거래하지 말 것."

 강시원의 여섯 개 요구 사항을 들은 어윤중은 기가 막힌다는 표정을 지었다.

 "그대들이 아예 조정의 일을 맡아서 하겠다는 것인가? 나랏일이 그리 호락호락해 보이는가?"

 "오죽하면 우리가 일어났겠소. 정말 백성들의 처지를 살펴서 정사를 베풀고, 당당히 외국과 교류한다면 모두 박수를 쳐 줄 것이오."

 "그대들이 임금이라면 들어주겠는가?"

 "못 들어줄 게 뭐가 있소. 백성을 하늘이라 생각하는 마음이 조금이라도 있다면 쉽게 해결될 것을…."

 어윤중은 못마땅한 표정으로 강시원이 제의한 요구를 임금에게 전한다고 하면서 동학당의 해산을 요구하였다.

 어윤중은 임금에게 올리는 장계를 쓰면서 몸서리를 쳤다.

 "사람이 하늘이라… 임금을 하늘처럼 섬기는 것이 아니라, 임금과 관료들이 백성을 하늘같이 섬겨야 한다니, 이건 반란이고 역적이다!"

 어윤중의 장계는 조정에 보고되었고, 임금은 친위군 장위영 정령관 홍계훈에게 군사 6백 명과 기관포 3대로 무장하고 동학당을 진압하도록 했다. 관군이 쳐들어온다는 소식에, 동학도인들은 일사불란하게 움직였다.

강시원 등 지도부는 3월 30일 비가 억수같이 쏟아져 질척거리는 날에도, 해월 선생의 명을 받들어 수칙을 정해 동학도인을 지휘했다.

"첫째, 도인들은 각 포와 접의 소속을 이탈하지 말 것이며, 경전과 주문 공부에 치중할 것. 둘째, 도인들은 구호를 외치지 말 것이며, 각 포와 접의 깃발은 모두 내려 보이지 않게 숨길 것. 셋째, 돌 성문의 중앙에 척왜양창의斥倭洋倡義라는 대형 깃발 하나만 높이 게양할 것이며, 반란의 오해 소지가 있는 행동을 삼갈 것."

어윤중은 4월 1일 이른 아침에 공주영장, 보은군수, 군관 등과 병사들을 이끌고 보은 장내리를 다시 방문했다. 동학 지도부와 만난 어윤중은 먼저 임금의 윤음을 이중익 군수에게 봉독하게 했다.

"임금의 훈유를 듣고 해산하면, 동학을 인정해 주고 생업 또한 보장해 주겠다."

어윤중은 어명을 전하면서 3일 안에 해산하라는 명령을 내렸다. 해월 선생을 비롯한 동학 지도부는 긴급회의를 열어 논의했다. 먼저 해월 선생이 말했다.

"조정에서 동학을 인정하고, 생업도 보장한다고 하였습니다. 여러분의 의견을 듣고자 합니다."

"임금이나 신하들의 약속은 믿을 것이 못 됩니다. 위기를 모면하고자 하는 술책이 아닌지 염려됩니다."

손병희가 말하자 박인호가 거들었다.

"어떤 경우라도 대책 없이 해산하였다간 큰 낭패를 볼 것입니다."

"손병희, 박인호의 말씀이 일리는 있으나, 여기에 모인 많은 도인들은 농민입니다. 한창 바쁜 농사철에 얼마나 버티겠습니까!"

손천민이 한마디 하자 김연국도 나섰다.

"우리가 집회를 한 지 이십 일이 다 됩니다. 제대로 먹지도 자지도 못해 모두가 지쳐 가고 있습니다."

해월 선생이 강시원을 바라보면서 의견을 물으니 강시원이 답했다.

"도인들의 식량이 떨어져 갑니다. 또한 정부군 6백 명이 완전무장을 하고 청주에서 대기하고 있으며, 보은에도 청주 군사 1백 명이 명령만 기다리고 있습니다. 임금의 훈유문도 내려왔고, 여러 상황을 고려할 때 해산하는 것이 좋다고 생각합니다."

그러자 조금 떨어져서 지켜보던 서병학이 입을 열었다.

"아무 대책도 없이 해산한다는 겁니까? 만약 왕의 약속이 지켜진다면 내 눈깔을 빼시오. 우리가 하기로만 한다면 저런 관군 몇백 명쯤이야 굴비 엮듯이 꿰어 저잣거리에 내다 걸 수 있어요."

손병희가 서병학을 막으며 나섰다.

"말씀을 좀 가려서 하세요! 어찌 도인된 자가 그리 경망스럽게 말씀하십니까. 만사가 생각대로 기분대로 되는 게 아니에요."

서병학은 이날 이후 어디론가 사라져 나타나지 않았다. 훗날 그는 동학을 배신하고 관군과 일본군의 길잡이로 변신하고 말았다. 서병학의 수상한 움직임 뒤에는 일본이 있었다. 일본은 동학의 교조신원운동이 일어나자 본격적으로 조선말에 능통한 첩보원을 조선에 파견했으며, 또한 조선인 중에 밀정을 선발하였다. 서병학은 조선 관군의 동정은 물론 동학도인들의 조직과 지역 분포 등을 세밀하게 알고 있다는 이유로 포섭 1호로 지목되었다.

그렇게 해서 서병학은 동학을 배신하고, 관군과 일본의 밀정密偵이 되었다. 일본은 19세기 후반 메이지유신(1868-1877) 직후부터 조선에 대해 첩보 활동을 시작했다. 특히 1893년 동학의 취회가 크게 일어나자, 동학도인들의 움직임은 물론 관군의 대응까지 면밀히 관찰하여 보고하게 하는 등 첩보 활동에 심혈을 기울였다. 서병학은 관군과 일본군의 보호 아래 몸을 숨긴 채, 따르는 부하 10여 명을 설득하여 본격적으로 일본의 앞잡이가 되어 배교 행위를 시작했다.

강시원 등 지도부는 해월 선생께 최종적인 판단과 지시를 바라며 말했다.

"만약 해산하더라도 3일은 너무 짧습니다. 어윤중에게 기한을 더 달라고 해 보시지요."

해월 선생은 도차주 강시원 등에게 해산 절차를 위임했다. 강시원은 어윤중을 만나 5일간의 여유를 요구했으나, 어윤중은 왕명이라며 단호하게 거절하였다. 어윤중은 사실 동학도인들의 취회를 지켜보면서 놀라움을 금치 못했다. 민회 군중의 복장은 거의 하나로 통일되었으며, 주문 수련과 경전 공부는 물론 엄격히 질서를 지키는 모습은 지금까지 민란에서 보지 못한 충격적인 광경이었다.

어윤중은 동학도인들이 지도부의 지시에 따라 한 몸처럼 움직이는 것을 두 눈 부릅뜨고 지켜보았다. 동학 조직의 민회가 만약 반란으로 이어진다면 걷잡을 수 없는 무서운 세력이 될 거라고 판단했다. 어윤중은 징계를 당할 각오로, 가능한 한 관군과 동학당의 충돌을 피할 수 있도록 장계를 작성하여 임금에게 올렸다. 그 속에는 동학당의 주장을 있는 그대로 인용한 대목도 있었다.

> 민회는 작은 병기도 가지고 있지 않으며, 다른 나라에도 민회가 있었다고 들었습니다. 국가의 정책이나 법령이 백성들에게 불편함을 끼치면 마땅히 회의를 열어 논의하여 결정하는 것이 타당한데 어찌 관료와 양반들을 해치거나 재물을 빼앗는 비류로만 보겠습니까!

보은취회는 동학 지도부의 결정에 따라 4월 2일에 해산하기로 결정했다. 지도부는 4월 2일, 청수를 봉전하고 해산 의식을 간단하게 치렀다. 관군의 기습과 공격에 대비하여 포와 접별로 각각 길을 따로 정해 귀향길에 올랐으며, 반격에 유리한 지형과 눈에 띄지 않는 길을 골라 조직적으로 흩어졌다.

보은 장내리 취회의 의의는 '척왜양창의'와 '민비 축출'이라는 정치 구호에서 볼 수 있듯이, 민중이 자각하여 세상의 주인이 되는 세상을 열어나간다는 뜻을 재확인한 데 있다. 그렇지만 장장 20일간의 대규모 취회에서도 지난 취회들처럼 충분히 뜻을 이루지 못했다. 동학도인들이 각자 고향 집에 도착하기도 전에 관군의 추격과 탄압이 시시각각 다가오면서, 임금의 약속은 또다시 물거품이 되고 말았다.

한편 금구 원평취회의 도소에도 보은의 소식이 당도했다. 김덕명 대접주를 중심으로 남접 지도부는 보은취회 해산이라는 결정에 원평취회도 해산을 결심했다. 남접 지도부 일원들이 다들 굳게 다문 입을 좀처럼 열지 않자, 김덕명이 분위기 전환을 위해 한마디 했다.

"우리 기분도 풀 겸 혀서, 최경선의 칼춤이나 한번 구경하더라고. 판소리의 고향 남원 유태홍이가 칼노래를 부르고 말이여!"

최경선은 목검이 아닌 진검을 들고 나왔다. 유태홍은 북을 들고 나와 창唱(판소리)을 준비했다. 원평천 둔치를 가득 메우고 귀미산 자락까지 늘어앉아 있던 동학도인들도 양발을 교대로 구르고, 양손으로 박수치며 한바탕 어울림을 준비했다.

분위기가 들썩거리자 서장옥이 껄껄껄 웃으며 끼어들었다.

"아 말이여, 수운 대선생께서 지으신 칼노래야말로 끝내주지."

김개남도 한 말씀 거들었다.

"대선생께서 남원 은적암에 계실 때, 달밤에 홀로 지리산을 바라보며 칼노래와 함께 칼춤을 추셨지. 그 모습을 보던 호남 도인들이 은밀하게 전수한 칼춤이야!"

최경선은 경건하게 인사드리고, 옆구리에 찬 검을 천천히 뺐다. 순간 우레와 같은 박수 소리와 함성이 터져 멀리 들녘까지 울려 퍼졌다. 때를 맞추어 유태홍의 입에서 칼노래가 흘러나오며, 작은 북으로 장단을 맞추기 시작했다. 최경선의 칼춤은 보는 이로 하여금 감탄을 금치 못하게 했다.

> 시호시호 이내시호 부재래시 시호로다
> 만세일지 장부로서 오만년지 시호로다
> 용천검 드는 칼을 아니 쓰고 무엇하리
> 무수장삼 떨쳐입고 이 칼 저 칼 넌즛 들어
> 호호망망 넓은 천지 일신으로 비껴서서
> 칼노래 한 곡조를 시호시호 불러내니
> 용천검 날랜 칼은 일월을 희롱하고
> 게으른 무수장삼 우주에 덮여 있네
> 만고명장 어데 있나 장부당전 무장사라
> 좋을시고 좋을시고 이내 신명 좋을시고 「검결劍訣(칼노래)」

조선 정부는 동학 지도부와 한 약속을 며칠 만에 번복했다. 관군은 4월 3일부터 해산하기 시작한 남접 본부를 서서히 포위하면서, 7일에는 전봉준·서장옥·서병학 등을 체포하라는 명령을 내렸다. 서병학이 배신했다는 정보를 동학 쪽에서 모른다고 생각하여 슬쩍 서병학을 끼워 넣은 것이다.

관군이 원평 도소와 귀미산 아래 천변 들판을 들이쳤을 때, 아무도 없는 쓸쓸한 들녘과 빈집만이 남아 있었다. 관군이 생각보다 느리게 움직인 것은 동학당의 세력에 겁을 먹고 잘못하다간 자신들이 먼저 황천에 갈 수 있다는 위험을 느꼈기 때문이었다.

보은취회와 원평취회는 비슷한 시기에 시작과 끝을 같이했다. 훗날 1893년 3월 20일 국왕 고종은 김문현을 전라감사로 제수除授할 때, 어전御前(임금의 앞)에서 전라도의 동학이 번져가는 이야기를 주로 나눴다. 특히 고종은 금구원평金溝院坪에 대해 몹시 걱정하였다.

"전라감영으로부터 30리 밖에 있는 금구 원평에서, 동학이 횡행천지橫行天地[8]하고 있다고 하니 먼저 그 소굴을 없애 근심의 씨앗을 근절하라."

이처럼 임금과 조정에서도 동학에 대해 깊이 우려하고 있었으며, 특히 금구 원평에서 모인 동학당 세력은 이미 반란의 조짐을 보인 것으로 파악하고 있었다. 충청도 보은취회는 비폭력 평화집회였다면, 전라도 원평취회는 평화집회를 뛰어넘은 무력시위에 가까웠다. 1893년 금구 원평취회는 1894년 동학농민혁명으로 연결되는 전쟁의 도화선으로 작용하게 된다.

「제4차 동학 취회, 보은 장내리 민회. 제5차 동학 취회, 금구 원평 집회, 그들은 모두가 꽃들이었다. 꽃처럼 아름다운 그들에게 누가 칼을 겨누었는가. 그들은 모두가 하늘이었다. 사람 섬기기를 하늘같이 하라는 그들에게 누가 총을 겨누었는가. 포덕천하, 광제창생, 보국안민, 척양척왜, 하늘보다 귀한 그들의 이상이었고 실현할 수 있는 세상이었건만.」

---

8 횡행천지(橫行天地). 사람들이 사는 이곳저곳에서 나쁜 일들이 마구 벌어지거나 나타남.

3. 혁명의 불꽃이 치솟다

사발통문, 탐관오리를 제거하라

[사발통문 작성의 기시를 놓고 학자들 간에 이견이 있어 왔다. 그 첫 번째가 사발통문 작성 시기가 고부기포 이전에 있었던 게 아니고, 동학농민혁명 이후 역사를 정리하면서 마치 고부기포 직전에 있었던 것처럼 작성하였다는 주장이다. 둘째는 고부기포 직전에 작성되었으나 사발통문 거사 계획이 실현되지 않자 폐기하였다가 복원 차원에서 동학농민혁명 후에 작성되었다는 주장이다. 셋째가 사발통문 작성은 요즘 알려진 대로 고부기포 직전에 작성되었고, 그 사발통문 거사 계획대로 고부기포가 촉발되었다는 주장이다. 현재 역사적, 문화적 관점에서 대체로 세 번째 주장이 받아들여지고 있다.]

동학농민혁명이 일어나기 직전 고부군古阜郡은 다른 어느 고을보다 여러 명목의 세금과 백성의 재물을 가혹하게 빼앗는 일이 매우 심했다. 균전사均田使[1]와 전운사轉運使[2]의 재물 등을 강제로 빼앗는 행위는 여러 지방에서

---

1 균전사(均田使). 조선시대에 논과 밭을 측량하고 품등을 결정하는 등 농사짓는 땅에 관한 사무를 처리하기 위해 지방에 파견된 관리.
2 전운사(轉運使). 고려 초기부터 설치된 기관으로 지방에서 조세를 거두어 왕조의 수도, 즉 한양으로 운반하는 관리.

사발통문거사도

사발통문은 1893년 11월, 전봉준 접주를 위시하여 동학도인 20명이 고부 서부면 죽산리 송두호 집에 모여 사발을 엎어 놓고 빙 둘러앉아 서명한 문서로서 봉기의 거사 계획과 내용을 정하여 각 마을의 집강(執綱)들에게 보내질 계획이었다.

있어 왔던 일이었다. 그런데 고부군수 조병갑의 착취는 다른 고을의 수령守令들보다 한층 극심하였고 방법 또한 악날했다.

조병갑은 조선 말엽 치성熾盛한 탐관오리 중에서도 대표적인 인물이다. 그는 고종을 즉위시킨 막강한 권력자 신정왕후 조대비와 친족 관계이며 영의정을 지낸 조두순의 조카이다. 그의 뒷배의 위력은 가히 따를 자가 없었다. 조병갑은 다른 관리들이 욕심내는 진주목사 자리가 성에 차지 않아, 당시 관리라면 누구나 눈독을 들이던 호남으로 가기 위해 긁어모은 뇌물을 바치고 연줄을 있는 대로 동원하였다.

조병갑은 마침내 임진년(1892) 5월 고부군수로 부임하였다. 그해 겨울, 정읍천과 태인천이 합류되는 지점에 농민들을 동원하여 만석보 쌓는 공사를 시작하였다. 농민들은 강제 노역에 시달렸고, 조병갑은 보洑 공사를 한다면서 조상의 묘지가 있는 선산이든 뭐든 가리지 않고 남의 산에서 수백 년 된 거목을 마구잡이로 베어다 사용했다. 산주들과 농민들은 심하게 반발했으나 조병갑은 막무가내였다.

조병갑은 처음에 만석보가 완성되면 그 물을 대는 논에는 수세를 부과하지 않겠다고 했으나, 이를 어기고 1천여 석을 수세로 징수하여 농민들의 불만은 이만저만이 아니었다. 또 새 보를 높이 쌓아 장마철에 비가 쏟아지면 물이 범람해서 큰 피해를 당해 그 원성은 높아만 갔다.

조병갑의 탐학은 이에서 그치지 않았다. 균전법均田法에 의해 농민들이 황무지를 개간하여 농사를 지으면 5년 동안 세금을 물리지 않기로 되어 있었다. 그러나 조병갑을 위시하여 전라도 균전사 김창석 등은 토지 분배 및 조세 징수 제도인 균전법을 어기고 그해 가을 수확이 없는 땅에 불법으로 세금을 물리는 백지징세白地徵稅를 감행하였다. 다행히 농사라도 잘되면 버터 보겠지만, 계속된 흉년으로 어찌해 볼 도리가 없는 농민들은 고향을

동학농민군이 일어서다

원래 작품명은 '일어서는 두승산'이나 필요에 따라 기포, 즉 봉기시에 사용하고 있다. 작품은 농민들의 힘이 넘치며, 죽창을 들고 큰 혁명에 나서는 비장함을 볼 수 있다.

버리고 유민이 되어 떠돌 수밖에 없었다.

이 시기에 농민들을 가장 고통스럽게 한 것은, 대동법에 의해 공물 대신 쌀을 거둬들이는 대동미大同米를 둘러싼 농단이었다. 조병갑과 결탁한 전운사 조필영은 대동미를 한양으로 운송하는 책임을 맡았다. 조필영은 여러 고을의 관료들과 짜고 쌀을 이리저리 빼돌려 착복하면서 부족한 양을 채우기 위해 수단과 방법을 가리지 않고 추가로 세미를 징수하였다. 이들은 농민들에게 거둔 좋은 쌀인 상미上米는 팔아 챙기고, 좋지 않은 하미下米를 채워 넣어 한양으로 보냈다. 심지어는 쌀 대신 모래나 지푸라기로 채워 국가 창고에 쌓아 두는 기가 막힌 일을 저질렀다.

또 제법 재산이 있는 백성들에게는 부모에게 불효한다는 불효죄, 친척들과 화목하게 지내지 않는다는 불화죄, 투전과 잡기 따위를 하면서 착하게 살지 않는다는 불선죄 등의 온갖 구실을 붙여 수만 냥을 뜯어냈다. 게다가 현감을 지낸 아버지 조규순의 공적을 찬양하는 비각을 태인에 세우면서 1천 냥을 거둬들이는 등 온갖 부정부패를 일삼았다.

이때, 삼정三政[3] 문란을 비롯하여 백성들을 등쳐먹는 탐관오리들의 횡포는 전국에서 자행되었다. 그중에서도 전라도가 심했으며, 전라도에서도 고부가 가장 심했다.

조병갑은 조선 최고의 권력을 배경으로 군수에 부임하자 온갖 악행을 끊임없이 자행했다. 걸핏하면 동진강 배들평[4]이 한눈에 보이는 만석보萬石洑[5]에 올라 사방을 둘러보았다. 아마도 거둬갈 것들을 속으로 셈하였는지

---

3 삼정(三政). 조선시대, 국가재정의 근본을 이루는 전정·군정·환정을 아울러 이르던 말
4 배들평. 동진강에서 배가 들어온다는 평야를 가리킴
5 만석보. 동학농민혁명의 첫 도화선을 당긴 시설물로서, 고부군수 조병갑은 농민들을 동원하여 관개용 저수지 만석보를 또다시 건축하게 하고 수세를 강제로 징수하였다.

도 모른다.

이런 가운데 만고 탐관 조병갑과 만고 영웅 전봉준의 운명적인 만남이 시작된다. 전봉준은 돈벌이나 벼슬 따위에는 전혀 관심이 없었던 청빈한 선비였으므로 속된 말로 똥구멍이 찢어지게 가난하였다. 아침에는 꽁보리밥에 저녁에는 죽으로 때울 정도였으니, 하루 한두 끼로 겨우 연명하고 있었다. 그러나 전봉준은 개인의 출세나 안락 따위엔 관심이 없고, 백성들의 고달픈 삶에 대한 연민이 더 많았다. 가난하고 약한 자들이 받는 부당한 처사, 그것을 단단히 얽고 있는 사회제도에 회의가 컸다.

이런저런 회의와 고뇌와 이상을 품고 살면서 전봉준은 어느덧 대장부의 길을 가고 있었다. 일찍이 맹자가 말하기를, "이 세상에서 가장 넓은 데서 살아가고, 이 세상에서 가장 바른 자리에 서며, 이 세상에서 가장 큰 도를 행하라. 뜻을 얻으면 다른 이들과 함께하고, 뜻을 얻지 못해도 혼자서 옳은 길을 가야 한다. 부귀와 음탕함에 빠지지 않으며, 가난하고 천해도 마음을 바꾸지 아니하고, 부당한 힘 앞에서도 굴복하지 아니하면, 이것이 바로 대장부 아닌가."라고 하였다.

전봉준은 가히 호연지기浩然之氣[6]의 대장부로서 세상에 자신의 존재를 본격적으로 드러내기 시작했다.

1893년 11월(음), 배들평 농민들을 중심으로 고부 지역 농민 50여 명은 만석보 수세를 줄여 달라는 진정을 하러 고부관아로 몰려갔다. 이때 소장의 첫머리에 서명한 전봉준의 부친 전창혁을 필두로 김도삼과 정일서 등이 앞장섰다.

고부군수 조병갑은 부당한 만석보 보세의 강제 징수를 강행했다. 고부

---

6   호연지기(浩然之氣). 사람의 마음에 차 있는 너르고 크고 올바른 기운

농민들은 사실상 죽는 것보다 사는 것이 더 힘들었다. 수세뿐만 아니라, 막 태어난 갓난아기와 죽은 사람한테도 군포軍布[7]를 물리는 것에 그치지 않고 별의별 명목과 이유를 붙여 어찌나 뜯어 가는지 다들 죽을 지경이었다. 황무지를 개간하여 농사를 지으면 5년간 세금을 부과하지 않겠다고 하고서, 게다가 첫해에는 농사가 잘 안 되는 것을 뻔히 알면서도 싸악 쓸어갔다. 그러니 원성이 높을 수밖에 없었다.

전창혁은 조병갑의 허둥대는 모습과 부아가 치밀어 오른 얼굴을 바라보며 한 말씀 던졌다.

"우리는 같이 죽자는 것이 아니라, 같이 살자는 것입니다."

조병갑의 얼굴이 시뻘게졌다. 살찐 돼지 같은 뱃살은 숨을 쉴 때마다 들썩거렸다. 그는 양민의 말을 새겨들을 필요가 없다는 듯 단호하게 대꾸했다.

"이놈들이 진짜 죽으려고 환장했구나!"

전창혁 등 앞장선 몇 사람이 난민을 선동한 반역죄로 체포되었다. 배들평 농민들은 발로 차이고 육모방망이로 머리가 터지게 두들겨 맞고 쫓겨났으며, 전창혁 등 장두 세 명은 심하게 매질을 당한 후 옥에 갇혔다. 그리고 엉터리 보고서와 함께 전라감영으로 넘겨졌다. 전창혁 등 장두들을 넘겨받은 전라감사 김문현은 제법 엄한 소리로 꾸짖었다.

"난동의 대표자들은 백성들을 충동질시켜 난을 일으켰다."

그 후 김문현은 엄한 형벌로 다스리라는 판결과 함께 이들을 고부 감옥으로 되돌려 보냈다. 조병갑은 절대 굽히지 않는 전창혁의 의지와 고집에

---

[7] 군포(軍布). 조선시대 조세 제도의 하나, 군복무를 직접 하지 않는 대신 병역 의무자가 그 대가로 납부하던 삼베나 무명.

권력과 오기로 맞섰다. 결국 연일 계속되는 곤장 형벌로 전창혁은 옥중에서 사망하고 말았다.

　전봉준의 아버지가 옥중에서 곤장을 맞다가 비참하게 사망했다는 소식을 접한 정읍의 송대화 대접주는 태인의 최경선 접주를 불러 전봉준에게 급보를 전했다.

　"아버님이 조병갑에게 곤장을 맞다가 하세下世(사망함)하셨습니다."

　전봉준은 입을 굳게 다물고 눈물을 삼키며 조용히 부친상을 치렀다. 이때부터 전봉준은 일상에 상복喪服[8]을 입고 생활했다. 고부 농민들은 자신들을 위해 앞장서다가 비참하게 죽은 전창혁의 희생정신을 쉽게 잊을 수 없었다. 농민 70여 명이 고부관아에 몰려가 몇 차례에 걸쳐 시정을 요구하였으나 역시 매를 맞고 쫓겨났다.

　결국 전봉준이 직접 소장을 준비하여 고부관아와 전라감영에 진정했으나 그마저도 외면당하고 말았다. 봉준은 굳은 결심으로 재혼한 이씨 부인과 2남 2녀의 가족과 비장한 각오로 마주했다.

　"의義를 위해 바칠 목숨이오."

　전봉준은 부인에게 큰절을 하고 아들딸들과 의지하며 살기를 당부하였다. 봉준은 머물던 집에서 나와 입을 다문 채 자신이 태어난 고창 당촌마을로 향했다. 어린 시절 뛰놀던 그리운 고향집 마루에 걸터앉아 먼 하늘을 응시하다가, 담뱃대를 입에 물고 몇 번이나 깊숙이 빨아들여 허공에 내뿜었다. 봉준은 이내 비장한 각오로 한마디 읊조렸다.

　"사람이 하늘인 세상을 열어야 하겠다."

8　상복. 선친 등 가까운 선조들이 사망하면, 상중에 상제가 입는 예복

계사년(1893) 11월(음) 말, 전봉준은 태인의 최경선 집, 정읍의 손여옥 집, 죽산의 송두호 집 등을 전전하며 거사 계획을 연일 논의했다. 또한 조병갑 군수에게 등소한 농민들 수십 명도 죽산리 대뫼마을을 제집처럼 드나들었다. 봉준은 그간 논의한 '군수의 목을 벤다. 탐관오리들을 척결한다. 전주성을 점령한다. 한양을 접수한다.' 등의 내용을 담은 격문檄文[9]을 거사에 동참할 만한 접주와 도인, 그리고 농민들에게 비밀리에 전했다.

거사를 준비한다는 소식을 알음알음 접한 동학도인과 농민들은 손꼽아 그날만을 기다렸다. 그날 밤 눈이 퍼붓고 인적이 끊긴 으슥한 밤길을 숨소리 발소리도 죽여 가며 걸어서 전봉준, 송대화, 김도삼, 손여옥, 최경선 등 20여 명이 고부 죽산리 송두호 집에 모였다.

전봉준이 번득이는 눈빛으로 말문을 열었다.

"우리 갑오년 정월 초하루에 기포합시다."

송대화가 긴장한 동지들을 안심시키려는 듯 껄껄껄 웃으며 대꾸했다.

"우리가 계획한 통문通文[10]의 내용으로, 사발을 엎어 놓고 주모자가 누군지 모르게, 또한 모두 주모자가 되게 빙 둘러앉아 서명들 합시다."

송두호가 미리 준비한 백지와 사발, 필기도구를 내놓았다. 전봉준은 그동안 논의한 내용을 구체적으로 정리하여 말하고, 전봉준의 비서 정백현은 떨리는 손을 진정시키며 붓을 잡았다.

    각리 리집강 좌하座下
    우右와 같이 격문을 사방에 빠르게 전하니 여론이 물 끓듯 하였다.

---

9 격문. 어떤 일을 여러 사람에게 널리 알려 부추기기 위한 글
10 통문. 조선시대 등 예전에, 여럿이 돌려가며 보는 통지문

매일같이 이루어지기 어려움을 부르던 민중들은 곳곳에 모여서 말하되 "났네, 났어. 난리가 났어. 에이! 참 잘되었지, 그냥 이대로 지나서야 백성이 한 사람이라도 어디 남아 있겠냐." 하며 그날이 오기만 기다리더라.

이때 도인들은 먼저 할 것과 나중에 할 것의 대책을 논의 결정하기 위하여, 고부 서부면 죽산리 송두호 집에 도소를 정하고 매일 구름같이 모여 순서를 정하니 그 결의된 내용은 다음과 같다.

- 고부성을 격파하고 군수 조병갑을 목 베어 죽일 것
- 군기창과 화약고를 점령할 것
- 군수에게 아첨하여 백성(인민)을 괴롭힌 탐관오리를 엄하게 징벌할 것
- 전주성을 함락하고 경사(서울)로 직행할 것
- 우(右)와 같이 결의가 되고 따라서 군략에 능하고 세상에 민활한 영도자가 될…

(이하 먹물과 글이 겹쳐 이하 판독 불능)

전봉준, 송두호, 정종혁, 송대화, 김도삼, 송주옥, 송주성, 황홍모, 최홍열, 이봉근, 황찬오, 김응칠, 황채오, 이문형, 송국섭, 이성하, 손여옥, 최경선, 임노홍, 송인호

[사발통문은 1893년 11월, 전봉준 접주를 위시하여 동학도인 20명이 고부 서부면 죽산리 송두호 집에 모여 사발을 엎어 놓고 빙 둘러 서명한 문서로서 봉기의 거사 계획과 내용을 정하여 각 마을의 집강(執綱)들에게 보내졌다.]

그러나 사발통문을 작성하고 곧 인편으로 각리 집강에게 돌리려는 찰라, 고부군수 조병갑이 11월 30일 갑자기 익산군수로 전임 발령되고, 신임 고부군수로 안주목사 이은용이 임명됐다. 조병갑이 전임된 것은 동학도들

의 움직임을 파악했기 때문이거나, 아니면 배들평 농민들과 전봉준의 진정 사건이 문제가 되었기 때문일 것이다.

이 무렵 익산에서도 고부와 마찬가지로 김택수 군수의 학정 때문에 집단 소요 사태가 일어났다. 동학 접주 오지영을 중심으로 익산관아에 몰려가 항의하다가 탄압이 심해지자, 전라감영으로 몰려가 민원을 제기하였다. 소요 원인 제공자인 김택수는 파면되었고, 동학도와 농민들은 쫓기는 신세가 되었다. 어디 고부와 익산뿐이랴! 전국에서 동학도인 탄압은 갈수록 심해졌으며, 농민들 또한 죽을 지경이었다.

그런데 문제는 고부군수 자리에 어느 누구도 올 수 없다는 것이었다. 조병갑이 여기저기 힘을 써서 농간을 부렸고, 이은용·신재묵·이규백·하긍일·강인철 등이 연속으로 고부군수로 발령이 되었으나, 몸이 아프다는 등 이런저런 이유로 부임하지 않았다. 조병갑 역시 익산군수로 발령이 났으나 부임해 가지 않고, 고부군수 직을 유지하려고 수단과 방법을 가리지 않았다. 결국 전라감사 김문현은 조병갑과 마주했다.

"조 군수는 역시 대단합니다. 군수 발령자가 모두 겁을 먹고 도망쳤어요."

조병갑은 여러 상납할 곳과 나랏돈도 탕진해서 사실 돈이 많이 필요했다. 그런 돈과 재물을 긁어모으려면 고부만 한 곳이 없어서 김문현을 꼬드겼던 것이다. 이러는 사이 조선 왕조 역사 이래 참으로 해괴한 일이 벌어졌다. 고부와 익산에 한 달 동안 군정을 책임지는 군수의 자리가 비어 있었던 것이다. 결국 김문현은 조정에 장계를 올렸다.

전 고부군수 조병갑은 군민이 내지 않은 미납 세금이 많아 책임지고 걷어야 하며, 그 임무를 충실히 이행하여 왔습니다. 그런데 다른 군으로 옮기게 되면 착오가 생기오니 다시 고부군수로 부임시켜야 마땅하리다.

김문현은 고부 군민의 상황을 정반대의 논리로 조정에 올린 것이다. 거사의 명분이었던 조병갑이 익산군수로 발령이 나서 고부에 없게 되자 기포를 추진하던 전봉준을 비롯한 접주들과 농민 대표 20여 명은 난감한 상황에 처했다. 대뫼마을 도소에 모인 지도자들은 일단 거사를 연기하고, 다시 한번 때를 기다리기로 했다.

「사발통문, 비밀스런 문건 하나, 주모자를 알아보지 못하도록 사발 하나 엎어 놓고 둥그렇게 서명한 동학 기포 격문이다. 갑오동학혁명의 사발통문과 기미 3·1혁명의 독립선언서는 그 주모자에 있어 대비되는 모양새이다. 사발통문은 주모자 전봉준이 드러나지 않지만, 독립선언서는 손병희가 서명 첫머리에 분명 주모자로 드러나게 서명하였다. 동학농민혁명에서 남·북접을 상징했던 두 동학 지도자는 구국항일혁명의 영웅으로 민족사에 길이 빛날 것이다.」

고부기포, 혁명의 불길이 타오르다

[고부기포에 대해 학계와 연구자들은 여러 견해를 밝혀왔다. 첫째 동학농민혁명의 첫 출발이다. 둘째 동학농민혁명의 도화선이었다. 셋째 민란으로서 전국적 혁명으로 연결되지 못하고 동학농민군이 해산하였으며, 이후 무장기포에서 본격 혁명이 시작되었다. 이러한 여러 견해와 각각의 입장을 뒷받침하는 학술적 성과들이 있어 왔다. 학자들이야 개인의 연구 성과를 그대로 밝히고 공감대를 형성하면 된다. 현재 고부와 정읍지역을 중심으로 혁명의 첫 시작이었다는 학술토론회 등이 활발히 진행되고 있다.]

1894년 1월 9일(양 2.14), 조병갑이 고부군수에 재부임함으로써 역사의 수레바퀴는 다시 구르기 시작했다. 그날, 조병갑의 재부임 소식을 듣고 제일 먼저 봉기蜂起의 깃발을 든 것은 예동마을 농민들이었다. 예동마을의 남녀노소 수백여 명은 징, 나팔 등 풍물을 울리며 "조병갑을 잡아 죽여라!"라는 함성과 함께 죽창과 낫 등 농기구를 들고 봉기하였다.

전봉준은 이미 여러 곳의 동학도인과 농민들에게 저녁밥을 먹고 1월 10일(양 2.15) 말목장터로 모이라는 기별을 넣어 두었다. 전봉준은 고부기포 준비를 김도삼, 정익서, 최경선 등과 함께 추진했다.

동학농민군 일부는 예동으로 갔고, 일부는 말목장터로 향했다. 예동에 모인 동학농민군은 풍물을 울리면서 보국안민·제폭구민의 깃발을 높이 들고, 동학의 13자 주문을 외우며 벌떼처럼 말목장터로 향했다. 또 '났네 났어. 난리 났어. 에이, 참 잘되얏지. 그냥 이대로 지내서야 백성이 한 사람이라도 어디 남아 있겠냐.' 노래를 부르며 행진했다.

10일, 날이 밝기 전에 모여 새벽닭 울음소리를 신호로 고부관아로 진격한다는 계획이었다. 전봉준은 의기에 찬 3천여 명의 동학농민군과 농민들 앞에 모습을 드러냈다.

"우리는 의義를 위해 이곳에 모였습니다."

"우리는 죽음이 아니라, 살려고 일어났습니다."

"우리 일심 단결하여 개벽세상을 열어갑시다."

전봉준은 여성과 노약자는 집으로 되돌려 보냈다. 또한 동학농민군을 좌군과 우군으로 나눠, 협공으로 고부관아를 점령하는 작전을 세웠다. 1월 10일(양 2.15) 새벽 2시경에 동학농민군은 진군할 만반의 준비를 마쳤다. 봉준은 죽창을 중심으로 낫, 쇠스랑, 삽, 작대기 등 농기구로 무장한 동학농민군을 향하여 쩌렁한 목소리로 연설을 했다.

"여러분, 군율을 발표하겠습니다. 첫째, 민가에 피해를 끼치는 자는 용서치 않겠습니다. 둘째, 관군도 우리 백성이니, 항복하는 자는 함부로 죽이지 마십시오. 셋째, 동학을 사칭하고 못된 짓을 하는 자는 목을 베겠소. 넷째, 아이와 여자들을 제외하고, 군을 이탈하는 자는 엄한 군율로 다스릴 것입니다. 좌군은 천치 길로, 우군은 영원 길로 갈라져 진군하다가, 북성문 밖에서 모여 협공으로 일제히 공격합니다."

전봉준은 행동 수칙을 발표하고, 조병갑의 학정을 일일이 거론하였다. 그리고 보국안민, 제폭구민을 힘차게 외치며 명령을 내렸다.

"진군하라!"

명령이 떨어지자 동학농민군은 죽창을 들고 풍물을 울리며, 20리를 내달려 고부관아 북성문 밖에 모였다. 좌군과 우군은 전봉준의 최종 명령에 따라 10일(음) 새벽 4시경에 일제히 함성을 지르며 고부관아로 몰려 들어갔다.

"조병갑을 잡아라!"

"관속들을 잡아 마당에 대령하라!"

동학농민군은 일거에 관아를 습격, 점령하였지만 조병갑은 이미 그곳에 없었다. 고부 고을이 들썩거리는 함성과 더불어 먼 곳까지 시끄럽게 울려 퍼지는 농악까지 동원하여 진군하였으니 어찌 조병갑이 모르겠는가. 그러나 이는 전봉준의 계략이었다.

조병갑을 죽이는 건 별동대를 조직하여 급습하거나 암살하는 방법으로 얼마든지 가능했다. 그러나 탐관오리의 상징인 그가 죽으면 고부기포는 민란으로 끝나고 민본의 세상은 멀어진다고 생각한 것이다. 집요하고 치밀한 전봉준의 계획이 서서히 드러나기 시작했다. 고부관아를 접수한 전봉준은 주요 지도자를 소집하여 다시 명령을 내렸다.

"고부 고을 농민들을 최대한 동원하여 동학농민군의 조직을 강화한다. 탐관오리 관리들을 엄벌하고, 즉시 조병갑의 뒤를 쫓아 체포한다."

녹두 전봉준은 고부를 중심으로 여러 곳의 동학 접 조직을 이용하여 통문을 돌리게 해서 봉기를 확산시키는 데 만전을 기했다. 조병갑은 용케도 몸을 피해 동쪽으로 5리나 도망쳐 입성리 정참봉 집에 숨어 있었다. 조병갑은 동학농민군의 동태를 살피다가 농민 복장으로 변장하고 정읍에서 순창을 거쳐 전주감영으로 피신했다.

이튿날, 동학농민군의 탐문 수색에서 이 사실이 밝혀져 정참봉만 잡혀 들어왔다. 그사이 동학농민군은 형옥을 부수어 억울하게 갇힌 백성들을 풀어 주었다. 다음 날, 어둠이 걷히고 날이 밝아 오자 전봉준은 동학농민군을 말목장터에 소집하여 명령 체계와 전열을 재정비하였다.

"규율을 어기는 자들은 군율로 엄히 다스릴 것이다! 좌군은 미리 백산으로 이동하여 백산성을 쌓는다! 우군은 만석보로 달려가서 만석보를 허물어 배들평 농민들의 원한을 풀어 주고, 예동과 두전에 쌓아 둔 보세미를 갈취당한 농민들에게 되돌려준다!"

동학농민군은 고부 및 인근 농민들을 받아들여, 읍성을 장악하고 성 안팎에 배치하여 경계를 강화했다. 전봉준은 고부의 일을 마무리하는 대로 함열의 조창으로 진격할 계획을 세웠다. 고부 고을은 그야말로 농민들의 해방구가 되었다.

전봉준과 동학농민군은 배들평 농민들의 원성의 표적이었던 만석보를 허물고, 억지로 빼앗긴 보세미를 농민들에게 되돌려 주었다. 고부의 기포가 성공했다는 소식을 통문과 소문으로 들은 고부 백성들은 죽창과 농기구를 들고 자발적으로 거사 대열에 합류했다.

이때 전라감영에 피신한 조병갑의 제안에 따라, 김문현 감사는 전봉준 등 거사 지도부 암살 계획을 승인했다. 감영의 별동대로 구성된 암살 자객 50명을 농민으로 변장시켜 전봉준과 핵심 지도부를 죽이는 것으로 거사의 종지부를 찍으려 하였다. 조병갑과 김문현은 동학의 조직이 엉성하다고 판단하였고, 고부봉기를 일시적 분노에 의해 일어난 민란으로 보았던 것이다.

그러나 철저한 대비와 만약을 위해 방어 및 경호에 만전을 기하던 동학농민군은 자객 50여 명을 재빠르게 제압하였다. 동학농민군 지도부는 목숨이 위험한 급박한 상황에서도 신속하게 대처하여 상황을 종식시켰다. 전봉준은 전날 밤에 자객 혹은 관군과 전투가 벌어질 경우 아군과 적을 가려야 하기 때문에 동학의 신표인 글자 '궁' 부적을 잘 보이는 곳에 붙이라는 명령을 내렸는데, 관군 쪽에서는 이 사실을 몰랐던 것이다.

전봉준은 체포된 암살단 50명을 일단 결박하여 창고에 가두라고 하고는, 태연한 모습으로 다시 회의에 임하였다. 그런데, 동학 전령에 의한 보고에 충청도 보은대도소 해월 최시형 법헌의 지시 없이는 기포하지 말라는 내용이 있었다.

전봉준과 고부봉기 지도부는 쉽게 결론을 내지 못하고 망설이고 있었다. 그러나 전봉준은 사로잡은 전라감영군 자객 50명 중 부상자는 치료해 주었다. 그리고 모두에게 단단히 타일러서 전주로 되돌려 보내기로 하였다.

세계 혁명사, 전쟁사에서 그 유래를 찾을 수 없는 동학만의 특이한 광경이 벌어지고 있었다. 적을 죽이고 재물을 빼앗고 권력을 차지하기 위해서가 아니라, 모두 다 같이 살고 서로 존중하기 위한 전쟁사가 펼쳐지고 있는 것이다.

"사람은 모두 하늘입니다. 더욱이 관군들도 우리와 같은 백성들입니다.

낫네 낫어 난리가 낫어

전부 살려서 돌려보내세요."

　전봉준은 '모두가 하늘인 세상'을 열어나가고자 하였으며, 또한 '민심을 얻는 것이 천하를 얻는 것.'이라는 강한 믿음이 있었다. 동학농민군 지도부는 자신들의 목숨을 노렸던 자객들을 치료하여 7일 만에 석방했다. 전라 감영의 자객들이 풀려나자 감영에서는 협상을 시도해 왔다. 그러나 첫 번째 협상에서 감영의 수교 정석희는 전봉준을 설득하려다 되레 설득당해서 돌아갔다.

　두 번째 협상에서는, 전주 진영 군위 정진석이 무예에 뛰어난 군사 셋을 대동하고 전봉준과 직접 대면하여 해산을 권유하였다. 이때 장사꾼으로 변장한 수상한 자들 10여 명이 말목장터로 들어오는 것을 경비병들이 발견하고 잡아들였다. 그들의 등짐을 풀어 보니 살상 무기로 가득하였다. 정진석은 부하들이 잡혀 2차 암살 계획이 들통나자 도망치다가 뒤쫓아 온 동학농민군의 죽창에 찔려 참혹하게 최후를 맞이했다.

　전봉준은 말목장터를 중심으로 경계를 더욱 강화하면서, 결국 2월 25일에 지리적 여건이 좋은 백산성으로 동학농민군 대다수를 옮겨 배치했다. 백산성은 앞쪽으로 동진강이 흐르고, 동서남북이 한눈에 들어와 적의 접근을 막기에 매우 용이한 전략적 요충지다. 그래서 전봉준은 관군의 공격에 대비하여 미리 보강해 둔 백산성으로 진영을 옮긴 것이다.

　백산성에 안착한 동학농민군은 함열 조창으로 진격할 것인가 말 것인가를 두고 갑론을박하였다. 전봉준과 접주들은 진격을 주장했고, 농민 대표들은 월경越境하면, 즉 고부군의 경계선을 넘어서므로 반란이 된다며, 반대하였다. 전봉준은 농민 대표들의 의견을 받아들이며 차후 관군과의 협상권을 농민들에게서 위임받았다.

　조선 정부는 전통적으로 지방에서 민란이 일어나면 그 지역의 책임자인 군수를 교체하고, 사태를 정확히 조사하여 보고하고 수습하는 책임을 지는 안핵사를 파견했다. 그러나 전라감사 김문현은 조병갑의 중앙정부 배경도 무시할 수 없었고, 또 자신이 다시 고부군수로 추천한 인물이었기 때문에 그가 고부에서 도망 왔다는 사실을 한 달가량 조정에 보고하지 않았다.

그러나 언제까지 이를 숨길 도리가 없어 조병갑에게 양해를 구하고 2월 10일경 보고서를 올렸다. 전라감사의 보고를 받은 조정은 그 사정을 이해라도 해 주는 듯 2월 15일 김문현에게 3등급 감봉이라는 가벼운 징벌을 내렸다. 또 조정에서는 김문현에게, 조병갑을 조사하여 민란을 일으키게 한 혐의와 나랏돈을 횡령한 혐의에 대해 그 죄를 정하라는 지시를 내렸다.

그 후 정부는 용안현감 박원명을 신임 고부군수로 발령하였으며, 봉기의 확대를 방지하기 위해 장흥부사 이용태를 고부군 안핵사로 임명하였다. 이용태 안핵사에게는 민란의 전말을 제대로 조사할 것과 고부 고을 백성들을 잘 타이르고 주의시켜 생업에 안정케 하며, 조정의 너그러운 뜻을 백성들에게 보이라고 지시하였다.

신임 고부군수 박원명은 3월 3일에 전봉준 등 고부기포 지도부에게 만날 것을 요청하여 고부관아 동헌에서 회동했다. 전봉준 등이 협상 장소에 도착하니 상다리가 부러지게 음식이 차려져 있었다. 전봉준이 박원명을 무섭게 쏘아보며 말했다.

"백성들은 굶어 죽어 가고 있는데 이 무슨 잔칫상이란 말이오?"

전봉준은 박원명에게 전임 군수 조병갑을 빗대어 전라도 일대에 무슨 민요가 퍼지고 있는지 알려주었다.

"금잔에 담긴 향기로운 술은 백성의 피요, 옥쟁반의 맛있는 안주는 만백성의 기름이라. 촛농 떨어질 때 백성 눈물 떨어지고, 노랫가락 높은 곳에 원망 소리 또한 높네."

　전봉준은 암행어사 이몽룡의 어사출두 전에 지어 읊은 시를 들려주었다. 그리고 동학농민군을 해산하는 조건으로 무사 귀가는 물론 앞으로 농민들에 대한 수탈은 물론 동학에 대한 탄압도 금지하기로 군수에게 약속을 받아냈다.

　고부군수 박원명은 전라감사 김문현에게 조병갑 군수의 파직을 요청하였고, 최시중, 김양보, 좌수 김봉현, 호장 은세방, 이방 은인식, 수교 은덕초, 향민 심덕명, 조성국 등의 처벌을 건의하였다. 김문현은 사태의 심각성을 인식하고, 조정에 이들의 죄상을 고발하였다. 전봉준은 마침내 3월 5일 동학농민군의 해산을 결정했다.

　한편 안핵사로 임명된 장흥부사 이용태는 동학농민군의 조직과 기세가 예사롭지 않다는 소문을 듣고 잔뜩 겁을 먹어 임무를 수행하지 않고 차일피일 현지 조사를 미루고 있었다. 이용태는 고부군수 박원명이 동학농민군을 해산시켰다는 소식을 듣고서도 며칠이 지나서, 역졸 8백여 명을 이끌고 고부에 나타났다. 그는 자신의 비겁함을 감추기 위해 무자비한 탄압을 시작했다. 이용태는 박원명에게 책임을 물어 닦달하며 위협했다.

　"내가 영감의 이중적인 태도를 잘 알고 있소. 조정에 반란자들과 내통했다는 보고를 할 수 있으니 그 죄를 면하고 싶다면 당장 민란의 주모자들을 찾아내시오."

　안핵사 이용태는 역졸 8백여 명과 고부 군졸 2백여 명 등 1천여 명으로 진용을 확대하여 수십 명 단위로 고부 군내 마을 곳곳을 마구잡이로 뒤지게 했다. 군사들은 백성들을 마구 두들겨 패며 재산을 약탈했고, 부녀자들을 겁탈하는 등 파렴치한 만행을 서슴지 않았다. 고부 군민 일부는 겁에 질려 동학농민군이 아닌 일반 농민들까지 고발하였으며, 군사들은 고기 꿰

듯 사람들을 줄줄이 엮어 끌고 갔다.

 이용태의 군사들은 구역을 넓혀 고부는 물론 부안, 고창, 무장 등 여러 지역을 휩쓸고 다니며 백성들의 재물을 노략질하느라 정신이 없었다. 그 와중에 부자로 소문난 사람들을 고창 선운사로 잡아들여 동학농민군이라 트집을 잡아 온갖 협박으로 재산을 갈취하려 하였는데, 손화중포 도인들에게 발각되어 연지원 주막거리에서 반 죽도록 두들겨 맞고 겨우 목숨을 건져 도망친 일도 있었다.

「고부기포, 그 혁명의 함성, 군수 조병갑의 학정에 의로운 깃발을 꽂았다. 누구는 민란이라 하고, 누구는 봉기라 하고, 누구는 기포라 한다. 전봉준은 공초록에서 분명 기포라 말하였다. 갑오년 정월 초열흘 첫 닭 울음소리에 반만년에 첫 기포의 북을 울린 자랑스러운 고부농민들, 위대한 고부 농민들, 오늘도 당신들의 숨소리가 민중들의 가슴에서 들려온다.」

무장기포, 혁명의 포고문을 반포하다.

[무장기포는 포고문을 중심으로 동학농민혁명 본격 출발 지역으로 학계의 연구 성과가 많이 쌓여있다. 고부기포와 무장기포는 갑오동학혁명의 역사적 첫 출발점으로 동학농민혁명 1백주년 전후부터 활발한 논쟁의 불씨를 지펴 왔다. 무장기포가 갑오동학혁명의 첫 출발점이라는 근거는 고부기포가 고부지역을 벗어나지 못한 민란 단계라면, 무장기포는 백산기포로 연결되면서 무장지역을 월경하여 전주성 점령까지 이어지는 혁명에 있어 첫 출발점으로 손색이 없다는 주장이다. 아무튼 고부기포가 혁명의 첫 시작이요, 무장기포가 혁명의 본격 출발로 해두면 큰 무리가 없으리라 본다.]

안핵사 이용태는 민란의 수습 상황을 정부에 보고조차 하지 않고 제 잇속 챙기기에 정신이 없었다. 이용태는 손화중포 동학도들에게 혼쭐이 나고 겨우 목숨을 건져 고부로 돌아왔다. 그리고 그 보복으로 전봉준, 김도삼, 정익서와 동학농민군 지도부의 집은 물론 일반 백성들의 집까지 불을 질러 살육을 일삼았다.

고부·무장·부안 등의 백성들은 공포에 떨었으며, 군사들에게 피해를 입은 가족들의 원한은 골수에 사무쳤다. 이때 관군들이 해산한 동학농민군을 잡아들인다는 소식에, 고부는 물론 인근 각읍 관아의 사령배들이 그동안 꼭꼭 숨어 있다가 일거에 쏟아져 나와 동학도를 소탕하는 일에 물불을 가리지 않고 나섰다.

군사와 사령배들의 무차별 탄압이 계속되자 동학도인과 농민들도 서서히 전열을 가다듬으며, 동학 접接 소속으로 결집하여 목숨을 건 반격을 준비해 나갔다. 전봉준은 들끓는 민심을 꿰뚫어보며 동학의 포·접 조직을 통해 무장으로 모이라는 통문을 띄웠다.

안핵사 이용태의 무차별적인 폭력 탄압에 울분을 금치 못한 전봉준은 우선 금구·원평의 김덕명, 태인의 김개남·최경선, 무장의 손화중 등과 대규모 기포起包에 관한 논의를 하였다. 그런데 손화중은 기포에 쉽게 응하지를 않았다. 그 이유로는 최법헌, 즉 해월 선생의 비폭력 평화주의에 따라야 한다는 것이었다.

2월 19일 전면적인 동학 기포를 논의하기 위해 공음면 신촌의 김성칠 접주 집에서 전봉준, 손화중, 김개남, 김덕명, 서인주, 임천서, 송문수, 정백현, 강경중, 김영달, 고영숙, 최재형 등 13명의 지도자들이 모였다. 이때 손화중은 해월 선생의 시기상조론時機尙早論에 따르는 자신의 입장을 말했었다. 그러나 전봉준의 끈질긴 설득으로 보국안민, 제폭구민의 대의명분에

동학무명농민군 관군의 무차별 탄압이 계속되자 동학도인과 농민들도 서서히 전열을 가다듬으며, 동학 접(接) 소속으로 결집하여 목숨을 건 반격을 준비해 나갔다.

결국 적극 동참하는 것은 물론 주도세력으로서 선봉에 나서게 된 것이다.

무장기포는 전봉준·손화중 두령의 주도와 김개남 두령의 협조에 의한 대규모 동학 기포였다. 다시 말해 동학 포·접 조직을 기반으로, 동학도인과 농민들의 적극적인 참여로 이루어졌다. 동학농민혁명사에서 초반에 일어난 고부기포가 농민봉기라면 무장기포는 동학 조직을 통한 대규모의 본격적인 동학농민군 기포였다.

동학농민혁명의 기포지인 무장현 동음치면 구수내 당산마을 부근은 동학농민군 훈련 교장敎場이 있어서 많은 수의 농민군이 집결하기 좋았다. 이곳은 구적산 아홉골에서 내려오는 물에 의해 연병장 같은 모래사장이 크게 조성되어 있어 많은 사람이 훈련하고 집합하기에 좋은 조건이 갖추어져 있었다.

3월, 당산마을에는 예년과 같이 화창한 봄이 찾아왔다. 겨우내 쌓였던 눈도, 처마 밑 고드름도 자취를 감춘 지 오래되었다. 농부들은 밭 갈기에 기지개를 켜고, 따뜻한 양지쪽에는 어느새 노란 개나리가 피어났다. 보릿잎이 푸릇푸릇 자라났으며, 버드나무 가지에도 물이 오르기 시작했다. 곳곳에서 뛰노는 어린아이들의 웃음소리는 솟구쳐 오르는 종달새 노래처럼 싱그러웠으며, 울타리 너머 아이를 부르는 어미의 목소리는 투박하면서도 정겹게 들렸다.

이러한 평화와 사랑이 가득한 시골 마을에 갑자기 마른하늘에 천둥 벼락이 내리 칠 것 같은 긴장감이 흐르고 있었다. 3월 19일부터 집결하기 시작한 동학농민군의 중앙에는 수많은 깃발들이 바람에 휘날렸고, 동학 기포起包의 분위기가 한창 고조되었다. 동학 접명接名을 쓴 작은 깃발들, 포명包名을 쓴 중간 깃발들, 그리고 제일 크고 높은 '동도대장기'와 '보국안민창의기'가 펄럭이며 당당한 위용을 과시하고 있었다.

전봉준은 이미 3월 17일경 소수의 정예군과 함께 당산마을에 도착하였다. 또한 손화중포의 김규일, 강경중, 고영숙, 손경찬, 오시영, 임천서 등 접주 수십 명이 각각 예하 동학도 수백 명씩을 인솔하고 기포에 합류하였다. 무장은 손화중포의 중심을 이루는 곳으로, 전라도의 동학 조직 중 최고의 세력을 갖추고 있어 동학농민군 기포지로 삼기에 최적지였다.

동학농민군은 이미 다섯 번의 교조신원운동, 즉 취회를 통하여 조직 동원과 숙식 해결 방법 등 대규모 군대 이동을 이끌어 가는 훈련을 한 셈이었다. 언제 발소리를 죽여야 하며, 언제 함성을 질러야 하며, 언제 싸워야 하는지 나름대로 능숙하게 훈련되어 있었다. 전봉준과 손화중은 이미 접주들의 자발적 참여와 석교촌 사창社倉[11]에서 군량미도 확보하였다. 특히 고부봉기에서 얻은 전투 경험은 큰 교훈으로 작용하였다.

무장기포茂長起包의 주역 손화중·전봉준은 김개남 등의 동의로 3월 20일(양 4.25)에 총집결, 3월 21일 해월 최시형 선생의 탄신일을 기하여 본격 출진, 4월 27일 전주성 점령까지 37일 작전에 돌입하였다. 무장에 집결한 동학의병창의군은 혁명을 선포하는 포고문布告文과 격문檄文을 반포하고 고을의 경계선을 넘는 월경, 즉 전면적인 기포를 무장에서 단행하였다. 이날 아침 수천 명의 군중이 집결하였으며, 전봉준, 손화중 대두령은 당산마을 앞 넓은 들판 한가운데 자리한 바위에 올라 동학농민군 진군 계획을 설명했다. 전봉준은 쇳소리 같은 날카로운 목소리로 일장 연설을 시작하였다.

"민씨 정권과 탐관오리들이 임금님의 눈과 귀를 가려 정치가 잘못되었다. 세도가와 관리들의 탐학으로 나라가 위기에 빠졌으며 일본과 서양의 외세 침략이 눈앞에 다가왔다. 동학이 하늘을 대신하여 세상을 다스려 나

---

11 사창(社倉). 조선시대 각 지방의 촌락에 설치한 곡물 대여 기관을 이른다.

라를 보호하고 백성을 편안케 할 것이다. 우리는 살상과 약탈을 하지 않을 것이나, 오직 탐관오리만은 처벌할 것이다. 두려워하지 말라. 적을 칠 때는 내가 앞장설 것이며, 후퇴할 때도 뒤를 지킬 것이니, 다 함께 뜻을 모아 백성이 주인이 되는 새로운 세상에 동참하기를 우러러 바란다!"

전봉준의 연설이 끝난 뒤 동학농민혁명 창의문倡義文으로 알려진, 무장동학포고문茂長東學布告文이 전봉준과 손화중에 의해 반포되었다.

이 세상에서 사람이 가장 귀한 것은 인륜이 있기 때문이다. 군신君臣과 부자父子 사이의 인륜은 그중에서 으뜸가는 것이다. 임금이 어질고 신하가 강직하며, 어버이가 인자하고 자식이 효도를 한 이후에야 나라가 성립되고 한없는 복을 누릴 수 있는 법이다. 지금 우리 임금께서는 어질고 효성스러우며 자애롭고 사랑하는 마음을 가지셨으며, 신통력 있는 명확함과 성스러운 명석함을 지니셨다. 현명하고 어질며 바르고 강직한 신하가 전하를 보좌하여 밝게 한다면 요순堯舜12의 덕화와 문경文景13의 통치를 손꼽아 바랄 수 있을 것이다.

그러나 지금 신하라는 자들은 나라에 충성을 다할 생각하지 않고 다만 녹봉과 지위를 도둑질하며, 전하의 총명을 가리고 아부하고 뜻만 맞추면서 충성을 간하는 말을 요사스러운 말이라 하고, 정직한 자를 비도匪徒14라고 한다. 안으로는 나랏일을 도울(輔國) 인재가 없고, 밖으로는 백성을 학대하는 관리가 많아, 백성들의 마음은 날이 갈수록 더욱 변하였다. 집 안에 들

---

12 요순(堯舜). 고대 중국의 요임금과 순임금.
13 문경(文景). 문화 경관, 문화적 풍경. 자연 풍경뿐만 아니라, 도시나 사람들에서도 보이는 지역적 현상이나 특징을 말한다.
14 비도(匪徒). 약탈과 살인을 일삼는 무리.

어가서는 즐겁게 살아갈 생업이 없고, 밖에 나와서는 몸을 보호할 방법이 없다. 학정이 날마다 심하여 원성이 그치지 아니하니, 군신의 의리와 부자의 윤리, 상하의 명분이 뒤집어지거나 무너져 남은 것이 없게 되었다.

관자管子[15]가 말하기를 "사유四維[16]가 바로 서지 못하면 나라가 망한다."라고 하였으니, 지금의 형세는 옛날보다 더욱 심하다. 정승政丞[17] 이하부터 방백方伯과 수령守令[18]에 이르기까지 나라의 위태로움을 생각하지 않고 그저 자기 배를 불리고 자기 집안을 윤택하게 할 생각에만 골몰하고, 관리를 선발하는 통로를 재물이 생기는 길로 생각하여 과거 시험을 보는 장소는 물건을 사고파는 장터가 되었다.

나라의 많은 재화와 물건들이 나라 창고로 들어가지 않고 도리어 개인 호주머니만 채우고 있다. 또한 나라 빚은 쌓여만 가는데 아무도 갚을 생각은 하지 않고, 그저 교만하고 사치하며 방탕한 짓을 하는 것이 도무지 거리낌이 없다. 전국은 모두 어육魚肉[19]이 되고 모든 백성은 도탄塗炭[20]에 빠졌는데도 수령들의 탐학貪虐[21]이 참으로 그대로이니, 어찌 백성이 곤궁해지지 않겠는가.

15 관자(管子). 중국 춘추 시대 제나라의 관중이 지은 책을 가리킨다.
16 사유(四維). 나라를 유지하는 데 지켜야 할 네 가지 대강령(大綱領) 곧 禮(예), 義(의), 廉(염), 恥(치)를 이르는 말이다.
17 정승(政丞). 조선시대에 의정부의 수반인 영의정, 좌의정, 우의정을 아울러 이르는 말이다.
18 방백과 수령(方伯과 守令). 방백은 조선시대 지방장관, 수령은 각 고을을 맡아 다스리던 지방관들.
19 어육(魚肉). 생선의 살코기로서, 짓밟아서 결딴낸 상태를 비유적으로 이르는 말이다.
20 도탄(塗炭). 진구렁이나 숯불과 같은 데에 빠졌다는 말로서, 먹고사는 문제 즉 생활이 몹시 어렵고 비참한 상태에 처해 있다는 뜻이다.
21 탐학(貪虐). 욕심이 많고 포학함을 이르는 말이다.

백성은 나라의 근본인 바, 근본이 쇠약해지면 나라도 쇠약해진다. 나랏일을 도와 백성을 편안하게 할(輔國安民) 방책은 생각하지 않고 시골에 집을 지어 오직 혼자만 온전할 방법만을 찾고 오로지 녹봉과 지위를 도둑질하니, 이것을 어찌 도리라 하겠는가.

우리는 초야에서 사는 백성이지만, 임금의 땅에서 먹고 임금이 준 옷을 입고 있으므로 나라의 위태로움을 좌시할 수 없다. 이에 전국은 한마음으로 수많은 백성과 의논하여 오늘 이 의로운 깃발을 들어 나라를 바로잡고 백성을 편안하게(輔國安民) 만들 것을 죽음으로써 맹세를 하였다. 오늘의 상황이 비록 놀랄 만한 일이겠지만 절대로 두려워하거나 동요하지 말고 각기 생업에 편안히 종사하라. 함께 태평한 세월이 오기를 기원하며, 모두 임금의 덕화德化를 입을 수 있다면 천만다행이겠노라.[22]

동학농민군은 머리에 흰색과 황색의 수건을 둘렀으며, 옷은 대부분 흰색으로 통일했다. 특히 가슴과 등 쪽에 동학의 궁을영부弓乙靈符를 붙였고, 허리춤에는 물통을 매달았다. 대열 가장 앞에는 칼, 창, 활 등의 살상 무기를 든 선봉대 기마병騎馬兵이 앞서가고, 그 뒤에 재인부대才人部隊가 징, 나팔, 북, 쟁과리 등으로 구성된 풍물패를 꾸려서 분위기를 돋우며 대열을 선봉에서 이끌었다.

또 그 뒤로는 '동도대장기'와 '보국안민창의기'가 높게 펄럭였다. 각 포와 접의 깃발은 대열의 앞과 중간중간에서 바람에 휘날렸다. 무장기포 당시 동학농민군의 무기는 죽창을 중심으로 하였고 나머지는 칼과 낫, 삽, 쇠스랑 등 대부분 농기구였다.

22 국문 번역 국사편찬위원회

전봉준과 손화중은 좌군과 우군으로 나눠 각자 말에 올라 직접 통솔했다. 전봉준은 상복 차림으로 허리에 검을 차고 목에는 동학의 105 염주를 걸고 백마白馬 위에 올라탔다. 손화중도 105 염주를 목에 걸고 허리에 검을 찼으며, 활과 화살을 움켜쥐고 보기도 든든한 적토마赤兎馬에 올라탔다.

당산 들녘에서는 동학농민군 선발에서 빠진 노약자와 여성들을 중심으로 수많은 군중들이 환호성을 지르며 목숨을 건 동학농민혁명의 출정을 응원하였다. 전봉준 대두령이 출진 직전에 다시 군중들을 향해 외쳤다.

"동학의 영부를 몸에 붙인 우리 천군天軍은 적들의 총알도 피해 갈 것이며, 입으로 주문呪文을 외우는 신군神軍들은 하늘님(한울님)의 보호로 천하에 당할 자들이 없을 것이다! 행진할 때는 함부로 생물을 해치지 말 것이며, 효제충신孝悌忠信[23]한 선비가 살고 있는 마을로부터 십 리 안쪽에는 주둔하지 말라!"

드디어 전봉준과 손화중이 출군 명령을 내렸다.

"출진하라!"

"진군하라!"

동학농민군 대두령들의 명령이 떨어지자, 재인부대의 신바람 나는 풍물 소리가 천지에 진동하였으며, 여기저기서 '시천주 조화정 영세불망 만사지' 주문 소리가 끊이지 않았다. 동학농민군들이때로는 걷고 때로는 뛰고 풍물과 주문 소리에 발을 맞추어 '칼노래'와 '아리랑'을 부르며 행진하는 모습은 그야말로 장관이었다.

이때 손화중 두령의 유씨 부인은 동학농민군 가족들과 함께 당산 들녘 언덕에 올라 초조한 눈빛으로 손을 흔들었다. 유씨 부인은 함께한 동학군

---

23 효제충신. 부모에 대한 효도, 형제간의 우애, 나라에 대한 충성, 친구와의 신의.

의 부인들과 자녀들의 손을 맞잡고 동학군의 뒷모습이 보이지 않을 때까지 오직 한마음으로 무사 귀환을 염원하였다.

전봉준과 손화중의 동학농민군 주력부대는 20일 무장 당산을 출발하여, 고창현을 거쳐 홍덕현의 사포와 후포, 그리고 부안현 줄포를 지나 고부에 도착했다. 마치 세차게 부는 바람처럼, 무섭게 소용돌이치는 물결처럼 고부관아를 다시 점령하고 관군의 무기도 탈취했다. 동학농민군은 고부 향교와 관청에서 하루를 머물고 25일 백산성에 진을 쳤다.

한편 일본군은 조선군과 동학도에 대한 지속적인 첩보 활동을 이어 오다가, 무장기포를 계기로 군함 축파호, 대화호 등을 투입하면서 정보 수집 활동을 더욱 강화했다. 일본은 조선을 장악하기 위해서 철저한 계산속에 청일전쟁을 도발하고 동아시아 지역을 점령하는 계략을 세워나갔다.

「무장기포, 본격 혁명의 출발이다. 무장 포고문은 정부를 상대로 정식 혁명을 선언하는 선전포고이다. 세계사에 빛나는 동학농민혁명의 대장정이 그렇게 시작되었다.」

백산기포, 호남창의대장소를 설치하다

[백산기포는 일명 백산대회라 일컬으며, 혁명군을 조직하고 '호남창의대장소'라는 '동학의병호남본영'을 창설하는 등 제1차 동학농민혁명에 있어 가장 중요한 출발점이었다는 것은 두말할 필요도 없다. 고부기포와 무장기포 중 어느 것을 혁명의 시작점으로 볼 것인가 하는 문제에 있어 그 논쟁의 중심에서 벗어난 백산기포는 혁명의 시작점이기보다는 혁명의 중심지로서 조금도 손색이 없다 하겠다.]

전봉준은 무장기포를 전후로 하여 김덕명, 김개남, 최경선, 손화중 등과 사전에 조율, 전라도 각 고을의 동학 접주, 대접주에게 통문을 보내어 보국안민, 제폭구민의 동학의 대도창명을 위하여 도인道人들이 기포할 것을 호소하였다.

동학농민군은 전략적인 요충지 백산성白山城에 3월 25일(양 4.30)을 전후하여 총집결했다. 백산성은 사방팔방이 훤하게 터진 들녘의 중심에 자리하고 있어 관군의 접근이 한눈에 들어오는 곳이다. 백산 뒤편은 깎아지른 절벽이며, 앞쪽도 오르는 길이 경사지고 험해 방어는 물론 반격하기에 편리한 곳이다. 동쪽으로 인접해 있는 동진강이 서해로 곧게 흐르고 있으며, 서쪽으로는 고부천이 서해로 흘러들고 있다. 남쪽으로는 고부, 동쪽으로는 신태인, 북쪽으로는 김제로 통하는 교통의 중심지라 할 수 있다.

특히 백산성은 백산의 정상부를 둘러싸고 있는 테뫼식 산성[24]이 있었는데 동학농민군이 다시 산성을 증축하여 방어벽을 쳤다. 백산성에 집결한 주력부대는 무장, 영광, 장성, 함평, 무안, 고창, 흥덕, 정읍, 고부, 태인, 부안, 금구, 김제 등 전라도 일대에서 몰려든 동학도인 중심의 농민군이었다.

백산기포에는 전봉준과 손화중을 비롯하여, 금구의 김덕명, 태인의 김개남, 최경선, 정읍의 손여옥, 유용수, 차치구, 흥덕의 고영숙, 고부의 정익서, 김도삼, 완산의 서영도, 장흥의 이방언, 익산의 오지영, 삼례의 이명로, 남원의 유태홍 등을 비롯하여 각 고을의 유명 지도자들이 참가했다.

이때 동참한 동학농민군의 숫자는 전봉준 공초에는 4천여 명, 관변 기록에는 1만여 명으로 되어 있으나, 여러 문헌을 참고하면 대략 7천여 명으로

---

24 테뫼식산성. 산 정상부를 중심으로 성벽을 두른 것으로, 사발을 엎어 놓은 모양 같다고 해서 발권식 산성이라고 부르며, 또한 시루성·머리띠식 산성이라고도 한다.

집계된다.

한편 금산의 서장옥포에서는 그보다 앞선 3월 8일경 충청도 진산현에서 동학도인 수천여 명이 흰 두건을 쓰고 농기구와 몽둥이를 든 채 읍내로 진격하였다. 그들은 아전 등 탐관오리들의 집을 불태워 버렸다. 서장옥의 혁명군들은 충청도 진산현 방축점에 동학 도소를 설치하고, 관군과 보부상을 상대로 일전을 불사하면서 막대한 피해를 입기도 하였다. 또한 금구 원평 김덕명포 도인들은 무장기포보다 앞선 3월 12일경 금구 원평을 출발하여 태인과 부안을 거쳐 백산에 도착했다.

이렇게 해서 3월 25일 백산성에는 동학창의호남연합군 7천여 명이 집결하였다.[25] 동학농민군은 지도부 구성과 의병연합군 본부 성격의 호남창의대장소湖南倡義大將所를 설치하였다. 총대장에는 전봉준, 총관령에는 김개남·손화중, 총참모에는 김덕명·오시영, 영솔장은 최경선을 추대하였다. 비서로는 송희옥·정백현을 임명하였다. 백산기포, 즉 백산대회에서 전봉준 장군이 호남창의대장소 총대장으로 추대된 것은 '창의倡義 즉 의병을 일으켰다'는 말로, 전봉준 장군이 의병대장義兵大將으로 추대되었다는 역사적인 근거가 된다.

동학농민군은 중요한 안건을 처리하거나 결정할 때는 중의衆議를 모아 의결하기로 합의하였다. 동학군 조직 작업이 마무리된 후, 의병대장 전봉준은 작전 계획에 대해 설명하였으며 또한 동학 교주 최시형 선생의 소식을 전했다.

---

25 전봉준은 공초에서 백산에 집결한 동학농민군 숫자가 4천여 명이라고 하였다. 그러나 관변 기록 등을 살펴보면 1만여 명이라는 문헌이 있어, 여기서는 양쪽을 참고하여 7천여 명이라고 하였다.

"우리 군은 원평을 거쳐 전주성으로 진격하는 척하다가 감영군을 유인 황토현으로 후퇴하여 결전을 치르고, 다시 관군을 장성으로 유인할 것입니다. 그 후 전주성 함락을 위한 작전에 돌입할 것입니다. 그런데 사실 어제 최법헌 님께서 김낙봉 접주를 통해 서찰을 보냈습니다."

그러자 서장옥 두령이 전봉준의 말을 막았다.

"그 서찰을 여기서 공개하지 맙시다. 잘못하다간 사기가 저하됩니다. 무슨 말씀인지 뻔히 알잖아요."

"예, 무슨 말씀인지 알겠습니다만…."

김개남이 약간 화를 내는 말투로 말머리를 돌렸다.

"시방 호남에서 어디가 안 왔습니까?"

전봉준이 답했다.

"부안의 김낙철, 임실 이병춘 등…."

"그래도 최법헌 님과 가까운 익산에서 참여했으니 다행이오."

"우리가 전주성을 접수하고 한양으로 진격하려면 반드시 북접 손병희 대접주의 도움이 필요합니다. 그런데 손 대접주는 철저히 최법헌 님을 따르는 자라…. 그렇지만 손병희는 우국충정이 남다르다고 하니까, 잘 설득해 보겠습니다."

전봉준의 말을 듣고 있던 서장옥이 다시 나섰다.

"전봉준 대장, 최법헌 님의 협조에 대한 기대는 이제 그만 접고, 손병희 대접주와 협력할 방법을 모색합시다. 이제 내 지휘권도 전 대장께 넘겼고, 마지막으로 부탁하는 것이오. 일단 남접만으로 전주성을 점령하고 그 후 북접과 상의하도록 합시다."

"예, 그러겠습니다."

김덕명 참모장도 의견을 말했다.

"나도 마음이 편치 않아요. 최법헌 님은 우리의 스승님이요 동학의 주인이신데…. 그렇지만 이제 돌이킬 수도 없고 서장옥 두령의 말대로 합시다. 그리고 내 휘하의 병력도 전 대장께 위임합니다."

대화를 지켜보던 오시영이 참견했다.

"오지영 접주가 그래도 최법헌 스승님이나 손병희 대접주와 가깝습니다. 앞으로 남, 북접의 교섭은 오지영 접주를 통해 진행해 보세요."

백산성의 호남창의대장소에서는 군편제를 중군中軍, 좌군左軍, 우군右軍의 3군 체제로 결정하고, 선봉대에 기마병騎馬兵을 두었다. 그리고 중군은 총대장 전봉준, 좌군은 총관령 김개남, 우군은 총관령 손화중, 기마군은 영솔장 최경선이 맡았다. 또한 전봉준의 총대장기는 '동도대장', 좌군기는 '보국안민', 우군기는 '제폭구민'으로 하였다. 그리고 동학의 오만년지운수五萬年之運數를 상징하여, 오색五色(청색, 황색, 적색, 백색, 흑색) 깃발을 사용하기로 하였으며, 각 포·접기도 모두 사용하기로 하였다.

또한 백산에서 본격 출진에 앞서 격문과 4대 강령, 그리고 12개조 기율을 발표하였다.

격문

우리가 의義를 들어 이에 이름은 그 본의가 결코 다른 데 있지 아니하고 모든 사람들을 힘든 고통에서 건지고 국가를 반석 위에 두고자 함이라. 안으로는 탐학한 관리의 머리를 베고, 밖으로는 횡포한 강적의 무리를 내몰고자 함이라. 양반과 부호 앞에서 고통받는 민중들과, 관찰사와 지방장관 밑에서 굴욕을 당하는 하급 관리들은 우리와 같이 원한이 깊은 자라. 조금도 주저하지 말고 이 시각으로 일어서라. 만일 기회를 잃으면 후회하여도 돌이키지 못하리라.

호남창의대장소(湖南倡義大將所) 재백산(在白山)

4대 강령

1. 사람을 죽이지 않고 물건을 해치지 않는다.

2. 충효를 다하고 세상을 구제하며 백성을 편안히 한다.

3. 왜놈들을 몰아내고 성도를 맑게 한다.

4. 군사를 몰고 한양으로 들어가 권세 귀족을 없앤다.

12개조 기율

1. 항복한 자는 잘 대접한다.

2. 곤궁한 자는 구제한다.

3. 탐학한 자는 추방한다.

4. 순종하는 자는 경복한다.

5. 도주하는 자는 쫓지 않는다.

6. 굶주린 자는 먹인다.

7. 간사하고 교활한 자는 없앤다.

8. 빈한한 자는 진휼한다.

9. 불충한 자는 제거한다.

10. 거역한 자는 효유한다.

11. 병든 자는 진찰하여 약을 준다.

12. 불효한 자는 형벌한다.

백산은 '앉으면 죽산 서면 백산'이라는 말처럼 죽창과 백색 옷으로 뒤덮였다. 전봉준 총대장은 출정 준비를 마친 후 백마에 올라타 대장기를 앞세우고 선두에 섰다. 그 좌·우에는 김개남 총관령과 손화중 총관령, 그 뒤에는 최경선 영솔장과 수십 기의 말로 구성된 기마군騎馬軍이 뒤따랐다.

전봉준 총대장은 대열의 앞과 뒤를 오가며, 동학농민군에 명령했다. 드디어 백산성에서 출진의 나팔 소리가 울려 퍼졌다.

"전군, 진군하라!"

"대장기와 오색기는 앞으로!"

"재인부대 풍물패는 앞으로!"

"기마병騎馬兵 앞으로!"

"좌군 앞으로!"

"우군 앞으로!"

"식량 보급 부대 앞으로!"

"시천주 주문을 외워라!"

"가슴과 등에 붙인 부적은 하늘님의 영부이다. 화살과 총알도 비켜 가는 천하무적의 신표다!"

백산기포의 상황은 전라감사 김문현을 통해 매일 의정부에 보고되었다. 김문현은 사실 지난해(1893.3.20) 전라감사로 임명될 때 왕으로부터 "전라도는 조선 왕조의 선조가 태어난 곳으로 다른 지역과는 다른 곳이니, 근래 나쁜 세력이 발생하여 사납고 세차게 퍼져나가고 있다는 동학의 무리들을 없애 버리고 백성들이 편안하게 살 수 있는 방법을 강구하라"는 명령을 받았었다.

백산에 집결한 동학농민군은 4천여 명을 넘어서 7천 명에 육박하고 있었다. 동학의 주문 소리가 하늘 높이 울려 퍼지고 툭 트인 들판을 지나 지평선 끝까지 뻗어 나갔다. 혁명군의 당당한 발걸음은 땅을 진동시키며 뽀얀 흙먼지를 일으켰다. 동학농민군의 행군은 거대한 물결을 이루어 거침이 없었으며, 전라감영이 있는 전주성을 목표로 치고 올라갔다. 먼저 예동을 거쳐 태인현 용산을 휩쓸고 태인관아를 손쉽게 점령했다.

「백산기포, 백산성의 호남창의대장소, 호남의병본영. 동학농민군의 함성이 백산과 들녘을 뒤흔들고, 재인부대 풍물패가 분위기를 한껏 돋우었다. 중군, 좌군, 우군에 선봉, 기마병까지 갖춘 동학농민군이 기세를 올리고, '보국안민, 포덕천하, 광제창생, 제폭구민, 척양척왜'의 기치가 하늘 끝까지 펼쳐졌다. 운집한 동학농민군은 그야말로 푸른 죽창과 흰옷으로, '앉으면 죽산 서면 백산'이었다. 동학의 주문을 외어라. 영부를 가슴에 붙여라. 우리는 신군, 천군이다. 총알도 비켜 갈 것이며, 화살도 꺾여 떨어질 것이다. 하늘의 용사여 출진이다.」

원평 결집, 금구현을 점령하다

[금구 원평은 갑오동학혁명사에서 결코 간과할 수 없는 중요한 거점 중 한 곳이다. 1893년 원평 교조신원운동이 없었다면 1894년 동학농민혁명도 없었으리라는 것처럼, 금구와 원평은 교조신원운동과 동학농민혁명을 연결해 주는 결정적 요지이다. 또한 전주성 점령에 있어 중간 거점인 원평의 역할은 과소평가할 수 없는 혁명사의 재조명이 필요하다.]

동학농민군은 전주성 점령이라는 전략적 목표를 염두에 두고 며칠 만에 물밀듯이 금구현 원평에 도착했다. 무장기포 후 원평으로 집결하는 야간 행군에서는 횃불이 보이지 않았다. 수운 선생 신원운동은 평화 집회였기에 횃불이 등장하였지만, 무력 기포는 반란의 혁명이기 때문에 비밀리에 행군할 때나 야영을 할 때는 적에게 노출되지 않도록 횃불을 밝히지 않았다. 물론 꼭 필요한 때는 불을 잠시 밝혔지만, 일을 마친 후 바로 꺼서 위치를 감추었다.

전라감사 김문현으로부터 백산기포에 대한 보고를 받은 정부에서는 3월 29일 장위영 정령관 홍계훈을 전라병사로 임명했으며, 4월 2일 양호초토사兩湖招討使로 다시 임명하여 경군京軍을 파견키로 하였다. 또한 전라감영의 영병營兵 7백 명, 토병土兵 5백 60명, 전라도 보부상 부대 7백여 명 등 총 2천여 명을 출동시키기로 하였다.

동학농민군은 금구현은 물론 지방관아 몇 곳을 점령하여 무기를 확보했고, 또한 곡물 창고를 열어 식량도 넉넉해졌다. 전봉준은 만일의 사태에 대비한 비상식량 준비 계획을 지시하였다.

"혁명군의 주식은 주먹밥이지만, 밥 지을 시간이 없을 경우를 대비하여, 비상식량으로 오곡五穀 미숫가루와 육포肉包를 준비하세요."

동학농민군 숫자가 보통 많은 것이 아니기에, 미숫가루와 육포는 각자 주머니에도 들어가는 간단한 비상식량으로, 수통의 물과 함께 먹거리를 해결할 수 있는 유익한 방법이었다.

전봉준은 원평에서 다시 작전 지시를 하였다.

"김개남 총관령의 좌군은 금구에서 전주로 가는 직로로, 손화중 총관령의 우군은 금산사에서 청도리로 가는 우회로를 통해 전주로 진격합니다. 그리고 최경선 영솔장의 선봉대와 기마병은 나와 함께 합니다."

전봉준은 곧바로 전주성을 치는 게 아니라, 원평에서 전주를 치는 척하다가 후퇴하면서 관군을 황토현으로 유인하는 전술을 쓰기로 하였다. 동학농민군 지도부가 원평 김덕명 총참모 도소에서 작전회의를 하고 있는데 전령의 급한 보고가 들어왔다.

"전봉준 총대장님의 통문을 받은 경상도 진주에서 백낙도 접주를 중심으로 동학군이 무장하고 기포를 하였답니다."

전봉준 총대장과 혁명군 지도부 모두는 뜻밖의 소식에 박수를 치며 환호하였다. 전봉준은 한껏 고무되어 마무리 발언을 했다.

"이번 유인작전은 우리 군과 관군 모두 사상자를 최소한으로 줄이려는 전술입니다."

남접의 어른인 김덕명 총참모장이 맞장구를 쳤다.

"전 총대장 계략대로 합시다."

김개남과 손화중 등 지도부도 전봉준의 작전에 동의하고 곧 출전하기로 했다. 동학농민군은 서둘러 전열을 정비하고 출발 준비를 했다. 동학농민군 뒷줄에는 자원한 승려군 1백여 명이 염주 대신 죽창을 들고 대열에 합류했다.

「전주성을 점령하는 것은 제2의 한양성 점령이다. 전주성 점령에 중간 거점 금구현 점령, 동학혁명군은 치밀한 작전에 피 흘리지 않고 승리할 수 있는 전술전략을 구사했다. 사람 목숨이 하늘 목숨이라는 동학의 생명관을 가능한 한 실현하려고 모든 병법에 적용했다.」

황토현 대회전, 첫 대승을 거두다

[황토현 전투는 여러 자료와 문헌을 검토해 보면 두 가지로 요약된다. 그 첫 번째는 동학농민군이 전라감영군을 황토재로 유인하여 전투에 승리하였다는 것이다. 즉 감영군이 동학군을 추격, 포위전술로 섬멸하려다가 동학군의 반격으로 황토재에서 패배하였다는 기록이다. 둘째는 감영군이 도교산 등 황토현 부

근 산허리에 진을 치고 있었는데, 동학군이 기습하여 승리했다는 기록이다. 그러나 여러 상황을 고려하여 판단해 보면 첫 번째 견해, 즉 동학군이 감영군을 유인하여 황토현 대회전大會戰[26]을 치렀다고 보는 것이 타당하다.]

동학농민군은 전라감영군을 황토현(이하 황토재)으로 유인하는 전술로 전주성을 압박하기 시작했다. 전라감사 김문현은 잘못하다간 전주성이 함락될 것이라는 위기감 속에, 무남영의 병력과 기마병, 전라도 각 고을에서 징발한 포수와 보부상 등 수천 명으로 병력을 강화했다.

4월 3일, 감영군 대관 이재섭은 대포와 소총으로 무장한 포군을 지휘하면서, 송봉희에게 무기를 주어 보부상 등의 군사를 이끌고 서문 밖 전주천 너머 용머리고개를 지키게 하였다. 또 4일에는 감영병 정령 이경호에게 중무장한 포군을 거느리고 원평에서 전주로 들어오는 길목인 금산사 쪽 청도리 앞길과 금구의 큰길을 지키게 하였다.

전봉준 총대장은 감영군을 유인하기 위해 바람처럼 말을 몰며 최경선 영솔장과 기마병을 이끌고 동학농민군을 진두지휘하였다. 그리고 전주로 진격하는 재인부대에게 산천이 쩌렁쩌렁 울리도록 풍물을 치고 함성을 지르라 하였다. 동학군은 감영군들에게 온갖 욕설과 비아냥으로 자극하였다. 양측이 밀고 밀리는 전투를 하다가 동학군의 피해가 발생하자 감영군은 기마병을 앞세우고 화살과 총, 대포를 쏘아대며 도망치는 동학군을 뒤쫓기 시작했다.

감영군은 동학군을 쫓으면서 규율도 없고 무질서한 오합지졸로 착각을 하였는지 무거운 대포와 거추장스러운 총은 후발대에게 넘기고, 서로 먼

---

26 황토현 대회전(大會戰). 황토현 즉 황토재에서 동학군과 관군의 대규모 전투를 말한다.

저 공을 세우려는 경쟁심에 가벼운 무기만 들고 정신없이 쫓아갔다.

전봉준과 동학농민군 지도부의 계략은 적중하였다. 동학군은 감영군을 유인하기 위해 싸우다 도망치기를 반복하였다. 감영군은 동학군의 유인책에 속아 지쳐서 허공에 총과 활을 쏘면서 한때 백산성에서 대치하였다. 동학군은 계속 감영군을 유인하면서 도교산 방향으로 도망쳤다.

감영군은 당초 백산성 주변에 머물러야 하는 전략을 무시하고 계속 쫓아가다가, 결국 해 질 무렵 황토재에 진을 쳤다. 동학군은 감영군을 황토재로 유인해 놓고, 4월 6일 두승산 시사봉과 특히 도교산 중턱에 총집결시켰다. 그리고 날이 어두워질 때를 기다리면서 위장술을 폈다.

동학농민군은 감영군을 속이고 야습을 하기 위해 주요 거점에 잠복하면서 미리 준비한 흰 포목을 나무들에 걸쳐 동학군들이 모여 있는 것처럼 보이게 하였다. 또 여기저기 허수아비를 세워 위장하고, 숨소리와 발소리를 죽여 가며 황토재의 감영군 쪽으로 이동하기 시작했다.

동학농민군이 전라감영군에게 역사적인 첫 대승을 거둔 때는 4월 7일(양 5.11) 날이 밝기 전 새벽이었다. 감영군 보초병들은 술을 마셨는지 얼굴이 빨개져서 꾸벅꾸벅 졸고 있었다. 이때 동학군은 전봉준의 중군, 김개남의 좌군, 손화중의 우군으로 나눠 전후좌우 삼면으로 포위망을 좁히며 급습하였다.

전봉준 대장의 하늘을 찌를 듯한 공격 명령이 떨어졌다.

"총공격하라."

제일 먼저 최경선의 선봉대 기마병이 어디선가 바람처럼 나타나 감영군을 쓸어 버릴 기세로 달려 나갔다. 동학군을 오합지졸로 착각한 감영군 지도부와 병사들은 허리끈을 풀어 제치고 배 터지게 먹고 무방비 상태로 나자빠져 있다가 동학군이 기습적으로 공격하자 관군 진영은 금세 아수라장이 되고 말았다. 산야가 진동하고 황토재가 무너질 듯한 함성과 함께 동학군의 기습 공격을 받은 감영군은 우레 같은 소리에 깜짝 놀라 잠에서 깨어났지만 이미 대응할 수 없는 지경이었다. 감영군들은 비몽사몽간에 혼비백산하여 도망치기에 바빴다.

전라감영군 대부분이 도주하는 데 정신이 없는 상황에서도 감영군 영관 이경호는 자신을 따르는 궁수 및 호위병들과 함께 감영군 뒤에서 동학군의 접근을 차단하려 애썼다. 전봉준이 김개남, 손화중 등과 앞서거니 뒤서거니 감영군을 압박하며 다가오자 이경호와 궁수들은 재빨리 활을 전봉준에게 겨누었다. 그러나 미처 시위를 당기기도 전에 전봉준의 호위군이 번개처럼 화살을 빼어 시위를 당겼다. 화살은 바람을 가르며 이경호와 궁수에게 적중되었다. 이들은 비명 소리와 함께 땅바닥에 나뒹굴고 말았다.

황토재 대회전에서 감영군 영관 이경호, 서기 이은승과 보부상의 우두머리 류병식 등이 전사하였으며, 이 밖에 병졸 수백 명의 사상자를 냈다. 사상자는 감영군보다 보부상군이 훨씬 많았으며, 감영군의 대관 이재섭·류수근, 집사 정창권, 교장 백경찬, 진영교 등은 병사와 보부상들을 방패로 삼아 약삭빠르게 도주했다.

동학농민군은 인명 살상이 아니라 항복과 해산을 주목적으로 삼았기 때문에 기를 쓰고 도망치는 자들은 쫓지 않고, 부상당한 포로들은 치료해 주고 보살펴 주었다. 그러나 끝까지 살상 무기를 들고 대항하는 감영군과 보부상들은 처단할 수밖에 없었다. 이렇게 황토재 대회전은 항아리에 몰아넣고 일망타진하는 전술전략에 의한 동학군의 일방적인 승리로 끝이 났다.

동학농민군은 황토재 전투가 끝나고 감영군의 진영을 수색하는 중에 희한한 사실을 발견했다. 감영군이 민간인으로부터 약탈한 물건 가운데 금은보화가 많이 있었으며, 또한 전사한 감영군 중에 남장을 한 여인들의 시체도 있었다. 자세히 조사해 보니, 기생들이 남장을 하고 감영군들에게 술을 대접하는 등 엄중한 전시에 용납할 수 없는 일이 있었던 모양이었다. 이는 당시 감영군들의 기강 해이가 심각했음을 여실히 보여주는 사례이다.

전라감사 김문현이 4월 8일 정부에 올린 황토현 대회전에 관한 보고서이다.

> 당초 신영新營 즉 무남영武南營 병정과 각 고을의 포군을 요처에 배치하고 경군京軍이 내려오기를 기다리라 하였습니다. 그런데 저들 태인과 부안에 집결했던 양당兩黨(동학군의 좌군과 우군)이 도교산 한 곳으로 집결하였습니다. 그들이 비록 오합지졸 같았으나 그 세가 매우 활발하였습니다. 어제(7일) 인시寅時(새벽 3시경)쯤 감영군이 사방을 포위하고 공격했으나 감영군이 패하여 도리어 살해당했습니다.

이처럼 감영군은 자신들의 잘못을 감춰 가면서 불가피하게 패했다는 것을 변명하는 보고서를 올렸다. 황토재 대회전은 원래 감영군이 백산으로 출동하여 동학군을 견제하면서 경군이 내려오기를 기다리기로 하였었다. 그런데 감영군 대관 등 지휘부에서 공을 세우려는 야심에서 성급하게 달려들었다가 자초한 패배였다.

동학농민군이 황토재 대회전에서 대승을 거둔 다음 날 8일, 충청도 회덕현에서 동학군이 무기를 들고 기포를 하였다는 소식이 전해져 왔다. 동학농민군의 혁명 대열에 전국에서 서서히 호응하기 시작했다.

「황토현, 즉 황토재 대회전에서 전라도 동학농민군은 전라감영군을 크게 무찔렀다. 전주성에서부터 황토재까지 동학군은 감영군을 유인하여 포위 전술로 첫 번째 대승을 거두었다. 황토재 대승이야말로 동학군이 관군을 상대로 승기를 잡고 파죽지세로 전주성 점령이라는 엄청난 승리를 거둔 것이다. 황토재 대회전 후, 특이한 점은 이미 대세가 기울었다는 판단에 일부 보부상과 민보군 출신이 동학농민군에게 전향한 일이다. 그들은 스스로 동학군의 밀정이 되어 관군의 정보를 속속 제공하였다. 그래서 동학군은 관군의 움직임을 손바닥 보듯 환히 알고 있었다. 현재 황토재 첫 대승을 기념, 정부에서 '5.11동학농민혁명기념일'로 제정, 큰 규모로 국가기념식과 기념행사를 치르고 있다.」

황룡촌 대회전, 경군을 격파하다

[황토재 대회전 다음 황룡촌 대회전 승전은 전주성 점령으로 나아가는 데서 결정적 역할을 하였다. 황토재 승전은 전라감영군을 상대로 이겼지만, 황룡촌 전투는 조선 최고의 정예부대이자 한양을 수비하는 경군을 물리친 것으로, 동학혁명군과 조선 관군과의 우열을 결정짓는 대승이라는 것에 이견을 제기할 수 없다. 제1차 동학농민혁명사에 있어 황룡촌 대회전은 가장 큰 승전이고, 서울과 지방 군사들을 한꺼번에 물리친, 역사에 길이 빛날 기념비적 승전이다.]

전봉준과 동학농민군 지도부는 4월 7일(음) 황토재에서 전라감영군을 격파하고 전열을 다시 정비하였다. 그리고 전략회의를 열어 대책을 논의하였다. 전봉준이 앞으로의 일정과 계획을 일목요연하게 설명하였다. "먼저 경군을 유인하여 이리저리 끌고 다니면서 지쳐 의욕을 상실하게 해야 합니다. 그러면서 여러 지방군들이 힘을 못 쓰게 타격도 가해야 하고, 경군의 이동거리를 최대한 많게 유인작전을 펼쳐야 합니다. 목적지는 장성 황룡촌입니다. 우리 군은 중군, 좌군, 우군 3군 체제를 그대로 가동해서 정읍과 고부, 흥덕과 고창, 그리고 무장을 점령합니다. 다음은 영광과 함평을 거쳐 장성 월평리에 도착합니다. 그리고 목적지로의 진군 도중에 우리 군을 곳곳에 매복시켜 뒤쫓는 경군과 지방관군을 경계하도록 하겠습니다. 끝으로 장성 황룡촌에서도 황토재 전투처럼 대회전大會戰의 전략과 전술로 경군을 격파하도록 하겠습니다."

또한 전봉준은 경군과 일전을 치를 자세에, '궁을弓乙 자를 써서 등에 붙일 것, 수건으로 머리를 싸맬 것, 칼노래를 부를 것, 시천주 주문을 외울 것' 등의 영을 내렸다. 전봉준은 황룡촌 대회전에 임하는 자세에 대해, '황토재 전투보다 황룡촌 전투가 몇 배 힘들 것이다. 감영군이 고양이라면, 경군은 호랑이다.'라는 말로 긴장감을 불러일으키면서 동학군을 지휘하였다.

동학농민군은 4월 7일 황토재 대회전에서 전라감영군으로부터 대승을 거두고 이날 해 질 무렵에 정읍현 장교청將校廳[27]에 쳐들어가 옥을 부수고 죄수를 석방하였으며, 칼과 창 등의 많은 무기를 탈취하였다. 또한 호장, 이방 등의 관속들과 하급관리의 우두머리들, 보부상들이 머물러 사는 마을의 집들을 거침없이 불살라 버렸다.

한편 4월 2일 양호초토사 홍계훈은 왕명으로 이학승 대관, 이두황 영관 등과 함께 장위영 군사 등 경군 8백여 명을 이끌고 한양을 출발하였다. 그리고 인천항에 도착, 조선 군함 청룡호와 한양호, 청국 군함 평원호를 이용하여 군산포를 거쳐 전주에 도착하였다. 초토사 홍계훈은 전주성에서 상황을 점검한 후, 동학군 해산을 촉구하는 방서榜書[28]를 곳곳에 내다 붙이게

---

27 장교청. 관리들이 근무하고 회의하는 건물로서 필요에 따라 객사(客舍)로 사용되었다.
28 방서. 많은 사람이 두루 보게 하기 위하여 내붙이거나 내걸어 두는 글을 말한다.

했다. 또 정찰대를 파견하여 동학군의 뒤를 쫓게 하는 한편, 정부에 증원군을 파병해 달라고 요청하였다.

홍계훈은 이두황 등을 대동하고 원평, 태인 등을 시찰하고 돌아와 공명심에 엉뚱한 짓을 범하고 말았다. 전 전주영장 김시풍에게는 동학군과 내통하였다는 혐의를 씌우고, 김영배와 김용하는 동학군 전령이라는 트집을 잡아 11일 이들을 모두 전주성 남문 밖 초록바위 부근에서 효수형에 처했다.

홍계훈의 일방적 처사에 민심은 들끓었으며, 일부 동학도인들과 백성들이 앞장서 전주성 남문루에 괘서掛書를 붙였다.

> 오늘의 사태를 보니, 가만히 앉아서 죽음을 기다릴 수 없다. 지금의 난세는 민씨 성을 가진 사람들로 인한 것으로, 그들은 날이 새도록 자신들의 배 채울 생각만 하는 탐학한 자들이다. 그 일당들이 각 읍으로 파견되어 날마다 백성들에게 해로운 일만 하고 있으니 어떻게 살아갈 수 있겠는가. 특히 초토사 홍계훈은 이곳에 온 후 동학의 위세에 겁을 먹고 군대도 출동시키지 못했으며, 공이 있는 어진 사람만 함부로 살해하고 있다. 앞으로 조선은 왜倭에게 빼앗기거나, 러시아와 서양에게 넘어갈 것이니 애석한 일이로다. 이러한 위기를 극복하고 안정시키려면, 동도대장 전봉준이 의병을 일으켜 나라를 바로잡아야 한다.

전주성에 괘서가 나붙자, 홍계훈은 겁을 먹고 한동안 안절부절못하였다. 죄 없는 사람을 죽인다는 소문으로, 자신에게 무슨 해가 미치지 않나 걱정이 태산 같았다. 홍계훈은 전라감사에게 향병이라도 모아 적극 대응하라고 다그치다가, 결국 자신이 직접 경군 8백여 명을 이끌고 동학군의 뒤를 추격하기로 했다.

홍계훈의 추격이 시작되었다는 급보를 받은 전봉준이 서둘러 전열을 가다듬고 선봉대를 먼저 출발시킨 뒤, 3군의 각 부대에게 진군 명령을 내렸다.

"전군 출진하라!"

전봉준의 작전대로 동학군은 각 부대별로 관군에게 혼선을 일으키는 유인책으로 모였다 흩어지고 뭉쳤다 갈라지기를 반복하였다. 때로는 칼노래를 군가로 부르며, 주문을 목청껏 외우면서 거침없이 행군하였다.

동학농민군은 정읍과 고부, 홍덕과 고창을 차례로 접수하고, 무장의 관군과 치열한 전투를 벌이며 남녘 고을을 휩쓸었다. 4월 8일에는 홍덕으로 쳐들어가 군기고를 털어 창과 탄약, 조총 등의 무기를 탈취한 뒤 고창으로 물밀듯 들어갔다. 동학군은 어둠을 틈타 옥문을 부수고 억울하게 갇혀있는 동학도인들을 석방시켰으며, 동헌의 군기와 장부 등을 압수하고 관료들의 가산을 흩어 백성들에게 나눠 주었다.

이처럼 거침없이 진군의 여세를 몰아 나아가는 동학군에 맞선 홍계훈은 몹시 궁한 나머지 꾀를 내어 8일 각 고을에 방문榜文을 내걸었다.

> 이번 양호兩湖(전라도와 충청도) 동학도들을 평정하려 7일 전주에 머무르고 있었는데 작은 도둑쯤이야 왕명으로 곧 초멸되겠지만, 그렇게 되면 너희 백성들이 오랫동안 소요의 피해를 입는 것은 물론 이제 농사철인데 실업의 폐단을 가져올까 걱정이로다. 이에 우리 경군에서 성상聖上(임금을 높여 이르는 말)의 백성을 생각하는 은혜를 베풀어 방문榜文을 게시하여 타이른다. 이에 놀라지 말고 안심하고 동요하지 말고 너희 자제子弟와 친척에게 일러 사설邪說(그릇되고 바르지 않은 말)에 물들어 죄를 범하는 일이 없다면 어찌 불행

한 일이 있겠는가. 그리고 고을의 교졸校卒들이 동학군을 잡는다고 백성들에게 민폐를 끼치는 일이 있으면 마을에서 그들을 결박해 놓고 그 성명을 기록하여 보고해 오면 그들을 엄벌에 처하겠으니 반드시 거행토록 하라.

홍계훈은 한편으로 각 고을에 명령하여 동학군들의 동태와 두령의 성명, 인원수, 지명, 산천의 지형, 도로 상황 등을 자세히 기록하여 시간을 늦추지 말고 보고토록 하였다. 또한 나주, 장성에 영을 내려 동학군이 이웃 경계까지 침범하여 반란을 도모하므로 속히 군대를 동원하여 경군과 합세하라고 지시하였다.

동학농민군은 4월 9일(양 5.13) 무장현으로 쳐들어가 동헌東軒과 아사衙舍를 모조리 부수고 옥중의 동학도인 44명을 석방하였으며, 관료들의 집들을 불 지르고 관속들을 닥치는 대로 체포하여 목숨을 위협하였다.

이처럼 그동안 쌓여왔던 원한들이 폭발하면서, 한번 성난 민중들의 행동은 거침이 없었고 통제 불능으로까지 치달았다. 일부 동학군들은 탈취한 갑옷을 입고 총과 창으로 무장한 뒤 무장성내를 휩쓸고 다니면서 허공에 총까지 쏘아댔으므로 관료는 물론 백성들까지 불안과 공포에 떨어야 했다. 이러한 사태를 목격한 전봉준 총대장은 '그 어떠한 일이 일어도 백성들의 피해가 없어야 하며, 관료들의 재산 등도 보호하라.'는 특명을 내려 겨우 진정되기 시작했다.

무장에서 3일 동안 머물렀던 동학농민군은 일부 병력을 잔류시키고 주력군은 12일 영광을 접수하고 무기와 식량을 확보하였으며, 4월 16일 함평으로 진군하였다.

함평 현감 권풍식은 다음과 같은 보고서를 작성하였다.

16일 신시申時 동도東徒 6~7천 명이 영광으로부터 기旗를 앞세우고 창을 들고 칼을 휘두르며 대포를 쏘며 쳐들어오는데 말을 탄 기마병騎馬兵이 백여 명이요, 그중에 어떤 이는 갑옷을 입었고 혹은 전립戰笠(전투모자)을 썼습니다.

동학농민군이 곧바로 동헌으로 쳐들어가자 관문을 지키고 있던 수성군守城軍 등 1백 50여 명이 막아섰다. 잠깐 접전이 벌어졌으나 수성군은 오래 버티지 못하고 순식간에 도주하였다. 그러나 함평군 각 면의 선비 유생 백여 명이 동헌을 끝까지 지키고 저항하므로 전봉준은 이들을 향해 큰소리로 엄히 꾸짖었다.

"우리는 탐관오리를 징치하고 고을 수령들의 민폐를 바로잡으며 보국안민하기 위해 각 고을을 돌아 이 고을에 왔다. 지금 사인士人들이 동헌을 호위하고 있는 것으로 미루어 이 고을 현감의 치적을 가히 알 수 있다."

전봉준의 설득으로 사람들은 동헌에서 물러났으며, 동학군은 손쉽게 동헌을 점령하였고 호장, 이방, 수형리의 세 관속을 잡아들인 뒤 동학군을 환영하지 않은 죄를 물어 가벼운 곤장으로 다스렸다. 또한 전봉준과 동학군 7천여 명은 4월 18일 혹은 말을 타고 혹은 걸어서 무안務安을 점령하고 다음날 19일 나주羅州로 진격하였다.

한편 전주성을 출발했던 홍계훈의 경군은 동학군을 뒤쫓으며, 전라감영군과 지방관군의 패잔병들을 수습해 21일 영광에 도착했다. 영광에 온 홍계훈은 무슨 꿍꿍이가 있었는지 이두황과 함께 일단 뒤로 빠지고, 대관 이학승·원세록·오건영에게 경군 선봉대를 인솔하여 먼저 동학군을 추격하라며 22일에 장성으로 출발시켰다.

동학농민군은 그동안 경군을 보기 좋게 따돌리고, 여러 관아를 점령하면서 관군의 무기와 식량을 확보하고, 백성들에게는 양곡을 나눠주었다.

또한 관아의 세금 장부를 압수하고, 탐학한 아전들을 처형하거나 처벌하였으며, 옥을 부숴 버리고 억울하게 옥살이하는 동학도인과 백성들을 풀어주었다. 또한 동학군은 홍계훈과 나주의 관리들에게 기포한 뜻을 담은 서찰을 보냈다. 그 서찰은 탐관오리 처벌과 세금 개혁, 보국안민을 실현하겠다는 내용을 담고 있었다.

동학군은 장성에 도착하여 경군을 상대로 일전을 준비하였다. 그런데 동학군이 황토재를 출발하여 장성에 올 때까지 그 뒤따르는 백성들이 있었다. 그들은 구호를 외치고 피리를 불어 댔으며, 인의예지仁義禮智 깃발과 안민창의安民倡義라는 깃발을 높이 올렸다. 백성들은 동학군을 따라다니며 여러 색의 깃발을 만들어 흔들고, 동학의 주문과 칼노래도 따라 부르며 행진하였다. 이러한 백성들의 움직임은 동학군이 시운과 민심을 완전히 얻었다는 결과라 볼 수 있다.

그러나 동학군은 여전히 수적인 우세에도 불구하고 조선 최고의 경군에 비해 전략적인 취약점이 있었다. 당시 동학군은 7천여 명이었고, 경군 8백여 명과 지방관군을 합하여 2천여 명이었다. 또한 경군은 동학군의 무기와는 비교도 안 되는 살상 무기로 무장하고 있었다. 전봉준 총대장과 지도부는 홍계훈 초토사와 경군이 도착하기 전에 경군과 일전을 치를 준비를 하고 있었다.

"긴급한 상황이라 제 생각을 바로 말씀드립니다. 최경선 영솔장은 기마병과 함께 학익 전법으로 대회전을 치르기에 앞서 기습하기 좋은 위치에서 기다리세요. 그리고 김개남 총관령과 손화중 총관령의 좌군과 우군은 월평리 삼봉 아래에서 대기하세요. 이방언 대접주의 동학군은 황룡촌 부근에서 준비한 장태를 숨기고 매복하세요. 나는 중군과 함께 중간에서 상황을 봐 가며 지휘하겠습니다. 이 전법은 경군 도착 즉시 큰 전면전인 대회전의 효과적인 전략전술입니다."

그런데 동학농민군이 목표 지점에 도착하여, 주먹밥으로 점심을 먹을 무렵이었다. 그때 화력을 갖춘 경군의 선봉대와 기마병이 동학군을 기습하였다. 경군은 사전에 첩보병들을 풀어 혁명군의 움직임을 파악하고 있었으며, 황토재 전투의 패배를 설욕하려는 전략으로 움직이고 있었다. 홍계훈 초토사는 기회를 포착 즉시 공격 명령을 내렸다.

"동비들을 우리가 먼저 급습한다."

"우리는 월등한 화력이 있다."

"천둥벼락 치듯이 총공격하라"

경군은 대관 이학승이 이끄는 선봉대와 기마병이 먼저 돌진하였고, 그 뒤를 대관 원세록과 오건영에게 병정 3백 명과 쿠르프포 1좌(坐)와 회전식 기관총 등을 주어 출동시켰다. 또 그 뒤에서 지방군이 지원토록 하였다. 경군과 지방군은 미리 파악한 정보로 동학군을 섬멸할 준비를 갖추고 있었던 것이다. 경군과 지방군은 포와 소총을 쏘아대며 무차별 공격하였다. 경군의 구식 포와 신식 쿠르프포, 회전식 기관총들이 동시에 퍼붓는 포격과 총소리는 하늘을 찢듯이 울려 퍼졌다.

경군이 회전식 기관총과 소총으로 집중사격하자 우박이 쏟아지는 것 같은 소리가 온 산천을 뒤흔들었다. 순식간에 월평리 일대는 포연으로 뒤덮였다. 기습을 받은 동학군은 그 자리에서 사상자를 50여 명이나 내고 우왕좌왕 후퇴하기 시작했다.

동학농민군이 예상한 것보다 경군의 공격은 파괴력이 컸다. 경군 선봉대와 기마병이 동학군의 뒤를 쫓았고, 본대는 여전히 떨어져 있으면서 소총과 포를 쏘며 지원했다. 경군이 신속하게 동학군을 쫓아 황룡촌으로 진격하고 있을 때였다.

장태도
동학농민혁명 장성황룡전투에서 등장한 대장태

그런데 뜻밖의 일이 벌어졌다. 갑자기 장흥 대접주 이방언이 이끄는 동학군이 대나무로 만든 장태 수십 개를 황룡촌 야산 위에서 밑으로 굴리며 반격에 나섰다. 동학농민군과 경군연합군의 대회전이 시작되었다. 뜻밖의 역습을 받은 경군은 당황하며 일제히 장태부대에게 사격을 가했지만, 목숨을 걸고 장태를 굴리며 돌진하는 동학군에게 밀리기 시작했다.

전봉준은 순간 기마병과 중군, 좌군, 우군에게 포위전으로 경군을 섬멸하라는 명령을 내렸다. 동학군은 장태부대의 선공과 3군의 대회전으로 돌진하면서 경군에게 밀리던 전세가 순식간에 뒤집혔다. 동학군은 관아에서 탈취한 소총 등 병장기로 무장하여 일제히 활을 쏘고 사격을 가하면서 번개처럼 몰아쳤다.

이방언 대접주와 동학군이 특수 제작한 장태의 위력은 정말 대단하였다. '대장태'라고 하는 것은 청죽靑竹으로 얽어 닭장 모양으로 만든 것으로, 그 밑에 차바퀴를 붙인 괴물 같은 것이었다. 그 장태 속에는 군사가 앉아 총을 쏠 수 있으며, 또한 장태 뒤에 숨어 굴리면서 적에게 돌진할 수 있어 동학군으로서는 신병기였다.

동학군은 장태 수십 개를 엄폐물 삼아 경군의 총과 화살을 막아 내면서 경군과 지방관군을 여지없이 몰아붙였다. 순식간에 경군은 동학군에게 역습을 받게 되었다.

동학농민군은 경군의 공격으로 사상자를 백여 명이나 내며 후퇴하다가 갑자기 장태를 앞세우고 총공격으로 몰아붙이자, 홍계훈은 기마병과 호위 군사들의 보호를 받으며 도주하기 시작했다. 또한 나머지 경군과 지방관군들 역시 꽁지 빠지게 도망가기 바빴다.

동학농민군이 경군과 지방관군을 추격하며 폭풍처럼 몰아붙이자, 경군의 이학승이 군사들과 까치능선으로 밀리면서 처절한 끝판 싸움이 시작되었다. 그러나 경군은 이미 백여 명의 사상자를 냈으며 전세는 완전히 기울어진 상태였다. 이학승과 호위 군사들은 쓰러졌고 나머지 병사들은 일부는 도망쳤고 일부는 항복하였다.

그러나 반격에 나선 김개남은 울분에 복받쳐 경군들의 목을 사정없이 베기 시작했다.

"내 부하들이 많이 죽었다. 모조리 목을 베어라!"

김개남의 돌출 행동에 전봉준은 황급히 달려들며 외쳤다.

"모두 멈춰라! 동학군 규율에 어긋나는 행동이다."

김개남은 총상을 입어 피가 흐르는 자신의 팔을 내려다보고, 입술을 깨물며 말했다.

"내 오늘은 전 대장의 뜻에 따르겠으나, 차후 대적하는 관군이 있으면 추호도 용서치 않을 것이다."

이후 홍계훈이 이끄는 경군 연합군들은 사기를 잃고 신출귀몰한다는 동학군들에 공포를 느껴 도망하는 자들이 속출하였다. 홍계훈은 동학군과 접전하는 것보다 어떻게 하면 경군의 사기를 높여 전투에 임하게 할 것인가를 궁리하게 되었다. 그것은 중앙정부 지원군이 하루빨리 도착하게 하여 경군의 분위기를 쇄신하는 것이 급선무라 여겼다.

동학농민군은 황룡촌 대회전에서 경군에게 대승을 거두었으나 피해도 적지 않았다. 전봉준은 항복한 경군과 지방관군들을 받아들여 잘 대우해 주고 전열을 정비하라고 지시했다. 이때 지난번 홍계훈이 요청한 정부 지원군이 장위영壯衛營 병정 5백 명과 강화江華 포수 3백 명이 강화병방 황헌주 인솔 아래 법성포를 거쳐 장성 부근에 도착하였다. 지원군은 완전무장을 한 채로 황룡촌 전투에서 패퇴한 경군과 합류하였으며, 경군을 중심으로 한 관군은 총 3천여 명이 집결하였다. 전봉준은 이 같은 경군의 움직임에 대한 정보를 입수하고 발 빠르게 대책을 세웠다.

그런데 전봉준 총대장에게 전령의 다급한 보고가 들어왔다.

"방금 임금이 경군에게 위로금으로 내린 내탕금內帑金 1만 냥을 지니고 온 선전관 이주호와 일행들을 최경선 대장님이 체포했습니다!"

"알았네. 그 일행들을 원평으로 압송하게나!"

동학농민군은 4월 23일(양 5.27) 조선 경군과 지방관군을 상대로 황룡촌 대회전에서 대승을 거두고 쿠르프포 1문과 회전식 기관총 1문, 소총과 화포, 양총 등을 포함해 무기 1백여 점을 노획하였다. 황룡촌 전투는 황토재 전투에서 전라감영군을 물리친 후 조선군 최고 정예부대인 경군을 격파한 큰 승전이었다. 그러나 동학군과 경군의 양측 사상자도 수백 명이 넘었다.

전봉준은 여러 지도부들 앞에서 안타까운 심정을 토로했다.

"제가 자만한 결과로 많은 동학군을 잃었습니다. 또한 불살생의 강령을 지키지 못하고 어쩔 수 없이 많은 관군을 살상하였습니다. 전주성 함락 때는 이를 거울삼아 인명 피해가 최소한이 되도록 하겠습니다."

전봉준과 동학농민군은 황룡전투 직후 남진南進을 멈추고 기수를 북쪽으로 돌려 전주성을 향해 본격 진군을 시작하였다.

「황룡촌 대회전, 장태전법과 역공 전술로 조선 정예부대 경군을 여지없이 격파하였다. 물론 양쪽의 피해도 만만치 않았다. 그러나 조선 정부로서는 큰 위기였다. 경군과 감영군은 황토재 전투에 이어 황룡전투에서 크게 패하여 전의를 상실하였다. 이제 남은 것은 경군보다 먼저 지름길로 재빠르게 전주로 향하는 작전만이 남았다.」

원평 결단, 혁명을 선포하다

[전봉준, 김개남, 손화중 등 동학농민군 지도부는 정부를 향해 돌이킬 수 없는 혁명을 의미하는 행동을 단행한다. 임금의 효유문을 가지고 온 이효응과 배은환을 단칼에 효수했다. 또 임금의 위로금을 관군에게 전하려 한 선전관 이주호와 그 일당들을 공개처형 해 버린다. 이는 단순히 국정을 개혁하라는 데서 더 나아가, 동학농민군이 혁명군임을 천하에 선포한 것이다.]

전주성으로 향하기에 앞서 전봉준은 황룡촌 전투에서 승리한 동학농민군을 격려하였다. 그리고 승전의 의미를 설명하면서, 한양에서 파견한 경군 수백 명이 홍계훈의 부대에 합류하였다는 급보를 전했다.

"우리는 지난번 황토현에서는 전라감영군을 격파하였으며, 이곳 황룡촌에서는 경군을 무찔렀습니다. 이제 목표는 전주성 점령입니다. 동학군 조직은 지금까지의 중군, 좌군, 우군은 그대로 유지합니다. 전방의 좌군과 우군은 팔자진의 대열로 갈라지고 모이기를 반복하며 전진할 것입니다."

전봉준의 지시는 계속됐다.

"최경선의 기마병은 둘로 갈라져, 하나는 김개남 좌군의 선봉에, 다른 하나는 손화중 우군의 선봉에 나서야 합니다. 그리고 이방언의 동학군은 후군의 역할로 우리 군과 관군 사이에 매복해야 합니다. 그래서 위협사격과 후퇴를 반복하여 동학군이 전주성을 점령할 때까지 저들을 따돌리고 골탕 먹여야 합니다."

전봉준으로부터 전주성을 향하여 출진하라는 명령이 떨어졌다.

"동학군은 일제히 진격하라!"

동학농민군은 나팔 신호에 따라 팔자진법에 의한 신출귀몰한 진격을 시작하였다. 노령을 넘어 깃발과 기마병을 앞세운 채 조용히 그리고 재빨리 사라졌다가 나타나며 갈라졌다가 합치기를 반복하였다.

전봉준은 행군하다 갈재를 지나면서 길가에 있는 전일귀효자비全日貴孝子碑에 잠시 틈을 내어 고사告祀를 올렸다. 훗날 12월 동학군이 패하고, 일본군이 이곳을 지나다가 전봉준이 고사를 지냈다는 이유로 효자비에 불을 질렀다.

동학군이 장성에서 사라지자 그제야 이두황의 토벌대가 나타났다. 이두황은 황룡전투 전후에 조금이라도 동학군에게 협조했다는 의심이 드는 백성들을 마구잡이로 수색하여 남녀노소 구분하지 않고 무참히 처형하는 만행을 저질렀다.

홍계훈은 그동안 싸움에서 패전하여 흩어진 지방군과, 한양의 경군 등을 합쳐 3천 명 규모의 관군 연합부대를 재편성하여 총지휘하는 대장의 위치에 있었다. 이제 동학농민군과 경군 연합군의 대결로 치닫게 된 것이다. 경군은 동학군처럼 부대별로 나누어 추격하는 것이 아니라, 선봉대를 중심으로 대군을 이루어 추격하였기 때문에 그 속도가 더딜 수밖에 없었다. 또한 이방언의 후군이 매복과 기습 공격을 하여 제대로 추격하지 못하고 갈팡질팡하면서 자신들이 위험하지 않을 때만 추격하는 소극적인 양상을 보였다.

동학농민군은 4월 24일(양 5.28) 오후 장성을 출발하였다. 동학군 본진이 전주로 향하는 중간 거점인 원평으로 가는 도중, 김개남의 좌군은 4월 25일 정읍에 쳐들어갔다. 그리하여 초토영 운량감관 김평창의 집을 박살내고, 태인에서 손화중의 우군과 합세하여 원평으로 진격하였다.

동학농민군이 거침없이 진군하여 4월 26일 원평에 도착한 동학군 본진은 귀미산 앞 원평천 둔치에 집결하였다. 전봉준은 전주로 향하기 전 전열을 가다듬고 다시 한번 작전을 환기시켰다.

"좌군은 금구대로를 통해 진격하고, 우군은 청도리고개를 넘어 전주로 진격할 것입니다. 두 군은 삼천천 둔치에 진을 칠 것입니다. 그리고 삼천천 둔치 주둔 병력은 용머리고개를 넘어 서문과 남문 근처로 이동한 후, 전주성을 칠 준비에 들어갑니다. 그 후 전주 출신 서영도 대접주의 동학군들은 백성과 상인으로 변복하여 미리 전주성 안으로 들어가 성문을 열 준비를 할 것입니다. 그때를 맞춰 최경선 영솔장의 기마병들은 동문과 북문 근처를 휘달리면서 진짜 그곳을 공격할 것처럼 요란을 떨 것입니다. 전주성을 지키는 지방군들의 관심과 대응을 그쪽으로 유인하고, 실제로는 서문과 남문을 통해 전주성을 점령할 것입니다."

동학농민군이 동에 번쩍 서에 번쩍 신출귀몰한다는 것에, 홍계훈은 동학군 평정이 어려운 세 가지를 다음과 같이 들었다.

> 지난해 귀화歸化한 자가 금일에 다시 일어나고 또 동쪽에서 쫓으면 서쪽으로 달아나니 초멸할 길이 만무하며 또 우리는 적은데 그들은 많아 병력을 나누어 여러 방향으로 추격하기가 어렵습니다.

전봉준 총대장은 동학군 지도부와 논의해서 전주성으로 진군하기 직전에 효유문을 가져온 칙사들과 내탕금을 지니고 온 자들을 원평에서 처단하기로 하였다. 김개남 총관령이 강력하게 주문한 대로 결정된 것이다. 그 이유는 임금과 정부에게 동학농민군의 혁명에 대한 의지를 확실히 전달하고 만천하 백성들에게 알리기 위한 것이었다.

"우리 동학군은 이제 임금과 정부에게 혁명군이라는 것을 공개 선포한다. 임금의 효유문을 가지고 온 이효응과 배은환을 효수한다. 또 임금의 위로금을 관군에게 전하려 한 선전관 이주호와 그 일당들을 처형할 것을 명한다."

원평에서 동학농민군 지도부가 결행한 처단 광경을 목격한 동학군들은 큰 함성으로 의지를 드높였고, 지역 백성들은 지지를 보내긴 했으나 무서워 몸을 떨었다. 그리고 숨어서 염탐하던 관군의 첩보원들은 두려움과 경계의 눈빛으로 몸을 바짝 움츠렸다. 또한 승려군들은 죽창을 잠시 내려놓고 목탁을 치며 효수당한 이들 앞에서 극락왕생을 기원하는 염불을 하였다.

원평천 둔치에 운집한 7천여 명의 동학군들도 하늘과 땅이 진동하도록 환호성을 지르며 발을 굴러 혁명에 대한 의지를 드러냈다. 그리고 전봉준은 굳은 얼굴로 동학군 지도부에게 속삭이듯 심정을 밝혔다.

"우리가 혁명을 선포한다는 결의로 이들을 처형했지만, 앞으로 가능한 한 인명 살상을 삼가면서 우리의 과업을 완수했으면 합니다. 이제 전주성을 점령할 때는 피를 흘리지 않는 작전을 세우겠습니다."

전봉준의 말을 듣고 있던 김개남이 한마디 했다.

"내 총대장의 뜻을 모르는 것은 아니나, 나의 생각과는 많이 다르다는 것을 밝혀 둡니다."

전봉준과 동학농민군은 장성 황룡전투와 금구 원평에서 왕이 보낸 칙사 등을 처형한 후 동학정신을 뒤돌아보면서, 적과 싸울 때의 전투에 대한 원칙을 세웠다.

"동학군은 목숨을 건 전쟁에서도 가난하고 어려운 백성들을 배려한다. 농민들은 물론 관군이나 탐관오리의 지배층을 포함한 모든 인민들의 생명을 존중하고 모든 사람들에게 관용을 베푼다. 동학군들 모두가 생명존중에 있어 생물과 무생물도 함부로 해치지 않는다."

특히 동학군은 적 즉 관군을 대할 때 4가지 약속을 다시 강조하였다.

> 첫째, 적과 맞서 싸울 때마다 칼에 피를 묻히지 않고 이기는 것을 최고의 공으로 삼는다.
> 둘째, 어쩔 수 없이 전투에 임하더라도 사람을 다치지 않게 하고 죽이지 않는 것을 귀하게 여긴다.
> 셋째, 진군할 때마다 사람과 주변 사물에 피해를 끼치지 않도록 한다.
> 넷째, 부모에게 효도하고 형제끼리 우애가 깊으며 나라에 충성하고 벗 사이의 믿음이 두터운 사람이 사는 촌락으로부터 10리 이내는 주둔하지 않는다.

전주성 점령, 사람이 하늘인 세상을 열다

[전주성 점령은 모두가 하늘인 세상을 열었다. 우리나라 역사 이래 처음 있는 일로 개벽, 즉 이전에 없었던 새로운 세상이었다. 이는 백성들의 억압과 탄압 그리고 계급과 차별을 한꺼번에 없애버리는, 그야말로 해방이요 혁명이었다. 한번 양반이면 대를 이어 양반이고, 한번 노예이면 대를 이어 노예로서 개돼지 취급을 받던 민중들은 사람이 사람답게 사는 세상, 사람이 하늘인 세상을 본격적으로 열어젖힌 것이다.]

전봉준은 마침내 4월 26일(양 5.30) 금구 원평에서 전주성을 점령하라는 출진 명령을 내렸다.

"선봉대 기마병은 둘로 나뉘어 좌군과 우군의 선봉에 선다."
"좌군은 금구 김인배 부대와 합류하여 대로로 출진한다."

"우군은 금산사 앞쪽을 돌아 청도리 고갯길로 출진한다."
"동학군이여! 앞만 보고 전진하라! 전주성을 점령하라!"

김개남의 좌군은 명포수들로 구성된 별동대와 기마병을 앞세우고, 제일 먼저 진군을 서둘렀다. 그 뒤에는 김개남과 함께 도끼 등 살벌한 무기로 무장한 부대가 따랐다. 김개남의 좌군은 포수, 노비, 백정, 승려, 장인, 의적, 산적들까지 가담한 막강한 부대였다. 김개남은 남주송과 김중화 접주를 좌두령과 우두령으로 임명하고 자신은 대두령이란 이름으로 부대를 지휘하며 진군했다.

손화중의 우군은 김규일 두령과 기마병을 앞세우고 선봉에 임천서, 좌두령에 강경중, 우두령에 손경찬, 후방에 고영숙, 참모장에 오시영이 각각 지휘하는 부대를 거느리고 힘차게 진군하였다. 손화중은 활과 창으로 무장한 명사수들의 궁수대가 앞서고, 관군에게 노획한 소총으로 무장한 소총부대가 궁수대를 뒤따랐다. 동학군은 그동안 관군에게서 탈취한 소총 수십 정과 기관총과 대포도 한 문씩 가지고 있었다. 전봉준은 손화중과 함께 우군의 선봉에서 지휘했다. 금구의 김인배 두령이 좌군에 참여하기로 하여, 전봉준은 우군에 참여한 것이다.

한편 전라감사 김문현은 감영군 첩보병들에게 동학군들이 좌우로 나뉘어 전주성을 향하여 파죽지세로 몰려오고 있다는 급보를 받았다. 김문현은 이미 4월 18일 자로 동학군에게 부적절하게 대응한 죄로 파직된 상태에서 후임 감사 김학진을 기다리고 있었다. 그렇지만 아직 업무를 인계하지 않은 상태라 감사직을 수행하면서, 동학군이 전주감영과 가까운 원평에 도착하자 정부에 급히 보고서를 올렸다.

"감영군은 모두 출정하였고, 초토사의 경군도 따라가 전주성이 비었는데, 저들은 이미 원평에 이르러 곧 전주로 진격할 것 같고, 성안에는 관군

3. 혁명의 불꽃이 치솟다 | 379

이 보이지 않으니 어찌할 바를 모르겠습니다."

　전주성을 지키는 지방군은 전투병이 아닌 수비병과 향군들로 모두 합해 수백 명에 지나지 않았다. 전봉준과 동학군 지도부의 계략이 제대로 맞아떨어진 것이다. 전주성의 수비병과 향군들은 사대문을 걸어 잠그고, 동학군이 쳐들어오면 어디로 도망칠 것인가를 궁리하고 있었다.

　동학농민군은 26일 전주 삼천에 도착하여 천변 둔치에 진을 쳤다. 이튿날 27일 장날을 기해 서문과 남문을 공격하기로 계획하고 이곳에서 하룻밤을 머물렀다. 역사적인 날이 밝았다. 동학군은 용머리고개에서 선봉대와 우군·좌군을 나눠 서문 밖 다가산과 남문 밖 곤지산으로 진격할 준비를 하였다.

　또 이미 백성과 장사꾼으로 위장한 동학군 수백 명을 전주성 안팎에 잠복시켜 장꾼들과 섞이게 했다. 한편 김문현은 평민의 옷으로 변복한 감영 아전과 하인들을 총동원하여, 성 밖의 민가 수천 채에 불을 질러 동학군에게 협조하지 못하도록 천인공노할 짓을 벌였다.

　전주성 점령의 총공격 신호는 관군에게 빼앗은 구식 대포를 용머리고개에서 크게 한 방 날리는 포성으로 하였다. 동학군이 진격할 준비가 완전히 갖추어진 오시(12시)에, 서문 방향에는 전봉준과 손화중의 중군과 우군, 남문 방향에는 김개남의 좌군과 김인배 부대를 중심으로 포진시켰다. 전주성 공략의 핵심 전략은 처음에는 옆으로 일자진一字陣을 취하고 있다가 관군이 공격하면 중앙의 부대가 뒤로 물러나고, 좌우의 부대가 앞으로 달려나가 적을 포위하면서 공격하는 진법陳法이다.

　동학농민군은 용머리고개에서 전주성에 발사한 대포 소리를 신호로 소총과 기관총을 허공에다 일제히 쏘아 대며 총공격을 시작했다. 동문과 북문에는 최경선의 기마병들이 말굽 소리와 먼지를 일으키며 요란한 함성으

동학군 전주입성도
동학농민혁명군은 1894년 4월 27일(양 5.31) 전주성 함락에 피를 흘리지 않은 무혈입성(無血入城)을 성취하였다.

로 위협하였다.

이때 미리 성안에 들어가 잠복한 서영도와 동학군들이 불을 놓아 관군을 혼란시켰으며, 무방비 상태인 서문과 남문을 재빨리 열어젖혔다. 동학군이 서문과 남문을 열자 전주성 밖에서는 총소리와 대포 소리에 놀란 장꾼들이 일부는 흩어져 도망갔고, 일부는 시장 사람들과 섞여서 성안으로 밀려들어갔다.

전주성의 서문과 남문이 열리자, 전봉준과 손화중의 동학군들은 총과 활을 손에 쥐고 서문을 통해 거센 바람처럼 입성하였다. 김개남과 김인배의 동학군들은 총을 쏘고 도끼를 휘두르며 남문을 통해 입성하였다. 또 그 뒤를 이어 동문과 북문에서 돌아온 최경선의 선봉대와 기마군들도 일제히 함성을 지르며 입성하였다.

동문과 북문을 지키던 지방군과 향군들은 대포 몇 방만 겨우 쏘았을 뿐이었다. 그런데 그 대포에서는 포탄이 날아가지 않고 물줄기만 뿜어져 나왔다는 이야기가 있었다. 그것은 동학군 여인들이 변장하고 성내로 들어가 몰래 대포에 물을 가득 부어넣었다는 것이다. 이를 두고 하늘의 조화를 부렸다는 소문이 파다하였다.

전라감영 관계자들은 난데없이 등 뒤의 서문과 남문 쪽에서 나는 포성과 총성, 우레와 같은 함성에 천둥 벼락을 맞은 사람들처럼 혼비백산하였다. 동학군들이 허공에다 쏘아대는 총소리는 고막을 찢을 듯 요란하였고, 콧속을 파고드는 화약 냄새는 폐부까지 할퀴었다. 동학군이 전주성 안으로 밀려들자 지방군과 향군들은 무기를 버리고 도망치다가 넘어져 뒹굴거나, 얽히고설켜 성안은 그야말로 아수라장이 되었다.

전봉준, 손화중이 이끄는 동학군은 서문에서 감영으로 진군하면서 크게 외쳤다.

"백성들은 안심하라!"

"동학군은 질서를 지켜라!"

"관군들을 찾아내어 포박하라!"

김개남, 김인배가 이끄는 동학군은 남문에서 선화당으로 돌진했다.

"관군들을 쫓아 죽여라!"

"탐관오리들을 잡아 처단하라!"

"관찰사를 찾아 포박하라!"

동학농민군의 구호가 동서남북으로 메아리쳤다. 그때 판관, 영장, 관원들을 데리고 미리 준비한 해진 옷과 짚신으로 영락없는 거지 복장을 하여 동문 밖으로 달아나던 김문현의 귀에 "관찰사를 포박하라!"는 소리가 들렸다. 김문현은 걸음아 나 살려라 하면서 공주 쪽으로 도주하였다. 김문현은 후일 전주성을 버리고 도주한 죄로 유배를 당하고 결국 처형당한다.

김문현과 함께 도망가던 판관 민영승과 영장 임태두는, 조경묘 참봉 장교원과 박봉래가 경기전에 봉안된 태조 이성계의 어진과 조경전의 위패를 들고 도망치는 것을 붙잡아 어진과 위패를 회수하여 위봉사 대웅전에 모셨다. 민영승 등은 이태조 초상화를 안전하게 보호했다는 명분으로 전주성을 포기한 죄를 면하려 했다.

김문현, 민영승, 임태두 등은 동학군에게 쫓기는 지방관군들을 외면하였으며, 피난에 정신없는 백성들을 보호하기는커녕 자신들의 죄를 면할 생각만으로 비겁하기 짝이 없는 행동을 하였다. 전주성 함락 후 홍계훈은 '이렇게 순식간에 전주성이 점령된 것은 영부營府 내의 관속배官屬輩가 동학군과 내통하는 사람들이 많았기 때문이었다.'고 정부에 보고하였다.

동학농민혁명군은 갑오년 4월 27일(양 1894.5.31) 전주성 함락에 피를 흘리지 않은 무혈입성無血入城을 성취하였다. 동학군은 전봉준 총대장의 명령에 따라 도망치는 관군들을 끝까지 추격하지 않고 성문 밖으로 멀리 쫓아 버렸다. 군율에 따라 항복한 관군들 중 부상자들은 치료해 주고, 저항한 자들은 체포하여 구금하였다.

그런데 김개남 총관령의 동학군은 전주성을 장악하는 과정에서 많은 관군들에게 부상을 입었다. 결국 전봉준의 만류로 멈췄지만 언제 다시 불거질지 모르는 김개남의 완고하고 과격한 행동은 전봉준과 지도부를 긴장하게 하였다. 동학농민군이 전주성을 장악하여 평정해 가자, 피난길에 나서지 않은 전주성 안팎의 백성들은 동학군을 대대적으로 환영하였다.

"동학군 만세!"

"녹두장군 전봉준 만세!"

전봉준은 전주성을 점령한 직후 사대문을 걸어 잠그고 방비를 철저히 하라 지시하고, 전라감사 집무실인 선화당에서 동학군 지도부 회의를 열어 중요사항을 결정했다. 이날 회의에서는 선화당에 대도소를 설치하여 동학군 본부로 사용하고, 기율을 어기거나 백성들을 괴롭히는 등의 사사로운 행동을 하는 자들은 엄벌에 처한다는 점을 재확인했다. 그리고 전주성의 사대문을 지키는 역할 분담과 성벽 위를 수비하는 부대도 임무를 맡겼다. 또한 부상자나 노약자 등은 귀가토록 하였다.

전봉준은 회의를 신속하게 끝내고 긴급 명령을 내렸다.

"각 부대는 사대문을 중심으로 각자 위치로 향할 것이며, 대문과 대문 사이의 소문과 성벽까지 철저히 수비와 감시를 해야 한다. 각 부대와 지원부대는 신속히 이동한다."

동학농민군은 조선 왕조의 발상지이자 전라도의 수부인 전주성을 완전히 장악하였다. 전라감영이 자리한 전주성은 조선 왕가의 본향, 즉 풍패지향風沛之鄕이라는 상징성과 만경평야와 서남해안의 풍부한 물산을 관리하는 수부首府로 조선 왕조 재정의 근간을 담당하는 중요한 곳이었다. 동학군은 전주성 점령이라는 최대 성과를 이루었고, 감영군과 경군 등은 전주성을 빼앗김으로써 최대 손실을 초래한 것이다.

전주성 안팎이 질서와 평온을 되찾자, 동학군 지도부는 2차 회의를 열었다. 회의의 주제는 곧바로 한양을 치러 북상하느냐, 아니면 전열을 가다듬고 휴식을 취한 후 다음 행동으로 옮기느냐다. 전봉준 총대장은 전략회의에서 의견이 엇갈려 쉽게 결론을 내지 못했다. 한양 직격直擊 문제를 쉽게 결론을 내지 못한 이유 중 두 가지 사항이었다. 첫째는 경군연합군이 인원 보충과 무기 확보로 한양으로 직격하는 동학군 뒤를 치면 큰 피해를 입힐 수 있다는 것이다. 둘째는 외세 개입, 즉 청군과 일본군의 개입에 빌미를 줄 수 있다는 우려에서이다.

전봉준은 흥선대원군의 전령과 동학군 밀정들의 보고를 인용하면서 자신의 최종적인 생각을 말했다.

"진짜 중요한 것은 청군과 일본군입니다. 일본군은 오래전부터 첩자와 밀정을 보내 우리 동학군은 물론 조선 관군의 움직임을 세세히 파악하여 본국에 보고하고 있습니다. 그들은 여차하면 조선에 일본군과 함대를 파견할 준비를 마쳤답니다. 또한 지난번 광화문 복합상소 때에도 임금이 청나라에 군대를 보내 달라고 요청한 적이 있다고 합니다. 우리가 여러 조건과 정황들을 세밀히 관찰하여 철저히 준비하지 않으면 지금까지 이룬 공이 한순간에 무너질 수 있습니다."

전봉준의 말이 끝나자 남접의 어른인 김덕명과 서장옥이 고개를 끄덕이며, 회의를 마무리하자는 뜻을 내비쳤다.

"전 대장의 말에 따라 내일 다시 의논하기로 하고 그만 쉽시다."

동학농민군이 전주성을 점령한 그날 밤, 성 안팎은 전쟁터의 흔적 위로 평온한 고요가 찾아들어 어느덧 소쩍새 울음소리가 구슬프게 들려왔다. 전주성 사대문과 성벽 위에서는 수많은 깃발과 횃불들이 바람결에 춤추듯 나부꼈고, 여기저기 줄지어 순찰을 도는 동학군의 발소리는 긴장하고 피로한 탓인지 불규칙하게 들려왔다.

 그날 밤, 전봉준은 한숨도 자지 못하고 비서인 정백현과 송희옥을 대동하고 보초병들을 위로했다. 또 치료소에 들러 부상자들의 손을 잡아 주고, 상처가 심한 동학군들을 끌어안으며 말없이 눈물을 흘리기도 하였다. 동학군들은 오랜만에 배부르게 먹고 깊은 잠에 빠진 것 같았으나, 내일이 오면 피 냄새가 진동할, 생사를 알 수 없는 운명이 자신들에게 닥친다는 사실에 몸을 뒤척이고 있었다. 이렇게 혁명의 밤은 깊어 가고, 곧 찬란한 해가 꿈과 희망으로 솟아오를 것이다. 전주성 점령은 동학농민혁명 전개 과정에서 가장 큰 성과를 이루게 될 것이다.

> 「전주성 점령은 단순한 한 지방의 감영을 점령한 사건이 아니다. 당시 전주성은 전라감영이 있어서 전라감찰사인 전라감사가 상주하는 곳으로, 현재의 전북특별자치도와 전라남도, 광주광역시, 제주특별자치도까지 관할하는 거대규모의 전라도 행정의 중심지였다. 또 더 큰 의미를 부여한다면 조선 왕조의 본향이자, 곡식, 즉 쌀 생산에 있어 전국에서 가장 많은 부분을 차지하는 곳이라 조선 정부로서는 마치 한양성을 빼앗긴 것처럼 큰 충격을 받고 균형이 흔들리며 심하게 비틀거리고야 만다.」

완산대회전, 전주성과 완산의 치열한 전투

 [전주성 점령이라는 쾌거를 부르기도 전에 관군과의 혈전이 시작되었다. 전주

성과 완산칠봉 사이 총격과 포성이 그칠 줄 몰랐다. 특히 애기 접주라 불리는 소년장수 이복용의 활약은 정말 대단하였다. 동학혁명군과 관군 연합군의 치열한 결전은 양측 1천여 명의 사상자를 내고 휴전에 들어간다. 정부에서 요청한 청나라와 특히 일본군의 개입이 현실화하는 시점에서 동학군과 관군은 평화의 손을 잡았다.]

동학농민군에게 전주성이 함락된 이튿날 아침이 밝아오자, 그동안 동학군에게 농락당하며 뒤꽁무니만 쫓던 홍계훈의 경군은 금구 원평에 잠시 머물면서 전열을 가다듬었다. 홍계훈 초토사와 경군은 그동안 흩어진 감영군들을 거의 수습하였고, 지방군과 향군까지 거느려 4천여 명이 넘어서는 군사를 보충하였다.

전봉준 총대장은 여러 경로를 통해 정보를 입수하고 대책 마련에 나섰다.

"우리가 전주성을 점령한 사실이 지금쯤 한양에 보고되었을 겁니다. 아마 관군은 계속 증원될 것이며, 민보군까지 합치면 동학군의 숫자와 비슷해질 겁니다. 한양 진격은 어쩔 수 없이 뒤로 미루고, 무기와 식량 등 군수품들을 충분히 확보하여 장기전을 준비해야겠습니다."

김개남 총관령이 전봉준의 말을 들으면서 몇 마디 쏘아붙였다.

"그러니까 어제 곧바로 한양으로 치고 올라갔어야 하는 건데…."

전봉준과 지도부가 회의를 하는 동안에도 전령들의 보고가 연이어 들어왔다.

"원평에서 경군과 관군 연합군(이하 경군연합군, 경군)이 좌군과 우군으로 나뉘어 금구대로와 청도리 고갯길로 출발했습니다. … 소식통에 의하면 왕명으로 전국의 관군과 향군은 물론 민보군을 모집하여 곧 전주로 출발할 계획이랍니다. … 급보입니다! 청군과 일본군이 곧 조선을 삼키러 온답니다!"

전봉준과 동학농민군 지도부는 연이은 보고를 들으며 경군의 움직임을 종합 분석한 결과, 전주성을 포위하여 옥죄려는 전략이라고 결론을 내리고 대책을 서두르기로 하였다. 청군과 일본군의 조선 진출은 어느 정도 예상했지만 이렇게 빨리 시작될 줄은 예상 밖이었다. 전봉준은 우려했던 외세 개입이 시작되어 국제 전쟁으로 확대될 경우 조선의 운명은 어찌 될 것인지 걱정하지 않을 수 없었다.

한편 홍계훈의 경군연합군은 동학군에게 속아 헛걸음을 연발하면서 동학군이 지나간 곳의 부근 민가에 불을 지르고 죄 없는 백성들만 탄압하였다. 그들은 화풀이와 노략질을 일삼으면서 원평에 이르렀다. 결국 원평에서 전열을 정비하고 전주로 출진하여, 4월 28일 정오에 전주 용머리고개를 거쳐 완산에 진을 쳤다.

홍계훈은 자신이 지휘하는 경군의 본영을 완산 중턱에 설치하여 전주성을 한눈에 내려다보고 있었다. 또 경군을 비롯한 강화영병과 전라감영병은 전략상 곤지산, 기린봉, 건지산, 다가산, 황학산 등에 분산 배치하였다. 경군연합군은 동학농민군이 전주성의 관군을 포위할 때보다 더욱 철저하게 전주성을 포위하였다.

동학농민군이 전주성을 함락하였다는 급보를 받고 조선 정부는 이원회를 양호순변사로 임명하여, 장어영·통위영·평양영의 1천 5백여 명의 군사들을 인솔하게 하였다. 또한 전국의 향군과 민보군을 총동원하여 경군과 함께 전주성의 동학군을 토벌하도록 했다.

경군연합군은 전라도는 물론 전국에서 몰려오는 관군·향군·민보군들이 합세한 수가 동학군과 같은 숫자로 집결하였으며, 완산전투의 서막이 열리고 있었다. 완산전투는 완산을 중심으로 다가산의 서쪽 황학산에 결진해 있던 경군이 먼저 대포 수십 발을 전주성 안으로 발사하면서 시작되었다.

동학농민군은 장기전으로 갈수록 압박을 받을 수밖에 없는 성안의 불리함을 잘 알고 있었다. 그래서 가능한 한 빨리 경군연합군을 격파하고 한양으로 직행할 계획을 실현하고자 전투를 서둘렀다. 경군은 대포 발사에 이어 기관총과 소총은 물론 불화살을 성안에 소나기처럼 퍼부었다. 경군의 공격으로 이태조 영정을 모셨던 경기전과 관청 일부가 파괴되었다. 또한 민가에 화재가 발생하여 수백 채가 잿더미로 변하고 말았다.

전봉준은 홍경래 의거 때 정주성을 점령하고도 성을 지키는 수비로 일관하다가 결국 관군이 성벽을 무너뜨리면서 일거에 함락되고, 홍경래도 사살되었다는 사실을 알고 있었다. 이에 방어와 수비에 일관하기보다는 적극적으로 공격해 위기에서 탈출하기로 하였다. 전봉준은 경군연합군의 혼란과 분산을 유도해 일거에 섬멸한다는 전략을 세웠다. 이때 동학농민군 등에는 탄환을 물리치기 위해 황색지에 주문呪文을 써서 붙였다. 그리고 동학군 모두는 동학 주문 '시천주조화정영세불망만사지'를 외우게 하였다.

"먼저 최경선과 기마병이 세 갈래로 나누어 경군의 주요 거점을 공격한다. 그리고 중군은 나를 따르고, 좌군은 김개남 총관령, 우군은 손화중 총관령을 따라 출동하라!"

경군연합군의 포격에 맞서 최경선의 기마병이 서문을 열고 경군의 주요 거점을 공격하기 시작하였다. 또 전봉준이 이끄는 중군은 차치구를 선봉에, 송두호와 송대화를 좌두령과 우두령으로 진용을 갖추었다. 전봉준 부대는 서문을 빠져나와 용머리고개를 치는 척하다가 매곡 건너 검두봉 쪽으로 공격을 시작했다.

김개남의 좌군은 김인배를 선봉으로, 남주송과 김중화를 좌두령과 우두령으로 진용을 갖췄다. 김개남 부대는 소총과 도끼로 무장하고 남문을 나와 백포장白布帳(흰 베로 만든 휘장)을 앞에 펴고 투구봉을 치고 올라갔다. 손화중의 우군은 김규일를 선봉에, 임천서와 강경중을 좌두령과 우두령으로 진용을 갖춰 소총과 활로 무장하고 황학산을 향해 맹렬히 공격하기 시작했다.

전주성 안의 동학농민군들은 성벽 위에서 성 밖의 동학군을 지원 사격하였다. 그들은 완산과 황학산 언덕의 경군연합군을 향해 대포와 소총을 소나기처럼 갈겨댔다. 완산과 다가산의 언덕에서 기다리던 경군은 많은 사상자를 내고는 곧바로 대포와 기관총으로 응사했다. 이로 인해 동학군에도 많은 사상자가 발생했다.

동학농민군은 동지들의 시체를 넘으며 사생결단으로 동학의 주문을 외우면서 산천을 울리는 함성과 함께 적진으로 기어올랐다. 위험에 처하게 된 경군은 완산에 진을 치고 있던 강화포병들의 집중 포격과 사격으로 동학군의 접근을 차단하려 하였으나 실패하고 말았다. 결국 퇴로가 막힌 경군이 궁여지책으로 앞으로 치고 나오면서, 뒤로 밀리던 동학군들과 밀착된 상태로 일대 백병전이 시작되었다.

동학농민군과 경군연합군의 군사들이 순식간에 엉키면서 총과 활보다는 창과 칼, 죽창을 앞세우고 목숨을 건 육박전이 전개되었다. 백병전이 시작되자, 제일 먼저 김개남 부대가 기습공격으로 적진에 뛰어들었으며, 경군들은 추풍낙엽처럼 쓰러졌다.

경군연합군들이 겁을 먹고 혼란에 빠지자, 전봉준과 손화중 부대가 뒤를 받치며 경군을 밀어붙이기 시작했다. 전봉준의 칼끝은 경군들의 급소를 정확히 찌르며 번개처럼 베었다. 전봉준의 왼쪽에는 손화중이, 오른쪽에는 차치구가 있었다.

 김개남은 과감하게 적진의 중앙으로 파고들었다. 석양의 노을빛에 빛나는 김개남의 장도끼가 바람을 가를 때마다 검붉은 핏방울이 매곡에 뿌려졌다. 경군은 전의를 상실하고 힘없이 무너졌으며, 완산 주봉과 검두봉 사이로 후퇴하기 시작했다. 그런데 경군의 지도부와 장군들은 벌써 어디로 내뺐는지 한 명도 보이지 않았다. 경군은 완산 주봉 쪽으로 재빨리 도망친 장군들을 따라 다 같이 도주하였다.

 그런 경군을 동학군이 바짝 뒤쫓으며 살상을 시도하자, 전봉준이 말렸다.

 "날이 어두워진다. 경군도 우리 백성이다. 추격을 멈춰라!"

 첫 완산전투가 끝나고 난 후, 완산 기슭과 매곡에는 시신 수백 구가 널려 있었다. 양쪽 다 피해가 컸으나 동학군의 승리였다. 전봉준은 치열한 전투에서 회군한 동학군들에게 휴식을 권하면서 부상자들의 치료에 만전을 기하도록 지시했다. 동학군보다 더 심한 타격을 입은 관군도 포와 총으로만 응수할 뿐 대응에 나서지 않았다.

 완산전투 이튿날인 4월 29일, 이두황을 중심으로 한 관군은 기습적으로 서문 밖 민가 수백 채를 불태우며 동학군을 유인하였다. 전주성 안팎 백성들의 피해가 걷잡을 수 없이 커지자, 동학군은 또다시 출정하기로 결정했다.

 동학농민군은 중군, 좌군, 우군, 기마군 등 총동원되어 동문과 서문, 남문과 북문 등 사대문을 열고 출진하였다. 동학군은 우선 황학대黃鶴臺로 돌진하였다. 위험에 직면한 경군연합군은 완산 본진의 화포 공격을 중심으로 집중 발사하며 방어에 돌입했다. 경군의 엄청난 화력에 동학군의 피해가 늘어나자, 성벽 위에서 포격과 사격으로 맞섰다.

황학산 위로 겨우 도망친 경군은 지난번 백병전에서 큰 피해를 당했기 때문에 접근전을 피하면서 화력이 우수한 포와 기관총 사격으로 맞서기만 하였다. 전주성 망루에서 이를 지켜보던 전봉준은 북을 치고 깃발을 흔들게 하여 동학군에게 퇴각 명령을 내렸다. 경군에 비해 화력에서 약한 동학군의 피해를 줄이기 위해서였다. 이번 전투에서 동학군과 경군 모두 큰 피해를 입었으나, 경군이 더 많은 사상자를 냈다.

경군연합군이 전주성을 포위하여 옥죄는 전략은 5월 1일(음)부터 본격 시작되었다. 접근전과 백병전에 약한 경군은 전주성을 둘러싼 높은 산들을 거점으로 삼아 집중 포격하고 민가를 약탈하였다.

그들은 어느 나라 군대인지 알 수 없을 정도로 방화와 토색질하는 데 물불을 가리지 않았다. 이를 보다 못한 동학군은 5월 2일에 전봉준, 손화중, 김개남 부대를 중심으로 서문을 나와 용머리고개를 치고 올라가면서 완산의 경군 포격부대를 맹렬히 공격하기 시작했다. 동학군은 총과 포에 사용할 탄환과 식량을 확보하는 게 급선무였지만 무리수를 두면서 경군을 공격하였다. 이번 전투도 양쪽 다 많은 사상자를 내고 각자 본진으로 후퇴하였다.

동학농민군의 전주성과 경군연합군의 전투가 계속되는 동안에 경군의 홍계훈 초토사(이하 대장)가 요청한 포병과 지원부대는 물론 정부에서 파견한 부대들까지 속속 도착하였다. 경군연합군은 동학연합군의 수를 웃도는 막강한 병력으로 전주성을 압박하였다. 그리고 전주성에 잇따라 효유문을 보내어 해산을 종용하는 양면 작전을 펼쳤다. 또한 전봉준을 체포해 오는 자는 포상한다는 글들을 화살에 끼워 성안으로 연이어 쏘아댔다.

홍계훈 대장은 왕명을 받아, 전봉준 등 동학군 수뇌를 체포하거나 결정적 공훈을 세우면 수백, 수천 냥의 포상금은 물론 군수 자리를 준다는 조건을 내걸어 동학군 내부에 동요를 일으키려 하였다. 이에 일부 동학군은 전봉준을 체포하려고 모의하다 적발되는 사태까지 벌어졌다.

전봉준 총대장은 시간이 지날수록 고민이 깊어졌다.

"이대로 장기전으로 가다간 우리 쪽 피해가 더욱 커질 것 같습니다. 또한 일부 동학군이 동요할 수도 있고, 돌발 사태라도 벌어지면 우리의 꿈은 물거품이 될 수 있습니다. 특단의 조치로 총공격을 감행해서 위기를 돌파하고 경군연합군을 격파해야 합니다."

손화중과 김개남도 전봉준의 의견에 찬성했다. 김덕명과 서장옥 대두령도 찬성하여, 5월 3일(음)에 완산에서 총공격을 펼치기로 하였다. 그런데 혁명군 내부의 일부 첩자들이 그 내용을 고스란히 경군 본부에 전달하여 경군연합군 또한 전주성을 포위한 전체 부대를 완산을 중심으로 다가산, 황학산 등에 집중 배치했다.

전봉준 총대장은 5월 3일 아침 10시경, 출정에 앞서 각 부대별 공격 방향을 지시했다. 전주성 수비는 서영도 부대가 맡고 이복용 소년장수로 하여금 백여 명으로 구성된 결사대를 이끌게 했다. 전봉준은 진군 명령을 내렸다.

"전군, 출진하라!"

전봉준 총대장의 명령이 떨어지자, 동학군은 작전에 따라 순차적으로 출진했다. 전봉준의 중군은 서문을 나와 다가산을 공격했다. 손화중의 우군은 곧바로 북문을 출발하여 전봉준을 받쳐 주면서 다가산의 경군을 공격했다. 전봉준과 손화중이 결합하여 용머리고개를 치고 무학봉을 치고 오르며 완산 주봉 공격을 개시했다. 완산에 집결한 경군은 엄청난 화력을 지닌 대포와 기관총, 소총으로 집중사격을 가했다.

김개남의 좌군은 남문을 열고 완산을 향해 무섭게 질주했다. 송두호는 군사를 이끌고 동문을 나와 초록바위를 돌아 투구봉으로 향하며 완산 공격에 동참했다. 이방언과 김인배 군사도 전주천을 건너 완산과 다가산을 향하여 집중 공격을 감행했다. 경군은 원거리에서 주로 대포와 기관총 등 방어 전술로 일관하면서 접전을 피하다가 완산 본진이 있는 유연대가 함락될 위기에 처하자, 동학군이 산 위로 오르지 못하도록 병력을 출동시켰다. 경군은 이미 기선을 제압당했고, 동학군이 동학 주문을 목청껏 외우면서 치고 오르자, 다시 산 위로 후퇴하기 시작했다. 전봉준 총대장은 경군 본진인 완산을 함락할 절호의 기회가 왔다는 판단으로 명령을 내렸다.

"총공격하라!"

동학농민군과 경군연합군의 치열한 공방전이 전개되면서 총탄이 빗발치는 가운데 총알 하나가 전봉준의 왼쪽 허벅지에 박혔다. 전봉준은 이를 악물면서 앞으로 고꾸라지고 말았다. 전봉준의 뒤를 따르던 손화중이 황급히 달려와 전봉준을 덮치며 보호하였다.

전봉준이 부상을 입고 쓰러진 것을 목격한 경군 저격수들이 소리를 질렀다.

"전봉준을 명중시켰다!"

"동비대장에게 집중 사격하라!"

전봉준과 손화중의 위급한 상황에서 산 위로 밀려나던 경군이 다시 앞으로 전진하며 총공격을 시작했다. 위기의 순간 경군을 격파하고 전봉준과 합류하려던 김개남이 재빨리 능선을 넘어와 전봉준과 손화중을 엄호했다.

"아우들아, 총을 맞아도 내가 먼저고, 죽더라도 내가 먼저다…."

"전군은 후퇴하라. 전 대장과 손 관령을 보호하라. 최경선 선봉장은 앞길을 열어라! 이복용 장수는 어디 있는가?"

「전주성을 차지한 동학농민군과 완산에 포진한 경군·감영군 간의 전투는 황토재 전투, 황룡전투에 이은 전주성 대회전大會戰이었다. 전주성 전투가 길어짐에 따라 동학군이 전주성을 점령하고 곧바로 서울로 향했어야 된다는 주장이 설득력을 얻고 있다. 물론 생사를 넘나드는 전투와 긴 행군 등 지칠 대로 지친 동학군이 다시 전열을 정비하여 한양을 친다는 전략도 무시할 수는 없었다. 또한 민주 자치 시대를 연 집강소 폐정개혁의 혁명적 성과도 이뤄냈다. 그러나 결과론적 상황을 고려해 볼 때 일본군에게 동학군 섬멸에 대한 준비 시간을 제공하였고, 경군연합군이 일본군에 편입되어 일본군 지휘를 받는 등 척왜 항전, 즉 동학의병전쟁에서 일본군에게 패하게 되는 결과를 맞이했다. 그래서 훗날 동학농민혁명을 평가할 때 전주성 점령 직후 한양 직행 불발에 많이들 아쉬워하곤 한다.」

소년 장수 이복용과 결사대

[동학농민혁명사에서 소년장수, 즉 애기 접주 이야기가 몇 번 등장한다. 애기 접주란 아주 어린 나이는 13~14세이고, 대략 15~16세, 또는 17~18세 정도를 말한다. 필자는 이들을 소년접주, 소년장수로 이야기를 진행한다. 전주 소년접주 이복용, 황해도 해주 애기 접주 김구(김창수), 장흥 최동린과 윤성도 접주 등이다. 이들은 아기장수 설화와 함께 그 전설적인 활동으로 많은 사람들을 감동시킨다. 동학에서도 애기 접주들의 활약상이 설화가 아닌 사실이란 점에서 동학농민군 전체에게 적지 않은 영향을 주었다.]

김개남은 전봉준을 양팔로 껴안고 산비탈 아래로 데굴데굴 굴렀다. 이때 소년장수 이복용이 결사대 백여 명과 함께 바람처럼 나타나 경군의 추격을 막아섰다.

이복용은 결사대에게 명령했다.

"최후의 순간까지 한 명도 뒤로 물러서지 말라!"

산비탈을 미끄러지듯 밀려오는 경군 선봉에 선 장수 두 명이, 갑자기 나타난 이복용의 칼날에 목이 베어졌다. 이복용과 결사대는 비탈에 밀려오는 경군들을 맞아 백병전에 돌입했다. 서로 뒤엉켜 찌르고 차고 베는데, 그 비명 소리가 완산 골짜기를 맴돌아 후퇴하는 동학군의 귀에까지 메아리쳤다.

이복용과 동학 결사대는 경군의 추격을 조금이라도 지연시켜 퇴각하는 전봉준과 동학군을 구하고자 최후의 항쟁에 돌입했다. 결국 동장사童壯士 이복용은 처절한 항쟁을 하다가 사로잡혀 참형을 당했고, 결사대 또한 전원 사살되었다.

경군은 후퇴하는 동학군 쪽으로 포격을 퍼부었다. 동학군이 총공격을 감행하였지만 이번 전투는 경군의 계략에 동학군이 당한 것이었다. 경군은 동학군이 공격할 때는 앞에서, 후퇴할 때는 뒤에서 지휘한다는 것을 알고 미리 저격수들을 배치하여 기다리고 있었던 것이다. 경군의 최우선 목표는 전봉준의 목숨을 끊는 것이었다.

전봉준이 총탄에 맞고 대장기마저 빼앗겼으며, 큰 피해를 입고 후퇴하였다. 해는 서산으로 기울고 어둠이 몰려오는 가운데, 계곡에는 핏물이 질척거렸다. 이날 동학군은 총 5백여 명의 전사자를 냈으며, 경군 역시 동학군과 같은 피해를 입었다.

동학농민군의 죽음도 두려워하지 않는 모습을 지켜보던 홍계훈과 경군 연합군 지도부는 치를 떨며 공포에 휩싸였다. 완산 기슭과 계곡에는 동학군과 경군의 시신 수백 구가 널려 있었고, 전주천은 핏물이 흘러들어 검붉은 냇물이 흘렀다.

홍계훈은 시산혈해屍山血海의 처참한 모습을 바라보며 지도부와 장졸들을 향해 말했다.

"사실상 경군의 패배다. 경군과 관군들 중에 저들처럼 싸울 수 있는 군사가 과연 몇이나 있는가! 아무리 동비라 하지만 우리가 배워야 할 교훈이로다. 경군의 시신과 함께 동비들의 시신도 거두어 매장하고, 아기장수 이복용의 시신을 양지바른 곳에 묻어주어라."

전봉준은 이복용 소년장수와 김순명 접주 등 수백 명의 전사자를 애도하면서, 이를 악물고 허벅지에 박힌 총알을 제거했다. 전봉준은 동학군과 경군 모두 지칠 대로 지쳤으며, 시간이 경과할수록 경군보다 동학군이 불리해진다는 것을 잘 알고 있었다. 특히 외세 개입이라는 국가 위급 상황을 염려하면서 시급한 결단을 내리지 않을 수 없었다.

전봉준 총대장은 5월 4일(양 6.7) 아침, 지도부와 협의하여 전령을 보내 휴전을 제안했다. 홍계훈도 휴전 협의에 동의하는 서찰을 보내왔다. 또 전봉준은 4일 폐정개혁을 내용으로 하는 소지訴志를 관군 측에 보냈다. 그 내용은 강경한 폐정개혁안을 중심으로, 흥선대원군에게 국정을 맡기라는 파격적인 주장도 있었다. 이에 대하여 정부의 답신은 5월 5일 관군 측에 전달되었다. 그 내용에 의하면 전봉준이 이미 전사했다는 낭설이 있었다. 그리고 여러 가지 조목의 폐정개혁안에 대해서 개혁할 것은 개혁하겠다고 약속한 내용도 있었다. 홍계훈은 이후에도 여러 차례 방문, 효유문, 권유문 등을 전봉준에게 보냈다.

「전주에 슬픈 매화꽃 전설이 하나 전해온다. 그 매화는 훗날 매곡梅谷이라는 지명까지 탄생시킨다. 동학혁명군과 경군연합군과의 치열한 완산전투에서 소년장수 이복용의 전사는 많은 사람들의 눈시울을 적시게 하였다. 전사한 동학군들, 흰옷을 입은 그들의 가슴에 박힌 총알 자국에서 붉은 피가 흐르고 번진 모습이 마치 붉은 매화꽃처럼 보였다고 해서, 그 골짜기에 붙여진 이름이다. 지금도 완산공원 근처를 흐르는 전주천에 매곡교梅谷橋가 있다.」

임금에게 올린 27개조 폐정개혁안

[동학군과 관군의 휴전, 평화협정은 백성이 나라의 주인이라는, 즉 농민이 직접 정치를 하는 직접민주주의를 실현시킨 천지개벽과 같은 엄청난 일이었다. 초토사 홍계훈의 중재로 김학진 전라감사가 왕권을 대행하여 전봉준 동학군 대장과 협상한 폐정개혁안과 집강소 설치는 동학농민운동이 동학농민혁명으로 승화 결정되는 역사적인 대사건이다. 이는 우리나라뿐만 아니라 동아시아 최초의 민주 자치 시대를 열었다는 데 큰 의미가 있다.]

전봉준 총대장은 지도부와 협의하여 전주성과 완산의 대회전을 마무리하기로 하였다. 그래서 지도부 회의를 열어 구체적인 휴전 조건으로 요구할 내용을 협의하여 홍계훈 대장에게 보냈다. 전봉준은 '우리 동학군의 기포는 만백성을 위한 당당한 것이었다. 하지만 경군이 성안에 쏘아댄 대포와 불화살 때문에 많은 양민들이 피해를 입었고 경기전 등이 파괴되었다.'는 서두를 시작으로, 임금에게 전해줄 것을 요구하는 27개조 개혁안을 함께 보냄으로써, 일종의 타협안을 제시하였다.

1. 조세 양곡의 뱃길 운반을 담당하는 전운소轉運所를 없앨 것.
2. 결세 장부에 올린 토지의 국결國結을 더하지 말 것.
3. 보부상들의 폐단을 금할 것.

4. 도 안의 환전換錢은 이전의 감사가 거두어 갔으니, 민간에게 다시 징수하지 말 것.

5. 대동미를 상납하는 기간에 각 포구 잠상潛商의 미곡 무역을 금할 것.

6. 군대에 입대할 장정들에게 징수하는 동포전洞布錢은 각 집마다 봄가을 두 냥씩으로 정할 것.

7. 탐관오리들은 모두 파면시켜 내쫓을 것.

8. 위로 임금을 속여 관작을 팔아 국권을 조롱하는 자들을 모두 직위에서 파면할 것.

9. 각 군현의 수령들은 자기 관할 지역 안에서 장례를 치르지 말고, 또 논을 거래하지 말 것.

10. 논밭에 부과하는 조세는 전례를 따를 것.

11. 백성들의 각 집에 부과하는 잡역을 줄일 것.

12. 포구의 어염세를 없앨 것.

13. 보세洑稅와 궁답宮畓은 시행하지 말 것.

14. 각 고을에 수령이 내려와 백성들의 산지山地 문서를 빼앗아 강제로 못자리를 쓰지 말 것.

15. 왕의 명령으로 파견되어, 양전量田 사무를 총괄하고 진황지의 개간을 독려하는 균전어사均田御史를 혁파할 것.

16. 각읍의 민가가 모인 곳에서 파는 물건들에 푼돈을 매겨 갈취하는 것과, 매점매석하는 도고들을 혁파할 것.

17. 수확이 없어 조세를 면제받아야 할 땅에 억지로 부과하는 백지징세와 나라에서 개인에게 조租를 받을 권리를 준 개인 소유의 논밭과 묵은 논밭에 징세하는 일을 중단할 것.

18. 대원군을 국정에 관여토록 해서 민심을 제대로 반영시킬 것.

19. 백성들의 고혈을 짜내는 진고賑庫를 혁파할 것.
20. 전신사무관청인 전보국電報局이 민간에 대해 폐해가 크니 혁파할 것.
21. 각읍 관아에서 필요한 물건들은 시가대로 사서 쓰도록 할 것.
22. 각읍의 아전을 돈을 받고 임명하지 말고 쓸 만한 사람을 고를 것.
23. 각읍 하급 관리들이 큰돈을 축냈으면, 그자를 처형하고 친족들에게 징수하지 말 것.
24. 오래된 사채를 수령이 끼고 억지로 거두는 것을 모두 금단할 것.
25. 동학도를 무고히 살육하는 일들이 없게 할 것이며, 동학과 관련되어 갇힌 이들은 모두 신원하여 석방할 것.
26. 중앙과 지방관청 사이의 연락 사무를 담당하는 향리와 각 감영과 고을 사이의 연락 사무를 담당하는 아전에게 급료로 주는 쌀은 과거의 예에 따라 삭감할 것.
27. 각국 상인들이 포구에서 장사를 하므로, 한양 시장에는 출입을 금지시키고 함부로 아무 곳에서나 행상하지 못하도록 할 것.

그때는 5월 5일이었다. 동학군의 27개조 개혁안을 받아 본 홍계훈은 기가 막힌 표정을 지으며 말했다.

"전봉준이 왕이 되고 동학당이 정권이라도 잡은 것처럼 착각을 하는구나. 전령은 성안에 가서 동학당에게 무기를 반납하고 성문을 열어 해산하라고 전하라."

홍계훈은 동학당 해산 명령을 전한 즉시 전주성 사대문 밖 주변에 방문을 내다 붙였다.

목숨이 아깝거든 성문을 열고 나가라. 우리는 추격하지 않을 것이며, 또 각 지방 수령들에게 알려 해치지 않도록 하겠다. 그러나 끝내 버틴다면 성문을 부수고 들어가 섬멸할 것이다.

홍계훈의 전언과 방문 게시를 시작으로 전봉준과의 심리전이 시작되었다. 전봉준은 6일 홍계훈에게 전령을 보내어 "전주성에서 철수하고자 하나 돌아가는 길에 공격을 당할까 염려된다."며 신변 안전 보장을 요구하였다. 홍계훈은 "해산하는 자들에게는 해치지 않는다는 증표인 물침표勿侵表[29]를 준다."는 것으로 신변 보장을 약속하였다. 그러나 동학군은 정부가 신변을 보장하고 폐정개혁안을 실천하겠다고 공식적으로 약속하기 전에는 철수하지 않는다고 최후통첩을 보냈다.

동학군의 최후통첩을 받은 홍계훈은 급히 조정에 장계를 올려 대답을 구하였다. 이에 대해 조정은 '신임 전라감사 김문현에게 화해와 협상의 방법을 찾아보라.'고 하였다. 이때 전라감사 김문현은 전주성이 동학군에게 함락되어 성안에 들어가지 못하고 삼례에 머무는 중이었다. 삼례에서 정부의 입장을 경군과 동학군에게 전달하면서 동학군 해산을 종용하고 있었다.

조정이 이렇게라도 전향적인 자세를 보인 것은 5월 5일(음) 청군이 이미 아산만에 상륙하였고, 또한 일본군도 6일부터 본격적으로 인천항에 상륙을 시작했기 때문이었다. 조선 정부는 안으로 동학당의 전주성 점령과 밖으로 청군과 일본군의 각축이라는 내외우환內外憂患[30]에 직면해 한시바삐 사태를 해결해야 하는 상황이었다.

---

29 물침표. 일종의 통행허가증, 귀화를 증명한 문서로 종이에 이름을 적고 붉은 도장을 찍어 만든 것
30 내외우환. 안과 밖으로 좋지 않은 일이 일어나 근심과 걱정이 끊이지 않음.

홍계훈은 조정의 명을 기다리며 전봉준에게 전령을 보내어 최종 담판을 하자고 제안했다. 이때 조선 정부에서는 신임 전라감사 김학진에게 정부를 대신하여 전봉준 총대장과 협상하라는 지시를 하였다.

「동학혁명군과 경군연합군과의 휴전 조건으로 제시한 27개조 개혁안, 동학농민혁명에 대해 상식으로 통하는 폐정개혁안은 12개조이다. 그러나 12개조 폐정개혁안보다 27개조 개혁안이 먼저 조선 정부에 요구되었고, 이를 압축한 12개조 폐정개혁안은 전봉준 동학대장과 김학진 전라감사의 담판으로 이뤄낸다. 이 두 개의 개혁안은 현재 민주시대에서 바라보더라도 가히 혁명적 내용이라 하지 않을 수 없다.」

4. 외세 개입, 청군과 일본군의 상륙

[외세 개입, 청군과 일본군의 조선 상륙은 청천벽력과 같은 소식이었다. 그러나 위기가 곧 기회라는 말이 있듯이 폐정개혁과 집강소 설치로 혁명적인 개혁을 이루어낸다. 안으로는 개혁을 단행하고, 밖으로는 외세 침략에 대비하는 등 만전을 기해야 하는 동학군은 모든 가능성을 염두에 두고 언제든지 다시 기포한다는 각오로 집강소 통치, 즉 직접민주주의를 실현하는 데 온 힘을 기울였다.]

한편 조정에서는 대신회의를 열어 청나라 군대 파견을 요청하는 문제를 논의했다. 조정 대신들 대부분이 반대했음에도 불구하고 민영준과 청나라 사신 원세개는 비밀리에 청군의 파병을 성사시켰고, 원세개는 북양 대신 이홍장에게 청군이 즉각적으로 출동할 수 있도록 준비를 갖출 것을 건의하였다.

홍계훈의 급보는 병조판서 민영준을 통해 고종에게 직보되었다. 4월 12일, 대신회의에서 대신들이 백성들의 동요가 우려된다며 반대하여 청군 차병론은 무산되었다. 그러나 동학군이 전주성을 점령한 이튿날 4월 28일에 병조판서 민영준은 또다시 청군 차병론을 강력하게 주장하였다. 원로대신 김병시는 국제 정세를 들어 청군의 개입을 반대하고 나섰다.

"동비들의 죄는 용서하기 어려우나, 그들도 우리 백성이니 관군으로 토벌함이 마땅합니다. 만약 청군의 차병이 이루어지면 민심은 걷잡을 수 없이 조정에 등을 돌릴 것입니다. 일본군이 중국과 일본 사이의 텐진조약

(1885)을 들어 청·일의 세력 균등을 명분으로 조선에 진출할 것이 분명하여 염려를 아니 할 수가 없습니다. 청나라 공사관에 사신을 보내어 조선 출병을 멈추게 하고, 관군은 물론 각처에서 민보군이 동참하고 있으니 그 결과를 기다려 보는 것이 좋을까 합니다."

원로대신 김병시와 여러 대신들의 반대와 신중론에도 불구하고, 고종은 결국 4월 29일 민비의 주장과 민영준의 제의를 받아들여 위안스카이袁世凱를 통해 청나라 군대의 파병을 정식으로 요청하였다. 조선 정부가 청에 파병을 요청한 조회문照會文은 이러하다.

우리나라 전라도 관내인 태인·고부 등지의 민심은 흉하고 사나우며, 성정은 험하여 본래 다스리기가 곤란하다고 했습니다. 요사이 동비東匪와 부합, 수만 명의 무리를 모아 현 군읍 십여 곳을 함락하고 이제 또 북상하여 전주 영부를 함락하였습니다.

정부는 앞서 훈련된 군사를 파견하여 토벌하고 달래는 데 힘썼으나, 이들이 죽음을 각오하고 맞서 싸우니 군대는 패하고 대포 등 무기도 많이 잃었습니다. 이런 흉흉한 소요가 오래 갈까 특히 염려될뿐더러 더욱이 한양과의 거리는 4백수십 리밖에 되지 않아, 저들이 북상하게 내버려둔다면 한양까지 휩쓸려 손해 보는 바가 많을 것입니다. 새롭게 훈련된 우리 조선의 병력은 겨우 한양을 호위할 정도이고, 또 전투 경험도 없어 흉악한 도적을 소탕하기 곤란합니다. 이런 일이 진척되면 청국도 피해를 입을 수 있으므로 귀 정부에 걱정을 끼침이 클 것입니다.

임오·갑신 두 변란 때도 청국 군대의 진압에 힘입었는데, 이번에도 그때 일을 참작하여 귀국 총리에게 청원하는 바이니, 신속히 북양 대신에게 전보를 쳐서 군대를 파견토록 해 주십시오…

조선 정부가 나라의 형편과 국가 운명의 치부를 청국 정부에게 과장하여 드러내는 태도야말로 참으로 수치스러운 것이었다. 이는 국가의 자존심을 내팽개치고 망국의 길을 자초하는 일이었다. 조선 정부는 결국 스스로 자신을 묶어 남의 나라에 바치는 길로 나아가고 있었다.

청나라는 이미 조선에 파병할 준비를 마치고 기회를 엿보던 중 파병 요청이 오자 5월 2일부터 7일에 걸쳐 청군 2천 5백여 명을 충청도 아산만에 상륙시켰다. 한편 일본은 청나라 군대의 파병을 오래전부터 예상하고 조선 진출의 기회를 노리고 있었다. 따라서 청군 파병이 일본에게는 더할 수 없는 기회를 제공한 것이다. 일본은 이미 조선에 첩보원들을 비밀리에 파견함은 물론 조선인들을 유혹하여 밀정으로 동학군과 관군까지의 움직임을 예의 주시하고 있었다. 일본은 예상대로 청군의 파병이 가시화되자, 4월 29일에 곧바로 내각회의를 열어 혼성연합부대를 결성하고 파병 준비에 만전을 기하고 있었다.

일본은 조선과의 제물포조약(1882)을 근거로, 일본 공사관에 병사들을 두어 조선의 일본 공사관과 일본 거류민을 보호한다는 억지 명분으로 조선 정부의 요청이 없는데도 5월 4일에 출병을 통보하였다.

조선 정부는 일본의 일방적 통보에 크게 당황하여, 일본의 출병이 부당함을 지적하면서 반대 의견을 분명하게 전했다. 그러나 일본은 조선의 입장을 무시하고 5월 6일부터 12일까지 우선 6천 3백여 명의 최정예부대를 한양과 가까운 인천에 상륙시켰다. 조선은 임진왜란 후 또다시 조선반도에서 청과 일본의 대대적인 충돌 위기를 맞게 되었다.

한편 전봉준과 동학군 지도부는 청일 양군의 조선 상륙 정보를 입수하고, 국가의 안위가 풍전등화라는 사실에 결단을 아니 할 수가 없었다. 이처럼 전주화약이 이루어지는 배경에는 조선 정부와 동학혁명군 양측 모두에게 나라의 위급한 사정이 자리 잡고 있다. 또한 동학군은 전주성이 포위되어 상황이 불리하였고, 농사철이라 많은 농민들이 화친을 요구하는 실정이었다.

전주화약의 최종 담판은 5월 7일(양 6.10) 전주성 안 전라감사 집무실인 선화당에서 이루어졌다. 양측 대표로는 전봉준 동학군 총대장과 송희옥 총비서, 그리고 김학진 전라감사와 홍계훈 초토사가 나섰다. 전봉준과 동학군 지도부는 이미 제시한 27개조 개혁안과 더불어 최종 담판용으로 12개조 폐정개혁안을 준비하였다. 전봉준이 27개조 개혁안을 탁자 위에 올려놓고 먼저 말을 시작했다.

"영감, 우리가 요구한 27개조 개혁안의 확답을 받으셨습니까?"

"조정에서 곧 답신이 올 것이지만, 그러한 무리한 요구는 받아들이지 않을 것입니다."

"내가 알기로는 청군과 일본군이 조선에 상륙하였다고 하는데, 우리가 이렇게 장기전으로 갈 수만은 없다고 판단됩니다."

"나도 아는 것이지만 신변 보호와 동학 공인만 허락하는 것으로 회담을 하였으면 합니다."

"그럴 수는 없습니다. 신변 안전과 동학 공인은 물론이고, 집강소 설치와 27개 폐정개혁안에서 하나도 뺄 수 없습니다."

"그럼 회담을 깨자는 것인가요? 당신들은 잘못하다간 역적의 죄로 참수당할 수 있으니 이 정도에서 마무리하고 즉각 해산하시오."

"우리가 죽음을 두려워했다면 이 일은 시작하지도 않았습니다. 그리고 당신들에게 수없이 속아 봐서 관군의 약속은 조금도 믿지 못하겠으니 조정의 약속을 받아 오시오."

전봉준과 김학진이 맞서면서 회담은 길어지기만 했다. 조선의 운명과 동학군, 나아가 동학의 미래가 걸린 일이라는 중압감으로 휴회를 거듭하면서 자정을 넘기고서야 한양에서 파발이 도착했다. 김학진은 임금의 서신을 검토한 후 회담을 유리하게 끌어가기 위해 임금의 칙서勅書를 내놓지 않았다.

전주성 안의 밤은 깊어 가고 선화당의 등불만이 이들의 회담 과정을 빈틈없이 밝혀 주고 있었다. 혁명의 성공과 실패를 가르는 운명의 시간은 더디게 흘러갔다. 어느덧 어둠을 몰아내는 새벽닭 울음소리가 피곤이 겹칠 대로 겹친 이들의 졸음을 깨웠다.

5월 8일(양 6.11), 전봉준은 송희옥 비서를 불러 말했다.

"송접주, 오늘은 최종 담판을 시도해 봅시다."

전봉준은 김학진과 함께 왕께 보고한 27개조 개혁안을 두고 협상을 진행시켰다. 봉준은 민권民權을 강조하면서 협상을 유리하게 끌어가면서 결국 27개조 폐정개혁안을 김학진에게 받아내어 관철시키고 만다.

전봉준은 집강소 자치의 행정협력에 대해서도 말했다.

"이곳 선화당을 동학 대도소와 집강소 총본부로 사용하겠습니다. 그리고 경군에게서 빼앗은 무기는 반납하되, 우리의 무기는 그대로 들고 전주성을 철수할 예정입니다."

전봉준의 말을 듣던 홍계훈이 말했다.

"집강소 문제는 관찰사와 협의하고, 무기는 모두 회수해야 합니다."

전봉준은 홍계훈에게 단호한 목소리로 말했다.

"초토사 영감, 우리가 경군이나 관군에게 한두 번 속은 것도 아니고 어찌 믿으란 말이오? 무기는 가능한 한 반납할 것이오나, 우리의 무기는 방어용으로 가지고 갈 것이니 그리 아시오."

전봉준과 송희옥, 김학진과 홍계훈은 전주화약을 체결하고, 홍계훈은 27

개조 폐정개혁안을 임금께 상신하여 윤허를 받겠다고 하였다. 이로써 민관상화의 전주화약이 5월 8일(양 6.11)에 이루어졌다. 전주화약 소식이 전해지자 전주성 안팎에 환호성이 물결쳤다. 백성들의 가슴에서 우러나온 깊은 희열과 동학군에 대한 찬사가 하늘 높이 솟아올랐다.

그러나 동학농민군 지도부에서는 걱정이 아니 될 수가 없었다. 폐정개혁안 실현은 물론, 민본 정치를 실천할 집강소 설치를 관에서 쉽게 받아들이겠느냐는 걱정이었다. 저들이 기득권을 그리 쉽게 내려놓지는 않을 것이고 강한 반발을 하는 곳도 속출할 것이라는 예상이었다. 그렇게 되면 동학군의 힘으로 굴복시켜야만 되는 사태가 벌어지리라는 것이다. 전봉준은 지도부의 여러 의견을 경청하고 결론을 내렸다.

"동학군을 3군으로 나눠 다시 전라도를 평정하기로 하겠습니다. 그리고 아마 청군과 일본군이 쉽게 물러가지 않고 힘겨루기를 할 것입니다. 우리 동학군이 민관상화의 개혁안을 밀어붙여서 총구를 우리 쪽으로 돌릴 빌미를 제공하지 말아야 합니다. 특히 임금에게 제안한 27개조 개혁안은 반드시 실행되도록 할 것입니다. 동학군 시찰부대는 저와 손화중, 김개남 장군이 각각 맡기로 하겠습니다. 그리고 김덕명, 서장옥 대두령님은 원평도소에서 동학군 순회부대들과 긴밀한 연락 체계를 유지하며 전라감영, 지방관청과 협조하는 일을 책임질 것입니다."

지도부 회의가 끝날 무렵, 경군의 움직임이 급보되었다. 동학군이 전주성을 철수한 뒤 경군은 한양으로 회군을 준비한다는 전언이었다. 동학군은 계획대로 전라도 순회에 나서기로 하였다.

제1차 반봉건 항쟁에서 동학농민혁명연합군 대열에 39개 지역에서 참여했다. 강진·고부·고창·곡성·광주·구례·금구·금산·김제·나주·남원·능주·담양·만경·무안·무장·무주·보성·부안·순창·순천·영암·옥구·익산·

임실·원평·완산·진주·장성·장수·전주·정읍·진안·진산·창평·태인·해남·흥덕·흥양 등이다.

　전주화약 소식이 전해지자 전주 일대의 백성들은 전주성으로 구름처럼 몰려들었다. 조선 역사에서 처음 있는 개벽적인 사건의 현장을 보기 위해서였다. 전봉준과 동학 농민군 지도부는 선화당 앞에서부터 남문과 서문 부근에 모인 수많은 군중의 함성에 손을 흔들며 의연하고 당당하게 전주성에서 철수했다.

　동학농민군이 철수를 완료하자 홍계훈은 대관, 군관 등의 병력을 이끌고 전주성에 입성하여 피신한 전주부의 관속들을 불러들이고, 김학진 감사와 함께 행정과 질서를 바로잡아 나갔다. 또한 이들은 조정에 장계를 올려, 전주성을 되찾았으며 순변사가 평양병영의 병력을 거느리고 오고 있으므로 청나라 군대가 토벌대로 전주에 진군하는 것을 다시 처분해 달라고 하였다. 그리고 행정을 수습하는 대로 한양으로 회군하겠다는 뜻도 덧붙였다.

　동학농민군은 각자 연고지로 출발하였다. 전봉준이 지휘하는 동학군 중군은 원평·김제·태인 방면으로, 김개남이 지휘하는 좌군은 원평을 거쳐 태인 방면으로, 손화중이 지휘하는 우군은 김제·부안·고부·흥덕·무장 방면으로 향했다. 손화중은 자신의 본거지인 무장에 도착하여 대도소를 설치하고 폐정개혁을 단행하였다.

　손화중이 귀환했다는 소문에 일대의 부자와 세도가들은 앞다투어 동학에 입도하거나, 잘 보이려고 안달이었다. 한편 태인까지 전봉준과 동행하게 된 김개남은 전봉준에게 무심한 듯 한마디를 던졌다.

　"봉준 아우님은 왜 나를 계속 뒤따르는가?"

　"아, 제가 그랬나요?"

"나를 감시하는 것 같아서…."

"별말씀을… 여기 태인에서 며칠 쉬었다가 헤어집시다."

"무슨 며칠씩이나 쉬는가. 얼른 가시게."

전봉준은 김개남의 눈치를 살피면서 태인에 이틀간 머물다가 동학군의 수칙을 재심 당부하고 태인을 떠났다.

"동학군은 절대 민가에 피해를 끼치지 말고 관군과 싸우지 말 것. 특히 청나라 군대가 추격하더라도 전투를 하지 말고, 후퇴하여 본부의 명령이 있을 때까지 기다릴 것."

전봉준은 태인을 떠나 정읍 일대와 장성을 두루 순회하고 5월 말쯤 담양에 이르렀다. 그리고 6월 초순경, 순창·옥과·광주·남평·능주 등을 순회하면서 각 지방의 폐정개혁안 실천을 요구하며 관철시켜 나갔다.

전봉준을 떠나보낸 김개남은 날개 달린 호랑이처럼 거침없는 행보를 이어갔다. 김개남은 동학군을 이끌고 태인을 출발하여 6월 한 달간 순창·옥과·담양·창평·동복·무안·순천·보성·곡성 등 전라도 일대를 시찰하면서 혁명적 개혁 조치들을 시행하였다. 각 관아에 들이닥쳐 무기와 마필을 징발하고, 부당하게 거둬들인 돈과 곡식을 회수하여 백성들에게 나눠주었다. 특히 고약한 탐관오리와 아전들은 용서하지 않고 처결하였다.

김개남의 이러한 과감한 일 처리에 대한 소문은 사방팔방으로 퍼져 우는 아이들에게 '개남이 온다'는 말만 하여도 울음을 뚝 그쳤다고 한다. 그 와중에 김개남 부대에 가세한 불순 세력이 동학군의 통제에서 벗어나 양반들은 물론 백성들의 재물을 억지로 빼앗는 등 민가에 큰 피해를 끼치는 일들이 벌어졌다. 김개남은 최종 목적지인 남원에 도착하여 교룡산성에 주둔하면서 집강소를 설치하고 심노환 접주 등을 집강에 임명하였다.

전봉준은 김개남 부대의 일부가 동학 정신을 저해하는 행위를 자행한다는 정보를 입수하고, 손화중에게 최경선을 보내어 이 사태를 수습하게 하였다. 전주화약의 폐정개혁안을 거부하며 반항하는 일부 지방 수령들의 문제에도 적극적으로 해결 방안을 모색하였다.

예상했던 대로 일부 지방관아에서 전주화약을 강하게 거부하자, 동학군 지도부는 유화책과 강공책을 동시에 구사했다. 우선 전라감사 김학진에게 폐정개혁안을 시행하도록 강력하게 요구했다. 그러나 김학진은 도리어 관의 기존 행정질서를 그대로 유지하며, 동학군은 무기를 전부 반납하고 귀가하는 조건 하에 자신의 주도로 폐정개혁을 실행한다는 취지문을 보내왔다.

전봉준은 관찰사의 서신을 받은 즉시 전령을 보내어 김학진에게 혁명군이 곧 전주성을 재점령한다는 경고를 하라고 송희옥에게 지시했다. 김학진은 동학군을 잘못 건드렸다고 후회하면서 지방 수령들에게 최대한 협조하라는 감결을 내렸다.

전봉준과 김학진의 집강소 통치 담판

[백성이 나라의 주인 되는 폐정개혁, 집강소 설치는 그리 쉽지 않았다. 여기저기서 반발도 심했고, 행정부의 간섭도 만만치 않았다. 관민상화라 일컫는 집강소 개혁정치는 그 한계가 뚜렷했다. 그래서 전봉준과 동학혁명군 지도부는 아예 관으로부터 행정권을 이양받아 직접 통치하는 방법을 선택했다. 관의 행정협력을 배제하고 동학농민군이 직접 통치하는 파격적이고 혁명적인 민권자치를 시행한다.]

한편 김학진은 일본군이 6월 21일(양 7.23) 경복궁을 점령했다는 급보를 받고, 동학군이 집강소 통치를 할 수 있도록 구체적인 협약을 하기 위해 전라감영 선화당에서 회담을 갖자고 전봉준에게 제안했다. 전봉준은 자신이 인솔하는 부대를 대동하고 송희옥은 도집강으로, 최경선과 차치구는 경호와 보좌를 담당케 하였다. 또 전주 인근에 주둔해 있는 서영도 부대에게는 미리 전주성 남문 밖 완산 부근에 집결할 것을 지시하였다.

전봉준이 이렇게 치밀하게 조치를 취한 것은, 홍계훈의 경군과 장위병, 진남영 군사들이 5월 20일(양 6.23) 대부분 전주성에서 철수하였다고 했지만, 전주감영군과 정부에서 파견한 많은 정예 군사들이 막강한 화력을 지닌 무기를 가지고 성안에 주둔해 있다는 사실을 파악했기 때문이다.

이때 전봉준이 김학진의 초청을 받고 전주성에 도착했는데 감영군은 총과 창으로 무장하고 전봉준 일행이 오는 길에 좌우 양쪽으로 정렬했다. 전봉준은 삼베옷에 커다란 갓(冠)을 쓰고 조금도 거리낌 없이 의젓하게 입장하였다. 이러한 전봉준의 모습은 김학진 관찰사를 비롯하여 많은 관료와 병정들에게 가히 불세출의 영웅다움을 각인시켜주었다.[1]

전봉준과 김학진은 7월 6일(양 8.6) 선화당에서 회담을 시작했다. 먼저 김학진이 전봉준에게 말했다.

"현재 동학당이 무기도 반납하지 않고 호남을 휘젓고 다닌다는 사실이 조정은 물론 청군과 일본군에게도 일일이 보고되고 있습니다. 국가의 존망이 시급한 일이라 동학당의 요구를 가능한 한 들어줄 것이오."

전봉준이 김학진에게 답했다.

"우리의 요구는 지난번 협약한 그대로 실행하는 것이 전부요. 물론 초토사와 관찰사의 협조로 큰 어려움은 없으나, 일부 지방관아의 수령들이 거

---

1 이때의 상황, 즉 전봉준에 대해 전주유생 정석모가 『갑오약력』에 기록하였다.

세게 반발하므로 무력을 동원할 수밖에 없습니다."

김학진이 전봉준에게 답했다.

"물론 그런 사실을 나도 알고 있소. 내가 적극 나서서 집강소 설치가 관철되도록 하겠습니다."

기다렸다는 듯이 전봉준은 김학진에게 새로운 제안을 했다.

"전라감영과 지방관아의 행정권을 이양해 주시오."

김학진이 깜짝 놀라며 답했다.

"아니, 그것은 말도 안 됩니다."

"집강소를 통해 직접 행정개혁을 시행할 것이오."

"그럼 관청에서 할 일은 무엇이오"

"협조만 하면 됩니다."

"아니, 세상에… 행정권 이양이라는 것은 도저히 인정할 수가 없습니다."

김학진은 한참 동안 넋 나간 표정을 감추지 못하고 초점 흐린 눈동자와 맥 풀린 목소리로 말했다.

"관민이 협조하여 함께 행정을 시행했으면 합니다."

"행정권 이양과 집강소 통치 외에는 할 말이 없습니다."

"그럼 끝으로 부탁이 있습니다. 관에 모든 무기를 반납함은 물론, 군대를 몰고 돌아다니지 말고 혁신에만 치중해 주시오."

"물론 영감의 의견에 동의하나 만일을 위해 소수 병력을 대동하고 다닐 것이오. 그리고 관찰사가 집강소 통치를 약속한 후에도 지방 수령들이 이를 거부하고 반발한다면, 동학군을 동원하여 강제 점령한 후 집강소 통치를 한다는 것, 이것 하나만 명심하시오."

전봉준은 기회는 이때다 싶어 얼른 송희옥 총비서에게 12개조 폐정개혁안을 내놓으라고 하였다. 송희옥은 품속에서 글에 적힌 종이 하나를 꺼내 김학진에게 내밀었다.

1. 동학도는 정부와의 원한을 씻고 서정에 협력한다.
2. 탐관오리는 그 죄상을 조사하여 엄징한다.
3. 횡포한 부호를 엄징한다.
4. 불량한 유림과 양반의 무리를 징벌한다.
5. 노비 문서를 소각한다.
6. 7종의 천인 차별을 개선하고 백정이 쓰는 평량갓을 없앤다.
7. 청상과부의 개가를 허용한다.
8. 무명의 잡세는 일체 폐지한다.
9. 관리 채용에는 지벌을 타파하고 인재를 등용한다.
10. 왜와 통하는 자는 엄징한다.
11. 공사채를 물론하고 기왕의 것은 무효로 한다.
12. 토지는 평균하여 분작한다.

김문현은 12개조 폐정개혁안을 보자 입을 다물지 못했다. 양측은 한참 말을 잊은 채 침묵의 시간이 흘렀다. 전봉준은 허리에 찬 칼자루를 손으로 꽉 쥐면서 김학진을 노려봤다. 전봉준과 김학진의 눈빛 사이에 묘한 긴장과 불꽃이 튀었다. 김학진은 이내 고개를 숙이고 전봉준의 폐정개혁안 12개조를 받아들였으며, 이전의 27개조 개혁안도 성실히 수행하겠다고 하였다.

김학진은 전봉준에게 오늘의 협약 내용을 조정에 바로 보고하겠다고 약속하며 전봉준의 손을 힘껏 잡으면서 부탁하였다.

"며칠 전 조정의 전령이 이곳에 도착하였습니다. 서찰의 내용은 다름 아닌 프랑스 정부가 조선 정부에게 보낸 협조 사항입니다. 동학당이 전주성을 함락시킬 무렵, 서학의 보두네 신부가 민가에 피신했는데 그를 안전하게 한양으로 보내야 한다는 내용입니다. 프랑스의 신변 보호 요청을 저에게 책임지라는 조정의 명령입니다. 어렵겠지만 조정의 체면도 있고, 프랑스에서 혹시 함대를 보낼 수도 있고 해서 이렇게 부탁합니다."

 "관찰사 영감은 이제 우리 동학도인이나 다름없습니다. 내 그 부탁을 들어주겠습니다. 다만 김개남의 부대에게 절대 노출되지 않도록 조심해야 합니다. 조선인 복장으로 변장시켜 데려다주시오."

 이렇게 해서 전봉준은 전라감영의 행정권을 이양받아 송희옥 비서를 도집강으로 임명하고, 관찰사 집무실인 선화당을 대도소 겸 집강소 총본부로 정하였다. 또한 호남 일대 각읍 집강에게 '평민을 침학하지 말고 치안을 유지할 것'이며 '무기와 공물을 반납하라'는 통문을 띄웠다. 또한 전라도는 물론 충청도와 경상도 등 모든 동학 조직에 전라감영의 행정권 이양과 집강소 통치의 민권자치에 대한 상세한 내용을 담은 통문을 띄웠다.

 전봉준은 전라우도를 전봉준, 전라좌도를 김개남의 관할구역으로 정하였다. 그리고 우도와 연결되는 무장, 고창을 중심으로 광주와 해안일대는 손화중과 최경선의 관할구역으로 정하였다. 또 각군의 관아 또는 재실齋室 등에 집강소를 설치하고 집강, 서기, 성찰, 집사, 동몽 등을 임명하여 본격적으로 민주자치를 실천하였다.

 그리고 각 집강소에 12개조 폐정개혁안을 일제히 걸고, 27개조 개혁안과 함께 민주자치를 단행하였다. 이때 군수들은 이름뿐 행정과 정치에 관여하지 못하였고, 일부에서는 협조하지 않는 군수를 쫓아내니, 관리들은 모두 동학에 가입하여 목숨을 보전하기에 급급하였다. 집강소는 민원에 따라 탐관오리 응징과 무명잡세 철폐 등 폐정개혁에 힘썼다. 또 집강소는 행정관청 이상으로 위세가 대단하여 동학에 입도하는 사람들이 줄을 이었으며 동학의 위상도 함께 높아져 갔다. 그러나 일부에서 동학을 빙자하여 백성들을 괴롭히는 자들도 있어 별도의 대책을 마련하였다.

전봉준은 전주관아 선화당의 집강소 본부를 송희옥이 책임지게 하고 완산 집강소에 서영도, 서문 집강소에 고문선, 동문 집강소에 이창순을 배치하였다. 이들은 전주성 안과 밖에 집강소를 설치하고 부랑자들이 동학군이라 자칭하며 민폐를 끼치는 일들을 엄히 문책하여 기강과 규율을 바로잡아 나갔다. 이에 따라 전주 인근에서만 1만여 명이 새로 동학에 입도하는 마당포덕이 일어났다.

한편 지방관아 중에서 끝까지 동학군의 폐정개혁안과 집강소 설치를 거부한 곳은 나주, 남원, 운봉 등이었다. 동학농민군은 고심 끝에 가차 없이 저항하는 관아를 정벌하기로 하였다. 최경선은 동학군을 다시 정비하여 나주로, 김개남은 남원으로, 김봉득은 운봉으로 각기 동학군을 출동시켰다. 최경선은 수천의 군사로 나주를 위협하였으나 나주목사 민종렬은 꿈쩍도 하지 않았다. 민종렬은 최경선과 동학군이 총공격으로 나주성 점령을 시도하자 별장 박근욱과 도통장 정석진을 좌우에 배치하고 수성군을 직접 지휘하였다. 마침내 동학군이 함성을 지르며 한편으로는 성문을 부수고, 한편으로는 성벽을 기어오르는 전술을 폈으나 수성군이 이에 맞서 대완포와 장대포 등을 쏘아대며 저항하므로 화염과 포성이 산천을 진동시켰다. 동학군의 나주성 공략은 많은 희생자를 내고 결국 실패하였다.

전봉준은 나주성 공략 실패의 소식을 들은 후 최경선에게 공격을 멈추라 하고 직접 나주로 향하여 민종렬을 면담하려 하였다. 전봉준은 전라감사 김학진의 협조공문을 제시하며 끈질긴 설득에 나섰으나, 오히려 암살 위기까지 모면하면서 결국 나주성 점령과 집강소 설치는 실패로 돌아갔다.

　김봉득의 운봉 공략은 박문달 등이 돌을 쌓고 저항하였으나 끝내 성을 함락시키고 집강소를 설치, 서정庶政을 처리하였다. 김봉득 접주의 비상한 재지와 뛰어난 검술에, 운봉 등 3읍은 동학군에게 완전 장악되었다.

　한편 김개남은 동학군 수천을 이끌고 남주송을 선봉으로, 김화중을 중군으로 삼아 남원성을 공격하였다. 이에 남원부사 김용헌은 나름대로 방어에 치중하였으나 얼마 버티지 못하고 무너지고 말았다. 김개남은 남원성을 함락시켜 관아를 점령하고 김용헌을 잡아내어 그에게 죄를 따져 묻자 굴복하지 않으므로 그 즉시 참형에 처하였다. 이러한 막강한 김개남 대두령의 영향력에 힘입어, 남원을 중심으로 새로 동학에 입도하는 사람들이 수천 명을 넘어섰다. 이로 인하여 조정은 물론 일본에서까지 긴장하는 분위기가 역력했다.

「동학혁명군의 집강소 통치는 그야말로 근대 공화정의 출발이자, 민주주의의 시원이다. 이런 정치개혁 또는 시민혁명 등의 이야기도 경천동지할 충격으로 오겠지만, 사상적 측면에서 살펴보면 '인간이 신보다 먼저라는, 사람이 하늘보다 귀하다는, 백성이 나라의 주인이라는 철학적 3대 요소'를 생각하고 실현시키는 측면도 있다는 것이다. 이것을 보편타당하게 국민의 눈높이로 넓혀 보면 '모두가 하늘이었다.'로 귀결된다. '모두가 하늘이다.'는 바람이다. '모두가 하늘이었다.'는 실현이다. 아니, 모두가 원래 하늘이었는데, 하늘임을 모르고 살고 있다. 만인도 만물도 모두가 하늘이었음을 알면, 천국과 극락도 바로 자신 안에 있으며, 전쟁과 지옥도 모두 자신 속에 있다는 것을 알게 되는 것이다.」

제3편 나라 위한 붉은 마음

전사의 길
동학농민혁명에 참여했던 이들은 모두 전사의 길에 동참했다. 그들은 삶과 죽음이라는 생각을 할 시간적 틈새도 없이 모두 전사가 되어 나라와 백성의 수호신이 되었다.

1. 갑오왜란, 동학의병전쟁

일본의 치밀한 정한론과 무능한 정부

[일본이 조선을 식민지화하려는 계획이 시작된 때를 동학농민혁명이 일어난 1894년 갑오년으로 생각할 수 있다. 그러나 일본은 1598년 임진왜란 실패 후 장기적인 계획으로 조선병탄을 노려왔다. 물론 결정적인 식민지화는 임진왜란 후 갑오왜란을 통해 그들의 꿈을 현실화해 갔다. 근대 시기에 들어서, 이미 1870년대에 조선을 무력으로 정벌하겠다는 정한론征韓論의 계획이 세워졌다. 그 구체적인 실행은 1875년 운요호사건에서 비롯한 1876년 강화도조약에서 침략의 발판을 마련하였다.]

일본의 조선 침략을 생각하면 누구나 1592년 임진왜란壬辰倭亂이 떠오를 것이다. 그러나 임진왜란 이후 1894년 갑오왜란甲午倭亂이라는 전쟁사는 간과하는 것 같다. 갑오왜란에서 청일전쟁과 동학의병전쟁이라는 거대한 전쟁사가 펼쳐지는데도 말이다. 그래서 일본에 의한 조선 침략을, 임진왜란을 상기시키면서 갑오왜란에 대해 본격적으로 이야기를 전개해 본다.

일본은 1870년대부터 조선 침략 야욕을 노골적으로 드러냈다. 그에 앞서 1868년 메이지유신에 의해 일왕(천황)을 통치자로 복권시키고, 조선 국왕에게 일왕에 대한 예의를 갖추라고 통보하였다. 그런데 조선에서 이를 거부하자 조선을 침략하려는 모종의 계획을 마련하였다.

1870년대 들어 조선을 무력으로 정벌하겠다는 정한론征韓論이 일본 정가에 횡행하였다. 일본에 정한론이 본격적으로 대두되기 시작한 데에는 자국 내 시국 불안을 외부로 돌려 수습하고, 또 미국을 필두로 한 서방 세계에게 당하면서 배운 대로 동아시아 나라들을 굴복시켜 역내域內 패권 제국이 되기 위한 시발점이라는 이중 포석이 자리하고 있었다.

임진왜란 때의 실패를 교훈 삼아 다시 시도한 조선 침략의 첫걸음은 1875년 운요호사건에서 비롯한 1876년 강화도조약에서 구체적으로 실행되었다. 조선 정벌을 통해 일본의 숙원이던 대륙 침략의 야욕을 착착 실행해 가는 동안 그때까지 동아시아 패권을 쥐고 있는 중국과의 대결은 정해진 수순이었다. 중국은 오랫동안 조선을 자국의 속국이라 여기며 영향력을 행사해 왔다. 그런데 일본이 조선을 대륙 진출의 발판으로 노리고 있으니 물러설 수 없는 일이었다.

그러나 1882년 임오군란과 1884년 갑신정변에서 청淸(청국, 대청제국)이 일본의 기선을 제압하고 조선에서 영향력을 계속 행사하게 되었다. 이에 일본은 조선 침략의 기회를 다시 노리며 군비 확장을 계속했다. 조선조 말 정부는 양 강대국의 치열한 각축전으로 국가의 존망이 위급한 상황에 처해 있는데도 전혀 방비하지 못하고, 백성들에게조차 버림받는 등 국가적 큰 위기에 봉착했다.

일본은 동아시아의 맹주였던 청나라를 압도하고, 대륙 진출의 야망을 실현하기 위해 서구 열강의 선진 기술과 제도를 도입하며 국가 발전을 도모하였다. 18세기에 영국에서 시작된 산업혁명의 물결이 19세기 중엽에는 유럽 각국으로 확산되었다. 이때 산업혁명과 더불어 급진적으로 발전한 분야가 바로 군사 부문이었다.

일본의 개화 추진은 메이지유신 이후 조슈번, 사쓰마번 출신의 신진 장교들이 중심이 되어 도쿠가와막부를 무너뜨리고 정권을 장악하면서 가속화되었다. 이들은 구미 여러 나라들을 순회하면서 신식 무기와 군함, 군사제도 등에 대한 지식을 습득하였고, 영국과 프러시아 무기 제작소와 군함 건조장을 시찰하며 소총과 대포를 비롯해서 함정까지 구입하였다. 또한 이탈리아, 프랑스, 영국, 독일, 러시아제국 등의 군대를 시찰하고 군사훈련 과정을 배우는 것은 물론 그들을 자국으로 초청하여 교육과 훈련을 받아 군사 대국으로 발전해 갔다.

1863년, 육군 13개 대대와 함대 8척으로 출발한 일본의 군사력은 1888년엔 육군을 사단 체제로 바꾸고, 훈련과 개편을 계속하였다. 마침내 1894년에는 육군은 물론 해군까지 전쟁 체제로 재편하면서, 영국과 독일 등지에서 건조한 최신형 전함으로 무장하여 연합함대를 구성하였다. 이때가 동학농민혁명이 일어난 갑오년으로, 일본은 조선에 파병할 일본군을 미국제 개틀링 기관포, 영국제 스나이더 자동소총, 독일제 쿠르프 대포 등으로 무장하였다. 또한 서양 무기를 일본군 체형에 맞게 개조한 무라타 소총을 중심으로, 최신식 대포와 기관총으로 조선 침공 준비를 완벽하게 마쳤다.

이렇게 조선의 운명이 백척간두의 지경으로 내몰리고 있을 때, 백성들은 스스로 나라를 지키고 개혁하고자 동학농민혁명을 일으켰던 것이다. 조선 왕조의 무능과 무책임에 분노한 동학군은 호남 일대를 휩쓸고 결국 전주성을 점령하는 파천황적破天荒的인 사건을 일으켰다. 청나라는 조선 정부가 파병을 요청하자 아산에 상륙하였다. 그러나 일본은 파병 요청도 없었는데도, 톈진조약[1]을 빌미로 이때가 조선을 장악할 수 있는 절호의 기

---

1 톈진조약. 청과 일본은 1885년 조선에서 변란이나 중요 사건이 발생하면 동시 파병과

회라 판단하여 일본 천황 메이지의 명령에 따라 인천에 상륙하였다.

이렇듯 청과 일본의 외세 개입이 결정적 원인이 되어 전주화약이 성립되었고, 일본군이 경복궁을 점령하여 망국의 위기에 처한 조선은 결국 동학군과 정부군의 협약에 따라 집강소 통치를 합의하였다. 동학군이 전주성에서 완전히 철수하고 무기까지 반납하자, 조선 정부는 청군과 일본군의 철수를 강력하게 요구하였다. 그러나 두 나라는 조선을 돕고자 파병한 것이 아니었고, 특히 일본은 오래전부터 조선을 정벌하고 대륙으로 진출하는 야욕을 품어 왔던 터라 절대로 철수할 수 없다고 밝혔다.

「일본은 동아시아의 패권을 차지하기 위해 청나라를 압도할 군사 조직과 무기 분야의 개혁과 개발을 서둘렀다. 메이지유신 이후 구미 여러 나라들의 신식 무기와 군함, 군사제도 등에 대한 기술을 익혔고, 영국과 프러시아 무기인 소총과 대포, 함정을 구입하였다. 또한 이탈리아, 프랑스, 영국, 독일, 러시아제국 등의 군사훈련 과정을 배우는 것은 물론 그들에게 교육과 훈련을 받아 군사대국으로 거듭났다. 특히 서구의 무기들을 자국민의 체형에 맞게 개조하는 등 조선 침략에 만전을 기했다. 그러나 조선 정부는 마치 임진왜란 때처럼 갑오왜란의 대비는 전무한 상태였다.」

때늦은 정부의 개혁정책과 일본의 야심

[조선 스스로 청군을 불러들였고, 일본군까지 상륙하는 등 국가 존망의 위기가 나날이 고조되었다. 영국과 미국 등 서방 국가들도 중재에 나섰는데, 영국

철병을 한다는 조약을 맺었다.

은 일본과 청의 군대가 조선을 남북으로 분할하여 점유해야 한다는, 남북분단이라는 무책임한 제안을 하였다. 조선 정부는 외세의 눈치를 봐야 했고, 그나마 동학농민군이 내건 12개조 폐정개혁안 일부를 받아들여 민심을 수습하려 했다. 그러나 일본군의 조선 왕궁 점령으로 탐관오리 척결과 조세수취를 바로잡는다는 조선 정부의 12개조 개혁안은 물거품이 되고 만다.]

일본군은 조선 내 일본인을 보호한다는 명분을 내세워 1894년 5월 6일(양 6.9) 인천항에 상륙하여, 청나라보다 먼저 한양에 입성하였다. 일본 공사 오토리는 조선의 개혁을 요구하며 내정에 간섭하기 시작하였다. 조선 정부는 청에 파병을 요청한 것이 큰 실책임을 깨달았지만, 이미 엎질러진 물이었다. 고종은 5월 20일 청과 일본이 대치하고 있는 위급한 상황에 대해 원로대신 김병시와 의논을 하였다.

"호남의 동학 사건은 어찌하다가 이렇게 되었습니까?"

"신臣이 보기에 동학당은 모두 선량한 백성으로 수령들의 탄압과 착취가 심하여 그간 참아 왔던 억울함을 호소하려고 민회를 수차례 가졌던 것입니다."

"짐이 자세히 알았더라면 수습할 수도 있었는데 부끄럽소."

"그렇습니다. 조정에서 동학을 반란으로 간주하고 무력으로 진압하려고 하였기에 그들은 무기를 들고 창궐한 것입니다. 이렇게 봉기를 일으킨 동학당을 설득하여 문제를 해결하지 못하고, 그들의 요구를 들어주지 못한 정부의 잘못도 있습니다. 특히 경솔하게 경군을 출병시킨 것과 청국에 원병을 청한 것은 큰 실책이라 여깁니다."

"청국에게 원병을 요청한 것은 너무 경솔한 실책임이 분명하오."

"사관이 우리가 다른 나라에 군대를 청하여 내 나라 백성들을 죽였다는 기록을 남긴다면 후세들이 무어라 하겠습니까? 또한 호남 백성들을 살육함으로써 이제 전라도뿐만 아니라 조선 팔도 백성들의 민심이 임금과 정부로부터 떠났을 것입니다."

고종은 김병시의 솔직한 의견에 고개를 끄덕였다.

"우리가 청군과 일군에게 거듭 철수를 요구해도 들어주지 않으니, 대체 어찌하면 좋겠소?"

김병시는 울먹이며 고종에게 고했다.

"청과 일본은 아마 지난 임진년 때처럼 조선을 남북으로 반씩 나눠 차지하자는 회담을 할 수도 있을 것입니다."

"그럼 결과는 어떻게 전망하시오?"

"청나라에서 먼저 제안할 것이고, 일본은 거절할 것입니다. 일본은 조선 전체를 차지하고 결국 청나라까지 침략할 속셈을 가지고 있으니 양국 사이의 전쟁은 피할 수 없을 것입니다. 어느 쪽이 이기든 조선을 더욱 속박하고 나아가 속국으로 만들려고 할 것이 뻔합니다. 상황이 이러하니 가능한 한 동학당의 요구 조건을 들어주어 해산케 하고, 한편으로 청일 양국의 철병을 요구하면서 우리 힘으로 개혁에 나서야 합니다."

"참으로 그대의 생각이 옳소."

조선 정부는 우선 청일 양국 군대를 철수시키기 위해 조선에 주재하는 서양 각국의 공사관에 도움을 요청했다. 청나라는 양국 군대를 동시에 철병하자고 일본에 제안했으나 일본은 단칼에 거절했다. 결국 청나라는 러시아에 중재를 요청하였다. 이에 러시아는 5월 22일 '이미 조선 정부의 내란이 수습되었다.'는 사실을 각국에 알리면서, '일본과 청의 군대를 동시에 철수시켜야 한다는 것을 지지해 줄 것'을 요청하였다.

일본에게도 "이러한 국제적인 상황을 부정한다면 일본 스스로 중대한 책임을 면하기 어렵다."는 충고와 함께 일본군의 철수를 요구하였다. 그러나 일본 정부는 "조선의 사변이 일어난 원인은 아직 제거되지 않았다. 또 일본군을 파견하게 된 이유인 내란도 지금까지 수습되지 않은 상태이다."라고 주장하면서 러시아의 요구를 거절하였다.

6월로 접어들자, 영국과 미국 등 서방국가들도 중재에 나섰다. 그런데 영국은 '일본과 청의 군대가 조선을 남북으로 분할하여 점유한 후, 점차 청일 양국의 관계 정상화를 위해 협력 조치를 취할 것'을 두 나라에 권고하였다. 참으로 어처구니없는 중재안이었다. 물론 일본은 이러한 열강의 중재와 권고를 받아들이지 않았다. 이는 일본이 조선을 점령하고 대륙으로 진출하는 기본 계획에 변함이 없음을 잘 보여주는 것이다.

고종은 6월(양 7) 초에 김홍집을 총리대신으로 임명하여, 일본의 강압과 내정간섭의 눈치를 살피면서 개혁 정부를 조직하라는 전교를 내렸다. 김홍집은 6월 9일(양 7.11)에 내무독판 신정희, 내무협판 조인승, 김종환을 일본 공사 오토리에게 보내 담판을 시도하였다. 그러나 일본 측은 미리 준비한 5조 27개항의 내정개혁안을 제시하고 10일 이내에 시행하라면서 일본 군대를 동원하여 위협까지 하였다. 결국 조선 정부는 청의 눈치도 봐야 하고 일본의 강압에도 시달리는 이중고 속에서 나라의 운명을 예측할 수 없는 지경에 이르고 말았다.

조선 조정은 다시 회의를 열었다. 고종의 때늦은 후회와 김병시의 한탄은 조선의 곤혹스러움을 대변하는 것이었다. 고종이 먼저 말을 꺼냈다.

"나라의 운명이 백척간두에 섰소. 이 위기를 어떻게 극복해야 할지 대처 방안을 말씀해 보시오."

아무도 선뜻 대답을 못하자 겨우 김병시가 나섰다.

"지금 전하께서는 신하도 없고, 백성도 없습니다. 조정에 바른 사람이 있다면 왜적이 이렇게 거리낌 없이 폭거를 할 수 없습니다."

"짐이 참으로 염치가 없소. 그렇지만 지금이라도 어찌하면 좋은지 방안을 말해 보시오."

"일본의 내정개혁안을 받아 옴으로써 이미 나라의 체면을 상실하였습니다. 일본이 요구한 사항을 거절하고 우리가 먼저 자주적인 개혁을 해서 바른 정치를 도모해야 합니다."

"그대 말이 옳소. 대신들은 구체적인 방안을 제시해 보시오."

조선 정부는 6월 11일(양 7.13) 독자적인 개혁을 추진하기로 결의하고, 교정청校正廳 설치를 결정하였다. 그리고 일본 측에 그들의 내정개혁안을 받아들일 수 없다고 통보하였다. 교정청은 6월 16일 '교정청의정혁폐조건'이라는 12개조 개혁안을 각 지방에 통보하였다. 교정청의 개혁안은 '탐관오리를 제거하고, 조세 수취를 바로잡는다.'는 내용으로, 동학군이 제시한 폐정개혁안의 요구를 대부분 받아들인 것이었다. 그러나 이 폐정개혁안은 며칠 후 일본군이 왕궁을 점령하면서 시행하기도 전에 폐지되고 말았다.

일본은 조선이 자신들의 강요를 쉽게 따르지 않자, 청에게 공동으로 조선의 내정을 개혁하자는 기만적인 제안을 하였다. 이에 청은 일본의 속임수라 여기고, 청국군과 일본군을 동시에 철병하자고 역제안하였다. 양국 모두 조선에 대해 영향력을 확대하기 위해 치밀하게 움직이고 있었다. 일본은 청의 역제안을 거절하고 단독으로 조선을 장악하여 청과의 전쟁을 준비해 나갔다. 일본의 외무대신 무쓰 무네미쓰는 다음과 같은 구체적인 방안을 마련하였다.

"일본군은 아산에 주둔해 있는 청군을 공격하고 싶어도 조선 정부의 위탁을 기다려야 한다. 조선이 일본에게 위탁한다는 것이 사실상 어렵기 때문에, 일본군이 조선 왕궁을 침공하여 임금을 일본의 포로로 잡아야만 위탁이 이루어질 수 있다."

일본 외교부와 군부는 조선 정부의 자주적 개혁을 강압과 무력으로 중단시키기 위해 6월 17일 조선 정부에 최후통첩을 보냈다.

"청과 그동안 맺은 모든 조약을 파기함은 물론 청군을 조선에서 철병시켜 조선이 스스로 독립국가임을 증명하라."

또한 20일까지 일본 측의 요구 사항에 회답하라고 일방적인 통보를 하였다. 이는 조선을 침략할 명분을 억지로 얻으려는 일본의 수작이었다. 일본군은 20일이 되어도 조선 정부의 회답이 없자, 마침내 21일에 군사작전을 개시하였다.

「일본의 조선침공 계획은 예정대로 착착 진행되었다. 그들은 조선을 대륙 침략의 거점으로 삼아 동아시아 침공과 세계로 향하는 큰 야욕의 그림을 그리고 있었다. 여기에 나약한 조선 정부는 제대로 대응하지 못하고 있었다. 오직 동학만이 척왜창의로 일본과 맞설 준비를 단단히 하고 있었다.」

조선의 심장부 경복궁이 점령당하다

[일본군의 경복궁 점령과 동학의병군 기포에 대해 분명 짚고 넘어갈 진실이 있다. 동학에 관심 있는 일부 인사들이 주장하는바 동학이 외세, 즉 일본을 불러들였다는 것이다. 동학농민혁명이 외세를 끌어들인 것이 아니다. 조선 정부에서 청군을 불러들였고, 일본군은 조선 정부에서 요청도 하지 않았는데 불법으로 조선에 상륙하여 내정간섭을 하는 것은 물론이고 특히 조선 왕궁을 무력

으로 점령하여 조선을 병탄(倂呑)² 즉 강점(强占)³하려 했다. 일본의 이러한 계획은 동학농민혁명 훨씬 이전부터 정한론이란 기획 아래 철저하고 완벽한 준비 과정을 거쳤다. 그러기에 동학이 일본을 불러들였다는 식의 논리는 어처구니없는 역사 왜곡이다. 당시 이러한 국내외 상황에서 동학혁명군은 재차 기포하여 일본군을 쳐서 물리치고 자주독립국가를 건설하는 것을 목표로 제2차 동학농민혁명을 일으킨 것이다.]

일본군의 경복궁 점령 사건은 당시 일본 외무대신 무쓰 무네미쓰가 오토리 공사에게 본국의 훈령으로 조선 왕궁을 침범하라고 지시하면서 시작되었다. 일본국의 훈령은 '첫째, 군사를 출동시켜 경성의 대문들을 경비하고, 왕궁의 문을 지킨다. 둘째, 군사력으로 문 안팎의 공간을 제압하여 지배력을 확보한다.'는 것이다. 이는 한성과 경복궁을 무력으로 침공하여 점령하겠다는 것으로, 일본 정부의 지시와 일본군의 군사행동으로 분명하게 나타난다.

1894년 6월 21일(양 7.23) 자정 무렵이었다. 일본군의 궁궐 침공은 일본 공사 오토리의 지휘 아래 일본군 제5사단 혼성여단장 오시마 요시마사의 출동 명령에 의한 용산에 주둔해 있던 2개 연대가 동원되었다. 일본군은 먼저 서울과 의주, 서울과 인천 사이의 전신을 끊어 청나라군의 통신망을 차단했다. 이것이 일본군의 경복궁 점령 작전의 신호탄이었다.

일본군의 경복궁 점령 작전의 첫 번째 단계는, 21일 이른 아침 새벽 4시

---

2 병탄(倂呑). 남의 재물이나 영토, 주권 따위를 강제로 제 것으로 만듦, 강점(强占)과 같은 뜻이다.
3 강점(强占). 남의 영토나 물건 따위를 강제로 빼앗아 차지함, 倂呑(병탄)과 같은 뜻이다.

경 일본군 21연대가 경복궁 서쪽 영추문迎秋門에 도착하여 문을 박살내려고 폭약을 터트렸으나 비가 내린 관계로 실패하였다. 두 번째 단계는, 영추문을 지키던 평양 기영병과 총격전 끝에 오전 5시경 일부는 조선군을 제압하고 일부는 영추문을 도끼로 찍어내고, 일부는 사다리로 담을 넘고 또 일부는 동소문에 불을 지르고 침입하였다. 세 번째 단계로, 궁내로 진입한 일본군은 광화문으로 진격하였다. 광화문을 수비하던 조선군 장위영 군사들과 전투가 벌어졌는데 일본군의 또 다른 부대가 배후에서 공격하여 조선군은 제압당하고 말았다. 네 번째 단계는 일본군이 동문인 건춘문으로 진격하여 교전이 시작되었으며, 여기서도 조선군은 산발적으로 저항하다가 제압당했다. 결국 일본군에 밀린 조선군의 패퇴로 궁궐의 모든 문들은 열리고 말았다. 다섯 번째 단계는 고종 국왕을 찾아내어 포로로 잡은 것이었다. 일본군은 옹화문 안쪽 함화당에 고종과 민왕후가 숨어 있는 사실을 알아냈고 수색을 시작했다. 일본군 제2대대장 야무구치 게이조 소좌를 비롯한 2대대 군사 일부가 옹화문 앞에 도착해 궁궐 호위병들을 총칼로 위협하여 순식간에 무장해제 시켰으며, 결국 고종은 포로로 잡혔다. 그러나 신남영新南營에 있던 기영병箕營兵 등 잔여 관군들이 건춘문建春門으로 들어가 일본군에게 항전을 이어나갔다. 여섯 번째 단계로, 일본군은 기영병 등 조선군의 항전을 끝내기 위해 단호한 조치를 내렸다. 오토리 공사의 지시로 일본군은 총칼로 고종을 협박하여 "함부로 움직이는 자는 목을 벤다."는 어명을 내리게 했다. 고종은 치 떨리는 목소리로 "모두 무기를 버리고 항복하라."는 어명을 내렸다. 고종의 어명을 받은 안양수가 왕명을 전하자 기영병 등 조선군은 대성통곡하고 입었던 군복을 벗어 찢고, 총과 화포를 버리고 궁궐에서 모두 물러났다. 일곱 번째 단계로 오시마 요시마사 여단장 지휘하에 일본군은 궁궐 수비대를 무력으로 제압하고 조선군이 저항할 수

고실마을 항전바위
갑오년 십사영웅도 일본군에 의한 경복궁 점령 사건부터 청일전쟁, 동학의병전쟁 등을 가리켜 갑오왜란(甲午倭亂)이라 부른다. 이때 일본군에게 항전한 의병운동은 모두 항일독립운동에 해당된다. 따라서 동학농민혁명 2차 기포 즉 동학의병전쟁은 항일독립전쟁이라 할 수 있다.

없도록 고종을 어소御所에 감금시키는 것이다. 또 조선의 모든 신하들이 경복궁에 출입하지 못하게 통제하였다.

일본군의 왕궁 점령 작전이 시작된 지 다섯 시간 후 오전 9시경 경복궁을 완전 점령한 일본군은 고종의 탈출을 막기 위해 궁궐을 겹겹이 에워쌌다. 또한 한성 성내의 군사 시설을 모두 점령하고 조선군을 무장해제 시켰다. 일본군이 경복궁을 점령, 조선의 심장부가 통째로 넘어가는 데 불과 다섯 시간, 그야말로 전광석화電光石火 같은 작전이었다.

이때부터 사실상 조선은 일본에게 국권을 빼앗긴 강점 상태로 접어들고 있었다. 그래서 일본군에 의한 경복궁 점령 사건부터 청일전쟁, 동학의병전쟁 등을 가리켜 갑오왜란甲午倭亂이라 부르며, 이때 일본군에게 항전한 의병운동은 모두 항일독립운동에 해당된다. 따라서 동학농민혁명 2차 기포 즉 동학의병전쟁은 항일독립전쟁이라 할 수 있다.

일본군은 경복궁을 점령한 국권침탈國權侵奪 후 고종을 협박하여 친청파인 민씨 세력을 완전히 추방했다. 그러고는 운현궁에 몰려가 완강히 저항하는 대원군을 어명을 내세워 기어코 입궐시켰다. 일본은 조선의 민심을 얻기 위해 왕명으로 죄가 가벼운 정치범을 석방하고 조선 정부의 요직 인사를 단행하게 하였다. 그에 따라 총리대신 김홍집, 통위사 신정희, 총어사 판윤 이봉의, 장위사 좌윤 조의연, 좌포장 이원회, 우포장 안향수, 병판 김학진, 전라감사 박제순, 내무협판 김가진, 부승지 이원근, 내무참의 유길준·김하영·김학우 등이 중용되었다.

또 고종을 협박하여 대원군 이하응에게 정치 일체를 위임한다는 전교를 내리게 하였다. 흥선대원군을 허수아비로 내세워 숙적인 청나라를 견제하고 친청파들을 숙청하게 하려는 것이었다. 민비는 권력에서 완전히 배제되었으며, 친청파의 핵심인 좌찬성 민영준, 전 통제사 민형식, 전 총제사

민응식 등은 유배시켜 버렸다. 이렇게 일본은 조선을 식민지화하는 정책을 강하게 밀어붙였으며, 조선 정부의 행정권과 인사권을 전횡專橫하였다.

일본군은 경복궁 점령 사건 이후 이번 사태가 조선의 독립을 위한 것이라고 국내외에 선전했다. 또한 사건의 전말을 '일본군이 왕궁 옆을 행군하고 있었는데, 왕궁의 조선군이 먼저 총격을 가해와 응전하면서 일어난 우발적인 충돌에서 시작되었다. 일본군은 방어 차원에서 응전하다가 왕궁에 들어가 국왕을 보호하게 되었으며, 이는 소규모 충돌 사건에 지나지 않는다.'라고 일관되게 거짓으로 변명하였다.

「일본에 의한 갑오왜란의 첫 번째 목표인 경복궁 점령과 국왕 체포는 작전 개시 5시간 만에 종료되었다. 한 나라가 무너지는데 이렇게 짧은 시간이 소요된 것은 아마 세계 역사 이래로 처음 있는 사건일 것이다. 그만큼 조선 왕조와 궁궐 수비의 허점이 많았다는 것이다. 조선 정부는 맥없이 항복하였고 백성들은 일본군의 군화에 짓밟힐 신세가 된 것이다. 이러한 국가적 위급 상황에서 동학이 척왜창의, 즉 일본군을 물리치기 위해 의병으로 전국에서 기포한 것이다.」

2. 청일전쟁, 동아시아 패권을 일본이 차지하다

[일본군은 선전포고도 없이 청군을 공격하여 기선을 제압하였다. 이른바 풍도해전이라 일컫는 이 사건은 아산만 앞바다에 주둔 중인 청나라 북양함대를 일본군 연합함대가 기습 공격하여 완승을 거둔 것이다. 이후 일본군은 청군을 향해 선전포고와 함께 청일전쟁의 승패를 가름하는 평양전투에서도 대승을 거두고, 황해해전과 대동강·압록강 해전에서 청군을 궤멸시켰다. 청군의 계속된 패전으로 조선에서 본국으로 후퇴하였으며, 일본군은 중국 대륙으로 진격하면서 연승을 거두었다. 이로써 일본은 청나라를 제압하고 동아시아 패권을 차지하게 된다.]

조선 정부를 장악한 일본은 청과의 일전을 벌이기 위해 조선 조정에 대하여 조선과 청나라 사이의 모든 조약을 파기하고 청군의 철병을 요구하라고 협박하여 기어코 이를 관철시켰다. 일본군은 명분을 확보한 후, 선전포고도 하기 전에 6월 23일(양 7.25) 이토 스케유키가 이끄는 연합함대로 하여금 아산만 풍도豊島 앞바다에 주둔 중인 청의 북양 함대를 공격하도록 했다. 서양식 편제와 최신식 무기로 무장한 일본 해군의 기습으로 청군은 1천여 명의 희생자를 냈다. 일본군은 북양 함대의 일부를 침몰시키고 수천 명을 수장시키는 등 풍도해전에서 완승을 거두었다. 이어 27일에 아산과 성환에 주둔한 청군을 공격해서 1천여 명을 살상하여 청군을 한양성 이북으로 쫓아 버렸다.

청의 이홍장은 6월 29일 청나라 주재 각국 공사를 초빙하여 "청과 일본은 아직 선전포고도 하지 않았는데, 일본이 청의 함대와 군사들을 기습 공격하여 국제법을 위반하였다."라는 성명을 내고 일본과 국교를 단절한다고 공표하였다. 또 조선에 대해서는 속방의 보호를 내세워 국가를 인정하지만 지배를 받아야 한다고 주장했고, 일본군을 축출한다고 공개 선언하였다. 이에 일본은 7월 1일(양 8.1) 청에 정식 선전포고를 함으로써 청일전쟁이 본격화되었다.

일본은 청일전쟁의 승리를 위해 7월 26일 조일공수동맹조약을 강제로 체결하였다. 이는 청과 전쟁을 하는 일본에 대해 조선이 중부 이북을 병참 기지로 제공해야 하고, 식량 조달 및 노동력과 물자까지 편의를 제공해야 한다는 취지였다. 일본은 청일전쟁에 파병하는 군대와 군수품을 수송하기 위해 부산과 한양 사이 21개 요충 지역에 병참부를 불법적으로 설치하였으며, 한양-부산 간 군용전선 가설을 본격화했다. 이러한 일본의 침략 행위에 대항하여 후일 영남의 동학군들이 호남의 혁명군보다 먼저 기포하여 일본군을 공격하게 된다.

청일전쟁에서 결정적인 전투는 8월 16일과 17일(양 9.15-9.16) 양일에 걸쳐 평양에서 전개되었다. 청군 2만여 명과 일본군 1만 2천여 명은 평양성을 사이에 두고 치열하게 전투를 벌였다. 하지만 청군은 일본군의 군사력을 과소평가하여 자만하였고, 동시에 본국의 내부 분열 등 악재가 겹쳐 대패하고 말았다. 일본군은 평양전투 승전의 여세를 몰아 17~18일의 황해해전에서 북양 함대의 주력들을 격파한 후 대동강과 압록강 앞바다의 해전에서 청군을 궤멸시켰다.

청군은 연이은 참패로 9월 말 조선에서 본국으로 후퇴하였다. 일본군은 청군을 계속 추격하면서 한반도를 넘어 중국 대륙으로 진격해 갔다. 일본군은 10월 초부터 중순까지 청국의 봉천성과 뤼순항, 12월 말에는 산둥반도를 장악하고, 1895년 초에는 북경·톈진까지 위협하였다.

일본군은 뤼순을 점령하여 포로와 시민 6만여 명을 처참하게 학살하면서 시내를 불바다로 만드는 만행을 저지르고, 웨이하이威海衛마저 상륙작전으로 함락했다. 청은 결국 일본에게 항복을 선언하고, 청일 양국 강화조약의 협상에 들어가는데, 일본의 요구 조건은 전쟁 비용을 배상하고 요동반도를 넘기라는 것이었다. 일본의 계속된 위협과 침공에 의해 1895년 3월 23일(양 4.17) 결국 청의 이홍장, 이경방은 일본의 이토히로부미, 무쓰 무네미쓰와 일방적이고 불평등한 청일강화조약을 체결하였다.

일본이 청에게 승리를 거두자, 일본군과 일본 국민들은 대륙 진출에 승리했다고 열광하였지만, 주변 강국이 견제하고 나서면서 요동반도 할양은 벽에 부딪혔다. 즉 러시아, 독일, 프랑스 등의 반대와 미국의 거중 조정으로 4월 16일(양 4.30) 일본이 청의 요동반도를 포기하고 전쟁 배상금만 받는다는 조건의 각서에 서명함으로써 청일전쟁은 막을 내렸다.

청일전쟁은 동아시아 전체 역사에서 거대한 분수령이 되었다. 수천 년 동안 동아시아의 패권을 쥐어 왔던 중국이 섬나라 일본에 힘없이 무너지고, 전쟁이 일본의 일방적인 승리로 끝나자 조선과 중국은 물론 세계가 경악했다. 일본은 청일전쟁의 승리와 동학농민군 섬멸 작전을 시작으로, 동아시아 패권을 중국으로부터 빼앗아 초강대국으로 발돋움하였다. 또한 이 기세를 몰아 일본은 러일전쟁에서 승리함은 물론 제1차 세계대전을 거쳐 태평양전쟁까지 치달아가는 기반을 마련하였다. 그런 점에서 청일전쟁은 일본에게 달콤한 승리의 영광을 안겨준 사건임과 동시에 거대한 몰락(패전)의 출발점이 되기도 한다.

「일본은 그들의 계략대로 조선을 대륙 침공의 거점으로 삼기 위해 조선 땅에 불법으로 들어왔다. 일본군은 중국을 제압하고 러일전쟁에서 승리하였으며, 조선의 식민지화를 통해 1차 세계대전과 태평양전쟁을 치르는 물적 토대를 마련한 셈이다. 청일전쟁에서 청군의 패배는 곧 조선이 일본의 식민지가 되는 지름길의 관문이 열린 사건이다. 이러한 국난을 당하여 조선 정부는 이렇다 할 대책도 없었고 항전할 의지도 부족하였다. 그러나 동학농민군은 보국안민과 척왜창의를 내세우며 일본군과 일대 회전을 치르기 위해 전열을 가다듬고 있었다.」

일본의 내정간섭과 갑오개혁

[조선 정부의 때늦은 자주개혁 방안은 휴지조각이 되었으며, 홍선 대원군을 앞세운 개혁조치로 국정의 최고 권한이 신설된 군국기무처로 이관된다. 그리고 일본의 내정간섭이 본격화되면서 갑오개혁(갑오경장) 12개조가 기무처를 통해 발표된다. 이는 동학군의 폐정개혁안을 상당 부분 받아들인 것이긴 하지만, 결국은 일본이 조선을 장악하고 무단통치를 하려는 야심을 충족시키기 위한 일이 되고 말았다.]

일본군이 경복궁을 점령한 후 조선 정부의 자주 개혁 노선은 물거품이 되고 말았다. 홍선대원군은 6월 22일부터 섭정을 하면서 민비의 측근들을 내쫓았다. 또한 대원군은 일본 공사 오오도리의 권고에 따라 6월 25일 최고의 국정 처결 권한을 갖는 군국기무처軍國機務處를 설치했다.

김홍집이 조정의 영의정과 기무처의 총재를 겸하고, 그 아래 박정양, 민영달 등 개화파 17명을 위원으로 두었다. 이들은 일본의 통제 아래 기무처를 통해 개혁 정책을 펴 나갔다. 기무처는 3개월 동안 40여 차례에 걸쳐

189개의 개혁 안건과 210여 건의 의안을 심의하여 통과시켰다. 갑오개혁 또는 갑오경장으로 불리는 기무처 의안은 6월 28일 다음과 같은 내용으로 처음 발표되었다.

1. 국내외의 공사 문서에 청나라 연호를 쓰지 말고, 조선 개국기년을 쓸 것.
2. 청국과는 조약을 바꿔 바르게 하고, 전권공사를 각국에 파견할 것.
3. 가문의 신분과 양반 상민의 등급을 없애고, 귀하고 천함이 없이 인재를 뽑아 쓸 것.
4. 문무文武는 높고 낮음의 구별을 폐지하고, 벼슬의 직품에 의해서만 서로 의식을 거행할 것.
5. 죄인 외의 친족에게 연대 책임과 처벌을 일체 폐할 것.
6. 본처와 첩실 모두에게 아들이 없는 뒤에야 양자를 허용할 것.
7. 어린 나이의 결혼은 엄금하고 남자는 20세, 여자는 16세가 되어야 혼인을 허락할 것.
8. 홀로 된 여자의 재혼은 귀하고 천함을 가릴 것 없이 허락할 것.
9. 공적 사적 노비의 법은 일체 없애고 사람을 사고파는 것을 금할 것.
10. 평민이라도 나라에 이롭고, 백성을 위한 의견이 있는 자는 군국기무처에 글을 올려 회의에 부칠 것.
11. 각 관청의 부서는 필요한 수만큼 더하거나 줄여서 설치할 것.
12. 의복에 관한 제도는 편리하게 고칠 것.

갑오개혁의 내용에 혁명군의 폐정개혁안을 참고한 흔적들이 곳곳에 보이는 것은, 일본이 청일전쟁을 일으킨 후 조선에서 입지를 강화하려는 술책이었다. 조선 근대 개혁의 효시로까지 평가받는 기무처의 개혁안은 일본의 간섭에 의한 정략적 내용으로, 선언적 의미가 강하다고 볼 수 있다. 그러나 갑오개혁안은 시간이 흐를수록 그 내용이 후퇴하고, 조선의 운명은 일본이 의도하는 방향으로 흘러갔다.

일본은 전쟁을 치르기 위해 많은 경제적 이권을 강탈하는 쪽으로 방향을 급선회하면서, 조선의 반대에도 아랑곳하지 않고 한양과 부산 간 일본 군용 전신을 가설하고 철도 및 전신 시설 설치를 무력으로 강행했다. 이러한 일본의 이권 강탈 과정에 조일잠정합동조관朝日暫定合同條款이 체결되었다. 이는 경부선과 경인선의 철도부설권을 빼앗아 호남일대에서 생산되는 곡물을 일본 국내로 운반하기 위한 조처였다. 일본은 목포를 중심으로 항구들을 개항할 것을 조선에 요구하였다. 청일전쟁 등 대륙 진출을 위해 정치는 물론 경제 침탈의 야욕을 확연히 드러낸 것이었다.

일본은 동학농민혁명이 좌절된 시점인 1895년 1월 7일에 고종을 협박하여 홍범14조를 발표하게 했다. 홍범14조는 박영효 등 개화파가 중심이 되어 갑오개혁에 기반을 두고 정치·경제·사회 등의 개혁을 단행하는 내용이 주를 이루었다. 이는 조선이 청으로부터 독립하고 왕권을 분산시키며 민권을 강화하는 것으로, 일본의 정략적 간섭에 의한 조선 최초의 근대적 헌법이라 할 수 있다.

「일본의 강점기를 벗어난 해방 이후 현재까지 조선 내 친일파를 청산하지 못했다. 지금도 대한국민 안에서 그들의 영향력을 행사하도록 협조하는 밀정들이 수두룩하다. 현재 이종찬 광복회장의 말씀에 의하면, 밀정 즉 소위 친일 뉴라이트 출신들이 정부의 요직을 차지하고 있으며, 식민지 근대화론을 주장하고 있다. 이는 분명 반민족행위에 해당되며, 조선말 일본에 의한 강점기로 되돌아가는 상황이 재현되고 있다는 우려를 씻을 수 없다. 최근 황석영 작가는 식민지 근대화론에 대해, "일제라는 도둑이 조선에 들어와 강도짓을 하다가 태평양 전쟁에서 패배하고 철수할 때 도둑질에 사용했던 사다리를 두고 간 것이 식민지 근대화론이다."라는 비유 적절한 말씀을 했다. "역사를 잊은 민족은 미래가 없다."는 명언이 우리의 가슴에 불을 지핀다.」

남원대회, 일본의 침략에 기포하다

[김개남 장군은 누구보다도 항일의지가 강했다. 급한 성격에다 '의리 빼면 시체'라는 말처럼 그는 동학 1차 기포를 주도했고, 또 일본군 침략에 동학 2차 기포에 제일 먼저 나섰다. 김개남의 2차 기포 주장에 전봉준 대장은 같은 생각이었으나 시기 면에서 다소 차이가 있었다. 결국 김개남의 강력 주장에 전봉준도 합의하였고, 남원대회에서 동학의병전쟁의 시작을 알리는 북소리는 천지를 진동하여 산천초목도 깜짝 놀랄 정도로 폭발적이었다.]

김개남은 전주화약 이후 6월 12일경부터 태인의 동학군을 거느리고 순창, 옥과, 담양, 창평, 동복, 낙안, 순천, 흥양, 곡성 등을 거쳐 전라도 일대를 휩쓸었다. 김개남은 6월 25일(양 7.27) 담양접주 남응삼, 흥양접주 유희도와 같이 수천의 동학군을 이끌고 남원성으로 들어갔는데, 남원부사 윤병관은 겁을 먹고 미리 도망쳤으며, 이속吏屬(하급관리)들도 뿔뿔이 흩어져 관아는 거의 비어 있었다.

동학농민군 지도부는 체계적인 개혁을 완수하기 위해 전주에 동학대도소를 설치하고 전라우도와 전라좌도에 지역별 대도소를 설치하기로 하였다. 원평에는 전봉준 총대장이 총괄하는 전라좌도 대도소가 설치되었다. 남원에는 김개남 총관령이 총괄하는 전라좌도 대도소가 설치되었다. 김개남은 관아에 동학 대도소를 설치하고 혁명적인 개혁을 단행하였다.

　김개남은 강력한 지도력으로 전라좌도는 물론 전라우도와 영남의 서남부에까지 영향력을 미치는 거대 세력으로 성장했다. 김개남은 김인배 대접주와 연대하여 김인배로 하여금 순천에 영호도회소를 설치하게 하였다. 김인배는 전라도와 경상도 서남부를 관장하면서, 각 군현에 집강소를 설치하여 과감한 개혁 정책을 추진했다.

　이때 호남 일대를 장악한 동학군은 호남의 군사권과 재정권 모두 전라좌우도 동학 대도회소에서 집행하였다. 전봉준은 태인 집에 머무르고 있다가 7월 2일경 남원으로 내려와 김개남과 현안을 협의하였다. 김학진 전라감사의 동학군 무장해제 요구, 일본군 침략에 대한 대응책을 주로 의논하였다. 또 동학에 들어온 일부 불량배들의 백성들을 괴롭히고 재물을 빼앗는 약탈행위에 대해서도 심각하게 논의하였다. 결론은 무기류는 일단 관청에 바치도록 하고 일본군에 대한 항쟁은 당분간 추세를 보아 결정하기로 합의하였다.

　김개남과 전봉준은 7월 9일경 여러 접주들을 만나 의논하여 7월 15일에 남원에서 동학농민군 대회를 열기로 하였다. 김개남이 주도하여 7월 15일(양 8.15) 척왜창의, 남원민중대회를 열었고 전봉준도 함께 참여했다. 이때 동학군 앞에는 오색 깃발과 보국안민, 포덕천하, 광제창생, 제폭구민, 척양척왜 깃발이 긴 장대 위에서 펄럭이고 있었다. 먼저 김개남이 단상에 올라 연설을 했다.

　"여러분! 동학의 개벽세상이 왔습니다. 탐학한 관리들은 용서치 않을 것이며, 악질 양반 사대부들도 반드시 응징하겠습니다. 우리는 집강소를 중심으로 혁명적인 폐정개혁을 단행할 것이며, 조선을 침략한 일본군도 박살을 낼 것입니다."

최대 7만을 헤아리는 동학농민군과 민중들은 환호와 박수를 보내며, '김개남'을 연호했다. 김개남의 연설이 끝나자, 동학도인과 민중들은 풍물을 울리며 한바탕 대동세상의 어울림 굿판을 벌였다. 한쪽에서는 시천주 주문 소리가 노래처럼 불려지고, 한편에서는 칼노래와 칼춤이 펼쳐졌다. 또 한쪽에서는 갖가지 안주에 막걸리 잔이 춤을 추는 잔치 한마당이 펼쳐졌다.

한편 일본의 침략이 노골화되자 조정과 백성들 중에 뜻있는 사람들은 나라의 앞날을 걱정하며 백가쟁명의 대안을 제시하고 있었다. 그중에는 동학군을 서울로 입성시켜 일본의 침략을 물리쳐야 한다는 의견도 있었다. 그중에서도 대원군의 동학 관련설이 있다. 대원군 손자 이준용이 7월 전 승지承旨 이건영을 전봉준, 김개남에게 보내어 일본군의 궁성 침입을 알리고 기병起兵하여 상경上京을 촉구하며, 또 박동진 정인덕을 전봉준에게 보내 기병을 촉구한다는 이야기다.

대원군의 전봉준 관련설과 함께 김학진 관련설도 있다. 전라감사 김학진은 7월 16일에 급히 군관 송마사를 남원에 보내어 전봉준을 전주에 모셔 오라고 하였다. 그 내용인즉 "동학군과 함께 전주로 와서 관군과 함께 전주성을 지키자."는 것이었다. 조선 정부가 친일파 소굴로 변하자 감학진 관찰사는 반일 항쟁을 결심한 것이다. 전봉준은 동학군과 관군이 힘을 합쳐 일본군을 물리칠 절호의 기회가 왔다고 판단하여 7월 17일에 전주로 출발하였다. 이때부터 전라감사 김학진을 동학도인이 다 되었다고 하여, '도인감사'라고 불렀다. 전봉준은 김학진을 만나 척왜斥倭(일본을 물리침) 대책을 의논하였다. 좌우도집강左右都執綱의 이름으로 군·현 집강에게 보낸 통문을 보면 일본군의 국권침탈에 대한 전봉준의 항일의지를 볼 수 있다.

"방금 왜구가 궁궐을 침범하여 임금에게 욕을 보였으니 우리들은 응당

다 같이 의롭게 나가서 목숨을 바쳐야 할 것이다. 그들 왜구는 지금 거세게 청국병을 적으로 싸우고 있는데 그들의 전투력은 매우 날카롭다. 만일 지금 급하게 대항하여 싸우면 그 화가 종묘사직에 미칠지 모르므로 물러나 있다가 시세를 관망한 연후에 그 정세에 따라 동학군의 기세를 독려하고 계책을 세워서 만전의 대책을 마련하는 것만 같지 못하다. 바라건대 통문을 발송하여 경내境內 각 접주들과 하나하나 상의하도록 하라."

일본군이 경복궁을 점령한 사건에 대해 전봉준과 김학진은 당분간 시간을 갖고 대응책을 모색하기로 하였다. 청국군을 제압한 일본군의 전투력이 놀라울 정도로 강했기 때문이다. 그리고 일본은 김홍집 내각을 친일 앞잡이로 하여 조선의 주권을 장악하고 있었기 때문에 전봉준과 김개남은 8월 초순에 항일 동학의병전쟁을 심각하게 논의하기 시작했다.

한편 김개남은 남원대회 이후 7월 하순경 임실에 머물며 전설적인 이야기로 세상을 떠들썩하게 하였다. 김개남은 큰 꿈을 이루기 위해 임실 성수산에 있는 상이암에서 기도를 했다. 상이암上耳庵은 고려를 건국한 왕건과 조선을 건국한 이성계가 각각 기도를 하여 '왕이 될 것'이라는 하늘의 계시를 받았다는 곳이다. 김개남이 상이암에서 기도를 한 뒤부터 '김개남이 남조선을 개벽하여 왕이 된다.'는 소문이 삽시간에 퍼졌다. 그리고 동학군이 고조선과 고구려, 발해의 옛 영토까지 되찾아 대동국大東國을 창건할 것이라는 입소문이 일파만파 퍼져 나갔다.

김개남은 일본군에게 조선 왕궁이 점령당한 후 시행된 치욕적인 조선의 개혁을 성토하였다. 전라도 관찰사가 만남을 요청해도 김개남은 일절 거절하는 등 대일 항전 의지를 구체화해 나갔다. 김개남은 8월 19일 남원 교룡산성의 병기고를 부수어 무기를 확보하고, 부자와 권세가들로부터 돈과 곡식을 거둬들이라고 명령하였다. 그리고 8월 25일, 김개남포 깃발을 앞세우고 임실을 출발하여 동학군과 백성들에게 왕과 같은 영접을 받으며 다시 남원으로 돌아왔다.

김개남이 수천 군사를 이끌고 오자마자 부민이나 유생들은 모두 도망가고 남원에는 동학군으로 넘쳐났으며, 동학군을 남원부중과 교룡산성 두 곳에 분산시켜 주둔시켰다. 김개남은 남원관아를 완전 장악하고 전라좌도 도회소라는 정청政廳(정무를 보는 관청)을 설치하였다. 그리고 동학의 오만년지운수五萬年之運數를 상징하여, 오방기치五方旗幟 수천 개를 만들었고, 의병창의군을 오영五營으로 편제하였다. 전영장前營將은 담양 접주 남응삼, 후영장後營將은 오수 접주 김홍기, 우영장右營將은 김대원, 좌영장左營將은 김용관, 중영도통장中營都統將은 김개남 자신이 맡았다. 또한 군수물자를 조달하는 책임에는 담양 접주 남응삼을, 책사策士에는 남원 김우칙을 선임하였다.

김개남의 이러한 행보에 중요한 사실을 거론하지 않을 수 없다. 바로 김개남의 독자노선을 구체화한 것이다. 김개남은 이제 전봉준을 중심으로 백산에서 조직된 호남창의대장소의 총관령이 아닌, 남원을 중심으로 한 전라좌도 대도소大都所의 사령관 직위인 중도통장中都統將을 스스로 맡은 것이다.

김개남은 제2차 남원대회를 열고, 휘하 병력 수천 명을 지휘하면서 일본의 침략에 대한 항일전쟁을 준비했다. 이러한 김개남의 행보에 관한 소문은 사방팔방으로 퍼지고, 추종자들이 전라도는 물론 충청도와 경상도에서도 수만 명이 몰려들었다. 그리하여 김개남은 전라좌도 중도통장에 그치지 않고 동학의병군 영호남 사령관 직위인 총도통장總都統將을 자처하였고, 그 세력은 엄청난 규모로 확대되었다.

김개남 총도통장의 관할지역은 남원을 중심으로 전라우도에서 금산, 무주, 진안, 장수, 용담, 임실, 순창을 비롯하여, 전라좌도에서 구례, 곡성, 담양, 그리고 김개남 휘하의 김인배는 순천에서 영호도회소를 설치하고 보성, 광양, 낙안, 영남의 하동, 함양, 산청 등 전라도 남부지방과 경상도 서남지역을 통괄하고 있었다.

이때 전봉준은 호남 순회를 마치고 주로 원평 대도소 겸 집강소에 김덕명과 함께 머무르고 있었다. 그런데 남원의 김개남에 대한 소문과 전령들의 보고가 심상치 않았다. 전봉준은 김개남의 독자적이고 급진적인 행보에 걱정을 아니 할 수 없었다. 전봉준은 십여 명의 호위군사와 함께 급히 말을 몰아 남원으로 출발하였다.

전봉준과 김개남은 주위를 물리치고 교룡산성 내 은적암에서 시국을 논의하고 동학의병의 진로에 대해 솔직한 의견을 나누었다.

먼저 전봉준이 말하였다.

"일본과 청나라의 전쟁에서 한쪽이 승리하면 승자는 반드시 총구를 동학군 쪽으로 돌릴 것입니다. 제 생각으로는 일본군이 이길 것이며, 우리 동학군은 비록 숫자가 많다 하여도 최신식 무기를 갖춘 일본군을 상대한다면 현재로선 쉽지 않은 싸움이 예상됩니다."

전봉준의 말을 듣던 김개남이 굳은 인상을 쓰며 말했다.

"대중은 한번 흩어지면 다시 모이기 어렵다네."

전봉준이 거듭 설유하였다.

"제가 형님의 주장인 항일투쟁을 반대하는 것은 아닙니다. 지금은 농사철이고, 우리가 봉기하여 혈전을 할 때는 추수철이 됩니다. 또 우리는 청군이든 일본군이든 교육과 훈련으로 다져진 정규군대를 맞이하여 싸울 준비가 되어 있지 않습니다. 형님의 군대가 수만 명이라고 하지만 훈련받은 정예병이 아니라 쉽게 무너질 수 있습니다. 그렇게 되면 우리의 꿈은 산산조각이 납니다. 그러니 각자 집강소에 치중하고 폐정개혁을 단행하는 데 신경 썼으면 합니다. 그리고 청일 양국 군대의 철수를 유도하고 시기를 보아 다시 기포합시다."

전봉준의 말을 듣고 있던 김개남이 불끈하며 쏘아붙였다.

"뭐라? 내 부대가 어떻다고? 내가 장담하건대 우리 동학의병은 일본군과 싸워 결코 질 일이 없네."

전봉준은 다시 침착하게 의견을 피력했다.

"형님, 나와 김학진 감사도 시간을 갖고 지켜보면서 적절한 시기에 기포하자는 데 동의했습니다. 제 말은 좀 더 훈련도 하고 전쟁 준비를 하면서 때를 기다리자는 것입니다. 현재의 집강소 체제를 유지하며, 청일전쟁의 결과를 기다려 봅시다. 또 군국기무처를 통해 우리가 주장한 폐정개혁이 단행되고 있으니, 추이를 지켜보면서 신중하게 대처하자는 것입니다. 그리고 우리는 공화주의에 의한 민관 협치를 중심으로 민권의 새 세상을 열어나가는 것입니다."

김개남도 자신이 생각한 바를 거침없이 쏟아냈다.

"봉준 아우, 나는 청일전쟁이 한창인 지금이야말로 우리가 일어나야 하는 시기로 보네. 만약 일본이 이긴다면 그때는 일본군의 총력이 우리에게 향할 것이고, 또 현재 기무처의 개혁은 일본의 허수아비가 된 조정의 친일 개혁이니, 결국 망국으로 가는 길일 뿐이야. 때를 기다리라는 최법헌의 말씀에 자네도 물들었군. 내 휘하의 병력만으로도 충분하니 동참하지 않으려면 조용히 물러가게. 그리고 내가 하는 일은 내가 알아서 할 것이니, 이래라저래라 참견하지 말게."

전봉준은 다시 자신의 의견을 솔직히 말했다.

"형님, 왜적을 물리치고 정치를 개혁하려면 철저히 준비하고 더 많은 인재들을 끌어모아야 합니다. 그러나 우리가 일어선 지 반년이 지나도록 국가를 운영할 역량이 있는 자들이 대부분 따르지 않고, 또 우리의 접주들과 지도부는 대부분 몰락 양반이나 농민들이니 그 한계가 분명히 있습니다. 그래서 저는 철저히 준비하고 시기를 봐서 기포해야 한다고 생각합니다."

전봉준의 설득에 더욱 뿔이 난 김개남은 단호하게 자신의 굳은 의지를 밝혔다.

"그럼 내 세력으로만 결단을 해야겠어. 나는 안팎으로 반봉건 개혁과 반외세 전쟁을 계속 추진한다는 것 외에 더 이상 할 말이 없네."

김개남의 의지는 강했고, 전봉준은 김개남의 주장에 사실 동의하지만 더욱 준비를 거쳐 기포하자는 의견을 굽히지 않았다. 김개남과 전봉준의 격렬한 토론은 그칠 줄 모르고 이어졌다. 결국 전봉준은 김개남이 주장하는 항일 전쟁론을 수용하면서, 집강소 개혁에도 더욱 박차를 가하기로 합의했다.

이때 일본을 등에 업고 정권의 실세로 등장한 흥선 대원군이 밀사를 파견하여 전봉준에게 밀지를 전달했다. 대원군은 일본의 강압에 의해 효유문을 동학군에게 전달하면서, 다른 한편으로 일본군을 축출하기 위해 동학군 기포를 요청한 것이다. 대원군은 전봉준에게 밀사를 보낸 동시에 청나라에도 밀사를 파견하였으며, 충청도 동학군과 각처의 양반 사대부, 보부상에게도 임금의 이름으로 밀지를 전달했다.

그리고 전라도 유림과 전국의 일부 유림에게도 밀지를 전달했으나, 이들은 동학군과 함께할 수 없다며 호응하지 않았다. 양반 지배층인 유림은 반란군인 동학군과 함께하였다가 훗날 무슨 화를 당할지 모른다며 나라의 위기 앞에서 시대 인식의 한계를 드러낸 것이다. 그중 여산의 유생 양석중이 발표한 글이 있다.

동학당 괴수들은 약탈을 일삼는 무리들로, 먼저 해산시키고 난 후에라야 충성스러운 선비들이 의병을 모아 창의할 것이다. 전봉준, 김개남 등 모든 동학 비적들은 겉으로 나라를 위하는 기병의 명분을 내세우지만, 그 실은 호랑이와 낫도깨비의 기운을 타고 까마귀를 모으고 개미무리들의 도움을 받아 제멋대로 하고자 하는 것이다. 선비의 향기 나는 풀과 동비의 악취 나는 풀은 가히 같은 그릇에 담을 수가 없다.

대원군은 김개남에게도 밀지와 효유문을 보냈다. 김개남은 "무기를 버리지 말고 힘을 합쳐 왜를 토벌하자."는 대원군의 밀지를 가져온 이건영을 정중하게 대접했다. 그리고 "무기를 버리고 흩어져 생업에 종사하라."는 대원군의 효유문을 가져온 정석모는 크게 꾸짖으며 감금하고 처형하겠다고 위협하면서 강하게 거부하는 뜻을 피력했다.

대원군이 전한 효유문의 요지는 다음과 같다.

… 동학도들이 처음에는 원통함을 호소하려 일어났으나 점점 기세가 올라 발동하기에 이르러 가는 곳마다 요란을 거듭하여 기강을 침범하고 분수를 넘어서 관으로 하여금 정사를 보지 못하게 하며 나라의 명령이 시행되지 못하게 하니… 과연 이것이 의거義擧인가, 패거悖擧인가…조정은 이미 삼도에 특사를 보내어 덕으로 다스리려는 뜻을 시달하였으니 너희들은 말을 듣고도 돌아오지 않으면 이는 조정에 항거하는 것이다… 너희들이 만약 병기를 놓고 농사일로 돌아가면, 털끝만치도 죄를 더하는 일은 없을 것이다… 오늘은 너희들이 사느냐, 귀신이 되느냐의 갈림길에 임하였다. 후회함이 없게 간절히 타이른다.

대원군의 효유문을 살펴본 김개남은 분개하여 정석모 일행을 처단하려 하였으나, 한편으로 민심에 영향을 끼칠 것을 염려하여 유보하였다. 그런데 전봉준은 후일 재판을 받을 때 법무아문대신 서광범과 일본영사 우치다 사다츠지의 심문에서 대원군과의 관계를 집요하게 추궁당했으나 아무런 관련이 없다고 일관되게 답변하였다. 물론 이 이야기는 전봉준이 대원군을 보호하려고 진실을 감춘 것으로 추정할 수도 있다. 대원군의 밀지로 기포를 요청했는지 여부의 사실관계를 떠나 전봉준과 김개남을 중심으로 일어난 호남의 항일의병 기포는 동학군의 독자적인 판단과 결행으로 봐야 한다.

「김개남의 항일의지는 하늘 높이 치솟아 그 누구도 꺾지 못했다. 김개남은 제2차 동학 기포 초입 단계에서 남원대회를 열고, 일본의 침략에 대한 항일 전쟁 준비에 만전을 기했다. 김개남에 대한 소문과 명성은 전라도는 물론 충청도와 경상도로 확대되고 수만 명이 몰려들었다. 김개남은 전라좌도 중도통장에서 영호남 동학의병군 총도통장으로 그 세력은 나날이 커져 갔다. 김개남 총도통장의 관할지역은, 남원을 중심으로 전라우도에서 전라좌도까지, 특히 김인배를 통해 순천에 영호도회소를 설치하는 등 전라도 남부지방과 경상도 서남 지역을 두루 통괄하였다.」

원평에서 척왜창의를 결의하다

[남원에서의 의병창의대회를 거쳐, 원평에서 일본군과 맞설 구체적인 기포를 논의하였다. 금구 원평 대접주 김덕명, 그는 지난 전주성 점령 후 곧바로 한양성을 치자고 강력히 주장하였었다. 동학군 지도자 중에 나이가 많아 어르신으로 불렸던 김덕명은 덕장과 용장 두 측면의 장점이 있었다. 특히 동학군 식량

보급에 많은 역할을 하였고, 잘난 체 나서는 일도 없었으며, 작전권과 병력 지휘권을 전봉준에게 일임한 상태였다.]

전봉준은 남원에서 김개남과 회동 후 전라우도 대도소 원평 집강소에 돌아와 며칠 간 숙고한 끝에, 9월초 항일의병창의에 대해 지도부와 논의하였다.

"우리 동학군이 이제 의병으로서 일본군을 축출하기 위해 창의를 결의해야 하겠습니다. 일본군은 현재 청군에 압도적인 승리를 거두었고, 일본 국왕의 밀령에 따라 동학군 토벌에 나섰다는 정보가 들어왔습니다. 여러분들의 의견을 구하고자 합니다."

총참모이자 금구 원평 대도소 겸 집강소를 책임지고 있는 김덕명 대두령이 먼저 의견을 말했다.

"전 대장의 의견에 찬성하네. 우리 동학군은 보국안민, 척양척왜의 목적으로 기포했네. 특히 왜놈들이 나라를 통째로 삼키려 하고 있으니 의로운 깃발을 들어 그놈들을 몰아내야 할 것이네."

손화중 총관령이 말했다.

"우리의 창의 결의는 거스를 수 없는 대세인 것 같습니다. 그러나 현재 농사철이고, 일본군과 관군에 맞서 전쟁을 한다는 것은 쉽지 않은 도전입니다. 전 대장님이 작전계획과 동학군 역할 분담에 대해 말씀해주시기 바랍니다."

전봉준 총대장은 미리 준비한 지도를 펴 지휘봉으로 가리키며, 항일의병전쟁의 계획을 설명했다.

"동학군 전라우도 병력은 나와 손화중이 역할을 나눠 통솔할 것입니다. 그리고 나는 고부로 돌아가 병력을 추스르고 이곳 원평의 김덕명 대접주님의 병력과 함께 삼례로 갈 것입니다. 그리고 손화중 총관령과 최경선 영솔장은 광주와 나주에 일본군이 상륙한다는 정보가 있으니, 일본군 지원부대를 방어하기 위해 출군할 것입니다. 그리고 김개남 도통장의 전라좌도 병력은 아직 완벽한 준비가 되지 않아 시간이 늦춰질 것이란 전언입니다. 그래서 김개남의 전라좌도 병력은 당분간 후방을 책임질 것입니다. 또한 종전의 전봉준과 중군, 김개남과 좌군, 손화중과 우군의 3군 편제는 그대로 유지합니다.

나와 중군中軍은 전주와 고부, 원평 부대를 중심으로 삼례로 집결할 것이며, 논산에서 북접과 연합하여 북상할 계획입니다. 김개남 도통장과 좌군左軍은 남원과 전주 사이 후방을 책임질 것입니다. 손화중 총관령과 최경선 영솔장의 우군右軍은 서해안을 철통같이 방어할 것이며, 여차하면 지원부대로 투입될 것입니다. 자세한 작전계획은 제가 세밀히 적어 두었으니, 모두 잘 읽어보시기 바랍니다."

작전계획 발표가 끝나자 손화중이 질문했다.

"북접과 연대는 결정되었습니까?"

"김방서, 오지영 접주를 중심으로 곧 최법헌 대도주님을 뵙고 항일전쟁에 같이 나서주기를 건의할 예정입니다. 최근 손병희 대접주가 보낸 편지를 보니 북접 지도자들 중에 아직 일부가 기포를 반대하고 있답니다. 손 대접주의 노력으로 총기포의 준비 단계에 들어갔고, 최법헌 님을 설득하여 반드시 동참하겠다고 합니다."

원평 대도소에서 동학군 지도부 수십 명이 모여 의병 창의를 결의하였고, 남접 총기포의 결의 내용을 적은 통문은 전령들의 요란한 말굽 소리와 함께 순식간에 전국으로 전해졌다.

「전봉준 대장이 판단하기에는 동학 2차 기포, 척왜항전에 있어 승패의 열쇠를 쥐고 있는 것은 북접의 동참에 있었다. 만약 북접이 호응을 늦추거나 참여치 않는다면 낭패가 아닐 수 없었다. 전봉준은 해월 최시형 교주에게 오지영 접주 등을 보내어 상황을 설명하고 기포령을 내려주시길 건의하였다. 또 손병희 대접주에게도 기별을 넣어 북접 의병들의 기포에 힘이 되어주길 바란다는 의견을 전한다.」

삼례에서 동학의병군 본격 재기포

[동학 1차 기포, 즉 동학농민혁명은 고부기포를 시발로 하여 무장기포에서 본격적인 기포를 하였고, 백산기포에서 군사 조직으로 거듭나 황토재 대승, 황룡전투 승전, 전주성 점령으로 승리를 장식했다. 동학 2차 기포, 즉 동학의병전쟁은 남원대회를 시발로 원평결의, 고부와 금구, 삼례와 전주 등에서 군사 동원, 삼례 총집결로 분위기를 끌어 올렸다. 그리고 논산 남북접연합과 공주전투, 우금티 혈전을 남기고 있었다.]

일본군의 조선 왕궁 점령으로 일본 정부가 조선에 대한 지배 야욕을 노골적으로 드러내자, 동학은 의병을 일으켜 척왜항전, 즉 일본군을 몰아내기 위한 반외세 투쟁을 본격적으로 전개하였다. 그리하여 전봉준은 원평에서 의병 창의 결의를 마치고 태인과 금구(원평)에서 의병을 모집하여 전주 근처 삼례역으로 향했다.

전봉준은 진안 동학 접주 문계팔, 전영동, 이종태, 금구의 조준구, 전주 접주 최대봉, 송일두, 정읍의 손여옥, 부안의 김석윤, 김여중 등과 의병기포를 모의하였다. 전봉준은 이들과 함께 손화중 총관령을 중심으로 최경선 영솔장, 송희옥 대도소 집강 등과 전주, 진안, 흥덕, 무장, 고창 등 멀고 가까운 각 지방 백성들에게 격문을 돌리고, 접주들을 보내 의병창의의 대의명분에 대해 유세를 하였다. 이들 동학의병창의군 4천여 명은 전라우도 곳곳의 관아에 들어가서 무기를 강탈하고 또 각 지방의 부유한 백성들에게 돈과 곡식을 징수하였다.

전봉준 의병대장은 전라도의 요충지 삼례역에서 9월 4일(양 10.2) 기병起兵, 즉 의병을 일으키는 대도소大都所를 설치하고 의병창의군 4천여 명과 함께 삼례에 진을 쳤다. 그리고 전봉준은 삼례에서, 김개남은 남원에서 9월 8일에 동학의병 대일항쟁을 하기로 약속하였다. 전봉준은 9월 12일(양 10.10) 삼례역에서 동학창의대회를 갖고 제2차 기병을 호소하는 한편, 곧바로 여산의 화약·총탄·창검 등도 징발하였다. 이때 일본 공사 오토리는 9월 11일 미리 정보를 취합해서 "충청, 전라의 동학당은 연합을 추진해서 서울을 노리고 있다."라고 하였다.

전봉준은 동학창의, 즉 동학의병기포 선언 후, 의병군 1천 명을 이끌고 전주성 내의 화포·총·탄환·군수물품들을 모두 거두어 삼례로 돌아갔다. 또 9월 16일에 동학의병군 1백 명이 위봉산성의 무기와 물품 등을 모조리 탈취하였다. 전봉준과 의병군은 태인, 김제, 고산, 군산, 전주 등지에서 "지금 의병기포는 임금과 국태공(대원군)의 밀지에 의해 일본군을 축출하는 대규모 거사이기에 비용이 많이 들어가므로, 공곡과 공전을 모두 삼례도회소로 보내라."는 통문을 보내어 식량과 자금을 확보하였다.

한편, 김개남 도통장은 남원에서 9월 8일에 항일의병전쟁 준비에 들어갔다. 그리고 9일에는 다섯 부대를 상징하고, 다섯 방위를 나타내는 오색 깃발 수천 개가 바람에 물결치면서 장관을 이루었다. 이날 김개남과 동학의병군은 남원의 산천이 크게 진동하는 함성 속에 포를 쏘아대는 것으로 대일항일전의 기포를 선언했다.

　김개남은 의병기포 선포 후 전라좌도 대도소의 이름으로, 관할 지역에 통문을 보내 군량미와 비용을 조달하는 한편 곳곳의 민가에서 의병기포에 필요한 물품들을 징발하고 관아에서는 화약·수레 등 전쟁 수행에 필요한 물품들을 징발하였다. 그리고 우군으로 끌어들인 전라감사 김학진에게도 군수물자를 빨리 보내라는 통문을 날렸다.

　전봉준은 남접과 북접의 동학군에게 "일본군을 쳐서 물리치고 일본인 거류민들을 추방하자."는 격문을 보냈다. 격문이 도착하자 전라도에서만 29개 군현진에서 무기고를 헐고 탈취하여 무장을 했고, 이들은 전봉준과 김개남의 의병군으로 구름처럼 모여들었다. 김개남 주변에 모여든 의병군은 1만여 명이었으며, 전봉준의 삼례 본대에는 7천 명이 웃돌았다. 또한 광주와 나주로 출진한 손화중, 최경선 부대의 1만여 명과 주력부대에 합류하지 않은 각지의 자발적인 의병군까지 합하면 남접에서만 수만 명이 기포하였다.

　오지영의 『동학사』에 따르면, 해월 최시형 선생의 총기포령이 9월 18일 내려짐에 따라 전라도 각 고을에서 참여한 지역과 인물들은 다음과 같다. 전주 최대봉·강수한, 고창 임천서·박형노, 태인 최경선, 남원 김개남, 금구 김봉득, 원평 송태섭, 함열 유한필, 무장 송경찬·송문수·강경중, 영광 오하영·오시영, 정읍 손여옥·차치구, 김제 김봉년, 고부 정익서·김도삼, 삼례 송혜옥, 순창 오동호, 장흥 이방언, 해남 김병태, 무안 배규인, 장성 기우선, 나주 오권선, 함평 이화진, 홍덕 고영숙, 순천 박낙양, 흥양 유희도, 보성 문장형, 광주 박성동, 임실 이용학·이병용, 담양 김중화, 그리고 손화중, 최경선은 일본군의 해안 상륙을 대비하여 광주와 나주에 유진시켰다.

　그런데 오지영의 『동학사』에 나오는 지역과 인물들을 살펴보면 오지영

접주가 잘 모르거나 파악이 안 된 지역들도 있다. 『실록 동학농민혁명사』 등 다른 자료에 나오는 지역은 다음과 같다. 강진·고산·곡성·구례·광주·금산·김제·나주·남원·능주·담양·만경·보성·부안·순창·순천·여산·영광·영암·옥구·익산·임실·임피·원평·장성·장수·장흥·전주·진산·창평·함열·해남·홍양 등 33개 지역이 동참하였으며, 재기포 이후 더욱 많은 지도자와 지역이 동참했다.

북접, 동학의병군이 기포하다

[동학 1차 기포 때 본격 참전하지 않았던 충청도를 중심으로 경상도·경기도·황해도 등 북접 관내는 2차 기포 때는 해월 최시형 선생의 총기포령, 즉 전국동원령에 따라 대규모 동학의병군이 기포하였다. 여기서 하나 짚고 넘어간다. 2024년은 동학농민혁명 130주년이다. 오래전부터 전봉준을 중심으로 국가보훈부에 동학 2차 기포 참여자 독립유공자 서훈 신청이 있어 왔다. 또 몇 년 전부터 2차 동학농민혁명 참여자 서훈에 대한 국회입법운동이 활발히 전개되고 있다. 그런데 보훈부와 독립유공자 공적심사위원들이 동학농민혁명 참여자의 서훈을 반대하는 명분 중, 1차 기포 즉 반봉건 혁명운동이 포함되어 있어서 비록 2차 기포, 즉 항일무장투쟁을 인정하더라도 온전한 독립유공자 자격이 부족하다는 의견들이 있다. 그럼 대부분 2차 기포에만 참여한 북접 동학의병들에게는 뭐라 변명할 것인가.]

한편 전봉준은 동학의병기포를 준비하는 과정에서 북접의 협력을 이뤄내기 위하여 오지영과 김방서 접주를 불러 말했다.

"최법헌 대도주님께 전해 주시오. 남접의 그동안 작전과 상황을 비교적 자세히 기록하였소. 또한 남접이 북상하여 한양으로 진격할 때 반드시 북접의 협력이 필요하다고 전해 주시오."

오지영과 김방서는 급히 말을 몰아 동학 총본부격인 보은 대도소에 도착했다. 그리고 전봉준 총대장의 서찰을 전해주며 그동안의 상황과 남접의 요청 사항을 전달했다. 해월 선생은 도차주 강시원(강수)을 비롯하여 손병희, 김연국, 손천민 대접주들과 상의하였고, 곧바로 지도부 회의를 열기 위해 전령들을 급파했다. 이때 동학 보은 대도소에 참여한 주요 지도부는 강수, 손병희, 김연국, 손병희, 박인호 등이다. 그 뒤를 이어 손은석, 성두한, 이종훈, 최맹순, 이용구, 김창수(김구) 등의 접주와 대접주 30여 명이 각지에서 연이어 모여들었다.

해월 최시형 대도주의 지시로 회의가 시작되었다. 해월 선생 다음 가는 지도자인 강시원 도차주는 모든 것을 스승님 판단과 결단에 맡긴다고 하였다. 또한 큰 조직을 이끌고 있는 김연국, 손천민 대접주도 강시원의 의견에 찬성하였다. 그러나 손병희 대접주는 그동안 해월 스승의 평화노선을 잘 알지만 또한 전봉준 총대장과 뜻이 같아서 의병기포를 지지하는 입장이었다.

"일본군의 침략을 물리치려면, 우리의 협력이 반드시 필요합니다."

손병희의 의견을 듣고 있던 김연국도 자신의 의견을 말했다.

"저는 해월 스승님의 뜻에 따라 무력 기포를 반대합니다."

손병희가 기포에 찬성하는 적극적인 발언을 하였다.

"경상도 진주(산청) 덕산장터에서도 이미 4월 초에 남접 기포 소식을 접하고 수백 명이 결집하여 무력 기포를 단행하였다가 4월 중순에 진주 영장군에게 무참히 진압되었습니다. 이제 재차 기포하는 일은 남접만의 문제가 아니라 전국적인 기포로 확대되어야 합니다."

손병희와 김연국의 언쟁을 지켜보던 손은석·최맹순·성두한 등이 적극적으로 가세하였다.

"손병희 대접주의 말씀에 전적으로 찬성합니다."

손병희의 기포 지지론에 경상도, 충청도, 강원도에 근거를 둔 접주와 대접주들이 의기에 찬 어조로 기포에 찬성한다는 말을 이어갔다. 이때 18세의 약관의 나이, 황해도 해주 소년 접주 김구(김창수)도 기포 찬성의 의견을 밝혔다. 사실 지난 고부봉기와 무장기포, 백산연합에 의한 남접 동학군의 기포 때, 동학 최고 지도자 해월 선생 최법헌은 무력 기포를 자중하고 때를 기다리라 당부했었다. 그러나 남접은 물론 북접 관내에서도 일부 기포하여 혁명에 참여하였다.

이러한 상황은 최법헌과 손병희 통령이 역할을 분담한 데서 그 이유를 찾을 수 있다. 최법헌은 동학 종단의 미래를 책임지는 2대 교주로서 천도·동학이 뿌리째 뽑히는 것을 걱정하지 않을 수 없었다. 그래서 김연국, 손천민 등 온건파를 통해 남접을 견제하게 했다. 그러면서 손병희와 박인호 등 중도파에게 남접과의 관계를 유지하게 하는 양면 전략을 구사했다.

또한 강경파인 성두한, 황하일 대접주를 손병희 통령과 연계하여 혁명에 호응하게 함으로써, 남북접의 연원 관계를 끝까지 유지하려 고심했다. 그래서 호남에 근거를 둔 오지영, 김방서 접주 등으로 하여금 남북접 화해를 위한 중간 역할을 하게 하였다.

특히 충청도 북부의 청풍에 근거를 둔 성두한 대접주는 청풍·제천·단양·영춘을 중심으로 충주·예천 일대뿐 아니라, 경기도와 강원도 일대에까지 영향력을 행사하며 광범위하게 활동을 전개하였다. 성두한 대접주의 부친 성종현은 수운 대선생의 제자로 부자지간에 대를 이어 동학에 종사했으며, 9월 기포 이후 전봉준 대장과 손병희 통령에 견줄 만큼 막강한 추진력으로 의병운동을 전개하였다. 일본군은 전봉준과 성두한을 가장 중요한 요주의 인물로 지목하여 집중적인 토벌의 목표로 정하기까지 했다.

북접에서는 1차 기포 당시 회덕에서 제일 먼저 행동에 나선 바 있다. 남접 동학군이 전라감영군을 격파한 이튿날인 4월 8일(양 5.12) 충청도 회덕현(대전 대덕)에서 동학군 수천 명이 기포를 했다. 회덕의 동학군은 8일 밤 회덕현아를 공격하여 함락하고, 무기고를 헐어 총, 탄환, 창, 환도, 활, 화살, 장철추 등 많은 군기를 확보하였다.

회덕 동학군은 무장을 하고 회덕현과 진잠현 일대를 쓸어버렸다. 충청감사 조병호는 조정에 급보를 하였고, 조정에서는 전주에 머물고 있던 초토사 홍계훈으로 하여금 회덕현과 진잠현에 병력을 긴급 출동케 하여 동학군과 경군 사이에 치열한 전투가 벌어졌다. 조선 경군의 공격을 받은 회덕의 동학군은 전략적 해산을 하였다.

그리고 7월 이후 박인호·안교선 대접주 등 충청도 지도자들에 의해 내포 지역 아산·당진·면천·홍주·덕산·해미·결성·보령·서산·태안 등지에서 북접 동학군이 본격적으로 움직이기 시작하자, 그 지역 수령들이 다급하게 한양으로 피신하는 상황이 발생하였다. 또한 7월 5일부터 12일까지 공주 지역 이인과 동천에서 김필수 접주와 함께 수백 명이 기포하였다. 또 8월 1일부터 4일까지 정안 궁원과 정산에 모인 수천 명이 공주성 안으로 몰려가 충청감사 박제순에게 항일 전쟁에 함께하자고 강력히 요구했으나 거절당했다.

북접 중심의 동학의병군은 남접 중심의 9월 기포 이전에 충주·청풍·정선·영월·임천·정산·보은·연산·단양 등지에서 광범위하게 봉기하여 식량과 물품, 무기 등을 확보하였으며, 탈취한 곡식은 백성들에게도 나눠주었다. 이들은 폐정개혁과 항일전에 적극 나섰다. 북접 동학군은 충청도를 휩쓸었을 뿐 아니라, 경상도·경기도·강원도·황해도로 뻗어 나가며 기포를 전국화하는 데 주도적인 역할을 담당했다.

오지영의 『동학사』에 의하면, 해월 최시형 선생의 9월 18일 총기포령에 참여한 북접의 각 지방 주요 인물은 다음과 같다.

> 함열 김방서·오지영, 익산 오경도·고제정, 옥구 장경화·허진, 임피 진관삼, 부안 김석윤·김락철, 만경 김공선, 여산 최난선·고덕삼, 고산 박치경, 임실 이병춘, 무주 이응백, 전주 서영두·허내원, 청주 손천민·이용구, 보은 김연국·황하일·권병덕, 목천 김복용·이희인, 옥천 정원준·강채서, 서산 박인호, 신창 김경삼, 덕산 김명배, 당진 박용태·김현구, 태안 김동두, 홍천 김두열·한규하·심상현, 면천 박희인, 안면도 주병도, 남포 추용성, 공주 김지택·배성천, 안성 정경수·임명준, 양지 고재당, 여주 임학선·홍병기, 이천 김규석·김창진, 양근 신재준, 지평 김태열, 원주 이화경, 횡성 윤면호

1894년 9월 하순경에 궐기한 충청도 동학의병들은 각 군현의 관아를 습격하며 무기를 확보하고 청산으로 집결 영동과 옥천을 경유하여 공주 방향으로 진격하였고, 논산에서 호남 동학의병들과 합세하였다.

『동학사』에는 주요 지역과 인물들 소개에서 빠진 경우가 있다. 『실록 동학농민혁명사』 등 다른 자료에 나타난 참여 지역을 소개한다.

> 공주·괴산·결성·경천·내포·남포·노성·논산·단양·당진·덕산·대교·면천·목천·문의·보은·보령·서산·서천·신창·신탄·이인·안면·아산·연산·예산·예천·영월·옥천·음성·웅치·임천·영춘·진천·제천·진잠·정안·정선·정산·청주·청풍·충주·태안·판치·해미·홍주·회덕·효포·한산

3. 동학의병군 총기포령, 남북접 연합전선

[전봉준 대장은 삼례에서 '의병창의대회'를 갖고 항일전쟁에 동참하라는 통문을 일제히 날린다. 나라가 바람 앞의 등불처럼 위기에 처하고, 국내외 정세는 긴박하게 돌아갔다. 히로시마 대본영에서는 일본 국왕의 지시에 따라 동학당을 모조리 섬멸하라는 지령을 조선으로 향하는 후비보병 19대대에게 내린다. 조선군은 일본군에 편입되어 일본군 지휘를 받는 망국적 상황이 전개된다. 해월 최시형 선생은 고심 끝에 동학의병전쟁을 선포, 전국에 동학도인총동원령을 내리고, 손병희를 동학의병군을 총지휘하는 대통령으로 임명한다.]

전봉준 의병대장은 9월 12일(양 10.10) 삼례에서 일본군 침략을 물리치자는 '동학의병창의대회'를 갖고 각 접으로 통문을 날렸다. 삼례 창의대회는 일본에 즉각 보고되었으며, 일본군이 전략 수정을 앞당기는 계기가 되었다. 일본 국왕(천황)은 히로시마 대본영을 통해 일본군에게 동학의병을 모조리 섬멸하라는 지령을 내렸다.

동학의병창의군의 남북접 연합 전선을 구축하기 위한 준비가 한창 진행되고 있을 때, 조선군은 일본군에게 무장해제되었다가, 사실상 일본군의 하급 부대로 재편성되었다. 일본군 역시 청일전쟁 승리를 확신하여 총부리를 동학농민군 쪽으로 돌리고 있었다. 일본군의 지휘를 받는 관군과 보수층의 민보군이 동학의병군을 토벌하기 시작하자 동학 지도부와 동학의병들은 이에 맞서기 시작했다. 일본군과 조선군, 보수민보군은 경상도를 중심으로 충청도 일대 북접 동학의병군을 먼저 공격하였다.

해월 최시형 선생은 동학 대도소 임원들과 북접 지도자들을 9월 13일(양 10.11) 청산 문바윗골에 집하도록 지시하였다. 전국 동학도인의 행동 방향을 최종 결정하는 회의는 5일간이나 계속되었다. 해월 선생의 지시로 도차주 강시원이 회의를 주도하였으며, 서기는 손천민 대접주가 맡았다.

먼저 해월 선생이 말했다.

"전국에서 오신 도인 여러분, 정말 수고가 많습니다. 요즘 들리는 말에 청일전쟁에서 일본군이 승리하면서 이미 동학의병들의 토벌을 염두에 두고 움직이고 있다고 합니다. 또 관군도 일본군 지휘 아래 동학을 진압하러 나섰으며, 민보군까지 나서서 우리를 공격하고 있습니다. 이에 대한 여러분의 의견을 들어 보고자 합니다."

해월 선생의 말씀이 끝나자 제일 먼저 손병희가 나섰다.

"스승님, 일본군이 궁궐을 점령하고 임금을 볼모로 삼아 조선을 식민지화하고 있습니다. 현재 남접은 물론 전국의 동학의병들이 이미 무력 기포를 하고 있습니다. 이제 총기포는 거부할 수 없는 대세라 생각합니다. 스승님의 최종 재가를 건의합니다."

해월 선생의 기포 결심을 눈치챈 많은 지도부 인사들은 입을 꾹 다물고 눈들만 무섭게 빛내고 있었다. 침묵을 깬 사람은 김연국 대접주였다.

"스승님 말씀에 따르고자 합니다. 그러나 많은 도인의 희생과 동학의 존립 자체가 힘들어질 수 있습니다. 깊이 헤아려 주셨으면 합니다."

성두한 대접주가 뭔가 각오한 듯한 표정으로 말했다.

"선생님, 저는 벌써 기포를 하였습니다. 일찍이 수운 대선생께서는 임진년의 예를 들어 '개 같은 왜적놈들 한울님께 조화 받아 일야에 멸하고서'라고 경전에 밝히셨습니다. 지금 조선은 왜놈들의 발아래 또다시 치욕을 당하고 있습니다. 엎드려 바라건대 기포를 허락해 주십시오."

성두한에 이어 황하일 대접주가 의기에 찬 눈빛으로 말하였다.

"성두한 대접주와 저의 생각이 같습니다. 우리가 여기서 망설이다간 역사의 죄인이 될 것입니다."

성두한과 황하일의 뒤를 이어 박인호 대접주가 육중한 몸을 일으켜 해월 스승께 큰절을 올리며 말했다.

"스승님, 저도 이미 기포했습니다. 이대로 일본에게 당한다면 저는 소나무에 목을 매어 죽을 것입니다."

지도부의 격한 토론을 지켜보던 해월 선생은 강시원에게 의견을 말하라고 했다.

"저들이 이미 우리를 향해 총구를 돌린 만큼 이제는 왜놈과의 일전을 피할 수 없을 듯싶습니다. 선생님의 결단을 건의합니다."

강시원의 말이 끝나자, 손병희는 해월 스승의 앞으로 다가가 무릎을 꿇었다. 그러자 박인호, 성두한, 황하일, 이종훈도 손병희의 뒤를 이었고, 안교선, 김구 등 대다수 지도부 인사들도 앞으로 나와 무릎을 꿇었다.

손병희는 해월 스승께 총기포를 할 수밖에 없는 이유들을 설명했다.

"이미 충청도 경기도 경상도 등 전국 수십 군데에서 기포를 하였습니다. 지난 8월 하순경 경상도 예천에서 동학도 11명을 체포하여 하천가에 생매장한 관군과 민보군에 대한 보복을 결의하였습니다. 관동·상북·용궁·충경·예천·안동·풍기·영천·상주·함창·문경·단양·청풍 등을 관할하는 이원팔, 최맹순, 임규호, 성두한 등 대접주와 접주 13명이 중심이 되어 수천 명이 기포하였습니다. 또한 앞으로 일본군은 동학군을 초토화하는 데 목표를 둘 것이 분명하며, 친일 관군도 동학군 토벌에 나서고 있습니다. 부디 수운 대선생님의 신원과 척왜양창의의 대의가 이루어지도록 결단을 내려

주시길 청하옵니다."

9월 18일(양 10.16) 회의를 마치며 해월 선생은 청수淸水(정화수)를 모시고 깊은 심고心告(기원)를 올렸다. 한참 지난 후 선생은 지그시 감은 눈을 뜨고 천천히 일어나 낙마 때 다친 다리를 절면서 감태나무 지팡이를 짚고, 목에는 반질반질 빛나는 백오염주를 걸친 모습으로 단상에 올랐다. 선생은 하늘을 한참 바라보다가 지팡이를 연이어 세 번 단상에 쿵쿵쿵 울리고선 천지 기운을 모아 세상을 압도하는 모습으로 말했다.

"민심은 천심이라, 이는 곧 천명에 따르는 것이니라. 전국의 동학도인들에게 명하노니, 모두 기포하라. 손병희에게 나의 지휘권을 넘기고 동학의 병군 대통령에 임명한다."

해월 최시형 법헌의 지시는 엄중했으며, 총기포령은 불가역적의 돌이킬 수 없는 천명이었다. 백범 김구(당시 김창수)는 훗날 백범일지에 해월 선생의 말씀을 이렇게 기록하였다.

"호랑이가 물려고 들어오면 가만히 앉아 있다 죽을까! 참나무 몽둥이라도 들고 나서서 싸워야지.' 해월 선생의 이 말씀은 곧 총동원령이었다."

해월 선생은 손병희 통령에게 지시하였다.

"손 통령은 전봉준 대장과 연합하여 항일전쟁을 준비할 것이며, 수운 대선생님의 뜻을 받들어 개 같은 왜적들을 조선에서 몰아내라. 나도 그대들과 함께 척왜항전에 동참하겠다. 지금 이후부터 내 뜻을 거역하는 자들은 내 제자가 아니다."

마침내 해월 최시형 법헌의 총기포령이 내려졌다. 해월 선생은 '기포는 천명'이라 말하고, 손병희 통령에게 작전 계획과 동학의병군 조직에 대해 설명하라 명했다.

손병희 통령은 의병의 편제와 작전 계획을 말했다.

"대략적인 의병의 편성과 작전에 대해서만 말씀드리도록 하겠습니다. 남접에서도 3군 체제로 전투에 임하고 있습니다. 저희도 3군 체제로 편성하겠습니다. 그리고 저의 본대와 다르게 성두한, 박인호 대접주 등은 그 연고지에서 의병을 일으켜 척왜항전을 지속적으로 임해주시길 바랍니다. 그리고 여러 접주·대접주님들은 전라도와 충청도 외에 경상도·강원도·경기도·황해도 등지로 확전시켜 주시길 바랍니다. 또한 여타 지역에서는 자발적으로 기포에 참여하여 그 지역에 동학 도소를 설치하여 서로 협력하고 연대를 부탁드리겠습니다. 저와 북접 주력부대는 이곳 청산에 모여 남접과 연대가 결정되면 논산으로 향할 것입니다. 그리고 각자 각 지역에서 자체적으로 세를 규합하고 무장을 강화해 주시길 바랍니다."

손병희 통령은 더욱 구체적인 의병활동에 대해 설명하였다.

"우리는 이미 네다섯 차례 신원운동을 성공적으로 치러 낸 경험이 있습니다. 우리가 그때 무기만 안 들었지, 지금과 다르지 않았습니다. 지금도 그때처럼 준비해 주시면 됩니다. 그리고 전령 부대에서는 해월 스승님의 총기포령 소식과 앞으로의 계획 등을 적은 통문을 급히 전국의 동학 조직에 전달하시기 바랍니다."

해월 선생의 '청산총기포령'을 하달받은 손 통령의 작전 계획과 최종 명령이 떨어지자, 전령 십여 명이 요란한 말굽 소리 속에 흙먼지를 일으키며 바람처럼 사라졌다. 동학군 지도부 회합에는 이미 병력을 대동하고 온 부대들도 있었고, 지도부만 참석한 경우도 있었다. 그래서 가능한 한 지형과 교통이 편리한 동학 총본부가 있는 보은 장내리에 집결할 것을 결의하였다. 급박했던 하루가 저물고 밤이 찾아오자, 해월 선생은 손 통령을 조용히 불러들였다. 해월 선생은 조용히 손 통령의 손을 잡고 울음을 삼켰다. 손 통령은 스승의 갑작스러운 모습에 당황해하면서 이유를 여쭈었다.

"스승님, 어찌 그러십니까?"

"나는 이미 예측하고 있네, 이번 거사가 결국 성공하지 못하리라는 것을. 우리 도와 나라의 운수가 그렇고, 초강대국으로 부상한 일본군의 무기 앞에서 수많은 도인들이 피를 흘리며 희생당할 것이네. 내 한 가지 부탁이 있네. 천도天道의 종자 사람들은 살아남아서 동학東學을 보존시켜야 하지 않겠나!"

"스승님, 제 잘못이 큽니다. 그리고 성공하지 못할 것을 내다보셨다면 이번 총기포를 왜 허락하셨습니까?"

"내가 말하지 않았나. 민심은 천심이라, 바로 천명이라네. 이미 수운 대선생님 순도에서부터 이런 혁명과 전쟁의 운이 시작된 것이라네. 우리 도의 운수에 의한 이번 전쟁 이후 세계에 큰 전쟁이 일어날 걸세. 전쟁도 평화도 우리 도와 나라의 운수에서 시작되는 것이 개벽의 운수라네. 그리고 나도 때가 오면 대선생님처럼 그 희생의 길을 가야 하는 운명이라네. 이번 거사를 내 운명의 끝으로 보고 있네. 그 후 자네가 천도天道의 운수를 책임져야 하니 목숨을 소중히 여기게나."

"저는 목숨 따위는 신경 쓰지 않습니다. 다만 의롭게 살다가 의롭게 가는 것이 저의 소원입니다."

해월 선생은 의義를 생명처럼 여기는 손병희에게 도호를 내렸다.

"내 말 가볍게 듣지 말고 천명이라 생각하기 바라네. 그리고 내가 자네에게 도호를 지어 주겠네. 자네의 호를 의암義菴이라 내릴 것이니 그리 알게나. 나의 호도 수운 대선생님께서 직접 해월海月이라 지어주셨네."

손병희는 해월 스승께 큰절을 올렸다.

"스승님의 은혜가 하늘과 같습니다. 제가 최선을 다해 이번 거사가 성공하도록 노력하겠습니다. 또한 스승님 말씀은 추호도 어기는 일이 없이 실행하겠습니다."

 해월 선생과 손병희 통령은 천도·동학의 미래와 혁명과 전쟁에 대해 걱정하며 깊은 밤을 함께 맞았다. 문바윗골에 불어오는 찬바람에도 서로의 따뜻한 체온으로 한기를 막아 주면서 스승과 제자는 우의를 돈독히 하였다. 손병희는 앞으로 일어날 피비린내 나는 혈전을 생각하면서, 스승의 손을 잡고 숲속에서 불어오는 바람 소리에 몸을 뒤척이며 뜬눈으로 날을 새웠다. 이때 동학의병전쟁에 참여한 전국 동학의병의 수는 30만여 명을 넘어섰다.

 이와 같이 해월 선생과 손병희 통령의 움직임에 대해 외무대신 김윤식은 「면양행견일기」 9월 18일 자 기사에서 "호남(남접)의 비도가 호서(북접)에 급히 알려 일시에 깃발을 세우고 기계를 만들며, 여러 마을에 전령을 보내 식량과 꼴(말먹이 등 전쟁에 필요한 것들)을 준비하도록 하여 장차 경성京城으로 향한다고 한다."라고 기록하였다.

> 「훗날 대한민국 임시정부 주석을 지낸 김구 선생은 『백범일지』에, 해월 최시형 선생의 총기포령의 말씀을 다음과 같이 기록하였다. "호랑이가 물려고 들어오면 가만히 앉아 있다 죽을까! 참나무 몽둥이라도 들고 나서서 싸워야지." 이 말씀은 해월 선생께서 전국 총동원령을 내리기 전에 하신 말씀이었다. 이는 수운 대선생께서 「안심가」에서 말씀하신, "개 같은 왜적놈들 한울님께 조화 받아 일야간에 멸하고서 전지무궁 하여 놓고 대보단에 맹세하고 한의 원수 갚아보세."를 실천하려는 강한 의지가 드러났다고 할 수 있다. 일제강점기에 천도교인들은 의암 손병희 선생의 뒤를 이은 춘암 박인호 선생의 지시로 '개 같은 왜적놈들'의 문구를 비밀리에 써 붙이고 외우며 멸왜기도운동(일본이 망하라고 기도함)과 독립운동에 앞장섰다.」

손병희 통령의 인물됨을 알아본다

[의암 손병희 선생은, 동학농민혁명에서 북접 대통령이었으며 3·1독립혁명에서 민족대표 33인의 대표로서 3·1독립운동을 영도한 분이다. 동학의병군 북접 대통령 손병희에 대한 소문과 영향력은 충청도를 중심으로 경기도와 경상도를 넘어 전국에 퍼질 정도로 대단하였다.]

『정감록』 등의 참서에 '조선이 멸망하고 새로운 왕국이 도래할 것이다.'라는 예언이 있다. 어수선한 시절이면 그렇듯이, 당시 세간에는 새로운 지도자 정도령이 바로 손병희라는 소문이 돌았다. 손병희는 가히 영웅의 기상과 성인의 기풍이 서려 있는 미래 지도자로서 부족함이 없었다.

손병희 통령은 동학의병전쟁 좌절 뒤 최시형 법헌에게서 동학 3대 교주의 직임을 물려받은 후에 교단을 수습하였다. 1905년에 동학을 '천도교'로 선포하고, 교인 3백만 명을 확보하였다. 그리고 북방의 우리나라 옛 영토 지역에 많은 교인과 교역자를 보내 수십 개의 포교소와 학교를 세우는 일에 힘을 기울였다.

이러한 노력은 물론 최법헌의 북방 포교인 '중원(中國) 포덕'의 명교를 실현하려고 한 것이라지만, 또 다른 이유로 고조선과 고구려, 발해의 옛 땅을 회복하려는 깊은 의도가 있었다는 것을 짐작할 수 있다.

의암 손병희는 1919년 3·1독립운동을 주도한 직후 대한국민의회, 조선민국임시정부, 임시대한공화정부 등의 국내외 임시정부, 국민의회, 공화정부에서 초대 대통령으로 추대되었다. 그러나 구속 수감에 모진 고문으로 병이 깊어져 석방된 뒤에 환원하여 대통령에 취임은 하지 못했다.

논산 대결집, 때가 오니 천지가 모두 힘을 같이 했건만

[동학 판화가 박홍규 화백은 동학농민혁명 역사에서 가장 멋진 장면이 전봉준 대장과 손병희 통령의 양호(호남호서)남북접연합의병군이 논산 소토산에서 공주 우금티를 향하여 진군하는 장면이라고 하였다. 전봉준 대장과 손병희 통령이 수만 명의 동학의병들과 함께 그 앞에서 말을 타고 지휘하는 보습은 상상만 해도 벅차오르는 가슴을 진정시킬 수가 없다. 만약 앞으로 일본군이 또 쳐들어온다면 현재 남과 북의 군인, 즉 남북한연합군이 일본군을 상대로 전쟁할 수 있을까를 상상해 본다면 가히 그때의 멋진 장면은 감동을 넘어 신화적인 이야기로 다가올 것이다.]

동학의병군의 대일 항쟁은 9월(음) 초에 본격적으로 추진되었으나, 동학군이 10월(양 11) 초순에야 북상함으로써 1개월 이상 지연되었다. 지연된 이유는 몇 가지로 분석할 수가 있다. 첫 번째는 동학의병 기포에 참여하는 대다수가 농민이었기에 가을 추수를 마무리해야 하는 문제가 있었다. 두 번째는 손병희의 북접 동학군의 합류가 늦어진 것도 있다. 세 번째는 1차 기포 때처럼 관군만을 상대하는 것이 아니라, 세계 최강으로 뻗어가는 일본군과의 전쟁 준비 때문에 본격 기포가 늦춰진 것, 그리고 김개남 부대의 본격 합류가 늦어졌다는 것에서 원인을 찾을 수 있다.

이때 최경선은 삼례로 와서 전봉준과 함께 있다가 전봉준이 삼례에서 출발할 때 손화중이 있는 곳으로 출발했다. 최경선은 광주와 나주에서 손화중과 합류하여 해안 쪽으로 접근하는 일본군의 상륙에 대비했다. 또한 김개남도 뒤를 이어 10월 14일 급하게 소집된 1만 명의 병력을 나눠 5천 명은 남원에 남기고, 5천 명을 이끌고 남원을 출발해 16일 전주에 도착했다.

동학의병군은 삼례에서 조총과 대포, 야간 행군에 필요한 기름 등 많은 군수물자를 수레에 실었다. 그러나 급히 서두르는 통에 실탄과 화약을 충분히 챙기지 못했다. 전봉준은 출군에 앞서 "개고기를 먹지 말라"는 엄명을 내렸다. 동학에서는 수운 선생 때부터 "도가불식일사족지악육道家不食一四足之惡肉" 즉 "도인집 가정에서 먹지 말아야 할 것은 한 가지 네 발 짐승의 나쁜 고기라"하여 개고기를 금지시켰다.

전봉준은 추수가 마무리되자, 진군을 더 이상 늦출 수가 없어 10월 10일 경 전라도 동학의병군 5천여 명을 대동하고 삼례를 출발하였다. 이때 전봉준의 주력부대는 3군, 즉 중군, 좌군, 우군으로 편성하여 진군하였다. 전봉준은 붉은 덮개를 씌운 수레를 타고 행렬의 중간쯤에서 의병을 지휘했다. 전봉준은 전주성 전투 때 총상을 입은 불편한 다리 때문에 주로 가마를 탔고 급히 움직일 때는 백마를 타기도 했다. 삼례에서 논산으로 이어지는 들판에는 가을걷이가 마무리된 풍경이 펼쳐져 빈 가슴처럼 쓸쓸함이 밀려왔다.

동학의병군은 삼례에서 여산, 강경의 길로 접어들었다. 그 행렬은 꼬리를 물고 길게 이어졌으며, 행군 앞쪽에는 호위군이 길을 열었다. 그 뒤에는 기마병이 말굽소리와 먼지를 일으켰고, 또 재인부대의 풍물소리가 대지를 흔들었다. 동학의병들의 깃발은 끝이 보이지 않는 갈대숲처럼 보였으며 말과 소가 끄는 수레는 덜커덩거리며 강경에 도착하였다. 전봉준은 강경에서 머물며 논산으로 출군할 준비를 하였다. 그리고 군량미 등 양곡을 거둬들였으며, 가난한 백성들에게 곡식을 나눠 주는 등 민심을 살피는 데 여념이 없었다.

전봉준의 주력부대 호남의병과 손병희의 주력부대 호서의병이 각각 삼례와 청산에서 약 4~5천 명으로 출진하였으나 논산으로 가는 도중에 그 숫자는 점점 불어났다. 일본군과 관군은 동학 북접 의병들이 해월 최시형 법헌의 대동원령으로 전국에서 보은으로 모여든다는 정보를 입수했다. 그래서 황해도, 강원도, 경상도 그리고 충청도 해안지대의 의병들이 보은으로 접근하지 못하도록 도로와 길목을 차단했다. 그러나 북접 동학의병들이 각지에서 진격해 오면서 산발적인 전투가 벌어졌으며, 일부 의병들은 보은 장내리로 모여들었다. 경기도와 충청도 내륙의 의병들은 결국 보은에 도착하였고, 경기도 북쪽과 경상도 의병들은 진로가 차단되어 보은에 들어서지 못했다.

전봉준 부대는 북상하면서 여산, 강경을 점령하고 은진을 거쳐 논산 소토산에 이르렀다. 그리고 양호 동학의병이 합세했다는 소식을 들은 논산, 여산, 익산, 노성, 부여, 공주 등의 동학의병들도 논산에 집결하여 동학의병연합군의 총인원 수는 2만여 명을 웃돌았다.

한편 손병희 통령의 동학의병군은 10월 7일 괴산 관아를 습격했다. 일본군과 관군은 동학의병의 숫자에 밀려 충주병참으로 철수했다. 손통령은 괴산에서 하룻밤을 보내고 이튿날(10.8) 보은 장내리에 도착하여 옥녀봉 아래 천변 부근에 수백여 개의 초막을 치고 유숙하였다. 이곳 장내리에서 임규호, 권병덕, 임정준 등 대접주의 병력들과 합세하여 10월 11일 총 수천 명의 동학의병들과 함께 해월 최시형 대도주가 있는 청산으로 향했다.

이때 최시형 법헌과 손병희 통령의 지휘로 동학의병이 청산에 주둔한 상황을 일본 공사관에서 기록하였는데 요약해서 살펴본다.

> 최법헌은 청산에서 수만의 군중을 인솔하고, 관군의 무기 탈취는 물론 군량미를 확충하기 위해 사창社倉의 환곡과 백성들의 양곡을 빼앗았다. 그리고 이전의 동학 법소法所와 도소道所를 창의소倡義所(의병본부)로 개칭하여 군

호軍號의 문자마다 모두 의義 자字를 사용하고 있다. 동학 접주의 통문에 '우리 접주들은 힘을 합하여 왜적倭賊(일본군 도적들)을 치자.'라고 한다.

일본 공사관 기록의 내용은 문경부사의 탐지 보고를 일본군 남부문경병참사령부의 데와 소좌가 습득하여, 이토 남부병참관에게 보낸 보고문이다. 이러한 문헌에 나타난 것을 보면 북접 즉 최시형 법헌과 손병희 통령의 동학의병도 일본군을 물리쳐 몰아내고자 하는 적극적인 자세를 확인할 수가 있다.

또 11월 7일에 부산에서 일등영사一等領事 가토 마스오가 특명전권공사 이노우에 가오루에게 보고한 내용은 다음과 같다.

동학교도들은 정사政事와 관련이 있습니다. 그들은 무서운 혁명의 씨를 품고 있습니다. 그들이 부르짖는 바는 항상 '보국안민輔國安民'의 네 글자로, 조선인 중에서 가장 완강한 인민이기 때문입니다.

이처럼 일본 공사관 기록을 참고해 보면 북접 동학군도 남접 못지않게 사회개혁과 항일의지를 굳건히 하고 있었다고 평가할 수 있다.[1]

북접 동학의병들은 보은 장내리에서 청산 문바위골로 이동하였다. 그리하여 영동과 옥천, 보은의 의병들도 합세하니 그 숫자가 1만 명이 웃돌았다. 10월 11일 해월 선생은 손병희 통령 등 각 포 두령에게 "지금은 앉아서 죽음을 당하는 것보다 모두 일어나 용감하게 싸울 때"라는 지시를 내렸다.

---

1 정선원, 「동학농민혁명 시기 공주전투 연구」, 원광대학교박사학위논문, 83쪽 참조.

또 손병희 통령에게 대통령大統領[2]기를 주며 각 포를 통솔해 전봉준 대장과 합류하여 일본군을 몰아내고 나라를 구하라고 명령하였다.

보은 장내리에서 동학의병군이 출발한 뒤 10월 15일 이두황 부대가 들이닥쳐 초막과 대도소는 물론 민가에 불을 질러 잿더미만 남았다. 또 이두황 부대는 회인으로 들어가, 세성산에서 동학의병군과 치열한 전투를 벌였다.

해월 선생은 재차 손병희 통령에게 명령하여 전봉준의 동학의병군과 합류하여 일본 침략군을 몰아내라고 지시하였다. 손병희 통령은 출군하는 동학의병을 3군 체제로 편제하였다. 중군은 손병희 통령이 직접 맡았고, 좌군은 이종훈, 우군은 이용구가 맡았고, 선봉에 전경수, 후방에 전규석 등을 배치하였다.

손병희 통령은 10월 14일 대오를 정비하고 군량을 확보한 뒤 동학의병을 인솔하고 15일 청산을 출발하여 영동과 심천, 진산을 거쳐 16일 전봉준 대장이 주둔하고 있는 논산 소토산에 도착하였다. 손병희 통령의 주력부대를 제외한 옥천, 황간, 영동의 동학의병들은 회덕 지명으로 가서 일본군 및 관군과 교전한 뒤 공주군 장기면 대교大橋(한다리)로 진출하였다. 이들은 호남·호서, 즉 양호 동학의병연합군이 공주를 공격할 때 북쪽에서 위협하는 전략으로 출발하였다.

전봉준과 손병희의 양호 동학의병연합군은 10월 16일(양 11.13) 논산 초포 앞 소토산에 진을 치고 백성들에게는 물론 관군들에게도 항일전선을 구축

---

[2] 대통령기. 이때 해월 최시형 법헌이 손병희에게 대통령기를 준 것은, 손병희는 동학 '대접주'의 직책과 동학군을 통솔하는 '통령'이라는 합성어로, 동학군 '대통령'에 임명하였으며, 또 대통령기를 주었다고 본다. 그러나 손병희 대통령이라는 말보다는 손병희 통령으로 부르는 것이 일반적인 통례이다.

할 것을 호소하였다. 그리고 전봉준 대장과 손병희 통령은 논산 소토산에서 결의형제를 맺고 생사를 같이하기로 맹세하였다. 또한 16만분의 1로 축적, 공주·우금티 일대를 구분한 대동여지도大東輿地圖 필사본을 펼쳐놓고 작전계획도 논의하였다.

전봉준이 먼저 의견을 말했다.

"왜적들이 우리 의병을 초토화시킨다는 말들이 공공연하게 떠돌고 있습니다. 이제 우리의 항일전쟁은 살기 위해서도 멈출 수 없고, 일본군을 몰아내기 위해서도 포기할 수 없습니다. 이곳 논산(놀뫼)에서 남접은 우군右軍, 북접은 좌군左軍으로 출발하겠습니다. 이후 전략은 공주를 포위하고, 성동격서聲東擊西의 협공으로 공주를 점령해야겠습니다. 또한 손통령과 의형제를 맺고 척왜항전을 함께 하기로 하니, 그 힘으로 공주감영을 넘어 경성京城을 점령할 수 있을 것 같습니다."

손병희 통령이 결기 어린 표정으로 말했다.

"녹두 대장님을 형님으로 모시고 항일의병전쟁에 나서니 이보다 더한 뜻이 없을 것 같습니다. 이제 녹두 형님은 호남창의대장소가 아닌, 동학창의대장소의 총대장으로 받들어 모시겠습니다."

"손 통령 아우님은 해월 최법헌께서 동학군 대통령으로 임명하였으니, 우리 호남과 호서 남북접군이 하나 되어, 일본군을 쳐부수고 몰아내는 데 함께 하십시다."

당시 전봉준의 나이는 40세요, 손병희의 나이는 34세였다. 전봉준 대장은 손병희 통령과 협의하여, 양호창의영수兩湖倡義領袖, 즉 양호 의병 총대장 명의로 충청감사 박제순에게 일본군을 같이 물리치자는 척왜창의斥倭倡義 서한인 호소문을 보냈다.

삼가 충청감사에게 글을 올립니다. 일본 오랑캐가 구실을 만들어 군대를 동원해서 우리 임금을 핍박하고 우리 백성을 근심케 하니 어찌 그대로 참을 수 있겠습니까! 옛날 임진왜란의 화에 오랑캐가 침범하여 궁궐과 종묘를 불태우고, 임금을 욕보이고 백성을 살육하였으니, 백성들이 모두 분하게 여겨 천고에 잊을 수 없는 한입니다. 초야에 평범한 남자나 무지한 어린아이까지 아직도 그 울분을 삭히지 못하는데, 하물며 합하는 대대로 관록을 먹고 사는 고관으로 그 분노가 평민보다 몇 배나 더하지 않겠습니까!

오늘날의 조정 대신들을 보건대, 망령되게 자기의 안전만을 생각하며 위로는 임금을 위협하고 아래로는 백성을 속여서 일본 오랑캐와 손을 잡아 남쪽의 백성들에게 원한을 샀습니다. 또 망령되게 임금의 군사를 동원하여 선왕의 백성을 해치려 하니 참으로 무슨 뜻이며 끝내 무엇을 하려는 것입니까. 지금 우리가 하고자 하는 것은 지극히 어려운 것임을 진실로 알고 있으나, 일편단심 죽음을 각오하고 전하의 신하된 자로서 두 마음을 품은 자를 쓸어버려 5백 년 왕조의 은혜에 보답하고자 합니다. 원컨대 합하는 크게 반성하여 의로써 죽음을 같이하면 천만 다행이겠습니다.

전봉준과 손병희는 동학의병의 의지를 밝혀, 관군도 항일 의병에 동참하라고 호소한 것이다. 그러나 박제순은 동학의병의 요청은 무시해 버리고 조정에 시급히 대책을 세워 줄 것을 요청하였다. 양호 의병연합군은 충청감사 박제순에게 크게 실망하였지만 한편으론 고무적인 일이 생겼다. 논산 출진을 앞두고 여러 지방에서 의병에 동참하는 사람들이 늘어났으며, 특히 공주 유생인 이유상이 의병을 이끌고 동학의병에 동참한 것이다.

이유상은 원래 동학군 토벌을 목적으로 민보군을 모았으나, 전봉준과 손병희의 진심을 확인하기 위해 논산으로 찾아와 그 실상을 파악하고는 의기투합하기로 결심한 것이다. 이유상은 '의병을 막는 것은 항일 거병의 대의를 저버리는 대죄'라는 내용으로 박제순에게 글을 보내 항의하였다. 박제순은 동학의병전쟁 때 충청도 관찰사로 일본군과 함께 동학의병군 진압에 앞장섰고, 훗날 1905년 외부대신으로서 을사보호조약을 체결하여 '을사 5적'으로 지탄받는 친일반민족행위자가 되었다.

전봉준 대장과 손병희 통령이 이끄는 주력부대 동학의병연합군 2만여 명은 출진 준비가 완료되자 승리를 기원하는 출군 의식을 갖고 전략을 논의하였다. 동학의병연합군은 전략상 두 부대로 나누었다. 전봉준의 남접은 우군, 손병희의 북접은 좌군으로 편성하였다. 동학의병의 최종 목표는 경사京師, 즉 서울이었다. 서울을 점령하려면 우선 서울로 가는 길목인 공주성을 점령해야만 했다. 그래서 전봉준 부대는 노성을 경유, 효포를 거쳐 공주로, 손병희 부대는 노성을 경유, 이인을 거쳐 공주로 진격하기로 전략을 숙의하였으며, 총진군을 서둘렀다.

동학의병연합군 맨 앞에서는 총대장 기와 대통령 기가 바람에 휘날렸고, 기마병이 그 뒤에서 위용을 과시했다. 또 그 뒤로 각 접과 포의 이름이 적힌 깃발과 오색의 수많은 깃발들이 펄럭였다. 곧이어 재인부대의 풍물패가 한바탕 승전 기원의 굿판을 벌였다.

동학의병들의 가슴·어깨·등에는 동학의 영부인 궁을부적과 13자 주문이 새겨져 있었다. '보국안민, 광제창생, 제폭구민, 척양척왜' 등의 많은 깃발과 '오만년수운五萬年受運'과 '척왜창의'의 대형 깃발이 하늘로 치솟았다. 이때 손병희 부대에는 충청도 십여 개 사찰에서 온 승려군 1백여 명도 동참하였다.

동학의병은 다 함께 '시천주조화정영세불망만사지' 주문을 외우면서 또 '칼노래'를 산천이 울리도록 불렀다. 각 대열 앞줄에 있는 접주들의 칼노래와 칼춤이 끝나자 모든 출진 의식은 마무리되었다. 10월 21일(양 11.18) 전 대장과 손 통령은 목에 백오염주를 걸고, 용의 모양이 새겨진 용검龍劍을 빼어 들어 공주 방향을 가리키며 진군을 명령했다. 이에 남접 우군과 북접 좌군의 동학의병군은 저 멀리 공주와 한양까지 울려 퍼지도록 일제히 큰 함성을 지르며 진군을 시작했다.

"동학군들이여, 출진하라!"

"의병들이여, 진군하라!"

"우리는 하늘의 용사들이다!"

"왜적들을 박살내고 나라를 구하자!"

동학의병연합군 지도부가 선창으로 '보국안민, 광제창생, 제폭구민, 척왜창의'를 외치면 모두 제창하고, 시천주 주문을 외우며 힘찬 행군을 하였다. 전봉준과 손병희 두 부대는 각자 팔자진八字陣으로 모였다 갈라지기를 반복하면서, 때로는 속보로, 때로는 달리기로 진군하였다. 이들이 움직이는 모습을 숨어서 지켜보던 일본군과 관군의 밀정들은 '귀신처럼 나타났다 귀신처럼 사라진다.'며 행진 속도가 마치 축지법을 사용하듯 너무 빨라 따라잡기가 힘들다고 보고하였다.

「전봉준 대장은 절명시 '운명'에서 첫 소절, '때가 오니 천지가 모두 힘을 같이 했건만'이라고 했다. 그 '때'라는 것은 동학 1차 기포 전개 과정을 뜻할 수도 있지만, 2차 기포 논산 결집을 말할 수도 있다. 천지가 모두 힘을 같이 했다는 것은 동학군 기포에 동참한 수많은 동학도인과 농민들, 또한 대다수 백성들의 적극적인 협력을 의미하는 것이라고 본다. 동학 1차 기포가 반봉건 혁명이었다면, 2차 기포는 반외세 전쟁이었다. 특히 2차 기포는 동학의병전쟁, 즉 조선의 백성과 일본 군대와의 전쟁이었다.」

양호도순무영 설치와 관군 토벌대 결성

[우리나라가 일본에게 나라를 빼앗긴 것은 두말할 것도 없이 첫째로 일본의 침략 때문이었다. 그다음은 조선 정부의 나라를 수호할 능력이 부족함은 물론 대비책도 없었던 무능함이라고 해도 무리가 아니다. 더구나 백성이 나라를 지키고 일본군을 물리치려고 일어난 동학의병 토벌에 조선군은 일본군에 편제되어 일본군 지휘를 받는 이해할 수 없는 조치로, 반만년 역사와 오백년 사직에 씻을 수 없는 죄를 저질렀다.]

한편 일본군의 통제하에 들어간 조선 정부 개화파는 8월 24일 동학의병을 진압하기 위한 정식 의안을 통과시켰다. 친일 정권은 9월 9일(양 10.7) 일본군의 지침에 따라 우선 안성군수 경리청관 성하영과 죽산부사 장위영관 이두황을 동학의병 진압을 위해 경기도와 충청도로 남하南下를 준비하라 명령하였다.

또한 9월 14일에 친일 정권은 호남湖南과 호서湖西의 동학의병을 무력으로 토벌할 것을 결정하였다. 그리하여 9월 24일에는 관군을 통괄해서 지휘할 최고사령부로 양호도순무영兩湖都巡撫營을 설치하였다. 양호도순무영의 지휘체계는 도순무사都巡撫使 신정희, 중군장에 허진, 선봉장에 이규태를 임명하였다. 또한 경리청관 성하영과 장위영관 이두황을 좌우선봉부대로 조직하여 동학의병을 진압케 하였다. 그후 이규태는 좌선봉장, 이두황은 우선봉장으로 임명되었으며, 중군은 중군장 허진이 흥선 대원군 측근이라 하여 일본군에 의해 초기 출진은 보류되었다.

일본군 후비보병 19대대 대대장 미나미 고시로는 동학의병을 진압하기 위해 출진한 조선군, 즉 도순무영 병사 전체인 경리청, 통위영, 장위영, 교도중대, 강화심영과 충청도와 전라도의 지방병 전체를 지휘하였다. 미나미 대대장은 양호도순무영의 지휘권을 완전 장악하여 작전권을 전횡하였다. 그리하여 진압부대 최고사령부 양호도순무영의 도순무사 신정희는 미나미 고시로의 지휘를 받아 호위청을 중심으로 관군을 지휘하였다. 또한 동학 토벌대로 현장에 출진한 선봉부대가 일본군의 지휘를 받아 통위영, 장위영, 경리청, 교도중대, 지방부대 및 민보군 등을 지휘하게 하는 체계였다. 여기서 눈여겨보아야 할 것은 이규태 선봉장이 통위영 부대를 이끌고 일본군 후비보병 19대대의 서로군과 공주성으로 함께 갔다는 점이다.

말이 동학군을 진압하는 조선 관군이지 사실인즉 일본군에게 소속된 용병에 불과하였다. 이로써 갑오년 동학과 일본의 전쟁은 동학-양호연합군과 일본-조선연합군의 대결로 치닫게 되었다. 일본의 동학당 섬멸작전의 명령은 대본영에서 최초로 하달되었다. 일본의 전시 최고사령부인 대본영은 1894년 9월에 도쿄에서 히로시마로 옮겼으며, 1895년 7월까지 10개월 동안 메이지 국왕이 직접 동학당 학살에 대한 지휘명령을 내렸다.

일본군은 친일 관군을 먼저 출동시킨 후, 10월 15일 일왕의 명령을 직접 받는 일본 제국의 육군 및 해군의 최고 통수기관인 히로시마 대본영의 명령을 받았다. 일본군은 독립후비보병 제19대대를 3군 체제로 분산, 동-중-서(東-中-西) 세 방면으로 나누어 남하시키는 삼로포위섬멸작전을 썼다. 일본군은 동학의병군 토벌의 실질적인 주력군으로서 가는 곳마다 조선 관군들이 일본군 부대를 영접해야 하는 어처구니없는 일들이 벌어졌다.

일본이 조선을 영구히 지배하기 위해서는 우선 동학당을 완전히 뿌리 뽑아야 한다는 것이 일본국 대본영의 방침이었다. 일본군의 명령을 받은 이두황 부대가 제일 먼저 출동해서, 용인에서 일본군과 합류하여 죽산으로 진출하였다. 이두황은 죽산에서 병력의 증파를 요청하여 일본군과 관

나락 익기만 기다렸다
'나락 익기만 기다렸다'는 음력 9월 초 삼례와 9월 중순 청산에 집결하여 10월 초 논산 결집과 공주로 출정하는 시기에 있어, 농민들의 피와 땀 즉 생명과 같은 곡식을 거둬들여야만 항일의병전쟁에 나설 수 있다.

군의 병력을 보충하였다. 그러고는 다시 음성과 괴산을 거쳐 청주에 입성해 동학의병의 청주 공격에 대비하였다. 이때 이두황 부대가 남진하는 중에 경기도와 충청도 일대의 동학의병과 격렬한 전투가 있었다.

이두황 부대에 이어 출동한 성하영 부대는 지름길을 통해 이두황 부대보다 하루 전에 청주성에 도착하였다. 도순무사 신정희의 명령을 받은 선봉장 이규태도 출진하여 청주와 공주에 도착하였다. 동학의병 진압으로 출동한 관군의 병력은 3천여 명이었으나 지방관군과 향군 그리고 민보군까지 합쳐 총 5천여 명으로 늘어난 것으로 추산된다. 이때 고종과 흥선대원군은 아무런 힘도 쓰지 못하는 허수아비였고, 대신들과 관료들도 일본군의 감시와 통제를 받는 빈껍데기에 불과했다.

고종과 대원군이 보낸 밀지는 결국 동학의병의 기포에 반딧불처럼 몇 번 깜박거리다가 이내 꺼져 버리고 말았다. 오직 일본에게 충성을 맹세한 출세주의자들이 판을 쳤으며, 관군 역시 일본군으로 편제되어 군권이 상실되었으니 이미 조선은 일본인이 좌지우지하는, 주권을 상실한 준식민지 상태였다.

「갑오년 동학의병전쟁, 그때 조선 관군은 일본군에 편제되어 작전권, 명령권 등 모든 지휘 계통이 일본군에 예속되어 있었다. 다시 말해 주권을 상실하고 일본군 병참기지로 전락하고 있었다. 조선 경군과 관군은 일본군의 명령에 복종해야 했고, 또한 일본이 조선을 영구히 지배하기 위해서는 우선 동학당을 완전히 뿌리 뽑는 데 앞장서야 했다. 조선의 행정권과 군권 등을 완전히 장악한 일본군은 조선 식민지 정책에 따라 조선 경군 및 관군을 일본군의 꼭두각시처럼 마음대로 지시 명령하였다. 이러한 조선 침략 정책은 일본 국왕과 대본영의 확고한 의지에서 출발하였다.」

동학의병군 진압 일본군 부대 편성

[일본 대본영에서는 동학당 진압부대를 창설하고 '대일본제국 동학당정토군' 즉 동학의병 토벌을 전담할 '독립후비보병 제19대대'를 편성했다. 독립후비보병이란 군대 명칭은 청일전쟁에서 그 후방을 전담하는 보병의 독립부대를 말하며, 독자적인 지휘권을 행사하는 파격적인 부대이다. 대대장으로 임명된 미나미 고시로(南小四郎) 소좌少佐는 막부幕府 말기 일본사회에서 소외되었던 하급 사무라이 출신으로 메이지 유신 중심 세력의 하나인 일본 육군의 중추를 이루는 조슈번(長州藩, 중국식 고을 이름) 인물들과 함께 활동한 사람이다.]

일본은 1894년 8월 이후 청일전쟁에서 승리한 후 그 여세를 몰아 중국의 구룡성과 단동을 점령했다. 일본은 그들의 계획대로 대륙 침략을 위해 3만여 명의 군대를 출동시켰다. 그런데 청일전쟁 수행을 위해 일본군이 부산에서 서울 사이에 불법으로 설치한 병참부와 군용전선을 동학의병군이 7월과 8월에 파괴하는 공작에 나섰다. 일본은 조선의 대동강 이남 지역에 수송로를 확보하기 위해 히로시마 대본영에서 대일본제국 동학당정토군 독립후비보병 제19대대를 창설하기로 하였다.

일본군은 경복궁 점령 이후 일본 조선 공수동맹에 의해 조선군의 군사 지휘권을 장악하였다. 일본은 조선 서울수비대를 즉각 무장해제시키고 불법으로 용산에 주둔한 일본군이 서울 수비를 맡았다. 일본군은 조선의 서울 수비대 출신들로 직속부대인 교도중대敎導中隊를 창설하고 최신 무기를 주어 근대식 군인으로서의 훈련을 시행하였다. 이때 교도중대는 1개 중대에 221명을 배치했다.

일본의 대본영에서 동학당 진압부대를 2천 명으로 구성하고 '대일본제국 동학당정토군' 즉 동학의병 토벌을 전담할 '독립후비보병 제19대대'를 편성했다. 독립후비보병이란 군대 명칭은 청일전쟁에서 그 후방을 전담하는 보병의 독립부대를 말하며, 독자적인 지휘권을 행사하는 파격적인 부대이다. 후비보병 19대대를 중심으로 부산 등 일본 거류민을 보호하는 수비대와 남해에 파견한 쓰꾸바함의 육전대도 동학의병 토벌에 합류했다.

일본군 후비보병은 현역 3년과 예비역 4년을 합쳐 7년을 마치고 다시 후비군에 근무하는 군사들로, 평균 나이 30세의 노련한 병사들이었다. 일본 대본영은 19대대 파병에 앞서 9월 20일경 독립후비보병 제18대대를 한양을 수비하고 한양 이남과 이북을 지원하는 부대로 조선에 파견할 것을 승인했다.

또 10월 6일경(음) 충청감사 박제순과 외무대신 김윤식의 요청으로 이노우에 일본 공사는 동학당 진압 부대 파병을 건의했다. 이에 히로시마 대본영에서 10월 9일경에 동학당 토벌을 목적으로 일본 육군 보병 소좌 미나미 고시로南小四郞가 지휘하는 독립후비보병 제19대대 3개 중대를 증설했다. 제19대대 대대장으로 임명된 미나미 고시로 소좌少佐는 막부幕府 말기 일본 사회에서 소외되었던 하급 사무라이 출신으로 메이지 유신 중심세력의 하나인 일본 육군의 중추를 이루는 조슈번 인물들과 함께 활동한 사람이다.

일본군 후비보병 19대대의 미나미 소좌는 10월 1일에 히로시마 대본영에 직접 출두하여 조선 파견의 명령을 받았다. 미나미 소좌는 19대대를 인솔하여 10월 7일에 시모노세키를 출발, 10일에 인천에 상륙하였다. 인천 남부 병참감부 사령관 이토로부터 명령 및 훈령을 받고 10월 14일에 이노우에 공사로부터 '동학당을 전원 학살하라'는 본국의 특별훈령을 전달받았다. 이후 용산에 도착한 후비19대대 3개 중대는 10월 15일에 용산을 출발하여 각각 삼로三路로 나눠 남하하라고 명령을 받는다.

동학의병 진압을 위한 특수부대 일본군 후비19대대는 라이플총인 스나이더 소총과 무라다 소총이 주무기였다. 또한 20만분의 1 지도인 조선육도朝鮮陸圖와 조선전도朝鮮全圖 그리고 징병제에 의한 근대적 군사력은 물론 통신수단인 군용 전신선과 광범위하게 수집한 정보력 등을 활용하였다.

동학의병군 진압에 동원된 주력부대는 독립후비보병 19대대로서 그 수는 본부 56명, 1개 중대 221명, 3개 중대로 편성되었으며, 총인원은 719명으로 추산된다. 미나미 소좌가 지휘하는 후비19대대는 히로시마 대본영의 '동학당을 모조리 학살'하라는 지령을 받고 공주전투 등은 물론 동학의병을 쫓아 진로를 수정하면서 전라도 서남해안 지역에 이르러 많은 동학도인과 의병들을 학살한다. 동학의병군 진압에 동원된 후비19대대는 10월 15일 용산에서 본격 남하를 시작한다.

일본군 남부병참감 이토와 전권공사 이노우에가 협의하여 후비19대대장 미나미 소좌에게 용산을 출발하기에 앞서 다섯 가지 중요한 훈령을 내리게 하였다. 첫째, 세 개의 길로 나누어 진격하여 조선군과 협력, 큰길의 좌우 근처에 있는 동학당을 격파하고 그 화근을 초멸함으로써 동학당이 다시 일어나는 후환을 남기지 않도록 해야 한다.

둘째, 동학당의 우두머리로 인정되는 자는 체포하여 경성京城 대일본제국 공사관으로 보내고, 동학당 거물급 간의 왕복 문서 혹은 조선 정부 내부의 관리나 지방관 또는 유력한 측과 동학당 간에 왕복한 문서는 힘을 다해 이를 수집하여 함께 공사관으로 보내야 한다. 셋째, 동학당 진압에 파견된 조선군 각 부대는 일본군 사관으로부터 지휘와 명령을 받는다. 넷째, 동로분진대를 먼저 출발하게 해서 동학비도를 동북쪽에서 서남쪽인 전라도 방면으로 내몰도록 해야 한다. 만일 비도들을 강원도와 함경도 쪽의 러시아 국경에 가까운 곳으로 도피하게 하면 외교문제 등 적지 않은 후환이 남을 것이므로 이를 엄밀히 예방해야 한다. 다섯째, 동학당 진압에는 3로 분진대로 나눠 진군한다.

1중대 동로분진대(광주-안흥-장호원-가흥-충주-체재-안보-오동-태봉-낙동-연향역-다부역-대구 등), 2중대 서로분진대(흑천-수원-진위-안성도-천안-체재-대평-공주-노성-여산-삼례역-전주-태인-천원역-장성-담양-가왕리-남원-운봉-함양-안의-거창-권빈역-고령-성주-부상-낙동 등), 3중대 중로분진대(신원-용인-양지-죽산-체재-진천-청주-문의-증약역-적등동-영동-추풍역-개령-낙동 등)로 진군할 것 등이다.

이때 일본군 후비19대대가 명령을 받은 내용은 '동학의병 전원 학살'에 기초하였지만 또한 동학당과 흥선 대원군의 관계를 철저히 파헤치라는 것과 더 나아가 정부 관료는 물론 지방 관료까지 관련 문서 등을 수집하라는 명령이다. 이는 동학의병과 조선 정부는 물론 지방관군과의 협력 등을 사전에 차단하려는 의도가 숨겨져 있다고 본다.

한편 10월 28일 이토오 병참감은 이노우에 공사에게 후비19대대는 전라서남안의 나주·순천 등으로 진로를 정해 동학의병을 진압할 것을 지시하였다. 그리하여 부산 일등영사 가토는 특명전권공사 이노우에에게 동학도인이 만연한 순천·홍양·영암·나주 등의 전라서남해안, 즉 전라 서남단西南端으로 몰아붙여 섬멸해야 한다고 하였다.

일본군의 동학의병군 진압 부대의 명령 체계는, 일본 히로시마 대본영의 명령에 의해 인천에 주둔한 일본군 사령부의 지시로 독립후비보병 제19대대 대대장인 미나미 고시로 소좌에게 하달되었다. 미나미 고시로가 이끄는 후비19대대에는 삼로포위섬멸작전을 수행하는 동로분진대東路分進隊, 서로西路분진대, 중로中路분진대 등 3로三路분진(이하 동로군, 서로군, 중로군)의 3개 중대가 있었다.

제1중대 동로군 중대장은 마츠키 마사야스(松木正保) 대위이다. 마츠키 부대는 충주와 대구 사이의 큰길(병참노선)이 진행 경로이다. 특별지시는 '진로의 좌우 각 역읍驛邑을 정찰하고 특히 좌측은 원주와 청풍, 우측은 음성과 괴산을 엄격하고 세밀하게 수색할 것'이었다. 그리고 서울수비대인 후비18대대 1중대를 추가 배속하였다.

제2중대 서로군 중대장은 모리오 마사카즈(森尾雅一) 대위이다. 모리오 부대는 공주와 전주 사이의 큰길이 진행경로이다. 특별지시는 '진로 좌우에 있는 역읍을 정찰할 것'이었다. 특히 '은진, 여산, 함열, 부안, 금구, 만경, 고부, 흥덕 지방을 엄밀히 수색하고 더 전진해서 영광, 장성을 경유해서 남원으로 진출하여 그곳의 정찰은 각별히 엄격하고 세밀하게 할 것'이었다. 그리고 조선 관군인 통위영, 장위영, 경리영병을 지휘하였다.

제3중대 중로군 중대장은 이시크로 아키마사(右黑光正) 대위이다. 3중대 중로군은 후비19대대 본부 소좌 미나미 고시로 대대장이 지휘하였고 이시크로 중대장은 미나미의 명령에 따랐으며, 경우에 따라 대대장과 중대장은 각각 역할 분담을 통하여 군을 지휘하였다. 미나미 대대장과 이시크로 중대장은 청주와 성주 사이 큰길이 진행경로이다. 특별지시는 '진로 좌우에 있는 각 역읍을 정찰할 것이며, 특히 청주, 보은, 청산 지방은 엄격하고 세밀하게 수색할 것'이었다. 그리고 조선 관군인 교도대敎導隊를 지휘했으며, 후비18대대의 장교 2명과 하사 약간 명을 배속하였다.

3개 중대는 3로로 갈라지는 포위 섬멸 전법과 조선 관군을 지휘 결합하여 집중 공격하는 전술을 폈다. 19대대 3개 중대는 다시 각기 몇 개의 소대로 편성되어 조선 경군, 지방관군까지 지휘하면서 전국적으로 동학의병은 물론 동학도인 전원학살이라는 초토화 작전을 수행하였다.

일본군 후비보병 독립19대대 외 평양·해주 등에 후비 제6연대, 한성·평창 등에 후비 제18대대 1중대, 진주·부산 등에 후비 제10연대 제1대대 등이 조선 전역에 동학의병 및 동학도인을 진압할 작전 계획을 함께 수행하고 있었다.

이와 같은 일본군의 '동학도인들에 대한 전원 학살' 명령은 국제법 위반이었다. 당시 조선 백성들에 대한 일본군의 학살 명령은 조선의 국내법과 사법권의 침해이다. 또 당시의 국제법은 비전투원과 포로에 대한 보호가 명시되어 있었기 때문에 무장을 하지 않은 동학교인들까지 전원 학살 명령을 내린 것은 국제법 위반이 분명하였다.

이러한 일본군의 동학교인 전원 학살 명령에서도 알 수 있듯이, 이미 조선은 일본에 의해 사법권과 행정권은 물론 군사작전권과 지휘권마저 강탈당한 식민지에 버금가는 준식민지準植民地 상태였다. 또한 정치, 외교 및 안보 등 일본에 의한 조선은 주권을 빼앗긴 보호국保護國과 같은 처지였다.³

> 「일본군의 동학의병군 진압 부대의 명령 체계는, 일본 히로시마 대본영의 명령에 의해 인천에 주둔한 일본군 사령부의 지시로 독립후비보병 제19대대 대대장인 미나미 고시로 소좌에게 하달된다. 미나미 고시로는 삼로포위섬멸작전을 수행하기 위해 독립후비보병19대대를 동로군, 서로군, 중로군의 3개 중대로 재편하였다. 제1중대 동로군 중대장은 마츠키 마사야스 대위이다. 제2중대 서로군 중대장은 모리오 마사카즈 대위이다. 제3중대 중로군 중대장은 이시크로 아키마사 대위이다. 일본군의 '동학도들에 대한 전원 학살' 명령은 국제법 위반이었다. 조선 백성들에 대한 일본군의 학살 명령은 조선의 국내법과

---

3   정선원,「동학농민혁명 시기 공주전투 연구」, 원광대학교박사학위논문, 88~93쪽. 주한 일본 공사관기록1, 155~156쪽. 이노우에 가쓰오,『일본군에 의한 최초의 동아시아 민중학살』, 303쪽. 나카츠카 아키라 외,『동학농민전쟁과 일본』, 64쪽 등을 참조하였음.

사법권을 침해한 침략전쟁이었다.」

동학 일본 전쟁, 공주·우금티 대회전

[동학농민혁명사에서 가장 치열한 전투였고 가장 큰 피해를 본 통한의 전투가 공주 우금티 대회전이다. 공주는 충청감영이 있는 곳이며, 지리적으로 금강이 서쪽과 북쪽으로 흐르고 동쪽과 남쪽에는 험준한 산이 둘러져 있어 천연의 요새였다. 동학의병군 지도부가 공주를 주 공격로로 선택한 이유는, 일본군과 관군 연합군을 방어하기에 좋은 천연의 요새였으며, 한양으로 진격하는 중간 거점으로서 전략적인 선택의 여지가 없던 곳이었다. 일본군을 쳐서 물리치고 나라를 바로 세우기 위한 보국안민, 척왜창의의 목적을 달성하기 위해 공주를 기어코 넘어야 했다. 아, 피가 강을 이루고, 시체가 산처럼 쌓인 우금티 혈전은 바로 공주를 손에 넣고 한양으로 진격하기 위한 피할 수 없는 싸움이었다.]

공주·우금치 전투는 동학농민혁명 1차, 2차 기포에서 최대의 전투지이자 최대의 피해지이다. 그래서 다른 지역과 구분해서 '우금치牛禁峙 전투라는 용어보다는 현지인이 부르는 원음대로 '우금티'라 하고, 우금티를 포함해서 공주대회전公州大會戰(필자 주)이라 명칭을 붙인다. 공주대회전은 크게 나눠 이인전투, 효포전주, 우금치(이하 우금티)전투로 구분된다.

공주는 충청감영이 있는 곳이다. 공주는 지리적으로 금강이 서쪽과 북쪽으로 흐르고 동쪽과 남쪽에는 험준한 산이 둘러져 있어 천연의 요새를 이룬 곳이다. 전봉준과 손병희가 공주를 선택한 이유는 두 가지였다. 첫 번째는 공주를 차지한다면 일본군과 관군 연합군을 방어하기에 좋은 천연의 요새라는 점 때문이다. 두 번째는 한양으로 진격하는 선택의 여지가 없

우금티 전투
우금티 전투의 생생한 현장의 모습이다.

는 전략상의 교두보였기 때문이다.

전봉준과 손병희의 동학의병연합군은 10월 21일(양 11.18) 논산 소토산을 출발해 거센 폭풍처럼 진격을 거듭하여 노성에 도착해서 공주를 눈앞에 두고 있었다. 이때 동학의병군의 모습은 참으로 대단하였다. 우군과 좌군으로 나누어 진군하는 의병들로 논산에서 공주까지 산과 들은 사람들로 가득 차 있었다.

그러나 일본군과 관군이 먼저 공주성을 점유하였고, 이들은 우금티와 공주 일대까지 방어선을 구축하고 있었다. 한 발 앞서 공주를 차지할 기회를 놓친 의병연합군에게 점차 불운이 다가오고 있었다. 초겨울인데도 칼바람 날씨에 비와 눈이 번갈아 내리는 바람에 춥고 길은 질척거리는 악조건이었다. 의병연합군은 10월 23일부터 일본군과 관군 연합군을 상대로 공주성을 함락하기 위한 전투 준비에 들어갔다. 그런데 그에 앞서 각지의 동학의병군의 잇따른 패배 소식이 전해 오면서 의병연합군 전략에 차질이 빚어졌다.

동학의병연합군 본대가 논산을 출발할 때와 맞추어, 김용휘, 김성지, 김화성 삼로三老가 지휘하는 동학의병군 1천 5백 명은 목천을 먼저 장악해야만 했다. 이는 일본군과 관군 연합군을 견제하고 분산시켜 의병연합군의 행보를 가볍게 하려는 계획이었다. 그러나 의병군은 이두황이 이끄는 일본군과 경군의 공격을 받고 목천 세성산 전투에서 10월 21일 크게 패하고 말았다.

일본군의 지원을 받은 이두황의 토벌군과 청주의 관군이 세성산에 웅거한 의병군을 포위 공격하였다. 동학의병군은 전혀 예상치 못했던 일본군과 관군의 신식 무기에 의한 기습 공격을 받았다. 일본군의 개틀링 기관포와 쿠르프 대포, 스나이더 자동소총, 무라타 자동소총 등 각종 최신식 무기들이 불을 뿜었다. 이들 최신식 무기들은 폭발력과 파괴력이 세계 최고 수준이었으며, 1~2천 미터를 날아가 한꺼번에 많은 의병들을 살상하였다.

동학의병군은 시천주 주문을 외우고 몸에 붙인 궁을부적에 의지하며 나흘간 밤낮을 가리지 않고 맞서 싸웠다. 그러나 토벌군에게 일방적으로 학살을 당하면서 1천여 명의 사상자를 내고 말았다. 피가 성을 씻으며 흘렀고, 시체가 성안에 가득하여 '시성산'이라 할 정도로 처참한 항전이었다.

전봉준 대장과 손병희 통령은 21일 목천 세성산 전투 참패에 이어, 10월 22일 홍천 자작고개 전투에서도 1천여 명의 희생자를 냈다는 보고를 받고 큰 충격에 빠졌다. 동학의병군 2천여 명이 며칠 사이에 일본군과 관군에 의해 비참한 최후를 마쳤다는 급보는 동학의병군의 전도에 짙은 그림자를 드리우는 소식이었다.

전봉준 대장과 손병희 통령은 10월 23일 노성에서 비밀리에 만나 전략을 숙의했다. 불운한 소식을 전해들은 전봉준 대장과 손병희 통령은 비통한 마음을 금할 수가 없었다. 특히 손병희 통령은 세성산과 자작고개의 패배 소식을 듣고 가슴 아파했다. 그곳의 패배는 전략의 손실이기도 하지만 특히 최법헌과 깊은 인연으로 맺어진 곳이라 2천여 명의 희생자를 냈다는 사실이 해월 스승께는 하늘이 무너지는 슬픔이었으리라.

첫 번째 공주전투는 10월 23일(음) 전봉준 대장이 이끄는 우군과 손병희 통령이 이끄는 좌군의 동시다발적인 공격으로 시작된다. 전봉준 부대는 노성에서 경천을 경유하여 효포로 진격했다. 손병희 부대는 노성에서 이인으로 진격했다. 손병희 부대는 산천이 쩌렁쩌렁하도록 함성을 지르고 주문을 외우면서 이인을 일거에 점령했다. 그러나 이인을 함락한 의병군은, 일본군 소위 스즈키 아키라(鈴木彰)가 이끄는 1개 소대 병력과, 성하영과 구완희가 이끄는 관군 연합군에게 반격을 받고, 인근 취병산으로 후퇴했다. 이인과 취병산을 사이에 두고 손병희의 의병군과 일본군·관군 연합군은 밀고 밀리는 공방전을 수차례 펼쳤다. 결국 일본군은 재빠르게 후퇴했으며, 관군 연합군은 백여 명의 전사자를 내고 의병군에게 쫓겨 도망쳤다. 이인 전투에서 손병희 통령의 의병군은 첫 승리를 거두었다.

전봉준 대장의 우군은 23일 효포를 기습하면서 첫 승리를 거두었다. 효포를 지키던 홍운섭과 구상조가 이끄는 관군 연합군의 주력부대가 밤을 이용해 금강을 건너 대교리 일대의 동학의병군을 공격하러 출동한 틈을 놓치지 않고, 전봉준의 동학군이 급습을 하였다. 그 결과로 잔여 관군 연합군을 섬멸하고 대포와 소총을 거두었다. 이때 전봉준의 전략은 일본군과 관군이 충청감영을 방어선으로 삼았던 공주 시가지 외곽을 둘러싼 산줄기를 포위하는 전법이었다.

그러나 23일 손병희의 좌군에게 패주한 성하영의 부대와 백낙완의 관군이 전봉준 부대의 진격을 차단하고자 포와 소총을 쏘아대며 우수한 화력을 내세워 막아 나섰다. 의병 연합군과 관군 연합군은 치열한 전투를 벌이며 해가 질 때까지 일진일퇴를 거듭하였다.

전봉준과 손병희의 동학의병연합군이 본격적으로 공주 공격에 나서자, 이규태 관군 연합군 선봉장은 납다리(납교) 뒷산에 올라가 양쪽의 전투를 세밀히 관찰하였다. 이규태는 수하 참모들에게 명령을 내렸다.

"동학군이 건너편 산봉우리에 깃발을 꽂고 병풍처럼 둘러 있는데 그 군세가 수십 리에 뻗쳐 있고, 또 해가 저물어 날이 어두워지므로 공격을 잘못하다간 크게 패할 수 있다. 전투의 형세를 보아 하니, 우선 우금티, 금학동, 효포동, 납교후봉 등 여러 곳에 병력을 분산 배치하여야 한다. 공주 일대를 철저히 수비하라!"

이규태 선봉장의 명령이 떨어지고, 전령들이 신속하게 움직이면서 24일의 공주전투는 밤을 맞이하여 소강상태로 접어들었다. 전봉준과 손병희의 동학의병군 역시 나흘간의 전투로 피로와 허기에 지쳐 하룻밤 휴전에 들어갔다. 동학의병군이 야밤에 휴식을 취하고 있을 때, 일본군 독립후비보병 19대대 1중대(서로군) 모리오 마사카즈 중대장과 이규태 중군 선봉장이 극비리에 전략을 논의했다.

모리오 마사카즈 중대장이 먼저 말했다.

"일본군 밀정에 의하면, 내일 새벽 전봉준 부대가 웅치를 공격한다."

이규태 선봉장이 말했다.

"조선군 첩보원들도 그리한다고 보고했다. 내 작전은 조병완 대관이 북쪽에서 동학군 오른쪽을 공격하고, 구상조 영관이 남쪽에서 동학군 왼쪽을 공격하고, 성하영은 병력을 몰아 정면을 공격할 것이며, 곧 대교에서 돌아오는 홍운섭 부대가 가세하는 것으로 전략을 세웠으면 하는데, 일본군은 어찌할 것인가"

"아주 좋은 생각이다. 나와 일본군은 구상조 영관과 합류하여 공격할 것이다."

"아니, 전력이 우세한 일본군이 정면을 같이 공격해야지 왜 측면 공격을 선택하는가"

모리오 마사카즈 중대장은 이규태 선봉장의 의견을 듣고 버럭 화를 냈다.

"뭐라고? 지금 일본군과 관군 연합군의 최고사령부는 히로시마 대본영이다. 조선군은 이미 일본군 예하 부대로 편성되었으며, 작전 지휘권도 우리에게 있다. 이러한 군 체제는 일찍이 조선 임금도 인정하고 특명을 내린 상태다. 앞으로 조선군이 일본군에게 이래라저래라 하면 즉각 체포하여 군법으로 다스리겠다."

모리오 마사카즈의 말을 듣던 이규태는 화가 난 얼굴로 말했다.

"아, 조선국이 어쩌다 이렇게 되었는가! 내가 임금의 명령을 받은 조선 경군 선봉사령관인데, 어찌 일본군 대위의 명령을 받게 되었단 말인가!"

이규태와 모리오는 험악한 얼굴로 서로 쏘아보며 다투었다. 이대로 간다면 우리가 우리 백성을 죽이고 나라를 통째로 일본에게 바치는 어리석은 짓을 하는 것이 아닌지, 이규태는 순간 망국의 서러움을 느꼈다. 그러나 어찌하랴, 결국 이규태가 수긍하고, 웅치전투에서 우금티 대회전까지 일본군과 관군 연합군의 방어 전략과 군부대 배치 등 작전계획을 마쳤다.

두 번째 공주전투는, 전봉준의 동학의병군이 10월 25일 새벽부터 비상식량으로 아침 끼니를 때우고, 구식 대포와 화승총 부대를 앞세워 웅치를 일제히 공격하면서 시작되었다. 의병군의 공격에 대한 정보를 미리 파악한 일본군과 경군은 작전대로 혁명군의 정면과 좌우 측면을 공격하는 전법으로 우수한 무기들을 앞세워 강력하게 맞서며 방어선을 지켰다.

일본군과 관군 연합군은 동학의병연합군의 진격을 최대한 지연시켜 동학군의 전력을 약화시키는 것이 목표였다. 동학의병연합군은 곧 닥쳐올 엄동설한을 피하기 위해 가능한 한 공격을 서둘러야 하는 입장이었다. 동학군은 공주 공방전에서 처음에는 우세했으나 갈수록 불리한 상황을 맞아 타격을 입고 경천으로 후퇴하였다.

다행히 10월 24일(양 11.21) 박인호 대접주의 지휘하에 만여 명의 내포지역 북접 동학의병군이 당진 승전곡(승전목)에서 일본군과 관군 수백 명을 크게 물리친 승전 소식이 있었다. 또한 27일(양 11.24)에 내포지역 의병군이 관작리 전투에서도 관군과 민보군 등 수천 명을 크게 무찔러 동학의병군 사기 진작에 큰 영향을 주었다.

한편 전주에 머물던 김개남은 전봉준과 손병희의 공주전투 소식을 접하고 기포하여 북상을 시작하였다. 그는 청주로 진격하는 계획에 따라 10월 24일 금산을 공격하여 점령하였다.

전봉준은 전령을 손화중에게 재빨리 보내어, 김개남 부대가 공주전투에 합류하면 후방이 불안해질 것을 대비하라 하였다. 또한 의병연합군이 논산을 출발하면 나주를 먼저 공격해서 후방을 튼튼히 하라는 작전 지시를 내렸다. 손화중과 최경선은 21일 나주를 공격했다. 전봉준과 손병희는 11월 초 경천과 노성 일대에서 동학군을 재정비 하고 공주성 점령을 위한 진군 준비를 마쳤다. 이때 전봉준은 어느 유명한 점쟁이가 '전녹두는 경천을 조심하라는 점괘가 나왔다.'고 조심하라는 말이 있었으나, 아무 일 없이 지나갔다.

이때 뜻밖의 사건이 일어난다. 황해도 동학의병군이 10월 25일(양 11.22)부터 11월 4일까지 9일간 해주성海州城을 점령한 것이다. 해주성 점령은 전라도 동학농민군이 전주성을 점령한 것에 못지않은 엄청난 사건이다. 해주성 점령은 임종현林宗鉉 동학대접주가 주도하였고 김구(본명 김창수) 접주 등이 적극 동참하여 이뤄낸 경천동지驚天動地할 대사건이다. 황해도 감영의 행정문서를 모두 소각하고 감사와 수령 등을 임명하는 등의 친일 조선정부에 대해서는 혁명적이었고, 일본에 대해서는 척왜항전의 독립운동 성격이 강했다.

또한 11월 6일쯤 불운한 소식도 전해졌다. 해미에 주둔해 있던 내포 동학의병군이, 가야산 일락치 방향으로 진입한 이두황 부대의 기습 공격을 받고 패전하였으며, 매현의 동학군도 관병군의 공격을 받고 패하였다.

전봉준의 동학의병군 1만여 명과 손병희의 동학의병군 1만여 명은 11월 8일 좌·우 2대의 임무로, 미시未時(1-3시)에 세 번째 공주 공략을 시작했다. 동학군은 일제히 시천주 주문을 외우고 산천이 울리는 함성과 함께 구식 대포를 쏘아대며 화살과 총탄을 퍼부었다. 동학의병군은 바람에 휘날리는 오색기를 앞세우고 판치와 이인의 관군을 공주 쪽으로 거세게 몰아붙였다. 이때 의병군의 전략은 경천에서 판치를 향해 올라가며 공격하고, 노성의 뒤 봉우리를 타고 오르며 돌진하고, 오실산 쪽으로 이인의 후방을 포위하는 작전이었다.

전봉준이 지휘하는 동학의병군의 대대적인 진격과 공격으로, 판치를 방어하던 구상조의 관군은 일방적으로 밀리며 패하여 효포와 웅치로 후퇴하였다. 손병희가 이끄는 동학의병군은 이인을 방어하던 성하영의 경군을 일거에 포위하여 파상적 공격을 가했다. 성하영 부대는 제대로 반격도 못하고 밤이 돼서야 퇴로를 뚫어 10리쯤 떨어진 우금티까지 도망치며, 의병군의 끈질긴 추격과 공격으로 적지 않은 피해를 입었다.

그런데 1, 2차 공주전투에서 일본군은 경군을 돕는 척만 하고 특히 3차 전투에서는 자취를 감추고 보이지도 않았다. 일본군은 모두 우금티 전투를 대비하여 철저한 준비에 들어간 것이다. 경군 역시 시간을 끌면서 우금티 쪽으로 후퇴를 거듭하였다. 일본군과 경군의 이러한 비밀 전략은, 11월 9일 1차 우금티전투에서 확연히 드러났다.

일본군은 완벽한 작전을 세우고 우금티 일원에 서양식 군대 조직과 훈련을 받은 독립후비보병 19대대 2중대 모리오 부대를 배치했다. 당시 독립후비보병 1개 중대 병력의 숫자는 약 2백40명이었는데 80여 명은 홍주(홍성)전투로 보냈고, 150여 명을 최신 무기로 무장하여 배치했다. 또한 일본군에게 무기를 공급받고 군사훈련을 받은 조선 경군의 정예 군사 8백여 명과 충청감영군 5백여 명, 민병·민보군 등을 포함하여 우금티 일대에 많은 병력이 집중 배치되었다.

우금티 일대에 투입된 동학의병연합군의 병력은 전봉준·손병희의 주력부대 2만여 명과 또 공주일대에서 광범위하게 참여한 숫자는 헤아리기 어려울 만큼 많았다. 그러나 숫자에서는 우세하였으나 무기에서는 턱없이 부족하였다. 동학의병의 무기는 관군에게서 노획한 회전식 기관총과 소총이 약간 있었고, 구식 대포 몇 대와 화승총 몇백 자루가 전부였다. 더구나 대부분 동학의병은 죽창이나 농기구로 무장하였다. 동학의병군이 최신 무기를 갖춘 최강의 일본군과 조선의 정예 군사인 경군에 맞서 치열한 전투를 벌이기에는 애초부터 한계가 있었다.

「최신식 무기로 무장하였고 서양식 군조직과 훈련을 받은 동아시아 최강의 일본군, 일본군에게 훈련을 받고 신식 무기로 무장한 경군 및 관군들(관군 연합군), 동학의병군은 주로 농민들로 구성되었으며, 무기는 관군에게 빼앗은 구식 소총과 대포도 있었으나, 주로 죽창으로 무장하였다. 더구나 눈보라 치는 혹한의 겨울은 다가오고, 전략적 선택지 공주성은 일본군과 관군이 선점하여 동학의병군으로서는 최악의 상태였다. 그래도 어찌하랴! 목숨 걸고 싸워 일본군을 몰아내고 정부를 개혁하여 올바른 자주독립국가를 세워야 한다는 일념으로 큰 패배가 예상되지만 일본과의 대전쟁에 모든 것을 걸게 된다.

예상한 일이었던가, 예상치 못한 일이었던가, 지난 황토재 대회전 뒤 일부 보부상과 민보군 출신이 관군에게 등을 돌리고 동학군 밀정 노릇을 하였다. 그런데 우금티 대회전 전후에 그들은 다시 동학군에게 등을 돌리고, 일본군과 관군의 밀정 노릇을 하였다. 대세가 기울면 밀정들도 이익에 따라 변절하는 모양이다. 이들 밀정들 때문에 일본군과 관군은 동학의병군의 움직임을 손바닥 보듯 환히 알고 있었다.」

우금티 대회전, 시산혈해로 패하다

[동학의병들은 일본 침략군으로부터 오직 나라를 구하겠다는 신념으로 그들과 맞서 싸웠다. 동학의병군은 가슴에 동학 궁을영부를 붙이고, '시천주조화정영세불망만사지' 13자 주문을 외우며 전진 또 진격을 거듭하고 적군을 향하여 거침없이 돌진하였다. 오호라, 저들이 갈겨대는 총알은 소나기처럼 내리퍼붓고, 불꽃놀이처럼 쏘아 올리는 포탄은 천둥벼락처럼 천지를 진동시켰다. 그러나 동학의병들은 어디서 그런 용기와 투지가 생겨나는지 두려움 같은 것은 전혀 없었다. 그러나 결국 우금티 대회전은 '시산혈해屍山血海, 사람의 시체가 산같이 많이 쌓이고 피가 바다같이 흘렀다.'고 할 만큼 처참한 상태로 패하고 만다.]

우금티 전투 1차 접전은 11월 9일(양 12.5) 아침부터 시작되었다. 이날따라 매서운 바람과 추위가 엄습해서 대부분 가을철에나 입을 옷에 짚신을 신은 의병연합군에게는 날씨가 치명적인 약점으로 작용했다. 전봉준은 손병희와 의논하여 동학의병군을 총집결시키라는 지시를 내렸다.

"우리 군은 일제히 동쪽으로 판치 뒤 봉우리에서부터 서쪽으로 봉황산 뒤편까지 40여 리에 걸쳐 진을 쳐라!"

동학의병연합군의 전략은 북쪽을 제외하고, 동·서·남의 3면을 둘러싸는 포위 전술과 성동격서의 양면 전법으로 공주감영을 총공격하는 것이었다. 일본군과 관군 연합군은 우금티를 중심으로 왼쪽 봉우리와 중심부에서는 일본군 모리오 대위가 이끄는 독립후비보병 제19대대 2중대가 사냥개처럼 동학군들의 움직임을 노려보고 있었다. 또 맞은편 견준봉에는 백낙완의 병력을, 고개 밑에는 성하영의 부대를 각각 배치해 주 방어선을 쳤다.

동남쪽으로 금학동에는 오창성 대관의 통위영 부대, 웅치에는 홍운섭

영관의 경리청 부대와 구상조·조병완 대관의 부대가, 효포의 봉수대에는 장용진 영관의 통위영 부대와 신창희 대관의 부대가 진을 쳤다. 금강나루와 산성 쪽은 최규덕 공주목 비장의 부대가, 공주감영 뒤편 봉황산 쪽은 민병군이 각자 수비를 맡았다. 향군과 민보군들은 일본군과 경군의 지원을 받는 등, 일본군과 관군 연합군은 완벽한 방어와 의병연합군 격퇴의 전투 태세를 갖추었다.

우금티 일대 1차 전투는 손병희의 주력부대가 효포와 웅치를 공격하여 공주성을 압박하는 전투로 시작되었다. 손병희의 공격으로 방어선이 흐트러지자 전봉준의 주력부대는 우금티를 총공격하였다. 이에 맞서 일본군과 관군 연합군의 무차별 포격과 자동소총이 소나기처럼 퍼붓는 것으로 우금티 전투는 본격적으로 시작되었다.

전봉준 총대장과 손병희 통령은 총공격 명령을 내렸다.

"효포와 웅치를 치고 공주영을 압박하라!"

"우금티를 넘어 공주를 치고 한양으로 진격하자!"

"시천주조화정영세불망만사지."

"저 무도한 왜적들을 모조리 죽여라!"

관군 연합군 선봉장 이규태 대장과 일본군 후비 19대대 모리오 대위는 의병연합군의 총공격에 맞서 명령을 내렸다.

"동학당을 모조리 사살하라!"

격전이 벌어질 때마다 일본군과 관군 연합군의 우세한 화력에 동학농민군 사상자가 속출하였다. 전봉준 부대는 서쪽 주봉으로 방향을 틀어 일본군과 관군 연합군을 유인하는 전술로 바꿔 공격했다. 우금티 고개 밑을 방어하던 성하영 부대가 후퇴하자, 모리오 중대장은 우금티와 견준봉 사이의 능선에 일본군과 중화기를 배치하여 공격해 오는 전봉준 부대를 향하여 일제히 사격을 가했다. 일본군들은 산마루에 나란히 서서 일제히 사격을 가하다가, 의병연합군이 밀려나오면 사격부대는 숲으로 숨고 포격부대가 나와 일제히 포격을 가하는 전술을 폈다.

전봉준은 한번 공격했다 퇴각하면, 그곳에 의병들의 시체가 산처럼 쌓이는 참혹한 광경을 목격하면서 다급히 손병희 부대에 지원을 요청했다. 손병희 통령은 일부 부대를 우금티 쪽으로 이동하라고 긴급 지시하였다. 일본군과 관군 연합군 주력부대도 우금티로 이동시켰다. 우금티 전투는 9일부터 11일까지 1, 2차 공격 때 전투가 수십 차례 이어졌다. 공주성으로 들어가는 길목, 즉 우금티 일대에서 동시다발적으로 동학의병과 일본군 그리고 관군 연합군의 치열한 공방전이 펼쳐졌다. 특히 우금티 고개 위쪽의 일본군과 관군들의 유리한 위치에서 아래쪽의 동학의병군과의 총력전이 펼쳐졌다.

본격적으로 전투가 시작되면서 속절없이 내리퍼부어 쌓인 눈은 의병의 무릎까지 푹푹 빠지게 했다. 뼛속까지 파고드는 강추위와 함께 전진하기도 후퇴하기도 힘든 최악의 상황이었다. 동학의병은 악천후와 싸우며 전진과 후퇴를 반복하면서 수십 차례의 공방전을 이어갔다.

이처럼 동학의병연합군과 일본군-관군 연합군의 처절한 전투가 지속되면서, 11월 11일(양 12.7) 살아남아 도주하지 않은 동학의병은 우금티전투의 최종 공격을 서두르고 있었다. 전봉준 대장과 손병희 통령은 극비리에 만나 우금티 일대 최후의 전투를 앞두고 작전회의를 했다.

전봉준이 먼저 말했다.

"전진과 후퇴가 40~50차례 거듭되면서, 우리의 희생이 너무 큽니다. 우리가 경군에게 빼앗은 회선포는 실탄이 없어서 써먹지도 못하고 있습니다. 또한 화승총은 사정거리가 1백~2백 보이며, 대부분은 칼, 활, 죽창, 농

우금티에서 농민군들의 주먹밥 먹는 모습
눈 덮인 우금티 고개에서 한쪽에서는 전투하고, 한쪽에서는 여인들이 밥을 챙기고, 또 동학군이 주먹밥을 먹는 모습이다.

기구를 무기로 들고 있습니다. 일본군과 관군 연합군의 무기는 서양 최신 무기로 사정거리가 1천~2천 보 정도 됩니다. 우리는 최대한 접근하여 백병전을 치르는 것 외에는 다른 방법이 없습니다."

손병희 통령은 말했다.

"군대와 무기 면에서 비교도 안 되는데, 날씨까지 우리를 외면하는 것 같습니다. 우리 의병은 이런 추위 속에 3일 동안 먹지도 자지도 못해 추위와 배고픔에 지치고 시달려 이제 본격적으로 후퇴를 해야 하지 않나 생각합니다. 마지막으로 총공격을 시도하고 실패하면 남하 후 차후를 도모해 봅시다."

전봉준과 손병희가 최후의 우금티 일대 전투를 검토하고 있을 때 일본군과 관군의 지휘부도 동학의병을 완전 섬멸하기 위하여 작전회의를 시작했다. 먼저 선봉장 이규태가 그동안의 전투 소감을 말했다.

"아아, 참으로 저들 동학 비류들은 무섭고도 끈질기구나. 도대체 얼마나 많은 동비들이 동원되었는지 그 수를 헤아릴 수 없구나. 저들은 40~50리에 걸쳐 두루 둘러싸고 길이 있으면 싸워 빼앗고, 높은 봉우리를 싸워서 점거하며 동쪽에서 소리치면 서쪽에서 따르고 왼쪽에서 번뜩하면 오른쪽에서 번쩍 나타난다. 깃발을 흔들고 북을 치며 죽음을 무릅쓰고 앞을 다투어 기어오르니, 저들의 의리와 용기는 일찍이 들어 본 적이 없다."

이규태는 주위의 눈치도 살피지 않고 말을 이어갔다.

"동비들의 행동을 말하고 생각하니 뼈가 떨리고 마음이 서늘하다. 만약 우리가 전략이 소홀하고 제대로 방비를 하지 못했다면 저들이 맹렬히 밀어붙이는 기세를 막아 낼 수 없었을 것이다."

이규태의 긴 소감을 듣던 모리오 중대장이 인상을 팍 쓰며 말했다.

"이규태 선봉장의 말을 들으니, 마치 조선군이 대처를 잘해 이기고 있다는 느낌을 주는구나. 만약 일본군과 최신 무기가 없었다면, 완승의 상황을 꿈이나 꿀 수 있었는가? 지난번 호남에서 동학당의 공격에 제대로 힘 한 번 쓰지 못하고 연전연패했던 사실을 잊었단 말인가!"

이규태의 얼굴이 일그러졌으나, 모리오 마사카즈는 개의치 않고 조선군을 무시하는 말을 이어갔다.

"조선군은 일본군 소속으로서, 우리의 작전과 전투 능력으로 이기고 있으니, 꿈에서도 그 사실을 잊지 말라. 곧 일본 대본영의 뜻대로 동비들의 기세를 꺾고 남쪽으로 몰아붙여 저들을 섬멸할 것이니, 절대적으로 일본군의 명령에 복종하라!"

이규태는 분함을 이기지 못하는 일그러진 얼굴로 모리오를 쏘아보았다.

"조선의 영관은 장군인데, 일본의 중대장에게 지시를 받는 것은 조선의 수치요, 나의 자존심이 개똥 위에 굴러가는구나."

이때부터 동학의병전쟁이 끝날 때까지 이규태는 얼마나 자존심이 상하고 스트레스를 받았으면 훗날 1895년 관직에서 해임되고 6월경에 집에서 요양하다 급사했다는 말이 전해온다. 또한 도순무사 신정희도 강화유수로 발령된 후 그동안 일본군에게 받은 상처와 스트레스에 의해 1895년 6월경에 사망 사실이 알려져 많은 이들이 통탄해하였다는 이야기가 전해진다.

일본군-관군 연합군은 동학의병연합군이 곧 총공격을 결행한다는 정보를 입수하고, 전투태세로 돌입했다. 전봉준과 손병희의 전략회의에 따라 우금티 일대에서 동시다발적인 전투가 일어났다. 특히 우금티 고개에서 호남의병이 앞장서고, 호서의병이 뒤를 받치며 한꺼번에 치고 올라가 백병전을 치른다는 작전으로 총공격 명령을 내렸다. 이때 전봉준은 부상당한 다리를 제대로 치료받지 못해 부작용까지 겹쳐 걷기조차 어려웠다. 그래서 전봉준은 뒤편 가마 위에서 지휘를 하였다. 진격 나팔소리와 우렁찬 북소리, 수많은 깃발이 휘날리는 가운데 총공격 명령이 떨어졌다.

"동학의병들이여, 사즉생의 각오로 총공격하라!"

"의병들이여, 주문과 영부의 힘으로 총진격하라!"

"시천주조화정영세불망만사지!"

동학의병들은 죽음을 각오하고 총공격에 나섰다. 호남 의병들은 일제히 소총을 들고 죽창을 겨누며 우금티 고개로 몰려갔다. 충청 의병들은 그 뒤를 따르며 총과 활을 쏘며, 돌격했다. 우금티 능선과 주위 봉우리 곳곳에 배치된 일본군과 관군 연합군은 무차별 사격을 가했다.

개틀링 기관포가 악마의 화신처럼 불을 뿜고 쿠르프 대포가 산천이 울리며 의병들을 여지없이 날려 버렸다. 스나이더 소총과 무라타 연발소총은 일발필살의 기세로 의병의 전열을 무너뜨렸다. 일본군과 관군 연합군의 최신 무기들은 가히 엄청난 위력을 발휘했다.

동학의병들은 마치 밤하늘의 무수한 별들이 새벽에 혼적을 감추는 것처럼, 만추에 서리 맞은 잎들이 돌개바람에 사그리 떨어지는 것처럼 쓰러져 갔다. 화려하게 피어난 꽃송이들이 천둥 벼락 속에 퍼붓는 거센 소나기에 우수수 떨어져, 핏빛 강물에 휩쓸려 떠내려가는 모습과도 같았다. 우금티 대회전은 시산혈해屍山血海의 처참한 상태로 패하고 결국 후퇴를 결정한다.

「조선 관군의 직책이 영관급이면 장군에 해당되며, 요즘 군대조직으로 말하면 해병대사령관, 방첩사령관, 특전사령관 등 각군 조직에 있어 그 사령부의 최고 지휘관이다. 일본군에 의한 동학군 토벌대 최고사령부 양호도순무영을 설치하였는데, 관군을 통괄해서 지휘할 직책에 도순무사 신정희, 선봉장에 이규태 등을 임명하였다. 신정희는 최고사령관, 이규태는 사령관급에 해당된다. 그런데 일본군 중대장인 모리오 대위가 조선의 신정희 최고사령관과 이규태 사령관에게 명령을 내리는 등 통제는 물론 지휘까지 하는 어처구니없는 일들이 벌어진다. 이러한 경우를 살펴보면 말이 조선군이지 일본군에 편제되어 일본군에 의해 명령이 하달되는 일본군 하위 부대에 불과하였다.」

패전과 후퇴, 운이 다하니 영웅도 어찌할 수가 없다

[전봉준의 절명시 「운명」 첫 번째 소절은 '때가 오니 천지가 모두 힘을 같이 했건만'이다. 두 번째 소절은 '운이 다하니 영웅도 어찌할 수가 없다.'이다. 정말 때가 왔을 때는 사람들이 바람처럼 구름처럼 모여들었다가, 운이 다하면 천하의 영웅도 수많은 민중도 어찌할 수 없는 것인가 보다. 그러나 우금티 혈전에서 크게 패하였지만, 후손 된 우리의 가슴에는 자랑스러운 역사이다.

아! 우금티 대혈전, 그때 우리가 승리했더라면 일제강점기도 없었고, 6.25전쟁도 없었고, 지금처럼 밀정들이 판을 치지도 않았겠고, 친일사관의 정신 나간 인사들도 이렇듯 설치지 않았을 것이다. 아, 지금도 역사 전쟁은 계속되고 일본은 독도를 중심으로 다시 한반도를 노리고 있다. 그들에게 편승된 사람도 적지 않은 현실에서 다시 독립운동을 펼쳐야 하는 기험한 아국운수가 걱정이다. 아니, 진정한 독립운동은 갈라진 조국을 통일시키는 일이다. 현재 우리나라는 독립국이 아니라 분단국이다. 통일조국을 위해 다시 보국안민 척양척왜이다.]

전봉준과 손병희의 동학의병연합군 지도부는 피를 토하는 울분을 삼키며, 전군에게 퇴각 명령을 내렸다. 우금티의 최후 혈전이 끝난 뒤 노성까지 물러나 인원을 점검해 보니, 2만 명 중 잔여 인원은 5천 명에 불과했다. 우금티전투에 투입된 동학의병은 전체 2만으로, 그중 5천여 명은 도주하였고, 5천 명이 남았으므로 1만 명 정도가 일본군과 관군 연합군에게 사살된 것이다.

　공주전투와 우금티전투에서 동학의병군이 계획한, 일본군과 관군을 분산시키려 한 전략은 도리어 전략적 패착이 되었다. 특히 남접의 최대 강군 김개남 부대와 풍부한 전투 경험을 갖춘 손화중 부대가 전봉준 주력부대와 합류하지 못한 것도 패전의 원인으로 볼 수 있다. 그러나 역시 결정적인 것은 일본군의 최신식 무기들, 고도로 훈련된 신식 군대의 편제와 전술이었다. 지형과 악천후 등도 혁명군에게는 최악의 상황이었다.

　전봉준과 손병희를 중심으로 한 동학의병 지도부는 11월 12일(양 12.8) 노성에서 회의를 열었다. 그들은 경군과 영병 그리고 백성들에게 보낼 의병 창의에 동참하라는 공고문을 준비하고 있었는데, 전령의 긴급 보고가 들어왔다. 지난번 홍천에서 패전한 차기석과 지도부가 체포되었으며, 일부는 포살되었다는 보고였다. 또한 한산과 김천의 동학의병이 전라도에서 넘어온 의병군과 연합하여 한산을 점령했다는 소식도 들어왔다.

　전봉준 대장은 11월 12일 의병에 동참하라는 동도상서문東道上書文을 서울 주둔 군사 경군京軍, 감영 소속 군사 영병營兵, 하급 벼슬아치 이교吏校와 시민市民, 즉 백성들에게 보내 공고하였다. 동도상서문은 지난 11월 4일 국왕 고종이 동학의병은 물론 전국에 포고한 칙유勅諭에 대한 답신 성격의 글이다. 먼저 고종의 칙유勅諭의 요지는 다음과 같다.

> 지난번 우리 정부는 일본의 군사에게 원조를 요청하였다. 일본군은 세 방면으로 진격하여 동학도들을 초멸하려 하였다. 일본군들은 분발하여 자신을 돌보지 않고, 적은 수로 많은 적을 격퇴시킨 결과, 그들을 쓸어 없앨 날이 그리 멀지 않았다. 일본으로서는 절대로 다른 생각이 없고 순전히 우리

를 도와서 난리를 평정하고 정치를 개혁하며, 백성들을 안정시켜 이웃 국가와 우호관계를 돈독하게 하려는 호의라는 것을 명백히 알 수 있다.[4]

척유의 요지를 살펴보면 '동학의병을 쓸어버리라'는 지시의 내용이 나온다. 이는 짐작컨대 고종이 일본의 강압과 개화 정부의 강요에 따라 포고했을 것이라는 생각이다. 그렇지만 전봉준은 울분을 삼키지 못하고 피를 토하는 심정으로 이를 반박하는 글을 적어 내려갔다. 전봉준이 경군과 영병에게 공고하여 알리고, 백성들에게 가르쳐 보이는 동도상서문東道上書文의 내용은 다음과 같다.

다른 까닭이 아니다. 일본과 조선이 개국開國 이후로, 비록 이웃 국가이기는 하지만, 지난 여러 대를 걸쳐서 적국敵國이더니, 우리 성상聖上(임금)의 어질고 너그러움에 힘입어, 조선 3개의 항구를 열어주어 서로 통상을 하게 되었다. 이후, 갑신년(1884) 10월에 4명의(박영효, 서광범, 홍영식, 김옥균) 흉칙한 자들이 왜적倭賊과 내통하여, 조석朝夕으로 임금과 백성들이 위태로움에 놓였다.

그리하여 종묘사직宗廟社稷[5]의 홍복興復[6]으로 이런 간사한 갑신정변의(3일천하) 도당들을 소멸시켰건만, 또다시 금년 시월의 개화간당開化奸黨이 일본 군대와 함께 밤을 틈타 경복궁을 점령하여(음 1894.6.21), 임금을 핍박하고, 조선 군대를 해산시켜서, 우리 나라 국권을 왜놈들 멋대로 휘두르게 하였다. 그

---

4 고종실록 32권 국역본
5 종묘사직. 왕실과 나라를 통틀어 이르는 말이다.
6 홍복. 약해진 힘이나 세력이 다시 강해짐. 여기서는 조선의 힘이 다시 강해졌다는 말

리고 우리 나라의 주요 관직을 가진 이들도 모두가 일본 개화당의 소속이 되어, 어려운 처지에 놓여 있는 인민들을 불쌍히 여겨 도와주지 않고, 살육을 좋아하며, 우리 백성의 생령生靈을 도탄塗炭에 빠지게 하였다.

그래서 우리 동학 도인들이 다시 의병을 일으켜서 왜적을 소멸하고, 간사한 개화를 제어하며, 조정을 맑고 평화롭게 하여, 국가의 기반을 안보하려고 하는 것이다. 그런데 우리가 의병을 일으킨 곳마다 의리를 지키지 않는 조선의 병정과 군병들이 의리를 생각하지 아니하고 접전을 함으로써 비록 승패勝敗는 없지만, 피차간에 조선의 인명만 살상되니, 어찌 불쌍치 아니한가. 이것은 실재에 있어서 우리 조선 사람끼리 서로 전쟁을 하는 격이니, 이것이 바로 골육상전骨肉相戰[7]이라. 어찌 애달프지 아니하리오. 또한 공주公州와 대전大田(한밭)의 일로 논하여 따지더라도 비록 지난 봄 사이(동학군 1차 기포와 전라감영 함락)의 앙갚음이라 하더라도, 일이 너무 참혹하여 후회가 막급하며, 지금 왜놈의 대군이 서울을 점령함으로써 팔방이 흉흉한데, (조선관료들이)편벽된 생각으로 일본 편을 들어 접전을 하는 것은 같은 혈족끼리 치열하게 싸우는 것과 다름없다.

생각건대 믿는 도道(동학과 유학)는 서로 다르더라도, 우리 조선 사람들끼리 왜놈들을 몰아내는 것은 그 의로움이 피차 매일반일 것이라, 두어 자 글로 의혹을 풀어 알게 하노니, 여러분 각자가 돌려서 보고, 당신들이 나라를 위한 충군忠君과 우국지심憂國之心이 있어서 의리로 돌아온다면, 서로 상의하여 같이 척왜척화斥倭斥華(일본과 개화를 배척함)로 우리 조선이 왜국倭國(일본국)의 나라가 되지 않도록, 같은 마음으로 협력하여 대사를 이루게 하자는 것

---

7 골육상전. 가까운 혈족끼리 서로 치열하게 싸움, 같은 민족끼리 치열하게 싸운다는 뜻

이다.[8]

갑오甲午 11월 12일

충남노성, 동도창의소東道倡義所

위 동도상서문은 한글화한 것이다. 백성들과 관군은 물론 조선 정부에게 보낸 전봉준의 글은 끝 문장에서 무엇을 요구하고 이루려고 했는지 분명하게 나타난다.

> 조선이 왜국倭國의 나라가 되지 않도록, 같은 마음으로 협력하여 대사를 이루게 하자는 것이다.

상서문은 '동학군은 일본의 침략에 맞선 의병義兵이라는 것을 공식화한 귀중한 문헌이자 자료'이다. 3월 25일 백산대회에서 '호남창의대장소'를 설치하였고, 11월 12일 노성에서 동도창의소東道倡義所 명칭으로 정부 측에 보낸 공고문에 있어 '동학의병본영'임을 분명하게 밝혔다. 그래서 전봉준 장군은 동학의병 대장이고, 손병희 장군은 동학의병 통령이 된다는 명분과 역사적 사실을 증명한다.

동학의병은 위기에 처한 나라와 민족을 구하고자 꺼져 가는 희망을 안고 경군과 관군, 즉 관군 연합군에게 마지막 연대를 제안했다. 그러나 관군 연합군은 일본군의 지휘를 받고 있었고 또한 승세를 잡은 상황에서 연대를 받아들일 리가 없었다.

---

8   동도상서문의 호소문은 『동학란기록(하)』「고시 경군여영병이 교시민」의 원본과 도올 김용옥의 강연원고 해석본을 참고하였다.

한편 금산에 주둔해 있던 김개남은 동학의병군 5천여 명을 이끌고 파죽지세破竹之勢로 북상하여, 10일 진잠을 점령하였으며, 11일 회덕과 신탄진을 점거하였다. 김개남이 이틀간 전공을 세우며 북상하던 때는, 전봉준과 손병희의 동학의병이 처참한 패배를 당하던 바로 그 시기였다. 이렇게 의병의 전략이 빗나간 것은 돌이킬 수 없는 결과를 초래했다.

김개남 부대는 시기를 놓쳤지만 원래의 계획대로 전봉준 부대가 공주를 공격하는 사이 청주 방면으로 진출하여 한양으로 가는 길을 열고자 하였다. 만약 김개남 부대가 조금 더 빨리 북상하였더라면 그 결과가 어찌 되었을지 모를 일이다. 김개남 부대는 11월 13일 청주성을 공격하였으나, 일본군과 청주영병의 반격으로 무너지고 말았다.

전봉준과 손병희가 이끄는 의병 5천여 명은 11월 14일 노성에서 추격해 온 일본군과 관군 연합군의 공격을 받기 시작했다. 이두황 부대는 이규태의 경군에 합류하여 동학의병과 치열한 전투를 벌였다. 이때부터 일본군과 관군 연합군이 일방적으로 의병연합군을 몰아붙이면서 학살하는 것은 물론, 조금이라도 의병에 협조한 민가를 찾아 약탈하며 무차별 보복을 자행했다. 특히 이두황의 경군과 모리오의 일본군은 의병군이 머물다 떠난 곳들에서는 이유 불문하고 방화와 학살을 저질렀다.

동학의병은 14일 논산으로 밀려났다. 15일에는 논산 황화대(봉화산)에서 치열한 접전을 벌이다가 1천여 명의 희생자를 냈다. 논산 황화대는 부안 백산과 같이 그 형세가 방어하기에 위치적으로 좋은 곳이다. 사방이 환하게 터졌고 적들의 움직임을 한눈에 알아보기에 전략상 어느 정도 요새要塞의 면모를 갖추고 있었다. 그러나 역설적으로 포위당하여 협공을 받게 되면 큰 피해를 입을 수 있는 지형이다. 더구나 크게 패하여 후퇴하는 동학의병들은 전의를 상실한 채 일방적으로 학살당하고 만다. 이때의 참상은 "동학의병의 총과 창이 길가에 버려져 있고, 밭가에 널려 있는 시체들이 눈에 걸리고 발에 채였다."고 묘사될 정도로 참혹했다. 의병군은 다시 강경으로 다급하게 후퇴하였다.

　전봉준과 손병희는 강경에서 김개남과 만났으나, 이미 의병의 기세가 꺾여 전세를 돌이키기는 힘든 상태였다. 전봉준과 손병희는 잔여 의병을 재정비하여 11월 19일(양 12.15)에 전주성을 재점령하고 잠시 머물렀다. 그러나 일본군과 관군의 주력부대가 바짝 추격하고, 전의를 상실한 상태여서 전주성을 내주고 후퇴하게 된다.

　동학의병은 22일 밤 전주성을 빠져나와, 전봉준과 손병희는 원평 방향으로, 김개남은 남원 방향으로 갈라졌다. 전봉준과 함께 원평으로 향하던 손병희는 측근인 임실 출신 김영원, 이병춘 등에게 지시를 내렸다.

　"지금 즉시 임실 새목재로 가서 해월 스승님과 합류하세요. 그곳에 스승님이 머물고 계십니다."

　"손 통령께서는 언제 스승님과 합류하실 건가요?"

　"원평에서 최후 전투에 임할 것이며, 태인에서 해산할 것입니다. 나에게 만약 불상사가 생기면 전령의 급보가 있을 것이니, 그때 해월 스승님을 모시고 도피하기 바랍니다."

　해월 최시형 법헌은 청산 총기포령 이후 손 통령의 부대가 이동하는 경로를 따라 믿을 만한 제자의 집에서 수행원들과 함께 유숙하며 수시로 동학의병의 상황을 보고받아 왔다. 최법헌은 지난 삼례 신원운동 때 참석하려다 낙마하여 그 후 거동이 불편하였다. 최법헌은 동학의병의 희생과 참혹한 학살 등의 보고를 들을 때마다, 괴로움과 슬픔을 견디지 못하고 피울음을 토해 내곤 하였다.

「전봉준이 공포한 '동도상서문, 고시 경군여영병이교시민'을 자세히 살펴보면 조선의 국왕, 경군, 관군, 백성들에게 공고한 명문장이다. 글의 요지에는 관군 연합군에게 일본군 축출을 위한 연대와 연합을 제안하고 있다. 그리고 분명하게 밝힌 "우리 동학 도인들이 다시 의병을 일으켜서 왜적을 소멸하고, 간사한 개화를 제어하며, 조정을 맑고 평화롭게 하여, 국가의 기반을 안보하려고 하는 것이다."라고 하였다.

또한 "당신들이 나라를 위한 충군忠君과 우국지심憂國之心이 있어서 의리로 돌아온다면, 우리 조선이 왜국倭國의 나라가 되지 않도록 서로 상의하여 같이 척왜척화斥倭斥華로 나아가, 같은 마음으로 협력하여 대사를 이루게 하자는 것이다."라고 하였다. 이는 분명 조선의 관군을 상대로 싸우는 것이 아니라, 조선이 왜국 즉 일본의 나라가 되지 않도록 같이 협력하여 큰 뜻을 이루자는 것이었다.」

최후 항쟁, 백성을 사랑하는 정의로움에 부끄럼이 없건만

[전봉준의「운명」이라는 절명시, 셋째 소절은 "백성을 사랑하는 정의로움에 부끄럼이 없건만"이다. 공주, 우금티 대회전 패배 후 후퇴의 길은 동학의병연합군이 일본군을 치기 위해 북상北上했던 그 길의 반대 방향으로 남하南下하는 길이었다. 때가 와서 천지와 함께 했고, 운이 가니 영웅도 어쩔 수 없다고 하였다. 그러나 백성을 사랑하는 정의로움에 부끄럼이 없다는 전봉준의 말씀은 전봉준 개인의 말이 아니라 동학의병군 모두의 심정이었으리라.]

동학의병군이 전주성을 철수한 이튿날인 11월 23일에 미나미 고시로가 이끄는 일본군과 이두황이 이끄는 관군이 먼저 전주성에 입성하였다. 또 26일에는 선봉장 이규태의 관군이 입성하여 전주성을 완전히 장악하였다.

전주에서 원평으로 후퇴했던 동학의병군은 11월 25일(양 12.21) 금구, 원평에서 잔여 동학군이 가세하여 일본군의 지원을 받는 관병군과 치열한 접전을 벌였다. 김덕명을 중심으로 전봉준과 손병희의 동학의병군 4천여 명은 원평 뒷산과 구미란 마을을 사이에 두고 품자진品字陳을 쳤다.

일본군·관군 연합군 선봉대는 원평천 앞 벌판에 겹으로 일자진을 펼치고, 바로 전투태세에 돌입했다. 동학의병연합군은 일본군-관군 연합군과 본격적으로 전투를 벌이기 전 적군의 시야를 흐리게 하려고 산에 불을 지르고 일제히 함성을 지르며 먼저 사격을 가했다. 일본·관군 연합군은 연기로 뒤덮인 산을 향해 일제히 사격을 하며 전진하였다. 그때 관군 대관 최영학 부대가 순식간에 우회해서 산에 올라 소총을 발사하여 의병군 수십 명을 사살하였다. 전열이 흐트러진 동학군은 우왕좌왕하면서 앞뒤에서 집중사격을 받아 한꺼번에 1백여 명이 쓰러졌고, 관군은 십여 명의 사상자를 냈다. 전봉준과 손병희는 한나절의 전투를 마감하고 퇴로를 열어 원평 뒷산을 넘어 태인으로 물러났다.

원평에서 패한 동학의병군은 남쪽으로 20리 거리인 태인으로 후퇴하여 전열을 가다듬었다. 이때 태인의 동학군이 가세하였다. 전봉준과 손병희의 동학의병연합군 주력부대는 11월 27일(양 12.23) 하루 동안 세 차례에 걸쳐 접전을 벌였다. 동학군은 태인전투 첫 번째 접전에서 20명, 두 번째 접전에서 30명, 세 번째 접전에서 50명, 총 1백여 명의 전사자를 냈다. 일본군의 지원을 받는 관군은 십여 명의 사상자를 냈다.

전봉준과 손병희의 동학의병연합군은 태인전투를 끝으로 주력부대를 27일 밤에 해산하였다. 전봉준은 비통한 심정으로 손병희와 두 손을 맞잡고 작별 인사를 했다.

먼저 전봉준이 말했다.

"내 온몸을 던져 새 세상을 열고 나아가 외세의 침략을 막고자 했습니다. 우리 의병의 의지와 행동이, 일본의 제국주의를 앞세운 무력침공으로 좌절되었습니다. 수만 명이 무참히 학살되어 그 가족과 민족 앞에 얼굴을 들 수가 없습니다. 내 손 통령에게 진심으로 제안 하나 하겠습니다. 그때 광화문 신원운동을 돌이켜 생각하니 후회막심합니다. 일본군이 그리 쉽게 왕궁을 점령한 것을 보면, 우리도 얼마든지 점령할 수 있었단 생각이 듭니다. 우리 각자 헤어져 있다가 광화문 복합상소 집회 때처럼 동학군을 다시 결집시켜 한양을 점령하고 일본군을 몰아냅시다."

손병희가 전봉준의 제안에 대답했다.

"전 대장님, 너무 자책하지 마세요. 우리가 대의를 받들어 일어났으니, 오늘의 희생이 내일의 희망이 되고, 성공의 밑거름이 될 것이라 생각합니다."

전봉준은 손병희를 힘껏 껴안으며 말했다.

"우리 동학의병군의 희생과 좌절은 결코 헛된 것이 아닙니다. 우리는 역사의 대의를 세웠고, 그것은 후세에 면면히 계승되어 언젠가는 우리가 못 이룬 꿈을 꼭 이루게 될 것입니다."

태인전투를 마감하고 주력 의병군이 해산한 11월 27일에 광주 일대를 점령했던 손화중과 최경선의 동학의병군도 해산하였다. 전봉준과 손병희의 주력부대가 해산하였다는 소식은 다른 동학의병군들에게 전달되어 연이은 해산으로 연결되었다. 해산한 의병군 일부는 목숨을 부지하러 고향을 등지고 산간벽지나 다른 지역으로 도피하였다. 광주에서 해산한 의병군 일부는 전라도 서남 해안의 장흥과 강진으로 숨어들어 전국 각지에서 몰려온 동학군들을 결집하여 일본군과 경군에게 최후까지 저항하였다.

한편 손병희의 북접 동학의병군은 장성 갈재를 넘어 순창을 거쳐 임실로 잠입했다. 손병희 통령은 11월 초순부터 임실에 머물고 있는 해월 최시형 스승과 합류하여 도피 길에 오른다. 손병희 통령은 해월 선생을 모시고 임실을 떠나 장수와 장계로 가던 중 뒤늦게 알아차린 일본군과 경군의 추격을 받고 여러 번 접전하여 물리쳤다. 그 후 금산을 거쳐 12월 5일(양 12.31) 무주를 점령했다. 이후 해월 선생과 손병희 통령의 동학의병군은 충청도 지역으로 북상을 계속했다.

「해월 최시형 선생은, 초목의 새싹 하나, 털벌레 한 마리도 시천주侍天主, 즉 한울님을 모셨으니, 하늘같이 섬기고 공경하라 하였다. 사람은 하늘 자체라고 공경과 섬김을 강조하였다. 그러한 해월 선생이 일본군의 침략에는 모두 총을 들고 일어나 저들과 맞서라는 전국 총동원령을 내렸다.」

북접의병의 북실전투와 되자니 항쟁

[해월 최시형 선생은 "민심은 천심이다. 일제의 침략에 맞서 백성과 나라를 위해 우리 모두가 기포하는 것은 바로 천명이다."라고 말씀했었다. 그러나 동학농민들이 일본군의 총에 무참히 쓰러져가는 모습에 산짐승처럼 신음소리를 내며, 가슴을 쥐어짜고 피를 토하면서 흐느껴 울었다. 해월 선생과 함께하는 사람은 물론 같이 살아가는 자연만물도 '모두가 하늘이었다.']

손병희 통령의 지휘로 북상 길에 오른 북접 동학의병군은 충청도 지역으로 넘어가 청산, 황간, 영동 등을 연이어 함락하였다. 그러나 일본군과 청주영병, 보부상군, 민보군 등의 일본·관군 연합군에게 포위 공격을 받고 많은 사상자를 내며 무너졌다. 손병희 통령은 스승 해월 선생을 모시고 가까스로 포위망을 뚫고 탈출하여 보은 북실로 향했다.

보은 일대의 동학의병군 수천 명이 가세해 5천여 명에 달한 손병희 통령의 동학군은 북실에 결집하여 진을 쳤다. 일본군과 경군은 끈질기게 추격하면서 북실을 포위했다. 북실전투는 12월 17일과 18일(양 1.12-13) 양일에 걸쳐 진행되었다. 일본군과 상주소모영 유격대, 민보군 등 일본·관군 연합군이 동학의병군을 포위하여 기습 공격하면서 전투가 벌어졌다. 일본군과 관군의 월등한 무기 앞에 의병들은 속절없이 쓰러졌다. 동학군의 무기는 여느 동학군들과 마찬가지로 일부만이 화승총을 쓰고 나머지는 주로 칼, 쇠창, 대창, 몽둥이, 농기구 등을 무기로 사용하여 조직과 화력 모두 열세를 극복하지 못하였다.

절대 불리한 싸움에서도 동학의병군은 끝까지 포기하지 않고, 입으로는 시천주 주문을 외우고, 손으로는 가슴의 궁을부적을 어루만지면서 목숨을 걸고 항쟁을 지속했다. 2일간의 혈전에서 1천 5백여 명의 동학군이 희생되었다. 북실 인근 민가의 동학도인의 집에서 가슴 졸이고 기다리던 해월 선생은 전황을 보고받고, 퇴로를 열어 탈출하라는 지시를 내렸다. 스승의 뜻을 전해 받은 손병희 통령은 동학군에게 단호하게 명령을 내렸다.

"퇴로를 열어 탈출하라!"

이때 손병희가 지휘하며 포위망을 빠져나가는 사이, 총알 하나가 가슴으로 날아왔다. 손병희는 순간 묵직한 통증이 전해져 왔다.

동학군이 참패하고 자리를 떠난 자리에는 여지없이 시신들이 하얀 눈에 덮여 공동묘지처럼 보였다. 이렇게 북실의 산야에도 피로 물든 1천5백 개의 눈무덤을 남기게 되었다. 그 후 이곳에는 숨진 의병 수만큼의 붉은 진달래꽃들이 피어났다가 봄이 가고 꽃이 지면 스치는 바람에 울음소리로 들렸다는 슬픈 전설이 전해진다.

손병희 통령은 해월 선생을 모시고 동학군과 함께 충주 외서촌, 즉 음성 되자니로 후퇴했다. 최시형 법헌과 손병희 통령의 북접 동학군은 일본군과 경군의 추격을 받으며 크고 작은 전투와 후퇴를 거듭하다가 결국 음성 되자니에서 최후의 전투를 벌이게 된다.

해월 선생은 되자니로 가던 도중 손병희 통령에게 말했다.

"병희의 옷이 찢어지고 피로 얼룩졌는데, 총알을 맞았는가?"

"예. 옷에만 구멍이 났을 뿐 큰 부상은 아닙니다."

"한울님을 굳게 믿고 주문이 마음에서 떠나지 않으면, 그 어떤 총알이라도 자신의 몸에 침범하지 못하는 것이네. 어찌 옷에만 구멍이 났다고 말하는가?"

"예. 스승님의 말씀 명심하겠습니다!"

해월 선생은 손병희 통령에게 다시 몇 마디 물어본다.

"김창수(김구)와 성두한은 어찌 되었는가?"

"예, 김창수 접주는 황해도 해주성을 점령하고, 그 일대에서 폐정개혁과 항일혁명 등의 엄청난 일들을 해냈답니다. 또 성두한 대접주도 충청도 북부 지역과 경기도, 강원도를 연결하는 항일 의병을 주도하였습니다. 그러나 일본군과 경군들이 특별 감찰대와 토벌대를 편성하여, 얼마 전에 김창수와 성두한을 체포하려고 출동하였답니다."

해월 선생과 손병희 통령은 음성 되자니에 이르러, 12월 24일(양 1.19) 최후의 항쟁에 들어갔다. 되자니전투에서도 일본군과 경군의 집중 공격을 받고 동학군 북접 주력부대는 끝내 완전히 무너졌다.

해월 선생은 "살아남아야 다시 천도, 동학을 재건한다."는 말씀으로 해산령을 내렸으며, 손병희·박인호·김연국·손천민·이종훈·김낙철 등의 주요 지도자들과 함께 강원도 홍천으로 잠입했다. 이후 해월 선생과 손병희 통령 일행은 몇 년간 강원도와 충청도의 깊은 산속을 전전하며 일본군과 관군의 추격을 따돌렸다.

「동학의병군이 참패한 그곳에는 시신들이 눈에 덮여 하얀 천국의 공동묘지처럼 다른 세상으로 변했다. 보은 북실에도 산야에 피로 물든 1천 5백 개의 눈무덤을 남기게 되었다. 먼 훗날 이곳에 숨진 의병 수만큼의 붉은 진달래꽃들이 피어다가 봄이 가고 꽃이 지면 스치는 바람소리가 마치 슬픈 울음소리로 들렸다는 전설이 전해진다.」

4. 최후, 나라 위하는 오직 붉은 한마음
   그 누가 알리오

["때가 오니 천지가 모두 힘을 같이 했건만/ 운이 다하니 영웅도 어찌할 수가 없다./ 백성을 사랑하는 정의로움에 부끄럼이 없건만/ 나라 위하는 오직 붉은 한마음 그 누가 알리." 전봉준이 죽음을 예감하며 쓴 유시遺詩 「운명」이다. 행간에 비장함이 가득 담겨 있다. 이상과 신념이 무너지는 현실에서 목숨까지 내놓아야 하는 처지라니… 그 심정이 오죽했겠는가. 죽음을 눈앞에 두고, 피를 토하며 써 내려간 전봉준의 절명시絶命詩를 새겨보면, 그의 인간적인 고뇌와 끝까지 백성을 품고자 했던 정의감에 자못 장엄해진다.]

동학의병군 총대장 전봉준은 원평과 태인의 최후 전투를 끝으로, 동학군 대통령 손병희와 헤어진 후 피신길에 올랐다. 전봉준은 입암산성과 백양사를 거쳐 밤을 이용해 회문산 아래 순창 피노리로 몸을 숨겼다. 전봉준이 피노리로 잠적한 이유는 그곳에서 20리 떨어진 태인 종성리에 김개남이 피신해 있었기 때문이다. 전봉준과 김개남은 이미 전령을 통해 해산한 동학의병을 다시 모아 한양 광화문 부근에 집결하여 재차 기포하는 계획을 논의하려 했다.

이러한 계획은 지난 지방 기포와 같은 긴 여정을 생략하고, 광화문에서 있었던 수운 대선생 신원운동 당시를 교훈 삼아, 일거에 한양을 점령하고자 함이었다. 그러나 백양사 스님들도 전봉준을 고발하지 않고 보호해 주었는데, 전봉준은 측근이자 부하였던 김경천의 밀고로 붙잡히고 말았다.

전봉준은 세상에 떠도는 '경천을 조심하라'는 말이 있어 공주 부근의 경천에서 한껏 몸조심을 하였다 한다. 그러나 북상할 때와 후퇴할 때에 경천 땅에서 아무 일이 없었으므로 그 말을 까마득히 잊고 있었다. 김경천은 전봉준의 목에 걸린 수천 냥의 상금과 군수 자리 제안에 눈이 멀어 변절을 하고 말았다. 그때 전봉준은 주위의 눈을 피하려고 호위군사 몇 명만 대동하고 있었다.

전봉준은 새벽에 잠시 눈을 붙이고 아침에 일어나 김경천이 안내한 주막집에서 거나하게 차려 준 밥상을 받았다. 의병호위군사 세 명과 허기진 배를 채우며, 오래간만에 막걸리도 한 사발 들이켰다. 그러나 김경천은 이미 같은 마을에 사는 친구와 전봉준을 밀고하여 상금을 나누기로 하고 순창의 민병대에게 신고해 둔 상태였다.

운명의 그날, 그곳에는 밤새도록 함박눈이 속절없이 퍼부었다. 전봉준은 밤새 몸을 뒤척이다 겨우 일어나 주막집 방문을 삐거덕 열고 한 발 내디뎠다. 옆방에서 묵고 있던 호위군 세 명도 밖으로 나와 봉준과 마주쳤다. 그들은 입김을 내뿜으며 "새하얀 세상이 전녹두全綠豆[1]의 얼굴처럼 깨끗하고 아름답습니다."라고 말했다. 봉준과 함께 그들은 '껄껄껄' 웃었다. 그렇다. 그날 이들은 다가올 불운을 예감치 못하고 마을이 들썩이도록 호탕하게 한바탕 웃어 젖혔던 것이다.

민병대장 한신현은 전령을 급히 보내어 전라감사 이도재에게 급보를 했다. 하늘이 준 기회라고 여긴 한신현, 김영철, 정창욱 등은 민보군 수십 명을 긴급 출동시켜 주막집을 포위했다. 그들의 손에는 칼과 창, 쇠몽둥이 그

---

1 전녹두. 전봉준은 본인의 이름 외 전녹두 또는 녹두장군이라는 별칭이 따라다녔다.

리고 체포에 필요한 도구들과 소총이 쥐어져 있었다. 전봉준 일행이 식사를 마칠 즈음 총소리가 울리고, 건장한 사내들이 무기를 들이대며 급습했다.

전봉준은 전주성전투에서 총상을 입은 상처가 아물지 않고 심하게 덧나 뛸 수도 없는 상태였다. 위기를 느낀 전봉준은 가슴에 품은 단도를 꺼내 방어 자세를 취했다. 그러자 호위군 세 명도 단도를 빼어 들고 민보군과 대치했다. 피노리 주막집에서 민보군과 호위군의 일대 칼싸움과 격투가 시작되었다. 전봉준은 이미 포위된 상황임을 직감하고 호위군의 뒤를 이어 백병전에 돌입했다.

민보군 일부는 부상자를 내며 전봉준의 호위군 세 명을 제압하고, 일제히 쇠몽둥이를 들고 전봉준에게 돌진했다. 전봉준은 어디서 그런 힘이 솟아났는지 순간 주막집에 높게 쌓인 장작더미 위로 훌쩍 뛰어올라 민보군들의 접근을 차단했다. 민보군은 쌓인 눈을 후딱 쓸어내고 장작 밑에 쏘시개를 넣어 불이 활활 타오르게 했다.

전봉준이 불타는 장작더미에서 뛰어내리자마자, 체격이 우람한 민보군 하나가 쇠몽둥이로 전봉준의 무릎을 강타했다. 이와 동시에 민병대원들은 일제히 병장기 자루와 몽둥이로 주저앉은 전봉준을 구타했다. 전봉준이 피를 흘리며 쓰러지자, 주막집 대문 근처에서 이를 지켜보던 한신현은 큰 소리로 명령했다.

"전봉준을 생포하라!"

결국 전봉준은 온몸이 피투성이가 된 채 생포되고 말았다. 전봉준이 밧줄로 꽁꽁 묶인 채 형형한 눈빛으로 쏘아보자 한신현이 한마디 던졌다.

"역적의 눈빛이 덫에 걸린 호랑이 눈빛 같고만."

전봉준은 한신현의 말에 즉각 반격했다.

"나는 나라를 지킨 역적이고, 너는 나라를 판 역적이다!"

전봉준이 갑오년(1894) 12월 4일(양 12.30) 피체된 직후, 전라감사 이도재의 명령에 따라 요란한 말굽 소리와 함께 감영군 십여 명이 도착하여 전봉준을 인수했다. 관군과 민보군은 삼엄한 경계 속에 나주를 거쳐 전주로 전봉준을 압송했다. 이 소식은 일본군에게도 빠르게 전달되었다.

"우리들이 남쪽으로 온 것은 오로지 이 한 놈을 잡기 위해서였으니 함께 한양으로 압송하여 재판하는 게 마땅하다."

전라감영군은 전봉준을 전주성 안에 들이지도 못하고 일본군에게 넘김으로써, 전봉준은 한양으로 압송되었다. 전봉준은 한양으로 가는 중에도 조금도 위축되지 않고 죽력고(대나무 진액으로 빚은 술)를 달라 하여 마시는 등 당당하고 의연하였다. 또한 조금이라도 호송군의 행동이 눈에 거슬리면 "내 죄는 종묘사직에 관계되니 죽게 되면 죽을 뿐이다. 너희들이 어찌 나를 함부로 다루느냐!"고 호통을 치면서 호송군을 마치 부하 다루듯이 하였다.

전봉준 대장이 피체되는 과정을 순차적으로 서술해 본다.

하나, 조선개국 503년(1894) 12월 4일(양 12.30) 전봉준은 전라도 순창 피노리에서 민보군 대장 한신현 일당에게 심한 부상을 입고 피체被逮된다.

둘, 한신현에게 급보를 받은 전라감사 이도재는 감영군을 이끌고 쏜살같이 말을 몰아 전봉준을 인수했다.

셋, 감영병과 민보군은 삼엄한 경계 속에 순창에서 나주를 거쳐 전주로 전봉준을 압송했다.

넷, 전봉준을 체포하기 위해 남쪽으로 내려오던 일본군에게 전봉준 피체 소식이 재빠르게 전달되어 감영군으로부터 일본군에게 인계되었다.

다섯, 전봉준 압송은 일본군에 의해 전주가 아닌 한양으로 방향이 틀어졌고, 봉준은 밧줄에 묶인 채로 소달구지가 덜컹거릴 때마다 상처가 찢어

피노리 가는 길
전봉준은 입암산성과 백양사를 거쳐 늦은 밤을 이용해 회문산 아래 순창 피노리로 몸을 숨긴다.

지듯 아파 이를 악물고 가느다란 신음소리를 내곤 하였다.

여섯, 개국 504년(1895) 2월 9일 한양 일본영사관에 압송된 전봉준의 재판은 일본영사日本領事 우치다 사다츠지의 주도로 진행되었다. 그리고 법무아문 재판관法務衙門 裁判官 대신 서광범 이하 이재정, 참의 장박, 주사 김기조, 오용묵 등도 참여하였다. 이러한 재판 과정의 심문審問과 전봉준의 공술供述이 시작되었고 일문일답의 전봉준 진술 내용은 '전봉준 공초'라는 기록으로 남게 된다.

한양의 일본영사관에 압송된 전봉준은 1895년 2월 9일부터 3월 10일까지 다섯 차례 심문을 받으며, 274개의 질문과 답변을 했다. 일본 측의 심문 과정에서도 '높은 지위를 준다거나 많은 재산을 준다.'며 일본에 협조시키려는 회유가 있었으나 전봉준은 단호하게 거절하였다.

전봉준은 "나는 잘못도 없지만, 비열하게 살 생각도 없다. 이미 죽음을 기다리고 있으니 다른 말을 할 필요가 없다."고 단호히 거절했다. 또한 전봉준은 "너는 나의 적이요 나는 너의 적이라. 내 너희를 쳐 없애고 나랏일을 바로잡으려 하다가 도리어 너희 손에 잡혔으니 너는 나를 죽이는 것뿐이요 다른 말을 묻지 마라."고 일관되게 비장한 심정을 토로했다.

이러한 전봉준의 굳은 의지와 당당함에 취재차 지켜보던 일본 기자들 일부는 정의와 대의의 표상이라며 경의를 표하기도 하였다. 일본 신문에는 전봉준 대장이 어떤 내용으로 기록되었는지, 《한겨레》에 보도된 기사들을 다시 살펴본다.[2]

---

2   일본 신문에 보도된 기사는 박맹수 교수의 번역과 도움으로 《한겨레》(2024.05.04.)에 보도되었다. 박 교수는 "전봉준의 체포, 재판, 사형 판결, 집행 등 최후를 보도한 일본 신

천하영걸 의병대장 전봉준, 일본 신문을 살펴본다.

[전봉준, 체포 뒤 한성에 압송되자 조선으로 건너온 일본 취재진은 150여 명이었고 보도는 67건이었으며, 위대한 인물을 보려는 인파가 넘쳐났다. 전봉준은 마지막 소망을 "내가 죽은 뒤 의로운 선비 있어 일본 병탄을 벗어나기를" 바란다고 말했다.]

《한겨레》 2024년 5월 4일 자에 보도된(일본신문, 백맹수 교수의 번역과 자문) 내용을 일부 생략하고 전문을 싣는다.

그날, 비가 질척거렸다. 죽음도 고독했다. 1895년 4월 24일 새벽 2시 녹두장군 전봉준의 교수형이 집행됐다. "모든 재판을 2심으로 한다."는 형법 조항이 시행되기 하루 전이었다. 전봉준의 죄목은 '군복 차림을 하고 말을 타고서 관아에 대항해 변란을 만든 자는 때를 기다리지 않고 즉시 처형하는 죄'였다.

전봉준과 손화중·김덕명·최경선·성두한은 판결이 나오자마자 곧바로 처형됐다. 이들이 최후의 순간을 맞은 법무아문의 감옥(옛 의금부 전옥서) 터인 서울 종로구 영풍문고 앞엔 2018년 전봉준의 마지막 사진에 담긴 모습의 동상이 들어섰다.

전봉준의 마지막 순간을 일본 기자들이 기록했다. "나는 바른길을 걷다가

문 기사는 그간 부분적으로 번역·인용됐지만, 그 전모가 드러나지 않아 베일에 가려져 있었다."고 했다. 박 교수는 1895년 1~6월 일본 신문이 보도한 전봉준 관련 기사 67건을 찾아 번역했다.(전봉준 재판과 관련되지 않은 일부 내용은 생략하였음).

죽는 자인데 역률(역적의 죄)로써 다스린다 하니 그것이 실로 천고의 유감'이라고 탄식하며 아리(우리)에게 부축을 받아 법정을 나갔다." 일본《지지신보》특파원은 1895년 5월 7일 3면에 또 이렇게 적었다. "사형을 선고받으면 놀라 정신이 없어지고 사지가 떨리며 얼굴빛이 변하게 되는데 (…) 조선 사람은 담력이 좋아, 특히 동학의 거괴라고 자임하는 전全, 손孫, 최崔, 성成 같은 사람은 자못 대담한 데가 있었다."

조선에 온 기자들의 주된 관심은 청일전쟁 전황 보도였다. 하지만 동학농민혁명과 동학농민군 지도자에 대해서 앞다퉈 보도를 쏟아냈다. 일본 언론이 가장 주목했던 지도자는 동학 2대 교주 해월 최시형(1827~1898)과 동학농민군 최고 지도자 전봉준(1856~1895)이었다. 특히 일본 신문들은 전봉준의 체포와 한성 일본영사관 압송, 법무아문(개화정부에서 의금부 대신 설치한 사법행정기관) '권설(임시) 재판소' 재판, 사형 판결과 교수형 집행 과정 등을 보도했다.

재판소로 이송되기 전 일본영사관에 머물던 전봉준을 묘사한 기록도 있다. 오사카마이니치신문은 1895년 3월 12일 3면에 '전봉준을 보다'라는 기사를 실었다. "그는 총검 때문에 발에 붕대를 감고 있었고, 안색과 팔다리도 창백했으며, 숨도 거칠어 몹시 위독한 병증이었지만 그 기력은 상당히 강건한 듯하였다. 나이 37~38세. 그 용모는 보통 사람과 다르지 않았으나 수염이 약간 있고 안광은 날카로우며, 눈썹 위에는 겹쳐진 일종의 잔주름이 있어 이마를 횡단하고 있는 모습은 다른 사람에게서는 볼 수 없는 모습이었다."

전봉준은 1894년 12월 28일 전라도 순창군 쌍치면 피노리 옛 부하의 집을 찾아갔다가 밀고로 붙잡혔다. 금구(현 김제) 전투에서 일본군에 패한 뒤 관군의 추격을 피해 은신 중에 벌어진 일이었다. 도쿄니치니치 신문은 1895

년 1월 15일 3면에 '동도의 대수령을 체포하다'라는 제목으로 이 사실을 일본 신문 최초로 보도했다.

일본군 후비보병 19대대 총지휘관 미나미 고시로는 관군을 압박해 그해 12월 30일 전봉준을 인계받았다. 그리고 나주 호남초토영(현 나주초등학교)으로 끌고 가 한 달 동안 가둔 뒤 한성으로 끌고 왔다. 전봉준은 1895년 2월 18일 한성 일본영사관에 도착했다. 일본군은 전봉준을 끊임없이 회유했고 운현궁 문객 시절부터 인연을 이어온 흥선대원군과의 관계를 끈질기게 추궁했다.

도쿄아사히신문(1895년 3월 5일 5면)은 일본 후비보병 제19대대 총지휘관 미나미 고시로 소좌가 전봉준을 취조한 내용을 보도했다. 이 기사를 보면, 일본군의 경복궁 점령 사건이 반외세 기치를 내건 동학군 2차 봉기의 원인이 됐다는 점을 알 수 있다. "난을 일으킨 이유를 상세하게 말하라"는 질문에 전봉준은 "올해 6월(양 7월) 이래 일본병이 그치지 않고 계속 우리나라에 침입해 들어온 것은 틀림없이 우리나라를 병탄하려고 하는 것이라고 생각했다"고 답한다.

또 전봉준은 대원군의 밀사가 찾아온 사실은 인정했지만 밀지는 없었다며 비밀(대원군이 재봉기를 주문)을 지켰다. 그는 "병을 일으키도록 따로 사주한 자가 있을 것으로 생각하는데 어떠한가?"라는 질문에 "다른 사람에게 선동되지도 않았고 사주받지도 않았다"라고 답변했다고 이 신문은 보도했다.

전봉준은 혁명 후 귀향을 꿈꿨다. 도쿄아사히신문(1895년 3월 6일 2면)의 '동학수령과 합의 정치'라는 제목의 기사를 보면, "한성으로 쳐들어온 후에 누구를 추대할 생각이었느냐"는 질문에 전봉준은 "일본병을 물리치고 약간의 관리를 몰아내어 임금 곁을 깨끗하게 한 다음에 몇 사람인가 주석의 선비를 내세워 정치하게 하고, 우리들은 곧바로 고향으로 돌아가 상직인 농업

눈보라속의 고독한 동학군
마치 전봉준 장군이 사형을 앞두고 꿈속에서 눈보라를 헤치며 홀로 걷는 모습으로 상상된다. 아, 얼마나 고독했을까! 겉으로는 영웅처럼 당당하게 최후를 맞이했지만, 녹두장군도 사람인지라 가족도 그립고 수많은 동학군이 쓰러지며 좌절된 도전의 혁명과 피눈물의 전쟁이 스크린처럼 스쳐 지나갈 때 아마 이 그림처럼 홀로 통곡하며 겨울 들녘과 눈보라의 산길을 걷는 생각을 했을 것이다.

에 종사할 생각이었다."라고 답변했다.

전봉준은 재판을 앞두고도 의연했다. 도쿄아사히신문 특파원 아오야마 고노미는 일본영사관 뜰에 앉아 있는 녹두장군을 본 느낌을 기사(1895년 3월 5일 2면)로 남겼다. "나는 얼핏 그의 참한 용모에서 동학 수령으로서 부끄럽지 않은 모습을 보았다. 그는 다리에 총상을 입고 또 그 후 다른 병도 생겨서 지금은 매우 위독한 듯 들것에 실려 와서 그대로 영사관 앞뜰에 앉아 있었다." 도쿄니치니치신문(1895년 3월 3일 2면)도 "그는 죽음을 두려워하는 기색이 전혀 없었으며 (…) 심문에 대답하기를 '빨리 내 목을 베라'고 수없이 말할 정도로 스스로 호걸의 기풍이 있었다."고 보도했다.

녹두장군 전봉준이 갇혔다는 소문을 듣고 일본영사관 앞으로 몰려든 인파가 산을 이뤘다고 한다. 도쿄아사히신문은 '동학당 대거괴와 그 구공(죄를 자백함)'이라는 기사(1895년 3월 5일 5면)로 현장 상황을 전한다. 일본 신문에선 어렸을 적부터 키가 작지만 몸이 다부졌던 전봉준을 이르는 별명인 녹두를 성과 함께 붙여 지칭하기도 했다.

"어제(2월 18일) 전녹두가 불가사의하게도 생포되어 일본 공사관까지 호송돼 마침내는 영사관으로 넘겨졌다는 소식을 듣자마자 온 성안에 서로 전해져서 요란하게 떠들며 귀하고 위대한 인물을 보려고 바깥으로 나오는 자 끊임이 없어 한때는 일본영사관 문 앞에 검은 산을 이루었다."

전봉준은 목숨을 살려달라고 하라는 권유에도 호통을 쳤다. 도쿄아사히신문은 1895년 3월 12일 5면에 "동학당 대거괴 전녹두가 오늘(2월 27일) 법무아문으로 인도될 예정"이라며 '동학당 대거괴'라는 제목의 기사를 실었다. 기사에선 "이미 법무아문의 심판에 부쳐진 이상은 사형을 모면할 수는 없을 것"이라고 내다봤지만 "어떤 사람이 슬그머니 전녹두에게 '일본 공사에게 청원해 목숨을 살려달라고 하라'고 하자 그는 분연히 그 말을 듣지 않고 말하기를 '여기까지 이르러 어찌 그와 같은 비열한 마음을 가질 수 있다는 말인가. 나는 죽음을 기다린 지 오래다'라고 하였다."고 전했다.

도쿄아사히신문(1895년 3월 21일 2면)은 죽음을 두려워하지 않던 그의 마지막 고뇌를 기록하고 있다. "나의 죽음은 평소부터 각오한 바이지만 내가 죽은 뒤에 (조선) 팔도에서 한 명이라도 의로운 선비가 있어서 능히 나의 뜻을 이어 우리 조선이라는 국가가 영원히 일본의 병탄 아래로부터 벗어날 수 있을지 없을지를 생각하는 데 이르면 죽어서도 눈을 감을 수 없다."

전봉준과 한날한시에 처형당한 손화중·최경선·김덕명은 전봉준·김개남과 함께 동학농민군 5대 지도자로 꼽힌다. 전북 정읍 출신 손화중(1861~1895)도 죽음 앞에서 당당했다. 일본 지지신보는 "사형 선고를 받은 손화중은 법정을 나가면서 큰 소리로 부르짖으며 말하기를, '인민을 위해 진력했는데 어찌 사형에 처하여야 할 이유가 있는가'라고 했다"고 보도했다.

사발통문 때부터 참여했던 최경선(1859~1895)의 최후 모습도 기록했다. 이 신문은 "최경선은 선고를 받자 불평하는 말 한마디 없이 유유히 활보하며 법정을 나갔다"라고 했다. 성두한은 충북 충주에서 혁명에 참여한 접주였다. 이 신문은 "성두한도 육형(사형) 선고를 받자 개의치 않는 듯 태연한 얼굴로 법정을 걸어나갔다."라고 보도하였다.[3]

전봉준은 심문과 기록(전봉준 공초)이 마무리되자, 마침내 권설재판소에서 을미년(1895) 3월 29일에 사형선고를 받고, 다음 날인 3월 30일(양 4.24) 감옥에서 새벽 2시에 교수형으로 순국하였다.

전봉준은 사형선고 직후 "다른 할 말은 없다. 나를 죽일진대 종로 네거리

---

3 [한겨레S] 커버스토리, 기자 정대하, 수정 2024-05-06 09:32 등록 2024-05-04 07:00

에서 목을 베어 오고 가는 사람들에게 내 피를 뿌려 주는 것이 옳거늘 어찌 이 컴컴한 도둑 굴속에서 남몰래 죽이느냐"라는 마지막 말을 남겼다. 이때 전봉준의 동지이자 지도자들이었던 김덕명, 손화중, 최경선, 성두한 등도 함께 교수형을 당했다.

  대역 죄인인 전봉준 등을 참형이나 능지처참이 아닌 교형絞刑, 즉 목을 옭아매어 죽이는 교수형으로 처리한 이유는 조선이 도입한 근대 형법의 재판 절차에 따라, 군인이 아닌 민간인 신분에 적용하는 형벌에 처했기 때문이었다.

> 「동학의병군은 일본군의 경복궁 점령과 국권침탈에 의한 식민지화를 반대하고 무력으로 쳐서 물리치려고 항일무장투쟁을 일으켰다. 그렇지만 일제로부터 해방 이후 현재까지(2024년 10월) 국가보훈부에서는 1894년 2차 동학농민혁명 참여자를 일제의 국권침탈에 항거한 독립유공자로 인정하지 않고, 1895년 민왕후 시해사건으로 촉발된 을미의병부터 국권침탈에 항거한 독립유공자로 인정하고 있다. 이는 헌법의 평등권을 위반한 것이며, 일제에 항거한 역사를 부정하는 것이라고 생각한다. 그러므로 국회에서 독립유공자 예우에 관한 법률 일부 개정 및 국가보훈부 내규를 바로잡아야 한다.
>
> 최근 전 동학농민혁명연구소장 신영우 교수는 일제의 국권침탈에서 경복궁 점령 시기를 뺀 것에 대해, 폭포의 물이 쏟아지고 있는데 그 폭포의 맨 위쪽을 빼고 그 다음 아래부터 폭포라고 하는 것처럼, 일제의 경복궁 점령을 국권침탈로 인정치 않는 것은 엉터리 자체라고 동학서훈국회학술토론회에서 발표했다.」

  전봉준은 사형을 당하기 직전에 「운명」이라는 절명시를 남겼다. 자신의 삶을 돌아보는 절체절명의 순간, 뜻을 다 이루지 못한 비탄이 담겨 있다.

또한 당시 세간에 떠돌던 노래가 지금까지 전해져 온다. 녹두장군의 혁명과 좌절을 애달파한 노래 '새야 새야 파랑새야'이다. 이 한 편의 시와 한 곡의 노래로 녹두장군 전봉준의 생애를 상징해 보고자 한다.

운명運命

때가 오니 천지가 모두 힘을 같이 했건만

운이 다하니 영웅도 어찌할 바를 모르겠다.

백성을 사랑하는 정의로움에 부끄럼이 없건만

나라 위하는 오직 붉은 한마음 그 누가 알리오.

時來天地皆同力 運去英雄不自謀

愛民正義我無失 爲國丹心誰有知

새야 새야

새야 새야 파랑새야

녹두밭에 앉지 마라

녹두꽃이 떨어지면

청포장수 울고 간다

그 외, 지방에 따라 다른 구전 민요가 전해온다.

새야 새야 파랑새야

우리 논에 앉지 마라

새야 새야 파랑새야

우리 밭에 앉지 마라

아랫녘 새는 아래로 가고

윗녘 새는 위로 가고

새야 새야 녹두새야

전주 고부 녹두새야

어서 바삐 날아가라

댓잎 솔잎 푸르다고

하절인 줄 알았더니

백설이 펄펄 ~

엄동설한 되었구나.

전봉준 판결문 全琫準 判決文

[전봉준 판결문은, 서해문집에서 펴낸 김흥식 선생의 〈전봉준 재판정 참관기〉 국역본, 신아출판사에서 펴낸 최현식 선생의 〈갑오동학혁명사〉 국한문, 동학농민혁명기념재단에서 펴낸 〈동학농민혁명국역총서12〉 국역본, 전문을 참고하여 필자가 다시 정리하였다.]

제37호 第三十七號 1895년 3월 29일

판결선고서원본 判決宣告書原本

전라도 태인泰仁 산외면山外面 동곡東谷 거주居住

농업·평민

피고被告 전봉준 41세

판결선언서 判決宣言書

위에 기재된 전봉준에 대하여 형사피고사건刑事被告事件을 심문審問하여 본즉, 피고는 동학당이라 칭하는 비도匪徒[4]의 거괴巨魁[5]로 접주接主라고 불린다.

개국開國 501년(1892) 1월에 전라도 고부군수 조병갑이 처음 부임하여 자못 학정虐政[6]을 자행하므로 그 지방 사람들이 괴로움과 고통을 견디지 못하고 이듬해 11~12월쯤에 군수에게 가혹한 정치를 고쳐줄 것을 애통히 간청하였으나 소원을 이루지 못할뿐더러 오히려 모두 잡혀 옥에 갇혔다.

그 뒤에도 여러 번 청원請願을 거듭하였으나 즉시 물리치고 터럭만큼도 효과가 없어 인민人民들이 매우 분하게 여겼다. 그러나 수천 명이 모여 장차 거사擧事하려 할 때 피고被告 또한 마침 그 무리에 들어갔고, 많은 사람이 원해 접주로서 주모자가 되었다.

작년 3월 상순上旬에 무리의 두령이 되어 그들을 인솔하여 고부 외촌外村[7]에 있는 창고를 헐고 돈과 곡식을 꺼내어 남김없이 인민들에게 나누어 준 뒤 한두 곳에서 더 일을 벌이고 해산하였다. 그 후 안핵사按覈使[8] 장흥부사 이용태가 고부로 들어와 먼저 일을 벌인 것이 모두 동학당의 소행이라 판

---

4 비도. 떼를 지어 다니며 약탈과 살인을 일삼는 무리를 이른다.
5 거괴. 도둑 무리의 두목 즉 우두머리를 뜻한다. 동학에서는 당시 접주를 두령, 대접주를 대두령이라 고도 호칭하였다. 전봉준은 비록 접주였으나 동학의병창의군 총대장이었기 때문에 대접주 이상 가는 대두령의 위치였다.
6 학정. 매우 혹독하고 포악한 정치
7 외촌. 고을 밖에 있는 마을
8 안핵사. 조선 후기 지방에서 사건이 발생하였을 때에 이의 처리를 위한 임시관직으로, 대개 민란발생 때에 문제의 수습을 위한 긴급대책으로 파견되었는데, 인접 지역의 수령들이 주로 임명되었다.

단하고 동학수도東學修道[9]하는 자들을 잡아들여 무참히 살육하였다.

이에 피고는 다시 동학도를 규합하여 모집하였는데, 응하지 않는 자는 나라에 충성하지 않는 자요, 의롭지 못한 자이니 반드시 벌을 주겠다고 다른 사람들로 하여금 위협하여 4천여 명의 무리를 얻었다. 그들은 각자 소유하고 있던 흉기凶器를 가지고 그 지방에서 부유하게 사는 사람에게 양식을 거두어들인 다음 그해 4월 상순쯤에 피고가 직접 무리를 영솔領率하여 전라도全羅道 무장茂長에서 일어났다.

그리고 고부, 태인, 원평, 금구 등지를 거쳐 갈 때 전라감영의 포군砲軍[10] 만여 명이 동도東徒[11]를 치러 온다는 말을 듣고 고부로 몰려갔다가 하루 밤낮을 싸운 뒤에 포군을 격파하고 전진하였다. 그리고 정읍, 흥덕, 고창, 무장, 영광, 함평을 거쳐 장성에 이른 그들은 서울에서 내려온 경군 700여 명을 다시 격파하고 밤낮으로 행진行陣하여 4월 26일과 27일쯤 관군보다 먼저 전주성에 들어갔다. 그때 전라감사는 이미 도망친 뒤여서 어디로 갔는지 알 수 없었다.

이튿날 초토사招討使 홍재희洪在羲[12]가 군사를 이끌고 전주성 아래까지 다가와 성밖에 커다란 대포를 설치하고 공격하기 시작하자 피고는 무리와 함께 응전應戰하여 예상보다 세게 관군을 괴롭혔다. 이에 초토사가 격문檄文을 지어 성 안으로 던지며, '피고 등의 소원을 들어줄 터이니 속히 해산하라,'고 타일러 경계하자 피고 등이 27개 조목을 내걸고 상주上奏[13]하기로 청

---

9 동학의 천도(天道)를 수련하는 사람들
10 포군. 대포 등 포 종류를 가진 군사
11 동도. 동학의 무리들이라는 말로 '동학도'를 말한다.
12 초토사 홍재희. 초토사 홍계훈의 이름을 잘못 기록한 것으로 보인다.
13 상주. 임금에게 말씀을 아뢰어 올림을 뜻한다.

원하였다.

1. 전운소轉運所[14]를 혁파革罷[15]할 것.
2. 국결國結[16]을 더하지 말 것.
3. 보부상褓負商의 폐단弊端[17]을 금할 것.
4. 전라도 내 환전換錢[18]은 이전의 감사가 거두어 갔으니, 백성들에게 다시 징수하지 말 것.
5. 대동미大同米[19]를 상납하기 전에 각 포구에서 잠상潛商[20]들의 미곡米穀[21] 무역을 금할 것.
6. 동포전洞布錢[22]은 각 집마다 봄가을에 두 냥씩으로 정할 것.
7. 탐관오리貪官汚吏[23]는 모두 파면시킬 것.
8. 위로 임금의 총명을 막아서 가리고, 벼슬과 직위를 팔며 국권을 농단하는 자들을 남김없이 축출할 것.
9. 각 군현의 수령들은 자기 관할 지역 안에서 장례를 치르지 말고, 또한 논을 거래하지 말 것.

14 전운소. 조선 시대에, 조세 양곡의 뱃길 운반을 맡아보던 지방 관아
15 혁파. 낡고 묵은 제도나 풍습 따위를 없애거나 그만둠.
16 국결. 결세 장부에 올린 토지
17 폐단. 어떤 행동이나 일에서 나타나는 부정적인 현상이나 해로운 요소를 말한다.
18 환전. 류가 다른 화폐와 화폐 또는 화폐와 도금 등 가공되지 않은 금속(황금)을 서로 바꿈
19 대동미. 조선 중기 이후 지방 특산물이 아닌 쌀로만 세금을 내도록 하는 제도 즉 대동법에 따라 거두던 쌀
20 잠상. 법으로 금하는 물건을 몰래 파는 일을 가리킨다.
21 미곡. 벼의 껍질을 벗긴 알갱이로서 쌀을 말한다.
22 동포전. 군대에 입대할 장정들에게 징수하던 세금을 말한다.
23 탐관오리. 재물을 탐하고 행실이 깨끗하지 못한 관리 즉 부정부패를 일삼는 관리를 말한다.

10. 논밭에 부과하는 조세는 예전과 같이 할 것.

11. 백성들의 각 집에 부과하는 여러 부역을 줄일 것.

12. 포구에 부과하는 어염세魚鹽稅[24]를 혁파할 것.

13. 보세洑稅[25]를 거두지 말고 궁답宮畓[26]은 시행하지 말 것.

14. 각 고을의 수령이 부임지에서 백성들의 산지山地 문서를 강제로 빼앗아 못자리를 쓰지 못하게 할 것 등이 있다.[27]

*이하 15~27개항의 내용은 판결문에서 빠졌다.

전봉준은 27개 항목을 제시하며 임금에게 말씀을 아뢰자 초토사가 즉시 승낙하였기 때문에 피고가 그해 5월 초 5~6일 무렵 흔쾌히 무리를 해산시켜 각기 생업에 종사하도록 하였다. 또한 피고는 최경선과 20여 명을 데리고 전주로부터 금구, 김제, 태인, 장성, 담양, 순창, 옥과, 창평, 순천, 남원, 운봉 등의 각지를 돌아다니며 그곳에 자신의 뜻을 널리 알린 뒤, 7월 하순에 태인의 자기 집으로 돌아갔다.

그 뒤에 피고는 일본 군대가 대궐로 난입하였다는 말을 듣고 분연히 일본인이 우리나라를 병탄倂呑[28]하려고 벌인 일이라 여겨, 일본병日本兵을 쳐서 물리치고 조선에 머무르는 일본인日本人들을 국외國外로 몰아내려는 마음

---

24 어염세. 고기잡이와 소금 등 포구에 부과하는 세금을 말한다.
25 보세. 물길에 둑을 쌓아 보(洑)에 고인 물을 사용하는 세금 즉 물세를 말한다.
26 궁답. 예전에 각 궁(宮)에 딸려 있는 논을 이르던 말로 제도와 법령으로 시행함에 있어, 보세와 함께 백성들에게 원성이 많았던 것으로 추정된다.
27 27개 개혁안에서 15~27개 항목은 기록자의 실수로 빠진 것인지 여기서는 생략되었다.
28 병탄. 남의 재물이나 영토·주권 등을 강제로 제 것으로 만듦, 전봉준은 일본이 조선의 영토와 주권을 강제로 빼앗아 제 것으로 만드는 즉 일제의 국권침탈에 의한 한일병합을 예견하고 있었다.

을 품고 다시 군사를 일으켜 의병운동을 도모하였다. 피고는 전주 근처 삼례역이 땅이 넓고 전라도의 요충지이기에 그해 9월 무렵 태인에서 출발하여 원평을 지나 삼례역에 이르러서 그곳에 기병起兵 즉 의병을 일으키는 대도소大都所[29]로 삼았다.

그런 다음 진안에 사는 동학 접주 문계팔, 전영동, 이종태, 금구에 사는 접주 조준구, 전주에 사는 접주 최대봉, 송일두, 정읍에 사는 손여옥, 부안에 사는 김석윤, 김여중, 최경선, 송희옥 등과 함께 모의하여 지난해 3월 이후 피고와 함께한 비도匪徒의 거괴巨魁 손화중과 이하 전주, 진안, 홍덕, 무장, 고창 등 멀고 가까운 각 지방 인민에게 격문을 돌리고, 사람을 보내 유세를 하였다. 전라우도에서 4천여 명을 모아 곳곳의 관아에 들어가서 무기를 강탈하고 또 각 지방의 부유한 백성들에게 돈과 곡식을 징수하면서 삼례역을 출발, 은진, 논산을 지날 때도 무리를 모아 그 수가 만여 명에 이르자 그해 10월 26일 무렵 충청도 공주에 이르렀다.

그러나 그때 이미 일본병日本兵이 먼저 공주성을 점거하고 있었으며, 두 차례에 걸쳐 접전接戰을 벌였으나 모두 대패大敗하였다.

그런데도 피고는 일본병日本兵에 대한 공격을 지속시키고자 하였으나 일병日兵이 공주에서 움직이지 않는데다가 피고가 이끄는 동학의 무리가 점차 도망치고 흩어져 모으기 힘들게 되었다. 피고는 부득이하게 고향으로 돌아가 다시 병사를 모은 후 전라도에서 일본군을 막으려 하였다. 그러나 모집하는데 지원자가 없어 함께 모의했던 3~5명과 의논하여 각기 옷차림을

---

29 대도소. 동학 교세의 확장을 위해 설치된 교단 조직 겸 중앙 사무조직이다. 1894년 동학농민혁명 시기에는 교단 사무는 물론 집강소의 일반 사무를 총괄하는 본부성격을 지녔었다.

바꾼 뒤 경성으로 몰래 들어가 정탐코자 하였다. 이에 피고는 장사꾼 복장을 하고 홀로 상경하고자 태인을 떠났다가 전라도 순창을 지날 무렵 민병民兵에게 붙잡힌 것이다.

위에 기록한 사실은 피고와 함께 공모한 손화중, 최경선 등이 자백한 공초와 압수한 증거 문서에 분명히 드러난다. 이에 피고의 행위를 대전회통大典會通[30] 형전刑典[31] 가운데 '군복을 입고 말을 타고서 관아에 변을 일으킨 자는 때를 기다리지 않고 바로 목을 벤다.'라는 형률에 비추어 처벌할 것이다.

위와 같은 이유로 피고 전봉준을 사형에 처한다.

개국開國 504년五百四年 3월三月 29일二十九日

법무아문권설재판소선고法務衙門說裁判所宣告

법무아문法務衙門 대신大臣 서광범徐光範

협판協辦 이재정李在正

참의參議 장박張博

주사主事 김기조金基肇 오용묵吳容默

회심會審

경성주재 일본제국 영사 우치다 사다츠지京城駐在 日本帝國 領事 內田定槌

「1895년 3월 29일 법무아문권설재판소에서 사형선고를 받은 전봉준은 이튿

---

30 대전회통. 조선 말기에 〈대전통편〉 간행 뒤 80년간의 사실을 보완하여 만든 법전을 이른다.
31 형전. 육전(六典)의 하나로서 형조(刑曹)의 소관 사항을 규정한 법전을 이른다.

날 새벽 2시, 을미년(1895) 3월 30일(양 4.24) 전옥서典獄署 좌감옥에서 교수형으로 순국하였다.

전봉준 판결은 일본영사가 회심으로 참여한 것은 물론 이전의 전봉준 공초까지 주도함으로써 조선의 국권은 물론 사법권까지 강탈당한 준식민지準植民地[32] 상태였음이 다시 한번 확인된다. 그러므로 일본군에 의한 경복궁 점령 사건에서 비롯된 국권침탈과 식민지를 위한 조선의 침략에 맞선 2차 동학농민혁명 즉 동학의병전쟁은 척왜항전斥倭抗戰[33]으로서 동학과 일본의 전쟁, 자주독립전쟁으로 봐야 한다.

당시 대역죄인인 전봉준 장군이 참형이나 능지처참이 아닌 교형絞刑 즉 교수형으로 순국한 이유는 조선이 도입한 근대 형법의 재판 절차에 따라, 군인이 아닌 민간인 신분에 적용하는 형벌에 처했기 때문이었다.

전봉준 장군이 사형으로 순국한 이후 시신 수습도 못하였고, 현재까지 장군의 무덤도 발견되지 않았다. 그러나 동학농민혁명·동학의병전쟁 지도자 전봉준 장군은 백성과 민중의 가슴에 길이 살아 숨쉬는 '불멸의 전봉준'으로 영원히 우리와 함께할 것이다.」

32 준식민지. 식민지에 버금가는 지역, 여기서는 조선이 일본의 준식민지였다는 것을 말함
33 척왜항전. 일본을 물리치기 위해 항거한 전쟁을 말함

5. 동학의병전쟁을 주도한 의병장의 최후

천하무적 의병장 김개남의 최후

[도쿄아사히신문 등 일본 언론은, 전봉준을 비롯하여 '김덕명, 손화중, 최경선, 성두한 등이 옥에 갇혔다는 소문을 듣고 일본영사관 앞으로 몰려든 인파가 산을 이뤘다.'고 보도했다. 그러나 천하무적 김개남은 살아서 경성에 가지 못하고 죽어서 머리만 압송되었다. 김개남은 동학의 직책이 공식적·비공식적 여러 번 바뀌었다. 김개남은 보통 김개남 장군으로 통칭되나, 처음에는 동학 접주에서 대접주로, 동학농민군 총관령, 남원대회 전후 전라좌도 대도소大都所 사령관 직위인 중도통장中都統將, 동학농민혁명 2차 기포 때 독자세력 구축 후 영호남 의병사령관 직위인 총도통장總都統將 등을 역임하였다.]

전봉준과 함께 동학농민혁명·동학의병전쟁을 주도한 천하무적 의병장 김개남 역시 휘하 동학의병군을 해산하고 피신을 거듭하며 재기를 도모하게 된다. 김개남은 측근 세 명과 회문산의 깊은 산골인 종송리(종성리) 느티마을 매부 집에 피신해 있었다. 그때 아랫마을에 사는 재산이 많은 옛 친구 임병찬에게 구명을 부탁했는데, 임병찬은 "자네가 숨어 있는 곳보다 이곳이 안전할 것이니, 우리 집으로 오라." 하여 김개남과 수하 세 명을 자신의 집에 머물게 하였다.

임병찬은 후한 대접을 하면서 김개남을 안심시켜 놓고, 전주감영에 신고하였다. 전라감사 이도재는 강화병방 황헌주에게 군사 2백 명을 급하게 요청했다. 이도재는 요청한 군사 2백 명이 도착하자 1백 명씩 두 부대로 나눠 한 부대는 황헌주로 하여금 압송하는 길목에 매복시키고, 다른 부대는 대관 박승규로 하여금 인솔케 하여 군사 1백 명과 포졸들을 급파했다. 김개남과 그 동학군들을 얼마나 무서워했는지 잘 드러나는 대목이다.

박승규 대관과 1백여 군사들은 김개남이 숨어 있는 임병찬의 집을 포위하고 함성을 지르며 들이닥쳤다. 김개남은 뒷간에서 똥을 누다가 위급한 상황임을 직감하고, 뒷간 앞 두엄자리에 꽂힌 쇠스랑을 재빨리 들고 나와 자신을 경호하던 호위병 세 명과 함께 극렬하게 저항하며, 탈출을 시도했다.

김개남과 군사들이 뒤엉켜 일대 혈투가 벌어지면서, 집을 둘러싼 관군 저격수들은 허공에 대고 위협적인 사격만 해댔다. 비명과 고함, 총소리가 온 동네에 울려 퍼지며, 마당에는 서로가 뒤엉켜 누가 관군인지 누가 의병인지 분간하지 못할 정도로 아수라장이 되었다.

결국 김개남은 심한 부상을 입고 12월 1일(양 12.27)에 호위병 세 명과 함께 피체되었고, 강화 군사들도 일부 부상을 당했다. 김개남을 생포한 군사들과 포졸들은 김개남과 호위병이 움직이지 못하게 밧줄로 수십 겹을 묶고 소리도 내지 못하게 입을 수건으로 틀어막았다. 혹시 벌어질지 모를 김개남의 구출 작전을 대비하여 삼엄한 경계를 하고, 아무도 김개남의 모습을 알아보지 못하도록 짚둥우리를 씌워 전라감영으로 압송했다.

김개남은 전주에 끌려간 즉시 전라감사 이도재의 지시로 판자 위에 손과 발을 고정(못에 박혀)하여 구금되었으며, 12월 3일(양 12.29) 서교장西敎場에서 즉결 참형으로 순국하였다. 이때 호위군 세 명도 따로 처벌을 받았다.

　전라감사 이도재가 김개남을 체포한 즉시 한양으로 압송하지 않고 임의로 전주에서 참형에 처한 것은 두 가지 이유 때문이었다. 한양으로 압송하는 과정에서 막강한 김개남의 수하 동학군이 공격해 빼돌릴 가능성이 있었고, 흥선대원군이 김개남에게 의병 창의에 대한 밀지를 보낸 사실이 탄로 날 우려가 있었기 때문이었다. 서교장에서 효수된 김개남의 머리는 남문 밖 천변의 초록바위에 효시되었다가, 다시 궤짝에 넣어져 한양의 양호도순무영으로 압송되었다.

　그때 동학의병군 지도자 중 성재식, 안교선, 최재호 등도 체포되어 한양으로 압송되었다. 이들은 총리대신과 법무대신이 주청하여 임금의 윤허를 받아 12월 24일 전격 참수되었다. 참수된 동학 지도자 세 명과 김개남의 머리는 같은 날인 24일부터 서소문 밖 네거리에 3일간 효시되었고, 그 후 김개남의 머리는 조정의 지시로 전라도와 충청도에 보내져 조리돌림으로 고을을 전전하며 효시梟示되었다.

　김개남 장군이 임병찬의 집에서 피체되어 짚둥우리에 씌워진 채 전주로 압송되어 비참한 참형을 당하고 시신조차 수습되지 않은 처참한 모습에 백성들은 그 애석함을 담은 다음과 같은 민요를 불렀다.

　　개남아, 개남아, 김개남아!
　　수천 군사 어데 두고 짚둥우리가 웬 말이냐.
　　개남아, 개남아, 김개남아!
　　수만 군사 어데 두고 전주야 숲에 시신이 버려졌노.

　「김개남 장군이 피체 될 때 뒷간에서 대변을 누다가 저항 없이 스스로 체포되었다고들 하나, 이는 평소 김개남의 성격과 투지에 걸맞지 않는 일이라 사료된다. 이렇게 패자들에게 역사적 과소평가는 흔한 일로 알려진다. 그래서 피체될 때도 김개남답게 극렬한 저항이 있었으며, 심한 부상으로 인한 처참한 모습으로 묘사했다. 그리고 피체 후 살벌한 압송 장면과 열십자 나무에 손발이 대못에 박힌 것, 그들이 볼 때 위험천만한 인물의 위험으로부터 벗어나려고 신속하고 강력하게 처형했다는 것은 여러 자료와 구전에 근거하였다.」

천하덕인 의병장 손화중과 천하용장 최경선의 최후

[전봉준이 인격에 있어 남달랐고, 김개남은 그 용맹에 있어 독보적이었으며, 손화중은 덕인으로서 뭇사람들에게 존경을 받았다. 손화중의 동학 직책은 접주에서 대접주, 동학농민군 총관령, 동학농민혁명 2차 기포 때 일본군 해안 상륙을 저지하는 임무의 해안경비사령관과 같은 총책의 역할을 최경선과 함께 담당하였다.]

  동학농민혁명군 총관령이자 고창·무장·정읍·부안 등지의 광범위한 동학 세력을 지휘한 거두 손화중은 동학농민군 3대 지도자였다. 동학 대두령 손화중은 동지이자 의형으로 모셨던 전봉준, 김개남과 생사를 함께하자는 약속대로 운명을 같이했다. 또한 혁명군 총참모장이며 전봉준의 후원자인 김덕명 대두령과 전봉준의 오른팔 역할을 하던 맹장 최경선 두령도 체포되어 한양으로 압송되었다.
  손화중은 전봉준과 손병희의 동학의병군 주력부대가 원평과 태인 전투를 끝으로 해산했다는 소식을 들었으나 포기하지 않았다. 남은 동학군을 이끌고 광주와 나주에서 최후의 항전을 벌였다. 그러나 대세가 기운 탓인지 연속 패배하여 잔여 동학군을 해산시키고, 측근 부하 두 명만을 대동하고 옛 연고지인 흥덕 안현리 이씨 재실에 몸을 감추었다. 하지만 일본군과 관군들의 끈질긴 추적으로 손화중이 숨은 곳은 곧 알려지게 되고, 전봉준과 김개남의 체포 때처럼 극렬히 저항한 끝에 피체되고 말았다.

또한 손화중은 법정에서 사형선고를 받고 "내 백성을 위해서 힘을 다하였는데 죽어야 할 이유가 있는가?" 하고 크게 부르짖었다는 말도 전해온다. 이러한 모습에서 손화중은 가히 대인의 풍모를 갖추었음을 알 수 있다.

손화중은 일본군에 인계돼서 나주로 압송되어 초토영 감옥에 갇히게 되는데, 그곳에서 체포된 몸으로 전봉준과 잠시 조우했다. 손화중도 결국 전봉준과 같이 한양에서 재판을 받고 교수형으로 순국했다. 손화중의 집안은 쑥대밭이 되었으며, 그의 동생 손익중과 처남 유공선도 잡혀 처형되었다. 또한 같은 손씨만 21명이 처형되었고, 그 많던 재산도 모두 빼앗겨 흔적 하나 남지 않았다.

손화중과 함께한 최경선 두령도 나주 공격의 최후 항쟁에서 수백 명의 희생자를 내고, 동복 벽성리에 피신해 있다가 일본군 추격대에 의해 피체되어, 나주 감옥에 갇히게 되었다. 최경선도 전봉준·손화중과 함께 재판을 받고 교수형으로 순국했다.

> 「손화중이 피체되기 직전에 재실지기인 이봉우에게 "네가 나를 고발하여 큰 상을 받아라. 너에게 진 은혜를 갚겠다."고 말한 것으로 전해진다. 그러나 그렇게 쉽게 반봉건 혁명과 반외세 전쟁을 포기하고 스스로 피체되었는가는 곱씹어봐야 한다.
>
> 전봉준, 김개남, 손화중 동학군 3대 장군이 그렇게 맥없이 체포되었다는 것은

역사의 승자들에 의해 만들어진 이야기로 들린다. 물론 동학의병장들이 목숨 따윈 두려워하지 않았다는 것은 인정한다. 그렇지만 천하를 호령했던 대두령들의 피체 과정과 사형집행 과정에서 스스로 체포되고, 죽으러 가면서 너털웃음으로 대수롭게 여기지 않는 최후의 모습에서 일면은 인정하나 그 외 감추어진 일면의 역사가 존재한다고 생각한다.

천하맹장 최경선 장군은 전봉준의 평생 동지이자 또한 팔다리로 표현될 만큼 봉준의 최측근이었다. 일본군과 항일전쟁의 전략상 손화중 의병장과 함께 해안경비에 나섰으며, 나주성 전투와 남평에서 최후항전을 끝으로 격렬한 저항 끝에 관군에게 피체되어 담양의 일본군에 인도되었다. 최경선은 순국직전 사형선고를 받고 '불평하는 말 한마디 없이 유유히 걸어 나갔다.'고 일본신문에서 보도하였다. 천하용장다운 모습으로 보이지만, 다른 한편으로는 최후 모습에서 과연 그랬겠는가 싶은 생각도 든다. 아마 큰소리로 일본 침략자에게 호통을 치며 죽음을 맞이했던 것은 아닐까?」

총참모장 김덕명과 의병장 성두한의 최후

[동학 대접주, 동학군 총참모장 김덕명 장군, 그는 인격과 용맹을 겸비한 탁월한 전략가였다. 그는 전봉준을 전면에 내세우고 뒤에서 인원동원과 식량 지원 등을 말없이 실천한 감추어진 큰 인물이었다. 전봉준이 청소년 시절부터 김덕명을 따르고 큰형님으로 모셨던 일화가 김제 원평 부근에서 최근까지 전해온다. 어쩌면 김덕명이 전봉준을 큰 인물로 키웠다고 해도 과언은 아닐 것이다. 김덕명은 평소에 말이 없다가 한번 작정하고 목표를 세우면 절대 포기하지 않는 조용하면서 강력한 성격의 소유자였다. 또한 동학사상을 사회적으로 실현하는 데 앞장섰던 사상가이자 혁명가였다. 김덕명 장군은 일본군 침략에 모든

것을 던져 막고자 했고 결국 목숨을 조국에 바쳤다.]

김덕명 대두령은 손화중 대두령과 같이 동학의 최고 지도자 해월 선생과 각별한 사이였다. 그러나 손화중이 해월 선생의 지시에 순응하면서 따른 반면, 김덕명은 처음부터 끝까지 강경한 입장으로 전봉준과 함께했다.

1892년 대선생 신원운동인 전주 삼례집회 때 수천 명을 동원하였고, 1차 반봉건, 2차 반외세의 기포 때도 적극 나서서 전봉준의 자문 역할을 하면서 혁명을 주도하였다. 또한 전주화약과 집강소 설치에 큰 역할을 하였으며, 원평 도소를 집강소로 전환하여 도집강 자격으로 폐정개혁과 혁명 자치에 큰 업적을 남겼다.

김덕명은 결국 원평과 태인의 동학의병전쟁 최후 항전을 끝으로 도피생활을 하게 되었다. 근거지인 원평 일대가 불바다로 변해 주민들은 거의 모두 피난길에 올랐다. 원평에서 전봉준과 헤어진 김덕명은 안정 절골에 있는 산지기 집으로 측근 몇 명과 함께 몸을 숨겼다. 같은 김씨 집안 사람들에게 구명을 요청한 것인데, 그들의 밀고로 태인의 수성군이 출동하였다.

김덕명은 격렬하게 저항하다가 결국 을미년(1895) 정월 초하루(음 1.1)에 피체되었다. 수성군은 김덕명 대접주를 체포하여 어깨에 굵은 나무를 가로 얹고 십자형으로 팔을 벌려 묶었다. 그리고 상투를 뒤로 젖혀 나무에 묶고 얼굴이 하늘을 향하도록 하여 끌고 갔다. 김덕명은 일본군에게 넘겨져 한양으로 압송되어 전봉준·손화중·최경선·성두한 등과 함께 재판을 받고 교수형으로 순국했다.

성두한 북접 대두령은 남접의 전봉준과 같이 일본군에게는 반드시 없애야 할 동학군 대두목으로 지목되었다. 그래서 성두한의 근거지인 청풍 일대는 철저하게 보복과 학살을 당하여 초토화되었다.

　일본군과 관군은 정예부대를 동원하여 10월 20일(양 11.10)부터 한 달이 넘는 섬멸 작전으로 혁명군 수천 명과 민간인 수천 명을 학살하였다. 폭설이 산야를 뒤덮고 강추위에 온몸이 떨리는 혹한의 날씨에 성두한과 충청북부 혁명군 지도자들은 강원도 일대를 떠돌며 몸을 숨겼다. 결국 일본군과 감영군의 추적으로 을미년(1895) 1월 초, 성두한은 처절한 저항 끝에 피체되었다. 성두한은 한양으로 압송되어 전봉준, 손화중, 김덕명, 최경선과 같이 재판을 받고 3월 30일(양 4.24) 교수형으로 순국하였다.

「순국열사 성두한 의병장. 누구나 대다수 동학농민혁명 지도자라면 전봉준, 김개남, 손화중, 최경선, 이방언 등 남접 인물들을 거론할 것이다. 그러나 동학 2차 기포, 동학의병전쟁에서 남접 못지않게 북접의 인물들도 많다. 그중에서 대표적인 인물이 동학 2대 교주 해월 최시형 선생을 비롯하여, 손병희, 박인호, 손천민, 강시원(강수) 대접주들을 거론할 수 있다. 그런데 성두한 대접주가 북접 인물 가운데 가장 특출한 의병장이었다.

그 근거는 앞서 거론했지만, '성두한 북접 대두령은 남접의 전봉준과 같이 일본군에게는 반드시 없애야 할 동학군 대두목으로 지목되었다. 그래서 성두한의 근거지인 청풍 일대는 철저하게 보복과 학살을 당하여 초토화되었다.' 할 정도로 의병장 성두한은 동학의병전쟁사에서 반드시 재조명이 필요한, 위인이다. 성두한 의병장은 근거지인 청풍과 충청 북부를 중심으로 광범위한 의병 활동을 전개했다. 성두한 의병장 역시 전봉준, 손화중, 김덕명, 최경선과 같이 동학의병전쟁의 영웅으로 같은 날 함께 순국, 형장의 이슬로 사라졌다.」

전국의 동학의병장들의 최후

전국에서 동학의병전쟁을 주도한 의병장들의 최후, 앞서 거론한 전봉준, 김덕명, 김개남, 손화중, 최경선, 성두한 등의 이야기가 있었다. 어찌 그뿐이겠는가. 전국 곳곳에서 최후 항쟁을 벌이다가 총살은 물론 분살형焚殺刑 등 잔인한 방법으로 순국한 수많은 동학의병들이 있다. 일본군 토벌 부대는 본국의 지침대로 동학의 뿌리까지 제거하고자 일명 초토화焦土化 작전 등을 끔찍하게 벌였다.

수운 선생 신원운동과 동학농민혁명에 적극 동참한 전주 지역의 서영도, 고문선 대두령을 비롯한 지도부 인사 1백여 명도 전투 중에 전사하거나 체포되어 처형되었다. 겨우 살아남은 자들은 산간벽지로 떠돌았지만 결국 일본군과 관군의 끈질긴 추격으로 붙잡혀, 전주 초록바위 천변에서부터 다가산 천변에 이르는 곳에서 대부분 총살형을 당했다.

특히 서영도 대두령은 측근 접주들과 1~2월에 걸쳐 지리산, 회문산 등지에 피신해 있다가 일본군과 관군에게 피체되어, 1895년 3월 16일(양) 전주 남문 밖 초록바위에서 동학 거괴 이름으로 공개 총살당하여 순국하였다.

남접 지도자들은 비참한 최후를 맞은 경우가 많았다. 이방언 의병장은 산 채로 불에 태워 죽이는 분살형을 당했으며, 전봉준의 측근 차치구 접주 역시 비참한 최후를 맞았다. 서장옥 의병장은 그의 판결문에 의하면 동학의 거두로서 최시형·전봉준·김개남과 비등할 정도의 세력을 갖고 있었으며 동학의병전쟁 뒤 1900년 피체되어 교수형으로 순국하였다.

김인배 의병장은 좌수영에서 일본군과 관군의 협공에 후퇴, 광양의 최후 전투에서 패배함으로써 수접주 류하덕과 함께 피체되었다. 김인배는 "장부가 사지死地에서 죽음을 얻는 것은 오직 떳떳한 일이요 다만 뜻을 이루지 못함이 한이로다."란 말을 남기고 즉결 효수형을 당했다.

　동학의병군 남북접 지도자들을 열거해 본다. 고명숙은 정읍에서 순국, 김도삼은 전주에서, 손익중은 정읍에서, 손여옥은 나주에서, 김병운(규일)은 무장에서, 손병수는 정읍에서, 손병선도 정읍에서, 고순택은 무장에서, 장경삼은 함평에서, 문덕중은 무장에서, 이사경은 벽사역에서, 이인환은 나주에서, 장사원은 전주 남문장터에서, 김덕운은 금구에서, 권형중은 전주 남문장터에서, 강영규는 논산 황화대에서, 강순모는 2차 의병기포 때, 김현익은 광양에서, 김양두는 고창에서, 이기면은 남원에서, 이사명은 오수에서, 김응칠은 전주에서, 이화진은 함평에서… 참형, 총살, 능지처참 등으로 순국하였다.

　또한 김재득은 영암 회문천 천변에서, 장옥삼은 함평에서, 장공삼은 함평에서, 최성화는 자작고개에서, 민중삼도 자작고개에서, 김우원도 자작고개에서, 김진협도 자작고개에서, 이회인은 세성산에서, 김진구는 2차 기포시에, 엄우영은 자작고개에서, 엄하영도 자작고개에서, 엄세영도 자작고개에서, 이상협도 자작고개에서, 황찬오는 전주에서, 황채호는 나주에서, 서상은 홍덕에서, 송주옥은 나주에서, 황홍모도 나주에서, 문선명은 태인에서, 정평오는 함평에서, 이용길은 장성 월평에서, 이용기도 장성 월평에서, 심풍택은 광주옥에서, 송두호는 나주에서, 최맹순은 평창에서, 최관도는 1898년 재기를 도모하다가… 참형, 총살형 등으로 순국하였다.

　그리고 박내원, 김기병, 김성룡, 최영두, 류용수, 문재석, 한달문, 황화성, 하수태, 문구석, 백장안, 전유창, 배규인, 이태형, 김은곤, 윤치문, 조재하, 장복극, 전규선, 김현동, 강선희, 강기선, 이문교, 손치범, 현재서, 김선명, 전막동, 김준옥, 전성숙, 임벽화, 최선오, 조재용, 이순삼, 황판암, 김중현, 정윤행, 엄홍삼, 조판용, 김상흠, 오재봉, 양선태, 이석교, 김경철, 정치조,

박경진, 이관동, 김준홍, 유덕장, 이용구 등은 참형, 총살, 포살, 옥사, 고문 후유증 등으로 순국하였다. 이밖에 전국에서 수많은 동학접주, 수접주, 차접주, 접사, 대접주, 교장, 교수, 집강, 도집, 대정, 중정 등 육임의 동학지도자급들의 희생과 순국이 있었다.

특히 지도부 중 일부는 군중들 앞에서 산 채로 묶여 머리 위에 관솔 말뚝을 박아 불에 타들어 가도록 하여 머리를 폭발시키는 천인공노할 끔찍한 사형을 당했다. 지도급 인사뿐만 아니라 적극 가담자들도 공개 화형식을 통해 죽이는 일들이 다반사였다.

아, 동학의병장들과 수많은 의병들은 적게는 3만, 많게는 5만여 명이 순국하였다. 또 일부 기록과 학자들의 견해는 30여만 명이 순국하였다고도 한다. 이렇게 희생된 큰 숫자의 차이는 그만큼 무명 동학군 즉 이름도 없이 쓰러져 간 의병들이 많다는 것을 말해준다.

현재까지(2024.9.13.) 동학농민혁명기념재단 〈동학농민혁명 참여자 명예회복 심의위원회〉에서, 동학농민혁명 참여자로 공식 인정 즉 등록된 숫자는 3,847명이다. 참여자 숫자를 적게 잡아 30만, 최대 1백여 만, 희생된 순국자는 3만~5만여 명이다. 동학의병에 참여한 숫자가 현재 등록된 3,847명이라면, 그때부터 현재까지 남몰래 숨죽이고 살아야 했던, 그래서 실질적 참여자 숫자를 파악할 수 있는 역사적 기록은 사라져 갔다고 봐야 한다. 또 유족들이 후손들에게 조상님들이 동학에 가담한 일들에 대해 입을 꼭 다물어 버린 증거라고 생각한다.

6. 동학의병항쟁, 전국적인 기포

[동학농민혁명이란 역사 용어에 대해서 필자는 제1차 기포는 '동학농민혁명'이라 칭하고, 2차 기포는 '동학의병전쟁'이라 칭한다. 동학의 옛 연구자들 일부는 동학 기포, 재차 기포의 용어를 사용했다. 요즘은 기포起包(동학의 조직인 포가 일어났다)라는 말보다는, 봉기蜂起(민중들이 벌 떼처럼 일어났다)라는 용어를 주로 사용한다. 전봉준 장군 재판 기록인 「전봉준 공초」와 「전봉준 판결문」에는 봉기라는 용어는 나오지 않고, 모두 기포라는 용어를 사용한다. 그래서 필자는 문헌의 중요성을 참고하여 봉기보다는 기포라는 용어를 사용했다.]

남원 최후 항쟁, 솥뚜껑과 부엌 문짝을 방패로 삼아

[남원 최후 항쟁에 대해 이런 이야기가 있다. "동학군들은 장태나 심지어 민가의 솥뚜껑과 부엌 문짝을 방패로 삼아 총공격에 나섰다. 그러나 일본군의 지원을 받는 관군과 민보군의 월등한 무기, 더군다나 산 위에서 굴러 떨어지는 돌과 바윗덩어리는 당해낼 수가 없었다. 뜨거운 정의감과 용맹도 첨단의 무기와 수적 우세 앞에서는 속수무책이었던 것이다." 무엇이 그들을 거기, 그 사지死地에 있게 하였을까? 거의 맨몸으로 맞섰던 그들의 항거에 숙연해진다.]

남원 최후 항전인 방아재전투는 김개남의 주력부대가 북상하여 11월 13일 청주성을 공격할 때 동시에 벌어졌다. 김개남 장군의 전라좌도 동학의병군 주력부대가 북진을 한 후, 김홍기·최승우 접주 등을 중심으로 동학의 병군 1만여 명이 경상도 방향으로 진출하여 영남 지방의 교두보를 확보하고자 하였다. 남원 동학군은 11월 13일에 출진하였으나 14일 새벽부터 15일까지 운봉의 민보군과 영남의 관군 등에게 대패하여 수천여 명의 희생자를 내고 남원성으로 퇴각하였다.

방아재전투는 무기와 지형에서 동학군에게 절대 불리한 상황이었다. 영남의 관료와 토호들은 동학군 진입을 막기 위해 운봉의 거두 박봉양에게 무기, 병력, 물자 등을 지원하여 철저한 대비를 하였다. 동학군은 가파른 방아재를 기어 올라가야 하는 형편이었고, 관군과 민보군은 위에서 아래를 내려다보며 전투를 하는 유리한 상황인데다 성벽처럼 깎아지른 지형지물을 이용하여 방어를 하기에 유리했다.

남원의 동학의병군은 불리한 상황을 극복하려고 장태나 심지어 민가의 솥뚜껑과 부엌 문짝을 방패로 삼아 총공격에 나섰다. 그러나 일본군의 지원을 받는 관군과 민보군의 월등한 무기는 물론 산 위에서 굴리는 돌과 바위 등을 당해낼 수가 없었다. 그야말로 속수무책이었다. 결국 김개남의 주력부대가 청주 공격에 실패하고 남원으로 후퇴하여 재기를 도모하고자 한 계획마저 위태롭게 되었다. 그렇게 김개남은 뒷날을 기약하고 우선 몸을 숨길 수밖에 없게 된 것이다.

태안 백화산 최후 항쟁, 도살장을 방불할 정도로 처참했다

[아래 글은 문영식 태안동학농민혁명기념관 명예관장(태안동학농민혁명유족회장)의 증언과 설명을 토대로 이야기를 전개한 것이다. 동학의병전쟁 당시 태안관아를 중심으로 북쪽에 위치한 백화산 교장바위는 선지피로 물들어 글자 그대

로 시산혈해였다고 한다. 이 교장바위 부근은 마치 도살장을 방불할 정도로 처참했다고 전한다.]

태안 백화산白華山은 옛날부터 태안군의 진산이며 영산으로 태안팔경 가운데 하나로 꼽힌다. 그러나 이러한 곳에 비극적인 역사가 깃들어 있어, 오늘에도 많은 이들의 가슴을 아프게 하고 있다. 백화산 산기슭에 수많은 동학의병들이 무참하게 학살되어 천추의 한이 서린 유서 깊은 교장絞杖(목 졸려 죽고, 몽둥이에 맞아 죽음)바위가 그 현장이다.

갑오년 10월 1일 동학의병군이 태안성을 점령하고 처형 직전에 있는 동학도 30여 명을 구출하였다. 그 뒤 일본군과 관군 연합군이 태안군내에 진주하여 극악무도하게 양민을 학살하는 만행을 저질렀다. 이들에게 맞서고 대항하기 위해 동학의병군은 대오를 편성하고 전열을 정비하여 출전 준비를 완료하였다.

1894년 10월 15일, 동학의병군은 태안 경이정憬夷亭에 모여 보국안민과 척왜창의의 기치를 높이 들고 재기포再起包하기에 이르렀다. 이들은 10월 22일 서산 해미에서 유진留陣하고 일부 병력은 작전상 그날 바로 서산시 운산면 여미벌(餘美坪)로 진군하였다.

다음날 10월 23일 덕포 박인호 대접주와 예포 박희인 대접주가 인솔하는 동학의병군에 합류하여 여미벌에서 집결하니 동학의병들의 사기가 충천하였다. 여기서 작전 계획을 세우고 흐트러진 전열을 재정비하고, 10월 24일 당진 승전곡勝戰谷 전투에서 동학의병전쟁사에서 길이 남을 대승을 거두었다. 그 후 26일에 예산군 신례원 관작리觀爵里 전투에서 승전하고, 27일 예산군 역촌 뒷들에서 하룻밤을 쉬었다.

의병들은 수운 최제우 선생 탄신일 10월 28일을 맞아 덕산군 역촌 뒷고개에 머물러 기도를 드리고 곧 홍주성洪州城으로 향하여 홍주성 공격에 총력을 기울였다. 그러나 애석하게도 최신식 무기를 앞세운 일본군과 관군의 연합작전에 무려 1천여 명의 동학의병군이 무참히 희생되었다.

홍주성에서 대패한 동학의병군은 일본군과 관군 연합군에 쫓기면서 11월 7일 해미성海美城에 입성하여 항전하다가 패주, 인근에 있는 귀밀성貴密城과 저루성猪樓城에 합류하였다. 일본군과 관군 1개 소대는 귀밀성을, 2개 소대는 저루성을 오후부터 공격하였다. 여기서도 공방전이 벌어졌으나 동학농민군이 완패하고 말았다.

다음 날인 8일 매현梅峴전투에서 또다시 패전하여 재기할 여력을 잃은 채 최후로 11월 11일에 백화산으로 집결하였다. 동학의병들은 11월 16일까지 동짓달 설한풍의 추위와 굶주림으로 죽어 가면서도 끝까지 항전하였다. 동학의병군들은 비록 진퇴양난으로 궁지에 몰렸어도 일본군들에게 투항하지 않았다. 죽을 각오로 의연하게 끝까지 항전하다가 순국하였다. 특히 백화산 중턱에 있는 큰 바위에서는 동학의병군을 붙잡아다 놓고 목을 졸라 죽이고, 몽둥이로 때려죽였다. 목이 잘린 시체가 쌓이거나 여기저기 흩어졌다. 일본군들은 시체를 일일이 헤쳐 보면서 혹 산 사람이 있으면 거침없이 확인사살을 하였다.

특히 교장바위는 선지피로 물들어 글자 그대로 시산혈해였다고 전한다. 이 교장바위 부근은 도살장을 방불할 정도로 처참했다. 그야말로 아비규환이었다. 비극적인 이 바위를 교장바위라고 후손들은 전하고 있다. 즉 목을 졸라 죽인다는 교살絞殺과 몽둥이로 때려죽인다는 장살杖殺을 줄여서 교장絞杖이라 하여 이 바위를 태안 사람들은 '교장바위'라고 이름 지어 현재까지 부르고 있다.

11월 14일(양 12.10), 일본군 후비보병 제6연대 제6중대장 야마무라 타다 마사(山村忠正) 대위는 동학의병들의 집을 하나하나 찾아내어 현장에서 타살해 버릴 계획으로 해미를 거쳐 바로 태안 방면으로 출동하였다. 서산을 들렀다 가면 태안 동학의병군들이 기미를 차리고 도주할 염려가 있다하여 별도로 소탕조掃蕩組를 만들어 서산에 파견하였다.

한편 수많은 태안군의 동학도들을 뿌리 뽑기 위하여 일본군 소위 사이토齋藤溫가 이끄는 부대가 신무기로 무장하고서 홍주성에서 출발하여 태안성에 도착하였다. 눈(雪) 내리는 자정子正 무렵, 칠흑漆黑같은 야간에 바닷가로 이동했던 것이다.

11월 15일에 조선 사람 순검巡檢 김용희金龍喜, 해미 민병장民兵將 김용산金龍山이 이끄는 민병 수백 명으로 조를 이루어 서산 동학의병군 84명을 체포하여 태안으로 끌고 와서 백화산에서 잔인하게 타살 내지 총살형에 처했다. 그리고 일본군은 동학의병이 진지를 구축하고 있는 백화산을 포위하고 있는 관군과 합류하여 동학의병들과 치열하게 전투를 벌이는 한편, 5명~10명씩 여러 조를 짜서 마을마다 출동시켜 유회군을 앞잡이로 하여 수색하게 하였다.

일본군과 관군 연합군은 100여 명의 동학농민군을 체포하였는데 이 중에는 접주 및 지도자가 30명이나 되었다. 이에 앞서 일본군과 관군은 동학도를 초멸하려면 간부급인 접주들을 체포해야 한다는 방침을 세웠던 것이다.

백화산에서 야음을 틈타 탈출한 동학의병군은 근흥면 수룡리 토성산吐城山에서 수백 명이 목숨을 잃었으며 작두로 목을 잘라 효수梟首하여 저잣거리를 행진하였다. 그리고 백화산에서 싸우던 동학의병군의 퇴로를 차단하고 이 산 북서쪽 모래기재(砂峴)에서도 일본군의 복병伏兵들이 동학의병군 수백 명을 포위하여 학살하였다. 이 밖에도 태안여고, 개울, 샘골마을,

남문리 냇가, 정주내(碇舟川) 등 여러 곳에서 잔인하게 살육하고 부녀자를 겁탈하고 민가에 불을 질렀다.

아, 애석하게도 교장바위의 비극은 별다른 자체 기록이 없다. 모든 사실을 유족들과 촌로들의 구전에 의존할 수밖에 없다. 그러나 그 구전조차 제대로 기록되지 못하였고, 동학의병전쟁에 가담했다가 죽은 사람에게는 제사조차 제대로 지내지 못하면서 숨기고 살아야 했던 비참한 현실이 이어졌다.

또한 천대와 감시가 지속되어 사람들은 백화산 교장바위의 연유에 대하여 거의 함묵하였다. 그러나 다행히도 일본군과 관군을 상대로 백화산에서 치열하게 전투를 하였다는 의병군 지도자 다섯 사람이 생포되어 서울로 압송되었다는 기록이 나왔다.

순무선봉진등록巡撫先鋒陣謄錄』에 의하면, "12월 초 8일 서산에 머무르고 있는 순무영 선봉진 별군관이 보고합니다. 이달 13일에 태안 백화산에 비류가 진을 친 일을 달려가 보고할 때에 괴수 유규희兪圭熙·최성서崔聖西·최성일崔聖一·안순칠安順七·피만석皮萬石 등 다섯 놈은 죄상을 열거하고 잡아서 압송하였습니다. 태안과 이곳 경내에는 비록 비류가 모여 있지 않았으나 저들의 흉화를 입어 온 마을에 사는 백성들이 생업을 잃고 흩어졌기 때문에 즉시 각 면, 리에 명령을 내려 집으로 돌아오게 하였으며, 백성의 마음을 정돈시키고 습성을 고쳐 귀화하게 하여 제각기 안정된 마음으로 본업에 충실히 하게 하였습니다. 그리고 난을 일으킨 괴수를 세세히 조사하여 하나하나 잡아 법대로 극형에 처하고, 동학군을 따른 약간의 무리는 죄의 경중을 가려 별도로 징계하고 풀어 주었습니다. 죄인의 목록을 책자로 작성하여 올리거니와, 괴수를 섬멸하여 다시는 싹이 나지 않도록 잇따라 뒤좇아 잡는 사이에 날짜가 저절로 어긋나고 늦어져서 그 시행됨이 대단히 송구하고 민망합니다. 이러한 사정을 아울러 보고하니 처분해 주십시오. 제題상부에 보고하겠습니다. 책자는 받았습니다."라고 기록되어 있다.

오래전부터 이곳 동학교도들과 뜻있는 사람들은 11월 보름날이 되면 교장바위에 올라가서 순국하신 영령들의 진혼제를 지냈다고 한다. 위령탑 건립을 추진할 때 유족들은 살육의 현장인 교장바위에다 위령탑을 세우고자 했으나 그 당시 열악한 재정 형편상 자재를 운반하는 데 어려움이 있어 부득이 교장바위 밑에다 추모탑을 세웠다고 한다.

동학의병전쟁 당시 태안읍 관아를 중심으로 북쪽에 위치한 백화산 교장바위는 상징적인 바위이고, 또한 지리적 여건상 중심적인 장소였다. 태안에는 동학농민혁명·동학의병전쟁 참여자의 무자비한 학살 현장이 이곳저곳에 많다.

충청 북부의 최후 항쟁, 일본 도적들을 격파하려 했지만…

[성두한 의병장이 발표한 최후의 포고문을 살펴본다. "이번 동도東道의 창의는 천도天道를 봉행하여 나라를 돕고 백성을 편안히 하려는 것이라. 왜적이 창궐하매 국가가 조석으로 위태하고 생령이 도탄에 들게 되었으니, (중략) 일본 도적들을 곧 격파하여 위로는 임금의 위태함을 풀고 아래로는 창생蒼生의 생명을 건질 것이니 어찌 다행한 일이 아니겠는가." 이처럼 동학군은 왜적, 즉 일본군을 도둑으로 보고 그 도둑들을 치려 했던 의병군이었다는 사실을 증명하는 기록이다.]

성두한 의병장은 손병희 대통령의 북접 주력부대와 호응하며 충청도 북부를 중심으로 경기도와 경상도 북부까지 포괄해서 일본군과 관군을 괴롭혔다. 성두한은 청풍에 근거를 두고 남접 기포 후 손병희와 긴밀한 협조 관계를 유지하면서 사촌 형제를 여섯 명이나 적극 가담시켰다. 그는 충청도 대두령의 위치에 올라 활발한 활동을 전개했다. 의병장 성두한 대두령은 일본군이 조선 왕궁을 침범한 후부터 움직이기 시작하여, 전봉준의 9월 재기포 이전인 8월부터 그 조직력과 영향이 크게 부각되었다.

일본군은 청일전쟁에 필요한 군수물자 등을 원활하게 수송하기 위해 경상도와 충청도, 경기도로 연결되는 도로를 정비하였다. 또한 군용전선 가설을 위해 병참부와 군용전신소를 설치했다. 성두한이 이끄는 동학의병군들이 이러한 시설들을 습격하여 파괴하는 일들이 벌어지면서 일본군은 골치를 앓았다. 성두한은 일본군뿐만 아니라, 일본군에게 쫓겨 후퇴하면서 조선 백성들에게 약탈을 자행한 청군에게도 크게 분노하였다.

성두한 대두령은 최법헌의 9월 총기포령에 적극 가담하였고, 또 독자적인 활동 영역을 넓혀 갔다. 일본군 사령부는 전봉준 다음으로 성두한을 지목하여 끈질긴 추격과 섬멸의 계획을 세웠다.

성두한은 동학에 대한 믿음이 강해 최시형 법헌, 손병희 통령과 적극 연대하였다. 언제나 동학군의 선두에서 진두지휘하는 의병장이었고, 전봉준과 손병희에 뒤지지 않는 실천적 전략가였다. 성두한이 갑오년 11월 1일(음) 발표한 최후의 포고문은 그의 대장부다운 면모를 잘 보여준다.

> 이번 동도東道의 창의는 천도天道를 봉행하여 나라를 돕고 백성을 편안히 하려는 것이라. 왜적이 창궐하매 국가가 조석으로 위태하고 생령이 도탄에 들게 되었으니, 말과 생각이 이에 미치매 통곡조차 할 수 없도다. 슬프다. 저 화친을 여는 나라를 배반한 신하와 서로 어지럽히는 유생들의 무리

가 왜적과 결탁하여 임금을 위태롭고 욕되게 하며 동학도를 죽이니 남쪽의 예천과 동쪽의 강릉이 중심이 된지라.

이제 죄를 묻기 위하여 의로운 깃발을 드노니 호서와 관동의 동학 대군이 영월, 평창, 정선 등의 지방에서 분담하여 후원하면 저 역적의 이해수 대장은 죄악이 하늘에 닿아 신神과 사람이 함께 격분하고 있으니, 마땅히 형세를 타서 공격하면 그 괴수를 섬멸하고 근거지를 탕진할 것이로되 전투가 미치는 곳에 무고한 모든 세상 사람들을 보아서라도 어찌 차마 이 일을 하리오. 생명을 아끼고 사랑과 인격의 존엄을 알아 마음에 간직하여 아직 동학군이 머물러 있다.

이에 급히 격문을 보내노니 여러 지역에 있는 모든 사람들은 도인과 백성들은 물론하고 진실로 나라에 충성할 의분이 있으면 곧 정의의 군사를 일으켜 각각 이에 응하라. 추상같은 칼날 아래 곧 이해수의 머리를 베어 대군大軍 앞에 나아가 이 뜻을 전하면 공은 높아질 것이며 의義는 빛날 것이다. 그렇지 아니하면 그 일대에 군사를 몰아 아침저녁 사이에 장차 무찔러 섬멸하고야 말 것이니 모든 군자君子는 힘쓰고 힘쓰라. 그런 후에야 일본 도적들을 곧 격파하여 위로는 임금의 위태함을 풀고 아래로는 창생蒼生의 생명을 건질 것이니 어찌 다행한 일이 아니겠는가.

이에 포고布告하여 보이노니 각각 모름지기 알지어다.

갑오년 11월 1일 호서의병대장 성두한

성두한의 동학군이 줄기차게 항일 의병 운동을 지속해 나가자, 일본군 사령부는 독립후비보병 제19대대에게 훈령으로 충청도 일대의 각지에 출몰하는 동학당을 섬멸하라는 특명을 내렸다. 특히 일본군은 동학군이 충주 방면으로 진출하는 것을 막아, 강원도를 거쳐 러시아로 들어가 국제 문

까마귀떼
성두한 대접주의 사진은 물론 초상화도 전해지지 않고 있다 그래서 동학의병들의 넋을 위로하는 의미로 '까마귀떼' 그림을 첨부하였다.

제로 비화되는 것을 차단하라고 지시했다. 일본군은 후비보병 19대대 병사 중 정예병을 엄선해서 전신선 가설 부대의 호위부대와 연합하여 성두한의 동학군을 압박하기 시작했다.

체포한 동학 지도자나 참여자들을 최대한 잔인하게 죽임으로써 민중들의 호응을 차단하였으며, 동학당과 관련 있는 동네나 민가를 마구잡이로 불태우고 파괴하였다. 특히 성두한의 근거지인 청풍 일대는 철저하게 보복과 학살을 자행하여 불바다로 만들었다. 그 작전은 10월 20일(양 11.10)경부터 11월 20일 이후까지 무려 한 달 동안 계속되었다.

한 달이 넘는 섬멸 작전으로 동학의병군 수천 명과 민간인 수천 명이 희생당했다. 갑오년 겨울은 다른 해와 다르게 몹시 추웠고 눈이 많이 내렸다. 성두한과 동학군 지도자들은 일본군 후비보병과 강원감영 관군들의 추격을 피해 강원도 일대를 전전했다. 그러나 일본군과 감영군의 끈질긴 추적으로 을미년(1895) 1월 초, 성두한은 피로 물든 칼이 두 동강 날 정도로 격렬하게 저항하다가 끝내 체포되어 한양으로 압송되었다.

「일본군과 그 꼭두각시 관군들은 동학당과 관련 있는 동네나 민가를 마구잡이로 불태우고 파괴하였다. 특히 성두한의 근거지인 청풍 일대는 철저하게 보복과 학살을 자행하여 불바다로 만들었다. 그 작전은 1894년 10월 20일(양 11.10) 경부터 한 달이 넘게 진행된 섬멸 작전으로 동학의병군 수천 명과 민간인 수천 명이 희생당했다. 참으로 슬프고 가슴 아픈 사연들이 역사 속에서 그림자로 남아 있다. 이제 세월이 흘러 그 흔적마저 희미해져 가니, 필자의 졸필로나마 여기에 남기고자 한다.」

장흥·강진 최후 항쟁, 빗발치는 총탄을 뚫고 퇴로를 열었건만

[우금티 패전 후 장흥·강진에서 또다시 최대 규모의 의병항쟁이 일어났다. 장흥의 동학의병군은 3만 명으로 결집, 남접의 전봉준과 북접의 손병희 동학군에 이어 대규모의 세력으로 등장한다. 특히 이소사 여장군과 최동린 소년장군의 눈부신 활약이 돋보였다. 그러나 우금티 패전과 같이 장흥도 최대 규모 희생의 기록이 동학의병전쟁사에 아로새겨진다.]

장흥, 강진 일대의 동학의병군은 동학 대접주 이방언 대두령의 지휘를 받았다. 이방언 대두령은 3월의 1차 기포 때, 장흥의 이인환과 강봉수, 강진의 김병태, 해남의 기도일, 영암의 신성 등과 함께 혁명에 적극 참여해 전투 경험이 많은 유능한 지도자였다. 그러나 이방언의 동학군은 전봉준의 2차 항일 기포에 합류할 수 없었다. 강진의 전라병영과 장흥부의 관군을 견제하기 위해서였다.

남북접 본진이 해산한 뒤, 이방언 대두령이 항일전쟁을 선포하고 통문을 돌리자, 인근의 남평, 보성, 능주, 화순의 동학의병군도 합류했다. 장흥 재기포의 주역은 이방언, 이인환, 구교철, 이사경 등의 동학군 지도자들이었다. 더불어 손화중, 최경선이 광주에서 해산을 결정하고 난 후 그 일부도 합류했으며, 김덕명, 전봉준 본영에서 활동했던 금구 대접주 김방서 장군도 의병군을 대동하고 합류했다. 이로써 이방언의 장흥 동학의병군은 일거에 3만 명으로 불어났다. 남접의 전봉준과 북접의 손병희 동학군에 이어 대규모의 세력이 결집한 것이다.

이방언은 동학의병연합군을 이끌고 남도 끝 회진에 있는 회령진성의 무기고를 습격하여 전열을 가다듬었다. 동학의병군은 장흥부 외곽의 사창까지 진격하여, 12월 3일(양 12.29)에 벽사역과 장흥부 인근으로 진격했다. 12월 4일에는 벽사역을 점령하고 관리들과 역졸들이 살던 집들을 불태웠다. 5일에는 장흥부성을 점령하고 부사와 관속들을 처형한 후 강진현으로 방향을 틀었다. 9일, 의병군이 강진현을 포위하여 압박하자, 유생 김한섭이 민보군을 이끌고 대응하였다. 의병군은 곧 민보군을 공격하여 무너뜨리고 강진현을 점령하였다.

이방언과 이인환, 이소사와 최동린의 동학의병군은 강진현을 함락시킨 여세를 몰아 12월 10일(양 1.5) 강진병영을 총공격하여 점령하는 쾌거를 올렸다. 이때 승승장구하던 의병군의 배후에서 이소사 전사 부대의 역할이 컸다. 이소사와 그의 전사 부대는 두건을 쓰고 칼을 휘두르며 바람처럼 공격하였다가 귀신처럼 사라지는 기동력을 발휘하여 혁혁한 전공을 세웠다.

특히 전설의 애기 접주 17세 최동린 대장이 이끄는 소년부대는 관군과 일본군에게 두려움의 대상이 되었고, 동학의병군에게는 용기와 자신감을 불러일으켰다. 장흥과 강진의 관군들은 이방언과 이인환, 이소사와 최동린의 모습만 봐도 겁을 먹고 혼비백산하여 도망치기에 바빴다. 이방언의 의병군이 이처럼 장흥과 강진 일대를 휩쓸자, 나주에 머물던 일본군 미나미 고시로 대대장이 일본군과 조선 경군을 이끌고 강진으로 진격하였다.

일본군과 경군의 출병 소식을 들은 동학의병군은 영암으로 진격하려다가, 장흥으로 다시 돌아갔다. 의병군이 장흥으로 가던 중에 일본군과 경군의 연합 선봉대에게 공격을 받아 치열한 장흥전투가 시작되었다. 동학의병군은 수십 명의 희생자를 내고 후퇴하였다가 다시 장흥부로 진격하는 데 박차를 가했다.

이방언 장군은 동학의병군을 3군 체제로 정비하여, 총지휘를 하였다. 의병연합군은 중군과 좌군, 우군의 3군 체제로 나눠 총 3만의 병력을 장흥 석대들로 출군시켰다. 여기서도 최동린 부대와 이소사 부대는 용맹을 떨쳤으며, 동학의병군은 관산에서 출발해 용산을 지나 자울재를 넘어 장흥성 앞 석대들로 질풍노도와 같이 진격하였다.

일본군과 관군의 조직은 중군에 미나미 고시로, 우군에 이규태, 좌군에 이두황의 3군 체제로 전라도 감영군과 향군, 민보군 등의 수천 명을 토벌대로 동원하였으며, 일본군 미나미 고시로 대대장이 총지휘를 맡았다. 미나미 고시로의 일본군은 영암과 능주 방향에서, 이규태와 이두황의 경군은 순천과 나주의 방향에서 출병하였다.

장흥 석대들 최후 항쟁은 12월 15일(양 1.10)에 본격적으로 시작되었다. 이때 부근의 많은 백성들이 대규모 전쟁을 피해 야산으로 피신했다. 동학의병연합군이 석대들로 진입하자마자, 일본군과 관군은 신호와 함께 최신식 대포와 기관포, 자동소총으로 무차별 공격을 퍼부었다. 삼면을 포위한 일본군과 관군들의 기습적인 사격에 당황한 의병군은 전열이 흐트러져 고전하다가 심기일전하여 다시 전투에 임했다.

일본군과 관군 연합군이 동학의병연합군을 상대로 전투하는 곳에는 어김없이 집단 학살용 최신식 무기들이 등장했다. 일본군과 관군은 무차별 사격으로 동학군을 순식간에 압도하여 집단 살상을 자행했다. 동학의병군은 일본군과 관군 연합군의 수보다 몇 배가 많은 인원을 동원했지만, 그들의 최신식 무기에 압도되어 일방적으로 패배하고 말았다.

이방언 장군은 위기를 직감하고 퇴로를 열어 탈출할 것을 명령했다. "의병들이여, 모두 합심해서 일거에 활로를 열어 옥산리 방향으로 퇴각하라!" 이방언의 명령이 떨어지자 제일 먼저 이소사 부대가 말을 몰아 칼을 휘두르며 퇴로를 열기 시작했고, 최동린 부대도 죽음을 각오하고 칼을 휘두르며 퇴로 확보에 온몸을 던졌다. 그 뒤를 이어 이인환과 김방서 의병군이 빗발치는 총탄을 뚫고 끝내 퇴로를 열었다. 이방언은 우박처럼 쏟아지는 총탄 속에 심한 부상을 당하고 동학군과 함께 사지를 벗어났다.

석대들의 불꽃 튀는 전투가 끝났을 때, 수천의 의병들 시신은 퍼붓는 함박눈에 덮여 있었고, 탐진강은 무심하게 흘렀다. 일본군과 관군 연합군은 모리오 마사카즈 부대와 이두황 부대를 중심으로 곧바로 인근 야산을 수색하여 피신한 백성들 수백 명을 처참하게 학살하는 만행을 저질렀다.

이방언과 의병군은 일본군과 관군의 추격을 피해 17일 장흥 옥산리로 후퇴하여 최후의 항전을 벌였으나 희생자를 수백 명 내고 후퇴를 거듭했다. 일부는 흩어져 도망갔고, 남은 의병군들은 자울재를 넘어 해남, 강진, 칠량을 거쳐 천관산을 지나 대흥 등지에서 간헐적인 전투를 벌였다. 결국 일본군과 관군에게 추격당한 동학의병군 수천여 명은 천관산 끝자락과 바다 쪽으로 몰렸다. 또 다른 수천여 명은 대흥(대덕) 등지의 육지에서 포위되었다. 이렇게 바다와 육지에서 비참한 집단 학살을 당했다.

바다로 몰린 동학의병군 천여 명은 일본 군함 두 척까지 동원된 수몰 작전에 희생되었다. 장흥을 중심으로 한 의병군은 12월 말에 완전히 해산했으며, 일본군과 관군 연합군의 수색으로 의병군뿐만 아니라 민간인까지 수천 명이 학살되었다. 이방언을 비롯한 지도부는 체포되어 즉결 처형되거나 후일 처형되었다. 여女동학 이소사와 소년동학 최동린도 체포되어 심문을 받는 동안 전혀 굽히지 않고 기포의 대의를 밝혔다. 결국 이소사는 악형의 고문 끝에 처형당했고, 최동린은 전투 중에 당한 심한 총상의 후유증으로 사망하였다. 또 살아남은 의병들은 제주도로 건너가 한라산 자락 깊숙이 몸을 숨기고 목숨을 부지해 나갔다.

이방언 의병장은 체포되었다 풀려났으나, 후일 다시 잡혀 끔찍한 화형으로 최후를 마쳤다. 이처럼 장흥 일대의 최후 항쟁에서 관군 연합군은 수백 명의 사상자를 냈고, 동학의병군과 민간인을 합쳐 만여 명의 희생자를 냈다. 우금티전투에 이은 최대의 전투였다. 장흥 최후 전투에서 사망한 동학의병군은 기록에 의하면 1,500여 명이고, 포로로 잡힌 400여 명이 석대들 일원과 벽사역에서 처형되었다.

당시 학살과 처형된 동학의병군은 석대들 일원에 매장되었다가 1989년 장흥공설운동장 건립 과정에서 무연고 유골로 발굴되었다. 조사한 결과 이 유골들이 동학의병군임이 밝혀졌고, 장흥 공설공원묘지 4묘역(장흥동학무명농민군묘역)으로 이장, 비로소 안장되었다. 이곳에 묻힌 이들은 1894년 12월~1895년 1월에 3만여 명의 동학의병군과 일본군·관군 연합군 간에 최후의 혈전을 벌인 장흥 석대들 전투에서 희생된 무명 동학농민군들로 밝혀졌다. 대한민국 정부와 지방정부에서는 이들 무명 동학의병군 묘역의 성역화는 물론, 5.18광주민주화운동 희생자들처럼 '장흥동학무명농민군묘역'도 국립묘지로 승격시켜야 할 것이다.

장흥 동학의병군의 비참한 최후를 조금이나마 위로해 주는 이야기가 있다. 일본군과 친일 관군에게 바닷가로 쫓겨 생사의 기로에 놓인 동학의병군 5백여 명이 15세 소년 뱃사공 윤성도의 도움으로 모두 극적으로 살아난 기적 같은 이야기다.

거센 눈발과 매서운 추위가 맹위를 떨치던 12월 말, 일본군은 군함까지 동원하였고, 이두황의 경군까지 합세하여 덕도의 갯벌로 몰아붙이는 중이었다. 그때 윤성도 소년이 적극 나서서 덕도 사람들의 도움을 받아 의병군 5백여 명을 덕도 남쪽의 가까운 섬들로 실어 날랐다. 이같이 한 소년이 목숨을 걸고 한 사람의 낙오자도 없이 5백여 명 모두의 생명을 구했다는 이야기다.

「아, 임들이시여! 석대들의 불꽃 튀는 전투, 수천의 시신은 퍼붓는 함박눈에 덮여 하얀 공동묘지를 이루었고, 이 사실을 아는지 모르는지 탐진강은 무심히 흘렀다. 일본군과 관군 연합군은 인근 야산을 수색하여 피난 간 백성들 수백 명을 잔인하게 학살하는 만행을 저질렀다. 어찌 이런 일이 일어날 수 있단 말인가. 사람이 하늘이라는 동학 세상을 꿈꾸던 아름다운 사람들에게 어찌 이런 야만스러운 일이 있을 수 있단 말인가?」

대둔산 최후 항쟁, 거센 칼바람과 내리퍼붓는 눈발

[동학의병전쟁사에서 대둔산전투를 최후 항쟁이라 일컫는다. 물론 그 후 전투도 있었지만, 규모가 큰 2차 동학농민혁명·항일무장투쟁의 마지막 전투는 대둔산전투로 끝을 맺는다고 볼 수 있다. 그 치열한 마지막 항쟁의 때는 을미년(1895) 1월 24일(양 2.18), 거센 칼바람과 내리퍼붓는 눈발에 온몸이 꽁꽁 얼어 손발도 제대로 움직일 수 없는 혹한이었다. 일본군과 그들의 지휘를 받는 관군의 최신 대포 등 중화기가 다시 불을 뿜었고, 총포 소리가 고막을 찢을 듯 요란하였다. 그들의 총알과 포탄을 맞은 바위들이 산산조각 나며 동학군들이 한두 명씩 비명을 지르면서 쓰러져갔다.]

전봉준과 손병희의 동학의병연합군이 해산을 결정한 후 일부 동학군들은 대둔산에 집결했다. 최공우와 김석순 접주를 중심으로, 고산高山, 금산錦山, 연산連山 군현 등지의 동학군 1천여 명이 전라도 대둔산 부근으로 잠입했다. 일본군 관군 연합군은 이들의 움직임을 파악하고 중화기로 무장한 군대를 대둔산에 집결시켜 무차별 학살을 자행했다.

일본군에게 동학군 수백여 명이 희생당했으며, 수백여 명은 도주하였다. 그러나 김석순 접주를 비롯한 동학군과 지도부 26명은 대둔산 산정 근처 큰 바위 사이에 세 채의 요새를 짓고 주위에 큰 돌과 거목을 쌓아 최후의 항쟁을 준비하고 있었다.

일본군 관군 연합군은 대둔산(해발 715미터)의 거대한 암반 상단에 자리하여 더 이상 추격하지 못하고 산 아래에서 위를 향해 사격을 가하고 있었다. 동학군도 이에 맞서 화승총을 쏘며, 돌과 바위, 거목을 굴리고 던지면서 최후의 항전을 벌였다.

그 치열한 마지막 항쟁의 때는 을미년(1895) 1월 24일(양 2.18)이었다. 그날따라 바람은 칼날처럼 옷 속으로 파고들었고, 눈발은 끝없이 눈앞을 가렸다. 온몸이 꽁꽁 얼어붙어 손발도 제대로 움직일 수 없는 혹한이었다. 동학군이 몸을 감춘 그 요새의 앞은 깎아지른 절벽이었고, 뒤편 역시 험준한 악산이었다. 동학군은 살이 갈라지고 핏줄이 터진 곱은 손과 발을 자신의 몸에 비벼 대며 추위를 견디고 있었다. 그때 절벽 아래에서 일본군-관군 연합군의 최신 대포 등 중화기가 다시 불을 뿜었다. 총소리가 고막을 찢을 듯 요란하였고, 포탄을 맞은 바위들이 산산조각 나며 동학군들이 한두 명씩 쓰러지기 시작했다.

일본군-관군 연합군은 절벽 위 동학의병군에게 무차별 사격을 가할 때를 이용하여, 완전무장을 한 일본군을 대둔산 뒤편으로 기어오르게 했다. 동학군은 이를 전혀 눈치 채지 못하고 산 아래를 향해 총을 쏘고 돌을 던지는 등 방어 전투에 여념이 없었다. 대둔산 뒤편에 오른 일본군 선발대는 동학군 요새를 급습하여 맹공을 퍼부었다. 이들은 손을 들고 나오는 동학군과 임산부까지 조준 사격하며 잔인한 학살을 멈추지 않았다.

일본군이 동학군을 학살할 때, 김석순 접주는 한 살 여자아이를 품에 안고 150미터 절벽 아래로 뛰어내려 비참한 최후를 맞았다. 대둔산 최후 항쟁은 일본군과 관군의 파상공격으로 소년 1명만 살아남고 접주급 이상 25명의 간부들 모두 전사하였다.

또한 대둔산 최후 전투 직전에 폭설을 뚫고 몰래 피신한 동학군 21명은 관군과 일본군의 첩보원에게 발각되었다. 이들 동학군은 1월 27일 염정골(금산군 진산면 염정동)에서 조일연합군 추격대에게 포위되어 모두 참살 당했다. 이로써 대둔산 최후 항쟁은 막을 내렸다.

경상도 지역의 기포와 항쟁

[우리나라에서 '동학'하면 동학농민혁명이 일어난 고부, 무장, 백산 등 전라 지역을 먼저 떠올리기 마련이다. 그런데 동학사상의 태동지, 즉 동학이 창도된 곳이 바로 경주였음을 상기할 필요가 있다. 어떤 사상이나 문화는 한번 접하면 금세 사라지지 않는다. 그것이 비록 토착화되지 않더라도, 그 영향은 생활 속에 스며들어 있기 마련이다.

전라도와 경상도에서 막강한 영향력을 행사하고 있던 김인배와 손은석은 호남과 영남이 연대하기로 했다. 손은석 대접주는 9월 2일 진주 지역 73개 리에 통문을 보내 8일 '동학의병진주대회'에 참석하라고 하였다. 9월 8일(양 10.6) 진주대집회를 마치고, 손은석과 김인배의 동학군은 곳곳에 방문을 붙였는데, "우리 동학도인들은 함께 죽기로 맹세하고 큰 분노를 일으켜 왜적의 세력을 없애고 그 남은 무리들을 초토剿討할 뜻으로 진주에서 대집회를 가졌다. 이는 그들을 아주 없애는 데 뜻이 있는 것이다."라고 그 의의를 밝혔다.]

경상도는 수운 최제우 대선생(대신사)이 경주를 중심으로 동학을 창도하고 포덕을 시작한 곳이지만, 수운 선생 순도 이후 급격히 교세가 위축

되었다.

　수운 선생을 이은 해월 최시형 선생은 경상도 북부 지역을 중심으로 비밀리에 동학의 교세를 회복해 나갔다. 그러나 1871년 이필제를 중심으로 해월 선생과 많은 접주들이 참여한 교조신원운동이 실패로 돌아가며 또다시 위기가 찾아왔다.

　이필제가 지휘한 동학군은 영해관아를 점령하고 부사를 참수하는 등 동학 역사상 최초로 무력 봉기를 단행하였다. 이필제는 영해 봉기 전후에 9년 동안 진천, 진주, 영해, 문경 등지에서 여러 차례 봉기를 주도한 인물이다. 영해 봉기 후 관군의 무력 진압으로 수많은 동학접주들과 도인들이 희생당하였고, 교단은 다시 풍비박산이 되어 뿌리째 뽑힐 위기에 직면했다.

　이후 해월 선생은 강원도로 근거지를 옮겨 천신만고 끝에 동학을 재건하였으며, 이필제의 무력 봉기에서 얻은 쓰디쓴 교훈을 바탕으로 수운 대선생 신원운동에 신중한 자세를 취했다. 이러한 역사적 배경 때문에 해월 선생은 갑오년의 1차 기포 때는 아직 때가 아니라는 반대 입장에 섰다. 그러나 2차 항일 기포 때는 적극 동참하라는 총기포령을 내려, 경상도를 비롯하여 전국의 동학 조직이 대규모로 참전케 했다.

　이필제 봉기의 여파와 보수 유생의 세력이 강고한 경상도에서도 갑오년 9월 말까지 71개 군현 가운데 60여 개 군현에서 농민 봉기가 일어났다. 경상도 지역의 동학 세력은 크게 둘로 나뉘어 기포했다. 한쪽은 최맹순 대접주를 중심으로 영남 북서부 지역인 김천·개녕·문경·봉화·상주·성주·예천·안동·의성·용궁·지례·함창 등에서 기포하였다.

　예천에서는 동학의병이라 칭하며 8월에 기포하였다. 최맹순 대접주 휘하의 48개 동학 접조직에서 7만여 명이 기포하여 양곡 창고를 기습하고 무기를 탈취하는 등 예천 지역 대부분을 장악하였으나, 8월 말쯤 지역 관군

탐진강의 밤

과 민보군의 반격에 패전하였다. 그러나 9월 15일 예천에서 다시 집결한 동학의병군 5천여 명은 끈질긴 항일 투쟁에 나섰다.

상주 지역에서는 9월 총기포 전 여름부터 김현영 접주의 지휘하에 동학군이 기포하였다가, 9월 22일 최법헌의 항일 총기포령에 김천 동학군이 가세하였다. 동학군 수천 명은 상주와 선산관아를 점령하고, 낙동·해평의 일본군 병참기지 공격을 계획했다가 그곳의 일본군에게 기습 공격을 받아 1백여 명의 희생자를 내고 상주와 선산으로 후퇴하였다. 김천(김산)의 동학군은 전라도와 충청도를 연결하는 지역에 머물며 전라도 3월 기포의 영향을 받아 3월부터 활동하기 시작했으며, 7월을 전후로 큰 세력을 형성하였다. 김천 동학군은 해월 최시형 법헌의 9월 총기포령에 따라 도집강 편보언을 중심으로 각처의 접주들과 함께 김천 일대를 장악하였지만, 10월 5일 대구감영 남영군의 공격을 받아 좌절되었다. 영남 북서 지역의 김천·상주·예천 동학군은 큰 성과를 올리지 못하였지만 반봉건과 반외세를 외치는 동학운동에 적극 참여하였다.

또 하나의 영남 세력은 김인배 대접주와 손은석 대접주를 중심으로 영남 남서부 지역에서 기포하였다. 전라도의 순천·광양 지역과 밀접한 관계에 있던 경상도의 하동·진주·산청·함양·곤양·사천·고성·단성·남해 등은 전라도와 경상도를 연결하는 지역이다. 그중 전라도와 깊은 연관이 있는 하동과 진주는 동학군이 세력을 크게 떨치던 곳이다.

하동의 동학군은 갑오년 초여름, 여장협 접주를 중심으로 활동하기 시작했다. 이들은 순천, 광양 등지에서 활동하던 영호대접주 김인배 장군과 연결되어 7월에 하동도소를 설치했지만, 민보군의 공격을 받고 광양으로 후퇴했다. 그러나 김인배의 동학군은 8월 29일(양 9.28) 수천 명을 동원하여 하동과 광양의 길목인 섬진나루터에서 9월 1일부터 2일까지 민보군과 싸워 크게 승리하여 하동부를 장악하고 진주로 향했다.

진주 지역의 동학군은 손은석 대접주의 지도하에 큰 세력으로 등장하여 4월 말부터 동학군 기포를 준비하였으나 관군의 반격으로 큰 피해를 입었다. 손은석과 동학군은 은밀히 재기포를 준비하다가 하동에서 승리한 김인배 동학군이 진주에 옴으로써 힘을 받아 재기포를 하였다.

김인배와 손은석은 호남과 영남이 연대하기로 하고 손을 잡았다. 손은석 대접주는 9월 2일 진주 지역 73개 리에 통문을 보내 8일 동학 기포 진주대회에 참석하라고 하였다. 9월 8일(양 10.6) 진주대집회를 마치고, 손은석과 김인배의 동학군은 곳곳에 방문을 붙였다.

"지금 국운이 기울고 사람의 도리가 완전히 무너지고 간신들이 화를 불러들여 우리나라를 침공케 하였다. 그리하여 북쪽 3도三道는 모두 오랑캐의 땅이 되었고, 남쪽 5도五道에는 왜적들이 가득하여 그들 마음대로 궁중에서 병기를 휘두르며, 조선 한양과 지방에 있는 것보다 창검을 더 많이 가지고 있다. 우리 동토東土의 의사義士들이여, 피를 뿌리며 분개하는 마음이 일어나지 않는가. 우리 동학도인들은 함께 죽기로 맹세하고 큰 분노를 일으켜 왜적의 세력을 없애고 그 남은 무리들을 초토剿討할 뜻으로 진주에서 대집회를 가졌다. 이는 그들을 아주 없애는 데 뜻이 있는 것이다."

손은석과 김인배의 동학군은 모두 다 항일 투쟁에 나서자고 방문을 붙이고 통문을 돌려 호소했으며, 진주 읍내에 충경대도소를 설치하였다. 또한 김인배와 손은석이 이끄는 동학군이 지원하여, 남해에서 9월 11일(양 10.9), 사천에서 13일, 밀양에서 15일에 수천 명이 모여 관아를 공격하였다.

동학군은 일본군 병참부대의 반격을 받고 후퇴하였으나, 15일에는 곤양의 동학군이, 16일에는 고성의 동학군이 읍내를 점거하였다. 동학군들이 진주성을 점령하고 모여드니 총결집 인원이 5천여 명에 달하였다. 이들은 진주 인근 고성·사천·곤양·단성·합천 등을 오가며 이 지역을 9월 말까지 평정하였고, 동학군 수는 갈수록 불어났다.

경상도 남서부 지역 동학군은 부산에서 출병한 일본군과 대구 판관 이석영의 관군을 상대로 10월 10일(양 11.7)부터 두 번에 걸쳐 진주 일대에서 전투를 벌였으나 패전하였다. 다시 진주 수곡면에 집결한 동학군은 10월 14일 고성산에서 일본군에 맞서 사생결단으로 항전했으나, 수백 명의 희생자를 내고 패하였다.

고성산에서 탈출한 동학군은 다시 하동으로 후퇴해서 10월 22일 일본군과 관군을 상대로 치열한 전투를 벌였으나 많은 희생자를 내고 패전하였다. 손은석의 동학군을 적극 돕던 김인배의 동학군도 광양으로 철군하였다. 김인배, 손은석의 동학군은 일본군과 관군에게 결사 항전하다가 결국 패배하였다. 그러나 동학의병연합군의 끈질긴 공격으로 일본군 관군 연합군도 적지 않은 피해를 입었다.

강원도 지역의 기포와 항쟁

[강원도 지역의 동학 기포와 항쟁은 그 뿌리부터가 깊고 역할 또한 만만치 않다. 동학 경전을 출간한 역사에서는 1880년 5월에 인제 갑둔리에서 『동경대전』을 간행하고, 이듬해에 인제 천동에서 『용담유사』를 간행하였다. 강원도에서 동학 기포는 크게 두 세력을 중심으로 전개되었다. 영월·평창·정선·원주 등 남서부 지역의 동학군과 충청도 제천·청주 등지의 동학군과 연계되는 곳이다. 갑오년 9월 초 강원도 수천의 무리를 이룬 뒤 강릉대도호부를 일거에 점령하는 등 동학농민혁명과 동학의병전쟁에도 큰 역할을 했다.]

강원도 지역의 동학 기포는 동학 초기 역사와 연결된다. 수운 최제우 선생과 함께 체포된 이경화가 1864년 영월로 유배되면서, 소밀원을 중심으로 동학을 포덕해 나갔다. 또 해월 최시형 선생을 중심으로 1870년대 후반 영월·정선 등지에서 교단의 위기를 극복하며 포덕의 계기를 마련하였다.

해월 선생은 1880년 5월에 인제 갑둔리에서 『동경대전』을 간행하고, 이듬해에 인제 천동에서 『용담유사』를 간행하였다. 이처럼 동학 초기 역사에서부터 동학과 인연이 깊은 강원도는 1893년 보은취회에 적극 참여하였고, 1894년 8월부터 11월까지 동학 기포에 참여하였다. 또한 강원도 동학군은 동학 교단 조직을 배경으로 성두한 대접주와 연계하여 손병희 통령의 동학군과 합류하려다 실패하였으나, 일부 동학군은 공주 우금티전투에 참여하였다.

강원도의 동학 기포는 크게 두 세력을 중심으로 전개되었다. 하나는 영월·평창·정선·원주 등 남서부 지역의 동학군이다. 이 지역은 충청도 제천·청주 등지의 동학군과 연계되는 곳이다. 갑오년 9월 초 강원도 영월·평창 지역의 동학군은 충청도 제천·청주의 동학군과 연계하여 일제히 기포했다. 영월·평창의 동학군은 평창에 집결하여 정선 동학군과 연합해서 수천의 무리를 이룬 뒤 9월 4일(양 10.2) 강릉대도호부를 일거에 점령했다.

강릉대도호부를 점령한 동학군들은 이튿날 삼정三政(전정·군정·환정)의 폐단을 개혁하고 보국안민을 실천하겠다는 방문을 내걸었다. 이들은 백성들의 원망이 자자한 군포세와 고리채로 전락한 환곡제도를 바로잡고, 조세를 삭감하겠다고 공표했다. 또한 재산이 많은 부민과 향리들이 보유한 온당치 못한 재물과 토지문서를 강권으로 거두어들였다.

강원도 지역의 북접 동학군은 백성들의 정당한 소송들을 신속하게 처리하여 남접 동학군 못지않게 폐정개혁안을 강력하게 실천했다. 그러나 9월

7일(양 10.5) 일본군의 지원을 받는 관군과 민보군의 습격을 받아 수십 명의 희생자를 내고 대관령을 넘어 평창으로 퇴각했다.

동학군은 재집결하여 평창·영월·정선 등의 대관령 남부 지역을 다시 장악하면서 강릉대도호부를 공격하였다. 이렇게 동학군이 끈질기게 공격하자, 11월 4일 일본군 1개 중대와 관군이 동학군을 집중 공격하여 1백여 명의 희생자를 냄으로써 결국 강원도 남서부 지역의 동학군은 무너졌다.

또 하나는 차기석 대접주가 활동한 강원도 내륙 지역의 동학군이다. 해월 최시형 법헌의 9월 총기포령에 따라, 차기석 장군은 홍천의 동학의병군을 이끌고 남하하여 충청도의 동학의병군과 연합하고자 하였다. 그렇지만 일본군의 지원을 받는 강원도 관군, 민보군의 완강한 방어 전투에 밀려 다시 홍천으로 돌아왔다. 10월 11일 홍천 내촌에 집결한 동학군은 관곡 창고인 동창(東倉) 일대를 공략하면서 강릉으로 진격했다.

차기석의 동학의병군은 10월 21일(양 11.18) 홍천 장야촌에서 선공감 맹영재가 이끄는 민보군을 맞이하여 전투를 벌였으나 패전하고 서석면 자작고개로 퇴각했다. 이들은 자작고개에서 22일에 일본군의 지원을 받는 관군과 다시 싸웠으나, 1천여 명의 큰 희생자를 내고 패전하였다. 동학군은 11월 11일에 봉평·내면까지 후퇴하여 일본군과 14일까지 치열한 접전을 벌였지만 크게 패하여 강원도 지역의 최후 항쟁을 마감하였다. 그리고 일부는 손병희 통령의 동학군에 합류했다.

경기도 지역의 기포와 항쟁

[경기도 지역의 동학을 말할 때 필자는 제일 먼저 안교선을 말한다. 동학혁명 지도자 안교선(접주). 그에 대한 자세한 내력은 전해오지 않는다. 다만 평생 잊

지 못할 충격적인 기억이 하나 있다. 영국 여류 여행가 이사벨라 비숍이 목격했다는, 일본 사진작가 무라카미 코지로가 촬영한 사진 한 장. 이 사진은 1895년 2월 8일자 '메사마시' 신문에 보도되었고 세상은 깜짝 놀랐다. 그 사진은 참형으로 처형된 동학접주 안교선과 최재호의 수급을 효시한 장면이었다. 훗날 우리들은 그 사진 한 장을 보면서 어떤 사람들은 무서움에 떨어야 했고, 어떤 사람들은 주먹을 불끈 쥐면서 분노에 떨어야 했다. 무라카미는 또 다른 인물도 렌즈에 담았다. 바로 전봉준 장군의 마지막 모습! 즉 들것에 실려 가는 강렬한 눈빛의 사진 한 장, 그 전봉준의 눈빛은 오늘도 형형히 우리를 쏘아보고 있지 않은가!]

경기 지역의 동학 활동은 1880년대 초반부터 활성화되기 시작했다. 갑오동학혁명 때 지도자로 적극 활동한 경기도의 안교선을 중심으로 안교백, 안교강 등은 해월 선생의 지도를 받으면서 동학을 널리 전파하였고, 또 그의 영향으로 안승관, 김내현 등이 수원의 지도자로 성장하였다.

경기 지역 지도자들은 손병희, 박인호 등과 밀접하게 지내면서 공주, 광화문 교조신원운동에 동참하였다. 이들은 특히 1893년 광화문 복합상소 집회에 적극 참여하였으며, 그 후 1894년 해월 선생의 9월 기포에 손병희 대통령의 충청도 세력과 합류하여 항일전에 적극 나섰다.

갑오년 당시 경기도 지역의 동학의병군은 9월 초부터 죽산·안성·용인·직곡·금량·음죽·이천 등지에서 기포하여 일본군과 관군을 공략하면서 큰 세력으로 성장해 나갔다. 하지만 21일, 경기 지역 동학군 수천 명은 이두황 부대의 기습을 받고 20여 명의 사상자를 내고 해산했다. 9월 25일(양 10.23) 동학군은 다시 음죽관아를 포위 점령하고 무기와 물건 등을 탈취했다. 그러나 이천 지역 동학군은 27일 일본군 병참소 병력의 공격을 받아 30여 명이 체포되었으며, 지도급 10여 명이 즉결 처형을 당했다.

한양과 인접한 경기도 지역의 동학의병군은 일본군과 이두황 경군의 표적이 되어 집중 공격을 당하면서 충청도 방면으로 남하하였다. 경기도 안성·이천의 동학군 수만 명이 재결집하여 충청도 진천을 점령하였고 관사와 관속을 포박하고 무기고를 부수어 군기를 탈취하는 등 그 여세가 꺾이지 않았다.

황해도 지역 기포와 항쟁

[황해도 지역 동학을 말한다면 단연코 백범 김구(본명 김창수) 선생이 떠오를 것이다. 그러나 김구 선생이 동학 접주라면, 임종현 선생은 대접주이다. 당시 동학의 위치나 직책 등 임종현 선생이 황해도 동학의병 사령관급이라면 김구 선생은 그 지휘를 받는 여러 대대장이나 중대장 정도라고 본다. 그런데 훗날 김구 선생은 대한민국 임시정부 주석을 지낸 엄청나게 큰 인물로 성장하였기에 여기서는 당시 그 역할과 비중을 넓혀서 조명하고자 한다.]

황해도 지역 동학군은 크게 김창수(김구)와 임종현의 두 세력으로 나뉜다. 두 동학 지도자는 때로는 경쟁하고 때로는 협력하여 한때 해주성을 점령하는 성과를 이룬다. 특히 해월 최시형 선생과 손병희 통령의 직속이었던 소년접주 김창수의 세력은 날로 커져 대두령의 위치에 올랐다. 갑오년 동학농민혁명에서 크게 성공한 두 사건은 바로 전주성 점령과 해주성 점령이다. 전라감영이 있는 전주성을 점령할 때에 1만여 명의 동학군이 동원된 것처럼, 황해도감영이 있던 해주성을 점령할 때도 1만여 명의 동학군이 동원되었다.

전라도에서 전주성을 점령한 완산전투 후 전주화약과 집강소 통치라는 민관상화의 협치 정치가 이루어진 반면, 황해도 동학군이 9월에 본격적으로 기포하여 10월 초에 해주성을 점령했을 때는 민관화약이나 집강소 협약이 없었다. 그러나 황해도 동학군은 전라도에서 민관이 협약한 12개조, 27개조 폐정개혁안을 그대로 받아들여 황해도 전역에 혁명자치를 실시하여 황해도민 대다수가 동학의 새로운 물결을 체감하였다. 이러한 상황을 접한 일본군과 관군은 크게 당황하여 이들을 본격적으로 진압하고 토벌하기 위해 나섰다.

황해도 지역의 전투 중 해주성전투가 끝나고, 체포된 동학군 지도부에서 압수한 문건 중에 황해도 감찰사와 각 고을의 수령, 판관, 방백 등을 정해 놓은 내용의 문건이 있었다. 이는 동학군이 관군과 협상하지 않고 황해감사와 관료들을 임명하여 혁명에 의한 지방정부를 계획했다는 증거이다. 무엇보다 동학농민혁명과 3·1운동마저 좌절된 이후 김창수(김구)가 중국 상해로 망명하여 임시정부 활동을 전개할 수 있었던 것은 바로 이러한 동학의 공화주의에 대한 경험이 결정적인 이유라 할 수 있을 것이다.

수운 최제우 대선생 생존 시기에 경상도 일대가 동학 세상이 되었다면, 해월 최시형 선생의 지도기인 갑오년을 중심으로 해서는 충청도와 전라도, 황해도가 동학 세상이 되었다. 또한 전설적인 애기 접주인 전주의 이복용 접주와 해주의 김창수 접주는 약관도 채 되지 않은 나이(17-18세)에 동학 장수인 대두령의 위치에 올랐다.

갑오년 당시 황해도 지역에서는 9월부터 본격적으로 기포하여, 10월 6일(양 11.3) 동학의병군 수만 명이 황해도 감영 부근 해주의 취야장터에 집결하여 동학군 폐정개혁안을 제출하고 일단 물러났다. 해주성에서 반응이 없자, 임종현과 김창수는 동학군을 두 부대로 나누어 재집결해서 강령현에 쳐들어가 무기를 탈취해 무장을 강화했다. 이후 치밀한 작전과 치열한 전투 끝에 해주성을 점령했다.

감영을 함락한 동학군은 관청 일부를 박살냈으며, 감영 무기고를 헐었다. 또 빼앗은 문서를 불태우고, 판관 등 고위직 관료들을 체포하고, 협조하지 않는 관료들을 처결하는 등 혁명군의 막강한 위력을 과시했다. 해주성을 점령한 동학군은 한 달여간 머물다가 11월(양 12) 초순경에 물러났다.

황해도 동학군은 또한 10월 26일 재령에서 2천여 명이 기포하여 쌀을 구하려는 일본군과 전투를 벌였는데, 28일에는 일본군을 격퇴하였다. 반격에 나선 일본군이 11월 1일 동학군을 공격하여 치열한 전투가 있었고, 동학군은 십여 명의 희생자를 내고 물러났다. 또 풍천의 동학군 수천 명이 10월 27일에 기포하여 풍천부를 점령하고, 일본 상인들을 쫓아냈으며 이에 반항하는 자들은 처단하였다. 또한 평산 일대의 동학군은 11월 4일(양 12.1)에 방어에 나섰던 일본군을 공격하여 평산부를 점령하고 관사를 불태웠으며, 일본 공병대의 철선과 전신 기기들도 모두 파괴했다.

평산부사는 목숨을 건지려고 황급히 김천병참부로 도주하였고, 김천 역시 동학군에게 점령당할 위기에 직면했다. 그러나 평산·김천 일대의 동학군은 한양에서 급파된 일본군의 공격에 쫓기게 된다. 일본군은 청일전쟁에서 아주 중요한 지역인 해주와 황해도 일대를 동학군에게 빼앗길 수 없었기에, 김천과 평산을 공격하면서 11월 10일에 해주에 들어가 친일 민보군 조직인 명의소를 설치했다.

한편 해주성에서 물러났던 김창수와 임종현의 동학군 주력부대는 각자 역할 분담을 하여 황해도 여러 곳의 관아를 점령하고, 11월 11일에 강령현을 공격하여 일본군과 밀고 당기는 접전을 벌였다. 또 신천의 동학군은 13일에 일본군과 치열한 접전을 전개했으며, 13일에 송화현·문화현·평산부·조니진·오우진·용매진 등을 점령했다.

또한 14일에는 장연부·신천군·장수산성·수양산성을 점령하고, 15일에는 옹진수영, 17일에는 연안부, 19일에는 은율현, 21일에는 배천군을 공격하여 막대한 타격을 입혔다. 그렇지만 동학군이 해주성을 비우고 지방을 평정하는 사이 일본군이 해주성에 입성하여 민보군을 조직하고 동학군에게 위협을 가했다.

이에 동학군은 다시 황해도 감영이 있는 해주성을 공격하기로 하고 대대적인 준비에 들어갔다. 김창수와 임종현의 주력부대는 11월 20일(양 12.17) 취야장터에 집결하기 시작했다. 11월 24일에는 재령·신천·문화·장연·용진·강령 등지에서 동학군 3만여 명이 대연합하여 11월 27일 해주성을 총공격하기로 하였다. 해주성 제2차 공격은 동학군과 일본군의 일대 접전으로 불이 붙었다.

또 일본군의 지휘를 받는 감영군, 민보군과의 전투가 치열하게 전개되었다. 일본군과 관군들이 성벽 위에서 대포와 기관총, 소총으로 총알을 우박처럼 쏟아부었다. 포소리와 총소리가 산야에 울려 퍼지고 지독한 화약 냄새가 코를 찔렀다. 동학군은 성벽에 기다란 사다리를 걸치고 고함을 지르며 기어올랐다. 그러나 동학군의 무기라고는 관군으로부터 빼앗은 일부 구식 화승총과 병장기가 전부였고, 대다수 혁명군은 죽창과 농기구로 맞서 싸우고 있었다.

거대 중국의 청군을 일거에 괴멸시키고 조선을 넘어 청나라 본토까지 쳐들어간 세계 최강의 일본군과 신식 무기 앞에서 수많은 동학군들은 속수무책으로 쓰러져 갔다. 김창수 의병장은 더 이상 버티지 못하고 후퇴를 명령했다. 정신없이 멀리 도망쳐 나온 동학군은 전열을 가다듬을 시간도 없이 흩어지고 말았다. 그러나 각 지역으로 돌아간 동학의병군은 이듬해 1

월까지 목숨을 건 항일 투쟁을 산발적으로 이어 갔다.

일본군의 동학의병군 섬멸 작전

[일본이라는 나라, 이웃 나라라고 하기에는 우리나라에게 너무나 많은 피해를 끼쳤다. 오늘날까지 진정한 사과와 배상도 하지 않고 다시 군국주의의 나라로 성장하고 있다. 독도를 필두로 그들이 다시 한반도를 노리는 현상도 드러나고 있다. 그것도 일본보다 더 앞장서서 식민사관을 홍보하는 친일뉴라이트 인사들의 언행을 보면 알 수 있지 않은가? 그리고 밀정은 숨어서 암약하는 것인데, 이제 드러내놓고 밀정 노릇을 하는 반민족 친일 인사들이 활개치고 있다. 이들이 동학의병들의 역사를 조금만 알아도 부끄러움에 숨어들어야 할 것이다.]

을미년(1895) 초에 접어들면서 동학의병군의 조직적인 항쟁은 좌절되고, 일본군과 관군에 의한 동학군 섬멸 작전이 극에 달했다. 일본군과 그 예하 부대인 관군들은 물론 향촌 유림을 중심으로 조직된 민보군들에 의해 대대적인 학살이 자행되었다.

조선 전역에서 동학의병 잔여 세력을 소탕해 재기할 수 없게 하려고 동학군을 도왔거나 동학군이 주둔하고 지나간 일대의 주민들을 잔인하게 학살하였다. 이렇게 잔혹한 살육을 저지른 것은 동학을 뿌리 뽑지 않으면 일본이 조선을 식민지화하는 데 큰 장애가 될 것이라는 이유에서였다.

일본군과 관군은 그동안의 첩보와 정보에 의해, 동학군의 기포 지역들과 주둔지 및 진격로를 정확히 파악하여 섬멸 작전에 들어갔다. 특히 동학군 잔여 세력의 고향은 물론 숨을 만한 곳들은 짐승을 사냥하듯이 포위하여 섬멸 작전을 폈다. 남북접 동학의병군 전체 동원된 수가 최소 30여만 명이다. 그리고 1년여의 혁명과 전쟁의 과정, 수개월의 섬멸작전 기간에 희생된 동학군 수는 최소 3만여 명에서 5만 명에 이른다.

일본군은 희생자들을 바다로 몰아 수몰시키기도 했고, 개인과 집단을 가리지 않고 산 채로 화형식을 자행하기도 했다. 또한 일본군들에게 살인 연습을 시킨다거나, 마을 전체를 불바다로 만드는 등 천인공노할 만행들을 서슴지 않았다. 일본군의 잔혹한 학살은 전국에 걸쳐 자행되었지만, 그 정도를 보면 전라도, 충청도, 경상도, 강원도, 경기도, 황해도 순으로 심했다.

예를 들어, 전주는 일본군의 만행으로 인구와 주택 3분의 1이 줄었다. 전주 남문 밖의 초록바위에서부터 다가산 부근의 천변 일대에 이르는 구역에서 매일 동학군 포로와 협조한 민간인들을 수십 명씩 공개 처형을 하여, 두 달 넘도록 전주천에 핏물이 흘렀다는 기록과 전설이 전해 온다.

일본군과 관군 연합군의 섬멸 작전을 피한 동학군 잔여 세력은 또다시 의병군으로 전환해 항일 전쟁에 참여했다. 또한 동학에 참여한 일부 인사들은 민족종교, 신흥종교를 창교해서 많은 신도들을 확보한 후 다시 반일 운동에 나섰다.

일본군의 행위는 학살이나 다름없다

[사람이 너무 힘들고 슬프면 눈물도 나오지 않는 법이다. 일제의 동학의병 섬멸작전, 즉 초토화 작전은 동학을, 뿌리까지 완전히 태워 다시는 싹트지 못하게 하려는 민족말살 살인병기들이었다. 남의 땅에 와서 만행을 저지르는 일본군도 그렇지만, 같은 민족인 조선군이나 일본군에 적극 협조했던 이들은 도대체 어떤 인간들이었을까? 무능한 조선 정부는 도대체 무얼 하고 있었던가?]

일본군과 관군 연합군의 동학의병군 섬멸 작전이 끝나고, 그들이 물러간 자리는 가족들의 울부짖음으로 통곡의 눈물바다가 되었다. 살았는지 죽었는지도 모르며 숨죽여 기다리던 동학군의 가족들은 시신이라도 찾기 위해 나섰으나 어디에 버려졌는지조차 알 수가 없어 여기저기 집단 매장지를 찾아 정신 나간 사람처럼 비명을 지르며 목 놓아 울 뿐이었다.

「동학의병군에 가담하지는 않았지만 동학군이 지나간 마을이나 근처에 사는 사람들도 단지 협조했다는 이유로 집단적으로 학살당하기도 했다. 하루 이틀도 아닌, 그 숱한 시간들을 백성들은 어떻게 견뎌야 했을까? 국민, 인종, 민족, 종교 따위의 차이로 집단을 박해하고 살해하는 행위를 제노사이드(genocide)라 한다. '제노사이드 협약'이라는 국제기구가 있는데, 이는 1948년에야 만들어졌다. 그 당시엔 이런 기구도 조약도 없었다. 제노사이드를 말할 때 흔히 나치의 유대인 학살, 튀르키에의 아르메니아인 학살, 세르비아의 코소보 알바니아계 학살, 그리고 일본 관동대지진 조선인 대학살 등을 떠올린다.

그렇다면, 동학의병군에 가담하지 않았어도 그 가족이나 마을 사람들을 하루에 수십 명씩 죽이는 행위 또한 제노사이드와 다를 바 없지 않은가? 참으로 부끄럽고 슬픈 역사이다. 다시는 이런 역사가 되풀이되어선 안 된다.」

거룩한 성자 해월 최시형 선생의 최후

[필자는 그동안 국내외 여러 위인과 성인들의 면모를 숭상해 왔으나, 솔직히 고백하면 해월 최시형 선생을 가장 존경한다. 해월 선생은 한울님(하나님, 하느님)이 사람으로 현신하신 것처럼 인간 자체가 한울님이라는 사상을 실천하신 분이다. 그래서 해월 선생님을 뭐라 표현하기가 쉽지 않아 '거룩한 성자 해월

최시형 선생님' 즉 해월 스승님이라 부른다. 해월 스승님은 사람이 어떻게 살 것인가의 가르침을 누구보다도 정확하게 알려주신 분이다. 해월 스승님의 가르침대로 행한다면 우리나라는 물론 세계 인류와 자연만물이, 지옥과 같은 전쟁을 벗어나고 천국과 같은 평화가 열리게 될 것이다. 그것이 개벽, 다시개벽, 후천개벽의 세상이다.]

해월 최시형 선생과 의암 손병희 통령 일행은 보은 북실과 음성 되자니의 최후 전투 이후, 충청도와 강원도 일대의 깊은 산속을 전전했다. 전봉준·손화중·김덕명·최경선·성두한·안교선 등이 사형을 당하던 3월 30일(양 4.24)경에, 해월 선생은 수제자들과 함께 음성 이춘백 제자 집에 있었다. 해월 선생은 곧 동학군 지도자들의 사형 소식을 듣고 식음을 전폐하여 비통해 하였다.

그런데 일부 제자들은, "전봉준의 반란으로 우리 동학이 이처럼 고난에 처하게 되었습니다."라고 불만을 토로했다.

그러자 해월 선생은 차분한 목소리로 말했다.

"수운 대선생님께서 말씀하시길, 천도天道·동학東學은 5만 년 이어진다고 하셨다. 그런 망언은 다시는 하지 말라. 갑오년의 일은 사람의 사심으로 된 것이 아니라, 하늘의 천명으로 일어난 것이라. 민심이 곧 천심이니 그 누구도 전봉준을 욕하지 말라. 앞으로 갑오년과 같은 운수가 다시 와서 갑오년과 같은 일들을 다시 하게 되면, 세계 인민들의 정신을 불러일으킬 것이라…."

해월 선생은 천도·동학을 수십 년간 지도하면서, 수운 대선생 때 3천~5천(부인, 성장한 자녀 포함 1만) 명이던 도인을 1백만 명으로 포덕하여 조선 일대에 동학 세상을 만들어 가고 있었다. 선생이 동학농민혁명 때 무력 기포를 반대한 이유는 크게 두 가지였다. 하나는 이필제 무력 혁명에 동참하여 엄청난 피해를 목격했기 때문이다. 또 하나는 전봉준의 의거처럼 피 흘리는 혁명에 의해 새로운 세상을 여는 것보다, 사람 개개인의 정신을 개벽하여 자연스럽게 사람이 하늘인 새 세상을 열어 가는 것이 바람직하다고 생각했기 때문이었다. 하지만 일본군의 침략을 당하게 되자 수운 대선생의 명교를 실천하기 위해 결국 동학군 총기포령을 내리게 되었다.

해월 선생은 동학혁명이 좌절된 후, 3년 동안 인제·원주·충주·음성·청주·상주·음죽·앵산동·전거론·방아재·옥천 등으로 피신해 다니며, 동학 재건에 힘쓰고 역사에 길이 남을 법설을 남겼다. 최법헌이 남긴 대표적인 법설에는, '천지가 곧 부모요, 부모가 곧 천지'라는 '천지부모설'과 '사람이 곧 하늘이요, 만물도 하늘 생명이니 사람과 자연을 한울님처럼 공경하고 대하라'는 '대인접물설'이 있다. 또 세상이 크게 변할 것이라는 '개벽운수'와 제사를 지낼 때 벽을 향하지 말고 자신을 향해 지내라는 '향아설위' 등이 있다. 그리고 여성과 아이들을 한울님처럼 섬기고 공경하라는 말을 자주 했다.

해월 선생은 자신의 죽음을 내다보며 "천명이 가까워진다."는 말과 함께 손병희에게 동학의 종통을 넘겼다. 선생은 일본군과 관군의 수년에 걸친 추적 끝에 결국 원주 송골에서 피체되었다. 그날은 1898년 4월 5일(음) 수운 대선생 득도기념일로, 해월 선생은 청수를 모시고 조용히 기도하면서 주문을 읊고 있었다. 손병희 등 동학 지도부에게 "이번 향례는 각자 집으로 돌아가서 지내라." 하고 제자들을 떠나보낸 후였다. 해월 선생은 기다렸다는 듯이 전혀 반항하지 않고 체포에 응하였다.

해월 선생은 4월 6일 새벽에 여주 문막에서 배편으로 한양에 압송되었다. 즉시 광화문 경무청에 구금되어 10일 동안 조사를 받고 서소문 감옥으로 옮겨졌다. 72세 노구인 선생은 병까지 겹쳐 혹독한 감옥 생활을 했다. 서소문에서 평리원까지 재판을 받으러 목에 큰칼을 차고 10여 차례 내왕하는 심한 고초를 겪었다. 해월 선생의 제자 이종훈 대접주가 평민으로 변장을 하고 옥바라지를 신청하여 스승을 만나 뼈가 저리고 창자가 끊어지는 듯한 심경으로 통곡하였다.

해월 선생이 이종훈에게 부탁했다.

"내가 마지막으로 부탁이 있네."

"예, 스승님, 하명하옵소서."

"쌀을 몇 말 구해 떡으로 해 오시게."

이종훈이 떡을 해다 바치자 해월 선생이 말했다.

"이곳에 있는 모두가 배고픈 사람들이니 그 어떤 죄를 묻지 말고 떡을 골고루 나눠주시게나."

감옥에 갇혀 있던 사람들은 모두 선생께 큰절을 하고, 허기진 배를 채우면서 한없이 눈물을 흘렸다. 해월 선생도 같이 눈물을 흘리면서, "사람이 배고픈 것은 한울님이 배고픈 것이라. 사람 한울님이 굶주리지 않는 세상을 보고 싶네."라고 말씀하였다.

해월 선생의 재판은 일본 측의 삼엄한 감시하에 고등재판소에서 이뤄졌으며, 검사 윤성보와 태명식, 검사시보 김낙헌, 재판장은 조병직, 판사에는 '조병갑'과 주석면, 예비 판사에는 권재운과 김탁, 주사에 김하건이 참여하였다. 고부군수였던 조병갑이 판결하고, 조병직이 평결하여, 1898년 5월 30일(음) 해월 선생에게 '혹세무민과 좌도난정'이라는 죄명으로 교수형이 내려졌다.

해월 선생의 사형은 6월 1일 의정부 찬정대신이 임금에게 재판 결과를 상주하였고, 조정으로부터 곧바로 형 집행 승낙이 떨어졌다. 선생은 1898

년 6월 2일 정오에 서소문 감옥에서 육군법원(전 좌포청)으로 이송된 후, 오후 5시경에 교수형으로 일생 동안 사인여천事人如天을 실천한 거룩한 성자의 삶을 마감하고 순도 순국하였다.

해월 선생이 피체되기 전, 김낙철은 스스로 해월 최시형이라 자백하여 대신 죽으려고 하였다. 김낙철은 숱한 고문을 당하면서 끝까지 자신이 최시형 법헌이라 주장했다가 해월 선생이 피체되자 풀려났다.

해월 선생은 교형을 받기 전에 "나 죽은 후 서울 장안에 큰 교당을 짓고, 교인들의 주문 소리가 하늘에 사무칠 날이 올 것이다."라는 말씀을 남겼다. 선생의 예언대로 과연 서울 장안인 종로 중심에 1921년 동학·천도교의 큰 교당(천도교중앙대교당)이 들어서게 되었고, 전국의 수백 개 교구와 교당에서 수백만 명의 주문 소리가 땅에서 하늘까지 울려 퍼지게 되었다.

최시형 재판 기록
「고종실록 37권, 고종 35년 7월 18일(양) 2번째 기사, 1898년 대한 광무光武 2년, 최시형을 교형絞刑에 처하도록 하다」
법부 대신法部大臣 조병직趙秉稷이 아뢰기를,
"방금 고등재판소高等裁判所의 문의서를 보았습니다."

판결 선고서判決宣告書
"피고 최시형崔時亨의 공초에,「병인년(1866)에 간성杆城에 사는 필묵筆墨 상인 박춘서朴春瑞에게 동학東學의 선도善道(착하고 바른 도리)와 병을 치료하는 주문呪文(本呪文)과 강신문降神文(降靈呪文)을 받아가지고 열군列郡(여러 고을)의 각도各道(각각의 도 단위 행정구역)를 두루 돌아다녔다.
시천주조화정영세불망만사지侍天主造化定永世不忘萬事知 13자의 주문과 지기금지원위대강至氣今至願爲大降 8자의 강신문降神文과 동학의 원문인 제1편 〈포덕문布德文〉, 제2편 〈동학론東學論〉, 제3편 〈수덕문修德文〉, 제4편 〈불연기연문不然其然文〉과 궁궁弓弓과 을을乙乙 자를 새긴 부적으로써 백성들을 현혹시켰으며 도당徒黨(동학의 무리)을 체결하였다.

또 복주伏誅(형벌을 받아 죽음을 당함)된 최제우崔濟愚의 '만년토록 뻗어 있는 가지에 천 송이의 꽃이 피고 사해四海의 구름 속에 달이 한 번 비친다[萬年枝上花千朶 四海雲中月一鑑]'는 시구를 숭상하고 사모하여 법형法兄, 법제法弟의 칭호를 법헌法軒이라는 칭호로 바꾸어서 불렀으며, 해월海月이라는 인장印章을 새겼고 교장敎長, 교수敎授, 집강執綱, 도집都執, 대정大正, 중정中正 등의 두목에게 각 지방을 맡겨 두었다.

또한 포장회布帳會(취회·민회)를 설치하였는데 모인 무리들이 수천 수만 명을 헤아릴 정도였으며 최제우의 원통함을 푼다고 하였다. 지난 계사년(1893)에 그 도제徒弟(스승과 제자) 수천 명과 함께 대궐에 나아가 상소하고 곧바로 해산하였으며, 또 보은報恩의 포장회 안에 많은 무리들이 모였을 때는 순무사巡撫使(관료직책)의 선유宣諭(임금의 훈유를 백성에게 알림)로 인하여 각각 스스로 흩어져 갔다.

갑오년(1894) 봄에 피고 전봉준全琫準과 손화중孫化中 등은 고부古阜 지방에서 패거리들을 불러 모아서 기회를 틈타서 관리를 살해하고 성城·진鎭을 함락시키는 바람에 호서湖西와 호남湖南 지방이 결딴이 나고 뒤흔들리는 지경에 이르렀습니다." 하였습니다. 피고가 이때 호응하고 지휘한 게 없다고 하지만 그 변란이 일어나게 된 근원을 따져 보면 피고가 주문呪文과 부적靈符으로 백성들을 현혹시킨 데 있다.

광무光武 2년(1898) 7월 18일(양)에 고등재판소高等裁判所 검사檢事 윤성보尹性

普와 태명식太明軾 및 검사시보檢事試補 김낙헌金洛憲이 입회立會, 참관하였다.

고등재판소高等裁判所 재판장裁判長 조병직趙秉稷, 고등재판소高等裁判所 판사判事 주석면朱錫冕, 고등재판소高等裁判所 판사判事 조병갑趙秉甲, 고등재판소高等裁判所 예비판사豫備判事 권재운權在運, 고등재판소高等裁判所 예비판사豫備判事 김택金澤, 고등재판소高等裁判所 주사主事 김하건金夏鍵

"'피고 최시형은《대명률大明律(명나라의 형법전)》〈제사편祭祀編금지사무사술조禁止師巫邪術條〉의 일체 좌도左道(유학에 어긋나는 도리)로써 바른 도를 어지럽히는 술책과 혹은 도상圖像(종교·신화적 인물 또는 사물의 그림)을 숨겨놓고 향을 피워 사람들을 모으고 밤에 모였다가 새벽에 흩어지며 거짓으로 착한 일을 닦는다는 명목으로 백성들을 현혹시키는 데에서 우두머리가 된 자에 대한 형률에 비추어 교형絞刑(교수형)에 처할 것입니다.' 하였습니다.

해당 범인 최시형을 원래 의율擬律(법을 사건에 적용함)한 대로 처리하는 것이 어떻겠습니까?"

하니, 윤허하였다.[1]

해월 최시형 선생의 재판 과정과 판결 선고서를 보면 수운 최제우 선생의 재판 과정이 생각난다. 이들은 결과를 미리 정해놓고 판결을 선고했으며, 동학의 위대한 사상과 항일의병전쟁을 총지휘한 역사에 대해 일언반구도 없다. 지극한 평민으로 출발하여 민족과 인류의 큰 스승이 되신 해월

---

1 『고종실록』 41책 37권 42장 A면【국편영인본】 3책 47면【분류】 사법-행형(行刑) / 변란-민란(民亂) / 사상-동학(東學) / 사법-재판(裁判)

선생은 이렇게 형편없는 재판이었지만 또한 거룩한 순도와 순국의 희생을 당하였다.

특히 1차 동학농민혁명의 발발 원인으로 지목되고 있는 탐관오리의 대명사 고부군수 조병갑이 고등재판소 판사의 자격으로 동학의 최고 지도자 해월 선생에게 사형 판결을 내린 사실에 아연실색하지 않을 수 없다. 조선왕조의 멸망이 일본의 침략에 의한 결과라 하지만, 이렇게 탐관오리들을 재등용시키는 등 민심이반과 매관매직의 망국적 현상도 한몫하고 있었다는 증거이다.

해월 선생은 6월 1일(음) 사형 선고 후 6월 2일 교수형이 집행되었다. 그의 유해는 4일간 방치되었고 광화문 밖 공동묘지에 임시 매장되었다. 그 뒤 해월 선생 제자 이종훈(훗날 독립선언 민족대표) 등이 빗물과 눈물이 범벅되는 척박한 날씨에 입을 악물고 통곡도 삼키면서, 경기도 송파의 한 동학도인 집의 뒷산에 매장하였다. 그 후 1900년 5월 1일 경기도 여주(여주군 금산면 주록리) 원적산 천덕봉 아래 산마루로 이장하였으며, 선생은 1907년 고종에 의해 억울한 누명이 신원되었다.

해월 선생의 묘소는 천덕산 자락 탁 트인 산마루에 위치하고 있으며, 그 아래 부인 손시화(의암 손병희 선생 동생)의 묘가 있다. 평생 동안 고비원주高飛遠走[2]·풍찬노숙風餐露宿[3]으로 온갖 시련과 고생을 하였던 해월 선생은 세상을 하직한 뒤 그나마 안전한 곳에서 편히 쉬고 계셔서 다행이라는 생각이

---

2   고비원주(高飛遠走). 높이 날고 멀리 달린다는 뜻으로, 숨으려고 남이 모르게 멀리 달아남을 이르는 말인데, 동학의 위상을 높이 올리고 포덕을 멀리 펼친다는 뜻으로도 해석한다.
3   풍찬노숙(風餐露宿). 바람과 이슬을 맞으며 한데서 먹고 잠잔다는 뜻으로, 모진 고생 또는 객지에서 겪는 고생을 이르는 말로써 해월 선생에게 딱 들어맞는 말이다.

다. 선생이 묻힌 그 산마루 바로 아래쪽부터 샘솟는 물이 개울을 이루며 청정계곡에 이르는, 천덕산 자락의 눈부시도록 아름다운 풍경, 그 누가 봐도 명산에 자리한 명당으로 느껴진다.

동학, 그 불멸의 정신

동학농민혁명·동학의병전쟁에 참여한 수십만, 또 수만 명의 순국선열들의 희생은 항일을 위한 의병전쟁에서 생겨난 것이었다. 동학 2차 기포 뒤 살아남아 쫓기던 동학군들은 지리산, 회문산 등으로 숨어들었다. 그리고 백두대간을 근간으로 하여 만주에까지 넘어가 독립무장 투쟁의 주역이 되는 등 국내외의 끊임없는 항일 무장투쟁으로 연결되었다. 조선은 결국 갑오년 동학의병전쟁의 좌절로 일제에 경술국치(1910)를 당하고 국권을 상실하였다.

최시형 선생이 뿌려 놓은 포덕의 씨앗들이 자라나 손병희, 박인호 선생의 지도로 다시 제2동학혁명인 3·1운동이 일어났다. 천도교·기독교·불교 종단이 연대하여 1919년 3월 1일부터 전국에서 독립만세 시위를 전개하였다. 동학농민혁명과 3·1독립운동의 정신을 계승한 대한민국임시정부가 탄생되었으며, 우리 민족 최초의 공화국인 대한민국이 건국되었다. 또한 천도교에서는 나라의 미래를 생각하며 방정환 선생을 중심으로 어린이날을 제정하여 어린이운동을 전개하는 것은 물론 학생운동, 농민운동, 여성운동, 신문화운동, 출판운동 등을 펼쳐 동학농민혁명을 계승하였다.

특히 6·10만세운동, 무인멸왜기도운동 등의 끊임없는 민족운동, 독립운동의 정신을 이어 갔다. 1945년 해방 후 1948년에는, 동학혁명과 3·1운동 정신 그리고 임시정부의 법통을 계승한 대한민국 정부가 출범하였다.

동학농민혁명의 정신은 면면히 계승되어 해방 후에는 남북분단을 저지하는 통일정부 수립 운동과 독재와 부정선거에 항거한 4·19민주혁명, 5·18민주화운동, 6·10민주항쟁 등 자주·민주·통일운동으로 승화되었다.

그리고 2016~2017년으로 연결되는 국정농단 규탄 촛불집회 역시 그 역사적 기원은 1892~1893년에 걸쳐 일어났던 동학의 비폭력 평화 집회와 3·1독립만세운동에서 찾을 수 있다. 동학농민혁명 정신은 남북 평화통일은 물론 지구촌의 생명·평화·상생·공존으로 계승될 것이다. 또한 민족과 인류의 미래를 밝혀 줄 위대한 정신과 사상, 실천 운동으로서 끊임없이 계승될 것이다.

부록

전봉준 공초록 全琫準 供招錄

전봉준 공초록의 이해

　전봉준 공초록全琫準供招錄은 법무아문法務衙門 재판관裁判官과 일본영사日本領事가 주로 심문審問하였고 전봉준이 진술한 내용으로 모두 5차에 걸친 275개의 질문과 답변이다.

　전봉준 판결선고서에 따르면, 선고에 참여한 담당자는 법무아무 대신 서광범 이하 협판 이재정, 참의 장박, 주사 김기조, 오용묵 등이고, 일본 측은 경성주재일본제국영사 우치다 사다츠지였다. 1차, 2차, 3차 심문은 법무아문 관원과 일본영사가 공동으로 참여했고, 4차, 5차는 일본영사가 단독으로 심문하였다.

　심문 연월일에 따라 5차에 걸친 심문 내용의 순서를 보면, 1차 2월 초9일, 2차 2월 11일, 3차 2월 19일, 4차 3월 7일로 표기되어 있다. 그렇지만 4차인 3월 초7일자의 심문기록이 5차로 수록되어 있으면서 '4차 문목'이라 기재되는 등 잘못 기록되어 있다. 이를 바로잡기 위해서 제목 위에 '마땅히 위에 있어야 한다.'고 잔글씨로 본문에 덧붙여져 있는데 이는 3월 초 10일자의 앞에 표기되어야 한다는 뜻이다. 이러한 편집상의 착오에 의한 3월 초 10일 5차 문목을 공초록 끝부분으로 이동시켜 순서에 맞게 다시 배치하였다.

　1차 공초는 전봉준의 개인 신상과 동학과의 관련 사항, 고부기포의 동기, 탐관오리 조병갑의 학정, 고부기포 뒤의 행적, 안핵사 이용태의 탄압, 장성 접전의 과정, 전주성 함락, 집강소 통치, 삼례 의병창의와 공주 접전 등을 다

됐다. 특이한 점은 사건 과정에 있어서 사건이 일어난 월·일 순서대로 문초하지 않아 앞뒤가 혼란스럽다는 것이다.

2차 공초는 주로 불법적 탐학의 문제와 중앙세력인 민씨의 부정행위, 초토사 홍계훈과 전주에서 맺은 약속, 전봉준이 동학 접주가 된 동기, 동학교단의 조직과 역할, 동학 2차 기포의 동기와 목적, 홍선대원군과 소모사 관련, 법헌 최시형과의 관계 등을 다뤘다.

3차 공초는 홍선대원군의 사자使者인 송희옥 관련문제, 홍선대원군 효유문 등을 다뤘으며, 특히 송희옥과 대원군과의 관계를 집중적으로 추궁하였다. 삼례대회와 재기포, 대원군 효유문의 진위, 일본군의 경복궁 점령 문제 등의 내용이 기록되어 있다.

4차 공초는 다시 전봉준의 이름과 별호 등 신상문제와 집강소 설치 과정, 손화중과 최경선의 관련 사항, 삼례 결집과 각지의 접주, 은진·논산 경과와 공주 접전, 전봉준 문서의 대필 문제 등을 문초하였다.

5차 공초는 전봉준이 통문과 격문을 보낼 때 친필 또는 대필 문제와 주변 인물에 대해 주로 조사하였는데 이에 대한 보충의 성격을 띠고 있다.

전봉준 공초는 한 달쯤 진행되었다. 그런데 총 275개 문항 중에서 질문과 답변에 있어 똑같이 반복되는 내용 1개의 문항이 있다. 그 반복되는 문항은 전봉준의 필적에 진위 여부를 묻고 답하는 내용이므로 문건이 다른 것을 똑같이 반복해서 질의응답을 하였는지 아니면 기록자의 실수인지 확인할 길이 없다. 그래서 총 275개 문항 또는 274개 문항이라고도 할 수 있다.

이 공초록을 통해 전봉준이 주도한 기포의 동기와 목적 그리고 동학농민군의 규모 등을 어느 정도 가름할 수가 있다. 특히 전봉준이 남긴 개인 기록이 없으므로 이 공초록의 사료적 가치가 매우 중요하다고 볼 수 있다. 그리고 전봉준은 동학교단, 그리고 생사고락을 함께 했던 동지와 부하들을 보호하고 감추려는 의도된 답변을 하였다는 추론을 할 수 있으므로, 그 내용들을 감안하면서 읽고 이해해야 된다.

특히 흥선대원군에 대해 집중적인 추궁에 그를 보호하려고 하였는지 아니면 실제 직접적인 관계가 없었는지, 모호한 입장으로 답변한 내용이 부실하다고 볼 수 있다. 전봉준에 대한 1차 사료인 이 공초록은 전봉준 공초가 끝난 뒤 법무아문 권설재판소權設裁判所로 이관되어 판결이 나온 전봉준판결선고서와 함께 서로 연관 및 비교하면서 보면 전봉준과 동학농민혁명에 대한 연구가 더욱 깊어진다고 할 수 있다.[1]

전봉준 공초록 국역에 대한 참고문헌

전봉준 공초록 국역은 이이화 선생 국역본『동학농민혁명·국역총서12』「전봉준공초」와 최현식 선생의『갑오동학혁명사』제9장 공초록 국역본, 그리고 김하우 선생의『전봉준 개혁사상, 전봉준 공초연구 : 전봉준 공초 국역본』[2]에서 심문과 진술의 한글번역을 참고하였고, 필자가 다시 한글번역을 보충하여 정리하였다.

전봉준 공초록 한문 원본에서 심문審問과 공술供述을 [문問]과 [공供]으로 기록하였다. 문問은 '죄상을 알아보다'는 뜻이고, 공供은 '죄인이 범죄사실을 말하다.'로 해석된다는 것을 참고하기 바란다.

---

1 전봉준 공초록에 대한 이해는 동학농민혁명기념재단 발행,『동학농민혁명국역총서』12 : 3~5쪽「전봉준공초 해설」이이화' 전문을 참고하였다.
2 『동학농민혁명국역총서』12,「전봉준공초」. 이이화 선생이 번역한 전봉준 공초.
『갑오동학혁명사』전봉준공초록. 최현식 선생이 한글 번역한 전봉준 공초록.
『전봉준의 개혁사상, 전봉준 공초연구』김하우 선생이 번역한 전봉준 공초록.

전봉준 공초全琫準 供招

동도죄인東徒罪人[3] 전봉준全琫準

개국[4] 504년(1895) 2월 9일(음)

[일본영사관에 압송된 전봉준, 그는 혼자 서지도 걷지도 못하는 가엾은 몸이었다. 왼쪽 다리는 전주성 전투 때 총상을 입었고, 또 오른쪽 다리는 피노리에서 체포될 때 몽둥이로 갈겨 맞아 허벅지 뼈가 부러졌다. 전봉준은 온몸이 멍들고 피투성이가 되어 덫에 걸린 호랑이처럼 보였다.

전봉준은 가누지도 못하는 몸을 꼿꼿하게 세우고 상대를 압도하는 눈빛은 천하영걸이요 위인이었다. 비록 신장身長은 작았지만 야무진 체격, 청수淸秀한 얼굴, 정채精彩 있는 아미蛾眉, 엄정嚴正한 기상, 강장強壯한 심지心志는 한 시대를 이끌어가고 세상을 크게 놀라게 할 만한 그야말로 영웅호걸이었다.

전봉준에 대한 역사적인 심문과 공술이 시작되었다. 일본영사日本領事 우치다 사다츠지가 회심會審으로 재판을 주도하는 가운데, 법무아문 대신 서광범은 단호하고 엄정한 목소리로 전봉준에게 꾸짖듯 질문한다(3차, 2회 심문부터는 일본영사가 직접 추궁). 전봉준 역시 전혀 굽히지 않고 의연한 자세로 단호하게 답변한다.]

· · · · · ·

---

3 동도죄인. 동학도죄인을 줄여 사용한 것으로, 동학 접주 죄인 전봉준을 뜻한다.
4 개국. 1894년 갑오개혁에 의해 중국의 연호를 대신 조선개국기년을 사용하게 되었다. 태조 이성계가 조선을 건국한 해인 1392년을 개국 원년으로 삼아 1894년 갑오동학혁명 다음 해인 1895년 즉 전봉준이 심문을 받던 해를 개국 504년으로 표기했다.

전봉준 제1차 심문과 진술

을미(乙未,1895) 2월 9일 전봉준 초초문목乙未 二月 九日 全琫準 初招 問目

1. 문問 : 너의 이름은 무엇인가?

   공供 : 전봉준이다.

2. 문 : 나이는 몇 살인가?

   공 : 마흔한 살이다.

3. 문 : 어느 고을에 사는가?

   공 : 태인 산외면 동곡리이다.[5]

4. 문 : 생업生業은 무슨 일을 하는가?

   공 : 선비로서, 글을 가르치고 있다.

5. 문 : 오늘은 법무아문法務衙門[6] 관원官員과 일본영사日本領事[7]가 회동會同 심판審判하여 공정히 처결할 것이니 하나하나 바른대로 말하라.[8]

---

5 전봉준(全琫準,1855~1895)의 초명(初名)은 철로(鐵爐), 자(字)는 명숙(明淑), 호(號)는 해몽(海夢), 본관(本貫)은 천안(天安)이다. 봉준은 1855년 전북 고창읍 죽림리 당촌(高敞邑 竹林里 堂村)에서 아버지 전창혁(全彰赫)과 어머니 언양 김씨(彦陽 金氏)의 아들로 태어났다. 전봉준은 어렸을 때부터 아버지를 따라 여러 곳에 이사(移徙)를 다녔다. 동학 기포 전후(前後)에 태인(泰仁) 산외면(山外面) 동곡(東谷)에서 살았으며, 고부군(古阜郡) 조소리(鳥巢)에서도 살았다. 전봉준 장군의 마지막 거주지는 앞서 밝힌 태인 산외면 동곡마을이다. 또한 생업 즉 먹고 사는 일에는 주로 선비로서 글을 가르치는 훈장 일을 하였다.

6 법무아문. 조선시대 1894년 갑오개혁 때 사법행정, 경찰업무, 사유 등 법에 관한 업무를 맡은 부서이다. 고등재판소 등 재판소를 감독하기도 했다. 1895년에 법부로 개편했다.

7 일본영사. 1895년 주한일본영사관의 영사는 '우치다 사다즈치'였다.

8 전근대의 조선 재판이 아닌 일본을 통해 들어온 서양의 근대형법에 의해 진행된 전봉준 형사재판에 일본영사가 회심으로 참여하여 재판을 주도하게 된다. 이러한 사실에 비춰보면 조선은 이미 주권을 일본에게 빼앗겼으며, 재판의 주도권까지 상실한 것으

공 : 하나하나 바른대로 말하겠다.

6. 문 : 조금 전에 밝혔듯이 동학은 자신에게만 상관되는 문제가 아니라, 곧 국가와도 크게 관계되는 것이니 비록 높은 직위와 관계가 있을지라도 숨기지 말고 바르게 말하라.

   공 : 마땅히 그리 하겠다. 당초에서부터 이 문제는 본마음에서 우러나온 것이지 다른 사람과는 관계가 없다.

7. 문 : 너는 전라도 동학의 괴수라 하는데 과연 그러한가?

   공 : 처음에는 창의倡義[9]로 기포起包[10]하였고, 동학의 괴수魁首[11]라 칭한 바가 없다.[12]

8. 문 : 너는 어느 곳에서 단체에 속한 많은 사람들을 불러 모았느냐?

   공 : 전주와 논산에서 조직에 속한 군중을 모았다.

9. 문 : 작년 3월에 고부 등지에서 민중民衆을 모았는데 어떤 사연이 있어서 그렇게 하였는가?

   공 : 그 때 고부군수가 정해진 액수 이외에 가혹하게 거둬들인 것이 수만 냥이었으므로 민심民心의 원한怨恨으로 이 거사가 있었다.

10. 문 : 비록 탐관오리貪官汚吏[13]라 하더라도 권위를 이용했을 것이니, 자세히 말하라.

로, 일본의 준 식민지 상태였다. 그러므로 동학 2차 기포, 즉 동학의병전쟁은 일본의 국권침탈에 무력으로 저항한 독립전쟁이라 할 수 있다.
9 창의. 국난을 당하여 의병을 일으킴.
10 기포. 동학의 단위조직인 包(포)를 중심으로 하여 봉기하던 일.
11 괴수. 악당의 우두머리, 여기서는 괴수를 동학 대두령이라 불러야 마땅하다.
12 전봉준의 답변에서 창의倡義 즉 국난을 당하여 '의병을 일으켰다.'는, 동학농민혁명의 성격을 규정하는 중요한 진술이 나온다. 또한 질문자가 역사의 사건 순서대로 심문하는 게 아니라, 1차 기포에서 건너 뛰어 2차 기포로 갔다 다시 1차 기포로 돌아오는 등의 내용도 유념해야 할 필요가 있다.
13 탐관오리. 재물을 탐하는 행실이 깨끗하지 못한 부정부패의 관리.

공 : 그 자세한 것은 다 말할 수 없으나 지금 그 대략大略을 말하겠다.

첫째 : 민보民洑[14]가 이미 있었는데, 백성들을 동원하여 그 밑에 다시 보洑를 쌓고 권력을 남용하여 민간民間에게 명령을 내려 상답上畓[15] 한 마지기에는 쌀 2말을, 하답下畓 한 마지기에는 쌀 1말을 거두어, 도합 7백 석石[16]을 착복했다. 백성들에게 황무지 갈아먹기를 허가하고 관가로부터 땅문서를 주어 징세하지 않겠다고 말하고서 그 추수기가 되자 강제로 세금을 거두어들였다.

둘째 : 생활이 넉넉한 백성들에게 2만 냥을 강제로 빼앗은 일이다.

셋째 : 그 아버지가 일찍이 태인 군수를 지낸 바 있으니, 그 비각을 세운다 하여 천여 냥을 강제로 거두어들였다.

넷째 : 백성들로부터 대동미를 거둬들일 때 품질 좋은 쌀로 16말을 값대로 거두고서도 정부에 바칠 때는 나쁜 쌀로 바꾸어 냄으로써 이익을 모조리 챙긴 일이다. 이밖에 허다한 조목들은 모두 기억할 수 없다.

11. 문 : 지금 말한 가운데 2만여 냥兩[17]을 강제로 빼앗았다고 하는데 그 명목名目[18]은 무엇인가?

공 : 부모에게 불효하고, 동기간에 화목치 못하고, 간음하고, 도박한 사실 등을 죄목으로 씌워 강제로 빼앗았다.

12. 문 : 이런 일이 한 곳에서만 있었는가? 아니면 여러 장소에서 행해졌는가?

공 : 이런 일이 있은 곳은 한 군데가 아니고 수십 곳이 된다.

---

14 민보. 농사짓는 논에 물을 대기 위해 백성들이 둑을 쌓아 물을 가둔 곳.
15 상답, 하답. 토질이나 물 사정이 좋고 나빠 농사가 잘되고 잘되지 않는 논.
16 석. 1석(섬)=10두(말)=100되=1,000홉이다. 1석은 약180리터, 무게는 150~200kg 정도.
17 냥. 화폐단위로서 현재의 원, 또는 달러와 같은 돈을 이르는 말이다.
18 명목. 겉으로 내세우는 형식상의 구실이나 근거.

13. 문 : 수십 곳에 이른다니 그 가운데 혹 이름을 아는 자가 있는가?

    공 : 지금은 그 이름을 기억할 수가 없다.

14. 문 : 이 외에 고부군수가 어떠한 일을 하였는가?

    공 : 지금 진술한 사건이 모두 백성에게 재물 등을 강제로 빼앗는 잔학한 일이다. 또한 보洑[19]를 쌓을 때 남의 산에서 수백 년 된 거목을 베어 사용했고, 보를 쌓는 일에 동원된 민정民丁[20]에게 적은 돈도 주지 않고 강제로 일을 시켰다.

15. 문 : 고부군수 이름은 누구냐?

    공 : 조병갑趙秉甲이다.

16. 문 : 이러한 탐학貪虐[21]한 일이 고부군수뿐이었나, 아니면 하급관리들도 나쁜 짓을 부린 일은 없었는가?

    공 : 고부군수 혼자서 행한 일이다.

17. 문 : 너는 태인에서 살았는데 어찌하여 고부에서 소요騷擾[22]를 일으켰느냐?

    공 : 태인에서 살다가 고부로 이사한 지 몇 년이 되었다.

18. 문 : 그렇다면 고부에 너의 집이 있느냐?

    공 : 불타 잿더미가 되고 말았다.[23]

19. 문 : 그때 너는 재물을 강제로 거둬들인 피해가 없었는가?

    공 : 없었다.

20. 문 : 그 일대 백성들이 모두 강제로 빼앗긴 피해를 입었는데 어찌 너만

---

19 보. 논밭에 물을 대기 위하여 둑을 쌓고 흘러가는 물을 잡아주는 곳.
20 민정. 젊은 남자 백성.
21 탐학. 욕심이 많고 포악함.
22 소요. 많은 사람들이 떠들썩하게 들고일어나 술렁거림을 뜻함.
23 고부 이평에 있는 집은 고부봉기 후 안핵사 이용태가 불을 질러 타버린 것으로 추정됨.

홀로 피해가 없었는가?

공 : 나는 학문을 연구하며 살아가기 때문에 논밭이라고는 세 마지기에 불과하기 때문이었다.

21. 문 : 너의 가족은 몇 명이나 되느냐?

공 : 가족은 모두 6명이다.[24]

22. 문 : 일대의 백성들이 모두 강제로 빼앗긴 피해를 입었는데 너만 홀로 피해를 입지 않았다는 사실은 참으로 의혹이 가는 일이다.

공 : 나는 아침에 밥을, 저녁에 죽을 먹고 살고 있는데 어찌 억지로 빼앗길 것이 있겠는가?

23. 문 : 고부군수가 근무지에 도착한 것은 몇 년 몇 월인가?

공 : 2년 전 11월과 12월 두 달 사이로 알고 있다.

24. 문 : 근무를 시작한 지가 몇 달이나 되었는가?

공 : 자세히는 알 수 없으나 군수로서 근무한 지 1년 정도 된다.

25. 문 : 근무하면서부터 매우 혹독하고 포악한 정치를 하였는가?

공 : 처음부터 그리하였다.

26. 문 : 처음부터 혹독하고 포악한 정치를 했다면 그 즉시에 소란을 일으키지 않은 이유는 무엇인가?

공 : 우리 지역의 모든 백성들이 참고 참다못해서 끝내는 부득이 행하였다.

27. 문 : 너는 피해가 없었다면서 어찌하여 소란을 일으켰느냐?

공 : 한 몸의 피해를 면하려고 기포하는 것을 어찌 남자가 할 일인가. 뭇 백성들이 원한이 맺혀 있었기 때문에 그들을 위하여 피해를 없애고

---

24 전봉준의 가족은 모두 6명이었다. 사별한 첫째 부인 여산 송씨가 낳은 딸 '옥례·성녀'와 재혼한 부인 남평 이씨(이순영)가 낳은 아들 '용규·용현'이다.

자 했을 뿐이다.

28. 문 : 기포할 때에 어째서 네가 주모主謀[25]하였는가?

    공 : 백성들이 모두 나를 추대하여 주모하라 하기에 백성들의 의견을 따랐다.

29. 문 : 백성들이 너를 주모자로 삼았을 때 너의 집을 찾아왔었는가?

    공 : 백성들 수천 명이 나의 집 부근에 모였기 때문에 자연히 수락하게 되었다.

30. 문 : 수천 명의 백성들이 어찌하여 너를 추대하여 주모하게 하였는가?

    공 : 백성들은 비록 수천 명이라고는 하나 대부분 글자를 모르는 농민들이었고, 나는 다소나마 글을 알고 있었기 때문이었다.[26]

31. 문 : 네가 고부에 살 때 동학을 가르친 바가 없었는가?

    공 : 나는 훈장으로서 어린 소년들과는 관계하였으나 동학을 가르친 바는 없다.[27]

32. 문 : 고부에는 동학이 없었는가?

    공 : 동학이 역시 있었다.

---

25 주모. 주장하여 어떤 일이나 음모를 꾸밈을 이르는 말
26 전봉준의 부상 정도가 서광범의 질문에 답변하기가 무척 힘들었을 것이다. 그렇지만 정신을 바짝 차리고 하나 둘 수많은 질문에 동학과 동지들에 대한 피해가 없는 선에서 사실 그대로 답변하였고, 잘못 말하여 피해를 입을 만한 내용은 거짓 진술을 하였다는 것을 알 수 있다. 특히 전봉준의 재산 정도가 아침에는 밥, 저녁에는 죽을 먹고 살았다는 것으로 겨우 굶지 않을 정도였고, 학문을 가르치는 가난한 시골 선비였다는 것에서 더욱 위대한 영웅의 기상을 엿볼 수 있다.
27 서광범이 전봉준에게 동학을 가르친 바가 없었는가의 질문과 동학을 가르친 바는 없었다는 답변을 두고, 전봉준은 동학과 관련이 없다고 주장하는 사람들이 있다. 이와 같은 질문과 답변에는 두 가지 해석을 할 수 있다. 첫째, 전봉준은 동학의 피해를 줄이고 보호하려는 마음으로 그러한 진술을 할 수 있고, 둘째, 전봉준은 동학의 보국안민(輔國安民), 제폭구민(除暴救民), 척양척왜(斥洋斥倭)의 이념을 실천하는 행동하는 지식인이었지, 동학을 포덕(布德)하는 포교사가 아니었다는 것으로 이해해야 한다.

33. 문 : 고부에서 기포할 때 동학東學이 많았는가, 원민寃民[28]이 많았는가?

    공 : 기포할 때는 동학교도와 원민이 합하였으나 동학은 적고 원민이 많았다.[29]

34. 문 : 기포起包한 뒤에 어떤 일을 하였는가?

    공 : 기포한 뒤에 황무지 개간 때 억지로 빼앗은 세금(陳荒勒徵稅)[30]를 백성들에게 되돌려주고 관청에서 쌓은 보洑를 헐어 버렸다.

35. 문 : 그때가 언제쯤 되는가?

    공 : 작년 3월 초이다.

36. 문 : 그 뒤에는 어떤 일을 하였는가?

    공 : 그 뒤에는 흩어졌다.

37. 문 : 흩어진 뒤에 무슨 일로 다시 기포하였는가?

    공 : 그 뒤에 장흥부사 이용태가 안핵사로서 본 고을에 와서 기포한 인민을 모두 동학도로 몰아 이름을 적어 잡아들이고 그 가옥을 불태웠으며 당사자가 없으면 그것을 트집으로 처자를 붙잡아 마구 죽였기 때문에 다시 기포하였다.

38. 문 : 그렇다면 너희가 처음부터 한 번이라도 관정官庭[31]에 소장을 올린

---

28 원민. 원통하고, 누명을 쓰고, 불만이 많은 백성들.
29 동학도인보다 원민, 즉 농민들이 많았다는 답변에, 동학의 역할을 과소평가하는 일부 연구자들이 있다. 그렇지만 전봉준공초록과 함께 또 하나의 중요 문헌으로 전봉준판결문이 있다. 판결문에는 3월 재차 기포한 이유에 대해, '안핵사(按覈使) 장흥부사 이용태가 고부로 내려와 앞서 일을 벌인 것이 모두 동학당의 소행이라 판단하고 동학의 수도(修道)하는 사람들을 닥치는 대로 잡아 무참히 살육하였다.'라고 기록되어 있다. 이러한 전봉준 관련 두 문헌을 비교 검토해 보면 동학의 역할을 과소평가하거나 또는 과대평가 하는 것은 삼가야 한다.
30 진황늑징세. 원래는 면세지인 묵밭에서 불법과 강제로 징수한 전세(田稅). 법정의 조세 용어는 아니나 사실상 전세(田稅)로서 논밭에 부과하는 조세이다.
31 관정. 관가의 뜰, 관아를 이른다.

일이 있었는가?

공 : 처음에는 40여 명이 소장을 올렸다가 붙잡혀 갇히고, 두 번째로 소장을 올렸다가 60여 명이 쫓겨났다.

39. 문 : 등소한 것은 언제인가?

공 : 처음에는 재작년 11월이었고 두 번째는 같은 해 12월이었다.

40. 문 : 재차 기포起包[32]한 것이 안핵사 때문이었다면 그때도 네가 주모했느냐?

공 : 그렇다.

41. 문 : 재차 기포한 뒤에 어떤 일을 하였는가?

공 : 전라감영군 만여 명이 고부[33] 인민을 도륙코자 하였으므로 부득이 접전接戰하였다.

42. 문 : 어느 곳에서 접전하였는가?

공 : 고부에서 접전하였다.

43. 문 : 군기軍器[34]와 군량軍粮[35]은 어느 곳에서 마련하였는가?

공 : 무기와 양곡은 모두 민간에서 마련했다.

44. 문 : 고부 군기고軍器庫[36]의 군물軍物[37]은 모두 네가 탈취하지 않았느냐?

공 : 그때는 탈취奪取[38]하지 않았다.

---

32 여기서 말하는 재차 기포는 무장(茂長)기포를 뜻한다. 전봉준 판결문에는 재차 기포는 무장(茂長)에서 하였다고 기록되어 있다.
33 여기서 말하는 고부는 바로 황토현, 즉 황토재를 말한다. 동학농민군과 전라감영군의 접전에서 동학농민군이 대승을 거두었다.
34 군기. 군대에서 전투에 사용하는 기구를 통틀어 이르는 말.
35 군량. 군인들이 먹어야 할 양식을 이르는 말.
36 군기고. 군대에서 전투에 쓰이는 기구를 보관하는 창고.
37 군물. 군대에서 사용하는 물건.
38 탈취. 여기서는 군대에서 사용하는 기구, 무기 등을 강제로 빼앗아 가짐을 뜻한다.

45. 문 : 그때도 역시 네가 주모主謀하였느냐?

    공 : 그렇다.

46. 문 : 그 뒤 오래도록 고부에서 머물렀느냐?

    공 : 그 전에 이미 장성으로 갔었다.

47. 문 : 장성長城에서 접전을 하였는가?[39]

    공 : 경군京軍[40]과 전투가 있었다.

48. 문 : 경군과 접전해서 어느 쪽이 이기고 어느 쪽이 졌는가?

    공 : 아군我軍[41]이 모여서 밥을 먹을 때에 경군이 대포를 쏘았으므로 아군에서 사망자 40~50명이 발생하자, 아군이 일제히 추격追擊하여 경군은 패하여 도망쳤고 대포 2문[42]과 탄환彈丸을 노획鹵獲[43]했다.

49. 문 : 그때 양측 군사의 수는 각각 얼마나 되었던가?

    공 : 경군이 7백 명이고, 아군은 4천 명이었다.

50. 문 : 그때 장성에서 있었던 일을 바른대로 말하라?

    공 : 경군이 패주한 뒤에 아군은 걸음을 두 배로 빨리하여 경군보다 먼저 전주에 들어가 성城을 지켰다.

51. 문 : 그때 전라감사監司[44]는 없었는가?

    공 : 감사는 우리 군대가 오는 것을 보고 도주하였다.

---

39 장성 접전은 황룡전투로서 서울 수도를 지키는 조선 최정예부대인 경군을 동학농민군이 물리친 엄청난 사건을 말한다. 동학농민군이 조선경군을 격파한 것은 전라도 일대서 승리한 전투가 아니라 조선 정부군을 상대로 싸워 승리를 쟁취한 갑오년 동학농민혁명의 성패를 결정짓는 최대 승전이라 할 수 있다.
40 경군. 조선시대 수도, 서울 지역에 주둔하는 군대의 군사를 이르던 말.
41 아군. 여기서는 같은 편인 동학농민군을 뜻한다.
42 대포2문. 대포 2개를 말하며, 당시에는 2좌(二座) 곧 대포 자리가 2개 있다는 뜻.
43 노획. 전쟁에서 적군의 무기, 물품을 빼앗음.
44 감사. 조선시대 각 도에서 최고의 벼슬, 즉 중앙정부에서 파견한 지방장관인 관찰사를 뜻한다.

52. 문 : 성城을 지킨 뒤에는 무슨 일을 하였는가?

    공 : 그 뒤 경군이 뒤를 따라 완산完山[45]에 이르러 용머리고개에 진을 치고 성城안을 향하여 대포로 공격하다가 경기전慶基殿[46] 일부가 부서졌다. 그 연유를 경군에게 알렸더니 경영京營[47] 안에서 효유문曉諭文[48]을 만들어, '너희 소원대로 따르겠다.'고 하므로, 감격하여 해산하였다.[49]

53. 문 : 그 뒤에는 무엇을 하였는가?

    공 : 그 뒤에는 각기 집으로 돌아가 농사에 힘썼고, 그 나머지는 하는 일 없이 떠돌다가 민간民間의 것을 억지로 빼앗는 경우도 있었다.

54. 문 : 하는 일 없이 떠돌며 남의 것을 빼앗는 무리들은 너와 관계가 없었느냐?

    공 : 관계가 없었다.

55. 문 : 그 뒤에 다시 행한 일은 없었느냐?

    공 : 작년 10월에 나는 전주에서 기포하고, 손화중은 광주에서 기포하였다.

56. 문 : 다시 기포한 것은 무엇 때문이냐?

    공 : 그 뒤에 들리는 말에 일본이 개화開化[50]를 한답시고 처음엔 민간에

---

45 완산. 전주성 밖 남쪽에 있는 산.
46 경기전. 태조 이성계의 초상화, 어진을 모신 곳
47 경영. 조선시대, 서울에 두었던 훈련도감, 금위영, 어영청, 수어청, 총융청, 용호영의 다섯 군영을 통칭하여 이르던 말.
48 효유문. 여기서는 동학농민군을 알아듣게 타이르는 글이라는 뜻.
49 동학농민군은 조선 왕조의 발상지이자 전라도의 수부인 전주성을 완전히 장악하였다. 전라감영이 자리한 전주성은 조선왕가의 본향, 즉 풍패지향(風沛之鄉)이라는 상징성과 만경평야와 서남해안의 풍부한 물산을 관리하는 수부(首府)로 조선 왕조 재정의 근간을 담당하는 매우 중요한 곳이었다. 동학농민군의 전주성 점령은 단적으로 표현해서 마치 수도 한양을 점령한 성과를 이루었다고 볼 수 있다.
50 개화. 새로운 문물을 받아들임.

게 한마디의 알림도 없었고, 또 격서檄書[51]도 없이 군사를 거느리고 우리 도성都城에 들어와 밤중에 왕궁을 격파擊破하여 주상主上을 놀라게 하였다 함으로 초야草野[52]의 사민士民[53]들이 충군애국忠君愛國[54]의 마음을 가진 사람들이 분함을 건디지 못하여 의병義兵[55]을 규합해서 일본군과 접전하여 일차로 그 사실을 청문請問[56]하고자 하였다.[57]

57. 문 : 그 뒤 다시 어떠한 일을 하였는가?

공 : 그 뒤에 깊이 생각하여 보니, 공주감영은 산이 가로막히고 강이 두르고 있어 전략적으로 기지가 유리하므로 여기에 웅거雄據[58]하여 군게 지키기를 도모한다면 일본군이 쉽사리 공격하지 못할 것이므로, 공주성에 들어가 일본군과 서로 맞서서 버티고자 하였으나 일본군이 먼저 공주성을 점거하였으므로 사태가 불가피하여 접전하였다. 그런고로 두 차례 접전 뒤 1만여 명의 군병을 점검해 보니 남은 숫자가 불과 3천여 명이요, 그 뒤 또 두 차례 접전을 한 뒤 인원을 점검해 보니 나머지 5

---

51 격서. 어떤 일을 하고자 여러 사람들에게 알리어 부추기는 글.
52 초야. 매우 구석지고 으슥한 시골 땅을 비유적으로 이르는 말.
53 사민. 선비와 백성을 뜻한다.
54 충군애국. 임금에게 충성하고 나라를 사랑한다는 말, 또는 나라에 충성하고 백성을 사랑한다는 말.
55 의병. 나라가 위급할 때 백성들이 스스로 조직한 군대, 동학군·창의군을 이르는 말
56 청문. 여기서는 일본의 국권침탈에 대한 사실을 밝히고 죄상을 알아본다는 뜻으로 해석됨.
57 여기서 다시 기포하였다는 말은 2차 동학농민혁명 즉 동학의병전쟁을 말한다. 다시 말해 일본군이 야밤에 왕궁인 경복궁을 점령한 초유의 사태에 즉 일본군에 의한 조선의 국권침탈에 맞서 전봉준은 의병을 규합, 일본군과 전쟁을 치를 준비를 하였다는 말이다. 전봉준 공초록에서 기포와 재차기포라는 말이 나온다. 그 첫 기포는 고부봉기를 뜻하고, 재차기포는 무장기포를 뜻한다. 그리고 여기서 다시 기포하였다는 것은 일본군의 침략에 맞서 싸운 척왜항전 즉 독립전쟁을 말한다.
58 웅거. 일정한 지역을 차지하여 세력을 폄, 일정한 지역을 점령하여 군사적으로 용이하게 함.

백여 명이 있으므로 금구金溝[59]로 패주敗走[60]하여 다시 의병을 보충하였으나 인원은 증가하되 기율이 없어 다시 전투하기가 극히 어려웠다. 더구나 일본군이 추격하므로 두 차례 접전하다가 패주하여 각기 해산하였다. 금구에서 해산한 뒤에는 나는 서울의 내막을 자세히 알고자 상경上京[61]하려 하였으나 순창에서 민병民兵에게 잡혔다.[62]

58. 문 : 전주에 들어갈 때에 의병을 모았을 때 전라도민들만 모였는가?

    공 : 각도各道의 인민人民이 조금 많았다.

59. 문 : 공주公州로 향할 때에도 각도의 인민이 조금 많았는가?

    공 : 그때도 역시 그러했다.

60. 문 : 재차再次 의병을 모을 적에 무슨 방책方策[63]으로 규합糾合[64]하였는가?

    공 : 초모할 때는 충의忠義[65]의 선비는 같이 의병義兵을 일으키자고 방문榜文[66]을 내걸었다.

61. 문 : 의병을 모을 적에 자원자만 모였는가, 혹 강제로 몰아 모았는가?

    공 : 내가 본래 거느렸던 4천 명은 모두 자원자이나, 그밖에 각처에 통문通文[67]으로 뜻을 전하여 '만약 이 거사에 불응하는 자는 불충무도不忠

---

59 금구. 김제 원평 땅을 이른 말.
60 패주. 전투, 싸움에서 지고 달아남.
61 상경. 지방에서 서울로 올라감을 이른다.
62 여기서 전봉준의 답변 중에 1만여 명의 군병을 점검하였다는 이야기가 나온다. 공주 우금티 전투 때 동학의병의 총 숫자는 1만여 명이었다고 추산된다.
63 방책. 어떤 일을 하는 방법, 교묘한 제안.
64 규합. 어떤 일을 꾸미기 위해 사람이나 조직 등을 모음.
65 충의. 충성과 절의를 뜻함.
66 방문. 많은 사람들에게 널리 알리기 위하여 벽이나 길거리 등에 써 붙이는 글.
67 통문. 조선시대에 민간단체나 개인이 같은 종류의 기관, 또는 관계가 있는 인사 등에게 공동의 관심사를 통지하던 문서로서, 동학농민혁명(동학의병전쟁) 당시 동학 접·포 조직

無道[68]라' 하였다.

62. 문 : 작년 3월에 고부에서 기포하여 전주로 향하는 사이에 어떤 고을을 경유하였고 몇 차례의 접전을 하였는가?

  공 : 경유한 고을은 무장에서 출발하여 고부와 태인, 금구를 거쳐 전주에 들어가려 하였으나 소식을 듣자니 감영병監營兵 1만여 명이 내려온다기에 부안으로 갔다가 고부에 이르러 감영군監營軍[69]과 접전하였다.

63. 문 : 그 뒤에는 어느 곳으로 갔는가?

  공 : 정읍으로부터 고창, 무장, 함평을 거쳐 장성에 이르러 경군京軍과 접전接戰하였다.

64. 문 : 전주에 들어간 것은 언제이며 언제 해산하였는가?

  공 : 작년 4월 26~27일 사이에 전주에 들어가고 5월 초 5~6일 사이에 해산하였다.

65. 문 : 재차再次 기포起包할 때에는 어느 곳에서 시작하였는가?

  공 : 전주에서부터 시작했다.

66. 문 : 재차 기포할 때 의병모집義兵募集[70]은 모두 몇 명이었는가?

  공 : 4천여 명이다.

67. 문 : 공주에 이르렀을 때에 몇 명이나 되었는가?

  공 : 1만여 명이었다.

68. 문 : 공주에서 접전한 것은 언제인가?

을 통해 기포의 명분과 기포 장소 등을 다수에게 공개적으로 전달한 내용을 일컫는 말이다.

68 불충무도. 나라에 충성을 다하지 않는 도리에 벗어난 것을 뜻한다.

69 감영군. 감영에 속한 군대로서, 여기서는 전라감영군을 뜻한다.

70 의병모집. 원문에는 招募(초모)라 하였는데, 초모는 '의병이나 군사 따위를 구하여 모은다.'는 뜻이기 때문에 여기서는 '의병모집'이라 국역하였다.

공 : 지난해 10월 23~24일 양일간이었다.

69. 문 : 당초 고부에서 기포할 때는 동모자同謀者[71]는 모두 누구였던가?

    공 : 손화중, 최경선과 모모인某某人[72]등이다.

70. 문 : 그 밖에 또 다른 사람은 없었는가?

    공 : 이 세 사람 이외에 많은 사람이 있었으나 그 수를 헤아릴 수가 없다.

71. 문 : 4천 명을 규합할 때에 이 세 사람뿐이 아니었을 터인데 상세히 이름을 밝혀라?

    공 : 그밖에 그만그만한[73] 사람들을 어찌 다 말할 수 있겠는가.

72. 문 : 작년 10월에 기포할 때는 동모자同謀者가 또 없었느냐?

    공 : 이 밖에 손여옥孫汝玉, 조준구趙駿九 등이 있었다.

73. 문 : 그때에 손화중孫化中, 최경선崔慶善과는 관계가 없었는가?

    공 : 이 두 사람은 광주의 일이 급하였으므로 오지 못하였다.

74. 문 : 손화중, 최경선은 광주에서 무엇을 하였는가?

    공 : 이 두 사람은 즉시 공주로 향하다가 일본군이 바다로 쳐들어온다는 말을 듣고 해안을 막아 광주를 지키도록 하였다.[74]

---

71 동모자. 어떤 일을 함께 꾀한 사람, '고부기포 때 누구누구와 함께 하였는가'로 이해하면 된다.
72 모모인. 아무아무 여러 사람, 누구누구 특정인을 거론하지 않고 모모인이라 지칭함.
73 그만그만한. 원문에는 瑣屑(쇄설, 자질구레한 부스러기)로 되어 있으나, 기록자가 의도적으로 동학에 참여한 사람들을 폄하(貶下)하였다는 판단으로, '그만그만한: 더하거나 덜하지 않고 서로 매우 비슷하다.'로 국역하였다.
74 손화중과 최경선은 삼례로 전봉준을 찾아갔으나 일본군이 남도 해안에 상륙한다는 이야기를 듣고 광주로 내려가 남도 해안을 방어토록 하는 전략에 따라 전봉준과 함께하지 못했다.

아룀(白)

전봉준 제2차 심문과 진술

을미(1895) 2월 11일 전봉준 재초문목乙未 二月 十一日 全琫準 再招 問目

75. 문 : 네가 작년 3월에 기포한 뜻은 백성을 위하여 해로운 것을 제거할 뜻으로 하였다는데 과연 그러했는가?
    공 : 그렇다.
76. 문 : 그렇다면 내직內職[75]에 있는 자들이나 외임外任[76]을 맡은 관원이 모두 탐학貪虐[77]했는가?
    공 : 내직에 있는 자들도 매관육작賣官鬻爵[78]을 일삼으니 내외를 막론하고 모두가 탐학한 것이다.
77. 문 : 그렇다면 전라도 일대의 탐학한 관리를 제거하기 위하여 기포했느냐, 아니면 8도八道[79]를 일체一體[80]로 제거하려는 뜻도 함께 있었느냐?
    공 : 전라도 일대의 탐학한 무리를 몰아내고 또 내직으로 매작賣爵[81]하는 권신權臣[82]을 모조리 쫓아내면 팔도가 자연히 하나가 될 것이다.

---

75 내직. 기관의 중앙부서에 있는 직책을 말함.
76 외임. 예전에 지방 관청의 벼슬을 이르던 말이다.
77 탐학. 욕심이 많고 포악하다는 뜻
78 매관육작. 돈이나 재물을 받고 벼슬을 시켜주다.
79 팔도. 조선시대, 전국을 여덟 개로 나눈 행정구역
80 일체. 하나의 같은 몸, 한 몸을 뜻함
81 매작. 작위, 벼슬 등을 등급으로 나눠 판다는 말
82 권신. 권력이 높거나 힘이 있는 신하

78. 문 : 전라도 감사監司 이하 각 고을의 수재守宰[83]가 다 탐관인가?

    공 : 십중팔구十中八九는 그렇다.

79. 문 : 어떤 일을 가리켜 탐학貪虐이라 하는가?

    공 : 각 고을의 수재守宰가 상납上納[84]이라 칭하고 혹은 가렴加斂[85] 결복結卜[86]하고 호역戶役[87]도 함부로 징수徵收[88]하고, 잘사는 백성에게는 공연히 죄를 씌워 돈과 재물을 빼앗고 전장田庄[89]을 침범하는 일이 비일비재非一非再[90]이다.

80. 문 : 내직內職으로 매관賣官[91]하는 자는 누구인가?

    공 : 혜당惠堂 민영준閔泳駿[92]과 민영환閔泳煥, 고영근高永根 등이다.

81. 문 : 이 사람들뿐이었는가?

    공 : 이 밖에도 역시 많았으나 모두 기억할 수 없다.

82. 문 : 이들이 매관賣官한 것을 어찌 그리 분명하게 아느냐?

    공 : 세상 사람들의 입으로 퍼져 모르는 사람이 없다.

83. 문 : 너는 어떤 방법으로 탐관貪官[93]들을 제거하려 하였느냐?

---

83 수재. 고을의 수령, 각 고을을 맡아 다스리던 지방관들을 이르는 말
84 상납. 윗사람 또는 상급기관에 뇌물과 같은 돈이나 물품을 바치는 것을 이르는 말
85 가렴. 조세, 금전이나 재물 등을 정한 액수보다 더욱 거두어들이는 일을 이르던 말
86 결복. 조선 시대, 토지 넓이의 단위인 결, 짐, 뭇을 한꺼번에 이르는 말
87 호역. 부역. 집집마다 모두 나와서 의무적으로 하는 힘든 일을 이르던 말
88 징수. 행정기관이 법에 따라 조세나 수수료 따위를 백성들에게 거두어들인다는 말
89 전장. 농가, 농촌 등 밭과 토지의 넓은 땅을 이르던 말.
90 비일비재. 어떠한 일들이 한두 번이나 한둘이 아니고 많다는 것을 비유적으로 이른 말.
91 매관. 돈이나 재물을 받고 벼슬을 시켜주는 것을 말함.
92 민영준. 민씨 척족인 민영준(후에 영휘로 개명)은 조세를 받아 녹봉을 주는 선혜청 당상의 직책을 맡아 나라 살림을 한손에 쥐고 온갖 부정을 저지른 가장 지탄을 받은 민씨 세력이었다. 민영준은 후일 변신에 변신을 거듭하다가 친일파 앞잡이로 부를 축적한 친일반민족행위자가 되었다.
93 탐관. 재물을 탐하여 백성을 수탈하는 관리를 말함.

공 : 별도로 계책이 있었던 것은 아니며, 본심本心이 백성을 편하게 하는 일에 간절하였으므로 관리의 탐학貪虐을 보고는 분함을 이기지 못하여 일을 일으켰다.

84. 문 : 그렇다면 소장을 올려 원통함을 말하지 않았는가?
　　공 : 감영과 고을에 소장을 올린 그 수를 알 수 없을 정도다.

85. 문 : 감영과 고을에는 네가 친히 소장訴狀[94]을 올렸는가?
　　공 : 매번 뜻한 바를 내가 짓고 소장은 원민寃民[95]들로 하여금 관청에 내게 하였다.

86. 문 : 그렇다면 조정에도 원통함을 상소한 적이 있었는가?
　　공 : 조정에 상소할 길이 없어 홍계훈洪啓勳[96] 대장大將이 전주에 유진할 때에 그 연유를 써서 올렸다.

87. 문 : 그때 수령들이 모두 부패했는데 비록 소장을 올린다 해도 어찌 들어 주겠는가?
　　공 : 비록 그러하나 호소할 곳이 그곳밖에 없어 부득이 소장을 올렸다.

88. 문 : 감영과 고을에 소장을 올린 것이 언제인가?
　　공 : 작년 정월과 2~3월 사이였다.

89. 문 : 정월 이전에는 소장을 올리지 않았느냐?
　　공 : 정월 이전에 고부에는 백성의 송사나 청원뿐이었으므로 특별한 소장은 올리지 않았다.

94　소장. 청원할 것이 있을 때에 관청에 내는 서면을 뜻한다.
95　원민. 원통하고 불만이 많은 백성을 이르는 말.
96　홍계훈. 1893년 3월 동학교도들이 충청도 보은에서 척왜양창의(斥倭洋倡義)의 기치를 내걸고 대규모 교조시원운동을 갖자, 조선 정부에서 장위영정령관(壯衛營正領官)으로 경군 6백 명을 이끌고 출동하게 했다. 또한 홍계훈은 1894년 동학농민혁명이 일어나자 양호초토사로 임명을 받아 장위영경군 8백 명을 거느리고 동학농민군 진압에 나섰다.

90. 문 : 감영과 고을에 여러 차례 소장을 올렸으나 끝내 들어주지 않으므로 기포起包하였는가?

    공 : 그렇다.

91. 문 : 너는 고부군수로부터 피해가 많지 않았는데 무슨 연유로 이러한 거사를 행하였는가?

    공 : 세상 일이 날로 잘못되어 가는 것을 보고 분연히 한 번 세상을 건져볼 뜻이 있었다.

92. 문 : 너와 공모한 손화중孫化中, 최경선崔慶善 등은 모두 동학을 대단히 좋아하였는가?[97]

    공 : 그렇다.

93. 문 : 소위 동학東學이란 어떤 주의主意이며 어떤 도학道學[98]인가?

    공 : 마음을 지켜 충효忠孝로 근본根本을 삼아 보국안민輔國安民하자는 것이다.[99]

94. 문 : 너도 동학을 몹시 좋아하는가?

    공 : 동학은 수심경천守心敬天[100]하는 도道이기 때문에 나도 매우 좋아한다.[101]

95. 문 : 동학은 언제부터 시작되었는가?

---

97 손화중, 최경선은 동학 대두령으로서 전봉준과 함께 동학농민혁명을 이끈 지도자였다.
98 도학. 조선 시대에 크게 번성한 유교 철학, 여기서는 동학이 유교에 비교해 무슨 철학 사상인가를 묻는 말.
99 동학의 대의명분은 반란이라기보다 충효로 근본을 삼아 보국안민하자는 것이라고 전봉준은 답하였다.
100 수심경천. 마음을 지키고 하늘을 공경함을 이르는 말.
101 전봉준은 동학을 매우 좋아한다고 말함으로써 동학의 일원임을 분명히 밝히고 있다. 일부 연구자들이 전봉준은 동학과는 거리가 멀고 순전히 농민군의 지도자였다는 편협된 주장을 그쳤으면 한다.

공 : 동학이 시작된 것은 30여 년 전에 비롯되었다.

96. 문 : 어느 사람이 시작하였는가?

    공 : 경주慶州에 사는 최제우崔濟愚이다.

97. 문 : 지금도 전라도全羅道에는 동학을 존숭尊崇[102]하는 자가 많은가?

    공 : 난亂[103]을 겪은 뒤에는 목숨을 잃는 자가 속출하여 지금은 많이 줄었다.

98. 문 : 네가 기포할 때 거느린 무리는 모두 동학도인가?

    공 : 이른바 접주接主[104]는 모두가 동학도이지만 그 나머지 거느린 자들은 충의지사忠義之士[105]라고 일컫는 자가 많았다.

99. 문 : 접주接主, 접사接司[106]는 무슨 직책의 이름인가?

    공 : 부하들을 거느리는 영솔領率의 호칭이다.

100. 문 : 그렇다면 접주, 접사란 기포할 때에 군기軍器와 군량미軍糧米를 마련하는 자인가?

     공 : 모든 일에 있어서 다 지휘指揮하는 사람이다.

101. 문 : 접주, 접사는 본래부터 있었느냐?

     공 : 이미 전부터 있었으나 기포할 때 혹 창설한 것도 있다.

102. 문 : 동학 중에 무리를 거느리는 지휘자가 접주, 접사뿐이냐?

     공 : 접주, 접사 이외에도 교장敎長, 교수敎授, 집강執綱, 도집都執, 대정大正, 중정中正 등 여섯 종류가 있다.[107]

---

102 존숭. 높이 받들어 공경하고 숭배함을 이르는 말.
103 난. 세상을 어지럽힌다는 뜻.
104 접주. 동학의 조직인 접의 책임자를 이르는 말.
105 충의지사. 충성스럽고 의리가 있는 선비를 뜻하며, 요즘말로 정의롭고 나라를 사랑하는 사람들을 가리킨다.
106 접사. 접주를 보좌하는 직책을 이르는 말.
107 동학의 조직은 당시 법헌 최시형 대도주(大道主)가 최고 영도자였고, 접(接)의 지도자인

103. 문 : 접주라는 사람은 평소에는 무엇을 하는가?

　　공 : 별로 하는 일이 없다.[108]

104. 문 : 이른바 법헌法軒[109]이란 어떤 직책職責인가?

　　공 : 직책이 아니라, 장로長老[110]의 별칭이다.

105. 문 : 이상의 여섯 가지 직책은 무슨 일을 하는가?

　　공 : 교장과 교수는 어리석은 자를 가르치며, 도집은 풍력風力[111]이 있고 기강紀綱이 밝아야 하고 경계經界를 알아야 하며, 집강은 시비是非에 밝아 기강을 바로 잡고, 대정은 공평公平[112]한 마음을 가지고 삼가 교인을 후원하며, 중정은 능히 직언을 할 수 있고 강직한 사람이어야 한다.

106. 문 : 접주와 접사는 직책이 같은가?

　　공 : 접사는 접주의 지휘를 듣고 행하는 사람이다.

107. 문 : 이상의 많은 직위는 누가 차출差出하느냐?

　　공 : 법헌法軒이 교도敎徒의 능력이 적고 많음을 보아 차례로 차출한다.

접주(接主)와 접의 상위단위로 포(包)가 있었고 포(包)의 지도자인 대접주(大接主)가 있었다. 그 하부조직으로 여섯 종류의 육임(六任) 조직과 육임을 보좌하는 청소년 조직으로 동몽육임(童蒙六任) 조직이 있었다. 갑오년 동학이 일어났던 사건을 기포(起包)라고 한 것은 동학의 포(包) 조직이 일어났다는 것을 뜻한다.

108 전봉준은 '평소에 별로 하는 일이 없다.'라고 말한 것은 접(接)을 열었을 때는 경전공부도 하고 시국 토론도 하는 등의 특별한 일들이 있었으나, 접을 닫았을 때의 평소 일상 속에는 접주도 각자 생활하는 것으로, '별로 하는 일이 없다.'라고 말한 것이다. 동학 직책인 접주(接主)를 기독교의 목사나 신부, 불교의 스님들과 비교해서는 안 된다. 동학의 접주 등은 성직자가 아니다. 동학도인들 중에 지도력과 능력 있는 지도자들을 차출 임명하여 접을 열었을 때 소속 인원을 거느리게 하였으며, 평소에는 각자 자신들의 일들을 하는 동학만의 특수한 지도체계이다.

109 법헌. 해월 최시형 선생의 별칭으로서 도와 덕이 높다는 것은 물론이고 동학의 최고 지도자로서 동학종단의 법을 집행하고 교도들을 통솔한다는 것을 이르는 말

110 장로. 나이가 많고 덕이 높은 사람을 존중하여 이르는 말

111 풍력. 여기서는 사람의 위력을 뜻함

112 공평. 어느 한쪽에 치우치지 않고 고름을 이르는 말

108. 문 : 동학 중에는 남접南接과 북접北接이 있다던데 남·북접을 어떻게 구별하느냐?

공 : 호남湖南을 남접이라 칭하고 호중湖中은 북접이라 칭한다.[113]

109. 문 : 작년에 기포할 때 각종 내세우는 일들은 어떻게 지휘하였느냐?

공 : 각기 맡은 것을 행하였다.

110. 문 : 각기 맡은 것은 너의 지휘를 듣고 행하였는가?

공 : 내가 다 지휘하였다.

111. 문 : 수심경천修心敬天하는 도道를 어찌 동학東學이라 칭하는가?

공 : 우리 道(도)는 동쪽에서 나왔기 때문에 동학이라 칭한다. 처음부터 본뜻은 시작한 사람이 분명히 알 일이지만, 나는 다른 사람들이 그렇게 칭하는 것을 따라서 그렇게 칭하였다.[114]

112. 문 : 동학에 들어가면 능히 괴질怪疾[115]을 벗어날 수 있다는데 과연 그런가?

공 : 동학경전에 이르기를, 3년 괴질怪疾이 앞으로 있다 하니 경천수심

---

[113] 동학에서는 남접과 북접이란 단체의 구별은 없었다. 그런데 수운 최제우 선생 생존 시 수운 선생이 사는 곳에서 북쪽 지대에 해월 최시형 선생이 포덕을 하면서부터 북접대도주라 불렀다. 동학의 조직은 해월 선생의 단일지도체제였지만 동학농민혁명 1차 기포 때 서로 견해가 다른, 즉 호남에서 북쪽에 위치한 호중(湖中) 즉 손병희 등 충청도 세력을 가리켜 북접이라 칭했고, 전봉준 등 호남 즉 전라도 세력을 남접이라 칭하는 다시 말해 자연발생적으로 남·북접이라 불렀다고 한다.

[114] 동학의 창도주 수운 최제우 선생께서 1861년 12월(음) 중순에 남원에 도착하여 12월 말부터 1862년 5월 중순까지 교룡산성 선국사 암자인 덕밀암(德密庵)을 은적암이라 고쳐 부르고 은거할 때 지은 경전 중에 논학문(論學文) 즉 동학론(東學論)이 있었다. 전봉준은 동학론 내용 중에 "내가 또한 동(東)에서 나서 동(東)에서 받았으니 도(道)는 비록 천도(天道)나 학(學)인 즉 동학(東學)이라"라는 글을 인용한 것으로 보인다. 오늘날 동학(東學)을 천도교(天道教)라 칭하는 것도 '도(道)는 비록 천도(天道)나 학(學)인즉 동학(東學)이라'고 한 수운 최제우 선생의 논학문, 즉 동학론에서 비롯되었다.

[115] 괴질. 원인을 알 수 없이 확산되며 증상이 심한 악성 질병을 이르는 말.

敬天守心[116]하는 사람만이 이를 면할 수 있다고 하였다.

113. 문 : 동학이 8도八道에 전하여 모두 퍼졌는가?

공 : 5개도五道에는 모두 교教를 행하였으나 서북西北 3도三道는 모르겠다.[117]

114. 문 : 동학을 배우면 병을 면하는 외에 다른 이익은 없는가?

공 : 다른 이익利益[118]은 없다.

115. 문 : 작년 3월 기포할 때는 탐관을 제거한 뒤에 또 어떤 일을 하려고 하였는가?

공 : 별다른 뜻은 없었다.

116. 문 : 작년 홍계훈 대장에게 절목節目[119]을 올린 것이 있다고 하는데 과연 그러하냐?

공 : 그렇다.

117. 문 : 절목을 올린 뒤에 탐관을 제거한 징조徵兆가 보였느냐?

공 : 별로 징조가 없었다.

118. 문 : 그렇다면 홍계훈 대장이 백성을 속인 것이 아니냐?

공 : 그렇다.

119. 문 : 그렇다면 백성들은 왜 다시 어찌 원통함을 호소하지 않았느냐?

---

116 경천수심. 하늘을 공경하고 마음을 지킨다는 동학의 수행방법을 이르는 말.
117 5도는 강원도, 경기도, 충청도, 전라도, 경상도를 말하며, 서북3도는 황해도, 평안도, 함경도를 말한다. 당시 김구(김창수) 접주가 활약했던 황해도를 중심으로 서북지방에도 동학이 포덕 되었으나 전봉준과는 교류가 없었던 것으로 추정된다.
118 이익. 정신적, 물질적으로 이롭고 보탬이 되는 일, 여기서는 경제적인 생활에 이익이 없다는 말로 이해해야 될 것 같다.
119 절목. 초목의 마디와 눈. 나무를 꺾거나 부러뜨림을 뜻하며, 유의어로서는 조선시대에 특정 정책이나 사업의 시행지침 또는 규칙을 나열한 것을 말하는 것으로, 탐관오리의 횡포, 수세 등 각종 세금과 민원 등을 말한다.

공 : 그 뒤에 홍계훈 대장은 서울에 있었으니 어찌 다시 원통함을 호소할 수 있었겠는가.

120. 문 : 재차 기포한 것은 일본군이 대궐을 침범한 탓이라고 말했는데 재차 거사 뒤에는 일본군에 대하여 어떤 일을 하려 하였느냐?[120]

공 : 대궐을 침범한 연유에 대해 책임을 캐묻고 꾸짖고자 하였다.

121. 문 : 그렇다면 일본군과 서울에 머무는 각 외국인을 물리쳐 몰아내고자 하였는가?

공 : 그렇지는 않고, 각국의 사람들은 단지 통상通商만을 할 뿐이지만 일본인들은 서울에 군대를 주둔시켰으므로 우리나라의 영토를 침략하려는 것이라고 의심을 아니 할 수 없었다.[121]

122. 문 : 이건영李健永이란 사람은 아는가?

공 : 잠시 만났었다.

123. 문 : 만났을 때 무슨 말이 있었는가?

공 : 그는 자기가 소모사召募使[122]라고 말하기에 '소모사라면 마땅히 어느 곳에 소모영召募營을 설치하라'고 내가 말하였지만 나와는 더불어 상관이 없다고 하니 그만 금산錦山으로 먼저 갔다.

124. 문 : 그를 어느 곳에서 만났는가?

공 : 삼례역參禮驛에서 만났다.

125. 문 : 이건영을 만났을 때 그는 어디에서 왔다고 하였는가?

공 : 서울에서 왔다고 말했다.

---

120 1894년 6월 21일 일본군에 의한 경복궁 점령사건에 대한 질문이다.
121 전봉준은 재차 기포에 대해 분명하게 대답하였다. '일본군이 대궐을 침범한 책임을 꾸짖고 우리나라 영토를 침략한 것을 물리치려고 하였다.'는 것에 동학의병의 재차 기포는 일본군의 국권침탈에 대한 척왜항전, 즉 동학의병전쟁이었다.
122 소모사. 군사를 모집하는 임시 직책.

126. 문 : 누가 그를 보냈다고 하였는가?

공 : 정부政府로부터 파견되었다고 말했는데 그 뒤 3~4일이 지나 들어 보니 가짜 소모사라 하기에 잡아들이도록 명령했다.

127. 문 : 소모사를 가히 증거證據할 문서가 있었는가?

공 : 가히 증거할 문서는 보지 못했다.

128. 문 : 그 무렵에 네가 거느리고 있던 도당徒黨[123]은 몇 명이었는가?

공 : 수천數千여 명이었다.

129. 문 : 그 밖에 소모사라 칭하면서 기포를 권한 사람은 없었는가?

공 : 그런 사람 없었다.

130. 문 : 송정섭宋廷燮을 아는가?

공 : 그가 충청도 소모사라는 소문만 들었다.

131. 문 : 재차 기포할 때 최시형 법헌法軒과 의논議論하였느냐?

공 : 의논하지 않았다.[124]

132. 문 : 최시형 법헌은 동학의 괴수魁首인데 동학당東學黨을 모집하면서 어찌 의논이 없었느냐?

공 : 충의忠義는 각자의 본심本心에서 우러나오는 것인데 하필이면 법헌과 의논한 뒤에 이 일을 하겠는가.

133. 문 : 작년 8월에 너는 어디에 있었느냐?

공 : 태인泰仁에 있는 나의 집에 있었다.

134. 문 : 그 나머지 도당徒黨은 다 어디에 있었느냐?

공 : 각기 자기 집에 있었다.

---

[123] 도당. 불순한 사람들이 떼를 지어 이룬 무리, 여기서는 동학당을 이르는 말.
[124] 2차 기포할 때 최시형 법헌과 논의하지 않았느냐는 질문에 전봉준은 논의하지 않았다고 답했으나, 이는 최법헌과 동학지도부를 보호하려는 의도로 거짓 진술한 것으로 판단된다.

135. 문 : 충청도 천안天安 지방에도 너의 도당이 있느냐?[125]

　　공 : 그곳에는 나의 도당이 없다.

아룀(白)

・・・・・・
전봉준 제3차 심문과 진술

을미(1895) 2월 19일 전봉준 3초문목乙未 二月 十九日 全琫準 三招 問目

136. 문 : 네가 일전日前에 답변할 때 송희옥宋喜玉[126]을 모른다고 하였는데 희옥喜玉 두 글자가 이름이냐 호號[127]인가?

　　공 : 희옥은 이름이고 자字[128]는 칠서柒瑞이다.

137. 문 : 네가 이미 삼례역에서 송희옥과 함께 동모同謀한 바 있은즉 어찌 그의 이름과 자字를 자세히 모른다고 할 수 있는가?

　　공 : 송희옥은 본디 종잡을 수 없는 사람으로 홀연히 갔다가, 홀연히 오

---

[125] 여기서 문초한 내용은 충청도 목천 세성산전투를 말한 것으로 보인다. 1894년 10월 21일에 김복용, 이희인 등 충청도 지도자들이 세성산에서 공주전투에 앞서 첫 번째 싸움을 벌였으나 이두황이 이끄는 장위영병에게 패주한 일이 있었다. 또한 천안일대에 동학군 활동이 심해지자 특별히 부대를 출동시키는 등 일본군과 그 지휘를 받는 관군들이 곤란을 겪은 곳이다. 그런데 전봉준 대장이 그곳에 동학당이 없다고 진술한 것은 전봉준보다는 최시형 법헌의 지휘를 받은 것이거나, 아니면 동학지도부와 동지들을 보호하려고 거짓 진술한 것으로 판단된다.

[126] 송희옥은 전봉준 비서라고 알려졌는데 비서 역할에 머무는 인물이 아니다. 송희옥은 전라도 도집강으로서 전봉준을 대신하여 집강소의 폐정개혁안을 추진하는 막중한 직책의 소유자였다. 또한 대원군의 밀사들을 만나 전봉준과 연결하는 등의 동학도 지도자로서 손색이 없는 인물이었다.

[127] 호. 사람들의 본이름이나 자(字) 외에 허물없이 부를 수 있도록 지은 이름을 가리킨다.

[128] 자. 남자들이 성인이 되었을 때에 본명 외에 부르는 호칭을 이른다.

고하여 실재의 거처가 확실하지 않다.

138. 문 : 송희옥에 대해 듣자니 전라도의 도집강都執綱[129]이요, 또한 너와는 친척간이라던데 이제 대답한 것을 들은즉 오로지 허물을 감추려고 숨기고 있으니 바르게 대답하지 않는 것이 의심스럽구나. 하물며 너의 죄罪의 경중輕重이 송희옥을 감싸는 데 있지 아니하고 희옥의 죄상이 네가 덮어준다고 될 일이 아닌즉 오로지 신뢰할 수 있는 대답을 해야 하는데 너의 생각은 어떠한 것이냐?

    공 : 나의 대답은 이러하다. 송희옥은 본디 부황浮荒[130]한 무리로서 지난번 일본 공사관의 물음에 대답할 때 영사領事가 글 한 편을 내어 보이는데 그것이 송희옥의 글씨체였다. 그 글은 흥선 대원군과 상통相通한 것으로 되어 있으므로 내가 깊이 생각해본 즉 그가 이러한 말을 꾸며 시국時局의 힘을 빌리려 한 것으로 보이며, 이와 같은 거짓을 지어냄은 실로 남자가 할 일이 아니요, 또한 이는 존엄尊嚴을 모독冒瀆하고 공연히 시국의 물의를 일으키는 것이기 때문에 잠시 그를 덮어준 것이다.

139. 문 : 남자의 말은 비록 백 마디가 맞더라도 만약 한 마디라도 거짓이 있으면 백 마디 모두 속인 것이 된다. 이로 미루어 보건대 어제 모른다고 한 것이라든가 하지 않았다고 한 것이 어찌 모두 거짓이 아니겠는가?

    공 : 심신心神이 혼미昏迷하여 과연 잘못된 바가 있었다.

140. 문 : 송희옥이 갑오甲午 9월에 쓴 글에 의하면 어제 저녁에 두 사람이 비밀秘密리에 내려와서 처음부터 끝까지의 경위를 자세히 살펴보니 과연 개화파에서 먼저 효유문曉喩文을 따르면 뒤에 비밀리에 소식이 있으리

---

[129] 도집강. 동학의 교직인 육임 가운데 세 번째 직위 '집강'을 이르던 말, 여기서는 송희옥이 도집강이란 것은 전라도 집강소의 책임자라는 말이다.
[130] 부황. 언행에 조심스러움이 없는 들뜨고 거친 사람을 이른다.

라 하였다. 이는 누가 보낸 편지이기에 너는 역시 모른다고 하는가? 지난번 너의 대답에서 작년 10월 재차 기포한 것은 일본군이 군대를 이끌고 입궐한 것 때문이라고 했으며, 이해利害의 소재所在를 알지 못하기 때문에 우리 백성들을 위하는 자는 일각一刻을 안심할 수 없어 거사擧事가 있었다고 하였다. 이는 대원군으로부터 비밀 소식이 뒤에 있음을 알려주는 것인데 그러고도 너의 재차 기포와 암암리에 합의한 것이 아니라 하겠는가?

공 : 그동안 비록 이러한 무리들의 왕래가 있었다고 하더라도 평소에 그 얼굴을 알지 못했으니 그 중대한 사건을 그런 사람과 어찌 의논하겠는가? 그러므로 행적이 수상한 사람은 하나도 만나지 않았다.

141. 문 : 남원부사南原府使 이용헌李用憲[131]과 장흥부사長興府使 박헌양朴憲陽이 입은 피해는 모두 누구의 소행이더냐?[132]

공 : 이용헌의 피해는 김개남金開男이 한 일이었고 박헌양의 피해는 누구의 소행인지 잘 모르겠다.

142. 문 : 은진恩津에 사는 김원식金元植[133]이 입은 피해는 누구의 소행으로 보느냐?

공 : 공주公州의 동학東學 괴수魁首인 이유상李裕相[134]이 소행이요, 나와는 아무런 관계가 없다.

143. 문 : 작년에 재차 기포할 때 너는 조정에서 보낸 효유문曉諭文을 네가 보

---

[131] 이용헌. 이용헌(李用憲)의 이름에서 用(용)은 龍(용)의 오자이므로 李龍憲으로 바로잡음
[132] 김개남은 2차 기포를 준비하면서 남원부사 이용헌이 협조를 하지 않아 처단했다. 또한 박헌양은 1894년 12월 14일 장흥전투 때에 동학군에게 저항하다가 피살되었다. 전봉준은 장흥전투에 참여하지 않아 그 사실을 잘 몰랐던 것으로 판단된다.
[133] 김원식. 김원식(金元植)의 이름에서 元(원)은 源(원)의 오자이므로 金源植으로 바로잡음
[134] 이유상. 이유상(李裕相)의 이름에서 相(상)은 尙(상)의 오자이므로 李裕尙으로 바로잡음

지 못하였느냐?

공 : 대원군의 효유문은 보았지만 조정에서 보낸 효유문은 보지를 못하였다.

144. 문 : 비록 조정의 효유문을 보지 못하였다고 하나 이미 대원군의 효유문을 보았다면 무슨 일이 일어났다는 일의 때가 어떠한지를 헤아리지 함부로 백성을 움직여 무단無端히 소요를 일으켜 백성으로 하여금 재난에 빠지게 하였으니 이 어찌 신하된 자가 할 일이더냐?

공 : 자세한 내막을 모르고 함부로 백성을 움직였으니 과연 이는 잘못된 일이었다.

아룀(白)

·······

전봉준 제3차(2회) 심문과 진술

을미(1895) 2월 19일 전봉준 3초문목 일본영사 문초(乙未 二月 十九日 全琫準 三招問目 日本領事 問招)

전봉준은 거듭되는 심문과 진술에 의해 심신이 몹시 지쳐 있었다. 더구나 심한 부상에다가 병든 몸으로 온갖 고문까지 받은 것으로 추정되기 때문에 아마 견디기 힘든 상태였다고 볼 수 있다. 그래서 3차 심문과 진술을 하다가 중단하고 휴식을 가진 뒤 다시 3차 2회 문초가 시작된 것으로 보인다.

전봉준 제3차 심문과 진술까지는 일본영사가 회심으로 참여하여 재판을 주도 지시한 것으로 판단되며, 주로 법무아문 대신 서광범이 심문한 것으로 보인다. 그러나 제3차(2회)부터는 일본영사가 직접 심문에 나섰고, 전봉준과 우치다 사다츠지의 치열한 공방이 시작된다. 이러한 상황을 돌이켜보면 조선은 이미 국권과 사법권까지 일본에게 빼앗겼다는 것을 알 수 있으며, 동학농민혁명 2차 기포는 일본군을 물리치기 위한 척왜항전, 즉 국권침탈에 맞선 독립전쟁으로 봐야 한다.

145. 문 : 송희옥의 글 가운데 이른바 대원군의 글이 거짓이었다는 것을 너는 어떻게 정확히 알았는가?

    공 : 송희옥은 본디 부랑浮浪[135]자이므로 이를 미루어 그렇게 말한 것이며 또 설령 대원군이 이런 일이 있다면 마땅히 먼저 나에게 알렸을 것이지 송희옥에게 먼저 의논했을 리가 없다.

146. 문 : 송희옥은 너보다 지위가 높은 것이냐 낮은 것이냐?

    공 : 별로 높고 낮음을 가릴 것이 없고 서로가 같은 처지에 있는 것이다.

147. 문 : 송희옥은 재차 기포할 때에 너와 의논하지 않았는가?

    공 : 내가 기포할 때에 비록 참석은 했지만 처음에는 좌左가 옳다 우右가 옳다 하여 말의 갈피를 잡을 수가 없었다.

148. 문 : 송희옥의 일 중에서 좌가 옳으니 우가 옳으니 하는 말이 없었더라면 가짜라고 하는 그 대원군의 글을 다른 사람에게 보인 이유는 무엇인가?

    공 : 송희옥의 편지는 처음 한 포包[136]로 시작되었으며, 비록 거슬러 올라가 생각하기도 어려우나 나의 일에 있어서는 관계하지 않고 지켜만 보았다.

---

[135] 부랑. 일정하게 사는 곳과 하는 일 없이 떠돌아다님, 여기서 송희옥에게 부랑자라고 말한 것은 전봉준의 본심이 아니라는 생각이다.
[136] 한 포. 동학에서 조직단위인 接(접)과 包(포)에서 한 포가 아니라는 것은 같은 포 소속이 아니라는 말이다.

149. 문 : 송희옥과 네가 이미 같은 포包가 아니라면 쌍방 간에 하는 일에는 서로 알지 못하는 일들이 있었을 것이다.

공 : 그렇다.

150. 문 : 그렇다면 송희옥의 거짓 편지에 대하여 너는 어찌 그리 잘 알고 있는가?

공 : 송희옥은 처음부터 서울에서 머문 적이 없을 뿐만 아니라 그리 이름난 사람도 아니기 때문에 스스로 생각하여 그렇게 말하였다.

151. 문 : 네가 진술한 앞뒤 사정을 종합하여 보면 송희옥은 본디 너와 친한 자이나 줄곧 모른다고 말하니 이 또한 의심스러운 일이다.

공 : 지난번 귀관貴館[137]에서 답변할 때 내어 보인 글은 이리저리 떠돌아다니는 자들에 관한 것 같아 역시 모르는 바이므로 만약 그 글을 읽어 본 자로 대한다면 반드시 그 글의 내력來歷을 물을 것이다. 그렇게 되면 의혹疑惑을 벗어나기 어렵기 때문에 잠시 그렇게 거짓말로 대답하였다.

152. 문 : 그렇다면 너에게 이로운 것을 물어보면 대답하고 너에게 불리한 것을 물으면 모른다고 대답하는 것이 옳은 일인가?

공 : 이해利害를 따지는 마음에서 그런 것은 아니나 특별히 의혹을 벗어나기 어려운 것은 그러했다.

153. 문 : 전라도 사람이 말이나 행동을 이랬다저랬다 하며 일정하지 않다고 일찍이 들은 바가 있으나 이제 네가 말한 것은 역시 그러한 버릇을 벗어나지 못하고 있다. 그러나 질문이 오래되면 정상情狀[138]은 스스로 밝혀지는 법이니 비록 한마디라도 절대로 거짓말을 하지 말라.

---

[137] 귀관. 일본영사관을 말함.
[138] 정상. 구체적 범죄에 대한 처벌의 가볍고 무거운 영향을 미치는 일체의 사정.

공 : 송희옥의 한 가지 일은 비록 속여서 말했다 하더라도 그 나머지는 처음부터 한마디도 거짓으로 말한 꾸밈이 없다.

154. 문 : 이번 재판은 양국兩國이 관계된 심판審判이므로 조금이라도 한쪽으로 치우친 처리가 없을 것이다. 그러나 감히 이치에 맞지 않는 말을 하여 한때를 넘기려고 속인다면 탐관오리를 응징하여 몰아낸다던 처음의 말도 모두 믿지 못할 것이 된다.[139]

공 : 수개월 동안 묶여 갇혀 있었고 또한 병病에 걸린 몸이라 한마디쯤 실수한 것이 없지 않다.

155. 문 : 송희옥과 너는 인척姻戚 관계가 없는가?

공 : 처족妻族[140]으로 7촌七寸이다.

156. 문 : 기포할 때 어느 곳에서 처음 보았는가?

공 : 비록 삼례에서 처음 보았으나 실제로 한 포包에서 일한 적은 없다.

157. 문 : 처음 만났을 때 무슨 일을 논의하였는가?

공 : 처음 만났을 때는 지금 무엇을 할 것인가를 말하고 나 역시 추후追後에 기포하여 올라가겠다고 말했다.

158. 문 : 그때가 언제인가?

공 : 작년 10월 재차 기포할 때이나 날짜는 자세히 알 수 없다.

159. 문 : 너의 재차 기포는 무엇을 위함이었느냐?

공 : 이에 대해서는 이미 앞서 모두 말하였다.

160. 문 : 너와 송희옥이 삼례에서 만났을 때 혹시 대원군의 말이라고 핑계로 둘러댄 것이 없었느냐?

---

139 여기서 일본 공사가 단호하게, 양국에 관계된다는 말을 한 것은 동학 2차 기포, 즉 일본군의 침략에 관계된 일이라고 고백하는 꼴이 된다. 동학 2차 기포는 항일무장투쟁인 동학의병전쟁으로 봐야 한다.
140 처족. 아내의 친정 거레붙이를 말함.

공 : 송희옥이 대원군으로부터 내려왔다고 말하면서 2월에 속히 위로 올라오는 것이 좋을 것 같다고 말하기에 내가 무슨 증거가 될 만한 문서가 있느냐고 물었더니 없다고 대답했다. 나는 문서를 보여주지 않는 것을 책망責望하였더니 대답이 횡설수설橫說竪說하여 실로 황당무계荒唐無稽하였다. 또한 나는 대원군이 시키는 일이 아니라 할지라도 마땅히 해야 할 일이라면 당연히 하겠다고 대답했다.

161. 문 : 삼례에서 기포할 때 군중群衆의 수는 얼마나 되었는가?

공 : 4천여 명이었다.

162. 문 : 그 뒤 접전接戰[141]은 언제 있었는가?

공 : 삼례에서 기포한 뒤 20여 일이 지나서 처음으로 접전했다.

163. 문 : 송희옥의 말에 의하면 대원군으로부터 두 사람이 내려왔다고 하였는데 그들의 이름은 누구인가?

공 : 그때 들었을 때는 알았지만 지금은 기억하기 어렵다.

164. 문 : 두 사람의 이름을 비록 똑똑히 듣지 못했다고 하더라도 성이나 이름이라도 끝내 기억할 수 없느냐?

공 : 그 성은 박朴 가와 정鄭 가였던 것 같으나 자세히 모르겠다.

165. 문 : 박朴 가와 정鄭 가라면 박동진朴東鎭과 정인덕鄭寅德이 아닌가?[142]

공 : 박동진은 분명하나 정鄭 가는 자세히 알지 못한다.

166. 문 : 박동진과 정인덕은 송희옥을 만나 어떤 말을 하였느냐?

공 : 송희옥이 말하기를 대원군은 역시 네가 올라오기를 기다린다고 하였다.[143]

---

[141] 접전. 전력이 서로 비슷하여 쉽게 승부가 나지 않는 싸움을 이르는 말
[142] 박동진과 정인덕은 대원군의 측근으로서 송희옥과 접선하여 대원군의 뜻에 따라 전봉준에게 밀지를 보내 재봉기를 주문하였다고 한다.
[143] 송희옥이 박동진과 정인덕에게 대원군의 말을 전해주기를, 전봉준이 서울로 올라오기

167. 문 : 송희옥은 지금 어느 곳에 있느냐?

공 : 이번에 올라오면서 듣기로는 고산高山에서 민병民兵[144]에게 죽임을 당했다고 하나 자세히 알지 못한다.

168. 문 : 대원군의 효유문曉諭文은 어떻게 얻어 보았느냐?

공 : 9월 태인의 본집에 있을 때 한 명의 접솔接率[145]이 베껴다가 보여주었다.

169. 문 : 그때도 세력이 뻗어나 바로 기포할 때였느냐?

공 : 그때는 집에서 병을 치료할 때이므로 기포할 뜻이 없었다.

170. 문 : 그 무렵 전라도 내에는 동학도의 소요가 없었느냐?

공 : 그 무렵에는 김개남 등이 여러 고을에서 소요를 일으켰다.

171. 문 : 여러 고을이라 함은 어디를 말하는가?

공 : 순창淳昌, 용담龍潭, 금산金山, 장수長水, 남원南原 등이며 그 나머지는 자세히 알지 모른다.

172. 문 : 대원군大院君의 효유문曉諭文은 단지 한 번만 보았는가?

공 : 그렇다.

173. 문 : 효유문은 무슨 말로 꾸며져 있었는가?

공 : "너희들의 이번 소요는 실로 수령들이 탐학貪虐과 백성들의 원통冤痛함에 말미암은 것이다. 앞으로는 관리의 탐학을 반드시 다스리고 백성의 억울함을 반드시 풀어줄 것이니, 각자 집으로 돌아가 편안히 생업에 종사하는 것이 옳을 것이다. 만약 이를 준수하지 않으면 마땅히 왕명으로 다스리리라."고 말했다.

를 즉 북상(北上)하기를 기다린다고 하였음을 진술함.
144 민병. 민보군(民堡軍). 관군의 지원을 받는 민간인들로 조직된 군대를 일컬음
145 접솔. 동학 조직인 접에서 일을 보는 수하를 이르는 말

174. 문 : 효유문에 도장의 자취가 있었는가?

공 : 내가 본 것은 베낀 것이므로 도장은 없었으나 관청에 도착한 원본에는 도장이 있다고 들었고 이를 방방곡곡坊坊曲曲에 게시하여 붙였다.

175. 문 : 방방곡곡에 붙였다면 일은 누가 하였는가?

공 : 관官에서 나온 사람들이 하였다고 들었다.

176. 문 : 효유문은 누가 가지고 갔는가?

공 : 주사主事146의 직함을 지닌 자가 가지고 갔다고 들었다.

177. 문 : 그때 본 효유문을 네가 보기에 진짜였는가, 가짜였는가?

공 : 이미 관에서 내걸어 붙였으니 어찌 이를 가짜로 보겠는가?

178. 문 : 너는 이미 그것이 진짜인 줄 알았으면서도 어찌 다시 기포하였는가?

공 : 일본의 속내를 상세히 알아보기 위해서였다.

179. 문 : 이미 상세히 속내를 안 뒤 장차 무슨 일을 하려고 계획하였는가?

공 : 보국안민輔國安民의 계책을 하고자 하였다.

180. 문 : 네가 재차 기포한 것은 대원군의 효유문을 믿지 못해서인가?

공 : 지난날 조정의 효유문이 한두 번이 아니었지만 실시되지 않아서 백성의 뜻을 위에 전달하기 어렵고 임금의 은덕恩德을 살피기가 어려워 일차로 서울에 이르러 백성의 뜻을 자세히 진정하고자 하였다.

181. 문 : 이미 효유문을 보고서도 감히 재차 기포한 것은 실수한 바가 아닌가?

공 : 직접 눈으로 보고 귀로 듣기 전에는 깊이 믿기 어렵기 때문에 재차 기포하였는데 어찌 실수라 하겠는가?

182. 문 : 앞서 말한 실수라 함은 무슨 말인가?

---

146 주사. 당시, 벼슬이 없는 남자 이름을 점잖게 대접하여 이르던 말.

공 : 앞서 실수라 말한 것은 시사時事¹⁴⁷를 자세히 알지 못했음을 의미하는 것이지 효유문을 보았다거나 못 보았음을 의미하는 것이 아니다.

183. 문 : 네가 재차 기포한 것은 대원군의 효유문이 개화파開化派¹⁴⁸의 압박에 의한 것으로 보고 아울러 대원군이 너희들이 한양으로 올라오는 것을 기대하고 있었기 때문에 이 거사擧事를 행한 것인가?

공 : 대원군의 효유문이 개화파로부터 압박壓迫을 받았는지 받지 않았는지는 내가 생각한 바 없고, 재차 기포한 것은 나의 본심에서 우러나온 것이다. 또한 비록 대원군의 효유문이 있었다고 해도 깊이 믿기 어려웠으므로 재차 기포를 도모圖謀하게 되었다.

184. 문 : 일본군이 대궐을 침범하였다는 말은 언제 들었는가?

공 : 7~8월 사이에 들었다.

185. 문 : 누구에게서 들었는가?

공 : 소문이 널리 퍼져있으므로 자연히 알게 되었다.

186. 문 : 이미 의병을 일으킨다 하였으면 소식을 들은 즉시 행동하지 않고 무엇 때문에 10월까지 기다렸는가?¹⁴⁹

공 : 때마침 몸이 아팠고, 많은 사람들을 한꺼번에 움직이기가 어려웠고, 아울러 새 곡식이 아직 익지 않아서 자연히 10월까지 이르렀다.¹⁵⁰

---

147 시사. 그 당대 사회에서 일어난 일, 국내외 시국에 관한 일을 말함.
148 개화파. 조선 말기 개화를 주장한 정치세력을 일컫는 말로, 통설로 개화변(開化邊)이라고 하였다.
149 본 질문 원문에는 의병을 일으켰다는 말을 倡義(창의)라고 표현하였다. 창의는 곧 의병을 일으킨다는 말이기에, 우리말로 풀어 옮겼다.
150 전봉준이 말한 대로 9월(음) 기포가 10월 기포로 연기된 주된 사연은 봉준의 부상 정도가 심했고 또한 의병을 모집하는 데 어려움이 있었다. 특히 참여자가 대부분 농민들이라 가을 곡식을 거두어야 하기 때문이었다. 결국 일본군을 물리치려 했던 척왜항전 즉 동학의병전쟁에서 약점으로 등장한 것은때를 놓친 것이라고 하겠다.

187. 문 : 대원군이 동학과 관련이 있는 것은 세상이 모두 아는 일이다. 또 지금 대원군이 위엄威嚴과 권세權勢가 없은즉 네 죄罪의 경중輕重은 여기에서 결정되는 것이지 대원군에 있는 것이 아니다. 그런데 너는 끝까지 바른대로 말하지 않고 대원군이 두둔해 줄 것만을 깊이 믿는 것 같은데 이는 과연 무슨 뜻에서인가?

공 : 대원군이 다른 동학과 관련되어 있는 것이 비록 수백 무리라 하더라도 나와는 처음부터 관계된 바가 없다.

188. 문 : 대원군이 동학과 관계했다는 것은 세상이 모두 아는 일인데 어찌 너만 못 들었다고 하는가?

공 : 정말로 아직 듣지 못하였다.

189. 문 : 대원군이 동학과 관련이 있다는 말을 처음부터 하나도 듣지 못하였는가?

공 : 그렇다. 나의 것도 숨기지 않았는데 하물며 남의 것을 숨길 리가 있겠는가.

190. 문 : 송희옥이 대원군과 관계 있는 것을 너도 알고 있었느냐?

공 : 송희옥과 대원군은 전혀 관계가 없다.

191. 문 : 그들이 관계가 없다는 것을 너는 어떻게 아는가?

공 : 송희옥과 대원군의 관계에 증표證票가 있으면 모르겠으나 그들 사이에 관계가 없다는 것은 스스로 밝혀질 것이다.[151]

---

151 전봉준 대장은 일본영사 우치다 사다츠지에게 흥선 대원군과의 관계를 집요하게 추궁당한다. 대원군의 측근 박동진 등과 전봉준의 측근 송희옥 등을 거론하며, 전봉준에게 거짓 진술을 하도록 몰아붙이는 강도 높은 심문에 전봉준 역시 단호하게 관련이 없다고 진술한다. 대원군과 전봉준과의 관련 사실은 여러 가지 정황과 숨겨진 역사가 드러나면서 사실 관계가 있었다는 것으로 밝혀진다.

아룀(白)

· · · · · · ·

전봉준 제4차 심문과 진술

을미(1895) 3월 7일 전봉준 4초문목 일본영사 문초(乙未 三月 七日 全琫準 四招 問目 日本領事 問招)

192. 문 : 너의 이름과 호號는 한둘이 아니던데 몇 개나 되는가?

공 : 전봉준 하나뿐이다.

193. 문 : 전명숙全明淑¹⁵²은 누구의 이름인가?

공 : 나의 자字¹⁵³이다.

194. 문 : 전녹두全綠豆¹⁵⁴는 누구인가?

공 : 그때 사람들이 지은 것이지 내가 지은 이름이나 자字는 아니다.

195. 문 : 그 밖에도 너의 별호別號가 있는가?

공 : 없다.

196. 문 : 이 밖에 어떤 별호나 어릴 때의 이름 같은 칭호稱號¹⁵⁵는 없는가?

공 : 없다.

197. 문 : 네가 매번 사람들에게 글을 써 보낼 때는 이름을 썼느냐 자字를 썼느냐

---

152 전명숙. 명숙(明淑)은 전봉준의 자(字)로서 천안전씨세보(天安全氏世譜)에는 숙(淑)이 숙(叔)으로 표기되어 있다.
153 자. 주로 남자가 성인이 되었을 때에 본이름 외에 부르는 호칭으로서, 실재의 이름이 아닌 부명(副名) 즉 본명 다음의 이름이다.
154 전녹두는 전봉준의 별칭 녹두를 이르는 말이다.
155 칭호. 어떠한 뜻으로 일컫는 이름으로, 여기서는 전봉준의 어릴 적에 또 다른 이름이 있는지 묻는 질문이다.

공 : 이름으로 썼다.

198. 문 : 네가 작년 10월에 재차 기포한 날짜는 언제인가?

공 : 10월 12일 사이 같으나 자세히 알지 못한다.

199. 문 : 삼례에서 재차 기포하기 전에는 어디에 있었느냐?

공 : 내 집에 있었다.

200. 문 : 너는 전주에서 초토병超討兵[156]과 접전하고 해산한 뒤에 어디로 갔는가?

공 : 10여 고을을 거치면서 집으로 돌아가도록 권하고 나도 집으로 돌아갔다.

201. 문 : 전주에서 해산한 것은 어느 날인가?

공 : 5월 초 7~8일 사이이다.

202. 문 : 전주에서 해산한 뒤에 제일 먼저 도착한 고을은 어느 곳인가?

공 : 처음 금구를 거쳐 김제, 태인 등지에 이르렀다.

203. 문 : 처음부터 금구에 도착한 것은 어느 날인가?

공 : 금구는 잠시 지나가는 길에 들렸고 5월 초 8~9일 사이에 김제에 이르렀다가 초 10일 사이에 태인에 이르렀다.

204. 문 : 태인에 도착한 뒤에 거친 고을은 모두 어느 고을인가?

공 : 장성, 담양, 순창, 옥과, 남원, 창평, 순천, 운봉을 거친 뒤에 내 집으로 돌아갔다.

205. 문 : 집으로 돌아간 것은 몇 월 며칠인가?

공 : 7월 그믐이거나 8월 초 사이이다.

206. 문 : 여러 고을을 돌아다닐 때 네 혼자 다녔는가, 동행자가 있었는가?

공 : 내가 말을 타고 20여 명을 거느리고 다녔다.

---

156 초토병. 초토사 홍계훈이가 이끌고 온 경군(京軍)을 이른 말.

207. 문 : 그때 최경선도 동행同行하였는가?

공 : 그렇다.

208. 문 : 손화중도 역시 동행하였는가?

공 : 손화중은 동행하지 않았다.

209. 문 : 전주에서 해산한 뒤 손화중은 어느 곳으로 향했는가?

공 : 그때 손화중은 우도右道[157]의 여러 고을을 돌아다니면서 귀화歸化를 권유하였다.

210. 문 : 손화중이 전주에서 해산한 것은 너와 같은 날이냐?

공 : 그렇다.

211. 문 : 전주에서 해산한 뒤에 너는 손화중을 보지 않았는가?

공 : 4~5개월 동안 서로 만나지 못하였다.

212. 문 : 4~5개월이 지난 뒤에 어느 곳에서 만났는가?

공 : 8월 그믐에 순상巡相[158]의 명령을 지니고 먼저 나주로 내려가 민보군을 해산할 것을 권한 뒤 돌아오는 길에 장성長城에 이르러 비로소 만났다.

213. 문 : 손화중을 만나고 앞으로 어찌하자고 의논하였는가?

공 : 그때 나는 순상巡相으로부터 별도로 부탁받은 일이 있으니 함께 전라감영에 가는 것이 좋겠다는 것을 의논했다.

214. 문 : 그렇다면 손화중은 무슨 말로 대답하였는가?

---

[157] 우도. 전라우도(全羅右道), 즉 전라도 서쪽지대이다. 당시 집강소 설치 및 폐정개혁안 실현을 위하여 손화중은 전라우도, 김개남은 전라좌도를 맡았고, 전봉준은 전라일도(全羅一道)를 통리하였다.

[158] 순상. 순찰사(巡察使)를 달리 이르는 말로 조선 시대 도의 군무를 살피던 벼슬, 여기서는 전라감사를 지칭한다. 전봉준은 김학진 전라감사와 민관상화의 집강소 설치에 대해 합의를 보았으며, 김개남, 손화중 등 동학지도부를 중심으로 전라도 일대에 혁명적인 폐정개혁을 단행하였다.

공 : 지금 병중病中에 있음으로 함께 갈 수 없으니 병이 나은 뒤에 뒤따라가겠다고 말했다.

215. 문 : 그 밖에 다른 상의한 일은 없었는가?

공 : 그렇다.

216. 문 : 일본군이 대궐을 침범했다는 소식은 언제 어디서 들었는가?

공 : 7월 중 처음 남원에서 들었다.

217. 문 : 그렇다면 여러 고을을 돌아다니며 귀화를 권할 때 이 말을 들었단 소식을 들었는가?

공 : 이는 거리에 떠도는 소문을 들은 것이다.

218. 문 : 이 말을 들은 뒤 군중을 일으켜 일본군을 격파하는 일을 논의한 곳은 어디인가?

공 : 삼례역參禮驛이다.

219. 문 : 특히 삼례에서 이 거사를 의논한 이유는 무엇인가?

공 : 전주부全州府의 부근에 있으면서 저막邸幕[159]이 다소 많은 곳으로는 삼례만 한 곳이 없기 때문이었다.

220. 문 : 삼례에서 만나기 전에는 혹시 다른 도회지都會地[160]가 없었는가?

공 : 원평에서 하룻밤을 지내고 곧 삼례에 이르렀다.

221. 문 : 집에서 출발한 날은 언제인가?

공 : 10월 초순初旬이었다.

222. 문 : 네가 삼례로 갈 때 동행자는 누가 있었는가?

공 : 동행자는 없었다.

---

159 저막. 주막(酒幕), 나그네 즉 오고가는 사람들이 머무르며 먹고 잘 수 있는 집들을 이르는 말이다.
160 도회지. 사람이 많이 살고 상공업이 발달한 땅, 여기서는 고을(縣 : 현) 정도로서 주(州)·부(府)·군(郡)·현(縣)의 지방행정구역 중에서 낮은 단위의 현(縣)을 의미한다.

223. 문 : 길을 가는 도중에 서로 만나 동행한 자도 없었는가?

　　　공 : 없었다.

224. 문 : 그때 최경선이 동행하지 않았는가?

　　　공 : 최경선은 그 뒤에 왔다.

225. 문 : 삼례에 이르러 누구의 집에 모였는가?

　　　공 : 저막邸幕에서 모였다.[161]

226. 문 : 삼례에는 원래 친구의 집이 있었는가?

　　　공 : 처음에는 친한 사람은 없었다.

227. 문 : 삼례의 호수戶數[162]는 얼마나 되는가?

　　　공 : 100여 호戶가 된다.

228. 문 : 네가 살던 근처에도 100여 호戶가 되는 마을이 있었을 터인데 특히 여기에 모인 것은 무슨 까닭인가?

　　　공 : 이 땅은 도로가 사방으로 통하고 아울러 역촌驛村[163]이기 때문이었다.

229. 문 : 최경선이 삼례에 이른 뒤 며칠이나 함께 머무른 것이냐?

　　　공 : 5~6일간 함께 머물다가 곧 광주光州·나주羅州 등지로 향했다.

230. 문 : 무엇 때문에 광주·나주 등지로 향하였는가?

　　　공 : 기포起包하기 위에서였다.

231. 문 : 최경선이 광주·나주로 간 것은 네가 시킨 것이냐?

---

161 여기에서 저막(邸幕)은 주막도 되며 또한 진영과 군막일 수도 있으며, 당시 지휘 본부 등 동학의병들이 지낼 만한 일반 주택은 물론 막사들이 있었던 것으로 추정할 수 있다.
162 호수. 호적상의 가호 수, 한 집의 호주가 살고 있는 그 숫자를 말한다.
163 역촌. 역이 있는 마을. 여기서는 말이 쉬어가는 마을을 의미하며, 지금의 시외버스 터미널과 기차역과 같은 교통수단의 중간 역은 물론 그 주위의 여관과 음식점 등을 포괄하는 것으로 이해하면 된다.

공 : 내가 시킨 것은 아니며, 다만 그가 광주와 나주에 인연이 있고 예로부터 친지가 많아 기포하는 데 용이했기 때문이다.

232. 문 : 그때 삼례에 모두 모였을 때에 동학도 중에 가장 유명한 자는 누구인가?

공 : 금구金溝의 조진구趙鎭九, 전주全州의 송일두宋一斗와 최대봉崔大奉 등이 가장 유명한 사람이었으나 그밖에 많은 사람들을 지금은 다 기억하기 어렵다.

233. 문 : 그때 삼례에서 이른바 의병義兵으로 모인 자는 몇 명이나 되었는가?[164]

공 : 4천여 명이었다.

234. 문 : 이들 군중을 거느리고 어느 곳으로 갔는가?

공 : 처음 은진恩津, 논산論山으로 향하였다.

235. 문 : 논산에 도착한 것은 어느 날인가?

공 : 지금은 자세히 기억할 수 없다.

236. 문 : 어찌 간단하게 기억할 수도 없단 말인가?

공 : 대략 10월 그믐쯤이다.

237. 문 : 논산에 이르러 어떠한 일을 하였는가?

공 : 논산에 이르러서도 널리 의병들을 모집했다.[165]

---

[164] 동학농민혁명 1차 기포 때에는 창의라고 하였다. 倡義(창의)는 곧 '국난을 당하여 의병을 일으켰다.'는 뜻이다. 2차 기포를 본격 시작한 삼례에 모인 의병의 숫자를 묻는 일본 영사 우치다 사다즈치의 질문에 전봉준이 4천여 명이라고 대답하였다. 이는 1차 기포 때에 넓은 의미로서 창의라 하였는데, 2차 기포 때는 직접 義兵(의병)이라 질문하고 의병이라 답하였다. 그러하므로 동학농민혁명 2차 기포는 동학농민군의 이름이 동학의 병이라는 문헌적인 명분이 충분하다.

[165] 공초록 원문에는 '널리 의병을 모집했다.'는 말이 널리 '召募(소모)하였다.'라고 되어 있다. 그러므로 소모라는 뜻이 '의병 등을 불러서 모음'이라는 말이기 때문에 '의병을 모집

238. 문 : 그곳에서 다시 어디로 갔느냐?

공 : 곧바로 공주公州로 갔다.

239. 문 : 공주에 다다른 것은 언제인가?

공 : 11월 초 6~7일 같으나 자세히 모르겠다.

240. 문 : 공주에 이른 뒤에 무슨 일을 하였는가?

공 : 공주에 이르지 못하고 접전하여 끝내 패배하였다.[166]

241. 문 : 네가 매번 사람들에게 글을 보낼 때에는 친히 썼는가 아니면 남을 시켰는가?

공 : 친히 쓰기도 하였고 남을 시켜 쓰기도 하였다.

242. 문 : 혹시 대신 쓸 때 꼭 너의 도장을 찍었는가?

공 : 겉봉투에는 도장을 찍을 때가 많았지만 대개는 찍지 않을 때도 많았다.

243. 문 : 네가 삼례에 머물 때 사람들에게 글을 보낸 것이 매우 많은데 이것이 모두 친히 쓴 것이냐 아니면 남이 대신 쓴 글인가?

공 : 모두 통문通文으로 보낸 것이지 개인적인 글은 쓰지 않았으나, 오직 손화중에게만은 글을 써서 보냈을 뿐이다.

244. 문 : 처음부터 개인적인 글을 한 자도 사람들에게 보낸 적이 없는가?

공 : 만약 그 글을 지금 보면 알겠으나 지금으로서는 자세히 생각나지 않아 모르겠다.

245. 문 : (영사가 글을 내보이면서) 이것은 너의 친필이냐 아니면 대필이냐?

공 : 대신 쓴 글이다.

했다.'라고 국역하였다.
166 서울로 가는 분수령의 길목, 충청감영을 점령하기 위해 공주성을 향해 진격하다가 우금티(우금치)에서 일본군과 그 지휘를 받는 관군과 치열한 공방전의 전투를 벌여 패배한 사실을 말한다.

246. 문 : 누구로 하여금 대신 쓰게 하였는가?

공 : 접주接主의 필적筆跡 같으나 지금 그 사람을 자세히 모르겠다.

247. 문 : 너는 일찍이 최경선으로 하여금 대신 글을 쓰도록 하였는가?

공 : 최경선은 글에 능숙한 자가 아니다.

248. 문 : 이 편지는 삼례에서 보낸 것인가?

공 : 그렇다.

249. 문 : 이 편지는 분명 9월 18일인데 어찌 10월에 삼례로 나와서 모였다고 말할 수 있는가?

공 : 지난 번에 10월이라고 말하였는데 9월이 맞는 것 같다.

250. 문 : (영사가 또 다른 편지를 내보이면서) 이것은 친필인가, 대필인가?

공 : 그것도 또한 대신 쓴 글이다.

251. 문 : 이 편지는 또한 누가 대신 쓴 것인가?

공 : 그것도 역시 접주로 하여금 썼으나 지금 그 이름을 기억하기가 어렵다.

252. 문 : 너는 오늘의 진술을 솔직히 말하라. 그런 뒤에야 판결이 속히 날 것이며, 만약 여러 가지로 속여 말한다면 일이 괴롭고 싫증만 날 뿐만 아니라 너에게도 피해가 많을 것이다.

공 : 월月과 일日은 과연 자세히 기억하기 어려우나 그 밖의 관련된 모든 것들에는 추호도 거짓 고함이 있겠는가?[167]

253. 문 : 대필을 하자면 반드시 정해진 사람이 있었을 터인데 어찌 감히 모른다고 하는가?

공 : 그 무렵 나는 졸필인지라 매번 대필을 했지만 특별히 정해 놓은 사

---

167 일본영사 우치다 사다즈치는 전봉준의 거짓 진술을 따져 물었고, 전봉준은 솔직히 말할 것은 말하고 또한 말하지 말아야 할 것은 태연하게 피해 가는 정황을 짐작할 수 있다.

람은 없었다.

254. 문 : 이 두 개의 편지는 모두 네가 시켜서 작성한 것인가?

공 : 그렇다.

255. 문 : 삼례에서 사람들을 모이게 한 것은 모두 네가 주도主導한 일인가?

공 : 그렇다.

256. 문 : 그렇다면 모든 기포起包에 관한 것은 모조리 네가 주도했는가?

공 : 그렇다.

257. 문 : (영사가 또 하나의 편지를 내어 보이면서) 이것도 역시 네가 시킨 것인가?

공 : 그렇다.

258. 문 : (영사가 또 하나의 편지를 내어 보이면서) 이것도 또한 네가 시킨 것인가?[168]

공 : 그렇다.

259. 문 : 전날 진술할 때 너는 김개남과 처음부터 상관이 없다고 말하였는데 지금 이 편지를 본즉 두 사람 사이에는 관계가 깊은 것 같은데 어찌 된 것인가?

공 : 김개남은 내가 임금의 일에 협력할 것을 권하자 끝내 들어주지 않았으므로 처음에는 상의相議를 하였으나 끝내 관계를 끊고 상관하지 않았다.

260. 문 : (영사가 작은 한 조각의 기록을 내어 보이면서) 이 두 종이의 필적筆跡은 한 사람의 것인데 앞의 글은 네가 했다고 진술하고 지금의 글은 어찌 모른다고 말하는가?

---

[168] 본 질문과 답변은 바로 직전 질문과 답변과 똑같은 것으로 보아 두 견해로 생각할 수 있다. 첫째는 기록자의 실수로 하나의 질문과 답변을 두 번 기록한 것이요, 둘째는 또 다른 편지를 들어 보이며 똑 같은 질문과 답변을 하였다는 것으로 짐작할 수 있다.

공 : 지금 글은 내가 한 일이 아니다.

261. 문 : 아까 말하기를 삼례의 일은 모두 네가 한 일이라 하면서도 지금 간략하게 적은 이 쪽지를 보고서는 너의 소행이 아니라 하니 참으로 그 대답이 모호模糊하구나.

    공 : 그 쪽지 중에 서학徐鶴이라는 사람은 서병학徐丙鶴[169]이다. 서병학과 나의 관계는 이미 끊어져 왕래가 없기 때문에 그것은 내가 시킨 것이 아니라고 말하는 것이다.

262. 문 : 동도東徒 중에 접주接主를 차출差出하는 것은 누구인가?

    공 : 모두 최법헌崔法軒[170]이 한다.

263. 문 : 네가 접주가 된 것도 최법헌이 차출한 것인가?

    답 : 그렇다.

264. 문 : 동학접주는 모두 최시형崔時亨에게서 나왔는가?

    공 : 그렇다.

265. 문 : 호남湖南과 호서湖西가 전부 그러한가?

    공 : 그렇다.

266. 문 : 도집都執과 집강執綱을 임명하는 일도 역시 최시형이 차출한 것인가?

    공 : 비록 최법헌으로부터 많이 나왔으나 접주 등이 차출하기도 했다.

아룀 백(白)

---

169 서병학. 서병학은 처음에는 최시형 선생을 스승으로 모시고 따랐던 인물이다. 그러다가 1893년 보은집회 등 교조신원운동을 추진할 때 최시형 선생의 지시를 잘 따르지 않는 강경파로 알려졌다. 또한 동학농민혁명 당시 변절하여 관군의 밀정으로 활동했다는 부끄러운 전력이 있는 인물이다.
170 최법헌. 해월 최시형 선생을 지칭한다.

전봉준 제5차 심문과 진술

을미(1895) 3월 10일 전봉준 5초 문목 일본영사 문초(乙未 三月 十日 全琫準 五招 問目 日本領事 問招)

267. 문 : 오늘도 또한 이전과 같이 사실을 조사할 것이니 숨김없이 바른대로 대답하라?

공 : 모두 알겠다.

268. 문 : 작년 9월 삼례에 있을 때 대필하는 사람이 따로 없어 접주 중에서 번갈아가며 썼다고 하였는데 과연 그러한가?

공 : 대필하는 사람이 별도로 없어서 접중接中에서 번갈아가며 썼다. 처음에는 임오남林五男을 시켜 쓰게 하였으나 그가 무식한 사람이어서 다시 김동섭金東燮으로 하여금 잠시 대필代筆하도록 하였다.

269. 문 : 대필한 사람이 오직 김동섭과 임오남 두 사람뿐이었는가?

공 : 접주 중에 문계팔文季八, 최대봉崔大鳳, 조진구趙鎭九가 간혹 대필하였으나 불과 몇 차례만 쓰고 그쳤다.

270. 문 : 너는 최경선崔慶善과 서로 친하게 지낸 것이 몇 년이나 되는가?

공 : 고향이 같으므로 서로 친하게 지낸 지가 5~6년쯤 된다.

271. 문 : 최경선은 일찍이 너와 스승의 관계가 있었는가?

공 : 우리는 다만 친구로서 대하였을 뿐 스승에게 가르침을 받는 직분은 없었다.[171]

---

[171] 동학에서는 도(道)를 전한 사람과 도를 받는 사람의 관계에 있어 가르침을 받는 사제지간(師弟之間)으로 표현하는 경우가 많았다.

272. 문 : 너의 진술이 사실과 다른 것 같은데 공연히 재판을 끌며 또한 너에게 해가 되는 것도 아닌데 무엇 때문에 그러한가?

공 : 별로 정황情況을 속인 것은 없고 일전에 송희옥의 일들은 잠시 숨겼으나 다시 분명히 말하였다.

273. 문 : (영사가 종이 하나를 내어 보이면서) 이것이 너의 친필親筆이 아니라고 한 것은 정황情況을 속인 것이 아니면 무엇인가?

공 : 이미 나의 것은 진술하였다. 글은 나의 글이나 필적은 나의 것이 아니다. 나에게 무슨 유익한 점이 있어서 속이겠는가? 과연 그것은 내가 쓴 것이 아니다.

274. 문 : 최경선의 진술로는 이것은 너의 필적이라고 하는데 너는 아니라고 말하니 어찌 정황을 속인 것이 아닌가?

공 : 최경선에게 다시 물어보는 것이 옳다. 또 글자를 써보도록 하면 누구의 필체인지 가려낼 수 있을 것이다.

275. 문 : 일전에 너를 심문할 때 너는 삼례에 있을 때에 서기書記라는 직책이 없었다고 말하더니 지금은 서기가 있다고 말하는 것은 무엇 때문인가?

공 : 앞서는 대략 말했던 것이고 지금 자세히 들어보니 그때 잠시 대필하던 사람을 서기라고 칭하였다.

아룀 백(白)

후기

후천개벽도(백성 모두가 하늘사람이었다)

　동학대서사시 『모두가 하늘이었다』를 집필하느라고 조금은 고생을 하였습니다. 의욕은 넘쳤으나 현실적 여건은 녹록지 않았습니다. 방대한 자료들을 분류하고 분석하고 취사선택하는 것도 어려웠습니다. 과거로 돌아가 수많은 사람들을 만나고, 그들의 행보를 따라가 보기도 했습니다. 마치 타임머신을 타고 한 시대를 구석구석 돌아보는 것 같았습니다.

　이 책은 기록입니다. 현장감을 살리기 위해 소설적인 구성 방식을 취했지만, 모든 상황과 인물들 간에 펼쳐지는 일들은 실제 이야기입니다. 그래서 '서사敍事'라고 굳이 강조하는 것입니다. 또한 제목을 동학의 역사와 농민혁명사 전체를 포괄하기 위해 '동학대서사시, 모두가 하늘이었다'로 하였습니다. 단락 앞과 뒤에 간단히 요점을 제시하거나 필자의 생각을 날것으로 밝힌 것은, 독자의 이해를 돕기 위해서였습니다. 그래서 동학에 대해서 잘 모르는 사람들, 말하자면 동학 초보자들도 부담 없이 한 권의 책자로 동학 공부를 할 수 있도록 하자는 데 집필 의도가 있습니다.

우리나라 근대사를 연 동학농민혁명은 세계사적 의미가 있습니다. 그 큰 의미를 두 가지로 말하라면, 사상적인 측면과 역사적인 측면입니다. 둘 중 하나만 빠져도 온전한 동학 이야기가 되지 못합니다.

『모두가 하늘이었다』의 내용은 수운 최제우 선생과 해월 최시형 선생을 중심으로 한 사상적인 측면과 전봉준 장군과 손병희 통령을 중심으로 한 역사적인 측면 둘 다 아울렀습니다. 그리고 동학 2차 기포인 동학의병전쟁을 강조하기 위해 동학농민혁명을 2편과 3편으로 나누었습니다.

그동안 세 권의 동학관련 책들을 냈습니다. 그 후 제2차 동학농민혁명 참여자 서훈 국민연대 공동대표를 맡아 활동하면서, 역사적인 측면에서 다시 고쳐 써야 하겠다는 생각이 들었습니다. 솔직히 말해 그동안 동학 2차 기포는 항일무장투쟁으로는 보았으나, 독립운동으로는 보지 않았었습니다. 그러나 우리나라 독립유공자 예우에 관한 법률에서 독립유공자로 인정하는 범위는 일제의 국권 침탈로부터 1945년 8월 14일, 즉 일제의 침략으로부터 해방 직전까지를 법적인 유공자로 인정하는 것이었습니다. 1895년 명성황후 시해사건에서 출발한 을미의병 참여자도 국권침탈에 맞선 독립유공자로 인정하고 있습니다. 다시 말씀드려 대한민국 정부에서 1962년부터 을미의병 참여자를 독립유공자로 서훈하고 있습니다.

그러면 을미의병보다 1년 빠른 1894년 2차 동학농민혁명 참여자도 분명 일본군의 경복궁 점령이라는 국권침탈에 맞서 기포한 항일의병투쟁이기 때문에 독립유공자 범위에 들어간다는 확신이 있었습니다. 그래서 동학농민혁명사와 함께 동학의병전쟁사를 다시 집필하게 된 것입니다. 또한 지난해(2023)부터 올해(2024)까지 국가보훈부에 세 차례에 걸쳐 전봉준·김개남·손화중 선생에 대한 독립유공자 포상, 즉 서훈을 신청하게 되었습니다.

동학농민혁명, 즉 동학의병전쟁은 지금까지의 명예회복과 전국화·세계화·미래화를 실천하는 여정에서 "2004년 동학농민혁명 참여자 명예 회복 특별법 제정, 2019년 동학농민혁명 국가기념일 제정, 2023년 동학농민혁명기록물 유네스코 세계기록유산 등재" 등이 이뤄졌습니다. 앞으로의 과제는 동학농민혁명정신의 헌법 전문 수록, 2차 동학농민혁명 참여자, 즉 동학의병전쟁 참여자 독립유공자 서훈이 남았습니다. 헌법전문 수록과 독립유공자 서훈이 이뤄져야 진정한 동학농민혁명의 명예회복이 완수되었다고 할 수 있으며, 동학 순국 선열에 대한 후손된 자로서의 최소한의 정성을 다하는 것이라고 생각합니다.

이러한 연유로 인해 동학농민혁명·동학의병전쟁사를 집필하게 되었으며 더 나아가 수운 최제우 선생을 비롯하여 해월 최시형 선생 등의 동학사상도 더욱 보완하여 다시 책자를 내놓게 된 것입니다.

이 책을 집필하는 데 자문과 도움을 주신 분들이 계십니다. 김형수 작가, 이광재 작가, 성주현 교수, 임형진 교수, 박용규 박사, 정선원 박사, 이병규 박사, 박홍규 화백, 주영채(선원) 박사, 김명국 선생, 이재선 선생, 허채봉 선생, 김명재 선생, 문영식 선생, 위의환 선생, 배항섭 교수, 신영우 교수, 전장수 선생, 이형로 작곡가, 김저운 작가 등 전문가이시면서 훌륭하신 분들의 협조가 있었습니다.

또한 『모두가 하늘이었다』의 원본이라 할 수 있는 수운 선생 일대기 『만고풍상 겪은 손』, 동학농민혁명 장편소설 『혁명』 그리고 동학역사문화의 자부심 『동학농민혁명 이야기』 등을 집필할 때 자문과 도움을 주신 분들도 계십니다. 송기숙 교수, 윤석산 교수, 박맹수 교수, 성강현 교수, 조성환 교수, 김지하 시인, 이이화 선생, 지광철 선생, 이경일 선생, 진윤식 선생,

심국보 선생, 박길수 선생, 조광환 선생, 하연수 선생, 김순석 박사, 유수경 작가, 강주영 선생 등 많은 전문가들이 계십니다. 그리고 이 책에 늘 관심과 응원을 해 주신 박인준 교령님께 다시 한번 감사의 말씀을 드립니다. 또한 '동학대서사시, 모두가 하늘이었다'를 2025 동학 천도교 문화대상에 선정해 주신 김성환 연원회 의장님께 거듭 감사의 말씀을 드립니다. 그동안 모아둔 자료와 생각한 거리들을 다 펼치고 정리하면서, 저의 시간도 많이 단단해졌습니다. 가을이 깊어진 것 같고, 겨울이 성큼 다가올 것 같습니다.

2025년 12월 이윤영

참고문헌

『대선생사적』
『대선생주문집』
『동학서』, 동학관몰문서, 규장각
「산제당약사」(부산 시약산 산제당 앞)
『수운선생문집』
『승정원일기』「서헌순의 장계」
『일성록』
『제세진전』
『조선 왕조실록』, 고종, 순종편
『천도교경전』, 「동경대전」, 「용담유사」, 천도교중앙총부, 2012.
『천도교회사초고』, 1934
『해월문집』
『훈어』

강시원, 윤석산 역주, 『최선생도원기서』, 모시는사람들, 2012.
강필도, 『동학도종역사』(국역총서11), 동학농민혁명기념재단, 2013.
김기전, 『소춘김기전생선문집』, 국학자료원, 은혜사, 2010.
김낙철, 김낙봉, 『김낙철 역사. 감낙봉 이력』.
김범부, 『최제우론』, 국제문화연구소, 1960.
김삼웅, 『개남, 새 세상을 열다』 도서출판 모시는사람들, 2020.
김상기, 「수운 선생 행록」(아세아연구13), 고려대아세아문화연구소, 1964.
김상기, 『동학과 동학난』, 대성문화사, 1947.
김용옥, 『나는 코리안이다; 나는 하느님이다. 동경대전1~2』, 통나무, 2021.
김용천, 「동학운동의 사회성」, 『신인간』 통권255호, 1968.
김웅조, 『천도교약사』, 천도교총부교서편찬위원회, 2006.
김하우, 『전봉준의 개혁사상』 영원사, 1993.
나카츠카 아키라·이노우에 가쓰오·박맹수, 『동학농민전쟁과 일본』 도서출판 모시는사람들, 2014.
동학가사, 『용담유사의 내용과 창작과정』 현대문학사.
동학농민혁명기념재단, 『동학농민혁명 2차 봉기와 동학농민군 서훈』 동학농민혁명 학술총서1, 2020.
동학농민혁명기념재단, 『동학농민혁명 국역총서 1~13, 신국역총서 1~15』, 2007~2023.
동학학회, 『동학학보1~70호』 동학학회논문총집, 선인, 2000~2024.
박용규, 『전봉준·최시형 독립유공 서훈의 정당성』 인간과자연사, 2021.
박형채, 『시천교종역사』(시천교본부, 국역총서11), 삼광문화사, 2013.
백세명, 『동학경전해의』, 일신사, 1963.
백세명, 『동학사상과 천도교』, 동학사, 1953.
백세명, 『최수운 선생의 인내천사상』, 국제문화연구소, 1960.
서산대사, 김현준 옮김, 『선가귀감(禪家龜鑑)』, 효림.
성주현, 『천도교에서 민족지도자의 길을 간, 손병희』, 역사공간, 2012.
신순철, 이진영, 『실록 동학농민혁명사』, 서경문화사, 1998.
신일철, 『한국의 근대화와 최수운 선생』, 한국사상연구회, 1957.
역사문제연구소, 『동학농민전쟁사료총서』 동학전쟁백주년기념사업추진위원회, 1~30권, 1996.
오상준, 『본교역사』(국역총서11), 동학농민혁명기념재단, 2013.
오지영, 『동학사』 영창서관, 1941.
원종규 외 11명, 『갑오농민전쟁100돐기념론문집』, 과학백과사전종합출판사, 1994.
유병덕, 『동학 천도교』(한국종교연구6), 종교문제연구소, 교문사, 1993.
윤석산, 『동학교조 수운 선생 최제우』, 모시는사람들, 2004.
윤석산, 『용담유사연구』, 인문논총 5집, 한양대문과대학, 1983.
윤석산, 『주해 동학경전』, 동학사, 2009.
윤석산, 『해월 최시형의 삶과 사상, 일하는 한울님』, 도서출판 모시는사람들, 2014.
의암손병희선생기념사업회, 『의암손병희선생전기』, 1967.
이강오, 『한국신흥종교총감』, 한국신흥종교연구소, 대흥기획, 1992.
이광재, 『전봉준평전, 봉준이 온다』, 도서출판 모시는사람들, 2012.
이돈화, 『동학지인생관』, 천도교중앙총부, 1946.
이돈화, 『천도교창건사』, 천도교중앙종리원, 1931.
이순신, 『난중일기』(임진일기8), 28.
이윤영, 『동학농민혁명 이야기』, 전주전통문화연수원, 기획출판 거름, 2019.
이윤영, 『동학농민혁명 장편소설 혁명』, 도서출판 모시는사람들, 2018.
이윤영, 『이야기동학비사 만고풍상 겪은 손』, 신인간사, 2015.
이이화, 『전봉준, 혁명의 기록』, 생각정원, 2014.
이진영 편저, 『논산동학을 찾아서』 논산동학농민혁명계승사업회, 2022.
정운구, 『승정원일기』, 「정운구의 서계」, 1863.

조광환, 『전봉준과 동학농민혁명』, 도서출판 살림터, 2014.
조기주, 『동학의 원류』, 보성사, 1979.
조용일, 「고운에서 찾아본 수운 선생의 사상적 계보」, 『한국사상』9, 1968.
천도교사편찬위원회, 『천도교백년약사』, 미래문화사, 1981.
최덕신, 「신의 관념과 인간의 의미」, 『신인간』 통권295호, 1968.
최동희, 『동학의 기본사상』, 한국사상연구회, 1959.
최옥, 최동희 옮김, 『근암집』「용담이십육영병서」, 창커뮤니케이션, 2005.
최현식, 『갑오동학혁명사』, 신아출판사, 1994.
표영삼, 「천사문답의 일반적 이해」, 『신인간』 통권254호, 1968.
표영삼, 『동학』1. 2, 통나무, 2004. 2005.
표영삼, 『표영삼의 동학 이야기』, 도서출판 모시는사람들, 2014.
황현, 『오하기문』 동학농민전쟁사료총서1, 역사문제연구소.

신복룡, 「초기동학사상의 연구」, 건국대석사학위, 1966.
정선원, 「동학농민혁명 시기 공주전투 연구」, 원광대학교대학원, 박사학위논문, 2023.
허채봉, 「항일운동으로 본 동학혁명과 3·1운동의 연관성」, 부경대학교대학원, 문학석사
 학위논문, 2022.

국회·2차동학농민혁명참여자서훈국민연대, 『2차동학농민혁명과 을미의병서훈비교 국
 회학술토론회』 자료집, 2023.
국회·동학농민혁명기념재단·2차동학농민혁명참여자서훈국민연대 외 2개 단체, 『항일독
 립운동 기점 정립을 위한 국회토론회』 자료집, 2024.
국회·2차동학농민혁명참여자서훈국민연대, 『동학독립운동가서훈 국회학술토론회』 자
 료집, 2024.
남원문화원, 『용성지』, 1995.
남원지편찬위원회, 『남원지』, 1992.
사)동학농민혁명계승사업회, 『동학농민혁명 참여자 유족증언록』, 정읍시, 2019.
사)동학농민혁명유족회, 『사발통문』, 도서출판 모시는사람들, 2023.
사)동학농민혁명계승사업회, 『전봉준 역사 캠프』 자료집, 2013.
천도교중앙총부, 『동학농민혁명 일본지역 현지 조사 및 답사』 자료집, 2017.
천도교중앙총부, 『천도교회월보』 「천도교전주종리원연혁」, 통권167호, 1924년 8월호.

모두가 하늘이었다

등록 1994.7.1 제1-1071
초판 발행 2025년 12월 17일

지은이 이윤영
그 림 박홍규
펴낸이 박길수
편집장 소경희
편집·디자인 조영준
관 리 위현정
펴낸곳 도서출판 모시는사람들
       03147 서울시 종로구 삼일대로 457(경운동 수운회관) 1306호
전 화 02-735-7173 / 팩스 02-730-7173
홈페이지 http://www.mosinsaram.com/

인 쇄 피오디북(031-955-8100)
배 본 문화유통북스(031-937-6100)

값은 뒤표지에 있습니다.
ISBN 979-11-6629-251-4   03810

* 잘못된 책은 바꿔드립니다.
* 이 책의 전부 또는 일부 내용을 재사용하려면 사전에 저작권자와
  도서출판 모시는사람들의 동의를 받아야 합니다.
* 이 책은 천도교연원회 주최 제1회 동학 천도교 문화대상 수상작으로,
  그 상금으로 출판비를 지원하였습니다.